Steve Berry
DIE VATIKAN-INTRIGE

AF178595

Der Autor

Steve Berry war viele Jahre als erfolgreicher Anwalt tätig, bevor er seine Leidenschaft für das Schreiben entdeckte. Mit jedem seiner hochspannenden Thriller stürmt er in den USA die Spitzenplätze der Bestsellerlisten und begeistert Lesende in über 50 Ländern. Steve Berry lebt mit seiner Frau in St. Augustine, Florida.

Von Steve Berry bereits erschienen

Antarctica, Die Napoleon-Verschwörung, Das verbotene Reich, Die Washington-Akte, Das Königskomplott, Der Lincoln-Pakt, Geheimakte 16, Plan Zero, Der Goldene Zirkel, Das Memphis-Dossier, Die Vatikan-Intrige, Die sieben Relikte, Das Kanzlerkomplott, Opus

Besuchen Sie uns auch auf www.blanvalet.de

STEVE BERRY

DIE
VATIKAN-INTRIGE

Thriller

Aus dem Amerikanischen
von Wolfgang Thon

blanvalet

Die Originalausgabe erschien 2018 unter dem Titel
»The Malta Exchange« bei Minotaur Books, New York.

Der Verlag behält sich die Verwertung des urheberrechtlich
geschützten Inhalts dieses Werkes für Zwecke des Text- und
Data-Minings nach § 44 b UrhG ausdrücklich vor.
Jegliche unbefugte Nutzung ist hiermit ausgeschlossen.

Penguin Random House Verlagsgruppe FSC® N001967

3. Auflage
Copyright © der Originalausgabe 2019 by Steve Berry
Published by Arrangement with MAGELLAN BILLET INC.
Dieses Werk wurde vermittelt durch die
Literarische Agentur Thomas Schlück GmbH, 30161 Hannover.
Copyright © der deutschsprachigen Ausgabe 2020 by Blanvalet Verlag,
in der Penguin Random House Verlagsgruppe GmbH,
Neumarkter Straße 28, 81673 München
produktsicherheit@penguinrandomhouse.de
(Vorstehende Angaben sind zugleich Pflichtinformationen nach GPSR)

Redaktion: Werner Bauer
Umschlaggestaltung © Johannes Frick unter Verwendung von
Motiven von Getty Images (Latitude Stock – Emma Durnford/
Gallo Images/Getty Images), iStock.com (© NiseriN, © filipefrazao,
© Rike_, © tytyeu) und Shutterstock.com (© patrice6000, © STILLFX)
JB · Herstellung: sam
Satz: KompetenzCenter, Mönchengladbach
Druck und Einband: CPI books GmbH, Leck
Printed in the EU
ISBN: 978-3-7341-0777-1

www.blanvalet.de

Für Elizabeth. Meine Frau. Mein Leben.

Hinweis:
Sämtliche *kursiv* gesetzten »Zitate« entstammen der
nach dem Schweizer Prediger Franz Eugen Schlachter
(1859–1911) benannten Schlachter-Bibel;
dieser hat die Heilige Schrift zu Beginn des
20. Jahrhunderts neu übersetzt.
(Die zitierte Bibel-Ausgabe ist 1951 erschienen.)

Man muss nicht an Gott glauben,
um ein guter Mensch zu sein.
Das traditionelle Gottesbild ist in gewisser Weise
in die Jahre gekommen.
Es ist möglich, spirituell, aber nicht religiös zu sein.

Es ist nicht nötig, zur Kirche zu gehen und Geld zu spenden.
Vielen kann die Natur eine Kirche sein.

Im Laufe der Geschichte gab es unter den besten Menschen
etliche, die nicht an Gott glaubten. Andererseits wurden
einige der schlimmsten Verbrechen in seinem Namen
begangen.

Papst Franziskus I.

Prolog

Samstag, 28. April 1945
Comer See, Italien
15.30 Uhr

Benito Amilcare Andrea Mussolini wusste, was die Stunde geschlagen hatte. Er wusste es, seit Partisanen der 52. Garibaldi-Brigade am Tag zuvor seinen Zug nach Norden blockierten und den deutschen Wehrmachtskonvoi stoppten, der ihn bei seiner Flucht in Richtung Schweiz eskortiert hatte. Der kommandierende Zugführer hatte kein Geheimnis daraus gemacht, dass er des Kämpfens müde war und beabsichtigte, den näher rückenden amerikanischen Truppen aus dem Weg zu gehen, um ohne weitere Zwischenfälle ins Dritte Reich zurückzukehren. Was erklärte, wie es möglich war, dass ein gefällter Baum und dreißig zerlumpte Partisanen ausreichten, um 300 voll bewaffnete deutsche Berufssoldaten gefangen zu nehmen.

Einundzwanzig Jahre lang hatte er über Italien geherrscht, doch als die Alliierten Sizilien einnahmen und danach das Festland besetzten, nutzten seine faschistischen Mitstreiter sowie König Viktor Emanuel III. die Gelegenheit, ihn zu entmachten. Um ihm das Gefängnis zu ersparen, brauchte es einen Hitler, der ihn als Chef der italienischen Sozialrepublik mit Sitz in Mailand einsetzte. Es war nichts weiter als ein deutsches Marionettenregime, das den Anschein von Macht aufrechterhalten sollte. Aber auch damit war es jetzt vorbei. Die Alliierten waren nach Norden vorgerückt und hatten Mailand eingenommen, was ihn dazu gezwungen hatte, noch weiter nach Norden an den Comer See zu fliehen, nur wenige Kilometer von der Schweizer Grenze entfernt.

»Es ist ein ruhiger Tag«, sagte Clara zu ihm.

In seinem Leben hatte es unzählige Frauen gegeben. Seine Frau fand sich mit den Geliebten ab, weil eine Scheidung keine Option für sie war. Vorwiegend aus religiösen Gründen, aber was hätte sie auch davon gehabt, die Exfrau des Duce zu sein?

Nicht viel.

Unter all seinen Affären nahm Claretta Petacci jedoch einen besonderen Platz ein. Altersmäßig trennten sie achtundzwanzig Jahre, aber irgendwie verstand sie ihn. Stellte ihn nie infrage, hinterfragte ihn nie, liebte ihn unbeirrt. Sie war aus eigenem Antrieb nach Como gekommen, um ihn ins Exil zu begleiten.

Doch das Schicksal arbeitete gegen sie.

Die Russen beschossen Berlin; die Briten und Amerikaner marschierten durch Deutschland, ohne auf Gegenwehr zu stoßen. Das Dritte Reich lag in Trümmern. Hitler hockte in einem Bunker unter den Trümmern seiner Hauptstadt. Die Achse Rom – Berlin war zusammengebrochen. Dieser verdammte Krieg, den man gar nicht hätte führen dürfen, näherte sich dem Ende.

Und sie hatten verloren.

Clara stand gedankenverloren am offenen Fenster. Von ihrem hochgelegenen Aussichtspunkt aus sah sie in der Ferne den See und die Berge auf der anderen Seite. Sie hatten die Nacht in diesem bescheidenen Haus verbracht, ihr Zimmer hatte einen Steinfußboden und war mit einem einfachen Bett und ein paar Stühlen ausgestattet. Kein Feuer brannte im Herd, das einzige Licht stammte von einer nackten Glühbirne, die blendend hell vor der gekalkten Wand strahlte. Sein Leben war für lange Zeit von Luxus und Genuss erfüllt gewesen, deshalb entbehrte es für ihn nicht einer gewissen Ironie, dass er und

Clara – die einst im opulenten Überfluss des Palazzo Venezia Trost in den Armen des anderen gefunden hatten – sich schließlich im Bett eines Bauernhauses mitten in den einsamen italienischen Bergen wiederfanden.

Er ging zum Fenster und stellte sich neben sie. Auf dem Fensterbrett lag eine dicke Staubschicht. Sie hielt seine Hand, als ob er ein Kind wäre.

»Vor sieben Jahren«, sagte er auf Italienisch, »war ich ein interessanter Mensch. Jetzt bin ich nicht viel mehr als eine Leiche, ein Kadaver.«

Seine Stimme klang unheilschwanger und apathisch.

»Du bist immer noch wichtig«, erklärte sie.

Er lächelte matt. »Ich bin fertig. Mein Stern ist gesunken. Ich habe keine Kraft mehr zum Kämpfen.«

In letzter Zeit war er immer wütender und aggressiver geworden, dabei aber ganz untypisch unentschlossen gewesen. Nur hier und da hatte sich seine Überheblichkeit voller Zorn Luft gemacht. Niemanden interessierte mehr, was er tat, was er dachte oder sagte.

Ausgenommen Clara.

Am Nachmittag war es bedeckt, in der Ferne waren Schüsse zu hören. Die verdammten Rebellen machten einen Schießstand aus der ländlichen Gegend und säuberten alle Rückzugsorte der Faschisten. Weiter unten entdeckte er einen Wagen, der, aus Richtung Azzano kommend, die gewundene schmale Straße herauffuhr. Er und Clara waren in den frühen Morgenstunden hergebracht worden. Warum? Er wusste es nicht. Aber zwei bärtige Partisanen, die Schirmmützen mit einem roten Stern trugen und Maschinengewehre schwenkten, hatten sie seitdem streng bewacht.

Als ob sie auf etwas warteten.

»Du hättest nicht herkommen sollen«, sagte er zu ihr.

Sie drückte seine Hand. »Mein Platz ist an deiner Seite.«

Er bewunderte ihre Loyalität und wünschte sich, seine Schwarzhemden besäßen auch nur einen Bruchteil davon. Unter seinem Fenster ging es etwa fünf Meter in die Tiefe, doch er stellte sich vor, viel höher zu stehen, wie 1936 auf dem Balkon des Palazzo Venezia zur Feier des grandiosen italienischen Sieges über Abessinien. An jenem Tag hatten sich vierhunderttausend Menschen auf der Piazza gedrängt. Stürmisch, ausgelassen und fanatisch. *Duce, Duce, Duce,* schrien sie damals, und er hatte sich in der Hitze ihrer Massenhysterie gesuhlt.

Was für ein Lebenselixier!

Doch wie wenig Cäsarenhaftes hatte er jetzt noch in sich?

Seine Markenzeichen – Kahlkopf und Schmerbauch – waren ihm geblieben, doch seine Augen waren gelblich geworden und sein Blick immer gehetzter. Er trug seine Uniform. Ein schwarzes Hemd, ein grauer Umhang, Kniebundhosen mit roten Streifen an den Seiten, Schaftstiefel und eine einfache graue Feldmütze. Gestern, bevor die Partisanen ihn festsetzten, war er in den Mantel eines deutschen Gefreiten geschlüpft und hatte sich dessen Stahlhelm übergestreift – ein kläglicher Versuch, sich zu verkleiden.

Und dazu ein Fehler.

Das verriet Furcht.

Manche nannten ihn einen *Clown,* andere einen *Abenteurer der Machtpolitik* oder einen *Hochstapler in einem riskanten, reaktionären Spiel.* Die Europäer hatten ihn als den *Mann bezeichnet, der dafür sorgte, dass die Züge pünktlich fuhren.*

Doch er war nur Il Duce.

Der Führer.

Der jüngste Mann, der jemals über Italien herrschte.

»Ich erwarte das Ende dieser Tragödie«, sagte er. »Ich fühle mich auf eine seltsame Weise all diesen Dingen entrückt, bin kein Akteur mehr, sondern eher der letzte Zuschauer.«

Die Depressionen, unter denen er in letzter Zeit gelitten hatte, wallten wieder auf, und es kostete ihn große Mühe, sich nicht von ihnen überwältigen zu lassen.

Doch jetzt war keine Zeit für Selbstmitleid!

Das Auto röhrte die steilen Serpentinen zwischen dichten Zedern- und Tannengehölzen herauf, und sein Motor brummte immer lauter, je näher es dem Haus kam.

Er war müde, blass im Gesicht, und er brauchte eine Rasur. Auch war er ungewöhnlich nachlässig gekleidet, seine Uniform zerknittert und ungepflegt. Schwerer wog jedoch, dass er sich den Ereignissen ausgeliefert fühlte und panische Fluchtgedanken hegte.

Er hatte die Kontrolle verloren.

Unten stoppte der Wagen.

Auf der Fahrerseite stieg ein Mann in der blassblauen Uniform eines Hauptmanns der Luftwaffe aus. Sein brauner Kragen ließ erkennen, dass er zum Fernmeldebataillon gehörte. Seit gestern hatte ihn nur das unorganisierte Chaos der Partisanen umgeben. Dass es ihnen an Führung fehlte, hatte er am eigenen Leib im Rathaus von Dongo erlebt, wo man ihn zum ersten Mal verhaftet hatte. Keiner seiner Häscher wusste eigentlich, was man mit ihm anstellen sollte. Er hatte in einem verrauchten Raum gesessen, in dem alle durcheinanderredeten, und zugehört, wie über Radio Mailand das Ende des Faschismus verkündet und gefordert wurde, sämtliche Regierungsmitglieder festzusetzen.

Schwachköpfe. Allesamt.

Aber nichts im Vergleich zu den Deutschen.

Er hatte es so lange wie möglich vermieden, einen Pakt mit ihnen einzugehen. Hitler war ein Rohling. *Mein Kampf* – nichts als Unfug. Er mochte den verrückten Österreicher ebenso wenig, wie er ihm vertraute.

Schließlich war der Druck der öffentlichen Meinung jedoch

zu stark geworden, um sich weiterhin darüber hinwegzusetzen, und so hatte er 1940 dem Kriegseintritt zugestimmt.

Ein schrecklicher Fehler.

Zum Teufel mit diesen arischen Mistkerlen. Nie wieder wollte er einen von ihren Uniformträgern sehen.

Doch da kam schon der nächste.

Der Uniformierte trat ins Haus und stieg die Treppe zum ersten Stock herauf. Er und Clara blieben am Fenster stehen, doch sie drehten sich um, als die Schlafzimmertür geöffnet wurde und der Uniformierte eintrat. Er erwartete, dass der Mann die Hacken zusammenschlug und salutierte, doch ihm wurde kein Respekt erwiesen. »Ich möchte mit Ihnen reden«, sagte der Neuankömmling stattdessen leise auf Italienisch. »Allein.«

Der Besucher war ein groß gewachsener dünner Mann mit einem langen Gesicht, großen Ohren und einem blassen Teint. Sein schwarzes Haar war mit Pomade zurückgekämmt, und den schmallippigen Mund zierte ein gestutzter Schnurrbart. Mussolini ging im Kopf der Reihe nach sämtliche miserablen Aspekte der Situation durch und überlegte sich eine Reaktion. In den vergangenen zwei Jahrzehnten hätte es niemand gewagt, ihn so anzusprechen. Wer gefürchtet werden wollte, musste absolute und uneingeschränkte Autorität ausstrahlen. Deshalb war sein erster Gedanke, dem Neuankömmling die Tür zu weisen, doch das ungewisse Vakuum seiner gegenwärtigen Situation war stärker als sein Stolz.

»Warte draußen«, sagte er zu Clara.

Sie zögerte und wollte protestieren, doch er brachte sie mit erhobener Hand zum Schweigen. Sie widersetzte sich nicht länger, nickte und verließ das Zimmer.

Der Uniformierte schloss hinter ihr die Tür.

»Die Zeit ist knapp«, sagte der Mann. »Das Nationale Befreiungskomitee und das Freiwilligen-Freiheitskorps sind hinter Ihnen her.«

Beide bedeuteten Schwierigkeiten, insbesondere Letzteres, weil es vorwiegend aus Kommunisten bestand, die Italien schon seit Langem für sich selbst beanspruchten.

»Man hat beschlossen, Sie zu erschießen. Es ist mir gelungen, ihren Emissären zuvorzukommen, aber sie sind nicht mehr weit weg.«

»Und das ist alles Ihnen und Ihren Deutschen zu verdanken, die mich im Stich gelassen haben.«

Der Mann wühlte mit der rechten Hand in seiner Jackentasche und holte etwas heraus.

Einen Ring.

Er streifte ihn über den Mittelfinger seiner linken Hand und zeigte ihm die Inschrift. Sie bestand aus fünf Reihen mit Buchstaben, die in das mattierte Zinn geätzt waren.

SATOR
AREPO
TENET
OPERA
ROTAS

Jetzt begriff er.

Dies hier war kein gewöhnlicher Besucher.

Er hatte zu Zeiten seiner uneingeschränkten Herrschaft mit zwei Päpsten zu tun gehabt: Pius XI. und Pius XII. Der eine war entgegenkommender als der andere gewesen, aber beide waren ihm auf die Nerven gegangen. Bedauerlicherweise brauchte man, um Italien regieren zu können, die Rückendeckung der katholischen Kirche – was keine geringe Herausforderung darstellte. Doch es war ihm gelungen, sich mit der Kirche zu arrangieren und eine brüchige Allianz zu schmieden, die sich nun ebenfalls ihrem Ende näherte.

»Dieser Ring dürfte Ihnen bekannt sein«, sagte der Mann.

»Er ist genau wie jener, den Sie dem Mann gestohlen haben, den Sie umbringen ließen.«

Jetzt wurde es noch klarer.

Eine kleine Gruppe von Europäern hatte im Jahr 1070 am Rand des christlichen Abendlandes ein Hospital gegründet und es Johannes dem Täufer gewidmet. So wurden sie zum Hospitalorden vom Heiligen Johannes von Jerusalem. Nach 850-jähriger Geschichte war der volle Name des Ordens inzwischen grotesk lang geworden:

Souveräner Ritter- und Hospitalorden vom Heiligen Johannes zu Jerusalem von Rhodos und von Malta.

Nicht gerade uneitel.

»Ich spreche für Seine Durchlaucht, den Prinzen und Großmeister persönlich«, sagte der Uniformierte. »Er bittet Sie noch einmal herauszugeben, was sich in Ihrem Besitz befindet.«

»Sind Sie wirklich ein deutscher Offizier?«, fragte er.

Der Mann nickte. »Doch ich war schon lange ein Ordensritter, bevor so etwas wie das Dritte Reich überhaupt existierte.«

Er lächelte.

Endlich ließ der Fremde die Maske fallen.

Dieser Mann war nichts weiter als ein Spion, was erklärte, warum seine Feinde diesen Abgesandten überhaupt zu ihm durchgelassen hatten.

»Sie behaupten, es seien Leute zu mir unterwegs. Für die Partisanen bin ich bedeutungslos. Den Deutschen mache ich nur Scherereien. Mein Tod nützt nur den Kommunisten. Also sagen Sie mir: Was haben *Sie* zu bieten, um denen ihr Vergnügen streitig zu machen?«

»Die Täuschungsmanöver, die Sie gestern versuchten, sind allesamt gescheitert.«

Es tat ihm leid, das zu erfahren.

Er war zunächst von Mailand nach Como geflohen, über die schmale, gewundene Straße, die sich am Seeufer entlangzog, und durch Dutzende winziger Dörfer gefahren, die sich an das stille Gewässer schmiegten. Cernobbio, Moltrasio, Tremezzo, Menaggio. Normalerweise leicht an einem halben Tag zu schaffen, aber diesmal hatte es viel länger gedauert. Er hatte damit gerechnet, dass ihn fünftausend Schwarzhemden erwarteten. Seine Soldaten. Doch nur zwölf hatten sich blicken lassen. Dann tauchte ein deutscher Konvoi aus achtunddreißig Lkw und dreihundert kampferprobten Soldaten auf, der sich nordwärts in Richtung Österreich bewegte. Er hatte die Karawane dazu gebracht, ihn aufzunehmen, und hoffte, sich so bis nach Chiavenna durchschlagen zu können. Dort wollte er sich von dem Zug trennen und die Schweiz ansteuern.

Aber so weit kam er gar nicht.

Die verdammten Deutschen wollten ihn jetzt im Tausch gegen eine sichere Passage ans Messer liefern.

Glücklicherweise war er nicht ohne Sicherheiten unterwegs. Gold und Juwelen aus dem italienischen Staatsschatz, dazu bündelweise Devisen und zwei Ledermappen voller wichtiger Papiere, Dossiers und Briefwechsel.

»Die Partisanen haben einen Teil Ihres Goldes«, sagte der Mann. »Das meiste davon haben die Deutschen in den See gekippt. Ihre beiden Mappen sind allerdings verschwunden. Befindet sich das, was ich haben will, in einer davon?«

»Weshalb sollte ich Ihnen das erzählen?«

»Weil ich Ihr erbärmliches Leben retten kann.«

Mussolini konnte nicht abstreiten, dass er gern weiterleben wollte. Doch etwas anderes war noch wichtiger: »Und Clara?«

»Sie kann ich auch retten.«

Er verschränkte die Hände hinter dem Rücken und schob den Unterkiefer vor – eine so vertraute Geste. Dann lief er durchs Zimmer, und seine Stiefelsohlen schrammten über den rauen Steinfußboden. Zum ersten Mal seit langer Zeit spürte er eine Aufwallung von Stärke in den Knochen.

»*Der ruhmreiche Orden wird niemals untergehen*«, sagte er.

»*Er ist wie die Tugend selbst, wie der Glaube. Ist das korrekt?*«

»Das ist es. Der Comte de Marcellus hat vor der französischen Deputiertenkammer eine elegante Rede gehalten.«

»Ich erinnere mich, dass es ihm um die Rückgabe eines großen Landstriches ging, den die Krone den Rittern abgenommen hatte. Sein Vorhaben scheiterte, doch es gelang ihm, einen Souveränitätsstatus zugebilligt zu bekommen. So konnten die Ordensritter einen eigenen Staat in Frankreich gründen.«

»Und wir sind nicht untergegangen«, sagte der Mann.

»Sehr zu meinem Glück.« Er warf seinem Besucher einen finsteren Blick zu. »Bringen Sie mich von diesen Partisanen weg, dann können wir uns über *Nostra Trinità* unterhalten.«

Der Mann schüttelte den Kopf. »Sie verkennen womöglich den Ernst Ihrer Lage. Sie sind ein zum Tode Verurteilter und rennen mit jeder Lira und jeder Unze Gold, die Sie stehlen konnten, um Ihr Leben.« Er hielt inne. »Leider sind Sie damit gescheitert. Sie werden kommen, um Sie zu töten. Ich bin Ihre einzige Hoffnung. Ihnen bleibt keinerlei Spielraum zum Feilschen, es sei denn, Sie geben mir, was ich verlange.«

»In den beiden Ledermappen, die Sie erwähnten, habe ich Korrespondenzen, von denen die Briten ganz bestimmt nicht möchten, dass sie an die Öffentlichkeit gelangen.«

Der Mann zuckte mit den Schultern. »Das ist deren Problem.«

»Stellen Sie sich doch einmal vor, was die Ritter mit solch belastenden Informationen bewirken könnten.«

»Wir haben exzellente Beziehungen mit London. Ich will nur den Ring und die Dokumente, die Sie gestohlen haben.«

»Den Ring? Das ist doch nur ein Stück Metall.«

Der Uniformierte hob die Hand. »Uns bedeutet er viel mehr.«

Er schüttelte den Kopf. »Ihr Ritter seid doch nichts als Parias.

Man hat euch aus Jerusalem hinausgeworfen, aus Zypern, Rhodos, Russland und Malta. Jetzt verkriecht ihr euch in zwei Palazzi in Rom und klammert euch an einen Ruhm, den es schon lange nicht mehr gibt.«

»Dann haben wir etwas gemeinsam.«

Mussolini grinste unwillkürlich. »Das stimmt.«

Durchs offene Fenster hörte er ein weiteres Fahrzeug näher kommen.

Sein Besucher bemerkte es ebenfalls.

»Sie sind da«, sagte der Mann.

Plötzlich wurde er von einer Entschlossenheit erfüllt, die noch durch die Tatsache verstärkt wurde, dass selbst den Kaisern des Heiligen Römischen Reiches, Napoleon und sogar Hitler persönlich verwehrt geblieben war, was ihm gelungen war.

Er hatte den Papst bezwungen.

Dass sich dieser Mann jetzt hier befand, war der handfeste Beweis seines Sieges.

»Fragen Sie Pius XII., wie es sich angefühlt hat, vor mir auf die Knie zu gehen«, sagte er.

»Ich bezweifle, dass das geschehen ist.«

»Nicht wortwörtlich. Doch im übertragenen Sinne hat er gekniet. Er wusste, was ich für seine kostbare Kirche tun konnte. Und was ich immer noch tun kann.«

Dies erklärte, weshalb sich der Vatikan nach außen niemals seiner Machtergreifung widersetzte. Selbst nachdem er die totale Kontrolle erlangt hatte, hatte die Kirche weiterhin geschwiegen und ihren immensen Einfluss nie genutzt, um das italienische Volk zum Aufstand zu bewegen – ein Glück, das keinem anderen König, keiner Königin und keinem Kaiser jemals so zuteilwurde.

Er deutete auf den Ring des Mannes. »Nicht anders als Sie sehe ich mich in meinen Stärken in der Tradition Kaiser Konstantins. Nur ihm und mir gelang der Sieg, wo alle anderen scheiterten.«

Draußen hatte das Fahrzeug inzwischen das Haus erreicht. Er hörte Türen knallen, als Leute ausstiegen.

»Sagen Sie Ihrem Großmeister, dass er es bedauern wird, mich nicht gerettet zu haben«, sagte er.

»Sie sind ein Narr.«

Er drückte den Rücken durch. »Ich bin der Duce.«

Der Mann in der deutschen Uniform wirkte unbeeindruckt und schüttelte den Kopf. »Leben Sie wohl, großer Führer«, sagte er und verließ mit diesen Worten den Raum.

Mussolini richtete sich kerzengerade auf und blickte zur offenen Tür. Wie viele Männer hatte er in den Tod geschickt? Tausende? Eher Zehntausende? Jetzt begriff er, wie hilflos sie sich in dem Moment gefühlt haben mussten, als ihr Schicksal besiegelt war.

Jemand stapfte die Treppe herauf.

Ein ihm unbekannter Mann betrat den Raum, ein drahtiger Kerl mit dunklen Augen und düsterer Miene, der eine Maschinenpistole in den Händen hielt. »Ich bin hier, um Sie zu befreien.«

Er glaubte ihm kein Wort, spielte aber mit. »Welch ein Glück.«

»Wir müssen hier weg. Sofort.«

Jetzt erschien Clara. Sie kam ins Zimmer, ging zum Bett und suchte zwischen den Laken.

»Was suchen Sie da?«, fragte der Mann.

»Meinen Schlüpfer.«

»Lassen Sie das. Dafür ist keine Zeit. Wir müssen gehen.«

Mussolini nahm sie sanft am Arm und signalisierte ihr, dass sie aufbrechen mussten. War ihr überhaupt bewusst, was gleich geschehen würde? Er bezweifelte es, weil sie sich, wie stets, mehr um ihn als um sich selbst zu sorgen schien.

Sie stiegen hinunter ins Erdgeschoss, verließen das Haus und setzten sich auf die Rückbank eines lädierten Fiats. Hinter dem Steuer saß schon ein Fahrer. Der Mann mit der Maschinenpistole stieg nicht ein, er stellte sich rechts aufs Trittbrett und richtete seine Waffe in den Innenraum.

Langsam fuhr das Auto die steile Straße zum Dorf hinunter. Weiter hinten folgten zu Fuß die beiden Wachen von letzter Nacht. Sie alle umrundeten im Schritttempo eine Haarnadelkurve, doch beschleunigte der Fiat, als die Straße danach geradeaus weiterging. Die Reifen zischten auf der feuchten Straße. Der Mann, der sich draußen ans Fahrzeug klammerte, befahl dem Fahrer, auf der schmalen und steilen Straße in der Aussparung vor einem Eisentor zu halten, die etwa fünf Meter breit und zwei Meter tief war. Das Tor blockierte eine Einfahrt und war an zwei großen Betonpfeilern eingehängt, links und rechts davon verliefen nach innen gebogene, etwa hüfthohe Mauern, die oben mit Buschwerk bewachsen waren.

Der Mann mit der Maschinenpistole sprang vom Trittbrett und öffnete die Wagentüren. Der Fahrer stieg aus. Befehle wurden geschrien und zwei andere bewaffnete Männer gingen in Position, einer vorne und einer hinten an der Straße. Bäume und die scharfe Kurve verhinderten, dass die Szene von den Häusern in Azzano aus beobachtet werden konnte.

»Aussteigen«, befahl jemand.

Claras Gesicht bekam einen gequälten Ausdruck, ihre Blicke irrten umher wie bei einem verängstigten Vogel.

Mussolini stieg aus.

Sie folgte ihm.

»Dorthin!«, sagte der Mann und schwenkte den Lauf seines Gewehrs in Richtung des Eisentors.

Mussolini ging gleich zur Wand und baute sich davor auf. Clara kam und stellte sich an seine Seite. Er wollte nicht denselben Fehler wie gestern begehen. Er würde keine Angst haben.

Wenn später von dem berichtet wurde, was gleich geschehen sollte, würden sie lügen müssen, um ihn als Feigling dastehen zu lassen.

»Benito Mussolini, Sie sind ein Kriegsverbrecher. Das italienische Volk hat Sie dafür zum Tode verurteilt.«

»Nein. Das dürfen Sie nicht«, schrie Clara. »Das können Sie nicht machen.«

Sie klammerte sich an seinen Arm.

»Gehen Sie von ihm weg!«, befahl der Mann. »Gehen Sie weg, oder Sie sterben auch.«

Sie wich nicht von der Stelle, und der Mann drückte den Abzug.

Nichts geschah.

Der Schütze rüttelte am Schussbolzen und versuchte die Ladehemmung zu beseitigen. Clara schrie erneut, warf sich nach vorn und packte den Lauf der Maschinenpistole mit beiden Händen.

»Sie können uns doch nicht einfach so umbringen«, kreischte sie.

»Gib mir dein Gewehr!«, brüllte der Mann.

Eine der beiden anderen Wachen kam zu ihm gerannt und warf ihm eine Waffe zu. Der Schütze ließ das Gewehr los, das Clara festhielt, und fing die Ersatzwaffe auf.

Mussolini begriff, dass seine Stunde gekommen war.

Energie durchströmte ihn, und er versuchte gar nicht erst, wegzulaufen oder sich zu wehren.

Stattdessen riss er mit beiden Händen seine Jacke auf und schob die Brust nach vorn wie einen Schiffsbug. Hinter den drei Männern, die gekommen waren, um ihn umzubringen, sah er den Ritter in der deutschen Uniform die Straße hinuntergehen. Ganz entspannt, ohne Hast. Die drei anderen kümmerten sich nicht um ihn. Der Uniformträger blieb stehen und beobachtete die Szene. Gut so. Sollte er doch zusehen.

»*Magnus ab integro saeclorum nascitur ordo!*«, rief Mussolini.

Er bezweifelte, dass einer dieser Narren Latein verstand.

Die große Ordnung der Zeitalter wird von Neuem geboren.

Die Maschinenpistole ratterte.

Clara wurde als Erste getroffen und stürzte zu Boden. Ihm brach das Herz, als er sie sterben sah. Die nächsten Schüsse galten ihm. Drei trafen ihn in den Bauch, vier weitere in die Beine. Seine Knie gaben nach, und er sackte in eine sitzende Position.

Er richtete den Blick auf den Ritter und sagte mit der letzten Kraft, die er aufbieten konnte: »Es ist … noch nicht … vorbei.«

Blut strömte aus seinem Mund.

Seine linke Schulter senkte sich, und er fiel auf das feuchte Kopfsteinpflaster. Er starrte in den Wolkenhimmel hinauf. Noch lebte er. Der Korditgestank hing schwer in der feuchten Luft. Eine der Wachen baute sich über ihm auf und richtete den Lauf der Waffe nach unten.

Er konzentrierte sich auf das schwarze Loch.

Es war wie der Punkt am Ende eines Satzes.

Dann fiel der Schuss.

GEGENWART

1

Cotton Malone betrachtete den Ort, an dem die Exekution stattgefunden hatte.

Am Nachmittag des 28. April 1945 wurden kurz nach 16 Uhr Benito Mussolini und seine Geliebte Claretta Petacci nur wenige Schritte von der Stelle entfernt, an der er jetzt stand, erschossen. Im Laufe der Jahrzehnte, die seither vergangen waren, war aus dem Eingang der Villa Belmonte am Rand einer schmalen Straße, die von Azzano aus etwa eine halbe Meile steil nach oben verlief, ein Wallfahrtsort geworden. Das Eisentor, die niedrige Mauer, selbst die gestutzte Hecke war noch dort; der einzige Unterschied zu damals war ein Holzkreuz auf einer Seite des Tores, auf dem Mussolinis Name und sein Todestag geschrieben standen. Auf der anderen Seite entdeckte er eine weitere Ergänzung: ein kleines verglastes Holzkästchen mit Fotografien von Mussolini und Claretta. Ein riesiger Kranz aus frischen Blumen hing am Eisenzaun über dem Kreuz. Auf dem Band stand: *Egli vivrà per sempre nel cuore del suo popolo.*

Er wird auf ewig im Herzen seines Volkes leben.

Unten im Dorf hatte man ihm den Weg zu der Stelle erklärt und ihm erzählt, dass es immer noch loyale Anhänger gab, die dem Ort die Ehre erwiesen, was erstaunlich war, wenn man bedachte, wie viel Brutalität man Mussolini nachsagte und dass seit seinem Tod bereits etliche Jahrzehnte vergangen waren.

In welch einer Zwickmühle hatte Mussolini gesteckt!

Italien quälte sich durch eine Übergangszeit. Die Deutschen hatten sich zurückgezogen, und die Partisanen strömten aus den Bergen herunter. Die Alliierten machten aus südlicher Richtung Druck und befreiten eine Stadt nach der anderen. Einzig der Norden und die Schweiz hatten Fluchtmöglichkeiten geboten.

Doch dazu war es nicht mehr gekommen.

Cotton stand in der kühlen Brise eines herrlichen Frühlingsmorgens.

Gestern war er mit der Nachmittagsmaschine aus Kopenhagen auf dem Flughafen Mailand-Malpensa gelandet und von dort aus mit einem gemieteten Alfa Romeo nordwärts an den Comer See gefahren. Er hatte sich den Sportwagen gegönnt, und es gab wohl niemanden, dem es nicht gefiele, einen Wagen mit einem 237-PS-Motor zu fahren, der es in vier Sekunden von null auf hundert schaffte. Im Rahmen einer verdeckten Operation des Magellan Billet war Cotton vor Jahren schon einmal in Como gewesen und damals in der hinreißenden Villa d'Este untergebracht worden, einem der besten Hotels der Welt. Diesmal würde sein Logis nicht annähernd so üppig ausfallen.

Er war als freischaffender Mitarbeiter mit einem Spezialauftrag des britischen Geheimdienstes unterwegs. Seine Zielperson war ein ortsansässiger Antiquitätenhändler, der kürzlich ins Visier des MI6 geraten war. Ursprünglich bestand seine Aufgabe aus einer einfachen An- und Verkaufsaktion. Weil er selbst mit seltenen Büchern handelte, brachte er eine gewisse Expertise mit, was Preisverhandlungen bei alten und raren Schriftstücken anbetraf. Doch neue Informationen, die erst im Laufe der vergangenen Nacht aufgekommen waren, hatten auf ein mögliches Versteck hingewiesen, weshalb die Aufgabe modifiziert worden war. Falls sich diese Informationen als zutreffend erwiesen, hatte er nun den Befehl, die Gegenstände zu stehlen.

Er wusste, wie es lief.

Ein Ankauf hinterließ zu viele Spuren und war bis zum gestrigen Tag die einzige Option des MI6 gewesen. Sofern sich das, was sie wollten, ohne Bezahlung in Besitz nehmen ließ, war dies der klügere Schachzug. Insbesondere, wenn man bedachte, dass sie etwas haben wollten, das dem Italiener, der es anbot, gar nicht gehörte.

Cotton machte sich keine Illusionen.

In den zwölf Jahren beim Magellan Billet und ein paar weiteren, in denen er als freier Mitarbeiter für verschiedene Geheimdienste tätig gewesen war, hatte er eine Menge gelernt. In diesem Fall wusste er, dass er dafür bezahlt wurde, einen Auftrag zu erledigen und alles auf die eigene Kappe zu nehmen, falls etwas schiefging. Grund genug, keine Fehler zu begehen.

Die Sache wirkte allerdings durchaus reizvoll.

Im August 1945 war Winston Churchill unter dem Decknamen Colonel Warden in Mailand eingetroffen. Angeblich, um an den Ufern des Comer Sees, am Gardasee und in Lugano Urlaub zu machen. Was an sich keine schlechte Entscheidung war, weil die Menschen bereits seit Jahrhunderten zu den kristallklaren Alpenseen fuhren. Der Gebrauch eines Decknamens sicherte zwar ein gewisses Maß an Privatheit, zu jenem Zeitpunkt war Churchill allerdings nicht mehr britischer Premierminister, weil er die Wahlen schmählich verloren hatte.

Den ersten Halt hatte er an dem Friedhof in Mailand eingelegt, wo man Mussolini hastig verscharrt hatte. Er hatte mehrere Minuten mit dem Hut in der Hand am Grab gestanden, was etwas seltsam war, da es sich bei dem Verstorbenen um einen brutalen Diktator und Kriegsgegner handelte. Danach war er weiter nordwärts nach Como gereist und in einer Villa am Seeufer abgestiegen. Im Laufe der nächsten paar Wochen sahen ihn Einheimische draußen bei der Gartenarbeit, beim Angeln oder beim Malen. Damals verschwendete niemand allzu viele Gedanken darauf, doch Jahrzehnte später sahen sich Historiker die Reise genauer an. Der britische Geheimdienst wusste selbstverständlich schon seit Langem, was Churchill im Schilde führte.

Es ging um Briefe.

Genauer gesagt, um einen Briefwechsel zwischen ihm und Mussolini.

Sie waren zu den Zeiten von Mussolinis Verhaftung verloren gegangen und gehörten zu einer Sammlung von Dokumenten in zwei Ledermappen, die nach dem 27. April 1945 nicht mehr gesehen wurde. Es gab Gerüchte, dass die Mappen von örtlichen Partisanen konfisziert worden waren. Manche behaupten, sie seien den Kommunisten übergeben worden. Andere hatten die Deutschen im Verdacht. Einer weiteren Theorie zufolge waren sie im Garten der Villa vergraben worden, die Churchill gemietet hatte.

Niemand wusste etwas Genaueres.

Doch im August 1945 war etwas vorgefallen, das Winston Churchill dazu gebracht hatte, sich persönlich einzuschalten.

Cotton stieg wieder in den Alfa Romeo und fuhr weiter die steile Straße hinauf. Die Villa bzw. das vermeintliche Bauernhaus, wo Mussolini und seine Geliebte ihre letzte Nacht verbracht hatten, stand noch irgendwo in der Nähe. Er hatte die vielen widersprüchlichen Berichte über die Ereignisse jenes schicksalhaften Samstags gelesen. Die Historiker hatten längst noch nicht alle Fragen geklärt. Insbesondere war der Name des Schützen inzwischen nicht mehr zweifelsfrei bekannt. Inzwischen gab es mehrere Männer, die diese Ehre für sich in Anspruch nahmen, doch niemand wusste genau, wer den Finger am Abzug gehabt hatte. Noch rätselhafter war, was aus dem Gold, den Juwelen, den Devisen und den Dokumenten geworden war, die Mussolini hatte mit in die Schweiz nehmen wollen. Die größte Einigkeit bestand über den Punkt, dass ein

Teil des Vermögens im See versenkt worden war, weil ortsansässige Fischer dort nach dem Krieg Gold gefunden hatten. Was allerdings die Dokumente betraf, war niemals ein bedeutender Fund ans Licht der Welt gelangt – bis vor zwei Wochen, als bei der britischen Botschaft in Rom eine E-Mail mit einem gescannten Brief Churchills an Mussolini einging.

Es folgten noch mehr E-Mails mit vier weiteren Scans. Für die fünf Briefe war bisher kein Verkaufspreis genannt worden, deshalb zahlte man Cotton 50.000 Euro für die Reise nach Como, sein Verhandlungsgeschick und die sichere Rückgabe jener fünf Briefe.

Die Villa, die er suchte, befand sich auf einer Felsklippe, nur ein kleines Stück von der Straße entfernt, die weiter bis zur nur sechs Meilen entfernten Schweizer Grenze verlief. Ringsumher erstreckten sich Wälder, in denen sich während des Krieges Partisanen versteckt hielten, die von dort aus einen unerbittlichen Guerillakrieg gegen die Faschisten und die Deutschen führten. Ihre erfolgreichen Aktionen waren legendär, allen voran der unerwartete Erfolg der Gefangennahme von Mussolini persönlich.

Für Italien endete der Zweite Weltkrieg an dieser Stelle.

Er fand die Villa zwischen hohen Bäumen. Ein bescheidener, zweigeschossiger Kasten mit angeschimmelten Wänden und einem spitzen Schieferdach. In den vielen Fenstern spiegelte sich der volle Glanz der frühen Morgensonne, und der gelbliche Kalkstein schien im blendend hellen Licht zu verblassen. Der gepflegte Hof wurde von Zypressen gesäumt, mit einem Formschnitt, wie er bei den Häusern rings um den Comer See obligatorisch zu sein schien.

Cotton parkte vor dem Haus, stieg aus und wurde von einer tiefen Stille empfangen.

Hinter der Villa ging es weiter hinauf ins Vorgebirge, wo die Straße ihren gewundenen Anstieg fortführte. Ostwärts und zwischen den in frischem Frühlingsgrün sprießenden Bäumen entdeckte er die dunkelblaue Oberfläche des Sees, der etwa eine halbe Meile entfernt und eine Viertelmeile tiefer lag. Auf seiner spiegelnden Oberfläche bewegten sich Boote hin und her. Die Luft war hier spürbar kälter, und er roch die Glyzinien aus dem nahe gelegenen Garten.

Er wandte sich zur Eingangstür und wurde hellwach.

Die schwere Holztür stand leicht offen.

Weißer Kies knirschte unter seinen Sohlen, als er die Einfahrt überquerte. Kurz vor dem Eintreten hielt er an. Er versetzte der Tür einen leichten Stoß, um sie weiter zu öffnen, ohne die Türschwelle übertreten zu müssen. Keine Alarmanlage schlug an, und es kam auch niemand. Doch sein Blick fiel sofort auf den Körper, der mit dem Gesicht nach unten auf dem Terrazzoboden lag. An einer Seite hatte sich eine dunkelrote Lache gebildet.

Cotton war unbewaffnet. Nach Auskunft seines Informanten hätte das Haus leer sein sollen, der Besitzer sollte erst am späten Nachmittag zurückkehren. Der MI6 hatte nicht nur die E-Mails zurückverfolgt, die er bekommen hatte, sondern auch ein kurzes Dossier über den potenziellen Verkäufer zusammenstellen können. Nichts an ihm hatte bedrohlich gewirkt.

Cotton trat ein und tastete nach dem Puls des Mannes am Boden.

Nichts.

Er sah sich um.

Die Zimmer waren angenehm und geräumig, an den tapezierten Wänden hingen riesige Ölbilder, vom Alter nachgedunkelt. Der etwas faulige Duft alter Blumen sowie der muffige Geruch von Kerzenwachs und Tabak hing in der Luft. Sein Blick glitt über einen großen Schreibtisch aus Walnussholz, ein Akkordeon aus Rosenholz, mit Seidenbrokat bezogene Sofas und Sessel. An den Wänden standen Schränke mit Glastüren, die mit aufwändigen Intarsien verziert waren. Darin lagen, ausgestellt wie in einem Museum, verschiedenste Objekte.

Aber es herrschte das reinste Chaos.

Schubladen waren halb geöffnet, hingen in seltsamen Winkeln heraus, die Regale waren in Unordnung, einige der Schränke zertrümmert, Sessel lagen umgestürzt auf dem Boden, manche davon zerschlagen, die Bezüge zerrissen. Selbst die Vorhänge waren zum Teil aus den Schienen gerissen worden und lagen in zerknitterten Haufen am Boden.

Da hatte jemand offenbar etwas gesucht.

Der Einzige, der die Stille störte, war ein Papagei in einem vergoldeten Käfig, der einmal auf einem Marmorpodest gestanden hatte. Jetzt lag der Käfig zerschmettert und verbogen auf dem Boden, das Podest war umgestürzt, und der Vogel kreischte laut und aufgeregt.

Cotton drehte die Leiche herum und bemerkte zwei Schusswunden. Das Opfer war ein Mann von Mitte bis Ende vierzig, hatte dunkles Haar und ein glatt rasiertes Gesicht. Der Besitzer der Villa hatte ungefähr das gleiche Alter, doch dieser Tote passte nicht zu der Beschreibung, die er erhalten hatte.

Etwas klapperte.

Hart und laut.

Das kam von oben.

Dann folgten schwere Schritte.

Es war noch jemand hier.

Das Versteck, nach dem er suchte, befand sich im zweiten Stock, deshalb ging er zur Treppe und stieg die Stufen hoch; dabei kam er am Absatz des ersten Stockwerkes vorbei. Auf den Treppenstufen lag ein Läufer, der die Schritte seiner Ledersohlen dämpfte, sodass kein Laut seine Bewegungen verriet. Im dritten Stock hörte er Lärm. Als ob ein schweres Möbelstück auf den Fußboden krachte! Wer auch immer dort auf der Suche war, schien sich völlig ungestört zu fühlen.

Er beschloss, einen kurzen Blick zu riskieren, um die Lage einzuschätzen, und schlich weiter.

Ein schmaler grüner Läufer verlief in der Mitte des Holzfußbodens durch den Korridor. Das halb geöffnete Fenster auf der gegenüberliegenden Seite ließ etwas Morgenlicht herein und sorgte für Durchzug. Er gelangte zu dem Zimmer, aus dem der Lärm kam. Es war der Raum, den er auftragsgemäß suchen sollte. Die Person, die ihm hier zuvorgekommen war, war gut informiert. Er stoppte an der offenen Tür, riskierte einen kurzen Blick.

Und sah einen kräftigen Bären.

Mindestens einige hundert Kilo schwer.

Als Ursache des Lärms war schnell ein Schrank ausgemacht, der umgestürzt dalag. Das Tier untersuchte alles, schob alles Mögliche von den Tischen und schnupperte daran, wenn es zu Boden fiel. Es stand mit abgewandtem Kopf bei einem der beiden halb geöffneten Fenster.

Besser, wenn er schleunigst verschwand!

Der Bär unterbrach seine Nahrungssuche und hob schnuppernd die Nase.

Das war übel.

Das Tier witterte Cotton, wandte sich zu ihm um und knurrte drohend.

Ihm blieb nur der Bruchteil einer Sekunde, um eine Entscheidung zu treffen.

Beim Umgang mit Bären galt es normalerweise, nicht zurückzuweichen und sich ihnen entgegenzustellen. Dieser Ratschlag stammte offensichtlich von Menschen, die niemals so nahe an einen Bären herangekommen waren. Sollte er zurück zur Treppe laufen? Oder ins Zimmer auf der anderen Seite des Flurs springen? Ein einziger Fehler auf dem Weg ins Erdgeschoss, dann hätte ihn der Bär eingeholt. Also entschied Cotton sich für den Raum auf der anderen Seite des Flurs und sprang gerade in dem Moment nach links, als das Tier mit einer für seine Größe überraschenden Geschwindigkeit losstürmte. Er knallte die Tür zu und stand in einem kleinen Schlafzimmer. Ein riesiger Kachelofen nahm eine Ecke des Zimmers ein. Hier gab es zwei halb geöffnete Fenster, die auf die Rückseite der Villa hinausgingen.

Er brauchte einen Moment zum Nachdenken.

Aber der Bär hatte andere Vorstellungen.

Die Tür flog krachend ins Zimmer.

Cotton lief zu einem der Fenster und sah hinaus. Es ging fast zehn Meter in die Tiefe. Das bedeutete mindestens einen gestauchten Knöchel, vielleicht aber auch einen gebrochenen Knochen oder Schlimmeres. Der Bär verharrte in der Tür, dann brüllte er.

Damit stand die Entscheidung fest.

Cotton bemerkte einen Absatz gleich unter dem Fenster, etwa zwanzig Zentimeter breit. Das reichte, um darauf zu stehen. Er stieg hinaus, breitete seine Hände am warmen Stein aus und presste den Rücken ans Haus. Der Bär stürmte zum Fenster, streckte den Kopf hinaus und schlug mit scharfen Klauen nach ihm. Cotton balancierte weiter nach links und brachte sich aus seiner Reichweite.

Er glaubte nicht, dass das Tier herausklettern würde.

Doch damit war sein Problem nicht gelöst.

Was sollte er als Nächstes tun?

2

Der Ordensritter senkte den Feldstecher.

Was für ein seltsamer Anblick.

Ein Mann stand auf dem schmalen Sims des zweiten Geschosses einer Villa, und ein Bär brüllte aus einem Fenster und schlug mit den Tatzen nach ihm.

Er stand etwa eine Viertelmeile nördlich der Villa auf einem Felssporn und blickte durch die frühlingsgrünen Bäume zu ihr hinunter. Er hatte beobachtet, wie der Alfa Romeo die Straße hinauffuhr – es war ein stetiger, steiler Aufstieg mit vielen engen Kurven –, und gesehen, dass er in die Einfahrt der Villa abbog. Als er das Fernglas auf den Fahrer richtete, der ausstieg, erkannte er sofort, dass es derselbe Mann aus Menaggio war, der gestern Abend in der Stadt so viele Fragen gestellt hatte. Vor einem Café war es ihm gelungen, ein Handyfoto von ihm aufzunehmen, mit dessen Hilfe er die Identität des Mannes herausfand.

Harold Earl »Cotton« Malone.

Ein ehemaliger Mitarbeiter des US-amerikanischen Justizministeriums, der früher einmal etwas mit einer speziellen nachrichtendienstlichen Einheit namens Magellan Billet zu tun hatte. Ein Navy-Commander und qualifizierter Pilot von Kampfjets mit einem abgeschlossenen Jurastudium an der Georgetown-Universität. Malone hatte beim Obersten Militärgericht gearbeitet, bevor man ihn an das Justizministerium überstellte, wo er ein Dutzend Jahre blieb. Er war noch keine fünfzig Jahre alt gewesen, als er in den vorzeitigen Ruhestand ging. Jetzt hatte er ein eigenes Geschäft. Cotton Malone, Antiquariat, Højbro Plads, Kopenhagen.

Ein interessanter Berufswechsel.

Malone genoss einen ausgezeichneten Ruf als kompetenter Geheimagent, der sich auch weiterhin gelegentlich als freier Mitarbeiter verdingte. Was der Templer nicht genau ermitteln konnte, war, weshalb dieser Amerikaner, der über ansehnliche Fähigkeiten und Begabungen verfügte, hier in Italien war und sich nach Dingen erkundigte, von denen nur sehr wenige Menschen auf der Welt überhaupt etwas wissen konnten.

Er wandte sich von der chaotischen Szene dort unten ab und starrte auf den Villenbesitzer, der auf dem Boden kauerte. Man hatte ihm die Arme auf dem Rücken zusammengebunden, und seine Beine waren ebenfalls gefesselt. Ein Knebel hinderte den stämmigen Italiener daran, Geräusche von sich zu geben. Neben ihm stand ein Mitarbeiter und behielt ihn aufmerksam im Auge.

»Sie machen uns reichlich Probleme«, sagte er zu seinem Gefangenen, der ihn mit versteinertem Blick beobachtete.

Er war vor zwei Stunden an der Villa angekommen. Leider war der Gärtner überraschend aufgetaucht, und sein Mitarbeiter hatte ihn erschießen müssen. Es wäre ihm lieber gewesen, Blutvergießen zu vermeiden, aber das hatte sich halt leider nicht vermeiden lassen. Der Villenbesitzer war bereits aufgestanden und angezogen und wollte gerade gehen. Geplant war, ihn zu schnappen, bevor es dazu kam. Er hatte dem Besitzer einige verbindliche Fragen gestellt und auf kooperatives Verhalten gehofft, aber keine Antworten erhalten. Mehrere Appelle an seine Vernunft waren an ihm abgeprallt, deshalb hatten er und sein Mitarbeiter den fetten Italiener hier heraufgebracht, in den Wald, der zu dem Anwesen gehörte und wo eine gewisse Abgeschiedenheit zwischen den Bäumen die Möglichkeit bot, seinem Anliegen Nachdruck zu verleihen. Als ob zwei Kugeln im Körper des Gärtners noch nicht ausgereicht hätten, um deutlich zu werden.

Er ging einen Schritt näher und kauerte sich hin. Der Duft des kühlen Morgens stieg ihm in die Nase. »Wahrscheinlich tut es Ihnen jetzt leid, die britische Botschaft in Rom angerufen zu haben.«

Ein Kopfnicken.

»Sie brauchen mir nur zu sagen, wo die Briefe sind, die Sie verkaufen wollten.«

Nach der Gefangennahme Mussolinis im Jahr 1945 war der Inhalt der beiden Ledermappen, die er dabeigehabt hatte, angeblich von italienischen Partisanen inventarisiert worden. Doch es gab niemanden, der ernsthaft glaubte, dass diese Inventarliste korrekt war. Er hatte die Einträge gelesen. Sie waren nur mäßig oder überhaupt nicht interessant. Höchstwahrscheinlich war der ganze Aufwand lediglich Augenwischerei gewesen, und die wirklich wertvollen Dinge waren erst gar nicht in die Liste aufgenommen worden. Im Übrigen hatte man von den Dokumenten, die tatsächlich auf der Liste standen, in den folgenden Jahren nie wieder etwas gehört.

Und dieser Italiener konnte womöglich die Frage beantworten, warum das so war.

»Sie werden mir alles über diese Dokumente von Mussolini erzählen.«

Der Villenbesitzer konnte darauf natürlich keine Antwort geben, und der Tenpler hatte nicht vor, ihm den Knebel abzunehmen.

Jedenfalls jetzt noch nicht.

Er machte ein Zeichen, und sein Mitarbeiter nahm eine Seilrolle, die zwischen den Blättern lag. Hoch über ihnen gab es mehrere kräftige Äste. Er musterte sie und wählte schließlich einen aus, der etwa zehn Meter über ihnen hing. Sein Mitarbeiter brauchte zwei Anläufe, bis es ihm gelang, ein Ende der Seilrolle über den Ast zu werfen. Dann schleifte er den Villenbesitzer zum Seil. Der wehrte sich, doch seine Mühen waren umsonst, da er an Händen und Füßen gefesselt war. Der Italiener wand sich auf dem Boden, während sein Mitarbeiter ein Seilende an die Fesseln der Handgelenke knotete. Mit beiden Händen packte sein Mann danach das Seilende, das über dem Ast hing, und straffte das Seil, bis es die Arme des Italieners spannte.

Es reichte, um ihm das Prinzip klarzumachen.

Sobald der Mann vom Boden abhob, würden seine Arme hinten hochgezogen, und das in einem Winkel, für den menschliche Gelenke nicht gemacht waren. Der Schmerz wäre unerträglich, und von dem Körpergewicht würden schließlich seine Schultern auskugeln.

»Ist Ihnen klar, was ich mit Ihnen anstellen kann?«, fragte er.

Der Villenbesitzer nickte lebhaft.

Er griff in seine Jacke und zog den Revolver heraus. »Ich werde den Knebel entfernen. Wenn Sie schreien oder auch nur die Stimme erheben, schieße ich Ihnen ins Gesicht. Ist das klar?«

Der Mann nickte.

Er befreite ihn von dem Knebel.

Der Mann holte ein paarmal schnell und tief Luft. Der Ritter ließ ihn einen Moment gewähren, dann sah er zu dem Mann hinunter. »Der Inhalt der beiden Ledermappen Mussolinis war lange umstritten. Jetzt sagen Sie mir, wie es kommt, dass sich Teile davon in Ihrem Besitz befinden.«

Der Italiener zögerte, deshalb machte er ein Zeichen, und sein Mitarbeiter zog an dem Seil, das die Arme des Mannes anhob, der noch immer kauerte und das Gewicht seines Körpers stärker zu spüren begann. Der Italiener richtete sich mühsam auf.

»Nein. Nein. Aufhören. Bitte.«

»Beantworten Sie meine Frage.«

»Mein Großvater war dort. In Dongo, wo man den Duce

gefunden hat. Er hat geholfen, die Papiere aus den Mappen zu sortieren, und hat ein paar Dokumente behalten.«

»Warum?«

»Er dachte, man könnte sie eines Tages verkaufen.«

»Was hat er damit gemacht?«

»Nichts. Er hat sie nur aufbewahrt. Danach besaß sie mein Vater, dann habe ich sie bekommen.«

»Wie viele Dokumente haben Sie?«

»Fünfundfünfzig Seiten. Alle sind in einer der Originalmappen, die er auch behalten hat.«

Er griff mit der linken Hand in seine Hosentasche und holte den Ring hervor. »Und hat Ihr Großvater den hier auch gefunden?«

Der Italiener nickte.

Es hatte den Templer verärgert, als er den Ring in der Villa entdeckte, in einer der Vitrinen, ausgestellt wie eine Kuriosität.

Er hatte das heilige Objekt umgehend gesichert.

»Haben Sie eine Ahnung, was das ist?«, fragte er und hielt dem Mann den Ring so hin, dass er die Aufschrift sehen konnte:

SATOR
AREPO
TENET
OPERA
ROTAS

Keine Antwort.

»Sagen Ihnen diese fünf Worte etwas? Bedeutet Ihnen der Ring irgendetwas?«

Er gab ein Zeichen, woraufhin mehrfach an dem Seil gezogen wurde.

»Ich habe keine Ahnung«, schrie der Mann, der die Lektion verstanden hatte. »Ich weiß nur, dass sich auf der Innenseite des Rings das Malteserkreuz befindet. Mein Großvater hat mir erzählt, dass der Ring in einer der Mappen war. Deshalb habe ich ihn. Ein Erinnerungsstück.«

Nur wenige Menschen auf der Welt kannten die wahre Bedeutung des Ringes, und diese gierige Seele war offenbar einer von ihnen.

Ein Hintergrundcheck hatte zutage gebracht, dass dieser Mann sein ganzes Leben in einer Villa über dem Comer See gelebt hatte, die sich seit dem 17. Jahrhundert in Familienbesitz befand. Sie war nichts Extravagantes und glich Hunderten anderer Villen rings um den See. Sein Gefangener handelte mit Antiquitäten, die er normalerweise auf Anwesen erwarb, deren Besitzern das Geld ausgegangen war, doch er schreckte auch nicht vor Diebstahl zurück. So war es nicht überraschend, dass er im Besitz verschollener Dokumente aus dem Zweiten Weltkrieg war.

Er gab erneut ein Zeichen, und sein Mitarbeiter spannte das Seil fester. Die Arme hatten ihre natürliche Belastungsgrenze erreicht; danach begannen die unerträglichen Schmerzen. Noch stand der Mann mit beiden Beinen fest auf dem Boden.

»Ein Erinnerungsstück an was?«, fragte er und schwenkte den Ring.

»An den Duce. Er hatte ihn bei sich. Auf der Innenseite ist das Kreuz, aber ich weiß nicht, was es bedeutet.«

»Sie haben nie versucht, es herauszufinden?«

Kopfschütteln. »Niemals.«

Er fragte sich, ob er ihm glauben konnte.

»Es gibt immer noch so viele, die Mussolini verehren«, sagte der Besitzer. »Ich kenne Leute, die ihn für einen bedeutenden Mann halten. Ich hatte gehofft, dass solche Leute eines Tages für Erinnerungsstücke zahlen würden.«

Der Italiener atmete flach, er redete schnell und leise.

»Und was halten *Sie* von dem ehemaligen großen Führer?«

»Ich kümmere mich nicht um Politik. Das bedeutet mir alles nichts.«

Er deutete mit dem Finger auf ihn. »Ich vermute, Geld ist Ihr einziger Gott.«

Keine Antwort.

»Die Briten haben nicht vor, Ihre Dokumente zu kaufen«, sagte er. »Es war dumm von Ihnen, mit ihnen Kontakt aufzunehmen. Jetzt in diesem Moment befindet sich einer ihrer Männer in Ihrer Villa, der ganz bestimmt gekommen ist, um die Dokumente zu stehlen.«

Glücklicherweise wurde dieser Agent momentan von der örtlichen Tierwelt ausreichend beschäftigt.

»Wo haben Sie die Mappe mit den fünfundfünfzig Dokumentenseiten versteckt, einschließlich der Briefe, die Sie verkaufen wollten?«

»In der Villa. In der zweiten Etage.«

Endlich wurde er kooperativ.

Er hörte zu, als der Italiener das Versteck beschrieb.

»Genial«, sagte er, als die Beschreibung zum Ende kam. »Ist dort alles?«

Der Mann nickte. »Alles, was ich habe.«

Er fragte sich, ob Malone ebenfalls über diese Informationen verfügte.

Ein weiteres Zeichen, und sein Mann verringerte den Zug am Seil, sodass der Italiener die Arme herunternehmen konnte.

Der Villenbesitzer stöhnte erleichtert. »Warum haben Sie die Briefe nicht ausgestellt?«, fragte er. »So wie Sie es mit dem Ring getan haben.«

»Mein Vater sagte mir, dass es riskant sein könnte. Er sagte, wir sollten sie sicher versteckt verwahren, bis andere bereit wären, dafür zu zahlen.«

»Und warum verkaufen Sie sie jetzt?«

»Ich brauche Geld. Ich habe in einer Zeitschrift einen Artikel über Churchill und Mussolini gelesen, in dem über die Briefe spekuliert wurde. Da dachte ich, wozu spekulieren? Ich besitze sie. Deshalb habe ich die Briten angerufen.«

»Was wäre Ihr Preis gewesen?«

»Fünf Millionen Euro.«

»*Denn die Geldgier ist eine Wurzel aller Übel; etliche, die sich ihr hingaben, sind vom Glauben abgeirrt und haben sich selbst viel Schmerzen verursacht.*« (Timotheus 6:10)

Die Bibel hatte recht.

Er hasste Gier.

Genug.

Die Aktion war am Ende angelangt.

Er hob den Arm und schoss dem Besitzer in den Kopf.

Ein Schalldämpfer am Ende des Laufes sorgte dafür, dass der Schuss keine Aufmerksamkeit erregte. Es war lediglich ein Ploppen, das nur wenige Meter weit zu hören war. Dieser Narr hätte begreifen sollen, dass das Versteck die einzige Trumpfkarte war, die er in der Hand hielt. Aber die Angst war oft größer als der Verstand, und Menschen bildeten sich immer ein, dass sie sich aus allen Schwierigkeiten herausreden konnten.

»Tun Sie es«, sagte er zu seinem Mitarbeiter.

Der Körper wurde hochgezogen, wobei die Arme des Toten fest nach hinten gezerrt wurden. Er hörte es krachen, als sich die Schultern lösten. Dann wurde das Seil um den Baumstamm gebunden, der Leichnam baumelte zur Mahnung im Wind, so wie man es schon vor Jahrhunderten getan hatte.

Das Deuteronomium hatte recht:

»*Mein ist die Rache und die Vergeltung, zu der Zeit, da ihr Fuß wanken wird; denn die Zeit ihres Verderbens ist nahe, und ihr Verhängnis eilt herzu.*« (Mose 32:35)

Er nahm das Fernglas und ging zu der Stelle zurück, von der aus er die tiefer gelegene Villa beobachten konnte. Das einzige Geräusch stammte von der Morgenbrise, die durch die Nadelbäume pfiff und an seiner Kleidung zupfte. Sein zweites Problem stand noch auf dem Sims der zweiten Etage.

Der Bär war nicht in Sicht.

Er senkte den Feldstecher.

Es sollte sich noch herausstellen, dass das Tier Harold Earl »Cotton« Malones geringste Sorge war.

3

Cotton stand wie angewurzelt auf dem Sims. Der Bär hatte sich in die Villa zurückgezogen, doch er konnte das Tier rumoren hören. Es gab ein zweites offenes Fenster hinter dem, durch das er geflüchtet war, das eine Möglichkeit bot, seinen luftigen Standort zu verlassen und wieder ins Haus zu gelangen. Dazu musste er jedoch an dem Fenster mit dem Bären vorbeikommen, was ihm nicht ratsam erschien.

Etwas mühsam verlagerte er sein Gewicht auf die Fußballen und presste die Arme eng an die Mauer, um nicht das Gleichgewicht zu verlieren. Links von ihm erhob sich der Dachfirst eines eingeschossigen Seitentrakts. Die Distanz betrug circa zweieinhalb Meter nach unten. Der Sprung war zu schaffen. Es schien seine einzige Option zu sein, deshalb schob er sich mit Seitenschritten am Sims entlang, tastete mit der Hand vor und umrundete die Ecke, wobei er den Körper flach an die Außenmauer presste.

Er atmete ein paarmal tief durch.

Wie gut, dass Cassiopeia nicht dabei war. Ihre Höhenangst entsprach seinem eigenen Abscheu vor engen, abgeschlossenen Räumen. Mit den Gedanken an sie hatte er sich von seiner gegenwärtigen misslichen Lage abgelenkt. Er vermisste sie. In ihrer Beziehung war alles geklärt. Endlich hatten sie es geschafft, mit allen ihren Dämonen ins Reine zu kommen. Sie war in Frankreich und arbeitete an ihrer Rekonstruktion einer Burg aus dem 13. Jahrhundert. Geplant war, sich in der kommenden Woche für ein paar gemeinsame, entspannte Tage in Nizza zu treffen. Doch vorher wollte er noch diesen Job hier durchziehen – für fünfzigtausend Euro, die, wie sich herausstellte, doch nicht so leicht verdient waren, wie er vermutet hatte.

Vorsichtig arbeitete er sich weiter auf dem Absatz voran, bis er über dem First stand. Wenn es eines gab, das er vermeiden musste, dann war es, direkt auf der Kante zu landen.

Denn das würde sein Leben sehr zu seinem Nachteil verändern.

Er sprang auf eine der Dachhälften zu und landete mit den Füßen auf hartem Schiefer. Ihm blieb nur ein kurzer Moment zum Festhalten, um nicht abzuprallen und hinunterzurutschen. Seine Fingernägel kratzten über den warmen Stein, dann bekam er den First zwischen die Finger und klammerte sich daran fest.

Darauf löste er den Griff und rutschte am Schieferdach hinunter bis zur Regenrinne, wobei er die Beine spreizte und mit den Schuhsohlen bremste, bis er die Kupferrinne spürte. Sie protestierte quietschend und verzog sich unter seinem Gewicht, doch sie hielt stand. Er hievte sich über den Rand, hielt sich an der Rinne fest und lauschte nervös auf jeden quietschenden Protest der Metallverankerung. Dann ließ er sich zu Boden fallen und landete neben ein paar Büschen auf dem Rasen.

Bedauerlicherweise musste er noch einmal in die Villa zurück.

Er hätte warten können, bis der Bär weiterzog, doch das konnte eine Weile dauern. Womöglich kam der Eigentümer zurück und entdeckte den Leichnam. Dann würde die Polizei gerufen und der Tatort gesichert werden, was jeden weiteren Versuch verhinderte, die Briefe zu finden.

Bär hin oder her, es musste jetzt geschehen.

Doch er wollte nichts Unbedachtes tun.

Er eilte ums Haus zur Eingangstür. Vorhin war ihm im Erdgeschoss im Salon ein Waffenschrank aufgefallen, also ging er wieder in die Villa; oben war nach wie vor der Bär los. Der

Waffenschrank war verschlossen. Hinter der Glastür standen acht Gewehre parat. Cotton packte einen Stuhl, der in der Nähe stand, zertrümmerte das Glas und nahm eine der einläufigen Flinten heraus. In einem Schränkchen unter der Vitrine fand er Patronen. Er schob fünf davon ins Magazin, lud durch, um eine Patrone ins Lager zu befördern und machte sich an den Aufstieg in die zweite Etage. Töten wollte er das Tier nicht, würde es aber tun, falls es nötig war.

Also wieder hinauf bis zum Treppenabsatz in der zweiten Etage.

Der Bär war noch in dem Schlafzimmer, aus dem er auf den Mauersims geflüchtet war. Dem Lärm nach zu urteilen war das Tier damit beschäftigt, auch den Rest der Inneneinrichtung zu zerlegen. Cotton näherte sich der geöffneten Tür. Der Bär war abgelenkt, sodass er zur anderen Seite vorbeihuschen konnte, wo am Ende des Korridors ein weiteres Fenster geöffnet war. Jetzt befand er sich in einer Sackgasse, aber es schien die einzige Möglichkeit zu sein, das Tier zur Treppe und hinunter zum Eingang zu locken, wo er die Tür weit offen gelassen hatte.

Er zählte schnell bis drei, dann stellte er sich wieder in die Tür und feuerte eine Schrotladung in die gegenüberliegende Wand. Der Bär machte vor Schreck einen Satz, dann brüllte er verängstigt. Cotton floh zurück zum offenen Fenster im Korridor und lud die Waffe erneut durch. Der Bär eilte aus dem Schlafzimmer, warf einen kurzen Blick in seine Richtung, dann wandte er sich um und rannte in entgegengesetzter Richtung den Korridor hinunter. Um sicherzustellen, dass das Tier in Bewegung blieb, feuerte er noch einmal in die Decke. Holzsplitter und Gipsstaub rieselten herunter.

Der Bär verschwand zur Treppe.

Er folgte ihm zum Treppenabsatz der ersten Etage und beobachtete, wie das Tier durch die Eingangstür ins Freie lief.

Das hatte funktioniert.

Der Nachteil war nur, dass jemand den Lärm bemerkt haben konnte.

Der Ritter hörte zwei Gewehrschüsse.

Der Villenbesitzer hatte ihm erzählt, dass das, wonach er suchte, in einem kleinen Arbeitszimmer in der zweiten Etage wartete. Er hatte beobachtet, wie Malone vom Sims herunter auf festen Boden gelangt und ins Haus zurückgekehrt war. Die beiden Gewehrschüsse stammten mit Sicherheit von Malone, deshalb musste er davon ausgehen, dass sein Widersacher inzwischen bewaffnet war.

Wenigstens war der Bär weg.

Das Tier war aus der Villa geflüchtet und zwischen den angrenzenden Bäumen verschwunden, so schnell sein stämmiger Körper es erlaubte.

Der Templer war zufrieden. Dies hier konnte der richtige Ort sein.

Alles deutete darauf hin.

Bei seinem Fluchtversuch hatte Mussolini viele Dokumente in den Norden mitgenommen. Vermutlich solche von größter Bedeutung, Papiere, aus denen sich politische Vorteile ziehen ließen. Er hatte Zuflucht in einem neutralen Land gesucht, das sehr bemüht gewesen war, sich aus dem Krieg herauszuhalten. Hitler hatte die Schweiz besetzen wollen, doch Mussolini hielt sich zugute, ihn davon abgehalten zu haben. Der Duce hatte darauf gesetzt, dass die Schweizer Behörden ihm aus Dankbarkeit politisches Asyl gewährten. Historiker waren sich darin einig, dass er wahrscheinlich schriftliche Beweise seiner Bemühungen, die Schweizer vor den Deutschen zu retten, bei sich hatte. Doch anscheinend hatte er auch seinen legendären Briefwechsel mit Churchill mitgenommen, der die Briten zurzeit so interessierte.

Seine Hoffnung?

Vielleicht, nur vielleicht, war auch noch etwas anderes im Geheimversteck des Villenbesitzers. Etwas Besonderes, nach dem er schon lange gesucht hatte. Dass der Ring aufgetaucht war, beflügelte ihn. Dies konnte tatsächlich der rechte Ort sein.

War es hier?

Es gab nur eine Möglichkeit, das herauszufinden.

Cotton stellte die Flinte ab und hob eine Ecke des Orientteppichs hoch, der den Fußboden im Arbeitszimmer der zweiten Etage bedeckte. Er inspizierte die Holzbohlen, die wurmstichig und verwittert waren. Auf den ersten Blick war nichts Ungewöhnliches zu erkennen.

Alles war festgenagelt.

Er ging auf die Knie und begann damit, die Oberflächen abzuklopfen, um nach dem Versteck zu suchen, das sich angeblich hier befinden sollte. Schließlich klang etwas hohl. Er klopfte weiter und entdeckte die Umrisse eines rechteckigen Hohlraums. Um ihn zu öffnen, hatte er ein massives Taschenmesser mitgebracht, das er gestern auf seinem Weg vom Flughafen in den Norden gekauft hatte.

Er klappte die Klinge auf.

Es dauerte ein paar Minuten, doch schließlich schaffte er es, eine Platte aus den verleimten Brettern zu lösen. Die Fugen waren frei von Schmutz und Staub, sodass es den Anschein hatte, als sei die Platte erst kürzlich entfernt und dann wieder befestigt worden. Darunter entdeckte er einen kleinen Hohlraum, in dem sich, wie man es ihm gesagt hatte, eine verschlissene Umhängetasche aus Elefantenhaut befand. Die Schließe war aufgebrochen und mit einer Kordel zusammengebunden worden.

Er nahm sie heraus.

Seitlich war ein aufgerichteter Adler mit ausgebreiteten Schwingen eingeprägt, der ein Bündel Stäbe mit einer Axt in den Klauen hielt.

Es war ein altes Symbol aus dem Römischen Reich, das die Macht über Leben und Tod symbolisierte. Politische Organisationen im Italien des 19. und des frühen 20. Jahrhunderts hatten es regelmäßig als ihr Symbol verwendet. Schließlich erschien es auf der Flagge der Nationalen Faschistischen Partei, die ihren Namen von dem *Faszes*-Symbol ableitete.

Im Innern befand sich ein gut erhaltener Schatz von Dokumenten, die in eine dicke Lage Ölhaut eingeschlagen waren. Cotton sprach fließend Italienisch und einige weitere Sprachen, was zu den Vorteilen gehörte, die ein eidetisches Gedächtnis mit sich brachte. Deshalb machte er eine kurze Bestandsaufnahme und blätterte durch die spröde gewordenen Papiere. Die meisten hatten mit dem Krieg zu tun, mit Partisanenaktivitäten – folglich Militärberichte. Außerdem gab es ein paar maschinengeschriebene Briefe Hitlers, Originale, an die italienische Übersetzungen geheftet waren, sowie Durchschläge von Briefen, die nach Deutschland geschickt worden waren, einige mit handschriftlichen Nachbemerkungen oder Randnotizen versehen. Zu guter Letzt enthielt der Stapel einige Briefe, die Mussolini und Churchill vor dem Krieg ausgetauscht hatten.

Es waren allerdings mehr als fünf.

Insgesamt elf.

Der Verkäufer hatte anscheinend einige als Reserve zurückgehalten.

Jackpot.

Er legte die Dokumente zurück und verschloss das Päckchen. Die ganze Zeit über war es in der Villa still geblieben. Der Bär war schon lange verschwunden. Er sollte es ihm gleichtun. Also verließ er das Arbeitszimmer, wandte sich zur Treppe und passierte auf dem Weg durch den zweiten Stock mehrere geöffnete Türen. Laut Befehl sollte er nach Mailand fahren und unverzüglich aushändigen, was er in Besitz genommen hatte.

Plötzlich traf ihn etwas hart von hinten.

Er wurde nach vorn geschleudert, als ob an seinem rechten Ohr etwas explodiert wäre. Dann sah er Lichtspuren vor den Augen. Seine Beine gaben nach. Er begriff schnell, dass es keine Explosion gegeben hatte, sondern nur einen Schlag auf den Hinterkopf. Er versuchte sich aufzurichten, aber dann brach er zusammen, sein Bewusstsein kehrte zurück und schwand wieder.

Er schlug mit der rechten Schulter schwer auf den Boden.

Dann wurde alles dunkel.

4

Luke Daniels liebte das Meer, was für einen ehemaligen Army Ranger seltsam war. Den Großteil seiner Dienstzeit hatte er auf dem Festland verbracht. Doch seit er aus dem Militärdienst ausgeschieden war und für den Magellan Billet arbeitete, hatte er meistens Wasser unter sich. Er war Cotton Malone zum ersten Mal in der kalten Dünung des Øresunds vor der dänischen Küste begegnet und hatte erst kürzlich riskante Aufträge im Indischen Ozean und in der Javasee erledigt. Jetzt schipperte er an der Nordküste Maltas entlang und saß im Bug einer 25-Fuß-Jacht mit tiefem V-Rumpf. Die Gischt hatte sein kurzes Haar und sein offenes Hemd durchnässt. Er hatte gestern die Anzeige eines lokalen Wassersportgeschäftes gelesen, es war einer von unzähligen Läden, die aus den vielen Badeorten heraus operierten und sich auf die Bedürfnisse der abertausend Touristen fokussierten, die das ganze Jahr über herkamen.

Auf, auf in die Lüfte. Stellen Sie sich einen Gleitschirmflug mit unserem Spezialboot für Parasailing vor. Unsere Gäste starten vom Boot aus und steigen bis auf siebzig Meter über dem Meeresspiegel auf, mit einem atemberaubenden Blick auf die Insel. Am Ende dieses unvergesslichen Erlebnisses landen Sie wieder sicher auf dem Boden. Sie können dieses Flugabenteuer allein oder zusammen mit einem Freund erleben. Gleiten Sie entweder am Morgen oder heben Sie am Nachmittag ab, um die berühmten Sonnen-

untergänge von Malta zu erleben. Ein unvergessliches
Erlebnis, das Sie sich nicht entgehen lassen sollten. Pro-
bieren Sie es zusammen mit Ihren Freunden aus. Die Flug-
dauer beträgt zehn Minuten.

Er hatte sich entschlossen, niemanden sonst dabeizuhaben, und
das ganze Boot für den Vormittag gebucht. Außerdem bezahlte
er einen Aufschlag, um länger als zehn Minuten in der Luft und
zu einer ganz bestimmten Zeit an einem ganz bestimmten
Punkt der Insel zu sein.

»Machen Sie sich bereit«, rief der Steuermann. »Wir sind
gleich da.«

Er war auf der Jagd nach einem großen Fisch, aber nicht von
der Art, wie sie die blaue See ringsum bevölkerten. Stattdessen
folgte er Seiner Eminenz Kastor Kardinal Gallo, einem der
gegenwärtig 231 Kirchenfürsten der römisch-katholischen
Kirche.

Man hatte ihm die wichtigsten Daten mitgeteilt.

Gallo war in Malta geboren und aufgewachsen, sein Vater
war Berufsfischer, seine Mutter Schullehrerin. Er verließ die
Insel, bevor er zwanzig wurde, und besuchte das Priesterseminar
in Irland, vollendete seine Studien jedoch an der Päpstlichen
Universität Gregoriana in Rom. Papst Johannes Paul II. weihte
ihn im Petersdom zum Priester. Danach diente er in verschiedenen Gemeinden auf der ganzen Welt und gelangte schließlich
wieder nach Rom, wo er kanonisches Recht studierte und pro-
movierte. Benedikt XVI. erhob ihn in den Kardinalsrang und
beförderte ihn zum Präfekten der Apostolischen Signatur, dem
Obersten Gericht für sämtliche kirchenrechtlichen Verfahren.
Dort verblieb er während der letzten beiden Pontifikate, bis ihn
seine direkte Art in Schwierigkeiten brachte und er zurück-
gestuft wurde. Jetzt trug er nur noch den Titel eines Patrons
des Souveränen Malteserordens, eine vorrangig repräsentative

Position, die üblicherweise einem Kardinal in seinem letzten Lebensabschnitt oder aus Gefälligkeit verliehen wird. Da Gallo im vergleichsweise blühenden Alter von sechsundfünfzig Jahren war, schien er in die zweite Kategorie zu fallen.

Das Boot verlangsamte das Tempo und glitt nur noch dahin.

Luke stieg aus dem Bug, ging an dem braun gebrannten Steuermann vorbei zu einer Plattform im Heck, die sich auf einem niedrigen Podest befand. Ein zweites Besatzungsmitglied drückte ihm einen knappen Leibgurt in die Hand, und er stieg hinein. Als Ranger war er in allen Höhenlagen aus Flugzeugen gesprungen, davon mehrfach unter Gefechtsbedingungen und zweimal in den offenen Ozean. Die Höhe war für ihn kein Problem, aber die Vorstellung, am Ende eines hundert Meter langen Schleppseils an einem Gleitschirm zu hängen und nur von ein paar schmalen Nylonbändern in der Luft gehalten zu werden, machte ihm zu schaffen. Wie pflegte er immer zu sagen: Wenn Fliegen so sicher ist, warum heißt die Ankunftshalle dann »Terminal«?

Er streifte sich das Geschirr über.

Die Begleitperson überprüfte das Gurtzeug, zerrte an verschiedenen Stellen, um sich zu vergewissern, dass alles richtig saß, und zurrte die Gurte um seine Brust fest. D-Clips aus Edelstahl wurden in Metallringe geklinkt und verbanden ihn mit dem Schirm.

»Lehnen Sie sich zurück. Nicht hängen lassen, wenn es geht«, brüllte der Mann. »Klammern Sie sich nirgendwo fest und genießen Sie den Flug.«

Er streckte den Daumen hoch.

Der Bootsmotor heulte auf.

Der Bug hob sich pumpend und zerteilte das Wasser mit einer schaumig-weißen Bugwelle. Der knallbunte Baldachin über ihm flatterte im Fahrtwind und füllte sich mit Luft. Die Halteseile strafften sich. Die Spitzen seiner Tennisschuhe schwenkten frei durch die Luft, als er vom Heck aufstieg. Ein dickes Nylonseil wickelte sich aus der hydraulischen Spule, während er immer höher flog.

Langsam und stetig.

Er ermittelte seine Position – etwa eine Viertelmeile vor dem Nordufer. Malta lag im Zentrum eines schmalen Kanals, sechzig Meilen von Sizilien und weniger als zweihundert Meilen von Nordafrika entfernt. Eine Mittelmeerinsel, die kaum größer als zweiundfünfzig Quadratkilometer war und sich an ihrem höchsten Punkt knapp zweihundertsechzig Meter über den Meeresspiegel erhob. Die Römer nannten sie Melita, was »Honig« bedeutet und sich von dem schmackhaften lokalen Produkt ableitete. Die Geschichte der Insel wurde von ihrer Lage geprägt. Die Phönizier, Karthager, Griechen, Römer, Byzantiner, Araber, Normannen, Sueben, Angeviner, Aragonesen, Johanniter, Franzosen und Briten hatten sie alle irgendwann einmal für sich beansprucht. Jetzt war Malta eine unabhängige demokratische Republik, Mitglied der Vereinten Nationen, der Europäischen Union und des Britischen Commonwealth. Ein karger Felsen ohne Trinkwasser, ausgedorrt im Sommer, feucht im Winter und im Laufe der Jahrhunderte immer wieder von einer Besatzungsmacht nach der anderen ausgeplündert. Die Südküste ragte uneinnehmbar in die Höhe und bestand hauptsächlich aus schroffen Klippen, Hügelketten und zerklüfteten Felsgraten, die ein Anlanden unmöglich machten. Doch hier, an der Nordküste, schnitten lange Buchten wie Fjorde in die Insel und bildeten hervorragende natürliche Häfen.

Letzte Nacht hatte er in einem der Touristenführer, die in seinem Hotelzimmer lagen, einen kurzen geschichtlichen Überblick gelesen. Seit der Antike hatten sich die Malteser stets fernab der Küste angesiedelt, um sich vor Unwettern, Piraten und Sklavenhändlern zu schützen. Die Souveränen Ritter von Rhodos waren jedoch eine Seemacht gewesen. Als sie im

16. Jahrhundert eintrafen und die Ritter von Malta wurden, errichteten sie Wachttürme entlang der Küste, um die Gefahr einer Invasion zu verringern. Man verwendete den hier vorkommenden orangebraunen Kalkstein als Baumaterial und positionierte die Türme aus strategischen Gründen so zueinander, dass Signale fortlaufend weitergegeben werden konnten. Einige dieser Türme waren klein, andere dagegen Miniaturfestungen. Das Bauwerk, das er in diesem Moment aus einer Höhe von neunzig Metern über dem Schleppboot vor Augen hatte, war 1658 erbaut worden und noch immer intakt und einsatzfähig.

Madliena-Turm.

Er hatte sich gestern bei einem kurzen Besuch vor Ort über das Gebäude informiert und unter anderem erfahren, dass der Turm während des Zweiten Weltkriegs als Artilleriestellung benutzt wurde. Er war die Wendeltreppe bis zur Brüstung hinaufgestiegen und hatte von dort aufs Meer und genau zu der Stelle geblickt, an der er sich gerade befand. Wie die anderen Türme stand Madliena auf einem kargen Felsvorsprung ohne jede Deckung. Von allen Seiten einsehbar. Ihn vom Festland aus effektiv zu überwachen wurde dadurch unmöglich.

Deshalb hatte er improvisiert.

Er schaute auf die Uhr.

10 Uhr morgens.

In Kürze sollte Kardinal Gallo auf der Brüstung des Madliena-Turms stehen.

Das allein gab schon Anlass zu Fragen.

Der Papst war vor dreizehn Tagen gestorben. Die Verfassung des Heiligen Stuhls schrieb vor, dass der Leichnam innerhalb von vier bis sechs Tagen beigesetzt werden musste. Anschließend galt eine neuntägige Trauerperiode, die *Novemdiales*. Fünfzehn Tage nach dem Todestag musste ein Konklave einberufen werden. Doch knapp einen Tag, bevor es begann, floh Kardinal Gallo plötzlich aus Rom nach Malta. Washington war auf seine Aktion aufmerksam geworden, und man hatte Luke abgestellt, um Gallos Aktivitäten zu überwachen. Weshalb? Nun, das lag über seiner Gehaltsklasse.

Er hatte lediglich den Befehl bekommen, hinzufahren und zu beobachten.

Mittlerweile befand Luke sich so weit oben, dass alle Geräusche verschwunden waren. Ein kräftiger, warmer Wind blies ihm ins Gesicht. Schaumige Brecher brandeten gegen die Felsküste. Er war jetzt kein Anfänger mehr beim Magellan Billet, kein *lieber Herr Student*, wie Cotton Malone ihn gern nannte. Eher ein erfahrener Agent. Seine Chefin, Stephanie Nelle, schien Vertrauen zu ihm gefasst zu haben. Selbst die Beziehung zu seinem Onkel, dem ehemaligen Präsidenten und jetzigen US-Senator Danny Daniels, hatte sich gut entwickelt. Er war im Justizministerium heimisch geworden und beabsichtigte, dort zu bleiben.

Doch nun war es an der Zeit, etwas für sein Geld zu tun.

Er griff nach hinten, riss den Klettverschluss seiner Shorts auf und holte den Hightechempfänger heraus. Als er gestern auf der Insel eingetroffen war, hatte das Gerät in seinem Hotel für ihn bereitgestanden. Er beherzigte den Rat, den ihm der Mann vom Boot unten gegeben hatte, lehnte sich in seinem Geschirr zurück und steckte sich Ohrhörer in beide Ohren. Dann schaltete er das Gerät ein und richtete seinen Laser auf den Turm, der etwa eine Viertelmeile entfernt war. Ein Blick hinunter auf die Küste, und Luke stellte befriedigt fest, dass seine Zielperson eingetroffen war.

Und er konnte jedes Wort hören.

5

Kastor Kardinal Gallo stand oben auf dem Madliena-Turm und ließ sich von der Sonne bescheinen. Die kühlen Nordostwinde, die im Januar und Februar vorherrschten, waren einem Schirokko gewichen, der aus südlicher Richtung kam und mit seiner trockenen und heißen afrikanischen Luft dem feuchten Frühling der Insel ein Ende bereitete. Das heutige Wetter hätte seine Mutter als *gesund* bezeichnet, und er konnte sich daran erinnern, wie er sich als Kind immer auf das regelmäßige Eintreffen des Schirokkos gefreut hatte.

Er genoss den erdigen, üppigen Duft des dampfenden Landes, dem sich vom Meer her eine Prise Salz beimischte. Es missfiel ihm, nicht in Rom zu sein, doch das Ränkespiel vor einem Konklave war ein notwendiges Übel, das es auszuhalten galt. Wie hatte es einer seiner Professoren einst ausgedrückt? Misstrauen kann den Verstand zersetzen. Wohl wahr. Doch es gab keine bessere Methode, paranoide Ängste zu lindern, als präsent und aufmerksam zu sein. Diesmal schien es im Vorfeld mehr Verwerfungen als üblich zu geben.

Das kanonische Recht verbietet ausdrücklich Wahlkämpfe bei der Papstwahl, doch diesem Verbot schenkte niemand viel Beachtung. Kastor hatte seit seiner Ernennung zum Kardinal an zwei Konklaven teilgenommen. Bei keinem von beiden war er ernsthaft als Kandidat infrage gekommen. Beim ersten nicht, weil er relativ jung und unerfahren war, beim zweiten nicht wegen seiner Direktheit. Die einzige Stimme, die er bei beiden Gelegenheiten bekommen hatte, war von ihm selbst gekommen, und zwar bei der ersten Abstimmung, an der sich traditionell erkennen ließ, wer niemals Papst werden würde.

Vor 400 Jahren hatte ein Ritter in einem roten Umhang mit weißem Kreuz diesen Turm besetzt und nach Freund und Feind Ausschau gehalten.

Er war es nicht gewesen, der diesen Ort zum Treffpunkt auserkor, jemand anders hatte die Auswahl getroffen, doch er wusste den Symbolgehalt zu schätzen.

Freund und Feind.

Er hatte beides.

Das kommende Konklave konnte sein letztes sein. Kardinälen, die das achtzigste Lebensjahr überschritten hatten, war die Beteiligung an einer Wahl verboten. Und obwohl er noch rund zwei Dutzend Jahre von dieser Altersgrenze entfernt war, konnte, je nach Wahlausgang, die nächste Amtsperiode eines Papstes lange dauern. Wenn also wahr werden sollte, was er beabsichtigte, würden die kommenden Tage die beste Gelegenheit darstellen, die sich ihm jemals bieten würde.

Ein Mann kam aus dem Treppenaufgang auf die sonnige Brüstung. Er hatte einen dunklen Teint, eine Hakennase und eine undurchdringliche Miene. Gesicht, Hals und Hände hatten die Textur von Wüstensand und waren von der Sonne gebräunt. Ganz sicher ein Inder, doch ob Hindu, Muslim oder Christ sollte sich erst noch zeigen. Er trug eine dunkelgrüne Armeehose, einen schwarzen Pullover und Stiefel. Seine Haare, schwarz, wild und widerspenstig, standen von seinem hohen Schädel in ungleichmäßigen, vom Wind zerzausten Büscheln ab. Ein an Piraten erinnernder goldener Ohrring schimmerte im Sonnenlicht.

»Es ist mir eine Ehre, Ihre Bekanntschaft zu machen«, sagte der Mann in perfektem Maltesisch.

Eine schwielige Hand streckte sich ihm zum Gruß entgegen; er erwiderte den Handschlag.

Kastor war nicht als Kardinal gekleidet gekommen, in seiner schwarzen Soutane mit violetten Paspeln, die Brust in eine violette Schärpe gehüllt, wie er normalerweise in der Öffentlichkeit auftrat. Heute trug er Straßenkleidung, war ein gewöhnlicher Mann, der die Aussicht genießen wollte. Zum Glück war außer den beiden niemand sonst auf der Plattform.

»Wie heißen Sie?«, fragte er den Mann und blieb beim Maltesisch.

»Wie wäre es mit *Kardinali*?«

Die Antwort missfiel ihm. Doch weil er nichts über diesen Abgesandten wusste, behielt er seinen Ärger für sich. Dennoch fühlte er sich genötigt, etwas klarzustellen: »Ich hatte den Eindruck, dass ich hier der einzige Träger einer roten Mütze bin.«

Der Mann grinste, eitel und selbstsicher. Ein Finger richtete sich auf ihn. Lang, mit einer leichten Biegung am mittleren Gelenk. »Sie haben recht, Eminenz. Es ist nur so, dass Sie nicht wie ein Kardinal angezogen sind. Es gibt nicht einmal einen Ring zum Küssen. Doch ich verstehe das Bedürfnis nach Diskretion. Sie sind schließlich, sagen wir mal, berühmt-berüchtigt.«

Als ob man ihn daran erinnern musste.

Vor vier Jahren war der jetzt verstorbene Papst zu dem Schluss gekommen, dass das Amt eines Präfekten der Apostolischen Signatura eine gesetztere Persönlichkeit erforderte, jemanden, der weniger direkt und dafür bescheidener war – einen Mann, der Vertrauen, aber keinen Unfrieden stiftete. Gewiss, man hatte ihn wegen seiner öffentlichen Stellungnahmen verwarnt, und ebenso zutreffend war, dass er diesen Rat ignoriert hatte. Deshalb kam seine Entlassung für ihn nicht als Schock. Doch was danach geschah, war bedenklich. Kollegen hatten ihn in aller Öffentlichkeit getadelt und ihm im vertraulichen Gespräch befohlen, dem Heiligen Vater zu gehorchen. Die Kurie erteilte ihm den Befehl, seine Auffassungen künftig für sich zu behalten. Er hasste diesen Klüngel von Bischöfen und Bürokraten, es waren undankbare Menschen, die die Kirche so verwalteten wie einst Eunuchen den chinesischen Kaiserhof –

bar jeder Feinfühligkeit, emotionslos und ohne jeden Anstand. Angeblich dienten sie der Essenz des katholischen Glaubens, gehorchten ihren Vorgesetzten und beugten sich der Tradition.

Bedauerlicherweise entsprach das nicht den Tatsachen.

Er hatte einmal etwas gehört, das die Zeit, in der man ihm so zusetzte, auf den Punkt brachte: Im Krieg siegt nicht der, der recht hat, sondern der, der übrigbleibt.

Und das war nicht er gewesen.

Zum ersten Mal in seinem Berufsleben hatte er sich wie eine Spielfigur gefühlt – und ohne die Macht, dem Geschehen Einhalt zu gebieten oder es zu ändern. Er war nichts weiter als ein stummer Beobachter.

Was hatte der vatikanische Staatssekretär zu ihm gesagt?

Wenn jemand weiß, was gut und richtig ist, und es doch nicht tut, macht er sich schuldig.

Das hatte Jesus auch zu den Pharisäern gesagt.

Doch sie hatten die Empörung gewaltig unterschätzt, die sie mit ihren kleinkarierten Rationalisierungen nicht eindämmen konnten. Gott sei Dank hatte er den Ruf eines Mannes, der den katholischen Glauben der Vergangenheit verkörperte.

Seine Überzeugungen waren unerschütterlich geblieben.

Er war ein erklärter Gegner des radikalen Feminismus der Kirche und hatte deshalb vor Kurzem in aller Öffentlichkeit die Entscheidung des Papstes kritisiert, Messdienerinnen zuzulassen. Eine Ehe konnte es nach seiner Auffassung nur zwischen einem Mann und einer Frau geben, und Homosexualität sollte niemals toleriert werden. Abtreibung war nichts anderes als Mord, ganz gleich, unter welchen Umständen. Embryonale Stammzellforschung war ihm ein ketzerisches Gräuel. Er lehnte Euthanasie und Sterbehilfe ab. Geschiedenen und wiederverheirateten Katholiken sollte es für alle Zeit verwehrt sein, die Kommunion zu empfangen.

Und dann der Islam!

Nichts Gutes konnte je daraus erwachsen, wenn man diese Glaubenspest mit Samthandschuhen anfasste.

Glücklicherweise war er in seiner Orthodoxie nicht allein. Für ihn und viele andere Kirchenmitglieder gab es nur Schwarz oder Weiß, und die Aufgabe des Papstes war es, ins Weiß zu lenken. Doch neuerdings zogen es die Päpste vor, nur noch Grautöne zu verkünden. Sie mieden die Extreme, strebten zur Mitte und wünschten eher geliebt und bewundert als gefürchtet zu werden.

Ein großer Fehler.

Aber er selbst hatte auch eine Reihe von Fehlern begangen.

Und einen hohen Preis dafür bezahlt.

Man hatte ihn seines Amtes enthoben. Ihn verbannt und zur *Gefahr für alle Gläubigen in jeder Gemeinde eines jeden Landes* erklärt. Er war radioaktiv geworden, die anderen Kardinäle zogen sich zurück, sogar die verdammte Haushaltshilfe war ihm aus dem Weg gegangen. Er befand sich im freien Fall und konnte im Laufe der letzten vier Jahre kaum etwas anderes tun als abzuwarten.

Diese Ungerechtigkeit hatte seine Empörung nur noch vergrößert.

Doch zu beobachten, wie sich die Kirche der Mehrheit andiente, hatte ihn von allem am meisten zu schaffen gemacht.

Dann endlich war ihm das Schicksal gnädig.

Vor dreizehn Tagen war ein Blutgefäß im Hirn des Papstes geplatzt und hatte ihn sofort getötet. Seinem Pontifikat war eine durchschnittliche Länge zugedacht gewesen – fünf bis maximal zehn Jahre. Der Papst stand gerade am Beginn seines fünften Dienstjahres; es war Kastors Plan gewesen, die verbliebene Zeit zu nutzen, um in aller Ruhe die Unterstützung zu gewinnen, die er für das nächste Konklave benötigte. Kardinäle waren von Natur aus biegsam und kompromissfähig. Außerdem folgten sie der Herde. Doch es bedurfte einer kalkulierten

Mischung aus Überzeugungskraft und Einschüchterung, um sie dazu zu bewegen, etwas Sinnvolles zu tun. Glücklicherweise hatte er bereits eine beeindruckende Sammlung vernichtender Informationen über eine ganze Reihe der sogenannten Kirchenfürsten zusammengetragen. Viele saftige Geheimnisse.

Aber er brauchte mehr.

»Wie lautet Ihr Taufname?«, fragte er den Mann, der ihm gegenüberstand, mit leiser Stimme.

»Arani Chatterjee.«

Er nickte, dann blickte er auf die weite, glitzernde Oberfläche des Mittelmeers hinaus und bewunderte den wolkenlosen blauen Himmel. Die Wogen rollten und brachen, so wie sie es sein Leben lang getan hatten. Er zählte vier Parasailer, die das schöne Wetter ausnutzten.

»Schon lange suchen die Menschen nach dem, was ich suche«, sagte er zu Chatterjee.

»Die *Nostra Trinità* hat sich als so schwer fassbar erwiesen, wie es gedacht war.«

Dieser Mann wusste Bescheid. »Was wissen Sie davon?«

»Eine ganze Menge. Die Türken wollten sie finden. Die Kaiser des Heiligen Römischen Reiches versuchten es und scheiterten dabei, Napoleon kam mit einem Heer, besetzte die Insel und räumte die Kirchen aus, doch er konnte sie auch nicht finden«

»Und Mussolini?«

Chatterjee legte den Kopf auf die Seite. »Nun, das ist die Frage, auf die wir hier die Antwort suchen.«

Kastor hatte keine Wahl, er musste die Frechheit dieses Mannes tolerieren. Doch er hatte auch kein Recht, sich darüber zu beschweren. Er selbst hatte sich mehr als einmal gegenüber einem Vorgesetzten so verhalten.

Papst Franziskus war der Schlimmste von allen gewesen.

Sie waren einander niemals persönlich begegnet. Wie sollten

sie auch? Der verrückte Argentinier interessierte sich mehr für die Leute, die ihn verehrten, als für den Schutz des Glaubens. *Es ist nicht notwendig, an Gott zu glauben, um ein guter Mensch zu sein.* Welch haarsträubende Aussage, ausgerechnet von einem Stellvertreter Christi. *Das traditionelle Gottesbild ist veraltet.* Was glaubte Franziskus wohl, wie eine Milliarde Gläubige auf solch einen Unsinn reagieren würde? *Es ist nicht nötig, zur Kirche zu gehen und Geld zu spenden.* Tatsächlich? Wie naiv! *Vielen kann auch die Natur eine Kirche sein.* Der reinste Müll. *Einige der besten Menschen der Geschichte glaubten nicht an Gott, zugleich wurden einige der schlimmsten Verbrechen in seinem Namen begangen.*

Einzig mit diesem sinngemäß wiedergegebenen Statement hatte Franziskus recht gehabt.

»Zum Glück«, sagte Chatterjee, »haben Sie mich, um Sie bei Ihrer Suche zu unterstützen. Ich arbeite schon seit geraumer Zeit an diesem Thema.«

Das war ihm neu. »Was haben Sie herausgefunden?«

Sein Besucher trat näher an die Brüstung heran. »Bevor wir uns darüber unterhalten können, gibt es noch eine Sache, um die wir uns kümmern müssen.« Chatterjee deutete aufs Meer. »Sehen Sie das schwarzrote Boot?«

Er beobachtete, wie das gekennzeichnete Zugboot durchs Wasser schoss, um einen einzelnen Parasailer im heißen Schirokko-Wind zu halten, der immer stärker wurde und über den Turm fegte. Chatterjee schwenkte die Arme durch die Luft.

»Was tun Sie da?«, fragte er.

»Ich löse das Problem.«

6

Luke hörte die Worte *Löse das Problem* und sah einen der Männer auf dem Madliena-Turm mit den Armen winken.

Mist.

Aufgeflogen!

Er blickte neunzig Meter auf das Zugboot hinunter und sah den Begleiter, der ihm ins Gurtzeug geholfen hatte, eine Machete schwenken.

Ach, komm schon.

»Sie da, der Mann, der da draußen in der Luft hängt«, sagte eine Stimme auf Englisch in seinem Ohr. »Wenn Sie mich hören können, heben Sie den Arm.«

Er hielt es für das Beste, nicht noch durchschaubarer zu werden, als er es offenbar bereits war, und reagierte nicht. »Was ist?«, sagte die Stimme in seinem Ohr. »Ich weiß, dass Sie mich hören können.«

Zum Teufel! Er hob den Arm.

»Schon besser. Technik ist eine so schöne Sache. Ich bezweifle natürlich, dass Sie Maltesisch sprechen, deshalb habe ich es bis gerade eben verwendet. Ich schätze es nicht, dass Sie mein vertrauliches Gespräch belauschen.«

Die Stimme hatte einen … britischen Akzent.

Wie war er aufgeflogen? Gute Frage. Er war unvermittelt aus einem anderen Einsatz abgezogen worden und hatte den Befehl erhalten, sofort nach Malta zu fliegen. Man informierte ihn über ein Treffen, das heute um 13 Uhr beim Madliena-Turm stattfinden sollte. Erst gestern war er eingetroffen, hatte im Hotel eingecheckt, danach sofort eine Ortsbesichtigung vorgenommen und bei dieser Gelegenheit die Parasailer vor der

Küste bemerkt. Deshalb hatte er in aller Stille für den kommenden Nachmittag das Boot gemietet. Doch irgendwo musste es eine undichte Stelle gegeben haben.

Großartig.

»Sie werden Ihren Vorgesetzten keinen Bericht liefern«, sagte die Stimme in seinem Ohr. »Man hat mir mitgeteilt, dass Sie für den amerikanischen Geheimdienst arbeiten. Diese Sache geht die Vereinigten Staaten absolut nichts an.«

Man hat es ihm mitgeteilt? Wer?

Diese Unterhaltung war äußerst einseitig.

»Es gibt ein interessantes Detail über die Bräuche hier«, sagte die Stimme. »Die Malteser bemalen ihre Boote in leuchtenden Farben, um böse Geister zu vertreiben und weil es Glück bringt. Leider kann das Boot, das zu Ihnen unterwegs ist, nicht damit dienen.«

Auf dem Madliena-Turm wurde wieder gewinkt.

Der Mann unten auf dem Zugboot stieg auf die Heckplattform und fing an, auf das geflochtene Halteseil aus Nylon einzuhacken. Jedem Schlag folgte eine besorgniserregende Vibration des Seils, die sich bis ganz nach oben fortsetzte. Dann hörte der Mann auf zu schlagen und fing an zu sägen. Das Zugseil riss.

Seine Vorwärtsbewegung stoppte, und einen Moment lang trieb er hoch oben in der Luft, den starken Südwinden ausgeliefert. Das neue Boot mit den beiden Männern kam näher, während das Zugboot sich mit großer Geschwindigkeit entfernte.

Die anderen Boote waren mit ihren Parasailern weitergefahren.

Und dann sank er.

Schneller als normal. Das kam nicht überraschend. Diese Schirme waren extra leicht und dafür konzipiert, in der Luft zu bleiben, aber nicht, um weich damit zu landen.

Das Motorboot näherte sich schnell.

Er hatte keine Stiefel an, und seine Füße waren nicht für eine harte Landung getapt. Er trug nur Shorts und ein Hemd, dazu Tennisschuhe – alles heute Morgen in einem Geschäft in Valletta gekauft. Ansonsten hatte er nur ein paar Euro, das Lasermikrofon und den Schlüssel zu seinem Mietwagen dabei.

Die Wasseroberfläche war jetzt weniger als fünfzehn Meter von ihm entfernt.

Es war an der Zeit, wieder zum Ranger zu werden.

Er nahm sich das Gurtzeug vor, löste die Schnallen und hielt sich mit einer Hand über dem Kopf an dem Stahlrohr fest, mit dem er am Gleitschirm befestigt war. Im Wasser musste er sich schnell befreien können und sich dann um die Neuankömmlinge kümmern.

Er schlug hart auf und tauchte unter, doch der Schock vom kalten Wasser verflog rasch; während er sich aus dem Gurtzeug wand, gelangte er an die Oberfläche. Als er den Kopf über die Wasseroberfläche streckte, sah er, dass das Boot mit den beiden Männern verdammt nahe gekommen war. Er befand sich eine Viertelmeile vor der Küste und kämpfte mit widrigen Strömungen – an Land zu schwimmen konnte er also vergessen. Luke sah, dass ein Mann mit einem Gewehr die Waffe hob und auf ihn zielte. Da holte er tief Luft, zog die Beine an, machte eine Rolle und tauchte in die Tiefe.

Kugeln zischten abwärts, das dichte Wasser verringerte allerdings ihre Geschwindigkeit.

Als er weit genug war, verharrte er, hielt seine Tiefe und blickte nach oben zur Oberfläche. Er konnte nicht ewig die Luft anhalten. Und wie lautete das alte Sprichwort? *Angriff ist die beste Verteidigung.*

Er machte ein paar kräftige Schwimmzüge und stieg auf, unter den dunklen Umriss des Bootes. Die Einschlagswinkel der Kugeln, die immer noch auf ihn abgefeuert wurden, verrieten, an welcher Stelle die Männer mit seinem Auftauchen rechneten. Er behielt den Kiel im Auge und blieb in der Nähe des schaukelnden Rumpfes. Der Außenborder war im Leerlauf, und das Boot driftete mit der Strömung. Falls sie jetzt Vollgas geben und abdüsen sollten, konnte ihm einer der rotierenden Schiffspropeller ernsthafte Probleme machen.

Er kam an die Oberfläche, füllte die Lungen leise mit Luft und wartete, bis seine Bootseite nach unten schaukelte, dann packte er zu und nahm den Aufwärtsschwung der nächsten Welle zu Hilfe, um sich aus dem Wasser zu ziehen.

Sein Körper war durchtrainiert und einsatzbereit, sein Verstand arbeitete ruhig und kontrolliert. Er hatte nur das Überraschungsmoment, das er zu seinem Vorteil nutzte. Er hechtete über das Dollbord und trat den Steuermann vor die Brust, sodass er über Bord ging.

Der Mann mit dem Gewehr drehte sich um.

Luke stürmte vor und erwischte ihn mit einer soliden Rechten hart am Kiefer, er sprang nach vorn, riss ihm die Waffe weg und rammte dem Schützen den Gewehrkolben unter das Kinn. Etwas knackte, und der Mann sackte aufs Dollbord. Er schob den Körper ins Wasser.

Das war einfach.

Jetzt hatte er das Ruder in der Hand.

Ein Blick zum Madliena-Turm hinüber: Gallo und der andere Mann waren noch da. Sie beobachteten ihn. Er legte das Gewehr ab und drückte den Gashebel nach vorn. Die Maschine röhrte. Er lenkte das Boot in einem Bogen in Richtung Strand und hörte einen Schuss.

Hinter ihm.

Er drehte sich um.

Ein weiteres Boot raste auf ihn zu.

An Bord befand sich nur eine einzige Person mit einer Baseballmütze auf dem Kopf; sie lenkte das Fahrzeug und schoss mit einer Handfeuerwaffe. Er hatte das Gewehr, doch er konnte nicht gleichzeitig das Boot lenken und schießen. Also fuhr er im Zickzack, um ein schwierigeres Ziel abzugeben. Zwei weitere Schüsse fielen.

Er schlug einen Südkurs in Richtung Valletta ein. Auch das andere Boot wendete, es kam in einem großen Bogen immer näher auf ihn zu.

In wenigen Augenblicken würden sie auf gleicher Höhe sein.

Deshalb ließ Luke das Steuerrad los und nahm das Gewehr mit beiden Händen.

Der Verfolger holte auf.

Luke drehte sich um, wollte in Position gehen und schnell genug feuern, bevor das unbemannte Ruder vom Kurs abkam.

Doch der andere Bootslenker hatte keine Waffe mehr in der Hand.

Stattdessen ging das andere Boot plötzlich vom Gas, trieb aus und stoppte. Die Arme des Steuermanns waren in die Luft gestreckt, als wollte er sich geschlagen geben. Darauf ging er wieder ans Steuer, verringerte den Vortrieb und fuhr in einem Bogen auf das andere Boot zu. Dann ging er längsseits, hob das Gewehr mit dem Finger am Abzug mit einer Hand, während er mit der anderen Hand das Steuerrad und das Gas bediente.

Sein Verfolger nahm die Mütze ab, und langes blondes Haar wallte heraus.

»Wer sind Sie?«, rief er laut.

»Laura Price.«

»Und warum schießen Sie auf mich?«

»Ich wollte Sie nur auf mich aufmerksam machen.«

Beide Boote dümpelten im kabbeligen Wasser.

»Hat wohl funktioniert.«

»Hätte ich Sie erwischen wollen, hätte ich das getan.«

Er grinste. »Sind Sie immer so selbstbewusst?«

»Ich bin hier, um Ihnen zu helfen.«

»Dann müssen Sie sich aber noch mehr Mühe geben.«

»Was dagegen, wenn ich mein Handy benutze?«

Er zuckte mit den Schultern. »Machen Sie nur.«

Er richtete das Gewehr auf sie, während sie in ihrer Tasche nach etwas suchte. Als sie die Hand wieder herauszog, hielt diese ein Klapphandy. So etwas hatte er schon seit Längerem nicht gesehen. Sie warf ihm das Gerät über das Wasser zu, und er fing es auf.

»Drücken Sie die Zwei«, rief sie.

Er ließ die Waffe auf sie gerichtet. Mit einer Hand drückte er den Knopf und hielt sich das Telefon ans Ohr, ohne dabei Laura Price aus den Augen zu lassen.

Es klingelte zweimal.

Dann nahm jemand das Gespräch an.

»Hier spricht Stephanie Nelle.«

7

Der Schmerz schien Cottons Kopf in zwei Hälften spalten zu wollen. Er begann am Atlaswirbel seines Nackens und setzte sich bis hinter die Augen fort. Doch er kämpfte gegen den Nebel an, kam wieder zu Sinnen und sah einen Mann, der den Flur im zweiten Stock entlanglief und an der Treppe abbog.

Er kam auf die Füße und rannte hinter ihm her.

Der Kerl hatte einen Vorsprung und den ersten Stock schon erreicht. Um Boden gutzumachen, hechtete er auf das massive Steingeländer und von dort seitlich über den freien Raum zwischen den Stufen. Er sprang den Eindringling an und umklammerte ihn mit beiden Armen. Der Unbekannte bekam zum Glück die Hauptlast des Aufpralls zu spüren, und sie rollten weiter bis zum nächsten Treppenabsatz. Die Mappe flog dem Mann aus der Hand und über das Geländer nach unten in den Flur. Cotton machte sich los, richtete sich auf und schlug dem anderen ins Gesicht, doch sein Angreifer stürzte sich auf ihn, und sie landeten auf der Balustrade mit den dicken Steinsäulen. Der Treppenabsatz selbst war eher so etwas wie ein schmaler Gang, der durchs ganze Haus lief und in dessen Außenwand zwei geschlossene Fenster eingelassen waren.

Er stieß den Mann weg und schätzte seinen Widersacher kurz ab: stämmig, blond, Jeans und Strickpullover.

Der Kerl stürmte nach vorn, wich einem weiteren Schlag aus und schlang Cotton die Arme fest um die Brust. Sie taumelten rückwärts und krachten in eines der Fenster. Von dem Aufprall zerbrach das Glas, und Cotton versuchte zurückzuweichen, doch der Mann schob ihn immer weiter an das zerbrochene Fenster heran. Er trat nach hinten und erwischte den Fremden mit dem Absatz gleich über dem Knöchel. Dann hörte er ihn stöhnen, und der Druck um seine Brust ließ nach. Geistesgegenwärtig rammte er ihm den Ellenbogen in den Magen, schaffte es, die Positionen zu wechseln, schob eine Hand des Angreifers durch das zerbrochene Fenster und zog den Arm von einer Seite zur anderen über die scharfen Glassplitter. Der Mann jaulte vor Schmerz und versuchte loszukommen, doch Cotton drückte mit seinem ganzen Gewicht nach vorn und schlitzte ihm den Arm vom Ellenbogen bis zum Handgelenk auf.

Noch ein Schmerzensschrei, sein Widersacher hielt den verletzten Arm hoch und starrte auf das zerfetzte Fleisch, das in roten Streifen herunterhing.

Das Blut floss in Strömen.

Der Mann zog sich zur Treppe und dem äußeren Geländer zurück und versuchte zu entkommen.

Unwillkürlich fuhr Cotton zusammen, als ein Schuss ertönte.

Der Mann zuckte von dem Treffer wie bei einem Krampf. Blut schoss aus der Austrittswunde, als eine Kugel seine Brust durchschlug.

Noch ein Knall.

Weitere Krämpfe.

Jetzt begriff Cotton, was vor sich ging. Jemand schoss von unten! Eine dritte Kugel warf den Kerl nach vorn, dann stürzte er wie ein fallender Baum, krachte mit dem Gesicht voran auf den Boden, rang um Atem und stöhnte vor Schmerz.

Cotton ließ sich hinter die Brüstung fallen und riskierte einen vorsichtigen Blick durch das Geländer. Unten war niemand zu sehen. Das Gewehr, das er beim Bären verwendet hatte, lag noch oben im Flur der zweiten Etage.

Er hörte einen weiteren Schuss, der vor der Eingangstür abgegeben wurde.

Sein Angreifer bewegte sich nicht mehr und gab auch keinen Laut von sich. Er stand auf, stürmte die Treppe hinunter und durch die Eingangstür nach draußen. Noch immer tanzten ihm von dem Schlag in den Nacken schwarze Punkte vor den Augen. Zum Glück pumpte Adrenalin durch seine Adern und half ihm, mit dem Schwindel fertigzuwerden. Draußen war niemand zu sehen. Ringsum ging es auf drei Seiten weiter ins bewaldete Hochland hinauf. In der Ferne hörte er das gedämpfte Kratzen eines Anlassers; der Motorlärm schien von der Stille noch verstärkt zu werden.

Doch wo kam er her?

Die Echos machten es schwer, den Ursprung zu lokalisieren.

Er blickte nach oben in den Wald, doch er sah kein Fahrzeug. Zum Glück gab es nur eine einzige Straße, die vom See aus hier her"auf"führte. Vielleicht gelang es ihm, dem Mann den Weg abzuschneiden.

Er wandte sich zum Alfa Romeo.

Und erstarrte.

Der rechte Vorderreifen war platt!

Nun wusste er, wem der vierte Schuss gegolten hatte.

Mit dem Platten fuhr er nirgendwo hin. Jedenfalls nicht so bald. Hier war ihm jemand zuvorgekommen, gut vorbereitet und informiert.

Ein anderer Käufer?

Möglich.

Er ging wieder in die Villa und stieg in die erste Etage hinauf. Dort fühlte er den Puls des Mannes. Nichts. Er durchsuchte die Taschen des Toten und fand weder einen Ausweis noch eine Geldbörse. Vielleicht konnte ihn der MI6 identifizieren.

An einem Finger fiel ihm etwas auf.

Ein Ring.

Aus Zinn.

Er sah alt aus.

Auf der Vorderseite waren Buchstaben eingeätzt.

SATOR
AREPO
TENET
OPERA
ROTAS

Er streifte den Ring vom Finger und untersuchte ihn eingehender. Außen war nichts weiter zu erkennen, doch auf der Innenseite entdeckte er ein kleines Bild.

Die vier markanten Pfeilspitzen, die in der Mitte verbunden waren – ein untrügliches Zeichen.

Das achtfach gezackte Malteserkreuz.

Er steckte sich den Ring in die Tasche.

Dann erinnerte er sich an die Ledermappe, die übers Geländer geflogen war. Er ging ins Erdgeschoss und suchte dort, wo sie hätte liegen müssen.

Nichts.

Der Schütze hatte sie sich offenbar geholt.

Wunderbar.

Die Briten würden begeistert sein.

8

Malta

Lukes Aufmerksamkeit pendelte zwischen dem Telefon und der Frau im Boot, auf die er weiterhin mit einer Hand das Gewehr richtete. Der Außenborder war so laut, dass er kaum etwas verstehen konnte, deshalb schaltete er den Motor aus.

»Wer ist sie?«, fragte er Stephanie.

»Sie wollte, dass ich sie ins Spiel bringe, weil sie meinte, dass Sie vielleicht Hilfe gebrauchen könnten. Ich fragte sie, woher sie eigentlich ihre Informationen hat, aber darauf wollte sie nicht antworten. Ich versicherte ihr, dass Sie es auch ohne ihre Hilfe schaffen würden.«

»Gibt es einen Grund, warum Sie diese Information nicht an mich weitergegeben haben?«

»Ihr Anruf kam etwa vor einer Stunde. Ich habe versucht, Sie zu erreichen, aber Sie sind nicht rangegangen.«

Er hatte sein Telefon im Mietwagen gelassen.

»Ich habe diesen Anruf angenommen, weil es dieselbe Telefonnummer wie vorhin war«, sagte sie.

Langsam trieb er von dem anderen Boot weg, woraufhin Laura Price zu ihm zurück manövrierte. Er senkte das Gewehr, weil er sie nicht mehr als unmittelbare Bedrohung betrachtete. Was allerdings nicht bedeutete, dass sie ihm keine Schwierigkeiten machen konnte.

»Erzählen Sie mir etwas von ihr«, sagte er.

»Wie kommen Sie auf die Idee, dass ich etwas weiß?«

»Wenn es nicht so wäre, würden wir uns nicht mehr unterhalten.«

Er arbeitete schon lange genug mit Stephanie zusammen, um zu wissen, dass sie nichts dem Zufall überließ. Sie führte das Magellan Billet mit militärischer Effizienz und erwartete von ihren Agenten nicht weniger als Perfektion. Aufgrund ihrer persönlichen Beziehung zu seinem Onkel, dem Expräsidenten Danny Daniels, bildete Luke sich ein, eine engere Beziehung mit seiner Chefin zu haben, auch wenn er wusste, dass sie niemanden bevorzugte. Stephanie erwartete von ihren Leuten, dass sie ihre Arbeit erledigten. Punkt. Wer man war, tat nichts zur Sache. Fehler wurden kaum akzeptiert. Ergebnisse – das war, was sie erwartete. Und sie hatte ihn hierher befohlen, damit er Ergebnisse lieferte.

Doch er hatte es vermasselt.

Nicht gut.

»Sie arbeitet für den maltesischen Geheimdienst«, sagte Stephanie.

»Diese kleine Insel hat einen Nachrichtendienst?«

»Er ist Bestandteil der maltesischen Streitkräfte. Nicht groß, aber immerhin. Vorher hat sie ein paar Jahre für die CIA gearbeitet. In Langley kann man sich an sie erinnern. Anscheinend missachtet sie gern Befehle. Ein Adrenalinjunkie. Sie ist unberechenbar, doch meistens tut sie das Richtige.«

»Das klingt fast nach mir.«

»Genau dasselbe dachte ich auch.«

»Haben Sie eine Ahnung, weshalb die Malteser in die Sache verwickelt sind?«

»Es gibt keine Hinweise. Aber sie ist Ihnen anscheinend schon die ganze Zeit auf den Fersen.«

Das war ihm entgangen.

Noch ein Fehler.

Er starrte über das Wasser zu seiner Verfolgerin. Sie war blond und sehr attraktiv, hatte hohe Wangenknochen und einen hübschen Mund, dazu eine abgeschrägte Ponyfrisur, die ihre schmale Stirn betonte. Sie trug Jeans mit einem Gürtel, dazu eine Bluse mit offenem Kragen, die ihre tiefgebräunten Arme unbedeckt ließ. Eine Augenweide, ohne Frage. Und sie schien in Topform zu sein, mit straffen Muskeln, so wie er es mochte. Offenbar wusste sie, wie man ein Boot lenkt und wie man eine Waffe abfeuert, und sie versuchte sich nützlich zu machen. Wenn man ihre Unerschrockenheit hinzuzählte, wurde nachvollziehbar, weshalb sie für unberechenbar gelten konnte.

»Wie soll ich mich verhalten?«, fragte er.

»Ich mag keine Leute, die aufdringlich sind oder lügen. Werden Sie sie los.«

Er grinste. »Mit Vergnügen.«

»Sagen Sie mir, was mit Gallo ist.«

»Es gab ein kleines Problem. Aber ich werde mich darum kümmern.«

»Tun Sie das.«

Damit war das Gespräch beendet.

Er redete immer noch ins Telefon und tat, als ob das Gespräch fortgesetzt wurde, aber in Wirklichkeit schätzte er die Situation ein. Er hielt das Gewehr noch in der Hand. Laura Price dümpelte ungefähr sieben Meter vor seiner Backbordseite. Er tat, als würde er sein Telefonat beenden und machte ein Zeichen mit dem Handy, wie um es ihr zurückzugeben. Wenn er die Sache geschickt anging, konnte er sie vielleicht überrumpeln. Die Sache mit dem Kardinal war übel, doch er würde seine Spur wieder aufnehmen. Dass etwas danebenging – nun, das konnte vorkommen. Der Trick war, sich davon nicht alles vermiesen zu lassen.

Der Gewehrlauf war nach unten auf das Deck gerichtet.

Ein Wink mit dem Handy, und sie brachte das Boot näher heran. Dann warf er das Telefon zu ihr hinüber. Sie fing es auf, und er nutzte den Moment, um die Waffe aufzurichten und drei Schüsse auf ihren Motor abzufeuern.

Sie warf sich aufs Deck.

Der Außenborder qualmte und sprühte Funken.

Luke lachte auf.

Diese dreihundert Pferdestärken waren jetzt nutzlos. Er drehte den Zündschlüssel und erweckte sein eigenes Boot zum Leben, drehte das Steuerrad, legte den Gashebel nach vorn und wirbelte beim Start eine Gischtfontäne in die Luft, die das andere Boot überschwemmte. Als er zurückblickte, sah er, wie Price wieder aufstand, doch er war schon so weit weg, dass sie vom schaukelnden Deck ihres Bootes aus keinen erfolgversprechenden Schuss mehr auf ihn abgeben konnte.

Einmal noch winkte er und hoffte, sie nie wiederzusehen.

Es war an der Zeit, Gallo zu finden und ihm auf den Zahn zu fühlen.

Ein Blick zum Strand und dem Madliena-Turm hinüber: Der Kardinal und der andere Mann waren fort. Jetzt konzentrierte er sich auf die Steuerung, vermied allzu heftige Begegnungen mit einigen der größeren Wellen und fuhr an der Küste entlang. Ostwärts ging es in Richtung Valletta, wo der Mietwagen auf ihn wartete. Die Vibrationen der Maschine waren bis aufs Deck zu spüren und erfüllten ihn mit Energie.

Er wurde von niemandem verfolgt.

Laura Price würde sich jemanden suchen müssen, der sie ans Ufer schleppte.

Manches ließ sich halt einfach nicht vermeiden.

Er versuchte sich einzureden, dass er die Frauen verstand. Aber ehrlich gesagt tat er es nicht. Er gab sich gern als ein Mann, den nichts erschüttern konnte, und ließ die Damen glauben, er sei so eine Art böser Junge, den sie zähmen konnten. Das kam ihm meistens zugute, doch bisweilen endete es auch in einer Katastrophe.

Eigentlich war er ein Mamasöhnchen und rief diese Heilige unter den Frauen jeden Sonntag an, ganz gleich an welchem

Ort der Erde er sich gerade befinden mochte. Sie wusste, dass er Geheimagent war. Stephanie hatte ihm erlaubt, es ihr zu offenbaren, und sie fand das großartig. Er war der Wildfang unter ihren vier Kindern – die sie Matthew, Mark, Luke und John genannt hatte. Die anderen hatten angesehene Berufe, Familien, Häuser – und Hypotheken. Er allein war Single, reiste durch die Welt und tat für das Magellan Billet, was getan werden musste.

Jene perfekte Kombination aus Geliebter, Gefährtin, Vertrauter und Partnerin war ihm bisher noch nicht begegnet. Vielleicht eines Tages. Anscheinend erwarteten Frauen von dem Mann, den sie heirateten, dass er sich änderte. Das tat er aber nicht. Wenn Männer eine Frau heirateten, dann erwarteten sie, dass sie sich nicht änderte. Sie tat es aber. Das war das Problem. Wie hatte es eine potenzielle Braut einmal ausgedrückt? *Ehemänner sind wie Autos. Im ersten Jahr läuft alles gut.*

Darin steckte viel Wahrheit.

Karriere, Erfolge, Unabhängigkeit und Reisen standen bei ihm momentan ganz oben auf der Liste. Eheschließung und Kinder nicht so sehr. Dass Danny Daniels sein Onkel war, mochte einige Türen geöffnet haben, die ihm sonst vielleicht verschlossen geblieben wären, doch dass diese Türen offen blieben, hatte er der Tatsache zu verdanken, dass er seine Sache verdammt gut machte. Die vergangene halbe Stunde war natürlich nichts, worauf er besonders stolz sein konnte.

Er lenkte sein Boot weiter in südlicher Richtung und rief sich ins Gedächtnis, was er in der letzten Nacht gelesen hatte.

Nach der großen Belagerung von 1565, als die Türken Malta gewaltsam zu besetzen versuchten, fasste Großmeister Jean Parisot de la Valette den Entschluss, an der Nordküste auf einer kargen Halbinsel aus Kalkfelsen eine befestigte Stadt zu bauen. Es war Europas erste geplante Stadt seit den Zeiten des

Römischen Reiches. Man gab ihr ein Straßenraster, im Süden verlief ein Festungsgraben, und alles wurde von Festungsmauern eingeschlossen. Im Osten und im Westen schlossen sich Häfen an, die ideale Ankerbedingungen aufwiesen. Für eine Seemacht wie die Malteserritter stellte der Ort ein perfektes Hauptquartier dar, und sie verwandelten die Insel schließlich in eine unbezwingbare Marinebasis.

Valletta war zwei Meilen lang und eine Meile breit, und das dicht bebaute Stadtgebiet hatte lange Zeit die Ritter und alles, was sie zum Überleben benötigten, beherbergt. Die Stadt kündete von vier Jahrhunderten harter Arbeit und Größe. Ihre Kirchen, Geschäfte, Residenzen, Palazzi, Lagerhäuser, Festungen und der Palast des Großmeisters waren allen Widrigkeiten zum Trotz erhalten geblieben, selbst nachdem Hitler während des Zweiten Weltkriegs rücksichtslos jeden Quadratzentimeter bombardieren ließ.

Die Gebäude standen in geraden Reihen ganz bewusst dicht beieinander, um mit ihren Schatten die Straßen vor der intensiven Mittelmeersonne zu schützen und um Meeresbrisen ungehindert hindurchziehen zu lassen. Alles in allem waren innerhalb von fünf Jahren etwa 2000 Häuser von edler Eleganz entstanden. Doch weitere 25 Jahre waren nötig, um alles zu perfektionieren. Seit dem 17. Jahrhundert hatte sich wenig geändert. Luke gefiel besonders, was de la Valette selbst über seine Schöpfung gesagt hatte:

Von Ehrenmännern für Ehrenmänner gebaut.

Die weißen Zinnen von Fort St. Elmo kamen in Sicht, das am Ende der hoch aufragenden Halbinsel wachte und einen atemberaubenden Blick auf das offene Meer bot. Er stellte sich vor, wie die Kanonen in den Hafen feuerten und die vorrückenden Türken abwehrten. Die gesamte große Belagerung wirkte wie ein Hollywood-Epos. Süleyman der Prächtige – was für ein Name – entsandte 40.000 Soldaten und über 200 Schiffe, um

Malta für den Islam zu erobern. De la Valette befehligte 500 Ritter, 1100 Soldaten und eine 6000-köpfige Bürgerwehr. Trotz seiner Bitten rührte kein christlicher König auch nur einen Finger zur Hilfe, weil alle zu sehr damit beschäftigt waren, einander umzubringen.

Deshalb stand de la Valette ganz allein da.

Die Invasion begann blutig und mit wilden Schlachten, während eines entsetzlich heißen Sommers. Fort St. Elmo widerstand einen Monat lang, bevor es schließlich fiel. Doch fehlender Nachschub, wenig Trinkwasser und die Ruhr setzten den Türken stark zu. Beide Kriegsparteien verbreiteten Terror. Tote Ritter wurden verstümmelt, ihre enthaupteten Leichen schwammen auf Kreuzen über den Hafen zu den besetzten Forts auf der anderen Seite. Als Antwort ließ Großmeister de la Valette türkische Gefangene enthaupten und ihre Köpfe als Kanonenkugeln zurückschießen.

Wie du mir, so ich dir.

Im September 1565 traf schließlich Verstärkung aus Sizilien ein, und die Türken zogen sich zurück. Hätten sich die Dinge anders entwickelt, wäre das Mittelmeer vom Marinestützpunkt Malta aus von Muslimen beherrscht worden und ganz Europa wäre gefährdet gewesen.

Doch die Ritter retteten die Christenheit.

Er navigierte das Boot an Fort St. Elmo vorbei in den Grand Harbour, der immer noch von Festungen und Wachttürmen gesäumt war. Flatternde Fahnen boten ein farbenfrohes Willkommen entlang der Bollwerke und gegenüber vom Hafen in den drei Städten. An einem der langen Kais lag ein Kreuzfahrtschiff, von dem zahlreiche Passagiere auf die Docks strömten; ein weiteres Kreuzfahrtschiff ankerte vor der Küste. Er steuerte auf den Jachthafen zu. Das Zugboot von vorhin war nirgendwo zu sehen. Die stampfenden Geräusche, mit denen die Maschine sein Boot vorangetrieben hatte, verstummten, das

Boot verlangsamte sein Tempo, um wieder in den geschützten Hafen zu fahren, wo unzählige Jachten friedlich an ihren Liegeplätzen dümpelten.

Auf einem kleinen Parkplatz ein paar Straßen weiter wartete sein Wagen.

Er lenkte das Boot zu den Docks, stellte den Motor aus und vertäute es an ein paar unbelegten Klampen.

Das Gewehr ließ er im Boot zurück, sprang hinaus und ging an Land.

Zwei Männer schnitten ihm den Weg ab.

9

Der Ritter verließ die Villa und fuhr auf die Schnellstraße, die zum See hinunterführte. Die Ledermappe lag neben ihm auf dem Beifahrersitz. Er hatte sie an sich genommen, während in der ersten Etage gekämpft wurde. Malone war es offensichtlich gelungen, das zu finden, was der Villenbesitzer dort versteckt zu haben gestanden hatte. Sogar der Inhalt entsprach genau der Beschreibung.

Zum Glück hatte er schnell geschaltet.

Sein Mitarbeiter hatte den Befehl erhalten, Malone nur kampfunfähig zu machen und dann die Mappe sicherzustellen. Eine simple Aufgabe. Er brauchte den Amerikaner lebendig. Doch anscheinend war etwas schiefgelaufen. Er durfte nicht zulassen, dass sein Mitarbeiter gefangen genommen wurde. Deshalb hatte er sich um das Problem gekümmert, die Mappe an sich genommen und dafür gesorgt, dass Malone ihm nicht folgen konnte. Eigentlich war nur beabsichtigt gewesen, die Spur erkalten zu lassen und den Exagenten mit leeren Händen zu den Briten zurückzuschicken. Dieses Ziel war jetzt erreicht worden, doch um einen höheren Preis als erwartet.

Er erreichte die Schnellstraße, die sich an der zerklüfteten Küste entlangschlängelte, und bog nach Norden ab. Vier Kilometer später gelangte er nach Menaggio. Stuckverzierte, bunte Häuser säumten die malerischen Straßen. Die Morgensonne ergoss sich in kontrastreichen Goldschattierungen auf die Fassaden. Vor nebelverhangenen, schroffen Bergen erhob sich eine Hügelkuppe mit frühlingshafter Vegetation, die hinter den spitzen Hausdächern steil anstieg. Er parkte gleich hinter der Piazza Garibaldi, nahm die Mappe und ging langsam und mit gesenktem Kopf ganz entspannt weiter, um keine Aufmerksamkeit auf sich zu lenken. Er war sehr auf der Hut, verließ sich dabei aber mehr auf seine Ohren als auf seine Augen.

Er betrat das Hotel und stieg die Holztreppe zu seinem Zimmer hinauf. Oben angekommen, breitete er den Inhalt der Mappe auf einem Tisch aus. Faszinierend, dass alles seit 1945 geheim bleiben konnte. Er verschaffte sich einen ersten, schnellen Überblick und entdeckte Durchschläge, Originale und handschriftliche Notizen. Es handelte sich überwiegend um Berichte und Lageeinschätzungen, auch mehrere militärische Befehle waren dabei. Doch die Korrespondenz zwischen Churchill und Mussolini war der Jackpot. Er überflog die elf Briefe, was ihm leichtfiel, weil er sowohl Deutsch als auch Italienisch fließend sprach. Besonders ein Brief, ein englischsprachiges Original von Churchill an den Duce, entlockte ihm ein Grinsen.

Ich schreibe, um Sie zu beschwören, dass wir die Irritationen abbauen sollten, die womöglich durch unsere Schändlichkeit entstehen könnten, durch den hartnäckigen, perfiden Opportunismus, mit dem unsere Vorgängerregierungen versucht haben, unsere Beziehungen zu verfälschen. In letzter Zeit haben uns die Weltläufe dazu gezwungen, miteinander zu verhandeln, und das können wir kaum im Geiste moralischer Empörung tun. Wir sollten stattdessen präzise und wachsam sein und einander ein gewisses Vertrauen entgegenbringen. Ich fürchte, dass es uns trotz der hartnäckigen Versuchung wenig nützen wird, einander unsympathisch zu sein. Deshalb lassen Sie uns klar ansprechen, was genügen würde, um Sie davon abzuhalten, langfristige militärische Koalitionen mit dem abscheulichen deutschen Kanzler einzugehen.

Wie lange versuchen Sie schon, Malta nach Italien zu bringen? Sie haben wiederholt erklärt, dass die Malteser zur italienischen Rasse gehören, und dass selbst ihre Sprache von einem italienischen Dialekt abstamme. Sie haben betont, dass Malta unter historischen Gesichtspunkten zu Italien gehöre und wieder zu einem Teil Großitaliens werden solle. So etwas könnte jetzt möglich sein. Wie wäre es, wenn Sie allein erreichen könnten, was ungezählten italienischen Führern vor Ihnen nicht gelang?

Wenn Sie nun als Zeichen der Freundschaft diesen Trumpf in die Hände bekämen – eine mögliche Kapitulation dieses besagten kostbaren Eilands –, würden wir quid pro quo akzeptieren, dass Italien im bevorstehenden Konflikt neutral bleibt. Es würden keine politischen oder militärischen Vereinbarungen mit den Deutschen getroffen werden, heißt: Der deutschen Sache würde keine Unterstützung angeboten werden. Uns ist klar, dass eine solche Politik Probleme zwischen Italien und Deutschland aufwerfen könnte. Hitler würde niemals eine offene Allianz Italiens mit Großbritannien tolerieren. Um Ihnen Gelegenheit zu geben, ihre Neutralität so zu demonstrieren, dass sie nicht angezweifelt werden kann, würden wir Italien bei den gegenwärtigen Auseinandersetzungen öffentlich nicht als Alliierte bezeichnen. Doch wir würden Sie ebenso wenig wie einen Feind behandeln. Stattdessen würden wir Ihr Land als eine »aggressive« Nation klassifizieren, die mit dem Vereinigten Königreich angespannte Beziehungen unterhält. Weder Freund noch Feind, nur jemand, den man im Auge behalten sollte. Somit könnten Sie gegenüber den Deutschen glaubhaft beteuern, keine Vereinbarungen mit uns getroffen zu haben, weil dies nicht der Fall ist. Doch ein solcher Status würde Italien einen Platz am Tisch der Friedensverhandlungen sichern, wenn die Deutschen

geschlagen sind, denn besiegt werden sie auf jeden Fall.
Dann können die territorialen Ansprüche Italiens auf
Malta diskutiert und letztendlich umgesetzt werden.

Im weiteren Verlauf pries der Brief weitere Vorteile, die es mit sich bringen würde, sich Hitler zu widersetzen und insgeheim mit England ins Bett zu steigen.

Der Brief war dick und schwarz unterschrieben.

Churchill.

Sein Blick fiel auf das Datum.

18. Mai 1940.

Churchill war gerade erst Premierminister geworden. Die britische Bulldogge hatte offenbar keine Zeit verschwendet und gleich darauf gedrängt, einen Handel zu machen. Er versuchte verzweifelt, Italien davon abzuhalten, an Hitlers Seite formell in den Krieg zu ziehen. Der Brief war als Antwort auf einen Brief Mussolinis verschickt worden, den jener wenige Tage zuvor verfasst hatte. Ein Durchschlag dieses Briefes befand sich in der Mappe.

Ich fordere seit mehreren Jahren den ungehinderten Zugang Italiens zu den Weltmeeren und Schifffahrtslinien.
Das ist für unsere nationale Unabhängigkeit lebenswichtig.
Die Freiheit eines Landes ist proportional zur Stärke seiner
Marine. Wir sind jetzt und waren bereits lange Gefangene
des Mittelmeers. Hitler ist davon überzeugt, dass es nötig
ist, Ihre Militärbasen in Zypern, Gibraltar, Malta und

*Ägypten zu neutralisieren, um die britische Vorherrschaft
zu brechen. Italien wird niemals eine unabhängige Nation
sein können, solange Korsika und Malta die Gitterstäbe
und Gibraltar und Suez die Mauern seines mediterranen
Gefängnisses sind. In seiner Außenpolitik geht Hitler
davon aus, dass es eines Tages nötig sein wird, Großbritannien und Frankreich die Stirn zu bieten. Er hat mir klarge-
macht, dass Italienisch-Nordafrika und Italienisch-Ost-
afrika, die jetzt noch durch den anglo-ägyptischen Sudan
voneinander getrennt sind, durch militärische Eroberungen
zusammengeführt werden können. Überdies würde das
mediterrane Gefängnis aufgebrochen werden. Wie Ihnen
gewiss klar ist, könnte Italien dann entweder durch den
Sudan und Abessinien bis an den Indischen Ozean mar-
schieren, oder durch Französisch-Nordafrika an den
Atlantik. Das ist für mich von Bedeutung. Hitler bietet eine
Allianz an, um das zu ermöglichen. Was bieten Sie, Signore
Premierminister?*

Churchill winkte mit Malta.

Doch klugerweise erst, nachdem der Krieg gewonnen sein
würde. Dann hätte man die Insel stillschweigend abgetreten.

Doch das reichte offenbar nicht aus, um Mussolini zu locken.

Der Ritter kannte sich mit Militärgeschichte aus.

Die Briten waren besorgt gewesen, ob Malta hinreichend
verteidigt werden konnte. Es war nicht mehr das 16. Jahrhundert. Moderne Waffen ließen sich nicht mit jenen vergleichen,
die die Türken verwendeten, als sie die Verteidigungsmauern
der Insel zu durchbrechen versuchten. Bomber und Schiffe mit
großkalibrigen Kanonen konnten Zerstörungen anrichten.
Man würde viele Männer und Waffen benötigen, um die Insel
zu halten.

Vielleicht war es das nicht wert.

Es waren die Franzosen gewesen, die im Mai 1940, während der Besatzung ihres Landes, den Vorschlag machten, Malta auszuhändigen, um Mussolini zu besänftigen. Auf diese Weise konnte man Italien aus dem Krieg heraushalten, was es den Alliierten erlauben würde, sich auf Frankreich zu konzentrieren. Doch Churchill überzeugte das Kriegskabinett, sich nicht auf solche territorialen Konzessionen einzulassen, obwohl andere einen solchen Handel befürworteten. Jetzt wusste er, weshalb.

Churchill war klar, dass ein solches Angebot sinnlos gewesen wäre.

Am 10. Juni 1940 erklärte Italien Großbritannien den Krieg, griff am nächsten Tag prompt Malta an und belagerte es. Rommel warnte, dass die *Achsenmächte ohne Malta letztendlich die Kontrolle über Nordafrika verlieren würden.*

Deshalb waren ihre Angriffe unerbittlich.

Insgesamt warf Hitler mehr Bomben auf Malta als auf London ab. Fünf Jahre lang lebten die meisten Malteser unterirdisch, sie nutzten die Tunnel, die die Ritter hinterlassen hatten, als Luftschutzbunker, Lagerräume und Zisternen.

Immer wieder wurden sie angegriffen.

Über dreißigtausend Gebäude wurden zerstört.

Die Menschen verhungerten fast, weil ein Lebensmittelkonvoi nach dem anderen Opfer der U-Boote wurde. Ein Schlachtschiff, zwei Flugzeugträger, achtunddreißig U-Boote und fünf Kreuzer der Alliierten sanken bei der Verteidigung Maltas. Über tausend Malteser starben, viele weitere wurden verletzt. Churchill teilte der Welt mit, *dass die Augen des gesamten britischen Weltreiches auf Malta ruhten und seinen täglichen Kampf beobachteten.*

Und sie konnten die Insel halten.

Nach dem Krieg verlieh der König sämtlichen Einwohnern das Georgskreuz. Kein Wunder, dass Churchill verhindern wollte, jene Briefe jemals ans Licht kommen zu lassen. Man stelle sich nur vor, was das britische Volk von seinem verehrten Führer gedacht hätte, wenn seine Bereitschaft bekannt geworden wäre, diese kostbare Insel aufzugeben.

Er spürte, wie die Aufregung von ihm Besitz ergriff, denn jetzt hatte er fast alles gefunden, wonach er gesucht hatte.

Doch eine Sache, die er hier zu finden hoffte, war nicht da. Hatte Malone sie herausgenommen? Möglich. Aber nicht wahrscheinlich.

Es spielte keine Rolle.

Die Briten würden sich melden. Davon war er überzeugt.

Er starrte aus dem Fenster und beobachtete die Passanten, die über die breite Piazza gingen. Dann strich er mit den Fingern über den Zinnring an seiner rechten Hand und las stumm die fünf Worte darauf.

Sator. Arepo. Tenet. Opera. Rotas.

Es war an der Zeit, dass sie wieder einmal den Weg wiesen.

10

Malta

Kastor Gallo hatte zugehört, als Chatterjee mit dem Parasailer sprach. Dann beobachtete er, wie der unbekannte Mann ins Wasser stürzte und schließlich zwei Männer in einem Boot überwältigte. Danach wurde er von einem anderen Boot verfolgt, aus dem Schüsse abgegeben wurden, als der Parasailer davonschwirrte. Das zweite Boot erreichte das erste ein Stück weiter die Küste hinunter. Zum Schluss sah er, wie der Parasailer in Richtung Valletta aufbrach.

Allein.

»Was hatte das zu bedeuten?«, fragte er Arani.

»Man interessiert sich offenbar für das, was Sie tun, Eminenz.«

Das war für ihn nichts Neues. »Wer sind diese Leute?«

Keine Antwort.

Er fragte weiter. »Wer war der Parasailer?«

»Ein amerikanischer Agent, der geschickt wurde, um Ihnen nachzuspionieren. Wir haben gestern von seinem Einsatz erfahren. Glücklicherweise konnte ich ihm zuvorkommen und die Crew des Zugbootes schmieren. Die beiden anderen Männer sollten sich um ihn kümmern, doch wie Sie gesehen haben, ist er entkommen.«

»Wer war die Frau in dem anderen Boot?«

»Eine gute Frage. Ich muss telefonieren.«

Chatterjee zog sich auf die gegenüberliegende Seite der Plattform zurück und holte sein Handy heraus.

Was er gerade gehört hatte, gefiel dem Kardinal ganz und

gar nicht, außerdem mochte er es nicht, wie ein Untergebener behandelt zu werden. Und wer war mit »*wir*« gemeint, als Chatterjee *wir haben erfahren* sagte?

Er starrte wieder aufs Meer hinaus.

Die Nordküste war ihm immer fremd gewesen. Er und sein Bruder waren auf der Südseite der Insel zur Welt gekommen, auf einem Stück Land, das einen Blick auf einen anderen Abschnitt des Mittelmeers bot. Das alte Bauernhaus war aus dem lokalen Korallenkalkstein gebaut worden, einem interessanten Gemisch, das weich und feucht aus dem Boden kam, aber im Laufe der Zeit und durch Sonneneinwirkung hart und weiß wurde.

So wie er selbst. Formbar als Kind.

Unnachgiebig im Erwachsenenalter.

Sein Vater hatte sein Leben lang im Mittelmeer gefischt, als es noch möglich war, davon seinen Lebensunterhalt zu bestreiten. Seine Eltern waren gute Menschen gewesen, die sich beide lieber Feinde machten, als sich von ihrem Weg abbringen zu lassen. Leider starben sie bei einem Autounfall, als er zwölf Jahre alt war. Es geschah im April, kurz nachdem die Luzernen aufgeblüht waren, den Boden farbig überzogen und die Luft mit einem aromatischen Duft erfüllten.

Bis zum heutigen Tag hasste er den Frühling.

Weil es keine Familienmitglieder gab, die bereit waren, sie aufzunehmen, hatte man ihn und seinen Bruder ins St.-Augustus-Waisenhaus im Ostteil der Insel gesteckt, eine trostlose, unscheinbare Einrichtung, die von Ursulinen geführt wurde. Dort lernte er die Kirche kennen. Ihre Stabilität, ihre Regeln und ihre Geschichte. Hinzu kamen die vielen Möglichkeiten, die sie bot. Es gab manche im Waisenhaus, die rebellierten, er hingegen lernte zu schätzen, dass die Nonnen auf Disziplin beharrten. Diese kühlen, farblosen Frauen waren wenigstens konsequent. Sie machten ihren Standpunkt nur ein einziges Mal deutlich und erwarteten von einem, dass man gehorchte. Vor drei Jahren hatte er ein paar der Lektionen vergessen, die ihn diese unbeugsamen Frauen gelehrt hatten, und seine Karten überreizt, was dem Papst die Möglichkeit gab, ihm den Boden unter den Füßen wegzuziehen.

Ein dummer, dummer Fehler.

Er hatte ein Amt bekleidet, das mit Macht und großem Einfluss verknüpft war: Präfekt der Apostolischen Signatura. Verantwortlich für die oberste juristische Autorität der katholischen Kirche. Hinsichtlich kirchlicher Angelegenheiten galt nur das Wort des Papstes mehr. In seiner Position hatte er auch Zugriff auf eine Fülle vertraulicher Informationen über Laien, Priester, Bischöfe und Kardinäle und so eine Schatzkammer vertraulicher Akten zusammengetragen. Sein Plan war, dieses Wissen irgendwann zu nutzen, um insgeheim seinen Einfluss im Kardinalskolleg zu vergrößern. Wenn er es geschickt anstellte, konnte er die Dankbarkeit seiner Kollegen vielleicht dahingehend nutzen, sich ernsthafte Chancen bei der Papstwahl zu verschaffen.

Jeder katholische Mann, der das Mündigkeitsalter erreicht hatte, weder Häretiker noch Spalter war und bisher nicht der Patronage bezichtigt wurde, konnte zum Papst gewählt werden. In Wahrheit hatten jedoch nur Kardinäle eine Chance. Zum letzten Mal wurde 1379 ein Papst gewählt, der nicht vorher Kardinal gewesen war. Zweifellos hatten gewisse Kardinäle größere Aussichten, gewählt zu werden. Dafür gab es das schöne Wort *papabile*. Das Zeug zum Papst haben. Früher kamen dafür nur Italiener in Betracht. Doch jetzt nicht mehr, was einer Reihe ausländischer Päpste zu verdanken war. Es gab allerdings keine Möglichkeit, im Vorweg festzustellen, wer als Favorit hervorgehen würde. Die Geschichte hatte jedoch bewiesen, dass in neun von zehn Fällen jemand siegte, der nicht als Favorit gehandelt worden war. Und das ergab auch einen

Sinn. Jeder sogenannte Favorit verfügte über seine eigene, sorgfältig zusammengestellte Unterstützergruppe. Viele dieser Gruppen bildeten sich kurz vor oder während eines Konklaves, und nur selten wechselte eine Gruppe zu einer anderen, um deren Kandidat zu unterstützen. So kam es, dass der Mann, der schließlich gewählt wurde, niemals der allgemeine Favorit war, sondern eine Kompromisslösung verkörperte, auf die sich zwei Drittel der Kardinäle einigen konnten.

Das war in Ordnung.

Er war nie daran interessiert gewesen, eines jeden Favorit zu sein.

Contra mundum.

Gegen die Welt.

Das war sein Motto.

Chatterjee hatte sein Telefonat beendet und kam zurück. »Ich werde mich um unseren amerikanischen Spion in dem Boot kümmern.«

»Wie wollen Sie das machen?«

Der Mann lachte. »Wollen Sie das wirklich wissen? Akzeptieren Sie einfach die Tatsache, dass ich hier bin, um Ihnen zu dienen, Eminenz.«

Der überhebliche Tonfall erzürnte ihn erneut. Doch in den letzten paar Jahren hatte er zumindest ein wenig Geduld gelernt.

»Und die Frau?«, fragte er.

»Daran arbeite ich ebenfalls.«

»Sind Sie Hindu?«

»Ich bin Atheist.«

Er musste sich zusammenreißen und den Unmut runterschlucken, der in ihm zu brodeln begann. Dieses Gespräch führte zu nichts. Doch eines musste er noch wissen. »Was qualifiziert Sie dafür, sich meiner aktuellen Bedürfnisse anzunehmen?«

Chatterjee warf ihm einen durchdringenden Blick zu. »Ich

kann kämpfen und schießen und es macht mir nichts aus, jemanden umzubringen, falls es nötig wird.«

»Ziehen wir in den Krieg?«

»Das müssen Sie mir sagen, Eminenz. Wie Sie bereits bemerkten, wird schon sehr lange nach der *Nostra Trinità* gesucht.«

»Und was wissen Sie darüber?«

»Eine ganze Menge. Ich habe an der Universität von New York einen Doktortitel für die Geschichte des Mittelalters erworben. Meine Dissertation beschäftigte sich mit Jerusalem zwischen den Epochen der Juden, Muslime und Christen vom ersten bis zum fünften Jahrhundert, wobei der Schwerpunkt auf den europäischen Bruderschaften und ihrer wechselseitigen Beeinflussung während der Besatzung lag. Der Souveräne Ritter- und Hospitalorden vom Heiligen Johannes zu Jerusalem, Rhodos und Malta war eine dieser Bruderschaften. Ich bin auch ziemlich gut darin, Bibliotheken und Zeitungsarchive zu durchstöbern und zu bestehlen. Darüber hinaus habe ich wenige bis gar keine moralischen Schranken und werde tun, was immer nötig ist, um die Aufgabe zu bewältigen. Ich habe ein Buch über den Hospitalorden geschrieben. Es verkaufte sich nicht besonders gut, doch es hat die Aufmerksamkeit gewisser Menschen geweckt, die sich ebenfalls für die Ritter interessierten.«

»Können Sie ein paar Namen nennen?«

Chatterjee lachte. »Diskretion. Das ist mein wichtigster Geschäftsgrundsatz.«

Er konnte sehen, dass sich unter der sorgsam gepflegten Fassade forcierter Unhöflichkeit dieses Mannes eine scharfe Intelligenz verbarg. Normalerweise hätte er mit einem derart arroganten Menschen keine Zeit vergeudet, doch die Lage war alles andere als normal.

Also nahm er sich einen Moment zum Nachdenken und

beobachtete eine Möwe, die sich mit ausgebreiteten Schwingen von den Aufwinden tragen ließ und rasch aufs Meer hinaussegelte. Wie musste es sich anfühlen, so unbelastet zu sein? Schließlich wandte er sich an Chatterjee und sagte: »Ihnen ist klar, dass das Konklave in gut vierundzwanzig Stunden beginnt. Wir haben keine Zeit für Unsinn.«

»Wie wäre es, wenn ich Ihnen mit etwas Appetit mache, das Sie bestimmt nicht wissen? Als Zeichen meines guten Willens, wenn Sie so wollen.«

Man hatte ihm gesagt, er solle herkommen, *dann würde ihm alles erklärt werden*. So musste er sich darauf verlassen, dass es keine Zeitverschwendung war.

»Ich höre.«

11

Napoleon Bonaparte achtete nicht auf die Schreie, die durch die langen Flure hallten, und bewunderte den Palast. Schon seit 225 Jahren hatten Großmeister in diesen Mauern gelebt, waren durch die breiten Marmorkorridore gegangen, hatten die Gemäldegalerien bewundert und in dem großartigen Bankettsaal Feste gefeiert. Es gab sogar ein Observatorium oben im Turm. Der Palast war ein lang gestrecktes Gebäude wie der Louvre, zweigeschossig und mit doppelten Wänden, die mit Schotter gefüllt waren wie bei einer Festung. Hundert Meter seiner eleganten Fassade grenzten an die Piazza dei Cavalieri, den Platz der Ritter.

Es sei heiliger Grund, hatte man ihm gesagt.

Ohne Genehmigung durfte kein Malteser den Platz oder den Palast betreten. Napoleon hatte bereits beschlossen, sich die Stadtbevölkerung durch die Abschaffung dieses Gesetzes gewogen zu stimmen und die Piazza in »Platz der Freiheit« umzubenennen.

Ein guter Schachzug.

Das Recht des Eroberers.

Er war fasziniert. Alles war perfekt über die Bühne gegangen.

Vor einem Monat hatte er sich mit Hunderten von Schiffen und 7000 Soldaten von Frankreich aus aufgemacht, um Ägypten zu erobern. Unterwegs kam er auf die Idee, Malta zu besetzen, und war vor drei Tagen in Valletta eingetroffen. Im Hafen hatte er vom Deck seines Flaggschiffs aus die beein-

druckenden Festungsmauern bewundert. Die Stadt zog sich terrassenförmig den Hügel hinauf, die honigfarbenen Gebäude sahen aus wie übereinandergestapelt und aus einem einzigen Stein gemeißelt. Ihm war berichtet worden, dass die vielen Kuppeln und Türme einen exotischen Anblick böten, und als er die Stadt jetzt mit eigenen Augen sah, konnte er diese Einschätzung nur bestätigen.

Wie hatten die Ritter sie genannt?

Civitas Humillima.

Die sehr bescheidene Stadt.

So viele Segel waren seit der Belagerung durch die Türken 1565 nicht mehr vor der maltesischen Küste aufgetaucht. Damals waren die Ritter bereit gewesen, bis zum Tod für die Insel zu kämpfen, die sie als ihren Besitz betrachteten. Diesmal hatte der Eroberer sie unvorbereitet überrumpelt. Seine Spione hatten sich bewährt und lediglich 332 Ritter ausgemacht, von denen 50 zu alt zum Kämpfen waren. Es mangelte ihnen an Versorgungsgütern, und sie waren unzureichend geführt. Die Festungskanonen waren seit einem Jahrhundert nicht abgefeuert worden, das Pulver war verrottet und die Geschützrohre defekt. Als sich dann auch noch die französischen Ritter, die fast 200 der 332 Männer ausmachten, dem Kampf verweigerten, endete nach zwei Tagen alles mit einer bedingungslosen Kapitulation. Der Großmeister verzichtete vertraglich auf die Insel und sämtliche souveränen Rechte.

Napoleon starrte wieder auf die Palastmauern.

Von dem großen Vermächtnis war nur wenig geblieben. Eine melancholische Atmosphäre der Verlassenheit lag über den hallenden Mauern und leeren Foyers. Was war aus all jenen Großmeistern geworden? Jenen Auserwählten, die einst fast wie absolute Herrscher regierten? Sie lebten wie Könige, trugen eine Krone, empfingen Abgesandte und schickten Emissäre an ausländische Herrscherhöfe. Sie beschäftigten Scharen von Geistlichen und Ärzten sowie zahllose Bedienstete, Wildhüter, Falkner, Trommler, Trompeter, Kammerdiener und Stallburschen, Pagen, Perückenmacher, Uhrenaufzieher, ja sogar Rattenfänger. Ihre Mittel waren unerschöpflich. Päpste und Kaiser waren ihnen willfährig.

Doch diese Zeiten waren vorbei.

Sobald die heidnische Bedrohung aus dem Osten an Bedeutung verlor, verloren die Ritter ihren Daseinszweck. Sie frönten dem Alkohol und duellierten sich untereinander; ihre alte Disziplin verfiel, und übrig blieb nur Chaos.

Die deutsche und die italienische Zunge gab es nicht mehr. Die meisten anderen standen kurz vor dem Zusammenbruch. Aus der einstmals glorreichen Institution war ein besseres Internat für junge Männer aus privilegierten Familien geworden, in dem sie sich dem Müßiggang hingeben konnten. Noch schlimmer waren Revolutionen in ganz Europa, insbesondere jene in Frankreich, die dazu führten, dass ihre Ländereien beschlagnahmt wurden, was die Einkünfte der Ritter um fast zwei Drittel schrumpfen ließ, wie Napoleon den Zahlen, die ihm vorlagen, entnehmen konnte.

Jetzt waren alle ihre Besitztümer an Frankreich gefallen.

Er hörte Schritte und drehte sich um. Einer seiner Adjutanten kam durch den breiten Korridor marschiert; seine Stiefelschritte hallten von den marmornen Wänden wider. Napoleon wusste, was der Mann wollte.

Man erwartete ihn im Saal des Obersten Rates.

Er nickte und ging auf dem Weg durch die labyrinthischen Gänge voran. Die hohen Wände waren kahl, alle Wandteppiche und Gemälde von seinen Soldaten beschlagnahmt und zusammen mit der anderen Beute auf dem Flaggschiff verstaut worden. Seine Männer hatten Valletta und die restliche Insel verwüstet, und Rüstungen, silberne chirurgische Instrumente, Schachspiele aus Elfenbein, Mobiliar, Münztruhen und

Goldbarren eingesammelt. *Sogar das kostbare Schwert und der Dolch von Valletta, die dem längst verstorbenen Großmeister vom spanischen König für seinen Mut während der großen Belagerung verliehen worden waren, befanden sich jetzt in seinem Besitz.*

Er hatte alles.

Die L'ORIENT *war vollgepackt mit Beute.*

Doch das, wofür er wirklich gekommen war, hatte er nicht gefunden.

Diese eine Sache, die vielleicht wertvoller als all das Gold und Silber war.

Er betrat den Saal. Auf der gegenüberliegenden Seite, fast 30 Meter entfernt, befand sich ein Podest mit dem Thron des Großmeisters unter einem karminroten, goldgefassten Samthimmel. Hier hatten sich jahrhundertelang der Oberste Rat und das Generalkapitel versammelt – es war das Machtzentrum der Ritter. An den Wänden ringsum befanden sich als Erinnerung an edle und gesegnete Zeiten zwölf prächtige Friese mit Darstellungen der Großen Belagerung. So wurde das Gedenken an einen der geschichtlichen Höhepunkte für alle Zeiten aufrechterhalten. Napoleon wusste solche Propaganda zu schätzen.

Der Saal war leer bis auf einen auf Böcken stehenden Tisch in der Mitte. Dort saß ein Mann, an einen Holzstuhl gefesselt, die Hände mit den Handflächen nach unten vor sich ausgebreitet, jede Hand von einem Nagel durchbohrt, der sie an ihrem Platz fixierte. Der Bedauernswerte trug Nachtwäsche, da er offenbar im Schlaf von den Soldaten überrascht worden war. Der Gefangene stöhnte, sein Kopf fiel auf den Tisch, Speichel tropfte von seinem Kinn, und aus seinen Wunden sickerte Blut. Napoleon kam ein Stück näher und konnte den Gestank kaum ertragen, der davon herrührte, dass sich die Gedärme und die Blase des Mannes entleert hatten.

»Sie bereiten sich ganz umsonst so viel Pein«, sagte er. »Ihr Anführer hat Sie verlassen.«

Das entsprach der Wahrheit.

Ferdinand von Hompesch, der Großmeister, hatte Malta kampflos übergeben und die Tore Vallettas freiwillig geöffnet. Es hatte sich als hilfreich erwiesen, dass die Ritter einen Eid geschworen hatten, ihre Waffen nicht gegen Mitchristen zu erheben.

»Euer Großmeister nahm die Hand und den Arm des Heiligen Johannes und die Ikone der Muttergottes vom Berg Philermo und segelte davon.«

Er sah die zunehmende Furcht in den Augen des Mannes, dem seine heikle Lage immer klarer wurde.

»Doch bevor Hompesch ging, zog ich den Ring von der Hand des Heiligen Johannes.« Er zeigte ihn an seinem Finger. »Ein schönes Juwel, das ich behalten werde.« Er zuckte mit den Schultern. »Was nützt es, ein toter Heiliger zu sein?«

Keine Antwort. Doch die hatte er auch nicht erwartet.

»Euer Großmeister hat Sie hier allein zurückgelassen und mir ausgeliefert.«

»Ich habe Ihnen … nichts gesagt. Ich werde Ihnen … nichts sagen.«

Er machte ein Zeichen, und sein Adjutant brachte daraufhin eine Keramikschüssel und stellte sie auf den Tisch. Der gefolterte Ordensritter blickte auf und schien die Pflanze zu erkennen, von der ein Büschel darin lag.

»Vom Fels des Generals«, sagte Napoleon. »Man berichtete mir von ihrer Heilkraft, darum habe ich etwas für Sie besorgen lassen.«

Vor der Küste Gozos, nördlich von Malta, erhob sich ein kleiner Kalkfelsen aus dem Meer.

Die Brandung hatte jahrtausendelang seine grauen, kahlen Seiten geschliffen. Auf dem Felsen wuchs eine krautige Pflanze, die man nirgendwo sonst auf der Welt kannte. Er hatte Legenden über ihre blutstillende Wirkung gehört, angeblich konnte sie Blutungen zum Stillstand bringen, wenn sie auf eine Wunde gelegt wurde. 50 Jahre zuvor hatte ein Großmeister die Insel gesperrt und Wachen aufgestellt, damit die Pflanze ausschließlich den Rittern vorbehalten blieb. Wer gegen das Verbot verstieß, wurde zu drei Jahren als Ruderer auf einer Galeere verurteilt.

Napoleon plante, das Verbot, sich selbst zu bedienen, aufzuheben, nachdem er sich selbst eine größere Menge davon beschafft hatte.

»Können Sie es riechen?«, fragte er.

Der Geruch war scharf und stechend und vermischte sich auf unangenehme Weise mit dem fauligen Gestank der Ausscheidungen des Gefolterten. Am liebsten hätte er sich ein Taschentuch vor die Nase gehalten, verzichtete aber wohlweislich darauf. Generalkommandeure hatten vor nichts zurückzuschrecken.

»Sagen Sie mir ganz einfach, was ich wissen will, dann kann die Pflanze ohne jeglichen Zweifel Ihre Wunden heilen«, sagte er.

Keine Antwort.

»Sie haben Ihren Eid erfüllt und nichts verraten. Ich muss zugeben, das ist bewundernswert. Doch Ihr Leben als Malteserritter ist vorbei. Den Orden gibt es nicht mehr, deshalb brauchen Sie sich nicht mehr an Ihr Versprechen zu halten. Ersparen Sie sich weiteres Leid und sagen Sie mir, wo ich die Nostra Trinità finden kann.«

Als der Mann den Namen hörte, weiteten sich seine Augen.

»Woher... wissen Sie... davon?«

»Ihre Existenz ist in den Reihen der Kirche für gewisse Kardinäle kein Geheimnis. Sie haben mir davon erzählt, oder zumindest das, was sie darüber wussten. Ich bin fasziniert und

neugierig, also vergessen Sie Ihr Gelübde und erzählen mir,
wo sie versteckt ist.«

Der Ritter schüttelte den Kopf. »Gelübde sind das Einzi-
ge… was uns geblieben ist.«

Der Kopf des Mannes fiel wieder auf die Tischplatte.

Napoleon konnte nur erahnen, welche Schmerzen die Nägel
seinem Opfer bereiteten. Er trat näher heran und bemerkte
dabei unweigerlich den Zinnring an der rechten Hand des Ge-
peinigten.

Und die Buchstaben.

SATOR

AREPO

TENET

OPERA

ROTAS

Er streckte die Hand danach aus und zog ihm das Schmuck-
stück vom Finger.

Als er solcherart beraubt wurde, hob der Mann den Kopf
und sagte: »Das… gehört Ihnen… nicht.«

Napoleon sah dem Mann tief in die Augen. »Von diesem
Ring hat man mir auch berichtet. Das Zeichen Konstantins.
Symbol Eurer Secreti. Eine altehrwürdige Bruderschaft.« Er
ließ diese letzten, anerkennenden Worte einen Moment lang
wirken, dann kam er auf den Punkt. »Konstantins Geschenk
ist der Grund, weshalb ich gekommen bin. Begehen Sie keinen
Fehler, werter Ritter, Ihr Leben hängt davon ab, ob ich es be-
komme.«

Gallo starrte Chatterjee ungläubig an. »Woher wissen Sie das
alles?«

»Wie ich schon sagte, Eminenz, befasse ich mich bereits seit geraumer Zeit damit und habe mir ergo eine große Menge an Wissen angeeignet.«

Das hatte er selbst auch schon getan und die Bibliothek des Vatikans durchforstet. Als Präfekt der Apostolischen Signatura hatte er auch auf die vertraulichen Dokumente Zugriff, die sich in den sogenannten Geheimarchiven befanden, die nur deshalb so bezeichnet wurden, weil es der päpstlichen Genehmigung bedurfte, um auf sie zuzugreifen. Er hatte die Zeit zwischen den Regalen weise genutzt und so viel er konnte über die *Nostra Trinità* in Erfahrung gebracht.

Unsere Dreieinigkeit.

»Napoleon kam nach Malta und suchte dort nach dem kostbarsten Besitz der Malteserritter«, sagte Chatterjee. »Jener Ritter, dessen Hände an den Tisch genagelt waren, verriet kein Sterbenswörtchen. Ich habe in alten Aufzeichnungen von seinem Heldenmut gelesen, Aufzeichnungen, die auf Dachböden oder in Kellern liegen, von der Zeit vergessen, und von denen niemand weiß, ob sie die Wahrheit oder nur Geschichten erzählen. Am Ende durchbohrte Napoleon die Brust des Mannes mit einem Messer und ließ so viel Blut auf den Boden des Saals des Obersten Rates fließen, wie das Herz herauspumpen konnte, bevor er starb.«

»Er erfuhr also nichts?«

»Habe ich das gesagt?«

Jetzt wurde er neugierig.

»Wollen Sie damit behaupten, dass wir sie finden können?«

Chatterjee grinste. »Wir müssen aufbrechen.«

»Wohin gehen wir?«

»Jemand will sich mit Ihnen unterhalten.«

»Ich war davon ausgegangen, dass *Sie* der Mensch sind, mit dem ich mich treffen sollte.«

»Das habe ich nie gesagt, Eminenz. Sie haben es nur angenommen.«

Ja, das hatte er.

»Ich möchte Ihnen einen Rat geben«, sagte Chatterjee. »Urteilen Sie nicht zu schnell. Das wird Ihnen in den kommenden Stunden von Nutzen sein.«

12

Cotton betrat das Hotel Vier Jahreszeiten in Mailand. Von Como aus hatte die 30 Meilen lange Fahrt in den Süden etwas mehr als eine Stunde gedauert.

Es war kurz vor 13 Uhr.

Der Verlust der Dokumente lag ihm schwer auf der Seele.

Scheitern war nicht sein Stil.

Vor dem gestrigen Abflug aus Dänemark hatte er ein wenig recherchiert. Man war übereinstimmend der Meinung, dass jeglicher Briefwechsel zwischen Churchill und Mussolini den Versuch Churchills zum Inhalt haben musste, eine Allianz Italiens mit Deutschland entweder zu verhindern oder zu untergraben. Nachdem Mussolini im Jahr 1936 Abessinien, das heutige Äthiopien, erobert hatte, signalisierte er den Wunsch, die freundschaftlichen Beziehungen zu Großbritannien zu erneuern. Er hatte persönliche Abneigungen gegen Hitler und wollte nicht, dass ganz Europa unter deutschen Einfluss geriet. Doch die Briten hielten es für erfolgversprechender, Hitler zu beschwichtigen und sich Mussolini zu widersetzen, und wiesen seine Avancen deshalb zurück. Erst 1938 gaben sich die Briten schließlich geschlagen. Doch da war es schon zu spät. Italien hatte sich bereits Hitler zugewandt.

In der Geschichtsschreibung schossen wilde Spekulationen ins Kraut, was der Inhalt des Briefwechsels zwischen Churchill und Mussolini gewesen sein mochte. Bedauerlicherweise war es ihm nicht gelungen, auch nur einen der Briefe in der Mappe zu lesen. Das hatte er bei seiner Rückkehr ins Hotel in Menaggio nachholen wollen, obwohl ihm die Briten eingeschärft hatten, nicht so neugierig zu sein.

Aber so war das mit den schönsten Plänen.

Er war ihm gelungen, den Reifen zu wechseln und den schmalen Ersatzreifen des Mietwagens aufzuziehen. Danach war er ohne weiteren Zwischenfall in den Süden gefahren. Sein Auftraggeber erwartete ihn in einem sonnigen, eleganten Speisesaal mit Blick auf einen Innenhof. Sein Name war Sir James Grant, zurzeit im Dienst des MI6, jenem berühmten britischen Auslandsgeheimdienst. Vor dem gestrigen Tag war er Grant weder begegnet, noch hatte er jemals von ihm gehört. Grant war ein weltmännischer und eleganter Gentleman, Mitte 50, mit dunklen Augen, die so ausdruckslos blickten, wie es professionellen Spionen zu eigen ist. Cotton fiel auf, dass Grant denselben dunkelblauen dreiteiligen Anzug trug wie am Tag zuvor. Er hatte sein Kommen telefonisch angekündigt und mitgeteilt, dass er Interessantes zu berichten habe. Und er hatte seinem Auftraggeber auch von den beiden Leichen in der Villa erzählt.

Das Hotel war beeindruckend, ein ehemaliges Kloster im Herzen von Mailands angesagtem Einkaufsviertel. Die Spesensätze, die der britische Geheimdienst für Außeneinsätze bereitstellte, waren offenbar viel großzügiger bemessen als die des amerikanischen Justizministeriums. Er durchquerte den Speisesaal, setzte sich an den Tisch und berichtete ausführlich von den Ereignissen.

Grant lachte über den Bären. »Das ist was Neues. Ich bin schon seit zwanzig Jahren im Geschäft, aber so etwas ist noch keinem meiner Agenten passiert.«

»War die Mappe aus echter Elefantenhaut?«, wollte Cotton wissen.

»Es heißt, Mussolini habe das Tier selbst geschossen. Was schätzen Sie, wie viele Seiten waren es?«

»Um die 50. Doch nur elf Briefe. Es tut mir leid, dass ich sie verloren habe. Die Männer dort waren hinter der Mappe her.«

»Nach Ihrem Anruf vorhin habe ich einen Mann in den

Norden geschickt, um in der Sache zu ermitteln. Er entdeckte den Leichnam in der Villa, so wie Sie es beschrieben haben, und es scheint sich um den Gärtner zu handeln. Wir entdeckten auch den toten Mann im Obergeschoss. Er hatte zwei Schusswunden, und sein Arm war zerfetzt. Ziemlich scheußlich, sagte mein Mann. Dann entdeckte er den Besitzer, der im Wald nördlich der Villa von einem Baum hing.« Grant machte eine Pause. »Man hatte ihn mit den Armen nach hinten hochgezogen, seine Schultern waren ausgekugelt, und er hatte einen Kopfschuss.«

Cotton lehnte sich in seinen Stuhl zurück. »Haben Sie den Toten identifiziert, der mich angegriffen hat?«

»Noch nicht. Seine Fingerabdrücke finden sich in keiner Datenbank, was, gelinde gesagt, ziemlich ungewöhnlich ist. Doch wir werden noch herausfinden, wer das war.« Grant deutete auf einen Teller mit Gebäck auf dem Tisch. »Bitte bedienen Sie sich. Die habe ich bestellt, für den Fall, dass Sie Hunger haben.«

Er registrierte den Ablenkungsversuch; so ließ sich das Gespräch auf ein anderes Thema bringen. Stephanie Nelle war dafür bekannt, dieselbe Taktik zu verwenden. Hungrig war er aber trotzdem und bediente sich deshalb bei den Croissants. Als ein Kellner vorbeikam, bestellte er ein Glas Orangensaft.

»Frisch gepresst?«, fragte er den Kellner.

»Selbstverständlich.«

Er lächelte. Perfekt. Dank seiner Mutter, die ihm von beidem abgeraten hatte, fand er keinen Gefallen an Alkohol oder Kaffee. Frisch gepresster Saft dagegen …

Der Ring ruhte in seiner Tasche. Er beschloss, sich bedeckt zu halten und dieses Detail für sich zu behalten, während er den Wissensvorsprung dieses zugeknöpften Briten auslotete. Doch etwas wollte er ihm schon erzählen. »Da waren elf Briefe, die zwischen Churchill und Mussolini gewechselt wurden. Fünf davon sollten an Sie verkauft werden. Die anderen sechs waren vielleicht einem anderen Käufer angeboten worden. Er wollte fünf Millionen Euro von Ihnen. Von dem anderen Käufer wahrscheinlich mehr. Deshalb kamen Sie beide auf die Idee, dass es billiger sei, sie zu stehlen.«

»Sie haben recht, man hat uns an der Nase herumgeführt. Der Verkäufer war einschlägig bekannt.«

Er bediente sich nochmals am Gebäck und deutete auf den Teller. »Die sind gut.«

»Kennen Sie die Geschichte des Croissants?«

Schon wieder so ein Ablenkungsmanöver.

Er spielte mit und schüttelte den Kopf.

»Im Jahr 1686 belagerten die Türken Budapest. Es heißt, ein Bäcker habe die Nacht über durchgearbeitet. Er hörte unter seiner Backstube ein Rumoren in der Erde und informierte die Behörden. Man stellte fest, dass die Türken versucht hatten, einen Tunnel unter die Stadtmauer zu treiben. Der Tunnel wurde natürlich sofort zerstört. Zur Belohnung erbat sich der Bäcker das alleinige Recht, halbmondförmige Brötchen zu backen, die an den Vorfall erinnern sollten. Der Halbmond war das Symbol des Islams. Die Bevölkerung sollte das Brot essen und somit den Feind verzehren. So entstand das *Croissant*, was das französische Wort für Halbmond ist.«

Cotton butterte inzwischen sein viertes.

»Während des letzten syrischen Bürgerkriegs«, fuhr Grant fort, »untersagten islamistische Fundamentalisten den Muslimen den Genuss von Croissants. Zur Begründung führten sie die Legende an, die ich Ihnen gerade erzählt habe. Sie wollten keine Verbindung mit irgendetwas, das eine muslimische Niederlage zelebrierte.«

»Sie wissen, dass die Geschichte mit Budapest Unsinn ist.«

Grant lachte. »Zweifellos. Reine Erfindung. Aber sie klingt unterhaltsam. Genau wie die Geschichte, dass Winston Churchill beabsichtigte, während des Zweiten Weltkriegs Großbritannien zu verraten. Das klingt gut und lässt sich nett erzählen. Doch es stimmt ebenso wenig.«

»Warum waren Sie dann bereit, ein Vermögen für diese Briefe zu bezahlen?«

»Weil die Familie Churchill es leid ist, diese Lügen zu hören. Wir hofften, die Sache damit abschließen zu können.«

Darüber dachte er kurz nach, und ihm fiel ein, was in der Bibel bei Matthäus über Naivität geschrieben steht: »*Siehe, ich sende euch wie Schafe mitten unter die Wölfe; darum seid klug wie die Schlangen und ohne Falsch wie die Tauben.*« Auch aus den Sprüchen ließen sich Lehren ziehen: »*Die Einfältigen eignen sich Narrheit an, aber die Gescheiten werden mit Erkenntnis gekrönt.*« (Sprüche 14:18)

Das brachte es ziemlich gut auf den Punkt.

»Diese Lügen über Churchill sind über 70 Jahre alt«, bemerkte er.

Der Kellner kehrte mit seinem Saft zurück, und er nahm ein paar kleine Schlucke.

»Garantiert frisch gepresst.«

»Das ist das Vier Jahreszeiten«, sagte Grant. »Was haben Sie erwartet?«

Der Kellner ging.

»Ich erwarte, dass der Gentleman, der mich beauftragte, ehrlich ist. Drei Männer sind tot. Ihre Briefe sind weg. Trotzdem wirken Sie nicht im Mindesten beunruhigt. Das bedeutet entweder, erstens: Die Briefe sind unwichtig. Zweitens: Sie waren hinter etwas anderem her. Oder drittens: beides. Ich wähle drei. Wie würden Sie entscheiden?«

Keine Antwort.

Es war der Moment, um seinen Trumpf auszuspielen.

Er zog den Ring aus der Tasche und legte ihn auf den Tisch. Grant starrte ihn einen Moment an, dann nahm er ihn und studierte die Buchstaben.

SATOR
AREPO
TENET
OPERA
ROTAS

Cotton beugte sich vor. »Der stammt von dem Toten in der Villa, der mich angegriffen hat.«

»Was Sie mir bis eben verschwiegen haben.«

Er griff nach dem fünften Croissant. »Was Sie nicht sagen. Ist mir auch schon aufgefallen.«

»Den haben Sie der Leiche abgenommen?«, fragte Grant.

»Ich bin von Natur aus neugierig.«

Grant lächelte. »Sie haben bestimmt schon gesehen, dass die Worte in jeder Richtung gelesen gleich lauten. Nach oben. Nach unten. Nach links, nach rechts. Es ist ein Palindrom. *Sator. Arepo. Tenet. Opera. Rotas.*«

»Sie wissen, was das heißt? Mein Latein ist etwas eingerostet.«

»In seiner ursprünglichen Verwendung bedeutet *Sator* ›Bauer, Sämann, Schöpfer‹. *Arepo?* Unbekannt. So ein lateinisches Wort gibt es nicht. *Tenet* bedeutet ›halten, behalten, bewahren‹. *Opera* ist ›Werk, Mühe, Tat‹. *Rotas?* ›Räder‹.«

Er baute den Satz zusammen.

Der Bauer Arepo bearbeitet Räder.

»Das ergibt keinen Sinn«, sagte er.

»Die volle Bedeutung dieser Worte wird seit Jahrhunderten diskutiert. Bisher ist niemand zu einer schlüssigen Auflösung gelangt. Wir wissen nur, dass dieses Palindrom einst als persönliches Zeichen Konstantins des Großen diente.«

Er erinnerte sich an etwas Ähnliches, das er vor Jahren gesehen hatte.

Das Monogramm Karls des Großen. Ein königliches Signet, wie es üblicherweise aus einer Kombination von Initialen gebildet wurde. Als Karl der Große zum Kaiser des Heiligen Römischen Reiches gekrönt wurde, gab ihm der Papst einen Namen, der nur aus einem Wort bestand:

Carolus.

Karl der Große.

Deshalb war das Monogramm aus diesem Namen entwickelt worden.

Die Buchstabenkombination auf dem Ring wirkte viel komplexer, und sie war 400 Jahre vor Karl dem Großen.

»Was wissen Sie von Konstantin?«, fragte Grant.

Dank seines eidetischen Gedächtnisses konnte er sich an einige Details erinnern. Konstantin regierte im vierten Jahrhundert das Römische Reich, besiegte alle Konkurrenten und vereinte das Imperium unter einem Herrscher. Er gründete eine neue Hauptstadt am Bosporus, dort, wo sich Europa und Asien begegnen, und nannte sie Konstantinopel – eine Stadt, die sich von Rom absetzte und schließlich die byzantinische Kultur hervorbrachte. Konstantin war außerdem der einzige römische Herrscher, dem jemals das Attribut *der Große* an den Namen gehängt wurde.

Er deutete auf den Ring. »Auf der Innenseite ist etwas eingraviert.«

Grant sah es sich an. »Das achteckige Malteserkreuz.«

»Können wir etwas Schinken bestellen?« Er war hungriger als gedacht.

»Was immer Sie wünschen«, erwiderte Grant.

Er brauchte Zeit zum Nachdenken, und mehr zu essen konnte sie ihm verschaffen. »Schinken und Eier wären fantastisch. Die Eier richtig hartgekocht. Ich hasse es, wenn sie zu weich sind.«

»Absolut Ihrer Meinung. Obwohl das für einen Engländer wahrscheinlich eine eigenartige Vorliebe ist.«

Grant winkte dem Kellner und gab die Bestellung auf, dann wandte er sich ihm wieder zu und starrte ihn über den Tisch hinweg an. »Haben wir beide jetzt lange genug um den heißen Brei herumgeredet?«

Er war derselben Meinung. Es war an der Zeit, mit dem Theater aufzuhören. »Sie haben mir eine obszöne Summe gezahlt und mich dann auf gut Glück hineingeschickt, nur um zu sehen, was geschieht.«

»Und wenn es so wäre?«

»Wenn ich noch ein Agent des Justizministeriums wäre, würde ich Ihnen wahrscheinlich eine kräftige Abreibung verpassen.«

»Und als Pensionär?«

»Die Sache ist noch nicht vom Tisch.«

Er ließ seine Worte wirken und sah durch eine Glaswand in den klosterhaften Innenhof des Hotels. Dann schaute er dem Briten ins Gesicht. »Ich werde mein Gratisfrühstück essen, meine 50.000 Euro nehmen und nach Hause fahren. Ich habe keine Aktien in dieser Angelegenheit.«

»Was wissen Sie vom Hospitalorden? Oder über die Malteserritter, wie sie heute genannt werden?«

»Nicht sehr viel.«

»Zum Glück weiß ich etwas darüber.«

Irgendwann um das Jahr 1070 herum gründete eine kleine Gruppe von Kaufleuten aus Amalfi das Hospiz St. Johannes des Almoners in der Nähe der Grabeskirche in Jerusalem. Es waren barmherzige Samariter, die sich der Pilger annahmen, die die beschwerliche Reise ins Heilige Land überlebt hatten. Schließlich bauten sie überall in dem Land, das die Kreuzritter erobert hatten, Hospitäler. Im Jahr 1113 verlieh ihnen Papst Paschalis II. die päpstliche Legitimität. Ihre Tracht bestand aus einem schwarzen Übermantel mit Kapuze und einem achtzackigen Kreuz aus weißem Leinen, das auf der linken Brustseite befestigt war. Bis 1150 entwickelten sie sich zu Soldatenmönchen, fahrende Ritter vom Kreuz, und wurden der Hospitalorden vom Heiligen Johannes von Jerusalem.

Ihre erste Pflicht blieb stets, sich der Kranken anzunehmen, doch ihre zweite war die tuition fifei. Die Verteidigung des Glaubens. Interessierte Eltern meldeten ihre Söhne schon bei deren Geburt an und zahlten eine große Geldsumme. Die Aufnahme erfolgte im Alter von achtzehn Jahren. Um aufgenommen zu werden, musste der junge Mann stark, gut gebaut und körperlich fit genug sein, um das Leben eines Soldaten zu führen.

Und seine Abstammung musste lupenrein sein.

Anfangs reichte es, wenn ein Bewerber als legitimes Kind einer Adelsfamilie geboren wurde. Bis zum vierzehnten Jahrhundert ging die Entwicklung so weit, dass beide Elternteile dem Landadel entstammen und Güter besitzen mussten. Weitere hundert Jahre später hatten die Bewerber nachzuweisen, dass ihre Familie väterlicherseits bereits seit vier Generationen adelig war. Und im sechzehnten Jahrhundert mussten schließlich alle vier Großeltern dem Adel entstammen. Zu guter Letzt waren Einstiegskosten in Höhe der Reisespesen für einen einjährigen Aufenthalt des Ritters im Heiligen Land fällig. Sobald er gesalbt war, musste jeder Ritter ein einjähriges Training absolvieren, ein Glaubensgelübde ablegen, seine Sünden bereuen und in Demut leben – mildtätig, aufrichtig, gewissenhaft und so tapfer, dass er alle Verfolgungen erdulden konnte.

Mit dem Verlust des Heiligen Landes im Jahr 1291 endete das Zeitalter der Mönchskrieger. Die Tempelritter verpassten diesen Wandel und verschwanden 1307. Die Hospitalritter jedoch passten sich an und behielten die Mildtätigkeit als primäres Betätigungsfeld; sie entwickelten sich aber auch von einer landgestützten Reitertruppe zu einer Seemacht und eroberten und besetzten Rhodos im Jahr 1310. Dann wurden sie zum Orden der Ritter von Rhodos und fanden eine neue Mission: die Ottomanen und die Korsaren in Schach zu halten.

Nach dem Fall Konstantinopels im Jahr 1453 wurde Rhodos zum letzten Vorposten der Christenheit im Osten. Die Ritter agierten als Puffer zwischen dem christlichen Abendland und den Ungläubigen des Ostens. Ihre Kriegsschiffe und Galeeren beherrschten das Mittelmeer, und ihr weißes Kreuz auf mattrotem Grund verbreitete Schrecken unter ihren Feinden.

Die Mitglieder organisierten sich in acht Zungen, je eine für die Provence, die Auvergne, Frankreich, Italien, Kastilien, England, Deutschland und Aragonien, welche die wichtigsten politischen Gebilde der damaligen Zeit repräsentierten. Sie untergliederten sich weiter in Vogteien und Komtureien. Die Hauptquartiere der Zungen wurden Auberges genannt, dort lebten und speisten die Mitglieder zusammen. Die traditionellen nationalen Rivalitäten verblassten jedoch nie und führten zu Konflikten zwischen den Regimentern, doch eiserne Disziplin und eine starke Führung formte die Zungen schließlich zu einer straffen, geschlossenen Streitmacht.

Im Jahr 1522 gelang es den Türken schließlich, Rhodos zurückzuerobern.

Die Ritter beluden ihre Schiffe, stachen in See und blieben sieben Jahre lang heimatlos. 1530 übereignete ihnen der spanische Herrscher Karl V. Malta und seine 12.000 Einwohner –

für einen einzigen Falken, der alljährlich zum Allerheiligenfest
an den Vizekönig Siziliens zu übergeben war.

Die Insel war kein großer Gewinn gewesen, nur ein Stück
Kalkstein, acht Leugen (römische Meilen) lang und vier breit.
Der steinige Boden eignete sich nicht dafür, etwas anderes als
Baumwolle, Feigen, Melonen und andere Früchte anzubauen.
Honig war ein geschätztes Produkt der Insel und der Haupt-
exportartikel. Einige wenige Quellen im Zentrum der Insel
spendeten Trinkwasser, doch der größte Teil des verwendeten
Wassers war dem Regen zu verdanken. Holz war so knapp,
dass die Einheimischen zum Kochen getrockneten Kuhdung
verwendeten. An der Südküste gab es keine Häfen, Strände
oder Buchten, sie ragte steil und felsig in die Höhe. Die Nord-
küste war das Gegenteil, mit vielen Ankerplätzen einschließ-
lich zweier guter Häfen, die sich für jede Flotte eigneten. Es
war perfekt, weil die Ritter eine Seemacht waren. Dass ihnen
die Insel von Karl zum Geschenk gemacht wurde, geschah
allerdings nicht nur aus Großzügigkeit. Er erwartete von
ihnen, ihre Truppen und Waffen gegen die heimtückischen
Feinde des heiligen Glaubens einzusetzen.

Und das taten sie.

Als Souveräner Ritter- und Hospitalorden von Malta waren
sie von allen zivilen Pflichten und Steuern befreit und hatten
sich keiner anderen Autorität als dem Papst zu verantworten.

Sie blieben dort bis 1798.

»Jetzt sind sie der Souveräne Ritter- und Hospitalorden vom
Heiligen Johannes von Jerusalem, Rhodos und Malta«, sagte
Grant. »Der älteste noch existierende Ritterorden der Welt.
Sein Hauptquartier ist in Rom. Das achteckige Kreuz des
St. Johannes ist sein Emblem geblieben. Vier gezackte Pfeilspit-
zen, im Zentrum vereint. Die Zacken symbolisieren die acht
Seligpreisungen, die vier Arme stehen für Besonnenheit, Mäßi-

gung, Tapferkeit und Gerechtigkeit. Die weiße Farbe symbolisiert die Reinheit.«

Der Kellner brachte Cotton Eier mit Schinken. Er deutete auf den Ring, den Grant noch in der Hand hielt. »Hat das etwas mit den Maltesern zu tun?«

»Ich glaube schon.«

Er machte sich daran, sein spätes Frühstück zu sich zu nehmen und stellte fest, dass die Eier perfekt zubereitet waren. »Dann könnte der Tote also ein Ritter gewesen sein?«

»Ich vermute es.« Grant nahm einen Schluck Kaffee. »Sie mögen es vielleicht nicht glauben, aber ich habe inständig gehofft, dass es bei dieser Sache nur um die Briefe geht. Irgendwie hätte ich es gerne so einfach gehabt. Doch in diesem Geschäft ist nie etwas einfach.« Grant machte eine Pause. »Die Malteser besitzen die größte und umfassendste Sammlung von schriftlichen Zeugnissen und persönlichen Gegenständen Mussolinis auf der Welt. Sie kaufen sie seit Jahrzehnten insgeheim zusammen. Eine etwas seltsame Obsession, finden Sie nicht? Doch sie weigern sich, etwas zu bestätigen oder zu bestreiten. Dabei berufen sie sich gern darauf, dass es eine Privatangelegenheit sei, was sie vielleicht besitzen oder auch nicht.«

»Als ob das den MI6 aufhalten würde.« Doch er erkannte einen Zusammenhang. »Sie glauben also, dass die Malteser hinter Churchills Briefen her waren?«

Grant griff in die Innentasche seines Jacketts und holte ein Handy heraus. Er drückte auf das Display, dann reichte er es über den Tisch. Cotton sah einen Mann an einem Seil hängen, seine Arme waren nach hinten gerissen, der Hals nach dem Tod unnatürlich abgewinkelt.

Er gab das Handy zurück. »Der Besitzer der Villa?«

Grant nickte. »Als die Kreuzritter das Heilige Land besetzten, wurden sie äußerst brutal. Sie bekämpften ihre Feinde auf eine Weise, wie man sie nie zuvor gesehen hatte. Die Araber waren hart, unerbittlich und unbarmherzig. Um ihren Widersachern zu zeigen, dass sie es mit ihnen aufnehmen konnten, entwickelten sie neue Methoden für Folter und Bestrafung.« Grant schwenkte das Handy. »Eine dieser Methoden war es, ihre Gefangenen auf diese spezielle Art aufzuhängen. Das wurde zu ihrem Markenzeichen. Also ja, ich glaube, die Malteserritter sind beteiligt.«

Cotton ließ sich sein Frühstück schmecken und wartete, dass Grant die Katze aus dem Sack ließ.

»Wir brauchen einen Außenstehenden, der sich die Sache anschaut«, sagte Grant. »Deshalb habe ich einen der besten Geheimagenten der Welt ins Boot geholt.«

Er grinste. »Jetzt schmieren Sie mir Honig um den Bart.«

»Ich bin nur ehrlich. Ist Ihnen klar, dass es im MI6 noch Leute gibt, die ziemlich schlecht auf Sie zu sprechen sind?«

Er wusste, worauf Grant anspielte. Ein Zwischenfall, der mit seinem Sohn Gary und einem ehemaligen Chef des britischen Geheimdienstes zu tun hatte. »Ich habe getan, was ich tun musste.«

»Das ist genau der Grund, warum ich Sie darauf ansetzen will. Die Sache, mit der ich es hier zu tun habe, Cotton, ist vielleicht größer, als ich zuerst vermutete. Sie müssen mir helfen. Ich verdoppele Ihr Honorar.«

Das war Musik in Cottons Ohren, und er hatte glücklicherweise ein paar freie Tage. Doch er wollte mehr erfahren. »Was soll ich also für Sie tun?«

»Nehmen Sie Kontakt zu den Malteserrittern auf.« Grant legte den Ring auf den Tisch. »Ermitteln Sie zunächst, warum der tote Mann in der Villa das hier getragen hat. Und dann finden Sie so viel wie möglich über deren Mussolini-Sammlung heraus. Wie Sie dieses Ziel erreichen, ist für mich nicht von Bedeutung.«

Es bedeutete, dass die lokalen Strafgesetze kein Hindernis

darstellten. Doch er musste fragen: »Ist das alles, was ich von Ihnen bekomme? Verdammt vage.«

»Ich muss Sie bitten, mir den Luxus zu erlauben, weitere Fakten zurückzuhalten, bis mir einige Dinge klarer sind. Es besteht die Möglichkeit, dass das hier nichts zu bedeuten hat, dass wir auf der falschen Spur sind.«

»Bei der Suche wonach?«

Grant antwortet nicht.

Er zuckte mit den Schultern. »Okay. Für 100.000 Euro kann ich ein guter Jagdhund sein. Ich werde herumstöbern und sehen, wohin es führt.«

»Exzellent. Ich hoffe, ich kann Ihnen demnächst Genaueres mitteilen.«

»Kann ich wenigstens erfahren, worauf Sie warten?«

»Dass sich ein Problem in Malta von selbst erledigt.«

13

Kastor Gallo stieg aus dem Wagen.

Er hatte den Madliena-Turm gemeinsam mit Chatterjee verlassen und war der Schnellstraße an der Nordküste bis zur Stadt St. Paul's Bay gefolgt. Anfangs war das ein verschlafenes Fischerdorf; die angrenzenden Küstenstreifen gehörten zu den Bereichen der Insel, an denen Landgewinnung besonders leichtfiel. Jetzt war St. Paul's Bay ein belebter Touristenort mit schmucklosen Betonklötzen voller überteuerter Restaurants, Cafés und Boutiquen. Es gab Hotels für den Massentourismus und unscheinbare Wohnungen, die das ganze Jahr belegt waren.

Er erblickte einen der Türme, der in luftiger Höhe Wache stand – eine weitere Schöpfung der Großmeister. Dieser hier wurde 1610 von Wigancourt in Auftrag gegeben, der insgesamt sechs Türme an der Küste bauen ließ. Er wusste von dem berühmten Franzosen, der sein gesamtes Erwachsenenleben lang Ritter gewesen war – auch während der Zeit der Großen Belagerung. Bei den Maltesern war er beliebt, was für Großmeister selten war.

Das Viadukt, das er vollendete, versorgte Valletta bis ins 20. Jahrhundert hinein mit Trinkwasser.

Draußen in der ruhigen Bucht ankerten so viele Boote, dass sie wie ein Teppich über dem Wasser lagen. Dahinter sah er die kleine Insel, von der die Gläubigen annahmen, dass Paulus persönlich dort anlandete. Was für eine Geschichte! Im Jahr 60 nach Christus sollten 275 Gefangene nach Rom gebracht werden, um ihnen dort den Prozess zu machen. Ihr Schiff wurde in einem schrecklichen Sturm beschädigt und trieb zwei Wochen lang übers Meer, bevor es schließlich vor der Küste zerbrach.

Obwohl sie nicht schwimmen konnten, schafften es alle Gefangenen wie durch ein Wunder bis an den Strand. Sogar in der Bibel wird von dem Ereignis berichtet, dort steht: *»Als wir in Sicherheit waren, erfuhren wir, dass die Insel Malta hieß. Ihre Bewohner waren sehr freundlich. Sie zündeten ein Feuer an und holten uns alle dazu; denn es hatte zu regnen begonnen, und es war sehr kalt.«* (Apostelgeschichte 28:2) Der Geschichte zufolge wurde Paulus an Land von einer Giftschlange gebissen. Er überlebte diesen Biss jedoch, was die Einheimischen als ein Zeichen dafür ansahen, dass er kein gewöhnlicher Mann sei.

Nein. Das war er nicht.

Eher ein brillanter Rebell.

Wie er selbst.

Der Kardinal stand vor einer prachtvollen Kirche; es war eine von 360, die auf der Insel verteilt waren. Bei dieser hier handelte es sich um ein hohes Bauwerk in der Farbe von gebranntem Ocker, mit einem anmutigen Turm und einer schönen Kuppel; sie wirkte im Vergleich zu der trostlosen, schattigen Straße geradezu lebendig. In den letzten 30 Jahren hatte sich nicht viel verändert. Das war die erste Gemeinde gewesen, die ihm als junger Priester zugeteilt wurde, und er hatte hier oft die Messe gelesen. Er stellte fest, dass es die beiden Uhren im Turm noch gab. Die eine war echt, die andere eine Nachbildung – ein Trompe-l'œil, das die überaus abergläubischen Einheimischen angeblich hatten anfertigen lassen, um den Teufel zu verwirren, wenn er kam, um Seelen einzusammeln.

Er und Chatterjee gingen durch die Eingangstür – im Innern unverändert die niedrige, schmucklose Deckenkuppel, von Seitenträgern gestützt und nur von Schatten umspielt, neben der vorderen Bank eine einsame Gestalt.

»Kommen Sie herein, mein Freund. Wir haben so vieles zu besprechen.«

Ein großer, stämmiger, älterer Mann mit unübersehbarem Bauch kam auf dem Mittelgang herbeimarschiert. Er war kräftig, mit einem dichten, weißen Haarschopf, sein Gesicht von feinen, weißen Koteletten umrahmt. Sein rundes Gesicht hatte nur wenig Kontur, die Haut war von gelblichen und violetten Äderchen durchzogen, vielleicht die Spätfolgen jahrelangen Rauchens.

Danjel Spagna.

Bei den wenigen Malen, als Gallo ihm im Vatikan begegnet war, hatte Spagna eine schwarze Soutane getragen, ein purpurnes Käppi und das silberne Pektoralkreuz eines Erzbischofs. Heute trug er Alltagskleidung, heißt: Nichts deutete auf eine besondere Stellung in der Kirchenhierarchie hin.

Kennengelernt hatte er Spagna eigentlich nie, sondern immer nur Geschichten über ihn gehört.

Die Presse nannte alles zusammen den Vatikan, doch der Heilige Stuhl war nicht der Staat Vatikanstadt. Als souveränes Territorium gab es Letzteren erst seit 1929 wegen der Lateranverträge. Er bestand aus Kapellen, Sälen, Galerien, Gärten, Büros, Wohnungen und Museen. Der Heilige Stuhl, Sitz des Bischofs von Rom und des Papstes, war ein unabhängiges, souveränes Subjekt, das über den Tod eines Pontifex hinaus bestand. Der Heilige Stuhl agierte und sprach im Namen der ganzen Kirche und unterhielt gegenwärtig diplomatische Beziehungen zu 180 Nationen. Botschafter waren offiziell nicht beim vatikanischen Stadtstaat, sondern beim Heiligen Stuhl akkreditiert. Der Papst war sein unangefochtenes Oberhaupt, doch er wurde von der Kurie verwaltet, wobei der Staatssekretär wie ein Premierminister agierte und als Mittler zwischen den über 2000 Angestellten und dem Papst stand. Von Johannes XXIII. ist eine Anekdote überliefert. Gefragt, wie viele Menschen im Vatikan arbeiteten, antwortete er scherzhaft: *ungefähr die Hälfte.*

Und wie für jede andere Nation war auch für den Heiligen Stuhl die Sicherheit stets ein Anliegen.

Die geheimste Abteilung des Heiligen Stuhls existierte seit dem 16. Jahrhundert, sie war von Pius V. eigens für den Zweck geschaffen worden, der protestantischen Elisabeth I. das Leben zu nehmen und ihre Cousine, die Katholikin und schottische Königin Maria, dabei zu unterstützen, den englischen Thron einzunehmen. Obwohl sie bei dieser Mission scheiterte, hatte sie den Päpsten seither dabei gedient, Kirchenspaltungen, Revolutionen, Diktatoren, Verfolgungen, Angriffe, Weltkriege, ja sogar Mordversuche zu überstehen. Anfangs noch *Oberste Kongregation für die Heilige Inquisition häretischer Irrtümer* genannt, hieß sie später viel kürzer *Heilige Allianz*. Im 20. Jahrhundert wurde sie in *Entität* umbenannt.

Ihr Wahlspruch?

Mit dem Kreuz und dem Schwert.

Der Heilige Stuhl hatte niemals die Existenz der Entität eingeräumt, unter Eingeweihten wurde sie jedoch als der älteste und einer der besten Geheimdienste der Welt betrachtet. Ein Vorbild für Geheimhaltung und Effizienz. Respektiert. Gefürchtet. Und seit 36 Jahren von Erzbischof Danjel Spagna geleitet.

Der Geheimdienstchef des Papstes.

Der Belgier Spagna erweckte erstmals die Aufmerksamkeit Johannes Pauls II., als er, noch als junger Priester, herausfand, dass der Vatikan abgehört wurde. Man entdeckte acht Abhörgeräte im Apostolischen Palast, sämtlich sowjetischer Herkunft. Die Welt erfuhr nie davon, doch ein dankbarer Papst beförderte Spagna zum Monsignore und wies ihn der Entität zu. Dort wurde er der persönliche Botschafter des Polen, ein Sendbote zwischen Rom und Warschau, der viele heimliche Reisen nach Osteuropa unternahm. Manche behaupten, dass er es gewesen sei, der insgeheim mit den Amerikanern am Sturz der Sowjetunion arbeitete und Informationen nach und aus Washington übermittelte. Doch auch in diesem Fall wurde nie etwas bestätigt oder abgestritten. Nach der Auflösung der Sowjetunion wurde Spagna zum Erzbischof befördert, und man erteilte ihm die volle Kontrolle über die Einsätze der Entität. Ein Kardinal diente als Repräsentant, für das Tagesgeschäft aber war Spagna zuständig. Er war nie in der Öffentlichkeit in Erscheinung getreten. Keine Skandale, keine Kontroversen. Nur die Stärksten hatten an der Seite Johannes Pauls II. gedient, und Spagna war der Härteste von allen. Er verdiente sich sogar einen Beinamen.

Domino Suo.

Getreuer Gottes.

»Was wollen Sie von mir?«, fragte Gallo. »Ich habe lange im Vatikan gearbeitet und wir haben nie miteinander geredet.«

»Nicht beleidigt sein«, sagte Spagna. Seine alternden Augen hatten die Farbe von Blei. »Mit Dompfaffen, wie ich sie nenne, rede ich nur, wenn es absolut nötig ist. Die kümmern sich nicht um mich, und ich kümmere mich nicht um die. Aber Sie habe ich mir genau angesehen.« Spagnas Lippen zuckten, und er grinste ironisch. »Sie sind auf dieser öden Felseninsel geboren und aufgewachsen. Ein wahrer Malteser. Es gibt nicht mehr viele davon auf der Welt. Hier in dieser Kirche haben Sie die Messe gelesen, als junger Priester. Damals waren Sie noch neu und unverbraucht – und still.«

Gallo entging der Seitenhieb nicht.

»Sie haben herausragende akademische Abschlüsse der besten Universitäten. Das ist auf Ihre überlegene Intelligenz zurückzuführen. Sie sind angenehm im Umgang und fotogen, und Sie können sich gewählt ausdrücken. In vielerlei Hinsicht fast zu gut, um wahr zu sein. Da läuteten bei mir die Alarmglocken. Deshalb nahm ich mir die Zeit, genauer hinzuschauen.« Spagna deutete mit dem Finger auf ihn. »So verschafft man sich wirklich ein Bild von jemandem.«

Er pflichtete ihm bei.

»Ich habe mit einer der Nonnen gesprochen, die Sie aufgezogen haben. Sie ist jetzt eine alte Frau und verlebt ihren Ruhestand in Portugal, doch sie erinnert sich an Sie aus dem Waisenhaus. Es ist erstaunlich, wie manche Dinge im Gedächtnis haften bleiben können.« Spagna richtete wieder den Finger auf ihn. »Sie sind ihr im Gedächtnis geblieben. Sie erzählte mir von dem Fest Unserer Lieben Frau von der Lilie. Jede Stadt auf dieser Insel feiert mindestens ein großes Fest im Jahr. Es soll ein überragendes Ereignis sein, hat man mir erzählt. Anscheinend eine entzückende Tradition. Ich glaube, Sie waren damals dreizehn. Diese Nonne beobachtete, wie Sie einem der Straßenhändler drei *Pasti* stahlen. Der Besitzer hat davon nichts mitbekommen. Aber sie hat es gesehen. *Halliel ftit*, nannte sie Sie. ›Kleiner Dieb‹.«

Er sagte nichts.

»Sie erzählte mir, wie Sie diese Küchlein nahmen, damit weggingen und sie dann wie eine Ratte verschlangen. Interessanterweise wussten alle Nonnen des Waisenhauses, dass Sie gerne gestohlen haben. Wussten Sie das?«

Nein, das wusste er nicht.

»Einige von ihnen wollten Sie bestrafen, doch die Vorsteherin hat es verboten.«

Dieses Zeichen von Großzügigkeit überraschte ihn. In seiner Erinnerung war die schrullige alte Frau eine kalte Schlampe.

»Die alte Nonne erzählte mir, dass die Vorsteherin sehen wollte, wie weit Sie gehen würden«, sagte Spagna. »Und das haben Sie ihr gezeigt. Sie haben Schmuck, Kleidung, Bücher und Geld gestohlen und nie auch nur die kleinste Reue gezeigt. Die alte Nonne sagte, die Vorsteherin habe gewollt, dass Sie sich selbst zugrunde richten. Sie sollten ertappt, bezichtigt, beschämt und verspottet werden. Sie wollte, dass Sie selbst für Ihre Bestrafung sorgten. Doch dazu ist es nie gekommen. Sie haben das Waisenhaus verlassen und sind ausgezogen, um Priester zu werden. Die Mutter Vorsteherin dachte vielleicht, Gott selbst habe sich eingemischt, deshalb ließ sie Sie ziehen und verlor nie ein Wort darüber.

Und jetzt sind Sie hier und fest dazu entschlossen, den Papstthron zu stehlen.«

Das Interesse dieses Mannes an ihm war beängstigend. Deshalb beschloss er, ausnahmsweise den Mund zu halten und abzuwarten, wohin das führen sollte.

»Die Vorsteherin hatte recht«, bemerkte Spagna. »Sie sind in der Tat Ihr eigener schlimmster Feind. Dem Erwachsenen gelang es zu erreichen, was dem Kind versagt blieb. Sie haben sich Ihre eigene Strafe eingebrockt. Aber man muss Ihnen zugutehalten, dass Sie eine Position erreichten, wie sie nur wenigen der Dompfaffen jemals vergönnt ist. Präfekt der Apostolischen Signatura – ein hohes Amt, das so manches ermöglicht. Doch Ihr Mundwerk! Ihr verdorbenes, übles Mundwerk hat Sie die Stellung gekostet. Aus irgendeinem seltsamen Grund bildeten Sie sich ein, die Leute legten Wert auf das, was Sie zu sagen hatten.«

»Vielleicht legte ich selbst Wert darauf.«

Spagna lachte. »Daran bestand nie ein Zweifel. Ich bin sicher, dass Sie sehr großen Wert darauf legten. Und auch das ist eines Ihrer Probleme, Kastor Gallo.«

»Eminenz. So lautet mein Titel, *Erzbischof*.«

Der ältere Mann machte eine wegwerfende Bewegung mit der Hand, als wischte er die Korrektur beiseite. »Sie sind ein Narr, nicht mehr und nicht weniger. Nur ein einfacher, gewöhnlicher Narr.«

Er hatte diese Reise von Rom hierher nicht riskiert, um sich von einem Untergebenen zurechtweisen zu lassen, doch er war äußerst neugierig, worauf die Sache hinauslief. Man hatte ihm befohlen, unverzüglich nach Malta zu kommen und sich am

Madliena-Turm mit jemandem zu treffen. Weil die Person, die die Nachricht geschickt hatte, vertrauenswürdig war und begriff, was auf dem Spiel stand, stellte er ihre Bitte nicht infrage. Er hätte allerdings nie damit gerechnet, dass er sich mit dem *Getreuen Gottes* treffen würde.

»Sagen Sie, was Sie zu sagen haben«, drängte er.

»Ich möchte, dass Sie *Nostra Trinità* finden. Sie haben lange danach gesucht. Jetzt will ich mich Ihnen anschließen. Ich weiß Dinge, die Sie nicht wissen.«

Daran hatte er keinen Zweifel, davon abgesehen, überraschte ihn das Ansinnen. Dieser Mann hatte jahrzehntelang die Geheimnisse des Vatikans gehütet. Zu lange, wenn man den Gerüchten, die er in der Kurie gehört hatte, Glauben schenken durfte.

»Warum wollen Sie das?«, fragte er.

»Es ist das letzte Geheimnis der Kirche. Ein Geheimnis, das wir nie aufklären konnten. Nun, jede Organisation hat ihre Geheimnisse. Unseres ist 1700 Jahre alt. Bevor ich sterbe oder wie Sie entlassen werde, möchte ich dieses Geheimnis gesichert haben.«

Er wollte offen sein. »Ich will es verwenden, um Papst zu werden.«

Spagna nickte. »Ich weiß. Sie wollen Papst werden. Ich möchte auch, dass Sie Papst werden.«

Hatte er richtig gehört? »Warum?«

»Ist das wichtig? Seien Sie doch dankbar, dass ich es tue.«

Das reichte ihm nicht. »Warum helfen Sie mir?«

»Weil Sie wirklich die Chance haben zu gewinnen.«

Wirklich? »Wie das? Wie Sie gerade bemerkt haben, bin ich ein Dieb und ein Narr.«

»Beide Attribute sind den Dompfaffen gemein, deshalb ist keines davon ein Hinderungsgrund. Außerdem weiß ich sicher, dass Ihre ultraorthodoxen Ansichten von sehr vielen Leuten geteilt werden. Ich vermute, dass Sie als Präfekt der Apostolischen Signatura die nötigen vernichtenden Informationen über Ihre Kollegen zusammengetragen haben.«

So war es, deshalb nickte er.

»Das dachte ich mir. Zu einigen dieser Informationen habe ich ebenfalls Zugang.«

Das überraschte ihn nicht.

»Johannes Paul II. wollte, dass ihn die Welt als einen Reformer betrachtete, dabei war er ein echter Hardliner. Dieser Pole hatte nichts Progressives an sich«, sagte Spagna. »Die Sowjets versuchten ihn umzubringen, doch er überlebte, blieb seinen Prinzipien treu, hielt seinen Kurs und zwang Moskau in die Knie. Ich mochte ihn. Er sagte gern das eine öffentlich und tat heimlich etwas anderes. Darin war er richtig gut, und ich habe von ihm gelernt. Damals war die Kirche viel stärker. Man fürchtete uns. Außerdem waren wir auf der Weltbühne viel effektiver. Wir zerstörten den Eisernen Vorhang und zerschmetterten die Sowjetunion. Wir waren eine Macht. Jetzt nicht mehr. Wir sind in der Bedeutungslosigkeit versunken. Und obwohl ich Sie für einen Narren halte, werden Sie dann *mein* Narr sein, Kastor Gallo.«

Ihm gefiel nicht, wie das klang. »Das bezweifle ich.«

»Nicht so hastig. Ich habe da etwas, das Sie nicht haben.«

Er wartete.

»Den Hebel, um die unentschlossenen Kardinäle auf Ihre Seite zu bringen. Genug, um die magische Zweidrittelmehrheit zu erlangen.«

»Die *Nostra Trinità* kann das bewerkstelligen.«

»Vielleicht, aber sicher ist das nicht. Und es hängt alles davon ab, dass Sie sie finden. Ich kann etwas Greifbareres beisteuern. Etwas Aktuelleres. Sie können es entweder zusätzlich zu dem, worauf Sie aus sind, oder in Ermangelung dessen verwenden.«

Das klang gut.

Aber trotzdem …

»Was wollen *Sie*?«

»Die Hirnblutung des Papstes ist für uns beide eine Chance«, sagte Spagna.

Das war keine Antwort.

Er musste ein Telefonat führen. Anscheinend hatte man ihn über sehr vieles im Dunkeln gelassen. Weshalb? Er war sich nicht sicher. Mit Spagna verbündet zu sein konnte wirklich alles ändern. Sie waren in mancherlei Hinsicht gleich, und beide galten als Parias. Jeder ging der Entität aus dem Weg, ausgenommen der Papst und der Staatssekretär, die keine andere Wahl hatten, als mit ihr zu arbeiten.

»Wie ist das, wenn man ganz alleine ist?«, fragte er Spagna.

»Sagen Sie es mir.«

»Ich bin nicht allein. Ich habe Freunde. Unterstützer. Wie Sie bereits sagten, gibt es viele Personen, die mir zustimmen. Sie haben niemanden.«

»Er hat mich«, sagte Chatterjee.

»Und was ist Ihr Job?«, fragte Gallo.

»Ich unterstütze den Erzbischof von Zeit zu Zeit bei Angelegenheiten, in denen ich eine große Erfahrung habe.«

Er erinnerte sich an ihr Gespräch am Turm. »Archive, Bibliotheken und Zeitungssammlungen zu durchstöbern, zu bestehlen und zu tun, was immer nötig ist, um die Aufgabe zu bewältigen.«

»Ganz genau.«

»Dann haben wir Glück, dass wir Sie haben. Wie war das mit dem Parasailer? Die Amerikaner wussten, was Sie vorhatten.«

»Nein, Kastor«, erwiderte Spagna in vertraulichem Ton. »Die wussten, was *Sie* tun. Und deshalb bin ich hier.«

Es war beunruhigend, es zum zweiten Mal zu hören.

»Die Entität steckt selbst gewissermaßen in einer Krise«, sagte Spagna. »Viele meiner Leute glauben, es sei an der Zeit, dass ich abdanke. Ich habe Untergebene, die meine Position anstreben. Der Dompfaff, der das Sagen hat, verachtet mich. Doch der tote Papst mochte mich, deshalb konnte niemand etwas tun. Nach dem kommenden Konklave mag das nicht mehr der Fall sein. Es hängt davon ab, wer Papst wird. Ich möchte nicht abdanken. Ich möchte auch nicht dazu gezwungen werden, meinen Rücktritt einzureichen.«

Gallo sah den bärenhaften Mann an, der in seiner Straßenkleidung etwas unbeholfen wirkte, der aber durchaus machtbewusst zu sein schien.

»Ihr Problem ist«, sagte Spagna, »dass Sie immer alles zu schnell haben wollten. Von Kindheit an ist Ihnen Geduld fremd. Und deshalb müssen Sie sich mit dem dubiosen Titel eines Patrons des Souveränen Militärordens von Malta zufriedengeben und sind nicht mehr Präfekt der Apostolischen Signatura. Sieben Kardinäle hatten im Laufe der vergangenen 60 Jahre diesen Posten inne. Sieben Verlierer. Jetzt sind Sie der achte. Ich war überrascht, dass Sie nach Ihrer Entlassung einen so harmlosen Posten verlangten, den Ihnen der Papst gerne überließ. Doch es war genau der Ort, wo Sie hinwollten. Da habe ich mich zum ersten Mal für das interessiert, was Sie tun. Bei den Ordensrittern haben Sie ein Chaos angerichtet. Sie sind jetzt in einem bürgerkriegsähnlichen Zustand, in innere Kämpfe verstrickt, und sie wissen nicht, wie ihnen geschieht. All das ist nur Ihnen zu verdanken.«

»Das gibt mir eine große Bewegungsfreiheit. Ich habe das Chaos entfacht, ich kontrolliere es. Deshalb weiß ich auch, wie ich ihm aus dem Weg gehen kann.«

Spagna lachte. »Und da ist es wieder. Der Lügner und Dieb zeigt sich in all seiner Pracht. Deshalb können Sie einen guten Papst abgeben. Zumindest für mich. Mit Ihnen kann ich arbeiten, Kastor, so wie ich mit dem Polen gearbeitet habe. Wir werden einander verstehen. Ich habe Ihnen vorhin bei dem amerikanischen Parasailer die Haut gerettet, als Zeichen meines guten Willens.«

»Und wenn ich Ihre Hilfe nicht will?«

»Dann werde ich auf einen anderen Kandidaten setzen. Jemanden, der die Art von Unterstützung zu schätzen weiß, die ich anbieten kann.«

Er verstand. »Ich höre.«

Spagna ging zur ersten Bankreihe zurück, bückte sich und ergriff eine dünne Klarsichtmappe mit Papieren. Dann kam der alte Mann zurück und hielt sie ihm hin. Das oberste Blatt, das man unter dem durchsichtigen Plastikumschlag sehen konnte, war unbeschrieben.

»Ich habe ihm keinen Titel gegeben. Vielleicht fällt Ihnen einer ein. Nachdem Sie es gelesen haben.«

Er nahm die Mappe entgegen und wollte zur nächsten Seite weiterblättern.

»Warten Sie«, sagte Spagna.

Er blickte auf, denn er war es nicht gewohnt, dass man ihm Befehle erteilte.

»Das ist jetzt das zweite Zeichen meines guten Willens«, sagte der oberste Spion. »Wenn Sie es lesen, verpflichten Sie sich gleichzeitig, nach meinen Bedingungen mit mir zusammenzuarbeiten. Falls Sie sich dazu nicht bemüßigt fühlen, geben Sie mir den Ordner hier und jetzt zurück, und wir reden nicht mehr davon.«

Der Moment der Entscheidung.

Er hatte wenige Verbündete auf der Welt. Als Kind war ihm sein Bruder näher gewesen als jeder andere Mensch. Und das aus einem guten Grund. Sie hatten eine Gebärmutter geteilt, waren als eineiige Zwillinge zur Welt gekommen, und Pollux war eine gute Minute älter als er. Kaum jemand hatte sie auseinanderhalten können, als sie noch Kinder waren. Diese Ähnlichkeit hatte sich bis ins Erwachsenenalter fortgesetzt, obwohl sie sich jetzt beide sehr bemühten, sich voneinander zu unterscheiden. Sein braunes Haar war fast bis auf die Kopfhaut kurz geschoren, während Pollux' Haar über die Ohren hing. Er war stets glatt rasiert, bei seinem Bruder gab es immer Anflüge eines Mönchsbartes. Obwohl sie in Größe, Körperumfang und Gestalt, aber auch im Gesicht wie Spiegelbilder waren, trug er wegen seiner Kurzsichtigkeit eine Brille und kleidete sich mit dem Purpurrot eines Kardinals, während Pollux völlig gesunde Augen hatte und niemals mit dem Priesteramt geliebäugelt hatte. Ihr Vater hatte sie nach dem Sternbild Gemini benannt, was im Lateinischen »Zwillinge« bedeutet und dessen zwei hellste Sterne Kastor und Pollux heißen. Weil ihr Vater Fischer gewesen war, hatten Sterne für ihn eine große Bedeutung. Doch dieser Mann lebte nicht mehr, und er musste seine Entscheidung allein treffen. Wie lautete das alte Sprichwort?

Einem geschenkten Gaul schaut man nicht ins Maul?

»Ich werde die Mappe behalten.«

Spagna lächelte. »Wir werden uns vor Einbruch der Nacht bei Ihnen melden.«

»Woher wollen Sie wissen, wo Sie mich finden?«

Spagna grinste.

»Ich bitte Sie, Kastor. Dass Sie so dumme Fragen stellen, zeigt nur, wie unbedarft Sie sind.«

14

Luke saß im Dunkeln an eine Felswand gelehnt und fluchte. Gut, dass seine Mutter nicht in der Nähe war. Seine Shorts und das Hemd waren von der Schwimmpartie feucht, die Schuhe aufgeweicht und völlig durchnässt. Die Leuchtziffern seiner Uhr zeigten 14.20 Uhr. Er war weder nervös noch eingeschüchtert. Nur aufgebracht. Heute hatte er wirklich alles falsch gemacht, was falsch zu machen war.

Er hatte versucht, den beiden Männern, die ihn am Anleger abpassen wollten, auszuweichen und im Straßengewirr von Vallettas Hafenviertel unterzutauchen. Doch schließlich hatten sie ihn in die Enge getrieben. Ein Arm nahm ihn in den Schwitzkasten, eine Hand presste sich auf seinen Mund, und dann drückte der Arm immer fester auf seine Luftröhre, bis er nur noch Sternchen sah.

An das, was danach geschah, konnte er sich nur noch bruchstückhaft erinnern.

Vage erinnerte er sich daran, dass er in ein Gebäude getragen wurde; es ging eine Treppe hinunter, dann wurde es kühler, er wurde abgesetzt und auf weiche Erde fallen gelassen. Als er wieder bei vollem Bewusstsein war, umgab ihn völlige Dunkelheit; er konnte nicht einmal die Hand vor Augen sehen. Er betastete die grob behauenen Wände seines Kerkers, der einen runden Grundriss und einen Durchmesser von etwa fünf Schritten hatte. Als er nach oben griff, stellte er fest, dass das Loch am Boden breiter war und sich die Seitenwände nach oben verjüngten. Ein cleverer Weg, um jeden Kletterversuch zu vereiteln, weil man längst gestürzt wäre, bevor man auch nur die halbe Höhe überwunden hätte.

Die Luft stand, sie war feucht und stickig, als wäre sie komplett verbraucht. An seinem Rücken liefen Schweißperlen herunter. Sein Mund fühlte sich teigig an. Was hätte er nicht für eine Flasche Wasser gegeben! An diesem Tag war so viel danebengegangen, dass er durchaus einen Spitzenplatz auf der Liste der missratenen Tage beanspruchen konnte.

Was würde Malone sagen?

Tolle Leistung, Herr Student.

Es war nicht leicht, mit einer Legende konkurrieren zu müssen. Und das war eine perfekte Bezeichnung für Cotton. Doch wenn man sich zum Ziel gesetzt hatte, zu den Besten zu gehören, dann musste man die Besten kennen. Pappy, wie er ihn nannte, mochte im Ruhestand sein und Bücher in Dänemark verkaufen, aber er blieb, wenn schon nicht an der Spitze, so doch mit Sicherheit einer der Spitzenleute seines Fachs. Das würde er Malone natürlich niemals sagen. Er hatte zweimal mit ihm zusammengearbeitet und jedes Mal etwas dazugelernt. Sein Ziel? Weitere zehn Jahre hart arbeiten, damit künftige Agenten vielleicht einmal so über ihn redeten wie die jetzigen über Malone. Das war zu schaffen. Warum nicht? Nun, jeder brauchte Ziele. Und die Zeit war tatsächlich der beste Lehrmeister.

Das Problem war nur, dass die Zeit alle Studenten früher oder später umbrachte.

Er fragte sich, wo Pappy jetzt sein mochte. Wahrscheinlich war er in seinem Laden in Kopenhagen und tat, was Buchhändler so tun.

Was für ein Tag!

Er griff nach unten und spielte mit einer Handvoll von dem trockenen Sand, aus dem der Boden der Grube bestand. Wie lange gab es dieses Loch im Boden schon? Wie viele andere waren hier verrottet? Er vermutete, dass er sich irgendwo unter Valletta befand, weil er sich vage erinnerte, nicht weit getragen worden zu sein. Aber wo?

Wer zum Teufel wusste das?

Ein plötzliches Geräusch unterbrach die Stille.

Als würde sich oben eine Tür öffnen.

Am oberen Rand der Grube fiel Licht ein.

Jetzt konnte er sehen, dass er recht gehabt hatte. Das Loch war glockenförmig. Circa drei Meter tief. Es verjüngte sich nach oben bis zur Öffnung, die etwa neunzig Zentimeter breit war.

Als er nach oben blickte, sah er – Laura Price!

Mit ihr hatte er überhaupt nicht gerechnet. Er hatte sich gefragt, für wen die beiden Kerle arbeiteten, und war zu dem Schluss gekommen, dass es der Mann auf dem Turm gewesen war, der sich mit dem Kardinal getroffen hatte.

Von oben kam ein Seil geflogen, an dem sie herunterkletterte. In dem Moment, als ihre Füße den Erdboden berührten, schlug er ihr die Beine weg, und sie fiel auf den weichen Sandboden.

Er sprang auf die Beine und stellte sich über sie.

Sie schüttelte den Kopf. »Fühlen Sie sich nach dieser billigen Nummer besser?«

»Wo bin ich?«

»In einem Stück Geschichte. Sie sollten sich geehrt fühlen. Die Malteserritter haben diese Gefängnisse früher auf der ganzen Insel ausgehoben. Man nennt sie *Guvas*, das heißt ›Vogelkäfig‹. Ungezogene kleine Ritter wurden hineingeworfen und für ein paar Tage oder Wochen dort gelassen. Einige wenige sogar für immer. Die meisten Leute glauben, dass nur eine *Guva* erhalten ist, unter der Festung St. Angelo, nicht weit von hier. Doch es gibt auch eine andere, genau diese hier. Wie Sie sehen, kommt man nur mit einer Leiter oder einem Seil heraus.«

Sie stand auf und sah ihn undurchschaubar an. Ihr blondes Haar wurde locker von einem Lederbändchen zusammengehalten. Sie streifte sich den Schmutz von der Kleidung und betrachtete die Wände.

»Haben Sie das hier gesehen?«, fragte sie und deutete auf den Fels.

Er ging näher hin und sah im schwachen Licht eingekerbte Buchstaben.

AD MELIORES.

»Auf bessere Zeiten«, übersetzte sie. »Offenbar der Wunsch eines früheren Insassen.«

Ihm fielen weitere Einkerbungen auf. Namen, Daten, Wappen.

»Sie konnten nur an den Steinen kratzen und darauf hoffen, dass jemand Gnade zeigte«, sagte sie. »Das hier ist wirklich alt. Vermutlich spätes 16. oder frühes 17. Jahrhundert.«

Er war nicht an einer Geschichtsstunde interessiert. »Warum bin ich hier?«

»Sie haben die Nase in etwas gesteckt, wo sie nicht hingehörte.«

»Ich habe meinen Job erledigt.«

Weil diese Nervensäge wusste, für wen er arbeitete, brauchte er damit nicht hinterm Berg zu halten. Außerdem hatte er immer am meisten dazugelernt, wenn er Risiken einging.

»Haben Sie überhaupt eine Ahnung, worauf Sie sich eingelassen haben?«, fragte sie.

»Warum klären Sie mich nicht auf?«

Ihr rechter Arm flog durch die Dunkelheit, ihre Faust hatte es auf sein Kinn abgesehen. Doch er war auf der Hut gewesen und bereit. Er packte ihr Handgelenk schnell mit seiner Linken und verhinderte so einen Treffer.

»Nicht schlecht«, sagte sie.

»Ich gebe mir Mühe.«

»Nachdem Sie meinen Motor kaputtgeschossen haben, musste ich jemandem, der vorbeikam, ein Boot stehlen, um hierherzukommen.«

Er grinste. Was hatten knallharte Frauen nur an sich, dass sie ihn so anzogen?

»Haben Sie eine Ahnung, was morgen passiert?«

Weil er in einem Dialekt sprach, der aus den Bergen Tennessees kam, nie aufs College gegangen war und so gut wie kein Interesse für die Tagespolitik zeigte, hielten ihn die Leute immer für uninformiert. Doch in Wahrheit las er mehrere Tageszeitungen – online natürlich – und verschlang die täglichen Sicherheitsberichte, die alle Magellan-Billet-Agenten erhielten. Als er nach Malta beordert wurde, las er gleich so viel wie möglich über Kastor Kardinal Gallo und das Ereignis, das im Vatikan bevorstand.

»Ein Konklave«, antwortete er.

»Und es wird eines werden, das in die Geschichtsbücher eingeht. Hätten Sie etwas dagegen, meinen Arm loszulassen?«

Er tat es.

»Ich wette, Ihr Kinn hat schon eine ganze Reihe kräftiger Faustschläge abbekommen.«

Sie nahm ihn auf den Arm, und er wusste es. Aber was zum Teufel …? Ihm gefiel es. »Das kann einiges ab.«

»Kann ich mir vorstellen. Wie schon gesagt, dieses Konklave wird ein Chaos werden. Es gibt keinen Spitzenreiter, keinen sicheren Kandidaten, keinen Favoriten. 115 Kardinäle werden in der Sixtinischen Kapelle abstimmen. Wen werden sie zum Papst wählen?« Sie zuckte mit den Schultern. »Ich habe keine Ahnung. Die Kardinäle übrigens auch nicht. So ist das, wenn ein Papst plötzlich stirbt. Aber ich weiß, wen einige Leute *nicht* wollen: Kastor Kardinal Gallo.«

Interessant. »Welche Leute?«

»Darüber darf ich keine Auskunft geben.«

»Sind Sie mir seit gestern gefolgt?«

Sie nickte. »Ich bin davon ausgegangen, dass Ihnen Stephanie Nelle gesagt hat, für wen ich arbeitete, als sie Ihnen befahl, mich loszuwerden.«

»Weshalb braucht eine so kleine Insel einen Geheimdienst?«

»Wir befinden uns am südlichsten Rand der EU. Wir bilden die Grenze zwischen Europa und Afrika. Wer etwas auf diesen Felsen bringt, kann es danach leicht in die EU schaffen. Deshalb brauchen wir einen Geheimdienst.«

»Warum haben Sie Stephanie nicht einfach gesagt, wer Sie sind?«

»Wir hofften darauf, diese Sache nicht an die große Glocke hängen zu müssen.«

»Wer ist *wir*?«

»Mein Chef. Er hat mir einen Befehl erteilt. Ich tue, was er von mir verlangt.«

»Woher wussten Sie, dass ich Ärger bekommen würde?«

»Die gleiche Antwort. Mein Chef hat es mir gesagt. Der Mann auf dem Madliena-Turm, der bei Gallo war, arbeitet manchmal für den vatikanischen Geheimdienst. Wir sind ihm bereits früher begegnet. Er hat uns neugierig gemacht und mich zu Ihnen geführt.«

Er hatte die magischen Worte gehört. *Vatikanischer Geheimdienst.* »Arbeitet die Entität für Kardinal Gallo?«

»Das ist möglich.«

Das war keine richtige Antwort, und er konnte sehen, dass sie zusehends eine Maulsperre entwickelte, ein bekanntes Ärgernis bei Agenten im Einsatz, die immer versuchten, viel mehr zu erfahren, als sie preisgaben. »Gibt es einen Grund, weshalb Sie mir nicht geholfen haben, *bevor* dieser Idiot die Schleppleine gekappt hat?«

»Um mir den Spaß entgehen zu lassen, Sie bei der Arbeit zu beobachten? Das war das Eintrittsgeld wert. Aber ich habe Ihrer Chefin erzählt, dass Sie Probleme haben.«

Er zuckte mit den Schultern. »Etwas Schöneres kann man sich nicht wünschen.«

»Und damit das klar ist: Wenn Sie nicht auf mein Boot geschossen hätten, hätte ich Ihnen ersparen können, hier unten zu sein. Aber unter den gegebenen Umständen stand mir nur mein Handy zur Verfügung.«

»Das ich praktischerweise zurückgegeben habe.«

»Ja, das haben Sie. Wir müssen jetzt aufbrechen.«

»Wir?«

»Ich arbeite lieber allein, aber man hat mir zu verstehen gegeben, dass Sie jetzt im Team sind, ob es mir gefällt oder nicht.«

»Was werden wir tun?«

»Uns um Kardinal Gallo kümmern.«

15

Kastor ging am Pfarrhaus vor der Kathedrale vorbei. Der Legende nach war der Apostel Paulus beim örtlichen Gouverneur, einem Mann namens Publius, zu Gast gewesen. Nachdem er den Vater des Gouverneurs von Fieber und Ruhr geheilt hatte, bekehrte Paulus Publius zum Christentum. Dann bestimmte er das Haus des Gouverneurs zur ersten Kirche Maltas und ernannte den Römer zum Bischof. Seit damals stand an diesem Fleck eine Kirche in Mdinas befestigten Mauern, die im 12. Jahrhundert schließlich zur Kathedrale wurde und immer noch als Sitz der Erzdiözese Maltas diente.

Mdina lag fast im Zentrum der Insel; die Stadt war von mächtigen Festungen umgeben und eine der letzten Städte auf der Welt mit einer Stadtmauer. Sie war bis ins 16. Jahrhundert die Inselhauptstadt gewesen, bis die Ritter ankamen und Valletta errichteten. Chatterjee hatte ihn zum Madliena-Turm zurückgebracht, dort stieg er in seinen Mietwagen und fuhr allein nach Mdina. Der Umstand, dass Danjel Spagna hier war und jeden seiner Schritte überwachte, machte ihm zu schaffen. Ebenso die Tatsache, dass ihn auch die Amerikaner beobachteten.

Chatterjee hatte ihm versichert, dass sie sich um den Parasailer kümmern wollten. Ihm war aufgefallen, dass von der Frau im Boot keine Rede war, doch er ging davon aus, dass man sich auch um dieses Problem kümmern würde. Wenn Spagna nicht zur Entität gehört hätte, hätte er sich Sorgen gemacht, doch Spagna war dafür bekannt, Dinge erledigt zu bekommen. Der Mann hatte fünf Päpsten gedient und jedes Mal überdauert, wenn das Alte weggefegt und das Neue willkommen geheißen wurde. Für die Kurie mochte dergleichen gewisse heilende Wirkungen haben, im Geheimdienstgeschäft war es jedoch nicht ratsam. Hier kam es auf Kontinuität an. Die Entität funktionierte dank Spagnas institutionellem Gedächtnis und seiner ruhigen Hand. Der Umstand, dass ihn, einen Kardinal, der oberste Spion zum Papst machen wollte, war zugleich befriedigend und beängstigend.

Doch er brauchte jede Hilfe, die er bekommen konnte.

Die Plastikmappe, die Spagna ihm gegeben hatte, hatte er dabei, unterdrückte jedoch das Bedürfnis, sich gleich auf die Seiten zu stürzen und sie zu lesen, denn zunächst wollte er ein ruhiges Plätzchen suchen, wo er sie sich in aller Ruhe vornehmen konnte. Es war eine Übung in jener Geduld, zu der ihm Spagna mit so unverblümten Worten geraten hatte.

Er machte einen Bogen um das Pfarrhaus der Kathedrale und ging weiter durch die Festungsstadt mit ihren angenehm sonnengewärmten Gemäuern. Dabei konnte er die Stimmen aus der Vergangenheit hören, die bis in die Antike zurückreichten und danach verlangten, dass man sich an sie erinnerte. Hin und wieder sah er eine der samtpfotigen Katzen, die meisten gelborange oder mattschwarz, die immer noch jeden Winkel durchstreiften, wie sie es schon in seiner Kindheit getan hatten.

Die ältesten Familien Maltas lebten nach wie vor in der aristokratischen Stille Mdinas. Jahrhundertelang nannten die Einheimischen sie die Stille Stadt, weil man innerhalb der Mauern nur Schritte hören konnte. Doch hier hatte im Jahr 1800 die Revolte gegen die französischen Besatzer ihren Anfang genommen. Napoleon hatte jede Kirche geplündert, jedes Heiligtum geschändet und jede Auberge ausgeräumt. Danach segelte der kleinwüchsige General weiter nach Ägypten und ließ ein

Kontingent von 1000 Soldaten zurück, die die Ordnung aufrechterhalten sollten. Die Malteser waren zunächst froh, dass die Ritter fort waren, doch es dauerte nicht lange, bis sie die Franzosen noch mehr hassten. Der Tropfen, der das Fass zum Überlaufen brachte, war eine von den Besatzern abgehaltene Auktion für das Inventar der Karmeliterkirche Mdinas. Es kam zu Unruhen, wobei der französische Kommandant ermordet wurde. Von Küste zu Küste läuteten die Kirchenglocken und riefen das Volk zu den Waffen. Innerhalb von 90 Tagen floh die gesamte Garnison von der Insel.

Die Lehre aus der Geschichte?

Man durfte die Malteser nicht unterschätzen.

Er folgte dem Labyrinth der verwinkelten Straßen, die so eng waren, dass man vom Obergeschoss eines Hauses das gegenüberliegende berühren konnte. Viele Fenster wurden von geflochtenen, schmiedeeisernen Gittern geschützt, Überbleibsel einer Zeit, als sich die Ortschaften noch selbst verteidigen mussten. Er kam an einer Herde Touristen auf Stadtbesichtigung vorbei, die sich vor der Sonne in die kühlen Tiefen der Passagen gerettet hatten, und hörte ihr Stimmengewirr.

Die Malteser waren schon immer ein stolzes Volk gewesen. Sie arbeiteten hart und strebten vor allem danach, sich zu verheiraten, Kinder zu haben und das Leben zu genießen. Die Kirche hatte einst alles dominiert, doch damit war es vorbei. Malta hatte sich international aufgestellt, es war der EU beigetreten und weiter von Großbritannien und seinen älteren Generationen abgerückt. Nach einer Volksabstimmung wurden Scheidungen legalisiert. 450.000 Menschen lebten inzwischen auf der Insel. Es stimmte, die Einheimischen konnten kleinlich zueinander sein, sie waren anfällig für Eifersucht und gingen keinem Streit aus dem Weg. Wie sagte man doch? *Ein erzürnter Malteser bleibt auch erzürnt.* Doch trotz all seiner Fehler war und blieb Malta mit seinen Einwohnern sein Zuhause.

Er kam zu seinem Lieblingsrestaurant, das sich in einer ruhigen Ecke an eine der Festungsmauern schmiegte. Zwei steinerne Bogengewölbe aus dem 17. Jahrhundert dienten als Speisesaal, doch sein Lieblingsplatz war draußen in einem geschlossenen, begrünten Innenhof mit einem plätschernden Springbrunnen. Zum letzten Mal war er vor einigen Jahren hier gewesen.

Nachdem er Kanincheneintopf, sein Lieblingsgericht, bestellt hatte, legte er den Klarsichtordner auf den Tisch. Der Ordner enthielt circa 20 Schreibmaschinenseiten. Gallo sah sich um. Der Hof war menschenleer, niemand nahm ein spätes Mittagessen oder, je nach Perspektive, ein frühes Abendessen zu sich. Der Kellner brachte ihm ein Glas italienischen Rotwein; aus maltesischen Trauben hatte er sich nie etwas gemacht. Er wartete, bis der junge Mann wieder hineinging, dann öffnete er den Ordner und las.

Vor zwei Jahren wies der Heilige Vater mich an, eine vertrauliche Beurteilung und, falls möglich, ein Audit verschiedener Abteilungen des Heiligen Stuhls durchzuführen. Bevor er Papst wurde, war er, wie üblich, Kardinal gewesen. Der Heilige Vater hatte in verschiedenen Abteilungen gedient und machte sich Sorgen über das, was er »systematische Verschwendung, Betrug und Missbrauch« nannte. Mir wurde aufgetragen, eine gründliche, aber streng geheime Untersuchung durchzuführen, die keinerlei Aufsehen erregen sollte. Nach zwanzigmonatigen, verdeckten Ermittlungen kann ich Folgendes zusammenfassen:

1) Es gibt wenig bis gar keine Transparenz in der Buchhaltung des Heiligen Stuhls. Tatsächlich ist es übliche Praxis in den Abteilungen, die Bücher doppelt zu führen. Ein Buch könnte jedermann vorgelegt werden, der Informationen abfragt, in einem zweiten werden die tatsäch-

lichen Einkünfte, Kosten und Ausgaben aufgelistet. Diese Praxis ist den Kardinälen, die diesen Abteilungen zurzeit vorstehen, durchaus bekannt, weil es unter ihrer direkten Aufsicht geschieht und viele von ihnen einen persönlichen Einblick in die genaueren zweiten Bücher haben.

2) Verträge für Dienstleistungen, die der Heilige Stuhl von externen Lieferanten bezieht (und die jährlich den Umfang einer zweistelligen Millionensumme haben) werden routinemäßig ohne Ausschreibungen und ohne Rücksicht auf die Kosten vergeben. Bei der Vergabe dieser Aufträge ist Korruption an der Tagesordnung. Bestechungs- und Schmiergelder sind üblich. Für Waren und Dienstleistungen, die mit Korruption verknüpft sind, zahlt der Heilige Stuhl oftmals bis zu 200 Prozent über dem üblichen Marktpreis.

3) Es ist ein systematischer Diebstahl steuerfreier Souvenirs aus den Einzelhandelsgeschäften innerhalb des Vatikans im Gange. Die Ware wird palettenweise gestohlen und unter der Hand zu drastisch reduzierten Preisen heimlich an Händler außerhalb des Vatikans verkauft. Die Gelder aus diesen Diebstählen teilen sich gegenwärtig insgeheim mindestens drei Kardinäle.

4) Eine bestimmte Transaktion mit auswärtigen Vertragspartnern ist bemerkenswert. In dem Vertrag geht es um den Vertrag mit einem amerikanischen Zigarettenkonzern, der diesem erlaubt, seine Ware in den Läden des Vatikans zu verkaufen – allerdings nur dank einer geheimen Abgabe, die an mindestens zwei Kardinäle gezahlt wird. Zu den Vereinbarungen gehört ebenfalls, dass verschiedene andere Kardinäle gemeinschaftlich in den Genuss extremer Preisnachlässe auf mindestens zweihundert Schachteln Zigaret-

ten kommen, die sie gemeinschaftlich jeden Monat für den Eigenbedarf erwerben.

5) Die italienische Wohltätigkeitsstiftung eines örtlichen Kinderkrankenhauses zahlte kürzlich (unter der Hand) 200.000 Euro für die Renovierung der römischen Wohnung eines Kardinals.

6) Der vatikanische Pensionsfonds weist zurzeit ein Defizit von nahezu 800 Millionen Euro auf und steht kurz vor der Insolvenz, obwohl die Zahlen laut offizieller Buchführung ganz und gar das Gegenteil belegen.

7) Es gibt kein genaues Verzeichnis der fast 5000 Gebäude in Rom, die dem Heiligen Stuhl gehören. Den offiziellen Büchern nach wird der Gesamtwert des Immobilienbesitzes des Heiligen Stuhls in Frankreich, England, der Schweiz und Italien auf 400 Millionen Euro veranschlagt. Der tatsächliche Wert dieser Liegenschaften wird vorsichtig auf über drei Milliarden Euro geschätzt. Die beste Erklärung für diese seltsame Diskrepanz ist, dass sich die Kurie Vorteile davon verspricht, das tatsächliche Vermögen der Kirche in der Öffentlichkeit herunterzuspielen.

8) Die Ruhestandsbezüge von mindestens drei Dutzend Kardinälen sind exorbitant hoch und liegen weit über dem, was als angemessen angesehen wird.

9) Es ist üblich, den Kardinälen, die in der Kurie dienen, gratis oder sehr preisgünstig Wohnraum zur Verfügung zu stellen. Die Mieten für Wohnungen in erstklassiger Lage in Rom liegen teilweise nahezu hundert Prozent unter dem Marktwert.

Ein Beispiel: Eine 100-qm-Wohnung in der Nähe des Petersdoms wird zurzeit für 20,67 Euro im Monat an einen Kardinal vermietet. Würden alle Mietwohnungen des Heiligen Stuhls zu Marktpreisen vermietet werden, so könnten damit im Jahr rund 20 Millionen Euro Einnahmen erwirtschaftet werden, anstatt deutlich weniger als die sechs Millionen Euro, die gegenwärtig erzielt werden. Die gleiche Diskrepanz findet sich bei den Gewerbeimmobilien des Heiligen Stuhls, wo viele der derzeitigen Mietverträge weit unter den Marktpreisen liegen und pro Jahr rund dreißig Millionen Euro mehr generieren könnten.

Gallo traute seinen Augen kaum.

Es war unglaublich, und das umso mehr, weil die Informationen aus dem Vatikan selbst kamen. Die Entität hatte sie zusammengetragen.

Direkt von der Kurie.

Das Wort *curia* bedeutet »Hof«, aber im Sinne von Königshof, nicht im Sinne von Gerichtshof. Die Hauptabteilungen der Kurie bestanden aus dem Staatssekretariat, neun Kongregationen, drei Tribunalen, fünf Konzilen sowie elf Behörden und Kommissionen. Zusammen bildeten sie den Verwaltungsapparat des Heiligen Stuhls, sie waren sein öffentlicher Dienst, agierten im Namen des Papstes mit dessen Autorität und sorgten für eine zentrale Regierungsorganisation. Ohne sie konnte die Kirche nicht funktionieren. Päpste beklagten sich allzu gern über die Kurie und drehten an den Stellschrauben, doch nur selten änderte sich etwas.

Sie wurde derzeit durch die Apostolische Konstitution *Pastor bonus* reglementiert, die 1988 von Johannes Paul II. herausgegeben und später von Franziskus I. überarbeitet wurde.

Der Kellner brachte seinen Kanincheneintopf in einem

dickwandigen Steingutgefäß und stellte ihn zusammen mit einem Korb warmen Brotes und einem neuen Glas Wein bei ihm ab.

Er nahm sich einen Moment Zeit, genoss den Duft des Eintopfs und erinnerte sich an die Art, wie seine Mutter das Gericht immer zubereitet hatte. Sie verbrachte ganze Freitagabende auf der Suche nach dem besten Kaninchen, tötete es selbst, häutete und zerteilte die Karkasse und marinierte das Fleisch mit rotem Wein. Er und sein Bruder stellten sich dann auf die Zehenspitzen, spähten über die Arbeitsfläche und beobachteten fasziniert die Vorbereitungen.

Und die Geräusche.

Sie waren ihm im Gedächtnis geblieben: das Ticken der Wanduhr in der Küche, das tiefe Anschlagen der fernen Kirchenglocken, das siedende Wasser, das Knacken von Knochen.

Samstagsmorgens war das Haus dann schon beim Aufwachen von Knoblauchduft durchzogen, weil der Eintopf vor sich hin köchelte. Er kannte alle Zutaten auswendig. Passierte Tomaten, Olivenöl, Zucker, Lorbeerblätter, Karotten, Kartoffeln, Erbsen.

Eine wunderbare Mischung.

Er probierte einen Löffel von der Speise vor ihm.

Nicht schlecht.

Das Restaurant brachte einen bewundernswerten Eintopf zustande, doch verglichen mit dem, den seine Mutter gekocht hatte war er nichts.

Er vermisste diese Wochenenden.

Bevor er ins Waisenhaus kam. Dort hatte es keinen Eintopf gegeben.

Und keine Mutter.

Spagna hatte recht. Er war ein Dieb und ein Lügner geworden. Warum hatte die Mutter Oberin nichts unternommen? Warum ließ sie es geschehen?

Er glaubte keine Sekunde lang, dass Gott eingegriffen und ihn zum Seminar und in ein neues Leben geschickt hatte. Richtig gläubig war er nie geworden – eigenartig für einen Kardinal, doch er konnte nichts dagegen tun. Ans Schicksal zu glauben entsprach mehr seinem Charakter. Sein Leben war eine Folge schicksalhafter Ereignisse gewesen. Ein jedes hatte ihn auf den Weg geschickt, auf dem bis zu diesem Augenblick alles vorherbestimmt gewesen zu sein schien. Hatte er es sich mit dem letzten Papst verdorben? Absolut. Doch warum sollte er sich deshalb grämen? Nach allem, was er gerade gelesen hatte, war auch der Heilige Stuhl von Dieben und Lügnern durchsetzt.

Er aß weiter.

Die römisch-katholische Kirche stand im Ruf, eine der ältesten ununterbrochen tätigen menschlichen Einrichtungen auf der Welt zu sein. Sie konnte mit so gut wie allem fertigwerden, nur nicht mit dem Unerwarteten, und ein Papst, der von einem Augenblick auf den nächsten starb, gehörte mit Sicherheit in diese Kategorie.

Unter den Päpsten hatten sich junge mit alten zyklisch abgewechselt.

Ein junger Pius XII., dann ein alter Johannes XXIII. Ein dynamischer Paul VI., gefolgt vom gebrechlichen Johannes Paul I. Der Löwe Johannes Paul II., gefolgt vom älteren Platzhalter Benedikt XVI. Dieses Muster reichte jahrhundertweit zurück und wurde nur selten variiert. Der letzte Stellvertreter Christi, der jetzt in der Krypta unter dem Petersdom lag, war älter gewesen. Seine Regierungszeit hatte kurz sein sollen, etwa eine Dekade, um anderen Herausforderern die Gelegenheit zu geben, Unterstützer zu werben. Der erste Papst blieb auch der am längsten dienende. Petrus. Manche sagten, es seien 34, andere, es seien 37 Jahre gewesen. Niemand wusste es genau. Wenn man sich auf die Traditionen verlassen durfte, musste der nächste Papst jünger sein, das Amt länger innehaben und womöglich auch eine größere Wirkung entfalten.

Es gefiel ihm, dass er den natürlichen Kreislauf nicht unterbrechen musste.

Er verzehrte den Eintopf, und der Kellner kam zurück und räumte das Geschirr weg. Er bat um mehr Wein, der ihm eingeschenkt wurde. Der junge Mann hatte keine Ahnung, wen er bediente. Es gefiel ihm, dass er sich anonym in der Welt bewegen konnte. Außerhalb des Vatikans kannten ihn nur wenige, die es überhaupt kümmerte, dass er existierte. Und wer war er auch schon? Nur ein Priester von einem Felsen im Mittelmeer, der in eine hohe Position aufgestiegen und dem dann alles wieder weggenommen worden war. Glücklicherweise konnten sie ihm seine rote Mütze nicht nehmen. Und auch die Freunde nicht, die er gewonnen hatte. Männer, die Positionen mit Macht und Einfluss besetzt hielten und die schon bald nach einem Führer suchen würden.

Es hatte griechische, syrische, afrikanische, spanische, französische, deutsche und holländische Päpste gegeben. Einen Engländer, einen einzelnen Polen, zwei Laien und jede Menge Italiener. Alle waren sie entweder adelig, ehemalige Sklaven, Bürgerliche oder Aristokraten. Doch niemals hatte es einen portugiesischen, einen irischen, skandinavischen, slowakischen, slowenischen, böhmischen, ungarischen oder amerikanischen Papst gegeben.

Und auch keinen Malteser.

Glücklicherweise verkürzte das plötzlich geplatzte Blutgefäß die Zeit, die Kardinälen für Intrigen zur Verfügung stand. Und man gebe sich nicht dem Irrtum hin, Kardinäle würden nicht intrigieren. Die Idee, sie wegzusperren, entstand, um Bestechungsmöglichkeiten einzugrenzen und die Zeit für Absprachen einzuschränken. Die lateinische Wurzel des Wortes *Konklave* bedeutet »ein Raum, der verschlossen werden kann«.

Das hieß, dass nur wenige Kardinäle für die kommende Schlacht gewappnet sein würden. Anscheinend gehörte er nicht zu ihnen.

Er blickte auf den Klarsichtordner.

Gott sei gedankt, dass eine Wahrheit unerschütterlich blieb.

Männer an der Macht wollten nur eines.

Ihre Macht behalten!

16

Cotton buchte im Hotel d'Inghilterra in Rom eine Suite im obersten Stockwerk mit einem Balkon, der sich über die ganze Länge des Gebäudes erstreckte und aus dessen Blumentöpfen Frühlingsgeranien quollen. Er bezog ein Spitzenhonorar, deshalb beschloss er, richtig zu prassen, wie bei seinem Alfa Romeo. Er setzte sich aufs Bett und blickte durch die Terrassentüren. Die Sonne schien golden durch die Glasscheibe. Jenseits des Geländers erstreckten sich die markanten, unregelmäßig geformten Dächer der Stadt mit ihren unförmigen Belüftungsrohren und Schornsteinkronen aus Keramik. Satellitenschüsseln waren die einzige Reverenz ans 21. Jahrhundert.

Mit Sir James Grant war er in einem Privatjet Richtung Süden geflogen. Während des siebzig Minuten dauernden Fluges erfuhr er mehr über die Ereignisse. Ihre Gespräche drehten sich um Bücher und Weltpolitik. Unterwegs erhielt er die Bestätigung, dass 100.000 Euro auf seinem dänischen Konto eingegangen waren. Nicht dass die Briten keinen Kredit bei ihm hatten, doch es war immer besser, sich im Voraus bezahlen zu lassen.

Er brauchte eine Dusche und wollte sich umziehen, also nutzte er, was das Hotel an Annehmlichkeiten zu bieten hatte. Das geräumige Badezimmer war eine Kombination von glänzendem Marmor und Spiegeln. Er hatte das Inghilterra nicht nur wegen seines Renommees, sondern auch wegen seiner Lage ausgewählt. Es befand sich ganz in der Nähe der Via Condotti, der beliebtesten Einkaufsstraße Roms, einem endlosen Schaufenster mit hochwertiger Bekleidung, Lederwaren, Silber, Glas, Schmuck und Porzellan. Außerdem stand in der Via Condotti 68 auch der Palazzo di Malta.

Als die Malteserritter im Jahr 1798 von Napoleon aus Malta vertrieben wurden, zogen sie durch die Welt und suchten nach einer neuen Heimat. 1834 fanden sie schließlich eine in Rom. Zwei Villen, eine hier, die andere – Villa del Priorato di Malta – ein paar Meilen weiter auf dem Aventin. Zusammen belegten sie circa 0,6 Hektar Land, sie waren beide exterritorial und keinem anderen Land verpflichtet – ein unabhängiges römisch-katholisches Land und die kleinste souveräne Nation der Welt.

Auf dem Flug nach Süden hatte er das bordeigene Wifi genutzt und so viel wie möglich über die Malteserritter in Erfahrung gebracht. Unglaublich, dass es sie noch gab – über 900 Jahre nach ihrer Gründung. Sie wurden von einem Generalskapitel regiert, das alle fünf Jahre zusammentrat und einen souveränen Rat aus sechs Mitgliedern und sechs hochrangigen Regierungsbeamten wählte, der für das Tagesgeschäft zuständig war. Die oberste Leitung hatte der Großmeister, der auf Lebenszeit gewählt war und den Rang eines Kardinals innehatte, jedoch ohne beim Konklave an der Papstwahl beteiligt zu sein. Der Malteserorden setzte sich nicht nur aus Mönchskriegern zusammen, heute war er eine stille und fromme humanitäre Organisation, die in der internationalen Gesundheitsversorgung tätig war, Flüchtlingslager in Kriegsgebieten betrieb, sich um südamerikanische Slumkinder kümmerte, in Asien und Afrika Lepra behandelte, Erste-Hilfe-Ambulanzen im Mittleren Osten führte und weltweit Blutbanken, Rettungsdienste, Suppenküchen und Feldlazarette unterhielt. Sie halfen allen, ungeachtet ihrer Ethnie, Konfession oder Religion. Mitglied konnte man jedoch nur auf Einladung werden. Der Orden hatte zurzeit 13.000 Mitglieder – Männer und Frauen, die in zwei Stände, Ritter und Damen, aufgeteilt waren. Protestanten, Juden, Muslime und geschiedene Menschen waren nicht erlaubt. Mehr als 40 Prozent der Mitglieder hatten Verbindungen zu den ältesten katholischen Familien Europas. Über 100.000

Menschen arbeiteten für die Organisation, 80 Prozent davon ehrenamtlich.

Fünfundfünfzig Mitglieder hoben sich jedoch hervor.

Die Justizritter.

Sie waren bekennende Männer, die religiöse Armuts-, Keuschheits- und Gehorsamsgelübde ablegten und die letzten Überbleibsel der Malteserritter alter Zeiten. Sie bildeten auch die Führungsschicht und besetzten alle wichtigen Machtpositionen.

Der Orden selbst war beeindruckend.

104 Länder unterhielten formelle diplomatische Beziehungen, einschließlich des Austauschs von Botschaftern. Der Orden hatte eine eigene Verfassung und war in 54 Ländern aktiv. Er konnte Medizin und Hilfsgüter weltweit ohne zollamtliche Abfertigung oder politische Einflussnahme transportieren. Er hatte sogar einen Beobachterstatus bei den Vereinten Nationen und gab eigene Pässe, Nummernschilder, Briefmarken und Münzen heraus. Er war kein Land, weil es keine Bürger oder Grenzen zu verteidigen gab, sondern ein souveränes Völkerrechtssubjekt. Er konzentrierte all seine Anstrengungen darauf, den Kranken zu helfen und seinen Namen und sein Vermächtnis zu schützen, über das seine Mitglieder eifrig wachten.

Aber die Ritter steckten in Schwierigkeiten.

In großen Schwierigkeiten.

Er hatte im *L'Osservatore Romano* mehrere Berichte über jüngste interne Konflikte gelesen; diese hatten große Kreise gezogen. Der jetzt verstorbene Papst war in einen Bürgerkrieg innerhalb der Ritterhierarchie verwickelt worden, in den ein Kardinal, Kastor Gallo, und der Großmeister, ein Franzose, verwickelt waren. Gallo diente bei den Rittern als Gesandter des Vatikans. Der Posten war weitestgehend zeremonieller Natur und angeblich mit wenig bis gar keinem Einfluss ausgestattet. Er hatte die Aufgabe, *die spirituellen Interessen des*

Ordens und seiner Mitglieder sowie seine Beziehungen zum Heiligen Stuhl zu fördern. Doch Gallo hatte sich in die internen Angelegenheiten des Ordens eingemischt. Der Konflikt entzündete sich an einem obskuren Hilfsprogramm der Malteser, bei dem in gewissen Regionen der Welt Kondome verteilt wurden, um infektiöse Geschlechtskrankheiten einschließlich Aids zu bekämpfen. Zum Problem wurde, dass dieses Programm mit der Politik des Vatikans kollidierte, der den Gebrauch von Verhütungsmitteln ausdrücklich verbot. Gallo benutzte diesen Fehlgriff, um einen Keil zwischen den Großmeister und den Papst zu treiben und den Rücktritt des Ersteren zu erzwingen. Das führte zu einem Konflikt unter den Justizrittern, weil es die 56 Männer dazu zwang, sich für eine Seite zu entscheiden. Das Thema spaltete sie in etwa zwei gleiche Teile. Die eine Hälfte unterstützte ihren Großmeister, die andere Hälfte widersprach ihm. Der Papst hatte versucht, das Chaos zu beseitigen, und eine Wiedereinsetzung des zurückgetretenen Großmeisters befohlen, war damit aber gescheitert. Und obwohl sie untereinander zerstritten waren, hatten sich die Ritter gemeinschaftlich gegen die Einflussnahme des Papstes und Gallos ausgesprochen. Ein Artikel, der vor einigen Monaten erschienen war, machte ihren Standpunkt sehr deutlich.

Der Heilige Stuhl hat ein einzigartiges Verhältnis zu den Rittern, da der Papst einen Kardinalpatron ernennt, um freundschaftliche Beziehungen zwischen dem Orden und dem Vatikan zu fördern. Kardinal Gallo wurde für diese Position ausgewählt, nachdem ihn der Papst von seiner Position als Chef des Obersten Gerichts des Vatikans abberufen hatte. Doch Gallo und der Papst waren keine Freunde. Tatsächlich hatte sich Gallo zu einem der wichtigsten Kritiker des Papstes entwickelt, und die Malteserritter befanden sich plötzlich mitten in dieser Auseinander-

setzung. In einer außergewöhnlichen Zurechtweisung
sowohl Gallos als auch des Pontifex erklärten die Malteser-
ritter, dass der Austausch ihres Großmeisters ein »interner
Hoheitsakt des souveränen Malteserordens« ist und aus-
schließlich in ihre Zuständigkeit fällt. Weder der Heilige
Stuhl noch einer seiner Repräsentanten hat in diesen
Angelegenheiten ein Mitspracherecht.

Die ganze Sache schien äußerst unangenehm zu sein.

Doch so war das nun einmal, dachte er, Politik war überall gleich.

Anderen Zeitungsberichten zufolge hatte es kürzlich ein Großreinemachen bei den Rittern gegeben, bei dem viele hochrangige Offizielle ausgetauscht wurden. Die gesamte Organisation hatte sich von diesen Turbulenzen noch immer nicht ganz erholt. Alle schienen darauf zu warten, dass der nächste Papst die Führung übernahm, weil der jetzige Stellvertreter Christi gestorben war, bevor der Staub sich vollständig gelegt hatte. Zumindest Cotton blieb unklar, weshalb ein Streit in einer modernen, wenn auch 900 Jahre alten Wohltätigkeitsorganisation zu einem Sicherheitsproblem des Vereinigten Königreichs geworden war.

Cotton betrat den Palazzo di Malta durch einen hohen Torbogen an der Straße, durch den es in einen geschlossenen Innenhof voller geparkter Autos ging, hauptsächlich schwarze Mercedes-Coupés, die alle ein ähnliches Nummernschild hatten.

SMOM, gefolgt von einer einzelnen Zahl.

Souveräner Militärorden von Malta.

Ein riesiges weißes, achtzackiges Malteserkreuz zierte das dunkle Kopfsteinpflaster.

Die Gebäude ringsum ragten zweigeschossig in die Höhe,

alle Fenster waren geschlossen, auch die Fensterläden davor. James Grant hatte ihm erzählt, dass dies der Sitz der Hauptverwaltung sei – der Regierungspalast, Sitz des Großmeisters und der Ort, wo der Souveräne Rat tagte.

Er wurde von einem Mann erwartet, der in seinem Anzug mit Dreiknopfsakko sehr gepflegt wirkte.

Cotton trug nur ein blassblaues Buttondown-Hemd mit aufgerollten Ärmeln, dazu Khakihosen und Slipper. Er war deutlich underdressed, aber wenigstens geduscht und rasiert. Grant hatte ihn telefonisch angekündigt und für die nötigen Sicherheitsfreigaben gesorgt, die ihm den Zutritt in den Innenhof gestatteten. Er kam pünktlich und wunderte sich ein wenig über die fehlenden Sicherheitsmaßnahmen; der ganze Ort war jedoch betont unauffällig gehalten. Nur ein kleines Schild über den Holztoren im Torbogen gab darüber Auskunft, wer das Gebäude bewohnte.

Er näherte sich dem Mann im Anzug. »Ich bin Cotton Malone. Ich habe einen Termin.«

Der Mann neigte den Kopf in einer zurückhaltenden Willkommensgeste. »Ich wurde hergeschickt, um Sie in Empfang zu nehmen.«

Er wunderte sich über die Höflichkeit. »Ist das so üblich?«

»Nur bei Besuchern, die uns der MI6 so kurzfristig zu empfangen bittet.«

Er bemerkte den unverhohlen säuerlichen Unterton der Worte. »Ist Ihnen bekannt, warum ich hier bin?«

»Unbedingt. Darf ich ihn sehen?«

Er fischte den Ring aus seiner Tasche und zeigte ihn vor.

»Das ist wirklich ein ganz besonderer Ring«, sagte der Mann.

»Wollen Sie mir etwas mehr dazu sagen?«

Der Mann zog beide Arme hinter dem Rücken vor und ließ seine rechte Hand sehen. Auf einem Finger trug er einen identischen Ring mit demselben Palindrom aus fünf Worten.

»Es ist ein Abzeichen«, sagte der Mann. »Aus einer anderen Zeit. Und mit Pflichten verbunden, die heutzutage bedeutungslos sind.«

»Und doch habe ich eines dieser Abzeichen sichergestellt, und Sie tragen auch immer noch eines. Zwei an einem Tag, die für etwas stehen, das, wie Sie sagen, keine Bedeutung mehr hat.«

Keine Antwort.

»Sind Sie ein Ritter?«, fragte er.

»Das bin ich.«

»Haben Sie die Gelübde abgelegt?«

Der Mann nickte. »Sie kennen den Orden?«

»Ich wusste bis vor ein paar Stunden eigentlich so gut wie nichts über Sie. Und ich weiß noch nichts über diesen Ring.«

Er hielt ihn wieder hin, damit der Mann ihn sich ansehen konnte.

»Wo genau haben Sie den her?«, wollte der Mann wissen.

Er war für Antworten gekommen, und wenn man etwas haben möchte, muss man manchmal etwas geben.

»Von einem toten Mann.«

»Hatte er einen Namen?«

»Der MI6 arbeitet gerade daran, ihn zu ermitteln. Er hatte keine Papiere bei sich.« Er zog sein Handy heraus und zeigte eine Porträtaufnahme des Leichnams, die ihm Grant geschickt hatte. »Einer von Ihnen?«

»Das werde ich herausfinden. Können Sie mir dieses Foto zur Verfügung stellen?«

»Kein Problem. Werde ich Gelegenheit haben, mit dem Großmeister zu sprechen?«

»Gegenwärtig haben wir keinen. Nur einen Lieutenant ad interim, einen temporären Stellvertreter. Wir warten das Konklave und einen neuen Papst ab, bevor wir einen Führer auf Dauer bestimmen.«

Er hatte vorher gelesen, dass Großmeister in geheimer Wahl von Rittern gewählt wurden, die das Gelübde abgelegt hatten. Doch bevor sie ihr Amt antreten konnten, musste dem Papst das Wahlergebnis schriftlich vorgelegt werden. Das setzte natürlich voraus, dass es einen Papst gab.

»Darf ich den Lieutenant ad interim sprechen?«, fragte er.

Der Mann nickte. »Er wartet auf Sie.« Dann deutete er auf den steinernen Treppenaufgang zu ihrer Rechten. »Folgen Sie mir, bitte.«

Zwölf Jahre hatte er für das Magellan Billet gearbeitet; Stephanie Nelle hatte ihn direkt von der Navy abgeworben. Als er anfing, hatte er so gut wie gar kein Training und lernte halt alles bei der Arbeit. Im Laufe der Zeit entwickelte er gute Instinkte, die dafür sorgten, dass er noch lebte, und die ihn in die Lage versetzten, zu seinen eigenen Bedingungen zu kündigen und sich mit dem Kauf eines Antiquariats in Dänemark einen Lebenstraum zu erfüllen. Einer dieser Instinkte war bereits zuvor in Mailand erwacht, als James Grant so mir nichts, dir nichts bereit war, sein Honorar zu verdoppeln. Er wurde ein zweites Mal misstrauisch, als das Geld prompt bezahlt wurde. Und jetzt meldete sich sein Instinkt zum dritten Mal, wegen der schlechten Schwingungen, die von diesem Emissär ausgingen. Glücklicherweise war dies nicht das erste Dornengestrüpp seiner Laufbahn, und er wusste, wie man hindurchkam.

Er ging in Richtung Treppe, sein Gastgeber zwei Schritte vor ihm.

»Übrigens«, sagte er, »welche Position haben Sie bei den Rittern?«

»Ich habe mehrere Titel, unter anderem bin ich für die Sicherheit der Organisation zuständig. Ich kümmere mich um die Sicherheit für alles und jeden.«

Er sagte es mit einem Selbstbewusstsein, das sich aus dem

Umstand nährte, dass er in Schlips und Kragen gekleidet war. Doch es klang einleuchtend. Er konnte nachvollziehen, weshalb eine Organisation von der Größe des Malteserordens einen gewissen Sicherheitsbedarf hatte.

Sie stiegen die Treppe hinauf.

Er hörte das markante Wummern von Rotorblättern in der Luft.

Ein Helikopter. Er war nicht weit entfernt und kam näher.

»Was ist das?«, fragte er.

»Ihr Transportmittel.«

17

Luke kletterte aus der *Guva*.

Laura folgte ihm, auch sie benutzte das Seil. Er beobachtete, wie gut sie die Technik beherrschte und dass sich ihre Atmung bei der Anstrengung kaum beschleunigte. Seine ursprüngliche Einschätzung schien korrekt gewesen zu sein. Sie war hervorragend in Form.

Er stellte fest, dass er in einer unterirdischen Kammer stand; auch diese Wände bestanden aus rauem Stein, und der Boden war feucht. Blendend helle Glühbirnen in Metallkäfigen zogen sich an der niedrigen Decke entlang. Eine Tür führte in einen beleuchteten Durchgang hinaus.

»Diese Tunnel stammen von den Rittern«, sagte sie. »Sie haben sich wie Murmeltiere unter die Stadt gewühlt. Die Tunnel waren hauptsächlich für die Frischwasserversorgung und für das Abwasser gedacht. Doch man nutzte sie auch, um unbeobachtet Männer und Waffen zu bewegen. Es sind noch einige Kilometer davon erhalten. Während des Zweiten Weltkriegs versteckten sich die Malteser hier unten vor den deutschen Bombern. Einige der Tunnel wurden freigegeben und sind leicht zugänglich, andere eher nicht. Dieser Komplex und die *Guva* sind nur der Regierung bekannt.«

Sie machte sich auf den Weg zum Ausgang. Der Tunnel dahinter schien sich ewig fortzusetzen. Er rührte sich nicht. Sie blieb stehen, drehte sich zu ihm und bemerkte, dass er zögerte.

»Sie wissen, was ich will«, sagte er zu ihr.

Sie blieb unerschütterlich. »Übertreiben Sie es nicht. Ich bin nicht gerade begeistert davon, einen Partner zu haben. Das hier hat mit den Amerikanern überhaupt nichts zu tun.«

»Abgesehen von der Tatsache, dass ich jetzt damit befasst bin.«

»Aber nur, weil diese Stephanie Nelle Sie hergeschickt hat. Jetzt sagt mein Chef plötzlich, dass Sie einbezogen werden sollen.«

»Wie ich gehört habe, sind Sie für Befehle nicht besonders empfänglich.«

»Ich erledige einfach meine Arbeit, basta.«

Aber etwas leuchtete ihm trotz allem nicht ein. »Warum haben Sie Stephanie überhaupt angerufen?«

»Um ihr zu sagen, dass Sie ein Trottel sind. Der vatikanische Geheimdienst hatte Sie im Visier, seit Sie den Fuß auf diese Insel gesetzt haben.«

»Warum haben Sie ihr das nicht einfach gesagt?«

Sie zuckte mit den Schultern. »Ich hatte kapiert, woher der Wind weht. Offensichtlich wollte sie meine Hilfe nicht. Deshalb habe ich ihr auch nichts gesagt.«

»Wusste die Entität, dass ich hierherkomme?«

»Ja, das wusste sie. Fühlen Sie sich jetzt besser?«

Sie hatte einen intensiven Blick, ihre Augen einen Braunton, der fast schon ins Schwarz spielte. Außerdem war da ihr herrliches, quadratisches Kinn, das auf Hartnäckigkeit schließen ließ.

Auch das gefiel ihm.

»Schauen Sie«, sagte sie, »auch wenn die Gläubigen etwas anderes denken, wird ein Konklave nicht vom Heiligen Geist geleitet. Da steigt nichts vom Himmel herab und inspiriert die alten Männer, wie sie wählen sollen. Diese Kirche wurde von Männern geschaffen, und sie wird von Männern geführt. Es sind Männer, die den Papst wählen werden. Und das heißt, dass dabei etwas schiefgehen kann. Wir konzentrieren uns auf Kastor Gallo, den *Kappillan* aus Malta.«

Er grinste. »Die Sprache maltesischer Spione spreche ich nicht.«

»Ein Priester, aus dem ein Bischof wurde, dann ein Kardinal und schließlich eine totale Nervensäge. Er hat viele Probleme verursacht und sich viele Feinde gemacht. Und jetzt legt er es ganz offensichtlich darauf an, Papst zu werden.«

»Wer will ihn aufhalten?«

»Verdammt, wenn ich das wüsste. Für mich ist es nur von Bedeutung, weil mein Chef meint, dass es so sei. Unser Problem ist, dass Kastor Gallo so manches ist, aber nicht dumm. Im Gegensatz zu Ihnen. Denn Ihnen ist zu verdanken, dass er jetzt Folgendes weiß: Er wird beobachtet.«

Sie hatte recht. Er hatte es definitiv verbockt, als er sich erwischen ließ, und sie war offensichtlich genervt. An ihrer Stelle wäre er das auch. Also versuchte er, für etwas bessere Stimmung zu sorgen. »So schlimm ist das gar nicht. Wer weiß, vielleicht lernen Sie ja etwas bei dieser gemeinsamen Operation.«

Sie schüttelte den Kopf und fragte dann etwas provokativ: »Zum Beispiel, wie es ist, sich beim Abhören eines Gesprächs erwischen zu lassen?«

»Sie können es nicht lassen, oder?«

»Nein, kann ich nicht. Ich habe einen Auftrag zu erledigen, und die Uhr tickt. Wir müssen Gallo einen Schritt voraus sein, darauf kommt es jetzt an.« Sie schüttelte den Kopf. »Ich sollte beobachten und Bericht erstatten. Schlicht und einfach. Aber dank Ihres Eingreifens müssen wir die Sache jetzt anders angehen. Mir bleibt weniger als ein Tag, um Ergebnisse zu liefern. Und im Gegensatz zu Ihnen liefere ich immer.«

Ihre Stimme war leise, sie klang kehlig und eigenartig erotisch. Aber es war auch noch etwas Seltsames darin, so als ob sie versuchte, das Vertrauen eines kleinen Hundes zu gewinnen, nur um ihn dann zu erwürgen, sobald sie ihn in den Armen hielt.

Egal.

Er wollte sie nicht weiter provozieren.

»Nur, damit das klar ist«, sagte er. »In den Straßen von Valletta sind Unmengen von Menschen unterwegs. Wie sollte ich merken, dass die Entität mich beobachtet?«

»Ihr Problem ist, dass Sie die Akteure nicht kennen. Etwas bessere Ortskenntnisse wären sehr nützlich. Ich vermute, aus diesem Grund wollen sie, dass wir jetzt zusammenarbeiten.«

»Das hätten Sie Stephanie einfach von Anfang an sagen sollen.«

Sie grinste ihn kurz an und sagte dann: »Okay, da ist was dran. Aber ich hatte gehofft, Sie da draußen auf dem Wasser lassen zu können.«

Endlich. Die Wahrheit.

Das ergab einen Sinn.

Er blickte sich um. »Wie kommen wir hier raus?«

»Am Ende dieses Tunnels führt eine Treppe nach oben.«

»Und wie geht es dann weiter?«

»Nun, wir haben einen Termin, den wir einhalten müssen.«

18

Kastor Gallo las weiter.

Dieser Spagna hatte anscheinend umfassende Ermittlungen angestellt, insbesondere, was die Tradition des sogenannten Peterspfennigs anbetraf.

Die Almosen für St. Peter waren Spenden, die direkt an Rom und nicht an lokale Gemeinden gingen. Der Ursprung liegt im neunten Jahrhundert, als der englische König Alfred von den Landbesitzern einen Penny zur finanziellen Unterstützung des Papstes kassierte. Diese Praxis verbreitete sich über Europa, bis sie im Zuge der Reformation verblasste. Pius IX. führte die Tradition 1871 wieder ein, änderte aber ihren Zweck. Das Geld war nun nicht mehr ausschließlich für den Papst bestimmt – jetzt gab man es aus, um damit weltweit den Armen zu helfen. Die Kollekte wurde jedes Jahr in allen Kirchen beim Peter-und-Paul-Fest erhoben. Außerhalb der Kurie wusste niemand genau, wie viel dabei jährlich zusammenkam.

Außer Spagna.

Es gibt ein ernsthaftes und anhaltendes Problem bei der Kollekte des Peterspfennigs. Zurzeit liegen die jährlichen Gesamteinnahmen zwischen 200 und 250 Millionen Euro. Im vergangenen Jahr rief der Heilige Vater alle Katholiken dazu auf, ein Zeugnis der Wohltätigkeit zu geben. Er ermutigte sie, ihre »Augen zu öffnen und das Elend der Welt zu betrachten, die Wunden unserer Brüder und Schwestern, die ihrer Würde beraubt werden. Lasst uns bekennen, dass wir dazu verpflichtet sind, ihren Hilferufen Beachtung zu schenken.«

Der offiziellen Website des Vatikans zufolge vereint uns die Kollekte des Peterspfennigs »in Solidarität mit dem Heiligen Stuhl und seinen Wohltaten für die Bedürftigen. Ihre Großzügigkeit erlaubt es dem Papst, etwas für unsere leidenden Brüder und Schwestern zu tun.« Nichts könnte von der Wahrheit weiter entfernt sein. Während der vergangenen fünf Jahre wurden 80 Prozent der Gelder, die über den Peterspfennig eingesammelt wurden, dazu verwendet, Haushaltsdefizite des Heiligen Stuhls auszugleichen. Diese Defizite waren das unmittelbare Ergebnis von Verschwendung, Betrug und Missbrauch, wie sie in diesem Abschlussbericht beschrieben werden. Eine bestimmte Gruppe von Kardinälen ist in die irreführende Kampagne für den Peterspfennig und die Zweckentfremdung der Gelder eingeweiht. Nicht weniger als vier Kardinäle sind an dem Täuschungsmanöver beteiligt.

Er konnte es kaum fassen.

So viele der aufgeblasenen arroganten Dompfaffen, wie Spagna die Kardinäle nannte, hatten durch den Tod des Papstes Auftrieb bekommen.

Doch anscheinend hatten sich einige von ihnen abscheulicher Vergehen schuldig gemacht. Was viele schon seit Jahrzehnten vermutet hatten, er selbst eingeschlossen, schien sich jetzt zu bestätigen.

In der Kurie wucherte die Korruption.

Es sah sogar so aus, als wäre sie ein integraler Bestandteil des Systems.

Schlimmer noch war, dass die Verantwortlichen anscheinend beabsichtigten, es zu vertuschen und weiterlaufen zu lassen.

Anders als gemeinhin angenommen, hatte der Papst nicht das letzte Wort, wenn es darum ging, wie die Kirche zu führen war. Die Kurie existierte bereits seit über 1000 Jahren und hatte während dieser Zeit die Kunst zu überleben perfektioniert. Das

System war so eingefahren und so komplex, dass es noch keinem gelungen war, sinnvolle Reformen durchzuführen. In letzter Zeit hatten Päpste es versucht, allen voran Johannes Paul I. und Franziskus I. Beide scheiterten. Und einer, Benedikt XVI., legte mitten im Reformprozess frustriert sein Amt nieder, weil es bedeutet hätte, viele seiner langjährigen Freunde ihrer Ämter zu entheben. Schon lange waren Gerüchte über interne Untersuchungen und geheime Audits im Umlauf. Franziskus hatte sogar zwei sogenannte unabhängige Kommissionen eingesetzt, die die Missbräuche untersuchen und Änderungen vorschlagen sollten, allerdings ohne greifbares Ergebnis.

Was keine Überraschung war.

Die Kurie verstand sich meisterhaft aufs Vertagen und die Irreführung. Wahre Zauberkünstler. Wie Spagna gerade bestätigt hatte, waren eine kreative Buchhaltung und das Führen zweier Bücher übliche Praxis. Die Mitglieder der Kurie waren so geschickt, dass ihnen sogar Druck vom Papst persönlich nichts anhaben konnte. Weshalb? Weil ein Papst die Kurie schließlich braucht. Es waren Menschen nötig, um ein viele Milliarden Euro schweres Unternehmen zu führen. Und so verschwenderisch die Kurie auch sein mochte: Sie war es, die den Heiligen Stuhl funktionstüchtig hielt. Es war so ähnlich wie nach dem Zweiten Weltkrieg bei den Alliierten, die sich die Nasen zuhielten und überall in Deutschland auf Dienste von Exnazis zurückgriffen. Nicht die beste Option, aber die einzige.

Er musste die letzten paar Seiten zu Ende lesen, also richtete er seine Aufmerksamkeit wieder auf die Zusammenfassung.

Es gibt einen Vorfall, der das aktuelle Niveau und Ausmaß der Missbrauchsfälle besonders gut verdeutlicht. Ein Kardinal, der Nutznießer einer freien Wohnung in der Nähe des Vatikans war, wollte seine Wohnfläche erweitern. Als sein Nachbar, ein älterer Priester, dem aus gesundheit-

lichen Gründen ein Mietzuschuss gewährt wurde, in ein
Krankenhaus eingeliefert wurde, beauftragte der Kardinal
Renovierungsarbeiten und ließ eine Wand zwischen den
beiden Wohnungen durchbrechen. Er belegte den zusätz-
lichen Wohnraum mit Beschlag und ging sogar so weit, sich
Möbel des älteren Priesters anzueignen. Als der ältere
Priester aus dem Krankenhaus entlassen wurde, bemerkte
er selbstverständlich den Wohnungseinbruch, konnte aber
nichts unternehmen. Niemand im Heiligen Stuhl wollte sich
mit dem Kardinal anlegen. Der Priester starb kurz darauf
(weshalb der Vorfall nicht publik wurde), und der Kardinal
ist weiterhin im Besitz seiner vergrößerten, mietfreien
Wohnung.

Kastor Gallo zerbrach sich den Kopf bei dem Versuch, dem
anonymen Kardinal einen Namen zu geben. Er kannte mehrere, die im Vatikan und seiner Umgebung lebten. Ganz gleich,
wer es sein mochte, es würde ihm großes Vergnügen bereiten,
diesen Mann zu vernichten.

Es wurden weitere Ungereimtheiten entdeckt. Johannes
Paul I. starb im September 1978 nach nur dreiunddreißig
Tagen als Papst. Doch es gibt bei der Vatikanbank ein
Konto auf seinen Namen, das zurzeit ein Guthaben von
100.000 Euro aufweist. Noch merkwürdiger ist, dass auf
diesem Konto bis zum heutigen Tag immer wieder Konto-
bewegungen zu verzeichnen sind. Es gibt einen Kardinal,
mit dessen Namen diese Vorfälle verknüpft sind. Und es
existieren mindestens acht weitere Konten, die im Namen
Verstorbener geführt werden, auf denen es unerklärliche
Buchungen gibt. Höchstwahrscheinlich lässt es sich auf
institutionellen Diebstahl und Unterschlagung zurück-
führen.

Dann gibt es den Prozess der Heiligsprechung (Kanonisation), bei dem die Korruption in höchster Blüte steht. Der Akt der Heiligsprechung ist seit Jahrhunderten von Geheimhaltung geprägt. Bereits für die Eröffnung eines vorherigen Seligsprechungsverfahrens (Beatifikation) wird zurzeit eine Gebühr von 50.000 Euro erhoben. Hinzu kommen weitere 15.000 Euro, mit denen »Betriebskosten« abgegolten werden. Diese Gelder gehen nicht nur an den Heiligen Stuhl, sondern sie werden auch dafür verwandt, unangemessen hohe Honorare von Theologen, Doktoren und Bischöfen zu begleichen, die die Causa des zur Heiligsprechung vorgeschlagenen Kandidaten untersuchen. Hinzu kommen die Kosten für Forscher, für den Entwurf einer Biografie und für die Arbeit des Postulators, der die Nominierung des Kandidaten vorantreibt. Die durchschnittlichen Kosten für jeden potenziellen Heiligen betragen fast 500.000 Euro – und das ist noch nicht alles. Während des gesamten Prozesses gibt es immer wieder Festlichkeiten, zu denen Prälaten eingeladen werden, damit sie über die Taten und gewirkten Wunder des zukünftigen Heiligen sprechen. Diese Prälaten werden üblicherweise mit Geschenken bedacht, was die oben geschilderten Kosten zusätzlich erhöht. Am Ende belaufen sich die Gesamtkosten einer Heiligsprechung auf 600.000 bis 750.000 Euro.

Um das Ausmaß dieser sprudelnden Einnahmequelle zu illustrieren: Unter Johannes Paul II. wurden 1338 Seligsprechungen und 482 Heiligsprechungen vorgenommen. Die Einnahmen aus diesen 1820 Verfahren überstiegen eine Milliarde Euro. Unglaublicherweise ordnete Papst Johannes Paul II. im Jahr 1983 an, diese Gelder nicht von der Kirche, sondern von den einzelnen Postulatoren verwalten zu lassen, die angewiesen wurden, »regelmäßig auf den neuesten Stand gebrachte Bücher« für jeden potenziellen

Heiligen anzulegen, in denen aufgelistet werden sollte,
wofür die eingenommenen Gelder im Einzelnen ausgege-
ben wurden. Eine Aufsicht über diese Außenseiter wurde
nicht angeordnet, Audits fanden nie statt. Die Postulatoren
arbeiten unkontrolliert außerhalb des Heiligen Stuhls, und
daran hat sich bis heute nichts geändert. Es versteht sich
von selbst, dass deren unsachgerechte Verwendung von
über einer Milliarde Euro die Thematik dieser Zusammen-
fassung sprengt. Doch ihre Korruption und die Unterschla-
gungen sind mir wohlbekannt, sie sind beträchtlich und
geschehen alle unter den wachsamen Augen von mindes-
tens sechs amtierenden Kardinälen, die insgeheim an diesen
Einkünften beteiligt sind.

Kastor hörte auf zu lesen. So viel Heuchelei erstaunte ihn. Arrogante, aufgeblasene und verlogene Diebe allesamt! Er hatte die Kirche niemals bestohlen. Keine Zuwendungen, keine Gratisreisen, keine besonderen Geschenke – weil er wusste, dass so etwas von einigen Kardinälen Günstlingswirtschaft genannt wurde. Nichts. Das war seltsam, denn Spagna hatte eigentlich recht. In seiner Jugend war er ganz anders gewesen. Diebstähle waren an der Tagesordnung. Doch je älter er wurde, desto weniger zählten materielle Dinge. Er war auf etwas viel Verlockenderes aus. Etwas Befriedigenderes.

Auf die absolute Macht.

Der Innenhof des Cafés blieb menschenleer. Es ging auf 16 Uhr zu. Er gönnte sich ein drittes Glas Wein, in seinem Kopf ging alles wirr durcheinander. Er hegte keine Zweifel, dass Spagna jede seiner Anschuldigungen beweisen konnte. Die Entität musste sich darauf verstehen, den Spuren des Geldes zu folgen, falsche Konten und Betrugsfälle zu ermitteln und die Mauern des Schweigens zu durchbrechen, um herauszufinden, wer wofür verantwortlich war und um welche Summen es ging.

Alles, was er gelesen hatte, entsprach der Wahrheit.

Und das war auch der Grund, warum der Ordner weitergegeben wurde. Auf Namen war bewusst verzichtet worden. Kein einziger Missetäter wurde namentlich genannt. Das Ganze diente nur dem Zweck, ihm Appetit zu machen. Und es funktionierte.

Er bemerkte eine Bewegung rechts von sich.

Aus dem Dunkel sah er Arani Chatterjee, der durch den Innenhof ruhig auf ihn zukam und sich uneingeladen an seinen Tisch setzte.

»Wie ich sehe, war ich leicht zu finden.«

»Ihre Vorliebe für diesen Ort ist bei uns aktenkundig«, erklärte Chatterjee. »Haben Sie es gelesen?«

Er nickte. »Kann er es beweisen?«

»O ja.« Chatterjee griff sich in die Tasche und zog einen USB-Stick heraus. »Hier ist alles drauf. Audiomitschnitte, Dokumente, gescannte Akten, Bankauskünfte, Überwachungsberichte. Jedes Detail für jede Anschuldigung, dazu der Name jedes Delinquenten. Eine beachtliche Liste von Bischöfen, Prälaten und Kardinälen, von denen die meisten ins Gefängnis gehören, wie man mir sagte. Zu ihrem Glück hat der Heilige Stuhl keine Gefängnisse.«

Er konnte sich diese Namensliste lebhaft vorstellen. Darin mussten die Namen der Leiter des Instituts für religiöse Werke enthalten sein, einer schicken Bezeichnung für die Vatikanbank, die alle Vermögenswerte der Kirche kontrollierte. Außerdem die *Amministrazione del Patrimonio della sede Apostolica*, die die Immobilienbestände pflegte. Das Governorat, das die Museen und alle kommerziellen Aktivitäten mit Gewinnabsicht wie Einzelhandelsgeschäfte und Shops verwaltete. Sowie die Präfektur für Wirtschaftsangelegenheiten des Heiligen Stuhls, die sämtliche Behörden des Vatikans überwachte. Das waren die großen Vier, und die Kardinäle, die sie zurzeit leiteten, stammten aus aller Welt. Chile, Honduras, den Vereinigten Staaten, Indien, Deutschland, dem Kongo und Australien. Keiner von denen hatte jemals einen Finger gerührt, um ihm zu helfen.

Sie würden alle untergehen.

Aber erst, nachdem sie bei der Papstwahl für ihn gestimmt hatten.

Jeder Einzelne von ihnen würde seinen Namen auf den Stimmzettel schreiben.

»Wovor warnt die Offenbarung?«, fragte Chatterjee. »Dass eine korrupte Kirche auf der Stadt der sieben Hügel sitzt?«

So wurde Rom lange Zeit genannt.

»Und dass ihre Verderbtheit wachsen und schließlich zerstört werden wird«, fügte Chatterjee hinzu und steckte den USB-Stick wieder ein.

Alles schön und gut, aber: »Ich muss wissen, was Spagna als Gegenleistung für diese – unschätzbare – Hilfe verlangt.«

»Im Moment? Einfach nur, dass Sie die *Nostra Trinità* finden. Wie er Ihnen bereits gesagt hat, möchte er, dass sie sichergestellt wird. Ihm ist klar, dass Sie sie dafür verwenden wollen, zum Papst gewählt zu werden. Wenn man den Legenden glauben darf, könnte etwas daran sein. Aber seit sie geschaffen wurde, sind 1700 Jahre vergangen. Was Sie gerade gelesen haben, ist jedoch aktueller und hat einen weitaus größeren Wert. Deshalb möchte er einen Handel vorschlagen. Überlassen Sie ihm die Trinität, und Sie bekommen das hier alles« – Chatterjee deutete auf die Seiten – »plus den USB-Stick.«

»Wird er die *Nostra Trinità* zerstören?«

»Mit Sicherheit.«

Gegen diesen Plan hatte er nicht unbedingt etwas einzuwenden. Er hatte dasselbe vorgehabt. Wenn er einmal Papst war, wollte er ganz sicher nichts, das Zweifel streute.

»Außerdem«, sagte Chatterjee, »werden Sie nach einer angemessenen Zeit, nicht später als 90 Tage nach Ihrer Krönung, den Erzbischof zum Kardinal machen. Er möchte mit einer roten Kappe auf dem Kopf sterben.«

»Er scheint die ›Dompfaffen‹ nicht zu mögen.«

»Er verachtet sie, möchte aber trotzdem selber einer sein.«

»Er ist etwas alt.«

»Sie werden ihn außerdem zum Leiter der Entität machen und den Kardinal absetzen, der diese Abteilung gegenwärtig leitet. Er ist kein Freund des Erzbischofs, und Ihrer übrigens auch nicht.«

»Spagna zum Kardinal zu machen wird eine Menge Fragen aufwerfen.«

»So? Nur der Papst ernennt einen Kardinal, und das hat niemand infrage zu stellen oder zu beurteilen. Es ist einzig und allein Ihre Entscheidung. Und keine geheime Beförderung. Diese Sache wird in aller Öffentlichkeit erledigt.«

Es war fast so, als ob dieser Dämon seine Gedanken lesen könnte. Päpste hatten die Autorität, Kardinäle *in pectore*, in der Brust, zu ernennen, sodass nur der Papst von der Ernennung wusste – *in seinem Herzen*. Aber *in-pectore*-Kardinäle konnten ihr Amt nur ausüben, nachdem ihre Ernennung öffentlich gemacht wurde. Diese Praxis war in den letzten Jahren benutzt worden, um Anwärter vor feindseligen politischen Situationen in Ländern wie China, der Ukraine, Litauen oder Russland zu schützen. Sobald der Papst die Ernennung öffentlich gemacht hatte, konnte der geheime Kardinal sein Amt antreten, wobei sein Kardinalat rückwirkend ab dem Zeitpunkt seiner Ernennung gezählt wurde. Falls ein Papst jedoch verstarb, bevor er seine *in-pectore-* Kardinalswahl bekanntgegeben hatte, war die Ernennung hinfällig.

»Johannes Paul II. beförderte Erzbischof Spagna *in pectore*, starb aber, bevor er es verkünden konnte«, sagte Chatterjee.

»Diesmal nicht. Er will die rote Mütze und die Investiturzeremonie. Er will, dass all jene Dompfaffen anwesend sind und zusehen, wenn er in ihre Ränge aufsteigt. Das Einzige, worin Sie und er sich gleichen, ist der Hass auf die Kurie.«

Schon so lange hatte er den Nachgeschmack des Versagens im Mund. Wenn er Papst würde, erhielte er mit einem Schlag alles zurück, was er verloren hatte. Er hatte einmal gesagt, die größte Sünde der Kirche in der Neuzeit sei die fehlende Bereitschaft gewesen, sich zu engagieren.

Es war eine Unterlassungssünde.

Die Päpste waren weich geworden, ihren Stimmen fehlte der Donnerhall.

Das würde er ändern.

Er war ursprünglich davon ausgegangen, dass der Gegenstand, den er suchte, im kommenden Konklave die beste Waffe sein könnte, um Stimmen zu beeinflussen. Jetzt hatte es den Anschein, als wäre es nur ein Mittel für einen besseren Zweck. Und mit Spagnas Forderungen hatte er kein Problem.

Da waren nur noch zwei Dinge.

Erstens:

»Als Leiter der Entität wird Spagna alles tun, was ich für richtig halte. Keine Fragen. Keine Diskussion. Er wird es einfach tun.«

»Natürlich, das versteht sich von selbst.«

Und zweitens:

»Was ist mit der Frau in dem Boot und dem amerikanischen Parasailer?«

Chatterjee nickte. »*Aleae iactae sunt.*«

Er grinste über die Ironie.

Die Würfel sind gefallen.

19

Cotton spürte den Abstieg, als der Helikopter in der italienischen Provinz zum Sinkflug ansetzte. Der Mann, der ihn in Empfang genommen hatte, hatte ihn aufs Dach des Palazzo di Malta geführt, wo ein schwarzweiß lackierter AgustaWestland AW139 mit ziviler Kennung auf einem kleinen Helipad gelandet war. Er war irrtümlicherweise davon ausgegangen, dass der Interims-Großmeister sich im Palazzo aufhielt. Doch man hatte ihn darüber informiert, dass der Lieutenant ad interim 250 Meilen weiter nördlich am Meer in der Villa Pagana in Rapallo auf ihn wartete. Der Abend nahte, die späte Nachmittagssonne schwebte majestätisch über dem westlichen Horizont. So weit von Rom wegtransportiert zu werden machte ihn nur noch misstrauischer, als er ohnehin schon war. Es stimmte schon: Auf lange Sicht mochte der Pessimist recht behalten, doch er hatte die Erfahrung gemacht, dass der Optimist sich besser amüsierte, bis es so weit war. Deshalb hatte er sich dazu entschieden, offen zu bleiben.

Er sah hinunter auf Rapallo, das wie eine typische italienische Küstenstadt aussah. Ein Amphitheater von Hügeln am Meer war von einem Gewirr weiß getünchter Häuser mit roten Ziegeldächern überzogen, die sich bis zu einem steil abfallenden Sandstrand erstreckten. An der Küste führte eine Promenade entlang, die von einer kleinen Burg flankiert wurde. Motorboote und Segeljachten dümpelten in den blauen Wassern des Ligurischen Meeres vor Anker.

Der Chopper flog in niedriger Höhe über die Küste und dann weiter ins Landesinnere. Er bog zu einer der Villen ab, ein zweigeschossiges, festungsartiges Bauwerk aus ockerfarbenem

Stein, das von einem dichten Bestand von Strandkiefern umgeben war, die sich über einen Felshang ausbreiteten. Eine rote Flagge mit weißem Malteserkreuz flatterte über der Brüstung.

»Die Villa wurde um 1600 gebaut«, erklärte ihm sein Begleiter. »Aber sie ist erst seit den 1950er-Jahren die Sommerresidenz der Großmeister.«

Sie saßen auf schwarzen Ledersesseln in einer komfortablen und vibrationsfreien hinteren Kabine, die so gut isoliert war, dass sie einander trotz des Rotorenlärms verstehen konnten.

Er schaute aus dem Fenster und betrachtete das gepflegte Grundstück, das mit Kakteen, Palmen und einem Blumenteppich übersät war. Auf der Spitze des Felshanges entdeckte er eine zerstörte Festung. Eine kleine, grasbewachsene Lichtung nicht weit vom Haus diente als Landeplatz. Der Pilot setzte den Helikopter sanft ab.

Ein schwarzes Mercedes-Coupé wartete in gebührendem Abstand von den Rotoren. Er folgte seinem Gastgeber zum Wagen. Auf der Rückbank ihm gegenüber saß ein breitschultriger Mann mit sorgfältig gekämmtem schwarzem Haar. Er sah gepflegt aus und hatte einen knochigen, schlaksigen Körperbau. Kerzengerade in einer militärischen Haltung saß er da, hatte das Kinn nach vorne gedrückt; sein Gesicht war kalkweiß. Wie sein Begleiter aus Rom trug auch er einen Anzug mit dreifach geknöpftem Sakko und eine gestreifte Krawatte, ein blassblaues Einstecktuch in seiner Brusttasche bildete einen dezenten Farbkontrast.

»Ich bin Pollux Gallo, der Lieutenant ad interim.«

Man reichte sich nicht die Hände, doch sein Gastgeber deutete zur Begrüßung ein leichtes Lächeln an.

»Cotton Malone. Sir James Grant hat mich geschickt.«

Das Auto fuhr über den Rasen zu einer gepflasterten Ausfahrt und entfernte sich von der Villa.

»Wohin fahren wir?«

»Sie sollen die Antworten auf Ihre Fragen erhalten.«

Er bemerkte sofort den Ring an Gallos rechter Hand und nahm den Ring, den er dem Toten abgenommen hatte, aus seiner Tasche.

»Die Briten haben mich darüber informiert, was Ihnen heute passiert ist«, sagte Gallo. »Sie haben mir auch von diesem Ring erzählt. Ich glaube, ich kann etwas Licht in die Sache bringen.«

»Hat man Ihnen ein Foto des Toten gezeigt?«

Gallo nickte. »Er ist keiner von uns. Aber solche Ringkopien sehen wir nicht zum ersten Mal. Es gibt überall in Frankreich und Italien Schmuckgeschäfte, die sie verkaufen. Man nennt das Palindrom ein Sator-Quadrat, nach dem ersten Wort der fünf Zeilen. Das gibt es schon lange, es ist römischen Ursprungs.«

»Warum ist auf der Innenseite ein Malteserkreuz?«

Gallo zuckte mit den Schultern. »Eine gute Frage.«

»Ich wette, der Ring an Ihrem Finger hat auch ein Kreuz auf der Innenseite. Die Kopien haben diese Ergänzung nicht, vermute ich.«

Endlich signalisierte er mit leicht angehobenen Augenbrauen seine Irritation. Gut. Dieser Mann musste begreifen, dass er es nicht mit einem Amateur zu tun hatte.

Er hatte Begräbnisse schon immer gehasst und besuchte sie nur, wenn es absolut nötig war. Bei seinem ersten Mal, der Beerdigung seines Großvaters, war er ein Teenager. Sein eigener Vater verschwand, als Cotton zehn Jahre alt war; er blieb im Meer mit einem Navy-U-Boot verschollen. Danach zogen seine Mutter und er nach Georgia zurück und lebten auf der Zwiebelfarm der Familie. Er und sein Großvater standen sich sehr nahe, und den alten Mann schließlich im Sarg zu sehen hatte ihn mehr geschmerzt, als er es sich jemals vorgestellt hätte. Er erinnerte sich auch an den Bestatter, einen mürrischen Mann, der sich in Aussehen und Haltung nicht sehr von der Statue unterschied, die ihm gegenübersaß und Plattitüden von sich gab.

Deshalb nahm er sich vor, wachsam zu bleiben.

»1957«, sagte Gallo mit gesenkter Stimme, »standen in Padua einige der Partisanen vor Gericht, die mit dem Verschwinden von Mussolinis Gold im Jahr 1945 zu tun hatten. Damals kursierten schon seit Jahren Gerüchte, dass Einheimische das Gold womöglich behalten hatten. Nach zwölfjährigen Ermittlungen wurden 35 Personen des Diebstahls angeklagt. Man lud 300 Zeugen vor. Der Prozess sollte acht Monate dauern, wurde aber vom Vorsitzenden Richter abrupt gestoppt, nachdem erst 26 Zeugen ausgesagt hatten. Das Verfahren wurde nie wieder aufgenommen, und es gab keine weiteren offiziellen Untersuchungen über das Verschwinden des Goldes. Der vorsitzende Richter des Prozesses legte 1958 sein Amt nieder. Interessanterweise führte er danach ein Luxusleben in einer Villa. Der Mann, der heute Morgen ermordet wurde, war der Enkel dieses Richters. Es war der Besitzer der Villa am Comer See.«

»Der Richter hat anscheinend seinen Anteil bekommen.«

»Ich habe keine Ahnung. Ich kann Ihnen nur sagen, was geschehen ist. Wir wissen, dass am 25. April 1945 alliierte Truppen weniger als fünfzig Meilen vor Mailand standen. Mussolini rief sein Kabinett zu einer Krisensitzung zusammen und teilte ihm mit, dass er in die Schweiz fliehen wolle. Dann befahl er, alles, was vom italienischen Staatsschatz übriggeblieben war, in den Kabinettsaal bringen zu lassen. Es handelte sich um Goldbarren, Devisen und die italienischen Kronjuwelen. Er verteilte das Bargeld und die Juwelen unter seinen Ministern und befahl ihnen, die Stadt mit ihren Schätzen zu verlassen. Er behielt das Gold, einen Teil der Devisen und einige Juwelen. Man schätzt, dass der Anteil, den er mit in den Norden nahm, 1945 etwa 100 Millionen US-Dollar wert war. Der Großteil der Devisen wäre heute wertlos. Aber das Gold und Juwelen sind etwas anderes. Ihr heutiger Wert beträgt mit Sicherheit über eine Milliarde Euro.«

Das war ein wirklich beeindruckender Schatz.

»Womit Ihre Frage beantwortet ist«, sagte Gallo. »Die italienische Justiz lässt viele Wünsche offen. Korruption ist an der Tagesordnung. Es bestehen nur wenig Zweifel daran, dass der Richter bestochen war. Doch wir werden die Wahrheit nie erfahren, weil in der Sache nicht ermittelt wurde. Es gibt allerdings in den Prozessakten von 1957 Aufzeichnungen über den Inhalt zweier Mappen aus Elefantenhaut, die Mussolini bei seiner Gefangennahme abgenommen wurden. Auf beiden war außen das Parteisymbol eingeprägt. Ein Adler mit einer *Fascis* in den Klauen, einem Rutenbündel.«

Eine der Mappen hatte er in seinen Händen gehalten.

»Beide Mappen sind verschwunden«, sagte Gallo. »Seit 1945 wurden sie nicht mehr gesehen. Bis 1960 war so gut wie jeder, der in irgendeiner Verbindung mit dem stand, was man bei Mussolini gefunden hatte, entweder tot oder verschwunden. Seitdem wird danach gesucht. Und heute haben Sie anscheinend eine der Mappen gefunden.«

Sie folgten einer zweispurigen Serpentinenstraße, die sich von der Anhöhe herunterschlängelte. Der Mann, der ihn aus Rom hergebracht hatte, saß auf dem Beifahrersitz, ein dritter Mann, auch er im dunklen Anzug, fuhr den Wagen. Keiner von ihnen hatte ein Wort gesagt oder auch nur darauf reagiert, dass es noch andere Passagiere im Wagen gab.

»Was wissen Sie von dem Briefwechsel zwischen Mussolini und Churchill?«, fragte er Gallo.

»Diese Spekulationen sind mir vertraut. Die Briten sind lange davon ausgegangen, dass Mussolini seine Korrespondenz mit Churchill beim Fluchtversuch entweder komplett oder zumindest teilweise mit in den Norden nahm. Das ist möglich. Einer unserer Emissäre war damals in Dongo und bei der Villa, in der Mussolini und seine Geliebte in der Nacht vor ihrem Tod untergebracht waren. Mussolini sprach von Dokumenten in seinem Besitz, die die Briten in Verlegenheit hätten bringen können. Er bot sie sogar im Austausch für eine sichere Ausreise aus Italien an. Aber er führte nicht weiter aus, worum es sich dabei handelte, und als er von ihnen sprach, waren sie nicht mehr in seinem Besitz. Die Partisanen in Dongo hatten sie.«

»Warum hat ein Emissär der Malteserritter mit Mussolini gesprochen?«

»Wir wollten etwas zurück, das er uns gestohlen hatte. Wir hofften, dass er es auch mit in den Norden gebracht hatte.«

Cotton schwenkte den Ring. »So etwas wie das hier?«

Gallo nickte. »Einer dieser Ringe hat etwas damit zu tun. Er war einem Justizritter abgenommen worden, den Mussolini ermorden ließ. Wir wollten ihn unbedingt zurückhaben.«

Er wartete auf mehr, doch es kam nichts. Deshalb versuchte er es einfacher. »Ich muss mehr über diesen Ring wissen.«

»Er ist das Symbol einer Sekte, also einer Splittergruppe, die früher einmal in unseren Rängen existierte und die *Secreti* genannt wurde. Sie datiert in die Zeit der Kreuzzüge und unseres Aufenthalts in Jerusalem zurück und war auch in Rhodos und auf Malta ein Teil von uns. Nur hochrangige Ritter wurden eingeladen, Mitglied zu werden, und ihre Zahl war klein. Lange Zeit waren nicht einmal die Großmeister in ihre Aktivitäten eingeweiht. Das lag daran, dass Großmeister nur wenige Jahre, manchmal sogar nur wenige Monate überlebten. Sie waren zumeist unfähig und korrupt. Die *Secreti* lebten länger und hielten sich an ihre Gelübde. Sie machten sich ihr eigenes Gesetz, vertrauten niemandem und benutzten ihre eigenen Methoden, ihre eigenen Regeln und ihre eigene Gerichtsbarkeit, um die Geheimnisse des Ordens zu wahren. Diese Männer vertrauten nur Gott. Aber als Napoleon Malta besetzte, war es mit ihnen im Grunde vorbei. Die Ritter verstreuten sich über die ganze

Welt, und unsere Geheimnisse mit ihnen. Die Sekte wurde kurz nach dem Zweiten Weltkrieg offiziell aufgelöst.«

»Aber Sie, der Mann auf dem Beifahrersitz und der Tote in Como tragen alle noch den Ring.«

Gallo lächelte, wenn auch etwas gequält. »Ausschließlich aus zeremoniellen Gründen, Mr. Malone. Ein Rückgriff auf vergangene Zeiten. Wir Hospitaliter halten unsere Vergangenheit in Ehren. Wir erinnern uns gern daran zurück. Und um Ihre Frage von vorhin zu beantworten: In meinen Ring ist innen ein Malteserkreuz eingraviert. Aber die *Secreti* gibt es nicht mehr. Unsere Ringe sind nur Kopien, die ein römischer Juwelier angefertigt hat. Wenn Sie wollen, kann ich Ihnen seinen Namen und die Adresse geben.«

Das klang alles so unschuldig und korrekt, aber an diesem Mann wirkte nichts echt. Besonders nervtötend war die leise Stimme, mit der er sprach, die ein Mittel zu sein schien, um seine Autorität zu betonen, die anderen herabzusetzen und das Gespräch zu kontrollieren.

»Sie sind vorübergehend der Leiter der Hospitaliter?«, fragte er.

Gallo nickte. »Ich wurde für den Posten ausgewählt, nachdem der Großmeister zum Rücktritt gezwungen worden war. Wir wollten vor zwei Wochen eine endgültige Entscheidung treffen, doch der Tod des Papstes änderte unsere Pläne. Wir werden uns nach dem Konklave zusammenfinden und einen neuen Leiter auswählen.«

Er war neugierig. »Ihr Nachname. Gallo. Haben Sie etwas mit Kardinal Gallo zu tun?«

»Er ist mein Bruder.«

Wie praktisch. Aus den Medien wusste er, dass der Kardinal bei den Hospitalitern Chaos gestiftet hatte und die treibende Kraft beim Rauswurf des Großmeisters gewesen war. Und dann übernahm sein Bruder vorübergehend die Führung? Was mochte dahinterstehen? Er erinnerte sich auch an das, was er für James Grant herausfinden sollte.

»Man hat mir gesagt, dass die Ritter von Mussolini fasziniert sind?«

Gallo schüttelte leicht den Kopf. »Es ist keine Faszination, mehr ein historisches Interesse. Aber das ist eine interne Angelegenheit, über die wir nicht mit Außenstehenden reden.«

James Grant hatte ihn bereits vorgewarnt, dass sie genau so etwas sagen würden.

Sein Gastgeber veränderte seine Sitzposition auf dem Ledersessel. Es reichte, um Cotton einen kurzen Blick auf etwas erhaschen zu lassen, das er für ein unter dem Sakko getragenes Schulterholster hielt.

Interessant.

Warum trug ein Mann, der ein Gottesgelübde abgelegt hatte, eine Waffe? Es stimmte zwar, dass Hospitaliter einmal Kriegermönche waren und die Ehre Christi und der Kirche verteidigten.

Aber diese Zeiten waren eigentlich längst vorbei.

Sie fuhren nun auf einer zweiten Serpentinenstraße einen Bergrücken hinauf. Am westlichen Horizont erstreckte sich das Ligurische Meer, das im schwachen, rötlichen Schein der untergehenden Sonne farblos und erschöpft wirkte. In der Ferne sah man die Lichter Portofinos. Vor sich entdeckte er eine ungeordnete Ansammlung von Häusern, die sich auf einem steilen Felsen in Richtung Meer zusammendrängten. Das Ensemble mit seinen zinnenbewehrten Mauern und den markanten Türmen wirkte wie eine Festung, die Wind und Regen aus dem Fels geschlagen hatten, und nicht wie von Menschenhand erschaffen.

»Sind wir auf dem Weg zu dem Kloster dort?«, fragte er Gallo.

»Es war einmal ein Gotteshaus. Wir haben das Anwesen vor etwa sechzig Jahren erworben.«

Das Auto kletterte immer höher.

»Als Napoleon uns dazu zwang, Malta zu verlassen«, sagte Gallo, »haben wir einige unserer Archive mitgenommen. Sie wurden an verschiedenen Orten in Europa verwahrt, aber manchmal recht nachlässig. Schließlich erwarben wir dieses Anwesen, renovierten die alten Gebäude und brachten alles wieder in Schuss. Es gibt noch ein kleines Archiv in Malta, aber die Mehrzahl unserer Aufzeichnungen und Artefakte wird hier aufbewahrt.«

Der Wagen bog in eine kurze Einfahrt ab und fuhr durch ein offenes Tor in einen geschlossenen Innenhof. Flutlichter strahlten auf das Kopfsteinpflaster, in das ein weiteres riesiges weißes Malteserkreuz eingelassen war.

Der Mercedes hielt an.

»Sie sollten sich privilegiert fühlen«, sagte Gallo.

»Wieso das?«

»Der Zutritt wird nur selten Personen gestattet, die keine Ritter sind.«

Trotzdem fühlte er sich von dieser Ehre nicht besonders geschmeichelt.

Der Ritter ließ den Feldstecher sinken.

Von seinem schattigen Beobachtungsposten aus hatte er einen ungehinderten Blick auf das alte Kloster, das den Malteserrittern jetzt als Archiv diente. Er hatte im Schutz der Bäume verborgen beobachtet, wie der Wagen auf den beleuchteten Innenhof fuhr und Cotton Malone ausstieg.

Er war von Como aus in geruhsamem Tempo südwärts gefahren, die Elefantenhautmappe und ihren Inhalt sicher in seinem Auto verwahrt. Vor der Abreise aus Menaggio hatte er alle elf Briefe gelesen, die Churchill und Mussolini miteinander ausgetauscht hatten, und dabei so viele Details erfahren, dass er fundiert über sie reden konnte.

Und das hatte er auch getan.

Er hatte die Briten angerufen und ihnen mitgeteilt, was in seinem Besitz war und was er dafür wollte. Dabei hatte er erfahren, was sie im Gegenzug von ihm verlangten.

Es war schon etwas überraschend für ihn.

Doch es ließ sich bewerkstelligen.

Er sah auf seine Uhr.

Zeit zu gehen.

Er hatte eine Besprechung.

20

Luke trat aus dem Gebäude und gelangte in eine der stilleren Seitenstraßen Vallettas; eigentlich war es eher ein Gang zwischen zwei Steinmauern. An jedem Ende kreuzte der Verkehr. Er war Laura Price durch den Tunnel bis hinauf in einen Keller voller Holzkisten gefolgt. Es war überwiegend Wein. So wie es hier aussah, musste es sich um eine Art Lagerraum handeln. Sie schien sich in den Ecken und Winkeln gut auszukennen.

Es war ein schwüler Tag und deshalb auch noch am Abend warm. Sie steuerten auf ein Ende des Ganges zu. Als er den Hafen erblickte, wurde ihm klar, dass sein Auto nicht weit entfernt parkte. Er war schon immer mit einem guten Orientierungssinn gesegnet gewesen. Sich an Zahlen und Namen zu erinnern fiel ihm schwer. Bei Gesichtern war es nicht viel besser. Aber wo er gewesen war? Das konnte er sich merken.

»Ich brauche mein Handy«, sagte er ihr. »Es liegt in meinem Wagen.«

»Kann das nicht warten?«

»Nein, kann es nicht.«

Er ging voran.

»Kardinal Gallo ist zurzeit in Mdina«, sagte sie ihm. »Das ist etwa zwölf Kilometer von hier. Der Mann auf dem Madliena-Turm, Arani Chatterjee, ist bei ihm.«

Gut. Mit dem Mistkerl hatte er noch eine Rechnung offen.

»Chatterjee bezeichnet sich gern als Archäologe und hat sogar Universitätsabschlüsse, aber in Wirklichkeit ist er nichts als ein Grabräuber, ein Hehler für gestohlene Antiquitäten.«

Sie gingen weiter.

Die Bürgersteige waren voller Menschen, die meisten Sandalenträger in T-Shirts und Shorts. Von der See her strömte eine frische Brise wie ein unsichtbarer Fluss.

Eine Frage beschäftigte ihn. »Warum geraten alle so in Panik wegen dieses Konklaves?«

»Eine Papstwahl ist eine große Sache.«

»Wirklich? Das habe ich gar nicht bemerkt.«

Sie bemerkte seinen Sarkasmus.

»Das ist nicht das Einzige, worum es hier geht«, sagte sie. »Gallo kam her, um sich mit einem Erzbischof namens Danjel Spagna zu treffen.«

Diesen Namen kannte er. »Er leitet die Entität. Das ist ungewöhnlich, nehme ich an.«

»Nun ja, das ist noch harmlos ausgedrückt.«

Er las gern ein gutes Buch und hatte einen Großteil seiner Zwangspausen mit Lesen verbracht. Geschichte war sein Lieblingsthema. Am besten gefielen ihm Bücher, die mit der Arbeit der Geheimdienste zu tun hatten. Die Erfolge der Entität waren legendär und reichten etliche Jahrhunderte weit zurück. Er hatte auf die eine oder andere Art mit der britischen Königin Elisabeth I. zu tun gehabt, mit dem Massaker der Bartholomäusnacht in Frankreich, mit der spanischen Armada, der Ermordung eines holländischen Prinzen und eines französischen Königs, dem Mordversuch an einem portugiesischen Herrscher, dem spanischen Unabhängigkeitskrieg und der Französischen Revolution, Napoleons Aufstieg und Fall, Kubas Krieg gegen Spanien, mit mehreren südamerikanischen Unabhängigkeitskriegen, mit dem Sturz Kaiser Wilhelms während des Ersten Weltkriegs, mit Hitler im Zweiten Weltkrieg und mit dem Kommunismus in den 1980er-Jahren.

Ein erstaunliches Resümee.

Er erinnerte sich an die Worte Simon Wiesenthals, des berühmten Nazijägers: *Der beste und effektivste Geheimdienst der Welt gehört dem Vatikan.*

Und jetzt war er hier und kam ihm in die Quere.

Vor sich sah er den kleinen Parkplatz, von dem aus er heute Morgen aufgebrochen war. Er eilte hin und holte sein Handy aus dem Mietwagen, dazu seine Beretta, die er sich hinten in den Hosenbund unters Hemd schob.

»Sie wissen, dass es illegal ist, auf dieser Insel eine Waffe zu tragen, wenn man keine Sondergenehmigung hat, die nur selten erteilt wird«, sagte sie.

»Es ist auch illegal, jemanden anzugreifen und zu kidnappen. Das hat Sie aber nicht aufgehalten.«

»Ich hatte keine Wahl.«

Das mochte sein. Doch er ärgerte sich immer noch darüber.

»Lassen Sie die Ortspolizei diese Waffe nicht sehen. Ob Agent oder nicht, man wird Sie verhaften, und ich habe keine Zeit, Sie da herauszuholen.«

»Das ist kein Problem.«

»Wir müssen in Richtung Innenstadt.«

Er fragte sich, ob Stephanie Nelle dieser Gemeinschaftsoperation wirklich zugestimmt hatte. Seinem letzten Befehl zufolge hätte er Laura Price loswerden müssen. Er sollte telefonisch Rücksprache halten, aber er wollte dieser kleinen Unternehmung noch etwas mehr Zeit einräumen und sehen, wohin es führte, bevor er die Chefin belästigte.

Nach kurzem Fußmarsch erreichten sie die belebte Republic Street, die vom südlichen Stadttor beginnend am Freedom Square vorbei bis zu den Festungen am Wasser führte. Eine undurchdringliche Menschenmenge hatte sie mit Beschlag belegt. Bestimmt kamen viele Besucher von den Kreuzfahrtschiffen, die er vorhin gesehen hatte. Kraftfahrzeuge waren offenbar nicht erlaubt. Die stete Brise sorgte dafür, dass sich kein süßlich-modriger Geruch verbreiten konnte, wie ihn die zusammengedrängten Leute sonst sicherlich abgegeben hätten. Die Läden und Gaststätten, die wie Kaninchenlöcher dicht an dicht hintereinander aufgereiht waren, machten allesamt gute Umsätze. Die Konkathedrale und der Palast des Großmeisters hatten geschlossen, aber die mit Kopfstein gepflasterten Plätze vor den Gebäuden waren schwarz von Besuchern. Valletta schien vollauf zu beweisen, weshalb es ein beliebter Touristenort war.

»Wohin gehen wir?«, fragte er.

Doch sie antwortete nicht und stürzte sich stattdessen mit ihm ins Getümmel.

In der Menschenmenge sah er drei uniformierte Polizisten auf Segways, von denen einer etwas länger in ihre Richtung blickte, als er sollte. Er hätte es als Paranoia abtun können, aber derselbe Beamte holte ein Funkgerät heraus und gab etwas durch. Luke ließ den Blick über die Gesichter ringsum schweifen und entdeckte einen weiteren uniformierten Polizisten, der zu Fuß unterwegs war und ebenfalls verdächtig lange in ihre Richtung sah.

»Sehen Sie das auch?«, fragte er sie.

»Ich zähle vier. Sie beobachten uns, das ist klar.«

Ihm gefiel, dass sie wachsam war und mitbekam, was um sie herum geschah.

Er sah sich wieder in der Menge um, seine professionelle Neugierde lief auf Hochtouren. Die nächste potenzielle Bedrohung war fünfzehn Meter entfernt, aber die Polizisten waren überall verteilt und blockierten die schmalen Gassen, die von der Republic Street abzweigten.

»Ich werde mich ausweisen und mit ihnen reden«, sagte sie.

Das schien das Beste zu sein. Die Guten sollten sich absprechen. Die Ortskräfte kannten sie bestimmt. Vielleicht gab es wie zu Hause gewisse Animositäten zwischen den Strafverfolgungsbehörden, aber am Ende versuchten alle, miteinander auszukommen. Doch es gab ihm zu denken, dass keiner der

Polizisten näher gekommen war. Stattdessen sicherten sie den Umkreis ab, hielten ihre Positionen und benutzen ihre Funkgeräte.

Wen funkten sie an?

»Warten Sie hier«, sagte sie.

In dreißig Metern Entfernung bog ein blauweißer Polizeiwagen mit blinkenden Lichtern aus einer der Seitengassen und schob sich durch die Menschenmenge in der Fußgängerzone zu dem Platz vor der Konkathedrale. Auf der Beifahrerseite stieg vorne ein Mann aus. Er war groß, etwas älter, stämmig gebaut, hatte volles, silbergraues Haar mit weißen Koteletten und war leger gekleidet. Der Mann hielt inne, blickte sich um und schnupperte die Luft, als wüsste er, dass ihn jemand beobachtete. Dann zog er aus der Gesäßtasche eine Zigarre, kappte das Ende mit einer goldfarbenen Guillotine und zündete sie an, ohne die Umgebung aus den Augen zu lassen.

»Verschwinden Sie von hier«, sagte sie tonlos.

»Sie kennen diesen Kerl?«

»Das ist Danjel Spagna. Verschwinden Sie von hier.«

Es war nicht sein Stil, sich aus dem Staub zu machen.

Die Polizisten rückten vor, alle vier zogen den Kreis enger und kamen direkt auf sie zu.

Spagna blies eine Wolke bläulichen Qualms in die Luft, dann zeigte er mit der Zigarre auf sie. »Miss Price!«, rief er. »Sie und Mr. Daniels müssen mich begleiten.«

»Das sehe ich anders«, murmelte Luke.

»Dito.«

»Jeder zwei?«, flüsterte er.

»Absolut.«

Er wirbelte herum, stürzte sich auf den nächsten Polizisten und kickte ihn vom Segway. Ein zweiter Polizist stürmte los, aber Luke kam ihm zuvor und rammte dem Mann bei einem schnellen Angriff die Schulter so gegen die Brust, dass er aus den Stiefeln kippte, rückwärts taumelte und hart auf dem Kopfsteinpflaster landete.

Als er sich umdrehte, sah er, dass Laura nicht so erfolgreich war. Einer ihrer beiden Gegner hatte sie zu Boden geworfen, und der andere, den sie zunächst zu Fall gebracht hatte, war wieder auf die Beine gekommen. Jetzt überwältigten sie sie. Er hätte eingreifen können, doch es würde nur noch wenige Momente dauern, bis alle vier Polizisten wieder auf den Beinen waren und sich einschalteten, außerdem war nicht abzusehen, wie viele noch dazukommen würden.

Sie hatte recht gehabt.

Einer von ihnen musste von hier entkommen.

Und er war der Auserwählte.

Er stürzte sich in die Menschenflut, die sich geteilt hatte, als die Auseinandersetzung begann, zog den Kopf ein, kämpfte sich mit Ellenbogeneinsatz voran und schichtete Körper zwischen sich und den drohenden Ärger. Hinter ihm wurde geschrien, und er riskierte einen kurzen Schulterblick. Laura wurde hochgerissen und zu dem Mann geführt, den sie Spagna genannt hatte. Luke löste sich aus der Menschenmenge und lief in eine der Seitengassen.

Niemand folgte ihm. Er duckte sich in einen Hauseingang, zog das Handy heraus und wählte die Direktverbindung zu Stephanie. Sie nahm das Gespräch an, und er setzte sie über die neuesten Ereignisse einschließlich der aktuellen Notsituation auf den aktuellen Stand.

»Die Dinge haben sich geändert, Luke. Ich möchte, dass Sie mit Miss Price zusammenarbeiten.«

»Dann haben Sie diese Partnerschaft abgenickt?«

»Ich habe mich darauf eingelassen. Vorübergehend.«

»Normalerweise bin ich ein braver kleiner Soldat und tue exakt das, was Sie sagen. Aber ich muss wissen, was zum Teufel vor sich geht. Ich bin hier auf Blindflug.«

»Nun, ich kann nur sagen: Die Anwesenheit Danjel Spagnas hier in Valletta beweist hinreichend, dass sich etwas Großes zusammenbraut. Vorher dachte ich, Miss Price sei nur ein Störfaktor. Jetzt brauchen wir ihre Hilfe. Was sie über die Institutionen weiß, kann die Dinge für uns beschleunigen.«

Stephanie sprach langsam und gleichmäßig, wie in jedem Krisenfall. Das war es, was sie so gut machte. Sie verlor nie die Nerven.

Allerdings war er dabei, seine zu verlieren. »Spagna hat sie.«

»Sie sind doch nicht auf den Kopf gefallen. Ändern Sie das.«

Am liebsten hätte er ihr eine schnippische Antwort gegeben, doch er wusste, was sie hören wollte. »Ich werde mich darum kümmern.«

»Gut. Ich habe momentan einen Zweifrontenkrieg, und die andere Seite steckt in großen Schwierigkeiten.«

Zusätzliche Probleme wollte er ihr ganz sicher nicht aufhalsen.

Sein Job war es, Probleme zu lösen.

»Es hat mit Cotton zu tun, Luke. Er ist in ein Hornissennest geraten.«

21

Cotton überquerte den gepflasterten Innenhof und folgte Pollux Gallo ins Refektorium des Klosters, einem geräumigen Saal mit Wänden aus verputzten Kalksteinblöcken und einem Fliesenboden. Überall waren Computerarbeitsplätze eingerichtet.

»Wir haben viel Geld für die Renovierung dieses Anwesens ausgegeben«, sagte Gallo. »Es wäre fast in sich zusammengestürzt. Jetzt ist es der Sitz der Bibliothek und der Archive. Eine topmoderne Einrichtung.«

Von der die Öffentlichkeit nichts weiß, fügte Cotton im Stillen hinzu. Aber das galt offenbar für vieles, was die Malteserritter anbetraf.

Der Mann, der ihn in Rom als Erster in Empfang genommen hatte, war mit ihnen hineingegangen, der Fahrer im Wagen geblieben. Im Refektorium warteten zwei junge Mönche mit kurz geschorenen Haaren in braunen Kutten. Sie hatten ein entschlossenes Funkeln in den Augen. Besonders fromm wirkten sie jedoch nicht. Sie standen stumm und aufmerksam da.

»Ich dachte, das hier ist kein Kloster mehr«, sagte er.

»Ist es auch nicht. Aber diese Brüder gehören zu einem Kontingent, das das Archiv betreut.«

Gallo ging weiter. Auf der gegenüberliegenden Seite gingen sie durch eine Brettertür hinaus und kamen in einen beleuchteten Kreuzgang, der am Rand des Gartens an ehemaligen Mönchszellen vorbeiführte. Jede Zelle war mit einer Zahl und einem Buchstaben gekennzeichnet, und man hatte die alten

Holztüren durch Metallplatten mit elektronischen Zahlenschlössern ersetzt.

»In jedem Raum befinden sich unterschiedliche Bereiche unserer Archive«, erklärte Gallo weiter. »Um den Zugriff zu erleichtern, haben wir alles katalogisiert und elektronisch indexiert. Außerdem wird das Raumklima überwacht.«

Sie bogen um eine Ecke und gelangten am anderen Ende des Kreuzgangs durch eine geöffnete Stahltür, die höher und breiter als die anderen war, in einen weiteren Raum. Er erinnerte eher an einen Saal und war früher ohne Zweifel der Kapitelsaal gewesen. Holzbänke, auf denen sich die Mönche versammelt hatten, säumten noch immer die jetzt gestrichenen Steinwände. Er bemerkte den unregelmäßigen Grundriss und die beiden tragenden Säulen, die die Gewölbebogen stützten und den Boden und die Decke in drei Bereiche gliederten. Er spürte auch die Veränderung der Temperatur und der Luftfeuchtigkeit, beide waren hier niedriger, was auf eine ausgeklügelte Klimasteuerung hinwies. Außerdem war vorsorglich eine Sprinkleranlage an der Decke angebracht. Freiliegende Metallrohre verbanden die Sprinklerdüsen miteinander. Aufgehängte mattierte Glaskugeln verströmten ein warmes Licht. Auf dem Fliesenboden standen reihenweise stabile Eichentische, auf denen Manuskripte, Kirchensilber, Pektorale, Reliquiare und Kreuze lagen. Cotton inspizierte die Manuskripte mit dem geschulten Blick eines Bibliophilen und entdeckte Chrysobullen, Sigillia und Dokumente mit heiligen Siegeln. Glasstürze schützten die Gegenstände vor ungewollten Berührungen.

»Wir verwahren etwa 15.000 Manuskripte hier«, teilte Gallo ihm mit. »Das meiste sind Originale und Erstausgaben. Es gibt seltene Bibeln, die Klassiker, wissenschaftliche Texte und Wörterbücher. Wir haben von allem ein bisschen, aber wir sammeln seit neun Jahrhunderten. In diesem Raum befinden sich einige der Gegenstände, die wir gelegentlich Besuchern zeigen.«

»Potenziellen Sponsoren?«

Gallo nickte. »Es kostet über 200 Millionen Euro im Jahr, den Orden zahlungsfähig zu halten. Das meiste kommt von Regierungen, den Vereinten Nationen und der EU. Aber wir sind auch von der Großzügigkeit privater Sponsoren abhängig. Also ja, diese Sammlung kann manchmal hilfreich sein, um deren Interesse zu wecken.«

Die beiden Mönche in ihren Kutten hatten zunächst draußen gewartet, waren ihnen aber schließlich in den Kapitelsaal gefolgt. Sein Begleiter aus Rom war im Refektorium zurückgeblieben. Er wusste, dass Gallo wahrscheinlich bewaffnet war, und beim Vorbeigehen hatte er auch die typischen Ausbuchtungen am unteren Rücken der beiden Kuttenträger bemerkt.

Er war mitten in einen Haufen von Ärger geraten.

Anscheinend die Geschichte seines Lebens.

»Wir brauchen nicht um den heißen Brei herumzureden«, sagte Gallo. Sein Gastgeber hielt den Rücken diszipliniert durchgedrückt.

»Die Briten wollten schon lange einen Blick in dieses Archiv werfen. Sie haben es mehrmals heimlich versucht. Jetzt ist es ihnen endlich gelungen.«

»Selbstverständlich mit Ihrer Genehmigung. Ihnen ist sehr wohl bekannt, dass ich hier im britischen Auftrag bin. Und wir haben nicht um diese Tour gebeten.«

»Irgendwann riefen die Briten an und verlangten ein Gespräch mit mir. Sie haben unterstellt, dass meine Ritter in irgendeiner Weise in das verwickelt sind, was Ihnen heute am Comer See widerfuhr. Mord. Diebstahl. Einbruch. Ich habe Sir James Grant gesagt, dass er sich irrt.«

Aber das war eine Lüge. Hier gab es zu viel, das kein rundes Bild ergab. Oder richtiger: das sich zu einem üblen Bild zusammenfügte.

Er war schon wieder mitten in jenem großen, wirbelnden

Strudel von Möglichkeiten und setzte sein Leben aufs Spiel. Einerseits verachtete, andererseits sehnte er sich nach der Auseinandersetzung. Ein Dutzend Jahre lang hatte er sich jeden Tag dieser Bedrohung gestellt. Zug – Gegenzug. Das gehörte alles zum Spiel dazu. Aber er war vorzeitig in den Ruhestand gegangen, um mit den Spielchen aufzuhören.

Na klar doch!

Er ging näher an einen der Tische und betrachtete ein Werk unter einem Glassturz, das als Evangeliar aus dem 13. Jahrhundert ausgezeichnet war. Der Einbanddeckel wies eine exquisite Holzschnitzerei auf, der Einband bestand aus Maroquinleder. Den Wert schätzte Cotton auf mehrere 100.000 Dollar. Er hielt den Blick weiterhin auf das Kunstwerk gesenkt, machte sich aber innerlich bereit. Als ein Magellan-Billet-Agent hatte er die meisten Fehler gemacht, wenn zu viel Zeit zum Nachdenken war. Aktion. Reaktion. Gegenreaktion. Es spielte keine Rolle. Hauptsache, etwas tun.

»Wo sind sie?«, fragte er und konzentrierte sich weiter auf das alte Evangeliar, dessen Einband vom Alter nachgedunkelt und wie ein unrestauriertes Rembrandtgemälde spinnennetzartig von kleinen Rissen durchzogen war.

Gallo schien genau zu wissen, was er meinte, und machte ein Zeichen. Einer dieser Kuttenkasper ging ans andere Ende der nächsten Tischreihe und hob eine Mappe aus Elefantenhaut vom Boden auf. Gallo sah kurz hinüber, dann betrachtete er wieder die Gegenstände, die vor ihm auf dem Tisch lagen, und rückte dabei immer näher an den zweiten Mönch in seiner Kutte heran.

»Wer hat den Mann in der Villa erschossen?«, fragte er Gallo.

»Spielt das eine Rolle? Der Mann hatte seinen Auftrag nicht ausgeführt.«

Er wandte sich seinem Gegenüber zu. »Und dieser Auftrag

war es nicht, mich umzubringen oder sich gefangen nehmen zu lassen. Nein, Sie wollten die Briten wissen lassen, dass Sie dort waren.«

»Das wollte ich, aber glücklicherweise hat Sie der Ring direkt hierhergeführt.«

»Dazu kommt, dass die einen Mann mit den Armen nach hinten aufgehängt haben.«

»Was den Sarazenen im Heiligen Land einst ziemliche Angst eingejagt hat.«

Das war ein gewagtes Geständnis und bedeutete, dass Gallo sich einbildete, die Situation unter Kontrolle zu haben.

Er wandte seine Aufmerksamkeit wieder den Objekten auf dem Tisch zu. »Diese Manuskripte sind beeindruckend.«

»Ich dachte mir schon, Sie als Antiquar würden unsere Sammlung zu schätzen wissen.«

»Das tue ich. Warum sind die Churchill-Mussolini-Briefe so wichtig für Sie?«

»Sie sind ein Mittel zum Zweck.«

Es gab nur zwei mögliche Erklärungen. Entweder hatte James Grant keine Ahnung, was vor sich ging und hatte jemanden geschickt, der es herausfinden sollte. Oder er wusste sehr wohl Bescheid und hatte jemanden geschickt, damit sie Ruhe gaben.

Er tippte auf die zweite Möglichkeit.

Somit standen seine nächsten Schritte fest.

Sein Ziel war jetzt ungefähr anderthalb Meter entfernt, und die ausdruckslose Miene des jungen Mannes in der Kutte wirkte fast wie eine Warnung. Er stoppte und bewunderte ein weiteres der exquisiten Manuskripte unter Glas. Fast verabscheute er, was er gleich zu tun beabsichtigte.

Aber er hatte keine Wahl.

Gallos Waffe unter seinem Sakko war leichter zu erreichen als die Waffen unter den braunen Kutten. Er würde ein paar

Sekunden brauchen, deshalb tat er zunächst so, als bewunderte er das Manuskript vor sich, dann nahm er sich plötzlich den schweren Glassturz und schleuderte ihn auf Gallo. Seine linke Faust krachte als Rückhand ins Gesicht des neben ihm stehenden Ordensbruders, gefolgt von einem Ellenbogenstoß in die Nieren.

Der Kerl klappte vornüber.

Er nutzte den Moment, um ihm die Robe zu öffnen und sich die Waffe des Mannes zu schnappen. Dann rammte er dem Kerl das Knie ins Gesicht und schickte ihn zu Boden. Der Glassturz hatte Gallo getroffen, doch dieser hatte es geschafft, ihn abzuwehren, sodass er auf dem harten Boden in Scherben zersprang. Der andere Bruder griff sich an den Rücken, um die Waffe zu ziehen.

Gallo ebenfalls.

Er feuerte zwei Schüsse auf sie ab.

Beide Männer gingen hinter den Tischen in Deckung.

Dann nahm er sich ein anderes Ziel vor und feuerte in die Lampen, die über ihm hingen. Zwei davon explodierten mit vielen Funken und Rauch. Gallo kam wieder hoch, deshalb feuerte Cotton erneut in seine Richtung, doch die Kugel prallte von der Tischplatte ab. Dann ließ er die nächste Lampe explodieren, was noch mehr Funken und Qualm verursachte.

Ob es ausreichte?

Ein Alarm ertönte, und die Sprinkleranlage schaltete sich ein, weil ein potenzielles Feuer gemeldet wurde. Er warf den Tisch vor sich um, sodass die Ausstellungsgegenstände, die darauf lagen, auf den feuchten Boden fielen und ihre Glasstürze in Scherben zerbrachen.

Die dicke Tischplatte aus Eichenholz ließ er rechtwinklig zum Boden liegen und benutzte sie als Schild, um Gallo und den anderen davon abzuhalten, unter die Tische zu schießen. Diesen Schutz konnte er für seinen Weg zum Ausgang nutzen.

Er ließ sich fallen und rollte über die Fliesen. Es ging abwechselnd über nasse und trockene Zonen, als er weitere Tischreihen und Gänge passierte. Gallo würde es mit Sicherheit bemerken und seine Position ändern, aber das konnte ein paar Sekunden dauern, also musste er aus der Zeit, die er herausgeschlagen hatte, das Beste herausholen.

Es wurde dreimal auf ihn geschossen, aber der umgestoßene Tisch bildete weiterhin ein Hindernis. Nun ging er auf alle viere und kroch weiter bis zur letzten Reihe. Bevor er sich wieder aufrichtete, blickte er vorsichtig über eine Tischkante und sah Gallo und den anderen Mönch, die mit gezückten Waffen warteten, dass er wieder hochkam.

Von der Decke spritzte unablässig Wasser.

Die Sirene heulte noch.

Es wurde in seine Richtung geschossen.

Er verhielt sich weiterhin bewusst unberechenbar und gab zwei Schüsse ab, jeweils auf die Glaskuppeln auf den Tischen, an denen die beiden Männer standen. Das Glas zerplatzte, und die Scherben flogen durch die Luft, als würde jemand mit der Hand Saatkörner herumschleudern. Gallo und sein Gehilfe wichen zurück, um nicht getroffen zu werden. Er nutzte den Moment, um aus dem Kapitel in den Kreuzgang zu fliehen. Er hätte den Weg zurück ins Refektorium gefunden, doch es war eine lange Strecke ohne Deckung, und er würde nicht weit kommen, ohne das Feuer auf sich zu ziehen. Ebenso wenig konnte er nach links oder rechts flüchten – der Kreuzgang würde zum Schießstand werden. Aber eine hölzerne Doppeltür in etwa sieben Metern Entfernung konnte vielleicht Zuflucht bieten. Sie tat es. Er schob die bleischwere Eichentür nach innen und schloss sie leise, in der Hoffnung, dass seine Verfolger ihn nicht bemerkten.

Die Tür war von innen nicht abschließbar.

Lampen mit Glühbirnen beleuchteten eine geräumige Kapelle,

ein beeindruckender, vergoldeter Altar und Statuen warfen im Halbdunkel geisterhafte Schatten. Es war niemand zu sehen.

Der Feueralarm hörte auf.

Er sah sich im Dunkeln vor dem Altar um und entdeckte rechts eine Treppe. Von unten schien ein fahles Licht. Dort lief er hin, stieg in eine Krypta hinunter und fing an, sich Sorgen zu machen. War er auf dem Weg in eine Sackgasse? Ein eisernes Tor führte in einen großen, dreischiffigen Raum. Die Decke war ein niedriges Gewölbe, rechts von ihm befand sich eine kleine, rechteckige Altarnische. Im Zentrum waren drei mittelalterliche Steinsarkophage aufgestellt, die mit gewaltigen, behauenen Granitplatten abgedeckt waren. Nur ein kleines, gelbes Licht in der Nähe des Altars erhellte die Dunkelheit und leuchtete ein paar Quadratmeter aus. Der Rest des Raumes war dunkel, die Luft abgestanden, muffig und spürbar kühl.

Über den Marmorboden hallten Schritte. Er schlich sich durch die Krypta in einen entfernten Mittelgang. Auf alles gefasst, versuchte Cotton, einen kühlen Kopf zu bewahren. Im Kapitelsaal hatte er eine Menge Schüsse abgefeuert, deshalb checkte er das Magazin seiner Waffe.

Leer.

Großartig.

Er brauchte etwas, womit er sich verteidigen konnte, deshalb suchte er im Dunkeln. In einer kleinen Apsis, die etwa sieben Meter entfernt war, entdeckte er einen Eisenkandelaber. Er eilte hinüber. Der Kerzenhalter war circa einen Meter fünfzig hoch und aus der Mitte ragte eine einzelne, ungefähr zehn Zentimeter dicke Wachskerze. Er packte den Kandelaber und spürte sein Gewicht. Massiv. Vorsorglich nahm er den Kerzenhalter und die Kerze mit und baute sich hinter einer Säule auf.

Jemand kam die Treppe zur Krypta herunter.

Er spähte um die Ecke, an den Sarkophagen vorbei in die Dunkelheit. Das winzige Altarlicht war keine große Hilfe. Seine

Gefühle wechselten zwischen Furcht und Anspannung, sein Körper war von einer eigentümlichen Energie erfüllt, einer unerklärlichen Kraft, die ihm schon immer geholfen hatte, klare Gedanken zu fassen. Im Torbogen am Ende der Treppe sah er die Silhouette eines Mönchsbruders.

Der dunkle Schatten schlich mit vorgehaltener Waffe voran.

Cotton packte den eisernen Kerzenhalter noch fester und holte aus. Er wusste, dass er den Mann näher an sich heranlocken musste, deshalb scharrte er mit der Sohle seines rechten Schuhs im Staub, der den Boden bedeckte. Ein kurzer Blick an der Säule vorbei bestätigte, dass der Mann sich jetzt auf ihn zubewegte. Die Schatten zitterten an der Decke, wurden größer und dann wieder kleiner. Er spannte die Muskeln. Dann zählte er bis fünf, biss die Zähne zusammen und stürzte sich mit dem Kandelaber auf den Mann. Er erwischte ihn mitten auf der Brust und schleuderte den Verfolger rückwärts auf einen der romanischen Sarkophage. Dann warf er das Eisen fort und schlug ihm mit der Faust fest ins Gesicht. Die Waffe fiel dem Kuttenmann aus der Hand und schepperte über die Mosaike.

Sein Verfolger kam wieder hoch und stürzte sich auf ihn.

Doch er war bereit.

Ein zweiter Faustschlag ins Gesicht und dann noch einer in den Magen brachten den Mann ins Wanken. Schließlich trat Cotton ihm die Füße unter den Beinen weg, sodass er mit dem Kopf hart auf die Bodenfliesen knallte und sich nicht mehr rührte.

Er suchte den Fußboden nach der Waffe ab, fand sie und bog die Finger um den Griff, als erneut Schritte zu hören waren, die sich der Krypta näherten.

Es wurde zweimal in seine Richtung geschossen.

Aus dem Gewölbe rieselte Staub, als die Kugeln in den Stein einschlugen. Er ging hinter einer Säule in Deckung, blickte um die Ecke und gab einen Schuss ab. Die Kugel prallte von der gegenüberliegenden Wand ab und signalisierte, dass er bewaffnet und entschlossen war.

Es schien verstanden worden zu sein.

»Hier gibt es keinen Ausgang.«

Es war Gallos Stimme, die eiskalt und bedrohlich aus einer Position hinter dem am weitesten entfernten Sarkophag durch die Kammer hallte.

Zwischen ihm und dem einzigen Ausgang stand ein bewaffneter Mann, der ihn töten wollte.

Aber auch Gallo war festgenagelt. Er konnte unmöglich zur Treppe kommen, ohne dass auf ihn geschossen wurde. Cotton musste Gallo herauslocken, ihn dazu bringen, einen Fehler zu begehen. Also blickte er sich um und entdeckte die dicke Kerze auf dem Fußboden.

Er bückte sich und nahm sie, dann konzentrierte er sich auf den düsteren Mittelgang und kam zu dem Schluss, es sei so dunkel, dass man die Kerze auch für etwas anderes halten konnte. Also warf er den Wachszylinder in den offenen Raum zwischen den Säulen und ließ ihn sich dabei drehen, wobei er hoffte, dass das Ablenkungsmanöver Schüsse auf sich lenken würde.

Und das tat es dann auch.

Als die Kerze die halbe Strecke zurückgelegt hatte, kam Gallo aus der Deckung und schoss.

Cotton legte an und drückte zweimal ab, beide Schüsse trafen Gallos Brust.

Der Mann taumelte rückwärts, stürzte aber nicht. Gallo riss die Waffe herum, zielte und fing wieder an zu schießen. Cotton kauerte sich hinter die Säule, während die Kugeln vom Stein in alle Richtungen abgelenkt wurden. Er blieb dicht am sandigen Boden, weil akute Gefahr bestand, von einem Querschläger getroffen zu werden.

Doch es wurde nicht mehr geschossen.

Er wartete ein paar Sekunden ab, dann richtete er sich auf.

Ein rascher Blick auf die andere Seite der Krypta. Er sah keinen Gallo.

Oben wurde die Tür geöffnet.

Er hatte den Mann mit zwei gezielten Schüssen getroffen, was wohl bedeutete, dass der Getroffene einen Körperpanzer unter dem Maßanzug trug.

Diese Ritter waren gut vorbereitet gewesen.

Er hastete zur Treppe und stieg ins Erdgeschoss hinauf. Die Kapelle war leer, die Eichentür am anderen Ende zu drei Vierteln geschlossen. Er näherte sich und starrte in den Kreuzgang hinaus, dort sah er am gegenüberliegenden Ende Pollux Gallo noch einmal kurz, als er gerade wieder ins Refektorium lief. Er eilte ihm nach, doch bis er dort war, hatte Gallo fast zwei Minuten Vorsprung, und das Refektorium war leer.

Draußen wurde ein Wagen angelassen.

Er flitzte zur Außentür, öffnete sie und sah den Mercedes durch das Haupttor aus dem Innenhof fahren.

Gallo war weg.

22

Der Ritter verließ seinen Beobachtungsposten beim Kloster, als Cotton Malone das Refektorium betrat. Er stieg in sein Auto und fuhr los; es ging an der italienischen Küste entlang ins Landesinnere.

Dass der Papst urplötzlich starb, hatte alles geändert. Er war immer davon ausgegangen, dass es eine längere Vorbereitungszeit geben würde. Doch das war nicht der Fall.

Alles geschah so schnell! Zum Glück war Danjel Spagna ins Spiel gekommen. Normalerweise hielt der Erzbischof sich bedeckt, drängte sich nie in den Vordergrund und ließ seine Gehilfen die Arbeit machen. Aber jetzt war das anders. Der Getreue Gottes wollte offenbar auch etwas. Seine Anwesenheit vereinfachte und komplizierte die Dinge. Das war aber nur eine zusätzliche Herausforderung, die es zu bewältigen galt.

Er entfernte sich immer weiter vom Archiv.

Die Würfel waren jetzt gefallen. Es gab keine Umkehr. Weiterzumachen war das Einzige, was Sinn ergab. Innerhalb der nächsten achtundvierzig Stunden würde sich ihrer aller Zukunft entscheiden. Alles war so gut wie möglich vorausgeplant.

Jetzt brauchte er nur ein wenig Glück.

Er sah auf die Uhr.

19.40 Uhr.

Seit Jahren hatte er sich auf diesen Moment vorbereitet. So viel gelesen. Studiert. Analysiert. Und war immer wieder bei dem einen Mann gelandet, der der römisch-katholischen Kirche die Stirn geboten und gewonnen hatte.

Benito Amilcare Andrea Mussolini.

Es erwies sich als Vorteil, dass Mussolini an die Macht kam, als der Einfluss der Kirche auf Italien sich abzuschwächen begann. Sie war kein politisches Machtzentrum mehr. Pius XI. wollte eine Neubelebung, und Mussolini war daran interessiert, seine Herrschaft durch die Institution legitimieren zu lassen, die einst in Italien den größten Einfluss besessen hatte. Um den Papst milde zu stimmen und dem Volk seine vorgebliche Güte zu demonstrieren, handelte Il Duce 1929 die Lateranverträge aus, die dem Heiligen Stuhl endlich die volle Souveränität über die Vatikanstadt einräumten.

Die Italiener waren von diesem Entgegenkommen begeistert. Mussolini auch.

Im Verlauf der folgenden neun Jahre blieb er von jeglicher Einflussnahme des Vatikans fast völlig verschont; er konnte töten und foltern, wen immer er wollte. Selbst namhafte Katholiken wurden bedroht. Kirchen geschändet. Gewalttaten gegen Kleriker waren keine Seltenheit.

Er hatte freie Hand.

Im Jahr 1939 rang Pius XI. sich schließlich zu einer öffentlichen Anklage durch. Eine flammende Rede wurde verfasst und gedruckt und stand bereit, verteilt und in der ganzen Welt verkündet zu werden.

Dann starb Pius.

Der Staatssekretär des Vatikans ließ alle gedruckten Kopien der Rede einziehen und vernichten. Keiner hat jemals ein Wort dieser päpstlichen Rüge gehört oder gelesen. *Es blieb kein Komma übrig davon*, hieß es damals.

Der Mann, dem es gelungen war, diese Rede zu unterdrücken, wurde drei Wochen später zu Papst Pius XII. Der neue Papst war sanftmütig, versöhnlich – und doppelzüngig. Er schwenkte sofort wieder auf den ursprünglich abgesteckten Kurs politischer Beschwichtigung zurück, der zu keiner Zeit Italien oder Deutschland kritisierte.

Und die Ritter wussten, weshalb.

Wegen der *Nostra Trinità*.

Zu jenem Zeitpunkt befand sie sich entweder bereits im Besitz Mussolinis, oder er wusste, wo man sie finden konnte.

Ein Umstand, der Pius XII. durchaus bekannt war.

Er hatte auf der Küstenstraße inzwischen Rapallo passiert.

Alles war auf diesen Augenblick zugesteuert. Jetzt würde er sich entweder durchsetzen oder bei dem Versuch sterben. Es gab keine dritte Option. Nicht in Anbetracht der Verbrechen, die er im Schilde führte.

Ein suchender Blick durch die Windschutzscheibe zeigte ihm: Vor ihm wartete ein Wagen mit ausgeschalteten Scheinwerfern. Wenige Meter davon entfernt stand ein Mann in der Dunkelheit. Er stoppte sein eigenes Fahrzeug, stieg aus und ging die zehn Meter bis zu der Stelle, wo Sir James Grant wartete. Allein.

»Ist Malone tot?«, fragte Grant.

»Darum kümmert sich gerade jemand. Den Anfang habe ich noch mit eigenen Augen gesehen.«

»Falls Malone das Archiv unbeschadet verlässt, war alles umsonst.«

Eigentlich war ihm völlig egal, ob und wie Cotton Malone Grant gefährlich werden konnte. Er hatte seinen Leuten befohlen, sich darum zu kümmern, aber den Rückzug anzutreten, falls Probleme auftauchten, und keine unüberlegten Risiken einzugehen. Malone war nicht sein Problem.

Bis zu diesem Zeitpunkt hatte er ein Leben geführt, das man nur als sesshaft bezeichnen kann, seine Schlachten waren fast alle intellektueller oder emotionaler Natur gewesen. Er hatte geduldig beobachtet, wie andere aufstiegen und dann wieder an Ansehen verloren. Er hatte gelernt, wie das Verlangen manchmal die Entschlossenheit verwässern konnte, und diese Erkenntnis erklärte besser als alles andere, weshalb er jetzt so unwiderruflich seinen Kurs verfolgte. Es hatte heute Morgen begonnen und sich ein paar Stunden später fortgesetzt, als er mit James Grant telefonierte. Er hatte entschlossen reagiert, um die Churchillbriefe aus jener Villa in seinen Besitz zu bringen, und drei Visitenkarten hinterlassen: den an seinen Armen aufgehängten Besitzer, den Ring an der Hand des toten Ritters und dass Cotton Malone am Leben geblieben war. Alle drei Nachrichten waren angekommen, und Grant hatte Kontakt aufgenommen.

Jetzt war es an der Zeit, einen Deal zu machen.

»Ich will diese Briefe«, sagte Grant. »Jetzt.«

»Und Sie wissen, was ich will.«

Ihm war erst vor Kurzem klar geworden, dass die Briten den Schlüssel in den Händen hielten. Es war Danjel Spagna gewesen, der ihm vor wenigen Wochen diese entscheidende Information übermittelt hatte, als er sich zum ersten Mal hilfesuchend an den Getreuen des Herrn wandte.

»Ich weiß, was Sie wollen«, sagte Grant. »Danach suchen Sie ja schon, seit Napoleon Malta einnahm. Ich kenne die Geschichte des Ritters, der während der napoleonischen Besatzung in Valletta gefangen genommen wurde. Sie brachten ihn in den Palast des Großmeisters und nagelten seine Hände an einen Tisch.«

»Und der kleine kommandierende General erdolchte ihn. Dieser Mann war ein *Secreti*. Er trug den Ring. Außerdem bewahrte er das Geheimnis.«

Die Tapferkeit des Ritters war schon lange Gegenstand der Verehrung. Als die französischen Truppen in Valletta einfielen und die Insel dem Untergang geweiht war, hatte er die Verantwortung für den Schutz der heiligsten Gegenstände der Ritter. Bücher, Aufzeichnungen und Kunstwerke wurden an die Südküste gekarrt und eilig verschifft. Manches gelangte nach Europa, manches nicht. Doch es wurde entschieden, den kostbarsten Besitz auf der Insel zu lassen.

Die *Nostra Trinità*.

Der todgeweihte Ritter, der sein Ende voraussah, hatte angeblich dafür gesorgt, dass es den Franzosen niemals gelingen konnte, die Trinität aufzuspüren. Doch wenn man den Geschichten Glauben schenken durfte, hatte er auch Vorkehrungen getroffen, damit die Richtigen sie wiederfanden.

»Der MI6 weiß schon lange, was Mussolini möglicherweise gefunden hat«, sagte Grant. »Er hatte es auf Ihre *Nostra Trinità* abgesehen.«

»Ich will, was er gefunden hat.«

»Und das werden Sie erhalten«, sagte Grant, »sobald ich diese Briefe bekomme.«

Er richtete die Fernbedienung auf sein Auto und drückte auf den Knopf. Die Innenbeleuchtung ging an, und man konnte die Elefantenhautmappe sehen, die an der Rückenlehne des Beifahrersitzes stand. »Das ist alles, was Malone bekommen hat. Alles, was der Villenbesitzer zu verkaufen versuchte. Es sind elf Briefe drin.«

»Haben Sie sie gelesen?«

»Selbstverständlich. Sie werden die Geschichtsschreibung ändern.«

»Ich wünschte, Sie hätten es nicht getan.«

Schulterzucken. »Der Stolz der Briten oder der Ruf Winston Churchills sind mir völlig egal. Jetzt sagen Sie mir, was ich wissen will.«

Grant legte alles dar, was der britische Nachrichtendienst in den 1930er-Jahren herausfinden konnte. In vorangegangenen Telefongesprächen hatte es bereits Hinweise darauf gegeben.

»Sind Sie sich wirklich sicher?«, fragte er erstaunt.

Grant zuckte mit den Schultern. »So sicher, wie jahrzehntealte Informationen sein können.«

Er begriff, was Grant damit sagen wollte. Es gab ein Restrisiko. Das war nichts Neues. Und Grant sollte das auch klar sein.

»Ist das alles?«, fragte er.

Grant nickte.

»Dann gehören die Briefe jetzt Ihnen.«

Der Brite machte sich auf den Weg zum Wagen, um die Mappe zu holen. Der Ritter griff in sein Jackett und zog die Waffe heraus. Mit der Pistole in der Hand ging er näher heran und jagte James Grant eine Kugel in den Hinterkopf.

Der Brite sackte zu Boden.

Einer der Gründe, weshalb er diesen Ort für ihr Treffen bestimmt hatte, war seine Abgeschiedenheit. Nach Einbruch der Dunkelheit kamen nur wenige Menschen in diese Gegend. Er steckte die Waffe wieder ins Holster und wuchtete sich Grants Leiche über die Schulter. Für einen alten Kauz war der Mann überraschend stämmig. Ein anderer Grund für die Ortswahl war die Nähe zum Meer. Er ging durch die Dunkelheit zur Klippe und warf Grant über den Rand. Den Wagen würde man morgen entdecken, aber bei der Leiche konnte es länger dauern, falls man sie überhaupt jemals entdeckte. Die Gezeiten hier waren berüchtigt und wiesen starke Strömungen auf.

Er starrte auf das dunkle Meer hinaus.

»*Lass dein Boot über das Wasser fahren, so wirst du es finden nach langer Zeit.*« (Prediger 11:1)

Hoffentlich nicht.

23

Luke fragte sich, weshalb Cotton Malone mit dieser Sache befasst war, aber er hütete sich, Stephanie danach zu fragen. Es hatte keinen Einfluss auf seine jetzige Lage. Er deckte anscheinend einen Teil einer größeren Mission ab, und das war nichts Ungewöhnliches. Lukes Aufgabe war es, seinen Teil vernünftig zu erledigen. Um ihn dabei zu unterstützen, hatte Stephanie ihm Laura Price zugeteilt, und sie erwartete, dass ihren Anweisungen Folge geleistet wurde. Und genau das sollte deshalb auch geschehen.

Er ging in die Republic Street zurück, wo sich die Menschen drängten wie zuvor. Die Menge interessierte noch immer, was dort vorgefallen war. Die Abenddämmerung war vorüber, jetzt herrschte Dunkelheit; die Straßen und Plätze waren gelblich beleuchtet. Er blieb in der Seitengasse und konnte Laura sehen. Polizisten hielten sie an den Armen fest, während sie mit dem korpulenten Mann redete, den sie zuvor als Spagna identifiziert hatte. Es schien keine freundliche Unterhaltung zu sein. Spagna paffte an seiner Zigarre. Die Ortspolizisten schienen ihre Befehle von ihm zu erhalten. Nur zwei von den vieren waren noch da, und ein fünfter, der Fahrer des Wagens, mit dem Spagna gekommen war, stand etwas abseits.

Ihm gefiel das Kräfteverhältnis.

Der Chef des vatikanischen Geheimdienstes war offenbar gekommen, um nach ihm und Laura zu suchen. Der gewichtige Mann hatte eindeutig *Mr. Daniels* gerufen. Also musste Spagna über fundierte Informationen verfügen.

Und was war mit Stephanie los? Ihre Haltung hatte sich um 180 Grad gedreht. In kurzer Zeit war eine Menge passiert.

Aber er war die Überholspur gewöhnt. Er bevorzugte sie sogar.

Jetzt beobachtete er, wie man Laura auf den Rücksitz des blauweißen Polizeiwagens verfrachtete, dessen Lichter nach wie vor blinkten. Spagna stand noch vor dem Fahrzeug und sprach mit einem der uniformierten Polizisten. Der andere Uniformierte, der Fahrer, setzte sich ans Steuer. Schließlich öffnete Spagna die Beifahrertür, gestikulierte mit seiner Zigarre und bellte einem anderen Polizisten etwas zu, dann zwängte er sich in den Wagen.

Anscheinend wollten Sie aufbrechen.

Doch wegen der Fußgängermassen, die sich in beide Richtungen durch die Straße drängelten und sie verstopften, würden sie nur langsam vorankommen. Sie würden sich im Schritttempo vorankämpfen müssen, bis sie in eine der Nebenstraßen abbiegen konnten. Er hatte seine Waffe und hätte sich den Hin- und Rückweg freischießen können. Allerdings konnte das auf unzählige Weisen schiefgehen.

Es war besser, sich etwas anderes einfallen zu lassen.

Ihm war bereits aufgefallen, dass die Piazza bei der Kathedrale und dem Palast des Großmeisters mit Verkaufswagen übersät war. Manche verkauften Nahrungsmittel und Getränke, andere Kunst und Kunsthandwerk. Er zählte bis zehn. Der Polizeiwagen hatte sich bereits in Bewegung gesetzt, er ließ die Lichter blinken und schaltete immer wieder kurz die Sirene ein, um sich den Weg durch die Menge zu bahnen.

Luke verließ die Gasse, sprintete in das Getümmel und kämpfte sich zu einem der Wagen durch, an dem Kunstdrucke von Valletta und anderen Orten Maltas verkauft wurden. Er war aus Holz, sein Gewicht war auf vier große Speichenräder verteilt. Luke bemerkte, dass zwei der Räder mit Ziegelsteinen blockiert waren, einer vorne, einer hinten, damit sich der Wagen nicht von der Stelle rührte. Er hielt wachsam die Augen auf für weitere Polizisten, doch er sah keine Uniformen mehr. Was natürlich nicht bedeutete, dass sie nicht da waren.

Von Kameras ganz zu schweigen.

Dieser Brennpunkt war mit Sicherheit unter ständiger Videoüberwachung.

Immer wieder trieb er sich zur Eile an, denn er wollte es hinter sich bringen. Normalerweise war es Unentschlossenheit, die einen zu Fall brachte. Das hatte er schon früh von Malone gelernt. Ob man das Richtige tat oder ob man sich irrte – das spielte keine Rolle. Die Hauptsache war, man zögerte nicht.

Er überquerte die Republic Street und kam auf die Piazza. Dort lief er zum gegenüberliegenden Ende, wo der Polizeiwagen gestanden hatte. Seine Sirene ging immer noch stoßweise an und aus. Er erreichte den Wagen mit den Kunstdrucken, dessen Besitzer gerade mit potenziellen Kunden redete. Andere Leute bewunderten die Drucke in den Auslagen. Er trat einen der Ziegelsteine weg, dann schwenkte er zum hinteren Teil des Wagens und packte die festen Holzgriffe. Der Besitzer und die Kunden waren zunächst perplex, und er nutzte den Moment und schob das schwere Gewicht vorwärts. Er schob immer weiter und erhöhte den Schwung und die Geschwindigkeit. Die Räder klapperten über das alte, ausgefahrene Kopfsteinpflaster, als er den Karren seitlich in den Polizeiwagen rammte, wobei er darauf achtete, dass der Wagen dicht an der Beifahrertür blieb.

Der Zusammenstoß erregte allgemeine Aufmerksamkeit.

Ihm war klar, dass es im Polizeiwagen einen Moment der Verwirrung geben musste, der Fahrer danach aber schnell aussteigen würde.

Was er, wie erwartet, auch tat.

Luke hechtete zur Motorhaube, schwang sich über sie und pflanzte beide Füße in das Gesicht des Polizisten. Der Mann wurde nach hinten geschoben und ging dann zu Boden. Luke sprang auf die Motorhaube und ging in die Hocke, damit er sich weiter um den Fahrer kümmern konnte, aber der Polizist war bewusstlos. Dann griff Luke nach hinten, zückte seine Beretta und zielte damit ins Fahrzeuginnere.

»Verschwinden wir«, sagte er zu Laura.

Er öffnete die hintere Tür von draußen und hielt die Waffe auf den vatikanischen Geheimdienstchef gerichtet.

»Sie werden den Vorschusslorbeeren gerecht«, sagte Spagna. »Man hat mir schon erzählt, dass Sie einer von Stephanies jungen, harten Burschen sind.«

»Ich erledige meinen Job.«

»Nur, weil ich Sie lasse.«

Laura stellte sich neben ihn.

Er konnte sich die Frage nicht verkneifen. »Was soll das heißen?«

»Es ist jetzt keine Zeit für Sie beide zu streiten«, blaffte sie. »Los jetzt.«

Und sie machte Spagna ein Zeichen, der über den Vordersitz rutschte und ohne die Zigarre auf der Fahrerseite ausstieg.

Das war eine Überraschung.

»Ich vermute, Sie wissen, was Sie tun?«, fragte Luke sie.

»Immer.«

Die drei drängelten sich durch die Menge der Schaulustigen und steuerten auf eine der Seitenstraßen zu. Weitere Polizisten waren nicht in Sicht. Leises, gedämpftes Donnergrollen erfüllte die Abendluft.

»Mr. Daniels, ich habe gesehen, dass Sie uns beobachtet haben und bin davon ausgegangen, dass Sie zuschlagen werden«, sagte Spagna im Laufen. »Sagen Sie es ihm, Laura.«

Er blickte in ihre Richtung.

»Bevor man mich hinten in dieses Auto gesteckt hat, sagte Spagna zu mir, dass ich mich für eine Flucht bereithalten soll. Er war fest der Meinung, Sie würden kommen.«

»Ich war es, der Sie beide bei den Maltesern gemeldet hat«, sagte Spagna. »Ich habe den Angriff auf dem Wasser als Vorwand benutzt. Ich wollte, dass Sie von den Ortskräften gefunden werden, aber jetzt müssen wir allein sein.«

»Das Gespräch zwischen Ihnen beiden sah für mich nicht besonders freundlich aus«, bemerkte Luke.

»Ich sage meinen Leuten immer«, erwiderte Spagna, »dass ein Schauspieler manchmal in einem einzelnen Raum so tun muss, als wären es die vierzig Räume, die in der Regieanweisung stehen. Er muss das Publikum glauben machen, dass alle vierzig existieren. Dafür muss er die Realität verändern. Das Gleiche tut auch ein guter Spion. Er verändert die Realität. Miss Price ist eine gute Spionin.«

»Auf welcher Seite stehen Sie?«, fragte Luke Spagna.

»Auf der meiner Kirche, immer. Es ist meine Aufgabe, sie zu beschützen.«

»Und was ist mit Ihnen?«, wollte er von Laura wissen.

Es gefiel ihm nicht, hintergangen zu werden. Unter keinen Umständen.

Sie hielt seinem Blick stand. »Ich bin auf der einzigen Seite, die zählt. Meiner eigenen.«

Sie blieben in Bewegung.

Er versuchte sich zu beruhigen und das Auge und Ohr zu sein, das Stephanie am Boden benötigte. Sie waren jetzt weit genug von der Republic Street entfernt, um ihr Tempo verlangsamen zu können. Am Ende einer Gasse hielten sie an, wo diese sich mit einer anderen, geschäftigen Durchgangstraße kreuzte, die voller Autos war. Die Geschäfte hier waren bereits alle geschlossen, und auch auf den Bürgersteigen waren weniger Leute unterwegs.

»Sehr erfreut, Ihre Bekanntschaft zu machen, Mr. Daniels«, sagte Spagna und hielt ihm die Hand hin.

Spiel die Rolle. Sei ein Gentleman.

Er erwiderte den Händedruck.

»Sie beide sollten sich geehrt fühlen. Normalerweise arbeite ich nicht im Außeneinsatz.«

»Und warum tun Sie es jetzt?«, fragte Luke.

Spagna streckte die Arme zu einer angedeuteten Umarmung aus. »Weil alles hier auf dieser alten Insel geschieht. Und im Auge des Sturms ist man immer am besten aufgehoben.«

Der Mann hatte Stil, das musste Luke ihm lassen.

»Ach, übrigens, Mr. Daniels, haben Sie ein Handy?«

Er nickte und zog das Handy heraus. Spagna nahm es ihm aus der Hand und warf es auf die Straße, wo der nächste vorbeifahrende Wagen das Gehäuse zerquetschte.

Er hörte Malones Stimme im Kopf.

Ein dämlicher Fehler, der Herr Student.

Wirklich?

»Es ist nicht nötig, dass man uns lokalisiert. Ich weiß, dass das Standardmodell des Magellan Billet permanent ein GPS-Signal aussendet.«

»Was Sie nicht alles wissen«, bemerkte Luke. »Beim großen Spionagequiz sind Sie bestimmt ganz weit vorne.«

»Sie können Ihre Beretta behalten«, sagte Spagna und deutete auf seinen freiliegenden Hemdzipfel, »als Zeichen meines guten Willens.«

Beruhigend. Doch es reichte nicht aus, um sein Misstrauen zu zerstreuen.

»Erzählen Sie ihm, was Sie mir erzählt haben«, forderte Laura Spagna auf.

»Ich weiß, was Kardinal Gallo vorhat.«

»Ist ja alles wunderbar. Aber ich muss mich mit Stephanie Nelle kurzschließen«, stellte Luke klar. »Ich bekomme meine Befehle von ihr.«

In der Ferne donnerte es lauter – ein Vorbote des heraufziehenden Sturms.

»Sie können Kontakt mit ihr aufnehmen«, sagte Spagna. »Ich werde nachher dafür sorgen, dass es geschieht. Aber momentan ist sie vollauf damit beschäftigt, einen Exagenten namens Cotton Malone zu retten.«

24

Cotton ging an den unbesetzten Computerarbeitsplätzen vorbei durch das Refektorium zurück und gelangte wieder in den Kreuzgang. Pollux Gallo war weg, doch es blieb unklar, ob er allein geflohen war. Die beiden Möchtegernmönche aus dem Kapitelsaal konnten sich noch immer irgendwo auf dem Gelände befinden.

Er machte sich mit gezückter Waffe auf die Suche nach ihnen.

Seine Kleidung war von der Sprinklerdusche durchnässt, und an der Tür des Kapitelhauses hörte er, dass noch Wasser durch die Düsen spritzte. Er bedauerte den Schaden an den Manuskripten, sie waren zweifellos alle unersetzlich. Aber Gallo hatte ihn zum Sterben hergebracht, also war ihm keine Wahl geblieben.

Die Sprinklerdüsen versiegten.

Ob es automatisch geschehen war oder ob ein Mensch sie abgeschaltet hatte? Er warf einen Blick in den Saal. Die Tische mit den Glaskuppeln trieften vor Nässe, auf dem durchnässten Boden hatten sich zusätzliche Pfützen gebildet. Er huschte hinein, lief schnell den letzten Gang hinunter und suchte nach dem Mann, den er als Ersten ausgeschaltet hatte. Aber da war niemand. Dann verließ er den Kapitelsaal, ging in die Krypta zurück und machte dort dieselbe Feststellung. Der vermeintliche Mönchsbruder, den er dort erledigt hatte, war ebenfalls verschwunden. Wo waren sie jetzt? Und weshalb hatte dieser Gallo den Angriff nicht fortgesetzt?

Er musste das restliche Kloster in Augenschein nehmen. Grant hatte ausdrücklich verlangt, alles über Mussolini zu erfahren. Und da er nun einmal hier war, konnte er auch überprüfen, ob es vor Ort noch etwas Brauchbares zu finden gab.

Also verließ er die Krypta und kehrte in den Kreuzgang zurück. Dort checkte er nacheinander sämtliche Metalltüren, die sich an der Innenseite des Ganges aufreihten. Alle waren verschlossen und mit elektronischen Schlössern gesichert, die sich nur mit einem Zahlencode öffnen ließen. Schräg gegenüber vom Kapitelsaal stoppte er an einer Stelle und starrte durch Rundbögen in den abgedunkelten Innenhof. Sowohl im Erdgeschoss als auch in der ersten Etage waren die Klostergänge beleuchtet. Gegenüber, auf der anderen Seite, bemerkte er eine halb geöffnete Tür in der ersten Etage. Wegen der beiden verschwundenen Kuttenträger war er nach wie vor sehr vorsichtig, deshalb ging er zur nächsten Treppe, lief hinauf und sah sich dabei in alle Richtungen um. Die erste Etage wirkte so ruhig wie das Erdgeschoss.

Der Raum hinter der halb geöffneten Tür wurde von hellen Leuchtstoffröhren erhellt. Er war klein, vielleicht drei Quadratmeter, mit dunkler Deckentäfelung. An den Wänden standen Regale und Schränke, im Zentrum einer jener stabilen Eichentische, auf denen jedoch nichts ausgestellt war.

Cotton ging hinein und sah sich die Regale an. Viele standen voller Bücher in verschiedenen Sprachen, die alle Mussolini zum Thema hatten. Sein geschultes Auge fiel auf die Einbände. Manche waren aus Leinen, andere aus Leder, und die meisten Bücher waren in Papier mit einer Schutzschicht aus Mylar, einer Polyesterfolie, eingeschlagen. Schätzungsweise mehrere Hundert Bände. Hier entdeckte er keine Sprinkler an der Decke – was letztlich auch einleuchtend war. An den Wänden standen dicht bei dicht grüne Metallspinde. Er öffnete einen und fand Folianten mit Dokumenten, die über einen Zeitraum von 1928 bis 1943 datiert waren. Viele der brüchigen, maschinengeschriebenen Seiten erinnerten ihn an das Material, das er in der Elefantenhautmappe gesehen hatte. Er überflog ein paar der Dokumente und stellte fest, dass es sich um das Mussolini-Archiv handelte.

Zu seiner Rechten stand ein Metallspind, dessen Türen nicht ganz geschlossen waren. Er ging hin, öffnete sie und fand vier Regale voller identischer, dünner, ledergebundener Bücher. Die Buchrücken waren datiert. Mitte bis Ende 1942. Hier und da fehlte ein Buch, insgesamt vielleicht neun. Er zog einen Band heraus. Die Seiten waren in einer kräftigen, maskulinen Handschrift mit schwarzer Tinte beschrieben. Er las in den italienischen Texten, die wie Tagebucheinträge jeweils mit einem Tagesdatum als Überschrift versehen waren.

Sein Blick glitt über die Regale, und er fing an, Lücken zu entdecken, wo einmal weitere Bücher gestanden hatten. Er fragte sich, ob dieser Raum gesäubert und seiner wichtigsten Inhalte beraubt worden war.

Plötzlich hörte er ein Geräusch hinter der Tür, draußen im Kloster.

Schritte!

Traten jetzt möglicherweise seine beiden Probleme auf den Plan?

Er ging schnell links von der Tür zwischen zwei Metallschränken in Stellung und drückte den Rücken flach an die Steinmauer. Dabei hielt er seine Waffe schussbereit mit dem Finger am Abzug und hob sie, als die Schritte näher kamen. Vielleicht planten sie einen Sturmangriff.

Er wartete.

Jemand kam ins Archiv.

Er legte die Waffe an.

»Ich habe Sie gesucht«, sagte Stephanie Nelle ruhig.

Er senkte die Waffe. »Was zum Teufel tun *Sie* denn hier?«

»Das wollte ich Sie eigentlich gerade fragen.«

»Ich bin hier, weil ich gierig geworden bin und dachte, ich

könnte mal eben 100.000 Euro verdienen. Schon den ganzen Tag spiele ich den Köder, und es hätte mich fast erwischt. Warum sind Sie hier? Und Vorsicht, hier laufen noch ein paar gefährliche Typen herum.«

Sie wischte seine Sorgen mit einer Handbewegung beiseite. »Ich bezweifle, dass die noch da sind.«

»Wie kommt es, dass Sie jetzt im Spiel sind?«

»In Rom entwickelt sich ein Problem mit dem Konklave, das morgen beginnen soll. Es ist ein großes Durcheinander, Cotton, und die Entität hat ihre Finger im Spiel.«

Diese Leute kannte er nur zu gut, einschließlich ihres Chefs Danjel Spagna.

»Der Getreue des Herrn?«, fragte er und fügte ein Lächeln hinzu.

Sie nickte. »Ja, er ist auf Malta. Wir beide kannten uns schon, als ich vor Jahren noch beim Außenministerium gearbeitet habe.«

Er wusste, worauf sie sich bezog.

»Luke ist auch auf Malta«, sagte sie.

»Wie geht es dem Herrn Studenten? Als ich ihn das letzte Mal gesehen habe, lag er, wenn ich mich recht erinnere, in einem Krankenhausbett.«

»Er ist wieder gesund. Aber er hat zurzeit alle Hände voll zu tun. Und das, was dort passiert, steht in direktem Zusammenhang mit dem, was hier vor sich geht. Ich bin gekommen, um Sie an Bord zu holen.«

Diesen Tonfall hörte er nicht zum ersten Mal und wusste, was er bedeutete.

Klappe halten und zuhören.

»Grant hat Sie hierhergeschickt, damit Gallo Sie umbringen kann.«

»So weit war ich auch schon.«

»Grant wird auch wegen der Churchillbriefe verhandeln, die

man Ihnen heute Morgen abgenommen hat. Ich weiß nicht, wo und wie, doch das ist sein Plan.«

Er hatte schon am Frühstückstisch in Mailand gemerkt, dass Grant ihm etwas verschwieg. Es wäre besser gewesen, er hätte dankend abgelehnt und wäre nach Kopenhagen zurückgefahren. Doch er hatte weitergemacht. Weshalb? Wegen des Geldes. Und außerdem? Außerdem passte das doch gar nicht zu ihm. Aber 100.000 Euro hätten ausgereicht, um damit für lange Zeit die Nebenkosten seines Antiquariats auszugleichen. Und die Rechnungen mussten halt bezahlt werden.

»Mit wem will Grant wegen der Briefe verhandeln?«, fragte er. »Und was hat er anzubieten?«

Hinter Stephanie erschien ein Mann in der Tür.

Ein neues Gesicht. Groß, breitschultrig, dichtes braunes Haar, das ihm bis über die Ohren fiel, und ein Mönchsbart, der seine untere Gesichtshälfte bedeckte.

»Cotton«, sagte Stephanie. »Das hier ist Pollux Gallo, der Lieutenant ad interim der Malteserritter. Ich glaube, er kann Ihnen Ihre beiden Fragen beantworten.«

25

Kastor fuhr mit Chatterjee.

Bei jedem weißblauen Blitzschlag leuchteten Sturzbäche von Regen vor den Wagenfenstern auf. Das monotone Klatschen der Scheibenwischer schläferte ihn allmählich ein.

Sie hatten Mdina mit Chatterjees Fahrzeug verlassen und fuhren in Richtung Marsaskala, eine antike Stadt, die an einer geschützten Bucht an der Ostküste lag. Ein vertrauter Ort mit Gebäuden, die sich an beiden Seiten der Bucht entlangzogen, und einer Promenade, die Ausblicke auf niedrige Felsen, bunte Fischerboote und die alten Salinen bot. Er wusste, dass sich der Name von *Marsa*, arabisch für »Bucht«, und von *Skala*, Italienisch für *Sqalli*, was »sizilianisch« bedeutete, ableitete. In den alten Zeiten hatten hier oft sizilianische Fischer Zuflucht gesucht, weil die Bucht nur rund hundert Kilometer südlich von ihrer Heimat lag. Im Sommer war Hochsaison, viele Malteser Familien besaßen hier Ferienwohnungen, und den Urlaubsgästen stand eine große Auswahl an Bars und Restaurants zur Verfügung.

Als Junge war er oft zum Schwimmen hergekommen und hatte sich nach einem Sprung ins kühle Mittelmeer auf den warmen Felsen getrocknet. Damals hatte die Fahrt immer eine ganze Weile gedauert, weil die Straßen nicht mit denen von heute zu vergleichen waren. Außerhalb Vallettas waren nur wenige Straßen befestigt, die nirgendwohin führten und als Sackgassen an der Küste endeten. All das änderte sich in den 1970er Jahren, als der Tourismus expandierte. Aber trotz der Modernisierungen bot die Insel bei jedem Blick Geschichte. Die Anwesenheit der Ritter war noch stark zu spüren, doch das hatte mehr mit den Touristen zu tun als mit einer echten Verehrung.

Die Malteser und die Hospitaliter waren nie gut miteinander ausgekommen. Man lehnte sie von Anfang an als Fremde ab, denen *ihr* Land von einem anderen Fremden übergeben worden war. Dass die Ritter die Insel fast kontinuierlich in Kriege verwickelten, war ihrem Ansehen auch nicht förderlich, denn ihre Besatzung wurde von der arabischen Welt als permanente Bedrohung angesehen. Noch schlimmer war, dass sie die lokale Bevölkerung nicht als Mitbürger, sondern wie Hausangestellte oder bei Bedarf wie Soldaten behandelten.

Die Ritter begriffen nie, wie man ein Land regiert, das so klein ist wie Malta. Menschen, die schon so lange so nahe beieinander lebten, hatten gelernt, die Bedürfnisse und Wünsche ihrer Nachbarn zu respektieren. Es war eine freundliche, kooperative Gesellschaft, über die die Ritter mit herzloser Tyrannei herrschten. Im Jahr 1798 hatten die Malteser genug und hießen die Franzosen, allen voran aber Napoleon, als Befreier willkommen. Nur wenige Malteser bedauerten die Vertreibung der Ritter. Doch an die Stelle der Freude trat schnell die Verachtung, und sie begingen den gleichen Fehler nicht noch einmal. Die Franzosen wurden innerhalb von zwei Jahren besiegt. Als Napoleon 1814 schließlich bezwungen wurde, fiel die Insel an die Briten, die sie bis 1964 kontrollierten. 1974 wurde Malta dann unabhängig.

Der 21. September.

Unabhängigkeitstag.

Die alte Nonne aus dem Waisenhaus hatte sich geirrt, was das Fest Unserer Lieben Frau von der Lilie und die drei gestohlenen *pasti* anbetraf. Das war alles bei den Feiern zum Unabhängigkeitstag geschehen. Er hatte Spagna nicht korrigiert, doch er erinnerte sich an jedes Detail. Wie hatte sie ihn genannt?

Halliel ftit. Kleiner Dieb?

Das Handy vibrierte in seiner Tasche. Er holte es hervor, sah, wer ihn anrufen wollte und nahm das Gespräch an.

Wurde auch Zeit!

»Ich habe gute Neuigkeiten«, sagte die Stimme an seinem Ohr. »Ich weiß jetzt, wo Mussolini seinen Fund versteckt hat.«

Er schloss erleichtert die Augen. »Sagen Sie es mir.«

»Die Briten wussten es die ganze Zeit. Ich konnte die Churchillbriefe verwenden, um von James Grant zu bekommen, was wir brauchen.«

»Wo ist es versteckt?«

»Das kann ich nicht über eine ungesicherte Telefonverbindung sagen.«

»Können Sie es beschaffen?«

»Das könnte eine Herausforderung sein, aber man kommt dran.«

»Und der Mann, den Sie gerade erwähnt haben?«

»Der spielt keine Rolle mehr.«

Er war auch vorsichtig mit seinen Worten, doch er konnte sagen: »Ich bin in Begleitung eines Mannes namens Chatterjee. Er arbeitet mit einem Freund aus Rom zusammen. Wir haben ein Problem. Es gibt einen Amerikaner und eine Malteser Agentin, die mich beobachten.«

»Hat der Freund, den Sie erwähnten, Kontakt mit Ihnen aufgenommen?«

»Es kam etwas überraschend. Aber ja. Sie hätten mich vorwarnen können.«

»So ist es besser. Er ist der Beste auf der ganzen Welt, und jetzt ist er auf Ihrer Seite.«

»Das war mir ganz neu.«

»Aber bestimmt willkommen. Ich habe es eingefädelt, also machen Sie das Beste daraus. Es sind nur noch einige wenige Stunden. Bleiben Sie anonym und halten Sie sich aus dem

Getümmel heraus. Lassen Sie die Drecksarbeit von Ihrem neuen Freund erledigen.«

Daran brauchte man ihn nicht zu erinnern. Er hatte den letzten Papst zum Kampf herausgefordert und seinen Kampf bekommen. Leider war der Krieg schon vorbei, bevor er richtig angefangen hatte – obwohl er es zum damaligen Zeitpunkt dummerweise anders sah ...

Diesmal würde es ein völlig anderer Kampf sein.

Er gestattete sich eine Bemerkung, die er für unverfänglich hielt. »Ich wurde mit einer ganzen Reihe von neuen Informationen versorgt, die allesamt Sprengkraft haben und sehr überzeugend sein können. Sie haben sehr viel mit persönlichen Skandalen zu tun. Mehr als genug, um das zu bekommen, was wir wollen.«

»Ich freue mich schon darauf, mehr darüber zu erfahren.«

»Gibt es einen Grund, weshalb Sie mir die Identität Ihres neuen Freundes verschwiegen haben? Sein Name kam nie zur Sprache, als Sie mich aufgefordert haben herzukommen.«

»Ich entschuldige mich dafür. Er hatte seine Beteiligung davon abhängig gemacht. Aber Sie können sich trösten. In wenigen Tagen werden Sie sein Vorgesetzter sein.«

Ihm gefiel, wie sich das anhörte.

»Finden Sie alles, was zu finden ist«, sagte er ins Handy. »Und schnell.«

»Genau das habe ich vor. Eines noch: Wer besitzt diese neuen Informationen mit Spreng- und Überzeugungskraft, die Sie gerade erwähnt haben?«

Er sah zur anderen Seite des Autos. »Chatterjee hat sie.«

Pause. Dann sagte die Stimme: »Passen Sie auf sich auf.«

Er beendete das Gespräch.

Sie verließen Marsaskala und fuhren weiter in Richtung St. Thomas Bay, einem malerischen Ankerplatz, der auf drei Seiten durch steile Klippen geschützt war. Die schmale Straße war links und rechts von gedrängt stehenden, beleuchteten Gebäuden gesäumt.

»Wohin fahren wir?«, fragte er und war froh, dass Chatterjee wohlweislich darauf verzichtete, sich nach dem Telefongespräch zu erkundigen.

»Wir wollen uns mit jemandem unterhalten, der ein paar Dinge weiß.«

Die geheimniskrämerische Antwort ging ihm auf die Nerven. Er sollte in Rom sein. Stündlich trafen Kardinäle ein und wurden auf ihre Zimmer im Domus Sanctae Marthae verteilt, wo sie sich darauf vorbereiteten, im Konklave von der Außenwelt getrennt zu werden.

Und er stand hier im Regen.

»Wann bekomme ich den USB-Stick, den Sie in der Tasche haben?«

Chatterjee gluckste. »Der Erzbischof will zunächst diese Jagd zu Ende bringen.«

Es fiel ihm nicht leicht, seine wachsende Frustration zu verbergen. »Muss erst die *Nostra Trinità* gefunden werden, bevor es so weit ist?«

»Ganz und gar nicht. Wenn dieser Mühe kein Erfolg vergönnt ist, dann ist es eben so. Doch der Erzbischof hält es momentan noch nicht für nötig, Details über die Korruption in der Kurie aus der Hand zu geben. Sie werden den USB-Stick besitzen, bevor Sie ins Konklave gehen.«

Plötzlich erkannte er den Sinn darin, und es war für ihn wie eine Offenbarung. »Er glaubt, ich würde das Material schon vorher benutzen. Er will aber, dass alle Erpressungen in dem Konklave stattfinden, von dem niemand mehr reden darf, sobald alles vorbei ist.«

»Eine weise Vorsichtsmaßnahme, finden Sie nicht? Obwohl er volles Vertrauen in Ihre Fähigkeit hat, die richtigen Kardinäle davon zu überzeugen, Ihre Kandidatur zu unterstützen, wird die Sache zumindest eine diskrete Angelegenheit bleiben, falls etwas schiefgeht. Die Kardinäle sind durch ihr Gelübde zur Geheimhaltung verpflichtet.«

»Und alle Schuld bleibt an mir hängen.«

»Bei allem, was wir tun, gibt es ein gewisses Risiko.«

»Nur nicht für Ihren Chef.«

»Ganz im Gegenteil. Der Erzbischof nimmt ein gewaltiges Risiko auf sich, indem er Sie unterstützt.«

Das bezweifelte er jedoch. Spagna hätte nicht so lange überleben können, wenn er *gewaltige* Risiken eingegangen wäre.

Dass Spagna sich so in sein Leben einmischte, missfiel ihm.

Wenn er sich morgens rasierte, sah er im Spiegel manchmal einen Mann, den er nicht erkennen würde, wenn er ihn nicht selbst erschaffen hätte – so sorgfältig, wie ein Bildhauer einen Stein bearbeitet. Doch wie bei jedem Menschen gab es Narben, Stigmata einer unruhigen Vergangenheit, und sogar er selbst hatte sich für erledigt gehalten und geglaubt, seine Fehler addierten sich zu einem einsamen Scheitern. Aber jetzt schien es, als hätte er vielleicht eine zweite Chance.

»Darf ich mir eine Frage erlauben?«, sagte Chatterjee.

Warum nicht? »Nur zu.«

»Welchen Namen gedenken Sie als Papst anzunehmen?«

Eine seltsame Frage, über die er sich natürlich bereits Gedanken gemacht hatte.

Eigentlich bewunderte er den vollen Titel: Seine Heiligkeit, Bischof von Rom, Stellvertreter Christi, Nachfolger des Apostelfürsten, Oberster Brückenbauer der weltumspannenden Kirche, Primas von Italien, Erzbischof und Metropolit der Provinz Rom, Souverän des Staates Vatikanstadt, Diener der Diener Gottes.

Aber das war etwas viel, sogar für ihn.

Die ersten Bischöfe Roms hatten nach der Wahl ihre Taufnamen verwendet. Und dann, in der Mitte des sechsten Jahrhunderts, entschied Mercurius in seiner Weisheit, dass ein Papst nicht den Namen eines heidnischen römischen Gottes tragen sollte. Merkur.

Deshalb übernahm er die Bezeichnung Johannes II. zu Ehren seines Vorgängers, der als Märtyrer verehrt wurde. Später, als Kirchenmänner aus dem Norden jenseits der Alpen Päpste wurden, tauschten sie ihre fremdländischen Namen gegen traditionellere. Der letzte Papst, der seinen Taufnamen benutzte, war Marcellus II. im Jahr 1555.

Ihm wollte er nacheifern.

»Ich werde Kastor I. sein.«

Chatterjee gluckste.

»Was ist so lustig daran?«

»Spagna kennt Sie wirklich sehr gut. Das Passwort für den USB-Stick lautet KASTOR I.«

26

Cotton starrte den Mann an, der sich Pollux Gallo genannt hatte.

»Der Kerl, der gerade versuchte, mich umzubringen, hat auch diesen Namen benutzt.«

»Ich weiß, und ich entschuldige mich dafür«, sagte Gallo. »Aber ich habe gerade ernsthafte Probleme, die aus den Reihen der Hospitaliter hochkochen. Der Mann, mit dem Sie es zu tun hatten, war ein Hochstapler.«

Das lag auf der Hand. »Wer war das?«

»Ein Ritter, und seine Begleitung auch. In jeder Organisation gibt es einen Anteil von Fanatikern. Wir bilden da keine Ausnahme.«

Es war nötig, dieses Thema zu vertiefen, doch zunächst wollte er mehr von Stephanie erfahren.

»Cotton, bis vor ein paar Stunden hatte ich keine Ahnung, dass Sie in diese Dinge verwickelt sind«, erklärte sie. »Ich befasse mich schon seit über einer Woche mit dieser Situation, aber von den Briten habe ich gerade erst erfahren.«

»Welche Situation?«

»Ich bin nicht ganz sicher. Es ist einiges in Bewegung, gelinde gesagt. Soweit ich weiß, hatten Sie mit James Grant zu tun, und Grant mit der Entität.«

Während seiner aktiven Zeit beim Magellan Billet hatte er mehrfach mit Danjel Spagnas Leuten zusammengearbeitet. Die meisten Nachrichtendienste der westlichen Welt hielten es ebenso. Der Vatikan war eine nachrichtendienstliche Goldmine. Jeden Tag trafen dort kirchliche, politische und wirtschaftliche Informationen von Priestern, Bischöfen, Laien und Nuntien ein. Eine bemerkenswerte Anzahl von Augen und Ohren in so gut wie jedem Land der Welt. Niemand sonst verfügte über ein so dichtes Netzwerk von Beobachtern.

»Selbstverständlich«, sagte Stephanie, »ist die Arbeit mit der Entität keine Einbahnstraße. Informationen müssen ausgetauscht werden. Das habe ich vor einer Woche erfahren. James Grant teilte mir mit, dass die Churchillbriefe aufgetaucht seien. Er spürte den potenziellen Verkäufer auf und erkundigte sich dann, ob der Vatikan Informationen über diesen Verkäufer besaß, etwas, das die Echtheit der Briefe zweifelhaft erscheinen lassen konnte. Klugerweise wollte er keine Zeit damit verschwenden, mit einem Betrüger zu verhandeln. Er sprach mit Spagna persönlich.«

Er fragte: »Was hat Grant in Erfahrung gebracht?«

»Spagna war angeblich keine Hilfe. Trotzdem ist der Getreue Gottes jetzt auf Malta und stiftet Unfrieden, und Grant ist hier in Italien auf der Suche nach diesen Briefen. Es ist zu hoffen, dass Luke die Dinge dort im Griff hat, obwohl heute bei ihm nicht alles glattlief.«

Ihre Leistungsbeurteilung ließ ihn grinsen. »Er wird den Job erledigen.«

»Ich bin sicher, dass er das wird. Doch so wie Sie hier, arbeitet auch er dort ohne genaue Informationen.«

Gallo ergriff das Wort. »Das ist eine schwierige Situation für mich, Mr. Malone. Mein Zwillingsbruder, Kardinal Gallo, ist tief in diese Sache verstrickt. Ich fürchte, dass er sich wieder einmal in eine schwierige Lage gebracht hat.«

»Ich habe über ihn und Vorgänge in Ihrer Organisation gelesen. Sie sagten Zwillingsbruder. Er ist ein eineiiger Zwillingsbruder?«

Gallo nickte.

Bedauerlicherweise hatte es in den Artikeln, die er gelesen hatte, kein Foto von Kardinal Gallo gegeben. Es hätte ihm geholfen, den Hochstapler zu enttarnen, der ihm gerade über den Weg gelaufen war.

»Wer hat gerade versucht, mich umzubringen?«, fragte er.

»Eine Gruppe aus unseren Reihen, die man die *Secreti* nennt.«

Er sah, dass der Mann keinen Ring am Finger trug, und es gab keine Anzeichen dafür, dass dort früher einmal einer gewesen war. »Der Hochstapler hat mir von der Gruppe erzählt und gemeint, dass es sie nicht mehr gibt.«

»Und bis vor ein paar Stunden hätte ich zugestimmt. Aber es ist nicht wahr. Es gibt sie, und zwar in einer neuen Form. Ich bin der Überzeugung, dass sie es waren, die Sie in der Villa angriffen und drei Männer einschließlich einen der ihren töteten.«

»Um mich davon abzuhalten, ihn einzufangen?«

Gallo sagte: »Das scheint logisch zu sein. Sie müssen verstehen, dass die Malteserritter dank meines Bruders zurzeit zutiefst gespalten und extrem polarisiert sind. Es herrscht sozusagen Bürgerkrieg. Eine Seite ist dem Orden treu ergeben, die andere Seite rebelliert offen. Einige der Rebellen haben Sie heute Abend getroffen.«

»Wo waren Sie, als diese Rebellen versuchten, mich umzubringen?«

»In Rom. Ich erfuhr erst nach Ihrem Abflug von der Situation, und dass Sie sich in der Villa Malta befanden. Ich habe seit einigen Tagen mit Miss Nelle in Kontakt gestanden und mit ihr zusammengearbeitet. Als ich ihr die Lage schilderte und Ihren Namen erwähnte, kamen wir so schnell wie möglich in den Norden.«

Er hatte keinen Anlass, die Worte dieses Mannes anzuzweifeln, und das umso weniger, als Stephanie involviert war.

»Die *Secreti* wollen die Churchillbriefe«, sagte Gallo, »um mit den Briten ins Geschäft zu kommen. Vermutlich verfügen die Briten über Informationen, die die *Secreti* haben möchten.«

»Informationen welcher Art?«, fragte er.

Gallo zögerte, doch ein Nicken Stephanies ließ ihn seine Zurückhaltung aufgeben.

»Erzählen Sie es ihm«, sagte sie.

»Unter den Mönchskriegern sind die Hospitaliterritter einzigartig«, sagte Gallo. »Die Templer gibt es nicht mehr, der Deutschritterorden ist mittlerweile fast verschwunden. Doch die Hospitaliter sind stark geblieben. Wir sind eine vitale, weltweit tätige Wohltätigkeitsorganisation. Unser Überleben ist zum Teil auf unsere Anpassungsfähigkeit zurückzuführen, weil wir es immer wieder verstehen, uns nützlich zu machen. Teilweise liegt es auch an unserer Ausdauer, und zum Teil ist es auch nur Glück. Doch einiges ist auf das zurückzuführen, was wir einst wussten. Das hat mit einer Sache namens *Nostra Trinità* zu tun. Unsere Trinität.«

»Das klingt altertümlich«, bemerkte Cotton.

»Ist es auch. Es geht bis zu unserem Ursprung zurück. Zuerst gab es die *Nostra Due*. Das Heilige Duo. Zwei Dokumente, die von den Rittern schon seit ihren Anfängen in Ehren gehalten wurden. Es ist zum einen die *Pie Postulatio Voluntatis*, Die Frommste Bitte, aus dem Jahr 1113, die unsere Existenz anerkannte und unsere Unabhängigkeit und Souveränität bestätigte. Das zweite ist die *Ad Providam* von 1312. In diesem Dokument überschrieb uns Papst Clemens V. dauerhaft das gesamte Eigentum der Templer. Der Templerorden war fünf Jahre zuvor aufgelöst worden, und die *Ad Providam* übereignete uns fast dessen gesamten Besitz. Es gibt unterschriebene Originale beider Dokumente im Vatikan, deshalb kann ihre Existenz kaum angezweifelt werden. Doch wir haben unsere eigenen Originale stets behalten.«

»Warum?«, fragte Stephanie.

»Sie sind der einzige Nachweis unserer Legitimität und unserer Unabhängigkeit. Beide Prinzipien sind in der Vergangenheit oft infrage gestellt worden, und es waren immer diese beiden päpstlichen Bullen, die jede Diskussion beendeten.«

»Und der dritte Teil, der es zur Trinität macht?«, wollte Cotton wissen.

»In den Besitz dieses Dokuments kamen wir erst später, im ausgehenden Mittelalter, und es ist viel geheimnisvoller. Soweit ich weiß, lebt niemand, der es je gesehen hat. Es heißt *Constitutum Constantini*. Das Geschenk Konstantins. Dieses Dokument haben Napoleon und Mussolini gesucht, und mein Bruder ist ebenfalls darauf aus. Alle drei Dokumente wurden zusammen verwahrt und jahrhundertelang von den *Secreti* bewacht, deren Mitglieder gelobt hatten, sie zu beschützen. Und das taten sie bis 1798, als alle drei Dokumente verschwanden. Sie wurden seitdem nicht wieder gesehen. Um sich zu gegenseitiger Solidarität zu verpflichten, trugen die *Secreti* einen Ring mit einem Palindrom, dessen Ursprünge bis zu Konstantin dem Großen zurückreichen.«

Er erklärte Stephanie den Ring und die fünf Zeilen, die sich in jeder Richtung lesen ließen.

SATOR
AREPO
TENET
OPERA
ROTAS

»Das Latein wurde auf viele unterschiedliche Weisen gedeutet«, sagte Gallo. »Eine Variation lautet in etwa ›Der Sämann, mit einem Auge am Pflug, hält mit Mühe die Räder.‹ Und das ergibt keinen Sinn, genauso wenig wie alle anderen Interpretationen.«

Dazu gehörte auch die Interpretation, die Grant vor gar nicht langer Zeit geliefert hatte.

»Die wahre Botschaft ist verborgen.« Gallo griff sich in die

Jackentasche und holte einen Kugelschreiber und ein kleines Notizbuch heraus. Er zeichnete ein Kreuz aus Quadraten, schrieb Buchstaben hinein und fügte vier weitere Kästchen außerhalb des Kreuzes hinzu.

»Zusammengenommen bilden die Buchstaben der fünf Worte ein Anagramm. Der Schlüssel ist das N in der Mitte. Alle Buchstaben des Palindroms existieren paarweise, ausgenommen das zentrale N, das allein steht. Wenn man die Buchstaben rings um das zentrale N neu sortiert, kann man ein Kreuz erzeugen, das in beide Richtungen die Worte *Pater Noster* ergibt. Das heißt auf Latein ›Vater unser‹, und es sind die ersten beiden Worte im Vaterunser. Die übrigen vier Buchstaben, die beiden A's und die beiden O's, verweisen auf Alpha und Omega. Den Anfang und das Ende. Symbole der Ewigkeit, aus der Offenbarung des Johannes. Für die Christen des vierten Jahrhunderts standen sie für die Allgegenwärtigkeit Gottes.«

»Wer hätte das gedacht?«, meinte Cotton. »Das kann wohl kaum Zufall sein.«

»Ist es nicht. Die Frühchristen haben das Palindrom aus fünf Worten benutzt, um sich voreinander zu erkennen zu geben. Konstantin persönlich sanktionierte seinen Gebrauch. Schließlich machten die *Secreti* es zu ihrem Symbol.«

»Und was hat das alles mit dem kommenden Konklave zu tun?«, fragte Stephanie.

Cotton fragte sich dasselbe.

»Vielleicht alles«, sagte Gallo. »Das Geschenk Konstantins ist auch heute von Bedeutung, was mein Bruder irgendwie mitbekommen hat. Mit Erzbischof Spagnas Hilfe, da bin ich mir sicher. Wie ich Miss Nelle bereits erzählt habe, möchte Kastor Papst werden.«

Das war ein neuer Aspekt, und Cotton nahm sich vor, später eingehender nachzufragen. In diesem Moment wollte er mehr über den dritten Teil jener Trinität erfahren.

»Ich weiß Folgendes«, sagte Gallo. »Konstantin erhob das Christentum über den heidnischen Glauben. Zu jenem Zeitpunkt war es keine kleine regionale Bewegung mehr. Die Christen machten einen großen Prozentsatz der Gesamtbevölkerung aus. Deshalb machte er das Christentum zur Staatsreligion und setzte sich selbst an die Spitze. Das *Constitutum Constantini* hat etwas mit dieser Entscheidung zu tun. Was? Das weiß ich wirklich nicht.«

»Niemand in der Organisation hat eine Ahnung, was in dem Dokument steht?«, fragte Stephanie.

Gallo schüttelte den Kopf. »Mein Bruder entdeckte in den Archiven des Vatikans, dass es etwas mit der Frühkirche zu tun hat. Mit ihrer Struktur und Organisation. Was es sein mag? Ich weiß es nicht. Ich weiß allerdings, dass die Päpste lange fürchteten, dass es an die Öffentlichkeit gelangt, und es deshalb lieber versteckt hielten.«

»Und es zu ihrem Vorteil verwendeten«, fügte Cotton hinzu.

»Das stimmt. Und deshalb haben wir überdauert, während die anderen Orden untergegangen sind.«

Cotton spürte, dass Gallo mit etwas hinterm Berg hielt. »Jetzt ist nicht der richtige Zeitpunkt, um sich zu zieren«, sagte er deshalb.

Damit handelte sich Cotton zwar zunächst einen fragenden Blick ein, dann aber nickte Gallo.

»Sie haben recht. Jetzt ist nicht der geeignete Zeitpunkt. Wir haben das, was wir wussten, zu unserem Vorteil verwendet.« Gallo machte eine Pause. »Im Laufe der fünf Jahrhunderte nach Konstantins Tod wurde die Kirche zur mächtigsten politischen Kraft in Europa. Erst im 16. Jahrhundert stellte Martin Luther ihre Autorität erfolgreich infrage. Und dann kam Napoleon. In seiner Welt war nur Platz für einen einzigen allmächtigen Herrscher von der Gnade Gottes: ihn selbst. Er wollte die Kirche abschaffen und seine eigene, *neue und gefügige Religion*, wie er sie selbst nannte, etablieren. Deshalb schaffte er sowohl die Inquisition als auch den Index der verbotenen Bücher ab und schuf ein neues katholisches Glaubensbekenntnis, ja sogar eine neue christliche Zeitrechnung. Das Jahr Eins begann 1792, und er erklärte Paris zur *heiligen Stadt* und Rom zur Zweigstelle. Er wollte eine neue Weltreligion schaffen, so wie Konstantin es mit dem Christentum beabsichtigte, und wie Konstantin wollte er sich selbst als Führer einsetzen. Doch zuerst musste er die römisch-katholische Kirche vernichten.«

Cotton war mit einigen der Dinge vertraut, die er hörte, insbesondere mit der Verwendung von Religion als politischem Werkzeug. Andere Elemente waren jedoch neu für ihn.

Deshalb hörte er weiter zu.

»Napoleon eroberte Italien und besiegte die päpstliche Armee«, sagte Gallo. »Dann marschierte er gegen Rom, drang ein, ohne auf Widerstand zu stoßen, und plünderte den Vatikan. Im Jahre 1798 rief er in Rom die Republik aus und verlangte vom Papst, auf seine weltlichen Machtansprüche zu verzichten. Pius VI. weigerte sich, deshalb setzte er den Papst fest, der sechs Monate später in Gefangenschaft verstarb. Ein neuer Papst versuchte Frieden zu schließen, doch er scheiterte. Napoleon besetzte Italien abermals und nahm auch diesen Papst gefangen. Er wurde erst freigelassen, als die Briten 1814 Napoleons Herrschaft ein Ende setzten. Dann geschah etwas Außergewöhnliches. Nach der Verbannung Napoleons auf St. Helena verfasste der Papst Briefe, in denen er um Gnade für ihn bat. Können Sie sich das vorstellen? Nach allem, was Napoleon getan hatte: Er hatte ihn gefangen gesetzt und ihm alles genommen – und trotzdem wollte er seine Begnadigung.«

»Das könnte einfach nur der christlichen Denkweise entsprechen«, bemerkte Cotton.

»Vielleicht. Doch wir werden es nie erfahren. Napoleon starb 1821, noch als Gefangener. Der Papst 1823. Wir sind stets davon überzeugt gewesen, dass der Heilige Stuhl das Geschenk Konstantins im Besitz Napoleons glaubte, was aus irgendeinem Grund so gefährlich für die Kirche war, dass sie ihn beschwichtigen wollte.«

»Hatte Napoleon das Dokument?«, fragte Stephanie.

Gallo schüttelte den Kopf. »Aber er hat gut geblufft, und die beiden Gelegenheiten, als er den Vatikan plünderte, zu seinem Vorteil genutzt. Malta raubte er ebenfalls aus.«

Cotton wurde immer neugieriger. »Wusste die Kirche, dass die Trinität verloren ging, als Napoleon Malta besetzte?«

Gallo nickte. »Absolut. Aber damals hatte niemand eine Ahnung, wo sie versteckt war. Wir wissen jetzt, dass der Mann, der sie versteckte, hingerichtet wurde und niemals preisgab, was er wusste.«

»Und jetzt ist Ihr Bruder hinter den Dokumenten her«, stellte Stephanie fest. »Spagna auch?«

»So schätze ich das ein, ja.«

»Sie haben immer noch nicht erklärt, weshalb die *Secreti* gerade versucht haben, mich umzubringen?«

»Das ist ganz einfach«, sagte Gallo. »Die Briten haben es verlangt.«

Stephanie nickte. »Er hat recht. James Grant arbeitet auf eigene Rechnung.«

Eigentlich überraschte es ihn nicht.

»Und Mussolini?«, fragte er. »Welche Rolle spielt er bei all dem?«

Gallo blickte ihn an. »Das ist genau der Grund, warum mein Bruder und Erzbischof Spagna sich verbündet haben.«

27

Luke dachte darüber nach, wie schnell sich alles änderte.

Er hatte in der Luft gehangen, war dann ins Mittelmeer getaucht, danach in einen Kerker geworfen und später von der Polizei angegriffen worden, und jetzt befand er sich in einer Wohnung im Herzen Vallettas, in die ihn der Chef des vatikanischen Geheimdienstes in Begleitung einer Agentin der maltesischen Sicherheit gebracht hatte. Er war sich nicht sicher, ob er auf einen von beiden hören oder ihm sogar vertrauen sollte. Laura Price hatte ihm gerade noch gesagt, er solle sich so weit wie möglich entfernen, und jetzt schien sie mit dem Feind zusammenzuarbeiten.

»Wir sind in der Nähe des alten Palastes der Inquisitoren«, sagte Spagna. »Was muss das für eine Aufgabe gewesen sein. Vom Papst eingesetzt, wurde man hergeschickt, um die Ketzerei und alles, was dem katholischen Glauben zuwiderlief, zu eliminieren. Das Wort des Inquisitors war absolut. Das ist ein Amt, das ich genossen hätte.«

Luke sah sich in der kleinen Wohnung um. Es gab nur drei Zimmer, aufgelockert durch bunte Gardinen, und die Möbel waren alle ein bisschen zu groß. Keine persönlichen Dinge. Hier lebte niemand, jedenfalls nicht für länger. Er hatte während seiner Dienstzeit beim Magellan Billet bereits genügend konspirative Wohnungen gesehen, um zu wissen, wie sie aussahen.

»Ist das hier eine von Ihren Wohnungen?«

Spagna nickte. »Sie wird von unseren Leuten verwendet.«

Bei ihrer Ankunft war ihm vorhin draußen an der Hausfront etwas Seltsames aufgefallen, das in einen verwitterten Steinsturz über einer Reihe verschlossener Fenster eingemeißelt war.

Ein Auge zwischen zwei Äxten. Spagna erläuterte, dass damit symbolisiert wurde, wer vor langer Zeit einmal in diesem Gebäude gelebt hatte.

Der Scharfrichter.

Es war sicherlich kein Zufall, dass der Inhaber dieses wenig beneidenswerten Amtes in der Nähe des Inquisitorenpalastes lebte.

Luke hörte das Vibrieren eines Handys und sah, wie Spagna ein Gerät aus der Tasche holte und nach draußen ging, um das Gespräch anzunehmen.

»Vielleicht sagen Sie mir mal, was hier los ist«, forderte er Laura auf.

»Spagna erzählte mir, dass er von Kardinal Gallos Anwesenheit auf dieser Insel wisse und dass er die Situation unter Kontrolle habe.«

»Er hat meinen Chef angerufen, sobald wir im Wagen saßen, und mir wurde befohlen zu kooperieren. Ich wette, dass Ihnen Ihre Chefin das Gleiche sagen wird.«

Nur war sein Handy praktischerweise zerstört worden, was es ihm schwer machte, ihre Behauptung zu überprüfen.

»Haben Sie Ihr Handy noch?«

Sie schüttelte den Kopf. »Spagna hat es mir abgenommen.«

Na so was aber auch.

»Das heißt, wir sind isoliert, und der päpstliche Spion da draußen kontrolliert den Informationsfluss. Das ist nicht gut. Auf vielen Ebenen.«

Er ging an eines der Fenster, teilte die Gardinen und blickte zwei Stockwerke tiefer auf die verlassene Straße.

Spagna kehrte zurück und schloss hinter sich die Tür. »Lassen Sie mich zunächst eines klarstellen: Jeder von Ihnen kann jederzeit gehen.«

»Und weshalb treiben Sie uns dann zusammen?«, fragte Luke.

»Wie Sie bereits bemerkt haben, denken die örtlichen Sicherheitskräfte anders über Sie.«

»Was wir Ihnen zu verdanken haben.«

Spagna nickte. »Das ist zu Ihrem Pech leider wahr. Es wäre mir lieber, meine Leute nicht ins Spiel zu bringen. Ich muss momentan mit einer chaotischen Situation klarkommen, die extrem wenig Zeit lässt, und die meisten meiner Leute sind damit beschäftigt, den Vatikan für ein Konklave vorzubereiten.«

»Was wird aus Cotton Malone?«, fragte Luke.

»Um ihn ging es bei dem Anruf, den ich gerade bekommen habe. Es sieht so aus, als sei es Mr. Malone gelungen, sich der Gefahr zu entziehen. Ihre Miss Nelle ist jetzt bei ihm, außerdem der Interimschef der Hospitaliter.«

Er wurde definitiv in etwas Größeres hineingezogen. Das war offensichtlich. Und er musste weitermachen, ungeachtet der Risiken. Manche würden es dumm nennen. Seinen Job erledigen, so nannte er es.

»Mein Mitarbeiter Chatterjee ist seit zwei Stunden bei Kardinal Gallo«, sagte Spagna. »Ich wollte den Kardinal in Sicherheit wiegen, um uns die Zeit zu verschaffen, mit einem drängenderen Problem fertigzuwerden.«

Luke brannte darauf, es zu erfahren.

»Hören Sie zu, Sie erhalten jetzt Ihren geheimdienstlichen Lagebericht. In Büchern und Filmen wird gern gezeigt, wie Christen an die Löwen verfüttert werden. Etwas übertrieben, wenn Sie mich fragen. Ja, es gab Verfolgungen, keine Frage. Aber vor 1700 Jahren waren die Christen schließlich zur rechten Zeit am rechten Ort. Trotzdem hatten sie ein Problem. Ihre neue Religion war in hundert Fraktionen aufgespalten, es gab so viele Versionen des Christentums, und alle bekämpften sich gegenseitig. Konstantin der Große sah das politische Potenzial dieser neuen Religion, allerdings nur, falls es gelang, alle Fraktionen zu vereinen. Deshalb veranstaltete er das Konzil von Nicäa und lud die Bischöfe aus dem ganzen Reich dazu ein.«

Luke hatte den Begriff *Konzil von Nicäa* zwar schon einmal gehört, wusste aber so gut wie nichts über dessen Bedeutung.

»Die Bischöfe kamen nach Kleinasien«, sagte Spagna. »Niemand weiß genau, wie viele kamen. Vielleicht 300. Manche sagen, es seien mehr gewesen. Es war das erste große, christliche Konzil, und man war über den Punkt der Göttlichkeit Christi zutiefst uneinig. Eine Gruppe behauptete, der Sohn stamme vom Vater ab, ohne separat gezeugt worden zu sein. Die anderen argumentierten, der Sohn sei aus dem Nichts entstanden. Für uns klingt das albern, aber wen kümmert das schon? Schließlich war er Jesus Christus. Für sie allerdings hatte es eine große Bedeutung. Und im Sommer 325 wurde dieser Punkt von den Bischöfen erschöpfend ausdiskutiert. Konstantin leitete die Sitzungen persönlich. Am Ende wurde ein Konsens erzielt, den der Kaiser billigte. Der Sohn stamme vom Vater ab und sei ihm gleichgestellt. Sie formulierten ein Glaubensbekenntnis dieses Inhaltes, und alle bis auf zwei Bischöfe stimmten zu. Diese beiden wurden exkommuniziert und verbannt. Dann wurde beschlossen, was wahre Christen außerdem glauben sollten. Es wurde festgelegt, wann Ostern gefeiert wird, wie sich Priester zu verhalten haben und wie die Kirche organisiert sein soll. Jede abweichende Meinung wurde als ketzerisch und glaubensunwürdig verurteilt. Das war der Anfang der katholischen Kirche, wie wir sie heute kennen.«

»Und was hat das mit den aktuellen Ereignissen zu tun?«, fragte Laura.

Luke fing an, ihre Direktheit zu mögen.

»Es hat sehr viel mit der Gegenwart zu tun«, sagte Spagna. »Nach dem Ende des Konzils lud Konstantin alle Bischöfe zu einem Bankett in seinen Palast. Offiziell sollte mit dem Mahl sein zwanzigstes Thronjubiläum als Kaiser gefeiert werden.

Doch es wurde viel mehr. Aus den wenigen wertvollen Schilderungen, die die Zeiten überdauert haben, wissen wir, dass die Bischöfe in jener Nacht das Fest mit Geschenken für sie selbst und Geld für ihre Kirchen verließen. Doch sie verfassten auch ein Dokument, das von allen, einschließlich dem Kaiser, unterschrieben wurde. Dieses Dokument hat einen Namen. Das *Constitutum Constantini*, das Geschenk Konstantins. Dieses Dokument blieb bis zu seinem Tod im Jahr 337 im Besitz des Herrschers. Schließlich fiel es dem Papst in die Hände, doch der verlor es. Im Mittelalter erwarben es die Ritter von Rhodos, aus denen später die Malteserritter wurden. Es wurde eines von drei Dokumenten, die sie verehrten und schützten. Ihre *Nostra Trinità*. Unsere Trinität. Napoleon eroberte Malta, um danach zu suchen, doch er fand nichts. Das alles schien in Vergessenheit geraten zu sein, bis Mussolini in den 1930er Jahren von Neuem danach suchte.«

»Wieso spielt das alles jetzt noch eine Rolle?«, fragte Luke. »Es ist so alt.«

»Ich kann Ihnen versichern, das *Constitutum Constantini* ist weiterhin bedeutend. Heute vielleicht mehr als je zuvor. Kardinal Gallo versteht seine Bedeutung. Ich verstehe seine Bedeutung. Und deshalb müssen wir es als Erste finden.«

»*Wir?*«, fragte Laura.

»Ihre beiden Vorgesetzten haben mir zugesichert, dass Sie in den nächsten paar Tagen mir gehören.«

»Ich glaube, damit warte ich noch, bis ich es aus dem Mund meiner Chefin höre«, sagte Luke.

Spagna verzog das Gesicht. »Sind Sie immer so schwierig?«

»Nur bei Leuten, die ich nicht mag.«

»Wir haben uns gerade erst kennengelernt, Mr. Daniels. Woher wollen Sie wissen, ob Sie mich mögen oder nicht?«

»Meine Mama hat immer gesagt, sie braucht sich nicht mit den Schweinen zu suhlen, um zu wissen, dass es im Stall stinkt.«

Spagna lächelte. »Das klingt nach einer intelligenten Frau.«

»Die klügste, die ich jemals kennengelernt habe. Und ich würde sagen, dass es hier auch stinkt.«

»Ungeachtet Ihrer persönlichen Gefühle«, sagte Spagna, »haben wir eine Aufgabe zu erledigen. Doch zunächst müssen sich in Italien einige Dinge klären.«

Luke schüttelte den Kopf: noch mehr Kauderwelsch! »Ich gehe davon aus, dass Sie nicht vorhaben, sich klarer auszudrücken.«

Spagna lächelte und deutete mit dem Finger auf ihn. »In dem Punkt irren Sie sich.«

28

Cotton wartete auf eine Antwort auf seine Frage, was Mussolini mit der ganzen Sache zu tun hatte.

»Sie müssen verstehen«, sagte Gallo, »dass mein Bruder und ich uns immens voneinander unterscheiden, obwohl wir eineiige Zwillinge sind. Ich habe mich für eine militärische Laufbahn entschieden und mich danach bei den Rittern in den Dienst der Wohltätigkeit gestellt. Der Weg, für den er sich entschied, war rein religiös. Und während Ehrgeiz in meiner Welt keine Rolle spielt, kann er in seiner Welt tödlich sein. Das Konklave betrifft mich nicht, und mich interessiert auch nicht, wer Papst ist. Doch es gibt andere, denen es etwas bedeutet. Ganz oben auf dieser Liste steht mein Bruder, dicht gefolgt von Erzbischof Spagna.«

»Die Entität versucht, das Konklave zu beeinflussen?«, fragte Stephanie.

»Das haben sie schon früher bei vielen Gelegenheiten getan. Warum sollte es diesmal anders sein?«

»Beantworten Sie meine Frage«, insistierte Cotton. »All diese Informationen hier über Mussolini. Warum besitzen Sie sie? Es kann nicht allein historische Neugierde sein.«

»Ganz und gar nicht.« Gallo machte eine Geste in den Raum hinein. »Diese Sammlung ist ein großes Forschungsprojekt, das uns jahrzehntelang in Anspruch genommen hat. Ich will Ihnen etwas verraten, das nur Amtsträger unter den Justizrittern wissen. Dem Orden gehören zwei Anwesen in Rom. Der Palazzo di Malta, von wo Sie aufgebrochen sind, und die Villa del Priorato di Malta. Über Mussolinis Besuch im Priorato gibt es eine Geschichte.«

Il Duce bewunderte das imposante Priorat, das nächtens in all seiner Pracht beleuchtet wurde. Das Gebäude mit Blick auf den Tiber stand auf dem Aventin, einem der sieben berühmten Hügel Roms. Es war einst ein Benediktinerkloster gewesen, dann eine Festung der Tempelritter, doch jetzt gehörte es den Hospitalitern. Ihr Hoheitsgebiet darauf wurde durch eine rote Flagge mit einem weißen, achtzackigen Kreuz gekennzeichnet, das in der warmen Nachtluft flatterte.

Es war ein glorreicher Tag gewesen. Gerade war er von einem opernhaften Spektakel zu Ehren des Staatsbesuchs des deutschen Kanzlers Adolf Hitler zurückgekehrt. Dieses war im Foro Mussolini abgehalten worden, buchstäblich sein Forum, das sich im Stadio del Cipressi befand, wohin Zehntausende eingeladener Gäste gepilgert waren. Alles war sorgfältig geprobt worden, auch der triumphale Abschluss der Veranstaltung, bei dem Hunderte fackeltragender Jugendlicher ein riesiges Hakenkreuz gebildet und Heil Hitler in die flackernden Flammen gebrüllt hatten. Hitler war beeindruckt gewesen. So sehr, dass der Kanzler verkündete, der Römerstaat sei aus alten Traditionen zu neuem Leben auferstanden.

Ein großes Lob.

Nachdem Hitler sich zur Nachtruhe zurückgezogen hatte, entschied Mussolini, nach Rom zurückzufahren und sich dort um eine andere Angelegenheit zu kümmern, die seine persönliche Aufmerksamkeit erforderte. Deshalb war er unangekündigt bei der Villa del Priorato di Malta erschienen.

Der Großmeister stand neben ihm.

Ludovico Chigi della Rovere-Albani.

Der sechsundsiebzigste Amtsinhaber. Wenigstens ein Italiener. Der Spross einer adeligen Familie, deren Stammbaum bis ins 15. Jahrhundert zurückreichte. Er war 1931 zum Anführer der Malteserritter gewählt worden und hatte sich in den vergangenen sieben Jahren bedeckt gehalten.

Aber nicht bedeckt genug.

»Mir ist bewusst, dass Sie meine Bemühungen beim Papst vereitelt haben«, eröffnete er Chigi. »Sie haben mich hintergangen und meine Verhandlungen hintertrieben.«

»Ich tue nur, was der Heilige Vater von mir verlangt.«

»Wirklich? Würden Sie auch töten, wenn es der Heilige Vater von Ihnen verlangte?«

»Das würde niemals geschehen.«

»Seien Sie sich nicht zu sicher. Ihr illustrer Orden hat im Laufe der Jahrhunderte Tausende von Menschen abgeschlachtet. Alles für Päpste. Weshalb sollte es jetzt anders für Sie sein?«

»Wir und die Welt haben uns verändert.«

»Und die Secreti? Haben die sich auch verändert?«

Das Gesicht des alten Mannes blieb unbewegt. Er hatte gehofft, diesen Mann überrumpeln zu können, doch der Trick hatte nicht funktioniert. Sie standen im Terrassengarten inmitten beschnittener Strauchrabatten und hoher Zypressen.

»Ich besitze die Nostra Trinità*«, erklärte er.*

»Sie haben nichts.«

»Seien Sie sich nicht zu sicher. Ihre Ritter sind nicht stumm geblieben.«

»Und trotzdem haben Sie sie umgebracht.«

»Ich habe niemanden umgebracht.«

»Sie sagen das so, als würden Sie es wirklich glauben.«

Er zeigte durch den Garten zum Haupttor. »Stimmt es, was gesagt wird?«

»Sehen Sie selbst nach.«

Er marschierte zu der hohen Steinwand. Unter einem zentralen, von einem Rundbogen überwölbten Portone befanden sich zwei verschlossene Eisentüren. In einer davon war der Buco della Serratura. Ein langer Name für etwas so Einfaches.

Das Schlüsselloch.

Seine Spione hatten ihm berichtet, was man durch die Öff-

nung sehen konnte. Er ging zur Tür, bückte sich und schaute hindurch. In der Ferne, am Ende einer Gartenallee und eingerahmt von beschnittenen Zypressen, sah er die beleuchtete, kupfergrüne Kuppel des Petersdoms. Er lächelte über die faszinierende Symbolik und blickte den Großmeister an. »War es ein Zufall oder ist es extra so gestaltet, dass die Hospitaliter das Zentrum der römisch-katholischen Kirche direkt hinter ihrem Schlüsselloch haben?«

»Das vermag ich nicht zu sagen. Aber wir beschützen die Kirche schon sehr lange.«

»Und haben sich die Dienste gut bezahlen lassen.«

»Wir sind gut, loyal und gläubig. Nicht so wie Sie.«

»Ich bin Ihr Führer.«

»Das ist nicht wahr. Der Ort, an dem wir stehen, gehört nicht zu Italien. Dies ist eine souveräne Nation. Hier bin ich der Führer.«

»Meine Schwarzhemden würden nur einige Minuten brauchen, um Sie alle zu überwältigen. Dann könnte ich diese souveräne Nation niederbrennen. Danach könnte ich mir den Palazzo di Malta vornehmen und dasselbe tun. Führen Sie mich nicht in Versuchung.«

Chigi zuckte mit den Schultern, als würde es ihn nicht kümmern. »Tun Sie, was Sie tun müssen. Wir waren früher schon heimatlos und haben es überlebt.«

Es war an der Zeit, zum Anlass seines Besuches zu kommen. »Sagen Sie Pius, er soll mich in Ruhe lassen. Wenn Sie das tun, behalte ich das Constitutum Constantini. Ich habe ihm sogar einen Gefallen getan und es dort versteckt, wo niemand hinkommt. Sein kostbarer Glaube ist nicht in Gefahr. Sehen Sie, o erhabener König Ihres eigenen Landes, jetzt bin ich der Wächter der Kirche. Nicht Sie. Ich. Und die Kirche wird tun, was ich sage.«

»Diese Begegnung fand im Mai 1938 statt, und das Schlüsselloch ist noch an Ort und Stelle«, sagte Gallo. »Dort stellen sich jeden Tag Menschen an, um hindurchzuschauen und in zwei Meilen Entfernung die Kuppel des Petersdoms zu sehen.«

»Woher wissen Sie, was Mussolini in jener Nacht sagte?«, fragte Stephanie.

Gute Frage. Er war selbst skeptisch.

»Wir haben während des Krieges mit dem amerikanischen und dem britischen Geheimdienst zusammengearbeitet«, sagte Gallo. »Durch unseren Status als Nation hatten wir überall in der Welt diplomatische Vertretungen. Wir leisteten auf allen Schlachtfeldern medizinische Hilfe, aber wir gaben auch Informationen über die Achsenmächte an die Alliierten weiter. Außerdem schufen wir eine Verbindung mit beiden Pius-Päpsten. In diesem Zusammenhang erfuhren wir, dass Mussolini sich den Heiligen Stuhl durch Erpressung gefügig gemacht hatte, weil er den Vatikan davon überzeugte, im Besitz unserer Trinität zu sein. Beide Päpste verlangten von uns den Beweis, dass wir die Trinität noch verwahrten. Diesen Beweis konnten wir selbstverständlich nicht liefern. Deshalb gaben sie sich geschlagen und schwiegen über all jene faschistischen Gräueltaten. Papst Pius XI. hatte vor, sein Schweigen zu brechen, doch er starb, bevor es dazu kam. Pius XII. entschied sich dafür, das Schweigen zu bewahren. Seit Jahrzehnten diskutieren Historiker, weshalb der Vatikan nicht mehr unternahm, um das Böse in Italien und Deutschland aufzuhalten. Die Antwort ist leicht. Die Kirche wurde von etwas derart Wichtigem bedroht, das so wichtig war, dass sie aufhorchen musste.«

»Hatte Mussolini die *Nostra Trinità*?«, fragte Stephanie.

Gallo schüttelte den Kopf. »Wir haben keine Ahnung. Il Duce ermordete drei Ritter, einer davon ein *Secreti*, um an all diese Dinge zu kommen. Das wissen wir genau. Deshalb haben wir die vergangenen sieben Jahrzehnte damit verbracht, so viel wir konnten zusammenzutragen.« Er machte eine Armbewegung durch das Zimmer. »Das hier ist das Ergebnis unserer Bemühungen. Mr. Malone, Sie haben gefragt, warum Mussolini hier so wichtig ist. Das ist der Grund.«

»Ist die Kirche aktuell über all diese Dinge informiert?«, fragte Stephanie.

»Erzbischof Spagna auf jeden Fall. Vielleicht wissen ein paar Kardinäle vom *Constitutum Constantini*. Im Orden gibt es eine Handvoll Menschen, die die Geschichte kennen. Ich bin einer von ihnen. Aber es gehört ganz sicher nicht zum Allgemeinwissen. Dass der Papst urplötzlich starb, hat anscheinend die Ambitionen des Erzbischofs, der *Secreti* und meines Bruders geweckt. Alle drei wollen die Situation zu ihrem Vorteil nutzen.«

»Sind Sie nicht dank Ihres Bruders der Lieutenant ad interim?«, fragte Cotton noch einmal nach.

»Ich habe mich darauf eingelassen, weil ich darin einen Weg sah, die Gräben in unseren Reihen zu schließen. Aber die kleinmütigen Scharmützel und die aufgeblasenen Egos unserer hochrangigsten Amtsträger haben meine Geduld auf eine harte Probe gestellt. Dennoch gehört meine Loyalität meinen Ordensbrüdern. Und nur ihnen.«

»Vor Ihrem eigenen Bruder?«

»Ich stelle sie sogar über meinen eigenen Bruder.« Gallo zögerte, bevor er fortfuhr. »Ich bildete mir dummerweise ein, dass ich der Einzige sei, der Kastor bändigen könnte. Ich kenne ihn. Vielleicht sogar besser als er sich selbst. Ich entschuldige mich noch einmal für das, was Ihnen passiert ist, Mr. Malone. Ich bin sehr bemüht, die Situation zu bereinigen.«

Er wollte mit dem Mann etwas nachsichtig sein. »Ich muss auch um Entschuldigung bitten. Ich versuche nur, die Gesamtsituation zu begreifen.«

»Das weiß ich zu schätzen. Was ich Ihnen gleich erzählen

will, war für lange Zeit in unseren Reihen ein wohlgehütetes Geheimnis. Doch ich benötige Ihre Hilfe, deshalb werde ich das Protokoll verletzen und Ihnen beiden ein Geheimnis verraten.«

29

Luke hörte sich an, was Spagna zu sagen hatte.

»In den frühen 1930er Jahren wollte Mussolini der Welt zeigen, dass Rom zu seiner imperialen Größe zurückgekehrt war. Deshalb startete er ein gewaltiges Stadterneuerungsprojekt. Ganze Stadtviertel wurden eingeebnet, Häuser abgerissen und prachtvolle Boulevards geräumt und gepflastert. Heutzutage kommen Menschen aus der ganzen Welt nach Rom und bestaunen die Architektur. Dabei begreifen sie nicht, dass das meiste davon nicht nur die Handschrift der Kaiser und Päpste aufweist, sondern auch die eines grausamen Faschisten.«

Er und Laura ließen sich von Spagna erzählen, dass Mussolini eine Weltausstellung, ja sogar eine Olympiade ausrichten wollte. Zu diesem Zweck beschlagnahmte er im Norden der Stadt ein sumpfiges Gebiet am Rand des Tibers und errichtete dort einen prachtvollen Gebäudekomplex.

Das Foro Mussolini.

»So wie das Forum Caesaris und das Forum Augusti. Doch in der Welt der Antike waren dies Orte des Handels und der religiösen Kulte. Dieses Forum diente nur dem Sport, den Spielen und der Politik. Es gab Turnhallen, Laufbahnen, Schwimmbecken und ein protziges Stadion aus Travertin mit 20.000 Sitzplätzen, das von sechzig Marmorstatuen nackter Männer eingefasst war, die Keulen, Schwerter und Steinschleudern schwenkten. Es wurde zum Spielplatz der Schwarzhemden und zum Sitz der faschistischen Akademie für Körperertüchtigung. Dort wurde trainiert, und man veranstaltete Wettkämpfe. Mussolini selbst trainierte dort regelmäßig, und das Bauwerk existiert unglaublicherweise immer noch.«

Das überraschte Luke.

»Der Komplex wird für internationale Wettkämpfe genutzt«, sagte Spagna. »In den Gebäuden ist das italienische Nationale Olympische Komitee untergebracht, ein Fernsehsender, ein Museum, eine Fechtakademie, ja sogar ein Hightech-Gerichtssaal, wo Terroristen und Mafiosi der Prozess gemacht wurde. Der Ort hat sich den Zeiten angepasst, aber es gibt etwas, das in all den Jahren exakt gleich geblieben ist.«

Er wartete.

»Der Obelisk.«

Cotton hatte noch nie vom Foro Mussolini und dem Obelisken gehört, den Pollux Gallo gerade beschrieben hatte.

Aber er war fasziniert.

»Der Obelisk ist siebzehn Meter hoch«, sagte Gallo. »Das größte einzelne Stück Marmor, das jemals in Carrara gehauen wurde. Ein perfekter Block, ohne Risse oder andere Qualitätsmängel, mit einer Spitze aus vergoldeter Bronze. Der Stein trägt die Inschrift MUSSOLINI DUX.«

Er übersetzte es sich.

Mussolini Führer.

»Es wurde am 4. November 1932 mit großem Pomp eröffnet. Dahinter erstreckt sich eine gewaltige Piazza, die mit Mosaiken muskulöser Athleten, mit Adlern und Oden an Il Duce gepflastert ist. Es ist alles so abstoßend, so großspurig. Wie die Persönlichkeit dieses Mannes. Aber der Obelisk ist eines der letzten verbliebenen Denkmäler, auf denen noch der Name Mussolinis zu lesen ist.«

Cotton kannte die Bedeutung von Obelisken, die über Jahrhunderte Symbole imperialer Macht waren. Ägypter, Römer, sowohl die Kaiser wie auch die Päpste – alle verwendeten sie. Es verstand sich von selbst, dass auch die Faschisten darauf zurückgriffen.

»Aber das, was sich im Obelisken befindet«, sagte Gallo, »ist unser wahres Geheimnis.«

Luke musste einräumen, dass die ganze Sache faszinierend klang. Doch er musste sich auch ermahnen, sich nicht von der Geschichte hinreißen zu lassen und sehr genau auf Spagna zu achten. Die Beweggründe dieses Mannes waren unbekannt.

»Wie man es auch wendet, das Forum und der Obelisk waren großartige Symbole«, sagte Spagna. »Aber Mussolini ging noch einen Schritt weiter. Er bestellte einen Kodex, der von einem italienischen Altphilologen geschrieben werden musste. Es war ein fantasievoller Bericht über den Aufstieg des Faschismus, seine angeblichen Errungenschaften und seinen Platz in der Geschichte. 1220 Worte reinster Propaganda, die er am 27. Oktober 1932 im Fundament des Obelisken einmauerte.«

Spagna erklärte, dass es früher üblich gewesen sei, in Monumenten Gegenstände zu platzieren. Anfangs waren sie als Opfergaben gedacht und Ausdruck eines Aberglaubens. Schließlich wurde der Brauch, Gegenstände im Fundament einzumauern, dafür genutzt, um an den Bauherren oder die Menschen zu erinnern, die das Bauwerk errichteten. Mussolini hatte für diese Sitte besonders viel übrig und ließ die Zeremonien für die Wochenschauen filmen. Er unterzeichnete ein Widmungsdokument mit vielen Schnörkeln, versiegelte es in einem Metallrohr und zementierte es dann selbst im *prima pietra*, dem ersten Stein ein.

»Es heißt«, ergänzte Spagna, »dass man den Obelisken abreißen müsste, um den Kodex herauszubekommen und seine großartige faschistische Botschaft zu lesen. Damit zukünftige Generationen von der Größe Mussolinis erfahren könnten, müsste man sein Denkmal stürzen. Es hat eine gewisse Ironie, finden Sie nicht?«

»Steht dieser Obelisk noch?«, wollte Laura wissen.

Spagna nickte. »In aller Pracht und Herrlichkeit.«

»Und warum ist das jetzt von Bedeutung?«, fragte Luke.

»Die Briten haben erfahren, dass Mussolini zusammen mit dem Kodex noch etwas anderes im Obelisken versiegelte – etwas, das in letzter Zeit ziemlich bedeutsam geworden ist.«

Spagna suchte etwas in seiner Tasche.

Dann warf er es hinüber.

Cotton konzentrierte sich auf Pollux Gallos Bericht.

»In den 1930er Jahren schaffte es Mussolini, unsere Reihen zu infiltrieren«, sagte Gallo. »Anfangs tat er es einfach nur, um zu erfahren, was wir taten, genau so, wie er es bei der Kirche getan hatte. Wir beobachteten ihn ebenfalls. Durch diese Bemühungen erfuhr Mussolini einige unserer wertvollsten Geheimnisse, und ganz besonders eines. Wie man die *Nostra Trinità* finden konnte. Angeblich wurde eine Karte erstellt, mit der sich das verborgene Versteck lokalisieren ließ. Wir suchten seit 1798 nach dieser Karte, aber es war Mussolini, der sie möglicherweise schließlich gefunden hat.«

Luke betrachtete, was Spagna ihm zugeworfen hatte.

Eine Münze.

Nein, eher eine Medaille.

Auf der Vorderseite sah man Mussolini im Profil. Sein Kopf war mit einem Löwenfell bedeckt. Die Rückseite zeigte einen Obelisken und trug eine Inschrift.

FORO MUSSOLINI A.X.

»Was bedeutet das?«, fragte er Spagna.

»Durch das Tragen der Löwenhaut stellte er eine Verbindung zwischen sich und Herkules beim Verrichten der ersten seiner zwölf Aufgaben her. Es war die Tötung des Nemeischen Löwen. Mussolini war von Mythologie besessen«, betonte Spagna. »Der Obelisk auf dieser Medaille ist der vom Foro, und er trägt dieselbe Inschrift. Es gibt auch noch eine andere Information. Am Fundament des Obelisken befindet sich ein Stein, in den ANNO X eingemeißelt ist. Die Münze, die Sie in den Händen halten, wurde an dem Tag in Mussolinis Tasche gefunden, als er getötet wurde. Einer der *Secreti* war dort und nahm sie an sich, bevor sie den großen Führer und seine Geliebte nach Mailand zurückbrachten und ihre Leichen kopfüber aufhängten, damit sie jeder in Augenschein nehmen konnte.«

Luke zeigte auf die Münze. »Hat Mussolini diese Medaille entworfen?«

Spagna nickte. »Sie war dem Foro Mussolini gewidmet. Mehrere davon wurden im Obelisken beim Kodex platziert. Sie bestanden aus Gold. Die, die Sie in der Hand halten, ist allerdings aus Bronze. Sie wurde nur für Il Duce geprägt, und dass sie sich in seiner Tasche befand, hatte etwas zu bedeuten. Genau wie die Worte, die Mussolini ausrief, kurz bevor sie ihn am Comer See erschossen: *Magnus ab integro saeclorum nascitur ordo.* Die große Ordnung der Zeitalter wird von Neuem geboren. Damals konnte sich niemand einen Reim darauf machen. Doch es sieht anders aus, wenn man den Text des Kodex bedenkt, den Mussolini in Auftrag gegeben hatte. Jenen, der sich im Inneren des Obelisken befindet. An seinem Anfang steht ein Epigramm. Es ist ein Zitat aus Vergils Ekloge 4:5. *Die große Ordnung der Zeitalter wird von Neuem geboren.*«

»Das sind zu viele Zufälle, um noch zufällig zu sein«, sagte Laura.

»Da haben Sie recht«, sagte Spagna. »Was wir brauchen wartet in diesem Obelisken, und Mr. Malone hat die Aufgabe, es zu finden.«

Cotton wartete darauf, dass Gallo zum Ende kam.

»Wir hatten schon seit einiger Zeit den Verdacht, dass der Obelisk Mussolini als Versteck für das gedient haben könnte, was er womöglich gefunden hatte. Wahrscheinlich hinter einem Stein im Fundament, der die Inschrift ANNO X trägt. Jetzt ist die Zeit gekommen, um zu überprüfen, ob es stimmt. Und zwar rasch.«

Er spürte den drängenden Tonfall. »Sie glauben, dass die Männer, die mich gerade umbringen wollten, dorthin unterwegs sind?«

»Ja, das glaube ich.«

Das wäre eine Erklärung für den hastigen Rückzug des falschen Gallo. Er sah auf seine Armbanduhr. »Sie haben weniger als eine Stunde Vorsprung. Es ist eine lange Fahrt zurück nach Rom.«

»Drei Stunden«, sagte Stephanie.

»Ich kann uns schneller hinbringen«, bemerkte Gallo. »Wir haben den Helikopter, der noch immer bei der Villa steht.«

Cotton warf einen Blick auf Stephanie, die offenbar seine Gedanken lesen konnte.

»Ich verstehe schon«, sagte sie zu ihm. »Jetzt ist für Sie der Moment gekommen, um sich auszuklinken. Ich würde es Ihnen nicht zum Vorwurf machen. Wie Sie schon sagten – Sie haben keine Aktien in dieser Sache.«

Das stimmte. Man hatte ihn für einen Auftrag angeheuert, er hatte noch einmal verlängert, aber es war vorbei. Er sollte sich ein Hotel suchen, sich schlafen legen und am nächsten Morgen den nächsten Flughafen ansteuern und zurück nach Kopenhagen fliegen. Schließlich hatte er sich aus dem Geheimdienstgeschäft zurückgezogen. Aber er war nicht tot. Noch nicht, jedenfalls. Und er war neugierig. Was hatten die Malteserritter bewacht? Die *Nostra Trinità*? Das *Constitutum Constantini*? Hinter beidem waren sowohl Napoleon als auch Mussolini her gewesen. Vielleicht wartete es seit 1932 im Fundament eines Obelisken in Rom. Und es konnte das kommende Konklave und die Papstwahl beeinflussen. Daraus ergaben sich viele faszinierende Fragen. Er war erst in einigen Tagen mit Cassiopeia in Nizza verabredet. Also warum nicht? Wo er doch von so weit her gekommen war.

»Ich bleibe dran«, sagte er.

Sie lächelte. »Der Chopper wird in fünfzehn Minuten hier sein.«

»Sie waren sich Ihrer Sache ganz schön sicher, oder nicht?«

»Ich hatte es gehofft. Der Chopper wird uns eine gute Stunde vor allen anderen nach Rom bringen. Ich weiß das zu schätzen, Cotton.«

Ein Mann betrat das Archiv, kam näher und flüsterte Gallo etwas ins Ohr. Der nickte, als sich der Bote zurückzog.

»Ich habe gerade weitere, verstörende Informationen erhalten«, sagte Gallo. »Wie man mir mitteilte, sind Männer auf Malta unterwegs, um meinen Bruder umzubringen.«

30

Kastor Gallo betrat den Laden.

Es klingelte an der Tür, als er und Chatterjee hineingingen; ein paar Glühbirnen an der Decke spendeten trübes Licht. Er bemerkte die abgestandene Luft mit einer Spur Meeresfeuchte, den unebenen Boden, die Ecken voller Spinnweben und die faszinierenden Waren.

Uhren.

Die meisten ihrer Holzgehäuse befanden sich in unterschiedlichen Stadien der Fertigstellung.

Manche waren geschnitzt, andere bemalt, einige weitere halb vergoldet. Er versuchte sich zu erinnern, ob er diesen Laden als Kind gesehen hatte, konnte sich aber nicht erinnern, diese Seite der St. Thomas Bay jemals besucht zu haben. Ihm fiel aber wieder ein, dass es zwischen den Sommerhäusern an der Bucht eine Vielzahl besonderer Läden und Unternehmen gegeben hatte. Ein Töpfer, der Geschirr, Schüsseln und Vasen auf einer Töpferscheibe gedreht hatte, kam ihm in den Sinn.

Aber niemand, der die berühmten *Tal-Lira*-Uhren herstellte.

Er kannte sie gut.

Sie ließen sich bis ins 17. Jahrhundert zurückverfolgen, es gab sie nur auf Malta, und man fand sie auf der ganzen Insel. Eine hatte im Waisenhaus gehangen. Einen Sommer lang war es seine Aufgabe gewesen, das Uhrwerk aufzuziehen. Die Uhren hatten immer zwei Türen, eine aus Glas, auf der Außenseite, und eine zweite innen, die das Ziffernblatt hielt und eine kleine Öffnung aufwies, durch die das Pendel zu sehen war. Diese Uhren waren traditionell keine Massenware, sondern jede einzelne individuell hergestellt worden.

So wie hier.

Ein alter Hund, ausgemergelt und dürr, kam hinter dem Ladentresen hervor. Er schlurfte ein paar Schritte, dann legte er sich nieder. Eine Wand mit einer Türöffnung trennte den Vorderteil des Gebäudes vom hinteren Teil ab. Ein Mann kam durch den zerschlissenen Vorhang. Er war alt, hatte ein grobes Gesicht, einen silbergrauen Bart und tiefliegende Augen, die hinter einer dicken Brille hervorlugten.

»Sie sehen nicht aus wie ein Kardinal«, sagte der alte Mann.

Er hätte am liebsten mit einer spitzen Bemerkung geantwortet, doch er widerstand der Versuchung. »Ist das Ihr Laden?«

Der Mann nickte. »Meine Familie stellt seit 300 Jahren Uhren her. Leider bin ich der Letzte. Meine beiden Kinder haben kein Interesse daran, die Tradition fortzusetzen.«

»Und Sie sind?«

»Nick Tawil.«

Er sah Chatterjee an und fragte: »Warum sind wir hier?«

»Dieser Mann weiß eine Menge über die *Nostra Trinità.* Diese Faszination begleitet ihn schon sein Leben lang.«

»Stimmt das?«, fragte er Tawil.

»Schuldig im Sinne der Anklage.«

Plötzlich erhellte ein Blitz die Schaufenster, gefolgt von einem Donnerschlag. Regen prasselte auf die Scheiben. Er brauchte einen Moment, um sich zu akklimatisieren. Deshalb betrachtete er die in Bau befindlichen Uhren. »Wie viele davon stellen Sie im Jahr her?«

»Sieben, manchmal acht.«

»Wie viel verlangen Sie? Fünf-, sechstausend Euro?«

»Eher sieben.«

»Das ist ein gutes Einkommen.«

Er erinnerte sich an die Uhr, die im Haus seiner Eltern hing. Sie war nicht besonders beeindruckend, aber sie ging absolut genau. Er bemerkte, dass eines der Gehäuse gerade vergoldet wurde. »Vierundzwanzig Karat?«

»Was sonst?«

Die Schicht wirkte noch etwas matt, doch er wusste, dass das Endprodukt schließlich poliert wurde, bis es glänzte.

Er wandte sich wieder an Tawil. »Was wissen Sie denn angeblich?«

»Ich suche schon sehr lange nach der Trinität der Ritter. Mein Vater hat gesucht. Mein Großvater hat gesucht.«

»Sind Sie ein Ritter?«

Tawil schüttelte den Kopf. »Ich bin nicht katholisch.«

Jetzt gewann sein Misstrauen die Oberhand, und er warf Chatterjee einen Seitenblick zu. »Woher kennen Sie diesen Uhrmacher?«

»Wir sind schon lange befreundet.«

»Das sind wir«, fügte Tawil hinzu, kam herüber, hockte sich neben den Hund und kraulte sein dunkles Fell. »Es gibt einen Ort, nicht weit von hier, ein alter Friedhof an der Küste, den es schon sehr lange gibt. Dort liegt der Ritter begraben, den Napoleon im Palast des Großmeisters tötete, als er mit den Händen an einen Tisch genagelt war.«

Jetzt wusste er, wo Chatterjee diese Geschichte gehört hatte.

»Mein Großvater erzählte mir, dass die Karte zur *Nostra Trinità* dort mit ihm zusammen beerdigt wurde.«

»Woher sollte er das wissen?«

»Ich weiß es nicht. Aber mein Großvater war kein Narr.«

»Ist die Karte dort vergraben gewesen?«

Tawil zuckte mit den Schultern. »Wir werden es nie erfahren. Anfang der 1930er Jahre wurde das Grab geschändet. Mein Großvater und mehrere andere Männer versuchten die Räuber aufzuhalten, doch sie wurden getötet, und die Räuber sind davongekommen. Deshalb weiß niemand, was bzw. ob überhaupt etwas gefunden wurde.«

Das Bedauern des Mannes war unüberhörbar.

»Mein Großvater verbrachte einen Großteil seines Lebens mit dem Versuch, die *Nostra Trinità* zu finden. Er hat eine Menge herausgefunden. Ich besitze alle seine Bücher und Papiere.«

Auf die würde er gerne einen Blick werfen. Doch etwas anderes hatte Vorrang. »Ich möchte dieses Grab sehen.«

»Im Regen?«, fragte Tawil.

»Warum nicht? Ich bin schon nass.«

Der Uhrmacher kicherte. »Stimmt.«

Scheinwerferlicht strich durch den Laden, es fiel durch die Fenster zur Straße. Er sah auf. Autotüren wurden zugeschlagen. Er trat ans Fenster und spähte in die Dunkelheit hinaus. Chatterjee stellte sich neben ihn. Zwei Gestalten gingen zur dunklen Silhouette des Wagens, mit dem er und Chatterjee gekommen waren. Ein Lichtblitz erhellte die Dunkelheit, und das Fahrzeug schien sich von innen zu wölben, alles explodierte nach außen, das Dach wurde in den Regen hinausgeschleudert, es folgte eine Welle aus Hitze und Licht, die den Fahrzeugrumpf vom Boden hochriss, als der Wagen explodierte.

Er erstarrte vor Angst.

So etwas hatte er nie zuvor gesehen.

Der Wagen krachte mit gespreizten Rädern auf den Boden, das Benzin entflammte, und ein Rauchpilz schoss in die Höhe. Im Feuerschein sah er zwei Männer, die sich dem Laden zuwandten und mit Sturmgewehren zielten.

Chatterjees sehniger Arm riss ihn zu Boden.

Tawil stand noch bewegungslos neben dem Hund.

»Runter«, schrie Chatterjee.

Eine Salve von Gewehrschüssen schlug in den Laden ein.

Bei der Attacke zerbrachen die Fensterscheiben. Die Kugeln trafen mit einem ekelhaften Geräusch auf Fleisch. Tawil stöhnte vor Schmerz und fiel seitlich zu Boden, während sich seine Muskeln unter den Einschlägen der Geschosse verkrampften.

Der Hund sprang erschreckt auf und kläffte, dann stürmte er ins Hinterzimmer des Ladens. Jetzt konnte man den Sturm draußen deutlich hören. Regen und Wind drängten durch die zerstörten Fenster und erzeugten ein feuchtes, unheimliches Stöhnen. Weitere Schüsse schlugen in den Innenraum und suchten Ziele.

»Kriechen Sie hinter den Tresen«, rief Chatterjee.

»Was ist mit dem alten Mann?«

»Der ist nicht mein Problem. Sie sind es.«

Chatterjee griff hinter seinen Rücken und zog eine Waffe hervor, die er wahrscheinlich so gut wie immer bei sich hatte. Er gestikulierte mit der Pistole. »Bewegung. Ich bin gleich hinter Ihnen.«

Er hielt sich gebückt und machte sich auf den Weg hinter den Tresen und durch den dünnen Vorhang. Chatterjee erwiderte das Feuer, gab zwei Schüsse nach draußen in die Dunkelheit ab, dann robbte er durch den Vorhang.

»Das sollte sie zumindest verlangsamen. Jetzt wissen Sie, dass wir bewaffnet sind. Verschwinden wir.«

»Der Uhrmacher?«

»Er ist tot.«

Was ging hier vor sich? Wer war hinter ihm her?

»Woher wussten diese Leute, dass wir hier sind?«, fragte er. »Wo sind die hergekommen?«

»Eminenz, jetzt ist nicht die Zeit für eine Analyse.«

Chatterjee stand auf. Er ebenfalls. Sie befanden sich in einem heruntergekommenen Hinterzimmer, das mit Trümmern übersät war. Es war dunkel, nur eine Stehlampe, die in einer Ecke stand, gab etwas Licht. Eine Treppe führte nach oben. Es gab zwei Fenster nach hinten, beide waren mit einem dünnen Gazegewebe überzogen. Keine Hintertür.

Chatterjee ging an eines der Fenster, starrte hinaus und riss dann die Stoffbespannung zur Seite.

»Sehen Sie hier mal raus.«

Er kam näher und sah es. Ein Bootssteg. Seitlich dümpelte ein kleines Boot.

»Damit kommen wir hier weg«, sagte Chatterjee.

Es gewitterte noch stark, doch es war mehr Regen als Wind, Gott sei Dank. Bei rauem Wetter konnte das Mittelmeer erbarmungslos sein. Jahrhundertelang hatte das Meer die wichtigste Verteidigung der Insel dargestellt. Die Küstenströmungen waren mörderisch, ebenso die felsige Südküste mit ihren tiefen Schluchten und schroffen Landzungen.

Aber im Vergleich zu ihrer jetzigen Situation wirkte es weitaus einladender.

Die Vordertür des Ladens krachte auf.

»Wir müssen schleunigst hier verschwinden«, sagte er.

Doch ihr Weg nach draußen wurde von einem filigranen Eisengitter blockiert. Chatterjee stemmte das innere hölzerne Schiebefenster hoch, es rutschte protestierend nach oben, dann stemmte er die Füße gegen die Wand und packte das Eisen mit beiden Händen.

Das Gitter gab beim Ruckeln etwas nach. Kastor Gallo packte auch mit an, und zusammen zwangen sie das feuchte Holz, das vom Alter brüchig geworden war, die Schrauben loszulassen und das Gitter freizugeben.

Chatterjee warf das Eisen beiseite.

Er kletterte über das Fensterbrett nach draußen; Chatterjee folgte ihm. Der Regen fiel mit monotoner Entschlossenheit aus dem schwarzen Himmel. Ein Pfad führte von der Werkstatt bis zum Bootssteg. Er eilte vorsichtig über die feuchten Steine, seine Sohlen rutschten bei jedem Schritt. Ein paar Mal drehte er sich um und hielt nach Gefahren Ausschau. Ein widerwärtiges Angstgefühl ließ seinen Magen zusammenkrampfen.

»In Bewegung bleiben«, sagte Chatterjee.

Sie erreichten den Anleger, und er sah, dass es sich bei dem

Boot um eine typische *Dghajsa* handelte, ein Holzboot: klein, robust, mit hohem Bug und Heck. Man benutzte sie rings um den Grand Harbour und die anderen Buchten vorwiegend als Wassertaxis. Sie waren eher wie Gondeln gebaut und nicht für das offene Meer gemacht. Sie wurden üblicherweise mit Rudern angetrieben, dieses hier hatte jedoch einen Außenborder. Er konnte Chatterjee ansehen, dass er sich ebenfalls Sorgen machte.

Doch sie hatten keine Wahl.

»Steigen Sie ein«, sagte Chatterjee.

Sie sprangen ins Boot, und er löste die Leinen. Die kabbelige See und der Wind drückten sie schnell vom Steg weg. Chatterjee zog am Anlasserseil des Außenborders, und der Motor erwachte zum Leben.

So fuhren sie hinaus in die Nacht.

31

Cotton saß im Helikopter auf dem Weg nach Rom, Pollux Gallo und Stephanie flogen mit ihm. Zuerst wollte Stephanie zurückbleiben, um seine Aktivitäten mit denen Lukes auf Malta zu koordinieren. Gallo hatte ihr die Villa Pagana in Rapallo als Hauptquartier angeboten, und sie wäre fast auf sein großzügiges Angebot eingegangen, doch schließlich entschied sie sich dafür mitzukommen, weil sie wieder in Rom sein wollte.

»Ich weiß, dass Sie es verwirrend finden müssen«, sagte Gallo zu ihm. »Bruder gegen Bruder. Und dann auch noch Zwillingsbrüder.«

»Waren Sie einander immer so fremd?«

»Eigentlich war das Gegenteil der Fall. Unsere Eltern wurden getötet, als wir noch Kinder waren, deshalb hatten wir nur uns. Wir wuchsen in einem Waisenhaus auf; die Nonnen waren ein unzureichender Ersatz, doch sie gaben ihr Bestes. Kastor und ich hingen aneinander. Doch als wir älter wurden, entfernten wir uns voneinander. Unsere Persönlichkeiten änderten sich. Obwohl wir gleich aussehen, denken wir nicht das Gleiche. Mit zwanzig war er im Seminar, und ich ging zur Armee.«

»Vorhin im Archiv sagten sie, dass Ihr Bruder Papst werden will. Wissen Sie das genau?«

»Das steht außer Frage, denn er hat es mir selbst erzählt. Er sieht das Konklave als Geschenk Gottes, eine unerwartete Chance, die er zu seinem Vorteil nutzen muss.«

»Sie haben über das Thema geredet?«

Gallo nickte. »Wir hatten eine erhitzte Diskussion. Eine von vielen in letzter Zeit.«

»Ist Erzbischof Spagna mit ihm verbündet?«, fragte Stephanie.

»Nach meinem Kenntnisstand, ja. Kastor reiste gestern eigens nach Malta, um sich mit Spagna zu treffen.«

»Und woher wissen Sie das?«, fragte Cotton.

»Genau wie Spagna haben auch wir unsere Spione.«

Daran zweifelte er nicht, und noch immer beschäftigte ihn die Bemerkung, die im Archiv gefallen war, ohne dass es dafür bisher eine Erklärung gab. »Warum glauben Sie, dass das Leben Ihres Bruders in Gefahr ist?«

»Wir haben Leute auf Malta, im Fort St. Angelo. Dort sind mehrere Ritter fest stationiert. Sie haben die Aktivitäten meines Bruders beobachtet und berichtet, dass er in Gefahr sein könnte.«

»Wer steckt dahinter?«, fragte Stephanie.

»Die *Secreti*. Sie sind auf der Insel. Das wissen wir genau.« Cotton warf Stephanie einen Seitenblick zu. »Noch nichts von Luke?«

Sie schüttelte den Kopf. »Funkstille. Sein Handy sendet auch kein GPS-Signal mehr. Er arbeitet mit einer Agentin der maltesischen Sicherheitskräfte namens Laura Price zusammen. Sie sind jetzt beide mit Spagna unterwegs. Der Chef der maltesischen Sicherheit hat mir mitgeteilt, dass die Situation unter Kontrolle ist, deshalb muss ich darauf vertrauen, dass Luke auf sich selbst aufpassen kann.«

»Das kann er.«

Der Chopper zog durch den Nachthimmel. Er blickte aus dem Fenster und sah eine dunkle, ländliche Gegend, nur dann und wann die Lichter eines Dorfes oder einer Farm. Er schätzte, dass sie noch nicht im Anflug auf Rom waren, sondern sich noch nördlich davon über der Toskana befanden.

»Ich begreife jetzt«, sagte Gallo, »dass sich mein Bruder nur aus Eigennutz für die Ritter interessierte, was für ihn ganz normal ist. Er nutzte seine Position, um unsere Geheimnisse auszukundschaften und sie zu seinem Vorteil zu nutzen. Es wird uns hoffentlich gelingen, weiteren Schaden zu verhindern und seine Kandidatur für das Amt des Papstes zu beenden, bevor sie beginnt.«

An der Kabinenwand lehnte ein Jutesack. Gallo zeigte darauf und sagte: »Was wir brauchen, habe ich mitgebracht. Ich gehe davon aus, dass die Legende nicht wahr ist und wir nicht den ganzen Obelisken zerstören müssen, um an den Kodex zu kommen, oder was sonst Mussolini darin zurückgelassen haben mag. Wir glauben schon seit Langem, dass sich das Depot hinter einem markierten Stein im Fundament befinden könnte.«

»Haben Sie vor, es aufzusprengen?«, fragte Stephanie.

Gallo schmunzelte. »Ich hoffe, dass ein Vorschlaghammer ausreicht. Aber es gibt eine ganze Menge Leute in Italien, die nicht traurig wären, den Obelisken fallen zu sehen. Die Regierung hat mehrfach versucht, ihn abzureißen.«

Trotzdem gab es ihn noch. Genau wie die Blumen an der Stelle, wo Mussolini erschossen wurde.

»Warum könnten die *Secreti* den Tod Ihres Bruders wollen?«, fragte Cotton.

»Er hat sich die Hälfte der Ritterschaft zum Feind gemacht.«

»Aber das sind keine Leute, die normalerweise Menschen umbringen.«

»Die *Secreti* sind Fanatiker, und deshalb unvorhersehbar und gefährlich. Offenbar betrachten sie Kastor als eine Gefahr für den Orden. Gefahren abzuwenden ist ihr ganzer Daseinszweck. Es wäre für sie das Letzte, wenn Kastor Papst werden würde.«

»Und würden sie töten, um das zu verhindern?«, fragte Stephanie.

»Ich weiß nicht genau, was sie tun werden. Ich weiß nur, dass sie auf Malta sind.«

Er spürte, dass der Chopper seine Flughöhe verringerte und einen weiten Bogen einschlug. Durchs Fenster konnte er die

Ausläufer Roms erkennen. Er entdeckte das Forum mit den beiden Stadien, den Laufbahnen, den Tennisplätzen und anderen Gebäuden, die in der Nacht teilweise beleuchtet waren, und den Obelisken, der am Eingang einer imposanten Allee aufragte, die sich bis zu einer Piazza am gegenüberliegenden Ende erstreckte.

Er sah auf seine Uhr.

Fast Mitternacht.

Es war ein langer Tag gewesen.

Der Ritter starrte auf den beleuchteten Obelisken; er konnte die riesige Inschrift sehen, die in die Stirnseite eingemeißelt war.

MUSSOLINI DUX

Endlich. Jetzt kam die Wahrheit ans Licht.

War dort die Karte? Oder vielleicht sogar die *Nostra Trinità*? Geduldig abwarten?

Im Orden gab es nur einige wenige Privilegierte, die Zugang zu den vertraulichsten Informationen hatten. Glücklicherweise war er einer davon. Er kannte die Geschichte von Mussolinis Besuch in der Villa del Priorato di Malta und wusste, was er dem Großmeister Rovere-Albani gesagt hatte. *Ich habe ihm sogar einen Gefallen getan und sie dort verborgen, wo niemand hinkommt.* Falls Mussolini die Trinität wirklich gefunden hatte, konnte dies hier sein Versteck sein.

Das war es jedenfalls, was James Grant ihm gesagt hatte. Jetzt war es an der Zeit festzustellen, ob die Information, für die er alles riskiert hatte, der Wahrheit entsprach.

Endlich standen die Briten nicht mehr im Weg.

Jetzt waren nur noch die Amerikaner übrig.

Aber mit denen würde er fertig werden.

32

Kastor kauerte in der niedrigen *Dghajsa*, die Chatterjee aus der Bucht hinaus aufs offene Meer lenkte. Er fand es nicht gerade schlau, so etwas bei einem Unwetter zu tun, doch er wollte sich nicht streiten. Dahinter stand bestimmt die Absicht, sich so weit wie möglich von den Bewaffneten zu entfernen und eine abgeschiedene Stelle anzulaufen, wo sie sicher anlanden konnten.

Das Mittelmeer lag groß und dunkel vor ihnen. Über ihnen zogen riesige Gewitterwolken, dazwischen krachten Blitze und ließen sie weiß aufleuchten. Wasser schlug über die Seitenwände, als sie durch die Wellenkämme und -täler schnitten. Am fernen Horizont sah er noch mehr flackernde Gewitterwolken.

Er kannte die Küstenlandschaft.

Die Südküste Maltas war voller hochaufragender Klippen, von denen manche über 250 Meter tief abfielen. Sie hatten jetzt die St. Thomas Bay verlassen und fuhren auf Delimara Point zu. Er konnte das Leuchtfeuer des Leuchtturms im Gewitter erkennen. Obwohl man es nachts nicht sehen konnte, wusste er, dass vor ihnen das Fort Delimara auftauchen musste, das im 19. Jahrhundert von den Briten erbaut worden war. Der größte Teil davon war unterirdisch; seine Kanonen und Kasematten befanden sich in den Klippen bei der Landzunge. Das Gebäude war schon in seiner Kindheit eine Ruine gewesen, und daran hatte sich, soweit er wusste, bis zum heutigen Tag nichts geändert. Dort ließ sich kein Unterschlupf finden. Der Regen prasselte in Strömen, wie gehabt.

Chatterjee drehte den Außenborder um 45 Grad nach Steuerbord und schlug einen Kurs über die Marsaxlokk Bay ein. Der Bug schlug auf die Wellen. Kastor war aufgewühlt; er litt unter akutem Schlafmangel und war völlig verängstigt. Er wandte sich zu Chatterjee um und entdeckte in der Ferne die Konturen eines rasch näher kommenden Schnellboots mit grünen und roten Blinklichtern.

»Das könnte Ärger bedeuten!«, rief er und zeigte in die Richtung. Der Wind blies ihm die Worte ins Gesicht zurück.

Chatterjee drehte sich um und sah ihre Verfolger ebenfalls. »Diese Leute waren gut vorbereitet.«

Er fragte sich zum wiederholten Mal, wer seine Feinde sein mochten. »Warum wollen die mich umbringen?«

»Sie haben eine zu hohe Meinung von sich selbst, Eminenz.«

Jetzt begriff er es.

»Die sind also hinter Ihnen her?«

»Ich glaube schon.«

Sie passierten die Südspitze der Bucht. In der Nähe, bei den Dingli Cliffs, befanden sich die berühmten Karrenspuren. Es waren Rillen, die während der Bronzezeit paarweise in den felsigen Untergrund geschnitten wurden und einander kreuzten – ein Relikt der Vergangenheit, an das er sich aus seiner Kindheit erinnerte. Niemand wusste, wie sie entstanden waren. Schlitten? Räder? Rutschen? Schwer zu sagen. Ein Rätsel. Eines, das die Nonnen nie erklären konnten.

So wie jetzt.

Es war Wahnsinn.

Sie fuhren in einem wütenden Sturm in einer *Dghajsa* auf dem Meer, die von nur wenigen Pferdestärken angetrieben wurde, während ein Schnellboot mit wer-weiß-wem an Bord auf sie zukam.

Er riss sich zusammen.

Dann fielen ihm die Höhlen ein.

Die Südküste war voll davon; ihre Namen erzählten von ihrer Geschichte: Katzen, Reflexion, Kreis, Elefant, Flitterwochen. Die Ghar Hasan war vielleicht die berühmteste – angeblich der Zufluchtsort des Sarazenen Hasan, nachdem er ein junges Mädchen entführt hatte. Er erinnerte sich an einen Pfad, der zu Steinstufen führte, die an einem Kalksteinkliff hinunterführten. Darin gab es eine Reihe von Gängen, von denen keiner besonders gemütlich war, obwohl Hasan angeblich einen von ihnen besetzt hatte. Die Höhle lag zu weit über der Wasserlinie, um ihnen nützlich zu sein, aber die Grotten darunter konnten sich als Versteck eignen. Die blaue Grotte war die berühmteste. Er zermarterte sich das Hirn und erinnerte sich. Sein Blick suchte die dunkle Küste ab, die von Zeit zu Zeit von Blitzen erhellt wurde. Der Schiffspropeller tauchte immer wieder tief ins Wasser. Ihre Verfolger näherten sich stetig, aber noch waren sie ein paar Kilometer entfernt.

Er deutete nach rechts. »Fahren Sie in Richtung Ufer.«

»Denken Sie an die Grotten?«, fragte Chatterjee.

»Sie sind die einzige Zuflucht, die wir haben. Wenn wir uns beeilen, können wir vielleicht in eine verschwinden, ohne gesehen zu werden. Aber Sie müssen dicht heranfahren, damit wir etwas sehen können.«

Er blickte auf seine Uhr, deren Zeiger im Dunkeln leuchteten. 00.20 Uhr.

Ein neuer Tag war angebrochen.

Womit das Konklave nur noch näher rückte, jetzt waren es noch zwölf Stunden, bis es beginnen sollte.

Das hier war weitaus mehr, als er je zuvor erlebt hatte. Gewiss, er hatte sich dem Heiligen Stuhl unverblümt widersetzt, aber das war etwas völlig anderes als Männer, die ihn umzubringen trachteten. Er verspürte echte Angst – ein ungewohntes Gefühl. Den Papst oder die Kurie hatte er nie gefürchtet. Bedauern? Das hatte er ganz gewiss empfunden. Niemand verlor gern.

Aber das hier war mit nichts vergleichbar.

Er konzentrierte sich aufs Dunkel und suchte nach einer

Öffnung in den steilen Klippen. In regelmäßigen Abständen zuckten Blitze, die für ein paar kostbare Sekunden alles erhellten.

»Da«, schrie er und zeigte nach vorn. »Eine Grotte. Ich habe sie gesehen.«

»Ich habe sie auch gesehen«, sagte Chatterjee.

Sie umrundeten eine andere Felsspitze; der Bug zeigte auf eine kleine Bucht, und sie näherten sich dem Punkt, den er beim letzten Blitz gesehen hatte. Zornige Sturmböen peitschten die schaumigen Wellenkämme. Über ihnen krachte der nächste Blitz, und er sah, dass sie auf einen Bogen in der Kalksteinwand zusteuerten; eine zerklüftete Öffnung mit einem Vorhang aus Sturzbächen, die sich von dem regengetränkten Fels ins Meer ergossen, bildete eine Einfahrt.

Das Schnellboot war vorübergehend außer Sicht, was ihnen Zeit gab, den dunklen Spalt in der Felswand zu finden. Chatterjee hielt Kurs auf den Bogen, und sie fuhren durch den Wasserfall, der von oben über die Öffnung prasselte. Gallo war völlig durchnässt, in der *Dghajsa* stand das Wasser. Doch jetzt schützte sie ein Dach aus Stein, und die Grotte dahinter war nächtlich still. Tagsüber reflektierte das Wasser im Zusammenspiel mit dem Sonnenlicht und den umgebenden Felsen die phosphoreszierenden Farben der Meeresvegetation in Blau- und Grüntönen. Heute Nacht war alles schwarz.

»Da ist ein Vorsprung«, rief er, als er die Umrisse in der Dunkelheit erkannte.

Chatterjee steuerte ihn an. »Steigen Sie aus.«

Er starrte den Inder an.

»Steigen Sie aus«, wiederholte Chatterjee. »Bleiben Sie außer Sichtweite. Ich werde sie ablenken.«

»Lassen Sie uns lieber zusammenbleiben.«

Aus irgendeinem Grund wollte er nicht allein sein.

»Sie werden Papst. Ich werde dafür bezahlt, dass ich Ihnen

helfe. Und jetzt verschwinden Sie aus diesem Boot und lassen mich meinen Job erledigen.«

Notgedrungen hüpfte er auf den Kalkstein; der Vorsprung lag knapp über der Wasseroberfläche. Er hörte den Außenborder der *Dghajsa* aufheulen; das Boot entfernte sich von ihm, fuhr tiefer in die Grotte hinein und auf die Ausfahrt auf der gegenüberliegenden Seite zu. Draußen vor der Einfahrt hörte er das Röhren des Schnellbootes, das immer näher kam. Der Motor dröhnte beharrlich durch Wind und Regen. Chatterjee fuhr in den Sturm zurück.

Dann plötzlich ein neues Geräusch.

Rat, tat, tat.

Schüsse.

Seine Angst wuchs. Noch nie hatte er sich hilfloser gefühlt. Ihn überkam das Bedürfnis, sich zurückzuziehen. Er starrte in die Dunkelheit und sah einen noch dunkleren Flecken. Eine Höhle? Vorsichtig tastete er sich über den rauen Fels, der vom Meerwasser glitschig war, und sah, dass er beinahe richtig gelegen hatte. Es war eher ein Tunnel denn eine Höhle. Er wusste, dass die meisten von ihnen als Sackgasse endeten, ging aber hinein. Dieser Tunnel endete in einer kleinen Kammer, die in den Fels geschlagen worden war.

Weitere Schüsse waren zu hören.

Er erinnerte sich an die Höhlen, die er als Kind erkundet hatte. Die meisten wiesen Stalaktiten auf und waren voller Ablagerungen. Manchmal gab es sogar primitive Zeichnungen aus der Antike. Schwer zu sagen, ob hier so etwas zu finden war. Er setzte sich auf den nassen Kalkstein, atmete gleichmäßig und sammelte seine Kräfte. Er wagte es nicht, in Panik zu verfallen, und riss sich mühsam zusammen.

Was für eine Bedrängnis für einen Kirchenfürsten!

Erschöpft lehnte er sich gegen die Wand; sein Kopf hämmerte wie ein Kolben.

Gallo fühlte sich einmal mehr wie Paulus, der angeblich auch in einer maltesischen Höhle Zuflucht gesucht hatte. Paulus gehörte nicht zu den ursprünglichen Zwölf, war aber dennoch ein Apostel. Ein Diener Christi, der eine plötzliche, überraschende Offenbarung erlebte, die ihn von den anderen abhob. Er erwarb sich den Ruf, gegen das Gesetz zu verstoßen. Sein Schicksal war besiegelt, als er Briefe an die Römer, die Galater und die Korinther schrieb. Er erinnerte sich an die Worte aus der Apostelgeschichte über die Viper auf Malta. Wie die Einheimischen sagten: »*Gewiss ist dieser Mensch ein Mörder, den, ob er sich gleich aus dem Meere gerettet hat, die Rache dennoch nicht leben lässt.*« Paulus schüttelte das Tier jedoch ab. »*Sie aber erwarteten, er werde aufschwellen oder plötzlich tot niederfallen. Als sie aber lange warteten und sahen, dass ihm kein Leid widerfuhr, änderten sie ihre Meinung und sagten, er sei ein Gott.*« (Apostelgeschichte 28:1)

Er hatte auch vor, die Viper abzuschütteln, unverletzt zu bleiben und als ein Gott betrachtet zu werden. Doch wie Paulus schien auch ihm ein schreckliches Schicksal zu drohen. Niemand wusste genau, wie oder wann Paulus starb. Doch in jedem Bericht, der die Zeiten überdauert hatte, wurde ein gewaltsamer Tod in der einen oder anderen Form beschrieben. Enthauptung. Kreuzigung. Erdolchung. Strangulation.

Erwartete ihn ein ähnliches Schicksal?

Seit ein paar Minuten waren keine Schüsse mehr gefallen.

Ein gutes Zeichen?

Hatte Chatterjee sie weggelockt?

In den Tiefen der Grotte hörte er ein Geräusch am Tunneleingang. Ein Motor dröhnte. Leise und beharrlich. Er richtete den Blick ins Dunkel.

Von Neuem erfasste ihn eine Welle der Angst.

Schritte kamen näher. Über den harten Stein durch den Tunnel. In seine Richtung. Er wagte nicht, etwas zu sagen. Dann erschien eine Gestalt in der Kammer. Keine Details. Kein Gesicht. Nur ein Mann.

»Eminenz.«

Gott sei Dank.

»Sind sie weg?«, fragte er voller Hoffnung.

Chatterjee kam weiter herein. Hinter ihm wurde eine andere Gestalt sichtbar, in der rechten Hand des Mannes die Konturen einer Waffe.

»Nein«, sagte Chatterjee. »Und ich wurde erwischt.«

Er wusste nicht, was er sagen sollte.

Die Gestalt hinter ihm rührte sich nicht.

Gallo wollte aufstehen, doch seine Muskeln waren erstarrt. Zwei Schüsse hallten von den Steinwänden; es tat ihm in den Ohren weh. Chatterjee zuckte nach vorn, fiel hart auf den Boden und rührte sich nicht mehr. Gallo starrte erstaunt auf die dunkle Gestalt. Würde hier alles enden? Allein? In einer Felsenhöhle? Ohne Sinn und Zweck? Und alles, was er ertragen hatte, wäre umsonst gewesen?

Endlich folgte er seiner Berufung, schloss die Augen, sprach ein Gebet, und hoffte, dass Gott, falls es ihn gab, wirklich barmherzig war.

Nichts geschah.

Er öffnete die Augen.

Die Schritte entfernten sich.

33

Luke aß noch eins von den ringförmigen, mit Käse und Fleisch gefüllten Broten. Laura nannte sie *Ftira*, so eine Art Kreuzung aus Pizza Calzone und Sandwich. Was er besonders gern mochte, waren die dünnen Kartoffelscheiben, mit denen sie belegt waren. Ungewöhnlich, aber verdammt schmackhaft. Er spülte das späte Abendessen mit Kinnie runter, dessen Geschmack an Cola mit weniger Zucker erinnerte. Ein Bier wäre ihm lieber gewesen, doch es wurde keines angeboten. Aber er war dankbar für das Essen, denn er hatte Hunger, und jeder Heranwachsende brauchte drei anständige Mahlzeiten am Tag. Das hatte seine Mutter jedenfalls immer gesagt.

Laura war auch schon am Essen, als ein älterer, dunkelhaariger Mann auftauchte, der eine Bauchtasche umgebunden hatte. Sie stellte ihn als Kevin Hahn, ihren Chef und Leiter der maltesischen Sicherheit vor. Dann brach sie gemeinsam mit Spagna und Hahn auf. Luke wunderte sich über all die Heimlichkeiten, bei denen er ausgeschlossen wurde, wollte sich davon aber nicht in seinen Gefühlen verletzen lassen und nutzte die Zeit zum Nachdenken.

Auf dem Küchentisch lagen ein paar Zeitungen, der *Malta Independent*. Er bemerkte eine Titelgeschichte, die mehrere Tage alt war – ALLES IST BEREIT FÜR DAS KONKLAVE –, und überflog den Artikel.

VATIKANSTADT – Kardinäle strömen für vorbereitende Treffen nach Rom, um darüber nachzudenken, wer von ihnen am besten dazu geeignet ist, die Kirche zu führen. Als der Papst starb, wurden am nächsten Tag alle wahlberechtigten Kardinäle unter achtzig eingeladen. Sie treffen mit Privatfahrzeugen, Taxis und Minibussen zu den Vorbereitungstreffen ein, die Generalkongregationen genannt werden und hinter verschlossenen Türen stattfinden. Sie dienen dem gegenseitigen Kennenlernen und der Entscheidungsfindung, wer der nächste Anführer der 1,2 Milliarden Katholiken sein wird.

» Wir brauchen einen Mann mit Führungsqualitäten, und damit meine ich jemanden, der ein fundiertes Vertrauensverhältnis mit den Menschen hat, die er sich als Helfer erwählt, um gemeinsam mit ihnen die Kirche zu regieren«, sagte Kardinal Tim Hutchinson, der frühere Erzbischof von Westminster in London.

Die wahlberechtigten Kardinäle, deren Zahl 150 beträgt, haben täglich zwei Versammlungen abgehalten. Diese dienen unter anderem dem Zweck, Helfer bei der Papstwahl zu bestimmen und alle Regeln zu überprüfen. Man redet auch über den Heiligen Stuhl, die Kurie und die Erwartungen, die an einen neuen Papst gerichtet sind. Diese vorbereitenden Sitzungen geben den Kardinälen die Möglichkeit, potenzielle Kandidaten besser kennenzulernen, deren Verhalten bei Debatten genau beobachtet wird. Die Teilnehmer stimmen sich mit den anderen Kardinälen über die Qualifikationen der Kandidaten ab und informieren sich gegenseitig diskret über etwaige skandalträchtige Probleme aus der Vorgeschichte der Kandidaten. All dies ist notwendig, weil diese Männer aus allen Teilen der Welt kommen und nur selten zusammentreffen.

» Wir haben die ganze Woche über Treffen abgehalten, um uns besser kennenzulernen und um über die aktuelle Situation zu debattieren«, erklärte Hutchinson.

Er fügte hinzu, dass er zum gegenwärtigen Zeitpunkt nicht sagen könne, welche Kandidaten favorisiert würden. »Kardinäle geben ihre Vorlieben nie in der Öffentlichkeit preis, doch sie lassen sie in Interviews gelegentlich durchblicken, wenn sie die Qualitäten ihres Idealkandidaten darlegen. Die am häufigsten genannte Qualität ist die Fähigkeit, den katholischen Glauben überzeugend zu verkörpern. Der plötzliche Tod des Papstes hat allerdings zur Folge, dass es zurzeit noch keinen Spitzenkandidaten gibt.

Auch die Sixtinische Kapelle wird vorbereitet. Es wird der Schornstein aufgebaut, der zu dem Ofen führt, in welchem nach jedem Wahlgang die Stimmzettel verbrannt werden. Weißer Rauch steht für eine erfolgreiche, schwarzer Rauch für eine gescheiterte Papstwahl. Die Farbe wird jeweils durch Chemikalien gesteuert, die man ins Feuer gibt. Darüber hinaus wird eine Kombination von Hightechgeräten und Traditionen der Alten Welt die Geheimhaltung gewährleisten, darunter ein Störsender, der jeden Versuch vereitelt, nach draußen zu telefonieren oder Textnachrichten zu verschicken. Die Kapelle wird vorab nach Abhöreinrichtungen abgesucht, um vor unerwünschten Lauschangriffen sicher zu sein. Störsender werden sowohl in der Sixtinischen Kapelle als auch im nahe gelegenen Gästehaus in Santa Marta eingesetzt, wo die Kardinäle während des Konklaves schlafen werden. Es sind darüber hinaus keine Computer zugelassen, weshalb auch E-Mails oder Twitternachrichten strikt verboten sind.

Doch nicht alles hängt von der Elektronik ab.

Man befolgt auch strikt eine Reihe traditioneller Regeln, die sicherstellen, dass die Abstimmung geheim ist ...«

Luke fiel ein, was Spagna über seine Leute und die Vorbereitungen zum Konklave gesagt hatte. Die Entität besaß die nötige Erfahrung, um sicherzustellen, dass die Geheimhaltung gewährleistet war. Und wer wäre besser als der Getreue Gottes dafür geeignet, die Gläubigen zu schützen?

Die Tür ging auf, und Spagna kam zurück.

Allein.

Jetzt fühlte er sich in seinen Gefühlen verletzt.

»Wo ist Laura?«, fragte er.

»Sie wird gleich zurück sein.«

»Hat sie Schwierigkeiten mit dem Chef?«

»Ich kann mir vorstellen, dass Ihnen eine solche Situation ziemlich vertraut ist.«

Er grinste. »So etwas ist schon vorgekommen.«

»Kann ich mir denken. Wenn sie zurückkommt, möchte ich, dass Sie beide sich um ein Problem kümmern, das aufgetaucht ist.«

Der Regen hatte sich abgeschwächt, aber es nieselte noch.

»Ich versuche, meinen Mitarbeiter zu finden, der sich um Kardinal Gallo gekümmert hat«, erklärte Spagna. »Aber ich habe Schwierigkeiten damit, einen Kontakt herzustellen. Er war in Richtung St. Thomas Bay zu einem Uhrmacherladen unterwegs. Sie müssen beide hinfahren und nachsehen, was da los ist.«

»Glauben Sie, dass es ein Problem gibt?«

»Ich habe ein ungutes Gefühl.«

So etwas hatte er früher auch schon von Stephanie gehört, und obwohl er gelernt hatte, ihren Instinkten zu trauen, war dieser Mann hier doch ein Fremder.

»Ich muss mich mit meiner Chefin kurzschließen«, stellte er klar. »Und das ist mehr als nur eine Bitte. Falls Sie ein Problem damit haben, muss ich mich verabschieden.«

»Ihre Vorgesetzte ist in einem Helikopter nach Rom unterwegs und momentan nicht erreichbar. Cotton Malone und der temporäre Chef der Malteserritter sind bei ihr. Sie sollten wissen, dass der temporäre Chef der Zwillingsbruder von Kardinal Gallo ist.«

»Was Sie alles wissen«, bemerkte er.

»Das ist mein Beruf, und Sie haben recht, ich habe Sie vorhin belogen. Ich hatte von Stephanie Nelle kein Okay dafür, Sie für mich einzusetzen. Ich werde es mir holen, sobald das möglich ist. Aber ich habe die Erlaubnis, Miss Price einzusetzen. Deshalb ist es momentan Ihnen überlassen, ob Sie gehen oder bleiben. Entscheiden Sie sich.«

»Warum sind Sie nicht mit dem Konklave beschäftigt?«

»Meine Leute sind in diesem Moment damit beschäftigt, alles vorzubereiten.«

»Aber Sie sind hier. Auf Schatzsuche. Da kann man schon ins Grübeln kommen.«

»Schon mal was von Multitasking gehört?«

Luke stand vom Tisch auf und warf das Abfallpapier, das von seinem Abendessen übriggeblieben war, in den Mülleimer.

»Unten steht ein Auto; es parkt auf der anderen Straßenseite. Ein grüner Toyota. Hier sind die Schlüssel.« Spagna legte sie zusammen mit einem Handy auf den Tisch. »Die Route, die Sie nehmen müssen, ist in der Navi-App geladen. Falls Sie noch mit im Boot sind, fahren Sie mit Miss Price dorthin, sobald sie zurückkommt. Falls nicht, geben Sie Ihr beides. Sie wird sich darum kümmern. Entweder Sie beide oder Miss Price allein werden Gallo und meinen Mitarbeiter suchen und nicht mehr aus den Augen lassen. Rufen Sie mich an, wenn Sie sie haben. Meine Nummer ist auch auf dem Handy gespeichert; die Kurzwahl liegt auf der Eins.«

Spagna verließ die Wohnung.

Was für ein autoritärer Typ.

Er hatte keine Wahl. Und Spagna wusste das genau. Er musste bleiben. Aber jetzt hatte er ein Handy. Deshalb nahm er das Gerät und wählte die Telefonnummer des Magellan Billet, die für Notfälle reserviert war. Das Telefon stellte keine Verbindung her. Stattdessen wurde auf dem Display angezeigt: AUSLANDSVERBINDUNGEN NICHT MÖGLICH.

Er grinste.

Spagna war kein Narr.

Er kam zu dem Schluss, dass ein Ausflug zum Chef in Ordnung ging. Es war nicht absehbar, wann sich die nächste Gelegenheit dafür bot. Also legte er seine Beretta auf den Tisch, dann ging er ins Badezimmer, benutzte die Toilette und wusch sich danach Hände und Gesicht. Er trocknete sich mit ein paar Papiertüchern ab und ging zum Mülleimer im Vorraum zurück, wo er das Papier wegwarf.

Die Tür krachte auf und riss dabei aus den Angeln.

Er schreckte zusammen.

Zwei Männer stürmten ins Zimmer.

Sie wirkten absolut feindselig.

Er hatte keine Chance, seine Waffe zu erreichen, deshalb drehte er sich auf der rechten Ferse und rammte dem ersten seinen Ellenbogen zuerst von unten und dann von oben in den Leib. Der erste Angreifer sackte benommen zu Boden. Luke biss die Zähne zusammen, stürzte sich wieder in den Kampf und trat noch einmal zu. Der zweite Mann wurde gegen die Wand geschleudert und riss die Bilder herunter, die dort hingen. Er rückte weiter vor, um dem zweiten Mann den Rest zu geben, und vergaß für einen Moment den ersten Mann. Da traf ihn hart und unerwartet ein Stromstoß an der Wirbelsäule.

Ein zweiter Elektroschock folgte.

Der Schmerz breitete sich über seinen ganzen Rücken aus. Seine Beine wurden schlaff, der Schmerz überlagerte das Adrenalin und verstärkte sich noch. Aber er war durchtrainiert und gut ausgebildet, ein erfahrener Einzelkämpfer, was den Nahkampf auf engstem Raum anbetraf. Er wusste, wie er die Schmerzempfindung mental blockieren und weiterkämpfen konnte, auch wenn es wehtat.

Er wirbelte herum.

Eine Faust traf ihn ins Gesicht.

Ohne das Kribbeln in der Wirbelsäule hätte er Gegenmaßnahmen ergreifen können, aber er war zu benommen, um zu reagieren. Das Bild vor seinen Augen – ein Mann, der kampfbereit vor ihm stand –, fing an zu verwirbeln.

Danach war das Zimmer dran.

Eine weitere Faust krachte gegen sein Kinn.

Er taumelte rückwärts.

Ein dritter Faustschlag traf ihn in den Bauch und raubte ihm den Atem. Er bekam keine Luft mehr. Ein letzter Schlag erwischte ihn im Nacken; es war eine Axtgriff-Kombination beider Arme mit verschränkten Händen.

Als er zu Boden stürzte, hörte er mit schwindenden Sinnen die Stimme eines der Männer, die keuchend um ihn herum standen. »Halten Sie ihn fest.«

Mühsam versuchte er zu reagieren, doch es gelang ihm nicht.

Der Nebel in seinem Gehirn verhinderte, dass seine Muskeln reagierten. Als er fest an Armen und Beinen gepackt wurde, versuchte er zunächst noch, Widerstand zu leisten, aber seine Muskeln waren wie gelähmt.

»Wirf ihn aus dem Fenster«, befahl einer der Männer.

34

Cotton sprang aus dem Helikopter. Sie waren mitten im Stadio di Marmi, dem Marmorstadion, auf einer dichten Grasdecke gelandet; um sie herum Tribünen für 20.000 Zuschauer, gleich hinter der sechsspurigen Laufbahn. Die dunklen Umrisse von Kolossalstatuen säumten den oberen Rand des Stadions, als entstammten sie dem antiken Griechenland oder Rom.

Die Rotoren drehten aus, während sie sich auf den Weg zum Ausgang machten. Gallo trug den schweren Seesack, Cotton und Stephanie folgten ihm. Der Pilot wartete im Hubschrauber. Dieser Teil des nördlichen Roms wirkte zu so früher Morgenstunde völlig verlassen, das gesamte Foro Mussolini, oder Foro Italico, wie es jetzt genannt wurde, war menschenleer.

Sie verließen das Stadion über eine Rampe nach oben; das Stadion selbst war im antiken Stil tiefer gelegt, sodass die obersten Sitzreihen ebenerdig waren. Gallo führte sie zu einem Brunnen mit einer massiven Marmorkugel, die vom Wasserdruck darunter gedreht wurde. Zu ihrer Linken erstreckte sich eine breite gepflasterte Fläche.

»Der Piazzale dell'Impero, der Kaiserweg«, erklärte Gallo. »Ein Vermächtnis faschistischer Propaganda, wie es nicht mehr viele auf der Welt gibt. Mein Bruder würde seine Großspurigkeit sehr zu schätzen wissen.«

Gelbe Lampen erhellten den Weg; beide Seiten waren mit mächtigen weißen Marmorblöcken ausgekleidet. Die Allee war mit Mosaiken gepflastert, die Landkarten, Rutenbündel und Motive aus der Welt des Sports sowie prophetische Sprüche zeigten. Im Gehen las Cotton einige davon. DVCE. Führer. DVCE A NOI. Führer mit uns. MOLTI NEMICI MOLTO

ONORE. Viel Feind, viel Ehr. DVCE LA NOSTRA GIOVI-
NEZZA A VOI DEDICHIAMO. Duce, wir weihen dir unsere
Jugend.

Großspurigkeit traf es gut.

»Dies hier war teils Trainingsgelände, teils Symbol«, fuhr
Gallo fort. »Mussolini setzte darauf, dass Sport und physische
Stärke Italiens Stellung in der Welt sichern könnten. Die Ver-
quickung sportlichen und kriegerischen Ruhms war für den
Faschismus von entscheidender Bedeutung. Mein Bruder liebt
Symbole ebenfalls. Er ist der Überzeugung, dass es irgendwie
möglich ist, die Zukunft des katholischen Glaubens zu sichern,
wenn man die Welt an dessen Vergangenheit erinnert. Was
mein Bruder für die Kirche im Sinn hat, ist vor allem die Ver-
mischung von Furcht und Unwissen, wie man es von den
Faschisten kennt.«

»Sie beide sind gewiss nicht einer Meinung«, sagte Stephanie.

»Er ist mein eineiiger Zwilling, es gibt eine Verbindung zwischen uns, und ich liebe ihn. Doch zum Glück ist es mir immer
gelungen, diese Gefühle von meiner Meinung zu trennen, die
ich über ihn als Kardinal der Kirche habe.«

Cotton wusste kaum etwas über den Bruder Gallo und
nichts über Kardinal Gallo, doch zwischen diesen beiden Männern lag mit Sicherheit einiges im Argen.

»Haben Sie etwas von Luke gehört?«, fragte er Stephanie.

Sie schüttelte den Kopf. »Nichts.«

Am anderen Ende der Allee stand der Obelisk. Der weiße
Marmor wurde nicht angestrahlt, was angemessen schien. Er
existierte, aber man gab sich keine Mühe, sein Vorhandensein
zu glorifizieren. In etwa sieben Metern Entfernung war eine
Reihe von Scheinwerfern installiert, die in den Himmel gerichtet
waren. Der Baustil war unkonventionell, eine Serie unregelmäßig geformter Stufen, die zu der hohen, zentralen Säule führten.

»Sie haben alles aus einem einzigen Block geschnitten«, sagte

Gallo. »Er wurde in eine Konstruktion aus Holz und Eisen verpackt. Dann hat man den 300 Tonnen schweren Block übers Meer und den Tiber hierher verschifft. Es dauerte drei Jahre, ihn zu behauen und aufzurichten. Seine Gesamthöhe beträgt sechsunddreißig Meter. Jeder Schritt wurde dokumentiert und von der faschistischen Presse begleitet, um bei den Massen Ehrfurcht und Begeisterung zu schüren.«

Es war interessant, wie Diktatoren immer wieder ihre Größe unter Beweis stellen mussten, um ihren Machtanspruch zu rechtfertigen. Demokratisch gewählte Führer brauchten das nicht, weil es das Volk selbst war, das sie mit der Macht ausgestattet hatte, und niemand Perfektion erwartete. In Wahrheit konnte auch ein Rückschlag zum Meilenstein auf dem Weg zur Größe werden. Für Diktatoren kamen Rückschläge nicht infrage. Sie zogen es vor, dass man ihre Fehler vergaß, und übertünchten sie mit allerlei Spektakeln.

Sie näherten sich dem Obelisken.

Gallo zeigte nach oben. »Sehen Sie sich die Buchstaben der Inschrift an.«

Er betrachtete die Versalien im Dämmerlicht. Auf dem Obelisken stand von oben nach unten MVSSOLINI, darunter DVX. Jeder Buchstabe war über einen Meter hoch.

»Die Buchstaben wurden hineingearbeitet und nicht herausgeformt«, sagte Gallo, »um zu verhindern, dass sie abgeschliffen oder entfernt werden. Il Duce dachte voraus. Er ließ sie zu groß und tief einschlagen, um sie jemals wieder auslöschen zu können.«

Wie seltsam, dachte Cotton. Fast wie die Erinnerung an den Faschismus selbst, die auch im 21. Jahrhundert fortdauerte.

Sie gingen um das Monument herum.

Im Marmor gab es keine weiteren Inschriften, außer den Worten OPERA BALILLA ANNO X, die in eine große Platte im Fundament eingeschlagen waren.

»Die faschistische Jugendorganisation Opera Nazionale Balilla machte sich ebenfalls unsterblich«, sagte Gallo. »Jugendorganisation Balilla. Zehnter Jahrestag. Der Obelisk wurde am 4. November 1932 eingeweiht, es war der zehnte Jahrestag des Marsches auf Rom und der Beginn der faschistischen Herrschaft.«

»Erstaunlich, dass das Ding noch hier ist«, sagte Stephanie. »Jedes Monument, das an Hitler erinnerte, wurde entfernt. Aber bei Mussolini scheint es anders zu sein.«

»1941 hat jemand versucht, es in die Luft zu sprengen, hat es jedoch kaum beschädigt. Seit Jahrzehnten fordern Bürger, dass es eingeebnet wird. Aber die Italiener hatten es nie nötig, ihre Geschichte auszulöschen.« Gallo zeigte auf den Obelisken. »Selbst dann nicht, wenn sie sich übertrieben dramatisch darstellt. Für sie ist es nur ein Zeichen der Schwäche, ein Monument wie dieses zu zerstören – es offenbart Furcht, nicht Stärke.«

Cotton betrachtete unverwandt das hochaufragende Monument.

»Wir wissen, dass Mussolini seinen Kodex hineingelegt hat«, sagte Gallo. »Zeitungsberichte der damaligen Zeit lassen keinen Zweifel daran. Doch niemand weiß, wo er den Kodex platzierte. Es geschah bei einer Zeremonie unter Ausschluss der Öffentlichkeit, und es gibt keine Augenzeugenberichte. Wie Sie sehen können, gibt es nur einen einzigen Stein außerhalb der Zentralsäule, auf dem etwas geschrieben steht. Vermutlich befindet sich der Kodex dahinter. Was meinen Sie? Der Marmor muss fünf Zentimeter dick sein.«

»Mindestens.«

Und das Segment mit der Inschrift OPERA BALILLA maß circa 2,40 Meter mal 1,20 Meter. Es war eine solide, massive Steinplatte, die die Zeiten überdauern sollte. Und das hatte sie. Es waren jetzt achtzig Jahre. Er wusste, was Gallo wollte, deshalb kletterte er auf das etwa ein Meter zwanzig hohe Fundament und untersuchte das große, eingemeißelte X – Teil des Begriffes ANNO X –, das an die zehn Jahre faschistischer Herrschaft erinnern sollte. »Vielleicht markiert das X die Stelle?«

»Es könnte genauso gut auch woanders sein«, sagte Stephanie.

Gallo öffnete den Reißverschluss des Seesacks und holte zwei Vorschlaghämmer und eine Taschenlampe heraus. Cotton ließ sich einen Hammer geben, und Gallo kletterte mit dem anderen hinauf.

Von unten leuchtete Stephanie mit der Taschenlampe.

Die Sache hatte einen Beigeschmack, der Cotton fast grinsen ließ. Wie oft hatte er bereits Orte beschädigt, die als Weltkulturerbe galten. Zu oft, um es zu zählen, und jedes Mal nur aufgrund bedauerlicher Umstände. Jetzt war er drauf und dran, ganz bewusst ein Stück Geschichte zu zerstören.

Er nahm den Vorschlaghammer und holte aus.

Der Hammer krachte fest auf das X. Gallo folgte mit einem eigenen Schlag. Doch der Marmor hielt stand.

Sie schlugen noch einmal.

»Haben Sie das gespürt?«, fragte Gallo. »Er gibt etwas nach. Dahinter könnte es hohl sein.«

Cotton bestätigte es.

Stephanie richtete das Taschenlampenlicht auf das X. Es hatten sich Risse gebildet, die sich spinnwebartig ausbreiteten. Cotton blickte sich um und sah noch immer niemanden. Er wunderte sich über die Videoüberwachung. Es musste Kameras geben. Aber noch war niemand gekommen, um den Obelisken zu verteidigen.

Sie hämmerten weiter.

Ein paar Schläge später gab der Marmor nach.

Gallo und er traten zur Seite, als Brocken herabfielen und

eine weiße Staubwolke sich ausbreitete. Wie sie vermutet hatten, gab es hinter der Außenwand eine hohle Nische. Er legte den Vorschlaghammer beiseite und wartete einen Augenblick, bis der Staub sich gelegt hatte. Stephanie reichte ihm die Taschenlampe.

Im Inneren der Nische lag eine Metallröhre, etwa einen halben Meter lang und fünfzehn Zentimeter dick, in deren stumpfe Oberfläche ein Rutenbündel eingraviert war. Gallo griff hinein, zog den Behälter heraus und legte ihn auf den Rand des Fundaments.

»Wie kriegen wir das auf?«, fragte Stephanie.

»Man hat sie aus Blei gemacht und an den Enden verlötet«, stellte Gallo fest. »Wir müssten die Lötstelle aufbrechen können. Man hatte damals die Vorstellung, dass man wieder an die Dinge herankommen können sollte, die dort versiegelt wurden. Ich habe einen Gummihammer mitgebracht, der ist im Seesack.«

»Sie wissen viel über diese Dinge«, bemerkte Cotton.

»Wir haben Mussolini und die Faschisten lange studiert. Wir hoffen, in diesem Behälter zu finden, was wir suchen.«

Stephanie reichte ihm den Gummihammer hoch. Gallo bearbeitete vorsichtig ein Ende des Rohres und brach rundherum die Lötstellen auf.

»Sie haben ganz bewusst weiches Material verwendet und es nur leicht verlötet«, sagte Gallo. »Aber es war von entscheidender Bedeutung, dass es luftdicht verschlossen blieb.«

Das Endstück löste sich, und Cotton leuchtete mit der Taschenlampe hinein. Dort ruhte eine Art Rolle aus undefinierbarem Material.

Gallo zog den Gegenstand heraus.

Kein Papier. Steif. Dicker.

Pergament.

Gallo rollte das Blatt auseinander, das circa fünfundvierzig

Zentimeter breit und sechzig Zentimeter lang war. Eine Seite des Blattes war von Hand mit schwarzer Tinte vollgeschrieben worden. Ganz oben standen die Worte CODEX FORI MUS-SOLINI. Doch ihre Aufmerksamkeit galt etwas anderem, das herausgefallen war, als Gallo das Dokument entrollte.

Ein anderes Blatt.

Dünner.

Brauner.

Zarter.

Papier.

35

Luke schwebte, von den beiden Angreifern an Händen und Füßen getragen, in der Luft. Sein Kopf hing nach unten, und vor seinen Augen drehte sich alles. Sie waren dabei, ihn zu einem der Fenster zu schaffen, um ihn dort durch die Scheibe zu werfen. In der offenen Tür hinter sich sah er über Kopf, wie Laura hereinstürmte und sich auf den Mann zu seiner Rechten stürzte, der ihn losließ und seine Aufmerksamkeit ihr zuwandte. Einem geschenkten Gaul wollte er nicht ins Maul schauen, also riss er sich zusammen, entwand sich dem Griff des anderen Mannes, fiel zu Boden und trat dem anderen Angreifer von dort aus die Beine weg. Dann rollte er herum, nahm ihn in den Schwitzkasten und drückte fest zu, bis ihm die Luft wegblieb und er bewusstlos wurde. Laura hatte ihren Gegner bereits überwältigt, der reglos auf dem Boden lag.

»Eine Ahnung, wer diese Idioten sind?«, fragte er keuchend.

»Keinen Schimmer. Aber sie sind direkt hierhergekommen, in eine konspirative Wohnung der Entität. Das heißt, sie wissen, wer Spagna ist.«

»Wo ist der Getreue des Herrn?«

»In einem anderen Haus, nicht weit von hier. Er und mein Chef haben mich vorhin mitgenommen.«

Was dieses Thema anbelangte, hätte er noch einige Fragen gehabt, aber fürs Erste verzichtete er darauf und durchsuchte rasch die beiden Männer. Keine Ausweise. Keine Waffen.

Vergiss sie. Konzentriere dich.

»Nehmen Sie ein Bettlaken«, sagte er. »Das reißen wir in Streifen und fesseln diese Mistkerle damit. Wir kümmern uns später um sie.«

Er trat an den Tisch, nahm sich das Handy, die Autoschlüssel und seine Waffe.

Sie mussten Spagna finden.

Laura und er eilten aus westlicher Richtung auf die Piazza zu, wo alles begonnen hatte. Die Geräusche der Autos wurden immer leiser, weil die Fußgängerzone von den Gebäuden vor dem Lärm abgeschirmt wurde. Immer wieder sah er nach hinten, bemerkte aber niemanden, der ihnen folgte. Man hörte nur ab und zu Gesprächsfetzen von Passanten und das Säuseln einer Brise.

Hoch am Himmel zogen zerfaserte Wolken, die den hellen Mond abwechselnd freigaben und verdeckten. Der Sturm war vorbeigezogen, die Gebäude und Straßen wurden immer wieder aufgehellt und verdunkelt, als würde man in einer Dunkelkammer das Licht ein, und ausschalten. Die Konkathedrale war von Flutlicht angestrahlt, das ein warmes, schimmerndes Licht auf das kalkweiße alte Gemäuer warf. Mit Glockentürmen wie Ohren und Querschiffen wie Pfoten kauerte das Gebäude wie eine riesige, vierbeinige Kreatur und beobachtete stumm seine Umgebung. Er folgte Laura weiter in die Altstadt. Hinter dem Bereich mit der Kathedrale wurden die Bürgersteige immer leerer. Straßenlaternen warfen gelegentlich Streiflichter in die rabenschwarze Nacht. Auf beiden Straßenseiten parkten Autos am Bordstein, ein paar davon mit gelben Strafzetteln dekoriert, aus denen die Dauer ihres illegalen Parkens hervorging. Vor den meisten Fenstern waren schützende Fensterläden geschlossen worden, nur das Licht, das aus den Ritzen fiel, ließ darauf schließen, dass dahinter Menschen wohnten. Als er nach vorne sah, störte etwa fünfzig Meter weiter ein neues Geräusch die Stille.

Im zweiten Geschoss eines Hauses zerplatzte ein Fenster.

Jemand stürzte mit dem Kopf voran hinaus, drehte sich mitten in der Luft und krachte dann auf die Motorhaube eines parkenden Autos.

Er rannte vorwärts.

Laura folgte ihm.

Er erkannte das Gesicht sofort.

Laura packte das blutige Hemd. »Spagna.« Sie wiederholte es mit flehender Stimme. »Spagna.«

Er fühlte den Puls. Schwach. Aus Platzwunden im Gesicht strömte Blut. Die Nase des Erzbischofs blutete stark. Doch überraschenderweise öffnete er die Augen.

»Können Sie mich hören?«, fragte Luke.

Keine Antwort.

Er sah Panik in Lauras Gesicht. Zum ersten Mal.

Spagnas blutige rechte Hand kam hoch und packte sie am Arm. »Tun Sie ... was ich ... Ihnen gesagt habe. Sie ... beide.«

Oben ploppte es leise, und etwas zischte nahe an Lukes rechter Wange vorbei. Spagnas Brust wurde aufgerissen. Es zischte wieder, und direkt vor seinen Augen platzte des Erzbischofs Schädel auseinander, Blut und Hirnmasse spritzten auf Laura und ihn.

Er drehte sich um und blickte nach oben.

In dem zerschmetterten Fenster zwei Stockwerke höher standen zwei Männer und zielten mit ihren Waffen. Für sie ging es offenbar vorrangig darum, zu Ende zu bringen, was sie begonnen hatten. In dem Moment, als die beiden ihre Waffen auf die beiden unerwarteten Eindringlinge richteten, hechtete Luke zu Laura und schob sie hinter ein Auto. Sie landeten unsanft auf dem feuchten Pflaster, sie unten, und er als ihr Schutzschild über ihr.

Weitere Plopps waren zu hören.

Es hagelte Kugeln.

Eine blieb in der Motorhaube neben Spagnas Körper stecken, eine andere zerschmetterte die Windschutzscheibe. Glücklicherweise stand die Reihe geparkter Autos im idealen Winkel, um dahinter in Deckung zu gehen. Die zweite Etage war offensichtlich ein Stockwerk zu niedrig, um von dort aus über die Fahrzeuge hinweg zu treffen.

»Wir müssen von hier verschwinden«, sagte sie.

»Wir können uns um diese Kerle kümmern.«

»Gallo hat jetzt Priorität. Das wollte Spagna uns sagen. Wir müssen zu Gallo. Kommen Sie, ziehen Sie den Kopf ein.«

Sie folgte ihm gebückt; sie nutzten die Autos als Deckung und arbeiteten sich die Straße hinunter. Weitere Kugeln versuchten sich einen Weg durch Metall und Glas zu bahnen. Fünfzig Meter weiter sah er sich nach hinten um. Die Gesichter waren vom Fenster verschwunden, doch plötzlich sprangen zwei Gestalten aus dem Hauseingang. Er und Laura rannten los und bogen an der ersten Kurve ab. Luke schätzte, dass sie etwa ein halbes Fußballfeld Vorsprung hatten. Deshalb fing er an, Haken zu schlagen bei dem Versuch, endlich einen Weg aus dem Labyrinth der Seitengassen zu finden.

Sie kamen auf eine Hauptstraße.

Er atmete gierig die feuchte Luft ein und sah sich um. Der Bürgersteig war gut ausgeleuchtet, an seinem Rand parkten weitere Fahrzeuge. Ihre Verfolger näherten sich, was durch das lauter werdende Geräusch von Schritten bestätigt wurde.

Genug gerannt. »Lassen Sie uns diese Mistkerle ausschalten.«

Sie hatte nichts dagegen einzuwenden. Er nahm seine Beretta, und sie gingen links und rechts der Mündung einer Seitengasse in Stellung. Doch die Schritte waren jetzt nicht mehr zu hören. Sie warteten, aber es kam nichts mehr.

Was zum Teufel?

Auch Laura wirkte überrascht.

»Es dauert nicht mehr lange, bis hier jede Menge Polizei unterwegs ist«, sagte sie.

Er hatte noch die Autoschlüssel und das Handy mit der Wegbeschreibung bei sich, die Spagna ihm gegeben hatte.

»Gehen wir und suchen Kardinal Gallo.«

36

Cotton bückte sich und hob das Blatt auf, das heruntergefallen war. Er fasste es ganz vorsichtig am Rand, wie man es beim Umgang mit so einer Rarität tun sollte – und so etwas war schließlich sein Haupterwerb.

Er rollte das Dokument auseinander und sah sich das Blatt an.

Sechs Zeilen. Maschinengeschrieben.

Er übersetzte das Deutsch im Kopf und las es Stephanie auf Englisch vor.

Übergeben Sie den Inhalt persönlich zu Händen von Hompesch. Dies muss sofort und mit aller nötigen Diskretion geschehen. Wo Öl auf Stein trifft, ist der Tod das Ende eines dunklen Gefängnisses. Stolz gekrönt, ein anderes beschützt. Drei Errötende erblühten zur breiten Masse.
H Z P D R S Q X

»Was bedeutet das?«, fragte sie.

»Lassen Sie uns hier verschwinden, bevor man uns entdeckt«, sagte Gallo. »Unterwegs kann ich einen Teil davon erklären.«

Eine gute Idee.

Sie sprangen beide herunter und verpackten die Werkzeuge im Seesack. Gallo rollte das Pergament und das einzelne Blatt wieder zusammen und schob beides in das Metallrohr zurück. Cotton trug das Rohr, als sie ihre Schritte die Allee hinunter in Richtung Stadion lenkten.

»Der Richter, der diese Worte schrieb, diente Großmeister

Ferdinand von Hompesch auf Malta als der Prior von *la nostra ronti maggiore della sacra religione*«, sagte Gallo.

»Unsere Hauptkirche der heiligen Religion«, übersetzte Cotton sinngemäß für Stephanie.

»Die Stammkirche der Ritter«, sagte Gallo. »Die Konkathedrale in Valletta. Wir vermuteten lange, dass das Geheimnis dort zu finden sei, einfach wegen der Verbindung ihres Priors mit von Hompesch.«

»Es muss doch mehr dahinterstecken«, stellte Stephanie fest.

Sie gingen weiter.

»Das tut es auch.«

Gallo erzählte ihnen von dem Mann, den Napoleon während seiner Invasion in Malta folterte. Ein Mann, dessen Hände auf einen Tisch genagelt worden waren und der sich trotzdem weigerte, den französischen Besatzern etwas zu verraten.

»Der Legende nach hinterließ der tote Mann Hinweise, um die *Nostra Trinità* zu finden. Er war Prior der Kathedrale und gehörte zu den *Secreti*. Nachdem Napoleon ihn ermordet hatte, wurde er an der Ostküste Maltas auf einem kirchlichen Friedhof beigesetzt. Er lag dort friedlich und ungestört, bis in den 1930er Jahren sein Grab geschändet wurde.«

»Von Mussolini?«, fragte Cotton.

Gallo nickte. »Und er fand offenbar etwas, das die Aufmerksamkeit zweier Päpste erforderte. Etwas, mit dem es ihm gelang, sie davon zu überzeugen, sich aus seiner Politik herauszuhalten. Wir sind immer davon ausgegangen, dass etwas Bedeutendes aus dem Grab entwendet wurde.«

»War es die Nachricht, die wir gerade gelesen haben?«, fragte Stephanie.

»So muss es gewesen sein. Und da ist noch etwas.« Gallo blieb stehen und stellte den schweren Seesack ab. »Mussolini hat drei unserer Brüder ermordet, um das zu bekommen, was wir gerade gelesen haben. Diese Männer sind – genau wie vor langer Zeit der Prior der Kathedrale – in Erfüllung ihres Eides gestorben. Wir glaubten stets, dass Mussolini letzten Endes nichts gefunden hatte. Jetzt wissen wir, dass es der Wahrheit entsprach. Er hat den Vatikan belogen. Die Lüge war gewiss überzeugend, doch es bleibt eine Lüge.«

»Wie können Sie sich so sicher sein?«, fragte Stephanie.

»Das ist leicht«, schaltete Cotton sich ein. »Falls er die Trophäe tatsächlich gefunden hätte, hätte sie sich in diesem Obelisken befunden, und nicht nur Hinweise darauf, wo sie sein könnte.«

Gallo nickte erneut. »Außerdem hat er die ursprüngliche Nachricht offenbar geändert, weil es 1798 noch keine Schreibmaschinen auf Malta gab. Das Original wäre mit der Hand geschrieben worden. Wir wollen hoffen, dass er es korrekt transkribiert hat. Es liegt nun an uns zu finden, was er nicht finden konnte, und es wieder in unsere Obhut zu bringen.«

Er spürte den Schmerz in Gallos Stimme. Gewiss war die Mitgliedschaft in jener althergebrachten, geheimen Bruderschaft mit einer kräftigen Dosis Männerbündelei gepaart. Doch eine Gemeinschaft mit offen religiösen Obertönen und uralten historischen Zwecken fügte noch ganz andere Dimensionen hinzu. Es waren über 80 Jahre vergangen, seit jene drei Brüder gestorben waren, trotzdem schien ihr Verlust noch so frisch auf Pollux Gallo zu wirken, als seien sie erst gestern ermordet worden.

»Wir müssen nach Malta«, sagte Gallo.

»Wie kommen Sie darauf?«, fragte Cotton.

»Das steckt in den Worten, die wir gerade gelesen haben. *Wo Öl auf Stein trifft.* Was wir suchen, befindet sich dort.«

Der Ritter hatte gleichermaßen fasziniert wie besorgt beobachtet, was am Obelisken geschehen war. Der *Codex Fori Mussolini* schien sich genau dort zu befinden, wo man ihn nach den Zeitungsberichten der Dreißigerjahre vermuten musste.

Eine exzellente Wendung des Schicksals.

Es wäre ein Leichtes gewesen, die Situation in den Griff zu bekommen und sich die Amerikaner an Ort und Stelle vorzunehmen, wie er es mit dem einen in der Villa am Comer See getan hatte. Die nötigen Kräfte standen ihm zur Verfügung. Eine einfache Geste hätte gereicht, um sie ins Spiel zu bringen. Aber das schien nicht der klügste Schachzug zu sein.

Noch nicht, jedenfalls.

Mit Unbesonnenheit war noch nie etwas gewonnen worden. Übereilte Planungen brachten stets unbefriedigende Ergebnisse hervor. Er war so weit vorangekommen, weil er im perfekten Moment intelligente Entscheidungen traf und kluge Schachzüge machte. Es wäre sinnlos, jetzt damit aufzuhören. Sein großer Plan beinhaltete viele Variablen. So vieles musste funktionieren, und zwar genau zur richtigen Zeit. Der ursprüngliche Weg zum Erfolg, den er sich abgesteckt hatte, schien Makulatur zu sein. Zu viele neue und unvorhersehbare Akteure waren im Spiel. Es wirkte lästig, doch es bot auch jede Menge Möglichkeiten.

Es war ihm gelungen, das Gespräch am Obelisken zu belauschen. Das Blatt, das aus dem *Codex* herausgefallen war, musste die Informationen enthalten, die Mussolini gestohlen und dann versteckt hatte. James Grant zufolge waren die Briten davon überzeugt, und allem Anschein nach könnten sie recht gehabt haben.

Jetzt war es am besten, die Entwicklung zu beobachten und die Gunst des Schicksals zu nutzen.

37

Kastor Gallo hatte sich nicht bewegt.

Ebenso wenig Chatterjee, der ein paar Meter entfernt lag.

Nachdem die schwarze Gestalt die Höhle verlassen hatte, war niemand mehr in den Tunnel gekommen. Ein Motor heulte auf, dann entfernte sich das Geräusch, und danach war in der Grotte kein anderer Laut mehr durch die Nacht gedrungen. Er hatte noch nie gesehen, wie jemand erschossen wurde. Doch heute Abend war er gleich zweimal Zeuge geworden, wie ein Leben auf diese Weise endete.

Er fühlte sich erschöpft und verlor zusehends die Hoffnung. Auch zitterte er und war verängstigt wie ein verletztes Tier. Wahrscheinlich der Schock, der sich allmählich bemerkbar machte. Bewegungslos lag er da und versuchte sich zu fassen, doch dass er sich seiner düsteren Verzweiflung bewusst wurde, trug nur wenig dazu bei, sie zu zerstreuen. Dafür schämte er sich.

Zum Glück war niemand hier, der ihn in diesem geschwächten Zustand sah.

In den kommenden Tagen durfte er sich absolut nichts davon anmerken lassen.

Die Kirche war angeschlagen und im Umbruch begriffen. China und Russland entfernten sich aus ihrem Einflussbereich. Die Europäer blieben der Messe fern. In Zentral- und Südamerika war der einstmals starke moralische Führungsanspruch der Kirche ins Wanken geraten. In den Vereinigten Staaten war es am schlimmsten. Abtrünnige Priester und gleichgültige Bischöfe hatten unermesslichen Schaden angerichtet. Die Menschen verließen die Kirche scharenweise. Es gab nur noch wenige, die ins Priesterseminar gingen, und die Zahl der Katholiken, die sich deshalb sorgten, war noch geringer. Traditionalisten hatten viele ältere Gläubige weggelockt, während sich die jüngeren generell enttäuscht von der Religion abwandten. Informierte Laien schienen nicht länger gewillt zu sein, stur Katechismen auswendig zu lernen und auf die grauenhafte Frage nach dem Warum zu verzichten.

Die Zeit war reif für einen Mann der Tat. Jemanden, der die Gesetze und das Vermächtnis der Kirche kannte, jemanden, der die Tradition respektierte, der daran glaubte, dass der Vatikan über den Schlüssel zur Wahrheit verfügte, und dass es unnötig war, sich nach außen zu öffnen. Die römisch-katholische Kirche war die großartigste Dynastie der Menschheitsgeschichte, aber nachgiebige Päpste und grenzenlose Kopflosigkeit hatten sie in die Irre geführt.

Das musste ein Ende haben.

Er war angetreten, um das Kardinalskollegium herauszufordern. Nicht alle Kardinäle. Nur einige ausgewählte. Jene, die Einfluss ausüben und die restlichen Kardinäle umstimmen konnten, um ihm die Stimmen zu verschaffen, die er benötigte, um zum Papst gewählt zu werden. Er hatte geglaubt, das *Constitutum Constantini* könne ausreichen, um dieses Ziel zu erreichen, doch Spagna hatte unerwartet etwas Besseres angeboten.

Und das war alles auf dem USB-Stick, den Chatterjee ihm gezeigt hatte.

Er riss sich zusammen und kroch über die rauen Steine zu ihm hinüber. Hoffentlich war der USB-Stick noch da. Chatterjee war auf seine linke Seite gefallen, deshalb rollte er den Körper auf die Seite und durchsuchte die Taschen. Dort fand er den Stick.

Gott sei Dank.

Seine Erlösung.

Vorausgesetzt, dass er echt war.

Das mit Chatterjee war wirklich schade. Der Mann wollte helfen, obwohl er sich gefragt hatte, wie teuer Spagna sich diese Hilfe am Ende bezahlen lassen würde. So simpel, wie von Chatterjee dargestellt, konnte es nicht sein. Wollte er wirklich nur seinen Job behalten? Und die Kardinalsmütze bekommen? Es musste noch mehr auf dem Spiel stehen.

Und das tat es.

Mörder.

Männer, die andere kaltblütig erschossen. Wer waren sie? Weshalb hatten sie ihn nicht erschossen? Wäre auch nur eine Spur von Glauben in seinen Knochen gewesen, hätte er auf die Knie fallen und Gott danken und um seine Führung bitten müssen. Doch er hatte schon vor Langem jeden Glauben daran verloren, dass es tatsächlich ein barmherziges, allmächtiges Wesen gab, das mit der Güte eines liebenden Vaters über die Erde wachte. Das war ein Mythos und ein Teil jener Religion, die die Menschen geschaffen und organisiert hatten und die dank der Menschen bereits seit 2000 Jahren existierte.

Mit einer Sache hatte Spagna recht gehabt. Man musste die Kardinäle unter Druck setzen, sobald sie in der Sixtinischen Kapelle eingeschlossen waren, wo niemand Hilfe von außen erbitten konnte.

Aber alles der Reihe nach. Zuerst musste er von hier verschwinden.

Er stand auf und tastete sich durch den schwarzen Tunnel zurück in die Grotte. Die *Dghajsa* war an einem Felsen vertäut und schien auf ihn zu warten. Er überlegte, ob es eine Falle sein könnte, mit der man ihn zurück aufs Wasser bekommen wollte. Doch er wertete das als berechtigte Paranoia. Falls diese Menschen – wer auch immer *sie* waren – seinen Tod wollten, hätten sie ihn zusammen mit Chatterjee erschießen können.

Er sprang ins Boot und löste die Leine.

Dreimal das Starterseil ziehen, dann sprang der Außenborder an.

Als er das letzte Mal ein Boot gelenkt hatte, war er noch ein Kind und in Begleitung seines Vaters gewesen. Er steuerte aus der Grotte und von dort in die Bucht. Das Gewitter hatte sich inzwischen abgeschwächt, es tröpfelte nur noch, und der Wind legte sich allmählich. Er schwenkte den Bug und steuerte aufs offene Mittelmeer hinaus. Andere Schiffe waren nicht in Sicht. Wo sollte er jetzt hin? Er hätte wenden und an der Südküste entlangfahren können, vielleicht an der bekannten blauen Grotte anlegen, die nicht allzu weit entfernt war. Dort konnte er sich bis zur Straße und nach Valletta durchschlagen und die Insel dann so schnell es ging verlassen. Er konnte aber auch umkehren und zum Haus des Uhrmachers zurückkehren. Die Polizei musste längst eingetroffen sein, schließlich war dort ein Auto explodiert. Er könnte sie um ihren Schutz ersuchen, seinen Status als Kardinal in die Waagschale werfen und darauf bestehen, nach Rom zurückgebracht zu werden. Doch das würde vielleicht an die Öffentlichkeit dringen, und negative Meldungen konnte er momentan schlecht gebrauchen.

Es sind nur noch einige wenige Stunden. Bleiben Sie anonym und halten Sie sich aus dem Getümmel heraus. Lassen Sie die Drecksarbeit von Ihrem neuen Freund erledigen.

Diesen Rat hatte er erst vor Kurzem am Telefon erhalten.

Trotzdem schien es ihm am sichersten zu sein, zum Haus des Uhrmachers zu fahren.

Er schwenkte das Steuerruder nach Osten.

Luke fuhr den komfortablen Wagen und hielt sich an die Wegbeschreibung im Handy. Es half, dass Laura die Insel kannte und sich an eine Ladenzeile in der Nähe der St. Thomas Bay gleich hinter dem Dorf Marsaskala erinnerte. Dort war auch der Laden eines alteingesessenen Uhrmachers. Keiner von ihnen hatte bisher von Spagna geredet, weil sie sich nur darauf konzentrierten, aus Valletta rauszukommen.

»Wie tief steckt Ihr Chef in dieser ganzen Sache?«, fragte er.

»Er hat gesagt, dass ich mit Spagna arbeiten soll. Ausnahmsweise wollte ich nicht mit ihm darüber diskutieren und tat, was von mir verlangt wurde.«

»Wo fand diese Unterredung statt?«

»In der Wohnung, aus der Spagna heruntergeworfen wurde.«

»Sie waren eine Zeitlang verschwunden.«

Offenbar hatte sie Informationen zurückgehalten, und sein Tonfall signalisierte, dass er verärgert war.

»Hören Sie«, sagte sie, »die haben mir nicht ihre Lebensgeschichte erzählt. Spagna sagte, dass er uns beide braucht, damit wir ihm helfen. Er war vor allem besorgt, dass es ihm nicht gelang, Kontakt mit Chatterjee aufzunehmen. Er wollte, dass wir beide das überprüfen. Er sagte mir, dass er Ihnen einen Wagen, die Schlüssel, ein Handy und die Wegbeschreibung dagelassen hatte. Für den Fall, dass Sie noch da waren, hätten wir beide gehen sollen. Falls Sie sich dazu entschieden hätten, aus der Sache auszusteigen, wären Sie weg gewesen. Dann hätte ich mich allein darum kümmern müssen.«

Das entsprach genau dem, was ihm der Erzbischof gesagt hatte.

»Danach kam ich zurück und stellte fest, dass die Party schon ohne mich angefangen hatte.«

»Ich weiß es zu schätzen, dass Sie einfach reingeplatzt sind. Haben Sie eine Ahnung, wer diese Leute waren?«

Sie schüttelte den Kopf. »Wahrscheinlich gehörten sie zu den Leuten, die Spagna besucht hatten. Sie kannten beide Orte.«

»Die Entität hat ein gewaltiges Leck.«

»Das ist noch gelinde ausgedrückt. Aber jetzt müssen wir erst mal Kardinal Gallo finden.«

Je weiter sie sich von Valletta entfernten, desto schwächer

regnete es. Sie hatte ihr eigenes Handy benutzt, um sicherzugehen, dass ihre Wegbeschreibung korrekt war, doch sie dirigierte sie mühelos an den richtigen Ort. Als Erstes sah er Blaulicht, das die Nacht erhellte, danach die Polizei- und Rettungsfahrzeuge.

»Das ist nicht gut«, sagte er. Als er im Scheinwerferlicht das ausgebrannte Fahrzeugwrack entdeckte, fügte hinzu: »Und das auch nicht.«

»Biegen Sie irgendwo ab«, sagte Laura. »Man muss uns nicht sehen.«

Er bog bei der ersten Einfahrt von der Straße ab und parkte dort.

Sie stiegen beide aus.

Kastor Gallo fuhr auf demselben Kurs durch die Bucht zurück, den er und Chatterjee zuvor genommen hatten. Die Ereignisse steckten ihm noch in den Knochen. Er fühlte sich machtlos, wie in einer Kette von Ereignissen gefangen, die ein anderer losgetreten und manipuliert hatte. Um ihn herum starben auf unerklärliche Weise Menschen. Dennoch hielt er sich an der Hoffnung fest, dass ihn der USB-Stick in seiner Tasche vielleicht erlösen konnte. Es war sogar noch besser, weil er sich jetzt Danjel Spagnas Bedingungen nicht mehr unterwerfen musste.

Jetzt hielt er ein Druckmittel gegen den Getreuen des Herrn in den Händen.

Das Meer hatte sich beruhigt, aber das Wasser war noch kabbelig vom Sturm. Der Außenborder der *Dghajsa* kämpfte sich ab, und er hatte Mühe, den Bug auf die Küste gerichtet zu halten. Diese wendigen, kleinen Boote verlangten einem manchmal viel ab. Sie waren für Langlebigkeit gebaut, nicht für bequemes Handling oder Komfort. Er umschiffte eine dunkle Landzunge und fuhr dann hinter dem Laden des Uhrmachers wieder in die Bucht.

Er hoffte, dass er mit seiner Einschätzung richtig lag und die Gefahr von vorhin längst abgezogen war.

Sie näherten sich der Uhrmacherwerkstatt.

Laura und er hatten die Straße überquert und sich hinter den verstreuten Häusern an der Küstenlinie entlang durchgeschlagen. Sie waren über ein paar Zäune geklettert und ungehindert weitergekommen, stießen lediglich auf ein paar Hunde, die kaum Interesse zeigten. Daheim in Tennessee wäre er bereits von einem Rudel neugieriger, kläffender Hunde gestellt worden.

Kein Polizist patrouillierte auf der Rückseite der Uhrmacherwerkstatt. Er sah sich das Gebäude an, die zerbröckelnden Mauern, die aufgeplatzte Farbe an den Fensterläden und die Pflanzen, die sich an einer Seite hochrankten. Er entdeckte keine Hintertür, aber eines der Fenster stand offen, und das Eisengitter davor fehlte. Sie liefen hinüber und stiegen in so etwas wie einen Lagerraum ein. An der gegenüberliegenden Wand gab es eine Tür, hinter der es bestimmt auf die Straßenseite ging, wo alles passiert war. Hinter einem dünnen Vorhang brannte Licht. Er machte seiner Begleiterin ein Zeichen, still zu sein, dann näherten sie sich dem Vorhang. Als er am Türrahmen vorbeispähte, sah er, dass der Laden leer, alle Fenster zerbrochen und auf dem Holzfußboden frische Blutflecken waren. Draußen standen vier Polizisten beim ausgebrannten Fahrzeug.

»Jemand wurde erschossen«, flüsterte Laura.

»Ganz zu schweigen von dem verbrannten Auto.«

Es war keine Leiche zu sehen; offenbar hatte man sie bereits abtransportieren lassen.

War es Gallo?

»Ich gehe davon aus, dass Sie wissen, wo sich das Leichenschauhaus befindet?«, fragte er.

Sie nickte.

Kontakt mit den örtlichen Behörden aufzunehmen konnte

sich als problematisch erweisen, insbesondere nach dem, was geschehen war, als Spagna zum ersten Mal auf der Bildfläche erschien.

»Sie wissen, was wir zu tun haben?«, fragte er.

Laura nickte zustimmend.

Sie zogen sich zum Fenster zurück und kletterten in die feuchte Nacht hinaus. Doch bevor sie umkehren und zum Wagen zurückgehen konnten, hörten sie einen Motor auf dem Wasser. Das Geräusch wurde lauter. Luke sah zu einem Anleger, der in die Bucht ragte und von einer kleinen Glühlampe beleuchtet wurde. Eines der landestypischen bunten Boote kam aus dem Dunkel, verlangsamte das Tempo und stoppte schließlich.

»Sehen Sie das«, fragte er Laura und zeigte mit dem Finger.

Kastor Kardinal Gallo.

Er schüttelte den Kopf. »Endlich. Das ist doch was.«

38

Cotton schlief immer wieder kurz ein und wachte ebenso schnell wieder auf. Nachdem der Jet des Justizministeriums vom römischen Fiumicino/Leonardo-da-Vinci-Flughafen gestartet war, versuchte er, ein kurzes Nickerchen zu machen. Er, Stephanie und Gallo hatten den Helikopter vom Obelisken aus für einen kurzen Sprung in den Westen zum wartenden Jet genutzt; es war das Flugzeug, mit dem Stephanie vorher den Atlantik überquert hatte. Er und Gallo unternahmen den neunzigminütigen Flug in den Süden nach Malta. Stephanie war im Chopper weiter nach Rom geflogen. Sie hatte sich wieder in der Innenstadt im Palazzo di Malta absetzen lassen, genau dort, wo Cotton wenige Stunden zuvor aufgebrochen war. Auf dem Weg zum Airport hatte sie einen Anruf erhalten und ihnen mitgeteilt, dass es Angelegenheiten gebe, die ihre persönliche Aufmerksamkeit erforderten. Sie nannte keine Details, und er hatte sich wohlweislich nicht danach erkundigt. Beunruhigenderweise war James Grant von der Bildfläche verschwunden. London kannte seinen Aufenthaltsort nicht, und unter der Kontakt-Telefonnummer, die Cotton besaß, wurde er gleich auf einen Anrufbeantworter weitergeschaltet. Stephanie hatte ihm mitgeteilt, dass sie die Situation von der US-Botschaft aus im Auge behalten und gleich nach der Landung über alle Ereignisse informiert werden wollte.

Gallo selbst war sehr wortkarg geworden. Er saß mit geschlossenen Augen in seinem Sessel und versuchte anscheinend auch, sich etwas auszuruhen.

Das war Cotton nur recht.

Er brauchte Zeit zum Nachdenken.

Wo Öl auf Stein trifft, ist der Tod das Ende eines dunklen Gefängnisses. Stolz gekrönt, ein anderes beschützt. Drei Errötende erblühten zur breiten Masse.

Was für eine seltsame Aneinanderreihung von Worten. Ganz sicher nicht nur zufällig. Und doch ergaben sie keinen Sinn.

Und dann waren da die Buchstaben.

H Z P D R S Q X

»Was hat Ihnen gesagt, dass die Nachricht auf Malta verweist?«, fragte er Gallo. »*Wo Öl auf Stein trifft.* Sie wussten genau, was das bedeutet.«

Gallo öffnete die Augen und sah missmutig hoch.

»Im ersten Teil wird nur verlangt, dass es an von Hompesch überbracht wird. Der Prior der Kathedrale hat die Nachricht offensichtlich für seinen Großmeister verfasst. Und zwar bevor er von Napoleon gefangen gesetzt wurde. Alle Indizien deuten darauf hin, dass nur der Prior über das Versteck Bescheid wusste. Nichts deutet darauf hin, dass er in den 48 Stunden zwischen der Ankunft Napoleons und dem Tod des Priors die Insel verließ. Es ist unwahrscheinlich, dass er andere eingeweiht hat, deshalb muss sich das Versteck auf Malta befinden. Und dann gibt es noch Mattia Preti. Was wissen Sie über ihn?«

»Noch nie von ihm gehört.«

»Er war wie so viele andere, die im 17. Jahrhundert nach Malta kamen. Es waren Männer, die nach einer Bestimmung suchten, einem Ort, an dem sie ein erfülltes Leben führen und erfolgreich sein konnten. Er war ein italienischer Künstler, der den Rest seines Lebens auf Malta verbrachte und zum Schluss die Kathedrale in Valletta zu einem Wunderwerk machte. Das Tonnengewölbe der Kirche wurde sein Meisterwerk. Er brauchte sechs Jahre, um es zu vollenden. Als er fertig war, zeigte es 18 Episoden aus dem Leben Johannes des Täufers. Normalerweise wurden solche Wandmalereien mit wasserlöslichen Farben ausgeführt. Doch Preti brach mit der Tradition und trug Ölfarbe direkt auf den Stein auf.«

Er erkannte den Zusammenhang. *Wo Öl auf Stein trifft.*

»Also deuten alle Hinweise zur Kathedrale auf Malta.«

Gallo nickte. »So scheint es, und das ergibt auch Sinn. Die Franzosen tauchten 1798 ohne Vorwarnung auf. Der Kampf um die Insel dauerte bis zur vollständigen Kapitulation etwas mehr als einen Tag. Bedauerlicherweise konnte nur ein kleiner Teil unserer Schätze und Aufzeichnungen aus der Stadt gebracht werden. Das meiste wurde von den Franzosen während ihrer Plünderungen beschlagnahmt und ging für immer verloren, als das Schiff, das man damit beladen hatte, vor der Küste Ägyptens sank.«

Gallo schwieg einen Moment, dann fuhr er fort.

»Es war eine traurige Epoche unserer Geschichte. Als Napoleon ankam, hatten die Ritter ihren Daseinszweck verloren. Die protestantische Reformation hatte unsere Reihen gelichtet. Im 16. und 17. Jahrhundert sanken unsere Einnahmen durch europäische Geldgeber fast auf null. Malta selbst war eine karge Insel und verfügte über so gut wie nichts, das sich für Exporte geeignet hätte. Um Geld zu verdienen, fingen wir an, uns auf dem Mittelmeer als Ordnungsmacht zu etablieren und die Schiffe der christlichen Seefahrt vor den osmanischen Korsaren zu schützen. Darin wurden wir so gut, dass wir uns zu Freibeutern entwickelten, muslimische Schiffe enterten und plünderten. So wurden wir selbst zu Korsaren. Damit haben wir eine Menge Geld verdient, aber wie Sie sich vielleicht denken können, führte diese Gesetzlosigkeit zu einem moralischen Verfall, der unseren ganzen Orden erfasste. Am Ende wähnten wir uns Königen und Königinnen überlegen, so als stünden wir über dem Gesetz, womit wir uns noch mehr Feinde machten.

Deshalb kümmerte es niemanden, als die Franzosen Malta besetzten und uns besiegten.« Gallo machte eine kurze Pause. »In der Mitte des 18. Jahrhunderts fanden wir zu unserem ursprünglichen Daseinszweck zurück: den Kranken zu helfen. Glücklicherweise wurde der gefolterte Prior nicht pflichtvergessen und verweigerte Napoleon die *Nostra Trinità*. Unsere Trinität blieb also weiterhin verborgen. Und jetzt wissen wir, dass es nicht einmal Mussolini gelang, sie zu finden.«

Cotton deutete auf das Metallrohr, das auf einem der anderen Sitze lag. »Wie können Sie so sicher sein, dass die Nachricht dieselbe ist wie die, die der Prior verfasste? Wie Sie bereits bemerkten, war es Mussolini, der das Dokument tippen ließ.«

»Wir können nicht sicher sein. Aber fest steht, dass es zu dem passt, was ich Ihnen über Mussolini und seine Aussagen gegenüber unserem Großmeister im Jahr 1936 erzählte, zu denen es anlässlich ihres ersten und einzigen Treffens kam. Er sagte, er habe das Erinnerungsstück verändert, um es zu erhalten. Dann versteckte er es, wo niemand herankam. Wir müssen davon ausgehen, dass er es nicht veränderte. Weshalb sollte er? Vielleicht hätte er es eines Tages tatsächlich selbst finden müssen.«

»Es ist interessant, dass sich Mussolini nicht auf die Suche danach gemacht hat.«

»Das brauchte er nicht. Es reichte aus, den Papst davon zu überzeugen, dass er es konnte.«

»Aber dass er die Nachricht versteckte, wirkt fast so, als hätte er den Papst beschwichtigen wollen.«

»Das wollte er auch. Mit Sicherheit. Trotz aller Großspurigkeit ließ Mussolini sich von den Päpsten einschüchtern. Er umwarb auf verschiedene Weise beide Pius-Päpste, und das funktionierte ja auch bis zu einem gewissen Punkt.«

»In diesem Zusammenhang frage ich mich, womit man einen Papst erpressen kann.«

Gallo veränderte seine Sitzposition. »Das frage ich mich selbst seit Jahren. Von den drei Teilen der *Nostra Trinità* könnte nur das *Constitutum Constantini* eine Bedrohung darstellen. Die beiden anderen Teile sind bekannte Dokumente mit Kopien im Vatikan. Aber das Geschenk Konstantins muss ein Einzelstück sein. Wir glaubten immer, dass Mussolini die Drohung, sie zu veröffentlichen, für heimliche Erpressungen benutzte. Aber hat er das wirklich getan? Wir werden es nie erfahren. Wir wissen aber, dass sich weder Pius XI. noch Pius XII. jemals öffentlich gegen die faschistische Herrschaft ausgesprochen haben.«

»Aber die Kirche existiert schon seit 2000 Jahren. Es gibt nicht viel, was einen nachhaltigen Schaden anrichten könnte. Es müsste etwas sein, das die Kirche in ihren Grundfesten erschüttert und sie ins Straucheln bringt.«

Gallo nickte. »Außerdem, und das ist noch wichtiger, muss es etwas sein, das in den 1930er- und 1940er-Jahren für besondere Aufmerksamkeit gesorgt hätte. Etwas, das noch so viel Durchschlagskraft besaß, dass die Kirche fürchtete, es nicht überstehen zu können. Es war eine schwierige Zeit. Die Welt stand vor dem Ausbruch eines Krieges, und die Menschen konzentrierten sich aufs reine Überleben. Die Religion spielte keine wichtige Rolle mehr für sie. Wir haben lange darüber spekuliert, was in diesem Dokument gestanden haben könnte, aber alles, was wir haben, sind Mutmaßungen.«

»Wie lange war es im Besitz der Hospitaliter?«

»Mit Bestimmtheit können wir nur sagen, dass es irgendwann im 13. Jahrhundert in unseren Besitz kam. Aber wie, das wissen wir nicht, denn es geriet im Laufe der Jahre in Vergessenheit. Aber wir wissen, dass es bis 1798 in unserem Besitz blieb.«

»Und niemand hat es jemals gelesen? Gibt es keine mündlichen Überlieferungen, die sich darauf beziehen?«

»Nein, nichts, das die Zeiten überdauert hat. Die *Secreti* hielten das Dokument unter Verschluss. Mittlerweile haben wir wenigstens ein paar Hinweise darauf, wo es sich befinden könnte.«

»Da ist immer noch die Sache mit den *Secreti*«, stellte Cotton fest.

»Das ist mir klar, und wir sollten wachsam bleiben. Den *Secreti* wird die Bedeutung der Kathedrale bewusst sein. Und vermutlich wissen sie auch, dass ich nach Malta gekommen bin. Wir dürfen ihren Einfluss nicht unterschätzen.«

Er teilte diese Auffassung. »Was ist mit Ihrem Bruder?«

Stephanie war recht wortkarg gewesen, bevor sie nach Rom aufbrach, aber immerhin hatte sie preisgegeben, dass Erzbischof Danjel Spagna zusammen mit einem anderen Agenten der Entität ermordet worden war. Kardinal Gallo galt zunächst als verschwunden, wurde dann aber von Luke lokalisiert, der die Situation vor Ort im Griff hatte.

»Mein Bruder und ich werden uns unterhalten«, sagte Gallo und stockte dann einen Moment. »Er hat so viel Chaos verursacht. Es wird lange dauern, alles wieder ins Lot zu bringen.«

Cotton war ein Einzelkind. Sein Vater starb, als er zehn Jahre alt war, bei einem Schiffsunglück in einem Unterseeboot der US-Navy. Deshalb war seine Mutter seine wichtigste Bezugsperson. Sie war eine gute Frau und lebte mitten in Georgia, wo sie eine Zwiebelfarm betrieb, die seit Generationen im Familienbesitz war. Sie war ebenfalls Einzelkind gewesen, deshalb gab es keine weiteren Malones. Jedenfalls nicht in der Blutlinie. Sein eigener Sohn Gary, auch ein Einzelkind, war ganz und gar aus dem gleichen Holz geschnitzt wie er – nur nicht genetisch, weil er aus einer Affäre hervorging, die seine Exfrau vor 17 Jahren gehabt hatte. Die Schrecken der Vergangenheit hatten sie gebändigt, und das Ehepaar war darüber hinweggekommen, doch er wäre ein Lügner, wenn er behauptet hätte, dass ihn die

Aussicht völlig kaltließ, dass mit ihm die Blutlinie der Malones unweigerlich endete.

»Mein Bruder und ich haben uns eine Gebärmutter geteilt«, sagte Gallo. »Wir sehen gleich aus, obwohl ich mich sehr angestrengt habe, mein Aussehen zu verändern, um nicht immer mit ihm verwechselt zu werden. Aber geistig sind wir wie Tag und Nacht. Ich habe immer versucht, ein anderes Leben zu leben, mich aus dem Rampenlicht und allem Ärger herauszuhalten. Ich wollte mich nützlich machen und niemandem zur Last fallen. Wie ich Ihnen bereits sagte, habe ich meine jetzige Position nicht angestrebt. Ich habe sie angenommen, weil es nötig war, um eine bereits schlimme Situation zu entschärfen. Sobald es einen neuen Papst gibt, werden sich die Ordensbrüder treffen, und dann wird ein neuer Großmeister gewählt.«

»Sie?«

Gallo schüttelte den Kopf. »Diese Aufgabe wird jemand anderer übernehmen. Das habe ich deutlich gemacht, als ich diese Interimsposition akzeptierte.«

»Ich begreife immer noch nicht, was Ihr Bruder damit bezwecken wollte, die Hospitaliter auf den Kopf zu stellen. Er schien alles daranzusetzen, Ärger zu machen.«

»Konflikte sind sein Element. Er ist hinter der *Nostra Trinità* her, weil er sich einbildet, sie würde ihn zum Papst machen.«

»Und wird sie das?«

»Ich wüsste nicht, wie, doch er ist davon überzeugt – so wie er es immer zu sein scheint.«

Gallo schloss wieder die Augen und lehnte den Kopf an die Rückenlehne. Vor den Kabinenfenstern des Jets war es dunkel, und die Lichter in der Kabine waren gedimmt. Die Triebwerke dröhnten monoton, was seine Lider nur noch schwerer machte.

Bis zur Landung war es noch eine gute Stunde.

Etwas Entspannung täte gut.

Aber Antworten wären besser.

39

Luke stand auf der Rollbahn und starrte in den Nachthimmel hinauf. Laura befand sich zusammen mit Kardinal Gallo in dem kleinen Terminal. Sie waren die kurze Strecke von St. Thomas Bay bis zum Hauptflughafen Maltas mit dem Auto gefahren. Gallo hatte sich nicht widersetzt, sie zu begleiten, und Luke verstand, weshalb, nachdem er erfahren hatte, was draußen auf dem Meer passiert war. Es gelang ihm endlich, Stephanie telefonisch zu erreichen, und er hörte, was in Italien geschehen war. Laura hatte sich mit ihrem Chef in Verbindung gesetzt, und es wurden Leute zu der von Gallo beschriebenen Grotte geschickt, um Chatterjees Leiche zu suchen. Jetzt waren Cotton Malone und der Zwillingsbruder des Kardinals im Anflug, sie sollten jeden Moment landen.

Gott sei Dank war Stephanie nicht mitgekommen. Momentan wollte er ihr wirklich nicht unter die Augen treten. Er hatte die Dinge nicht so geregelt, wie sie geregelt werden mussten. Ein simpler Aufklärungseinsatz hatte sich in etwas ganz anderes verwandelt, aber jetzt war Pappy persönlich unterwegs, um alles ins Reine zu bringen. Doch so sollte er nicht über Malone denken. Er mochte den Mann. Mehr noch, er respektierte ihn. Aber Malone war im Ruhestand, und das hier war *sein* Einsatz. Er war es gewesen, der versagt hatte, und jetzt war es an ihm, die Sache wieder hinzukriegen. Die Hilfe eines auf Antiquar umgesattelten Exagenten war nicht nötig.

Doch das hatte nicht er zu entscheiden.

Stephanie hatte ihm bereits befohlen, sich Malone zu unterstellen, alles Weitere würde dann erklärt werden. Großartig. Er konnte es kaum erwarten.

Es war fast zwei Uhr morgens, und das Hauptterminal des internationalen Flughafens war still und leer; keine dröhnenden Flugzeugturbinen störten die Nachtruhe. Er stand in der Nähe eines Gebäudes, das von Privatflugzeugen benutzt wurde, viele davon parkten rechts von ihm. Ein Multimillionen-Dollar-Jet nach dem anderen. Die Blinklichter aus nördlicher Richtung wurden heller, und er beobachtete, wie sie zur Landung herunterkamen. Schon manövrierte der nächste teure Jet über die Landebahn. Die Beschriftung auf dem Rumpf ließ erkennen, dass es sich um eine Maschine des Justizministeriums handelte. Die Turbinen liefen aus, und zwei Männer stiegen aus der offenen Kabinenluke. Zuerst Malone, dann jemand anders, den er für Pollux Gallo hielt. Er war genauso groß und hatte dieselbe Figur wie der Kardinal, lediglich eine andere Frisur und einen Bart. Als sie näher kamen, sah er, wie ähnlich sich ihre Gesichter waren. Malone schüttelte ihm die Hand, dann stellte er ihn vor.

»Luke ist im aktiven Dienst des Magellan Billet«, erklärte Malone Pollux Gallo. »Er ist bei diesem Auftrag der Ranghöchste.«

»Man hat mir etwas anderes erzählt«, stellte Luke fest.

»Und was habe ich dir über Außeneinsätze gesagt?«

Er lächelte und erinnerte sich an den Rat, den ihm Malone schon bei ihrer ersten Begegnung gegeben hatte. *Du kannst tun, was immer du willst, solange du deinen Job erledigst.*

»Vergiss, was Stephanie gesagt hat. Das ist nicht meine Show«, sagte Malone. »Ich bin die Verstärkung. Wo ist der Kardinal?«

Dieses Vertrauensvotum tat ihm gut. Ein weiterer Grund, weshalb es schwerfiel, Malone nicht zu mögen. Er war eine ehrliche Haut und ein korrekter Typ, durch und durch. Luke deutete nach rechts, und sie gingen in das Gebäude aus Betonplatten. Luke beobachtete, wie die Brüder einander mit der

Herzlichkeit zweier Alligatoren begrüßten. Kein Händeschütteln. Keine Umarmung. Nicht einmal ein Lächeln. Er konnte diese Fremdheit umso schwerer verstehen, weil er zu seinen drei Geschwistern ein sehr enges Verhältnis hatte.

»Bist du mit dir zufrieden?«, fragte Pollux Gallo alles andere als freundlich.

»Das ist jetzt nicht der richtige Zeitpunkt«, erwiderte der Kardinal.

»Bei dir ist nie der richtige Zeitpunkt. Wegen deiner rücksichtslosen Handlungen sind Menschen gestorben, Kastor.«

»Ich brauche mir von dir keinen Vortrag anzuhören. Ich muss nach Rom zurück.«

»Erst, wenn das hier erledigt ist«, sagte Luke. »Ich wurde aus Italien umfassend über alles informiert und habe den Befehl, alles aufzuklären, bevor einer von Ihnen diese Insel verlässt.«

Cotton mochte den neuen und besseren Luke Daniels.

Hart im Nehmen, selbstbewusst, verantwortungsvoll.

Es war nicht mehr der eingebildete Exranger, der vor gar nicht so langer Zeit aus dem Himmel in den kalten Øresund gesprungen war. Stephanies Lagebericht, aus dem hervorging, dass die Dinge hier nicht gut gelaufen seien, war von geringer Bedeutung. Im Außeneinsatz lief nur selten alles wie geplant. Niedergeschlagen zu werden war ein ständiges Berufsrisiko. Der Trick war zu wissen, wie man wieder aufstand, und weiterzumachen. Einige lernten es, andere nicht. Schön zu sehen, dass Luke zur ersten Gruppe gehörte.

Die beiden Gallos waren ein Musterbild für starke Kontraste. Pollux' Gesichtsausdruck war so finster wie der eines Bestattungsunternehmers, während Kastor strahlte und sehr alert wirkte. Ihre Persönlichkeiten schienen sich wie Tag und Nacht zu unterscheiden. Interessant, wie unterschiedlich eineiige Zwillinge sein konnten. Die Umwelt schien also tatsächlich einen Einfluss auf die Gene zu haben.

Laura Price hatte nichts gesagt, war aber neugierig geblieben und hatte die sich anbahnende Konfrontation mit deutlichem Interesse beobachtet. Er wusste nichts über sie, was sie in die gleiche Kategorie versetzte wie die beiden Gallos. Drei Unbekannte verhießen normalerweise nichts Gutes, deshalb nahm er sich vor, auf der Hut zu bleiben. Was er gesagt hatte, meinte er auch so. Das hier war Lukes Show, doch um Stephanie einen Gefallen zu tun, hatte er eingewilligt, sich einzuklinken. Nein zu ihr zu sagen war ihm schon immer schwergefallen. Außerdem hatten ihn die Briten bereits ausbezahlt, und er schuldete ihnen für das Geld eine Gegenleistung.

»Ich erhielt gerade einen Anruf von den Leuten, die die Leiche Arani Chatterjees gesucht haben«, sagte Laura schließlich. »In der Grotte, die der Kardinal beschrieben hat. Er war nicht da.«

Kardinal Gallo wirkte geschockt. »Er war tot. Ich habe es selbst überprüft. Ich habe gesehen, wie er erschossen wurde. Sind Sie sicher, dass Ihre Leute an der richtigen Stelle gesucht haben? Es gibt viele Höhlen an der Südküste.«

»Sie waren am richtigen Ort. Aber da war keine Leiche. Und die beiden Männer, die Luke und ich gefesselt in der konspirativen Wohnung zurückließen, sind ebenfalls verschwunden.«

Cotton grinste. »Hier scheint ja eine Menge zu verschwinden.«

»Aber darum können wir uns jetzt nicht kümmern«, sagte Luke.

Er pflichtete ihm bei und deutete auf den Metallzylinder, den sie aus dem Flugzeug mitgebracht hatten. »Zeigen Sie es ihnen.«

Pollux ließ das Pergament und die maschinenbeschriebene Seite herausrutschen und zeigte beides seinem Bruder. Der Kardinal schien an Mussolinis faschistischem Manifest nicht interessiert zu sein. Stattdessen konzentrierte er sich auf die Hinweise.

»Ich vermute, Sie verstehen Deutsch?«, fragte Cotton.

»Das kann ich, und das hier ist Kauderwelsch.«

»Was bestimmt auch beabsichtigt war«, sagte Pollux. »Um dieses Rätsel zu lösen, müsste man über Informationen verfügen, die auf dieser Welt nur wenige Menschen haben. Zum Glück bin ich einer von ihnen.«

Cotton verstand auch, was er nicht aussprach.

Der Kardinal zählte nicht dazu.

»Wir müssen zur Konkathedrale gehen«, sagte Pollux.

»Ich sollte nach Rom zurückkehren«, sagte der Kardinal. »Ich werde hier nicht mehr benötigt.«

»Abgesehen davon, dass du der Grund für das alles bist«, platzte es leidenschaftlich aus Pollux – der jetzt zum ersten Mal eine Gefühlsregung zeigte – hervor. »Du wolltest die *Nostra Trinità*. Leider wirst du sie nicht bekommen. Aber wir werden das jetzt zu Ende bringen, Bruder. Wir werden das zu Ende bringen, was *du* begonnen hast, damit die Trinität den Rittern zurückgegeben werden kann, denn dort gehört sie hin.« Gallo machte eine Pause. »Und dann werden du und ich uns unterhalten. Unter vier Augen.«

Kardinal Gallo schwieg.

»Dieser ganze Bruderzwist ist faszinierend«, meldete Laura sich nun zu Wort. »Aber auf dieser Insel lauern noch diverse Gefahren, und Vieles liegt im Dunkeln. Insbesondere, was explodierende Autos und verschwindende Leichen anbetrifft.«

Cotton merkte, dass Luke sein ironisches Grinsen sah, das exakt ausdrückte, was klargestellt werden musste.

»Kein Problem«, sagte Luke. »Das kriegen wir hin.«

40

Kastor Gallo hatte die Kirche des Heiligen Johannes des Täufers schon immer gemocht. Massiv, streng und mit mächtigen Mauern kündete sie unmissverständlich von Macht und Stärke. Zwei hohe Türme mit achteckigen Spitzen flankierten ihren Haupteingang; beide waren mit Glocken versehen. Fast jede andere Kirche auf der Insel imitierte ihre Form und den Baustil, und das war kein Zufall.

Die Ritter hatten sie klug auf einem hochgelegenen Grundstück im Zentrum ihrer neuen Stadt positioniert und so eine Landmarke geschaffen, die man fast überall auf der Insel und vom Meer aus sehen konnte. Die strenge Front war nach Westen ausgerichtet, der Altar nach Osten, wie es im 16. Jahrhundert üblich war. Hinter der nüchternen Fassade verbarg sich ein beeindruckendes barockes Kunstwerk. Die Kirche war Johannes dem Täufer, dem Schutzheiligen der Ritter gewidmet. Alles an ihr hatte Bezüge zum Orden, doch auch Napoleon hinterließ seine Spuren. Sobald sich die Franzosen die Insel unter den Nagel gerissen hatten, trug der Bischof Maltas sein Anliegen vor. Er wollte die Kirche für seine Diözese und betrachtete die Besatzung als gute Gelegenheit, sie den Rittern abzunehmen. Napoleon übergab sie ihm und verfügte, dass sie für alle Zeiten »Konkathedrale des Heiligen Johannes des Täufers« genannt werden und jedermann offen stehen sollte.

Bei dem Namen war es geblieben.

Er wusste nicht recht, was er von den Neuzugängen in seinem Team halten sollte. Doch welche Wahl hatte er? Spagna und Chatterjee waren beide tot. Der USB-Stick befand sich zum Glück noch sicher in seiner Tasche. Er hatte kein Wort darüber verloren und wollte es dabei belassen. Diese Trophäe gehörte ihm allein. Was war aus Chatterjees Leiche geworden? War sein Mörder zurückgekehrt und hatte sie mit einem Boot abtransportiert?

Und falls dies so war, aus welchem Grund?

Sie umrundeten die Kirche und gelangten zu einem kleinen Platz vor einem Nebeneingang. Das Kopfsteinpflaster war noch nass vom Regen. Trotz der späten Stunde hielten sich dort einige Menschen auf. Auf der Fahrt vom Flughafen hatte Pollux sich ans Telefon gehängt, mit der Stiftung telefoniert, die die Kathedrale verwaltete, und sie wissen lassen, dass er auf dem Weg war. Obwohl die Hospitaliter eigentlich nicht mehr im Besitz des Kirchengebäudes waren, hatten sie inzwischen wieder einen großen Einfluss auf ihre Verwendung. Eigentlich war es gar keine Kirche mehr, sondern eher eine Touristenattraktion. Vor 40 Jahren hatte es noch anders ausgesehen. Er erinnerte sich an mehrere Besuche mit seinen Eltern und viele weitere, als er später im Waisenhaus war. Alles hier war vertrautes Territorium. Weshalb also fühlte er sich so fehl am Platz?

Quietschend öffneten sich die Holztüren, und ein Mann mittleren Alters in Jeans stellte sich als der Kurator vor. Er hatte blasse Haut, ein eulenhaftes Gesicht und trug eine Brille mit einem dicken Rahmen. Sein Haar war zerzaust und sein Blick müde, wahrscheinlich als Folge davon, aus dem Tiefschlaf geweckt worden zu sein.

Pollux übernahm die Führung und ging zu ihm. »Ich weiß es zu schätzen, dass Sie zu so später Stunde hergekommen sind. Es ist wichtig, dass wir für einen Moment in die Kirche gehen können. Ungestört.«

Der Kurator nickte.

Es war eigenartig, seinen Bruder als Autoritätsperson zu erleben. Bisher hatte sich Pollux immer von *ihm* führen lassen. Doch er sagte sich, dass Pollux nur seinetwegen Übergangschef der Malteserritter war. Alle Macht, die sein Bruder besaß, hatte er nur ihm zu verdanken. Er fand es verstörend, auf der Rückbank Platz zu nehmen, obwohl es die klügste Vorgehensweise zu sein schien. Mit einer Konfrontation war nichts zu gewinnen. Außerdem war er neugierig, was sie finden würden. Dennoch tickte die Uhr, denn das Konklave sollte in weniger als zehn Stunden beginnen. Jeder Kardinal, der zur Wahl in die Sixtinische Kapelle kommen wollte, musste sich bis zehn Uhr morgens im Domus Sanctae Marthae einfinden. Danach kam niemand mehr hinein.

Er folgte der Entourage in ein großes, rechteckiges Kirchenschiff, das von zwei schmalen Gängen flankiert war und über dem sich ein segmentiertes Tonnengewölbe spannte. Die Gänge wurden durch eine Serie beeindruckender Seitenkapellen untergliedert. Die Luft war hier spürbar kälter. Aufwendige Steinmetzarbeiten, vergoldete und marmorne Ornamente überzogen jeden Quadratzentimeter der Wände, des Bodens und der Decke. Man hatte nichts ausgelassen. Es waren ausgefeilte Barockmotive mit floralen Ornamenten, Engeln und Triumphsymbolen aller Art. Er wusste, dass nichts nachträglich angebracht worden war. Man hatte alles direkt aus dem Kalkstein geschlagen. Die Marmorwände reflektierten gedämpftes, gelbliches Licht, das die schillernde Pracht der Farben und Dekors in einen warmen Glanz hüllte. Nahezu 500 Jahre unablässiger Pflege hatten ein Meisterwerk entstehen lassen. Manche nannten sie die schönste Kirche der Welt, und vielleicht hatten sie recht.

»Ich werde Sie allein lassen«, sagte der Kurator.

Pollux hob die Hand, um ihn aufzuhalten.

»Bitte nicht. Wir brauchen Ihre Hilfe.«

Cotton hatte den Petersdom in Rom besucht, die Auferstehungskirche in St. Petersburg und Westminster in London. Keine dieser Kirchen kam auch nur in die Nähe dieses Bauwerkes. So vieles stürzte aus allen Richtungen auf die Blicke ein, dass es einen fast überwältigte. Es war eine Kombination aus Pomp, Kunst, Religion und Symbolik in einer Mischung verschiedener Kunstepochen, in der sich alles nahtlos miteinander verband.

Er erkundigte sich nach den Ursprüngen.

»In den ersten hundert Jahren war das Interieur bescheiden«, sagte der Kurator. Im Jahr 1660 befahlen die Großmeister dann umfangreiche Umbaumaßnahmen, die den Kirchen Roms Konkurrenz machen sollten. Mattia Preti wurde mit der Leitung beauftragt, und er verbrachte die Hälfte seines Lebens damit, so gut wie alles zu schaffen, was Sie jetzt sehen.«

Das war der Name, den Gallo während des Flugs erwähnt hatte.

»Es ist vielleicht das bedeutendste Zeugnis des Barocks auf der Welt«, fügte der Kurator hinzu. »Glücklicherweise überlebte die Kirche die Bombardierungen des Zweiten Weltkriegs.«

»Wir möchten Ihnen etwas zeigen«, erklärte Pollux Gallo dem Kurator und reichte ihm das maschinengeschriebene Dokument.

Wo Öl auf Stein trifft, ist der Tod das Ende eines dunklen Gefängnisses. Stolz gekrönt, ein anderes beschützt. Drei Errötende erblühten zur breiten Masse. H Z P D R S Q X

»Ganz sicher ein Rätsel«, sagte der Kurator. »Aber ein Teil davon ist klar. Die ersten vier Worte.«

Und der Mann deutete nach oben.

Cotton schaute hoch auf Pretis Meisterwerk.

Sechs klar abgetrennte Sektoren der Decke, von denen jeder einzelne in drei Bereiche aufgeteilt war, ergaben achtzehn Episoden. Die gemalten Figuren sahen mehr nach dreidimensionalen Statuen als nach flachen Bildern aus, zusammen ergaben sie eine umfassende Darstellung des Lebens Johannes des Täufers und verwandelten so das einstmals schlichte Tonnengewölbe in etwas Außergewöhnliches.

»Das ist alles in Öl auf Stein gemalt.«

Während sich der Kurator weiter über das Dach und die Zeilen des Rätsels ausließ, richtete Cotton seine Aufmerksamkeit auf den Boden.

Auch er war einzigartig.

Er bestand aus Hunderten von Grabplatten, jede einzelne einzigartig, mit farblich abgesetzten Marmorintarsien, die Worte und Bilder formten und sich in perfekten Reihen von vorne bis hinten, von links nach rechts und von Wand zu Wand erstreckten. Jeder Quadratzentimeter des Bodens war ausgefüllt und sorgte für eine atemberaubende Optik. Am gegenüberliegenden Ende der Kirche gab es in der Nähe des Altars einige Reihen mit Holzstühlen, für Menschen bestimmt, die beten wollten.

Der Rest lag frei.

Er bemerkte die lebendige Ikonografie, die farbenfrohen Mosaiken, die Triumph, Ruhm und Tod darstellten. Skelette und Schädel schienen beliebt gewesen zu sein. Er wusste, weshalb. Das eine repräsentierte das Ende eines sterblichen Wesens, das andere den Beginn ewigen Lebens. Es gab auch viele Engel, die entweder in Fanfaren stießen oder Lorbeerkränze hielten, hinzu kamen Wappen, Waffen und Schlachtszenen – gewiss als Zeugnis der Ritterlichkeit der Verblichenen. Es ging sehr turbulent zu in den Darstellungen, was, wie er vermutete, ein Abbild der Zeiten war, in denen die Männer gelebt hatten. Die meisten Epitaphe wirkten pompös und eloquent, sie waren überwiegend auf Latein oder in der Muttersprache der Verstorbenen verfasst. Er entdeckte französische, spanische, italienische und deutsche Texte. Im Stil glichen sie sich oft, es gab aber auch Individuelles. Keine zwei Texte waren identisch, dennoch wirkten sie alle sehr ähnlich.

»Es gibt auch eine Verbindung«, sagte der Kurator, »zu den nächsten Worten in Ihrer Nachricht. *Der Tod ist das Ende eines dunklen Gefängnisses.* Ich möchte Ihnen etwas zeigen.«

Der alte Mann schritt über den Boden und suchte eine bestimmte Grabplatte.

»Hier.«

Sie gingen gemeinsam ins Zentrum des Kirchenschiffs, wo der Kurator stand, und blieben vor einer ganz besonders verzierten Grabplatte stehen, in deren Mitte ein verschleiertes Skelett vor einer Wand von Eisenstäben zu sehen war. Zwei säulengestützte Pilaster trugen einen Bogen über den Gitterstäben, das ganze Bild war flach, wirkte durch die dreidimensionalen Trompe-l'Œil-Effekte jedoch sehr lebendig. Cotton las das Epitaph und erfuhr, dass es sich um das Grab eines Ritters namens Felice de Lando handelte, der am 3. März 1726 starb. Auf dem Bogen über dem Skelett stand etwas auf Italienisch.

LA MORTE E FIN D UNA PRIGIONE OSKURA.

Der Tod ist das Ende eines dunklen Gefängnisses.

Ein Zufall?

Wohl kaum.

Kastor Gallo hatte den Fußboden der Kathedrale schon immer geliebt. So etwas gab es nirgendwo sonst auf der Welt. Und die Grabplatten gehörten nicht zu Zenotaphen, also Scheingräbern. Nein, es handelte sich um richtige Gräber, in denen sich Knochen befanden. Je wichtiger der Ritter, desto näher am Altar. Sämtliche Bestattungen endeten jedoch 1798 mit der französischen Besatzung. Danach wurden wichtige Ritter jenseits der Stadtgrenzen an weitaus weniger eleganten Orten begraben. Als die Briten die Insel im Jahre 1815 übernahmen, wurde die alte Sitte wieder aufgenommen, endete dann aber 1869 für alle Zeit. Alles, was er darüber wusste, verdankte er den Nonnen. Die Kinder aus dem Waisenhaus hatten routinemäßig in der Kathedrale gearbeitet, auch er und Pollux. Er hatte damals jeden Teil des Gebäudes erforscht und fand den Fußboden stets ganz besonders faszinierend. Ein Mosaik der Erinnerungen, voller tröstlicher Worte, Ratschläge und Lobpreisungen. Manches war gewiss übertrieben, doch die Erinnerungen mussten sich an bestimmte Dinge heften, weil sie sonst die Zeiten nicht überdauert hätten.

Die römisch-katholische Kirche war ein perfektes Beispiel dafür.

Genau wie sein Leben.

Nach ihrem Tod erhielten seine Eltern nur eine einfache Beerdigung im Kreis einiger weniger Freunde. Es gab nicht einmal einen Grabstein auf ihren Gräbern. An ihre Existenz erinnerte nichts Greifbares, von den Zwillingen abgesehen.

Von denen einer demnächst Papst sein könnte.

Bisher war es ihnen gelungen, zwei Zeilen der Nachricht zu entziffern.

Und eins schien klar zu sein:

Sie befanden sich am richtigen Ort.

Cotton versuchte wie jener Prior der Kathedrale zu denken, der es geschafft hatte, seine Arbeit zu erledigen, obwohl er wusste, dass der Hafen voller französischer Kriegsschiffe war und die Invasion eines Heeres bevorstand.

So viel zum Thema Arbeiten unter Druck.

»Im Jahr 1798 gab es die *Secreti* bereits«, sagte er. »Und da alle Ritter hier auf Malta lebten, befanden sich jegliche Verstecke, die die *Secreti* möglicherweise benutzten, auf der Insel, richtig?«

Pollux nickte. »Das kann man mit Fug und Recht vermuten. Die Ritter versuchten, alles auf diese Insel zu konzentrieren. Es war ihr Herrschaftsgebiet.«

»Also fällt Malta«, sagte er, »die Ritter beginnen zu fliehen, selbst der Großmeister verlässt die Insel. Um sicherzugehen, nimmt der Prior der Kathedrale die *Nostra Trinità* aus ihrem Versteck und versteckt sie an einem neuen Ort, der nur ihm bekannt ist. Dann entwickelt er einen Weg, sie zu finden; er verwendet Hinweise, die der Großmeister entziffern kann, und gibt den Befehl, ihm die Nachricht zu überbringen. Sie erreicht ihn allerdings nicht und bleibt zunächst dort liegen, wo Mussolini sie aufspüren kann. Vielleicht im Grab des Priors?«

Es war überdeutlich, dass Pollux seinem Gedankengang folgen konnte.

Er deutete nach unten. »Er benutzte ausdrücklich ein Epitaph von diesem Gedenkstein, dem er die Worte *Wo Öl auf Stein trifft* vorausschickte.« Er deutete an die Decke. »*Wo Öl auf Stein trifft, ist der Tod das Ende eines dunklen Gefängnisses.* Das ist genau hier. Damals fehlte die Zeit für geniale Einfälle. Der Prior war für dieses Gebäude zuständig, deshalb verwendete er das, was er am besten kannte.«

»*Stolz gekrönt, ein anderes beschützt. Drei Errötende erblühten zur breiten Masse*«, sagte Laura Price. »Beziehen sich diese Worte auf den Fußboden?«

Er nickte und sah sich auf den vielen unterschiedlichen Bildern auf den Grabplatten um, die ihn umgaben. »Ja. Sie sind hier. Irgendwo.«

»Haben Sie eine Idee, was *Stolz gekrönt* bedeutet?«, fragte Kardinal Gallo.

Darüber dachte er gerade nach.

»Bevor wir uns jetzt zu sehr darin vertiefen – mir macht die Außenwelt Sorgen«, sagte Laura. »Wir haben keine Ahnung, was da draußen vor sich geht.«

Sie hatte recht.

Cotton sah Luke an. »Wie wäre es, wenn Sie beide einmal nachsehen? Vergewissern Sie sich, dass wir keine unerwünschten Besucher haben. Wir sind hier etwas exponiert.«

Luke nickte. »Wir kümmern uns darum.«

Er sah ihnen nach, als sie zum Eingang zurückliefen. Es war gut zu wissen, dass Luke seine Flanke beschützte. Er dachte an Gallos Warnung im Flugzeug, dass die *Secreti* von der möglichen Bedeutung der Kathedrale und der Anwesenheit des Lieutenants ad interim auf der Insel wussten. Dieses Rätsel zu lösen konnte etwas Zeit in Anspruch nehmen, und falls dort draußen jemand lauerte, wartete er vielleicht das Ergebnis ab, bevor er zuschlug.

Doch vielleicht war die Gefahr schon zu ihnen vorgedrungen.

Bis hinein in die Kathedrale.

Und beobachtete sie in diesem Moment ...

Der Ritter war zurück auf Malta.

Sein letzter Besuch dort lag eine Weile zurück.

Es war James Grant zu verdanken, dass er mit den Amerikanern Schritt gehalten hatte. Zuerst am Obelisken und jetzt hier in der Konkathedrale. Zur rechten Zeit am rechten Ort. Und er konnte alles hören, was Cotton Malone gesagt hatte.

Er gab ihm recht.

Der Fußboden barg die Antwort.

Passenderweise erzählte jedes Grab die Geschichte von Männern, die ihr Schicksal, ihr Leben und ihren Ruf Gott und der Kirche gewidmet hatten, Männer, die bei der Belagerung Ascalons kämpften, bei der Schlacht von Arsuf, der Besetzung Gozos, der Erstürmung von Tripolis und sogar der großen Belagerung von Malta. Ihre Gräber lagen dicht bei dicht, alle durch eine durchgehend glatte Oberfläche miteinander verbunden – eine angemessene Metapher für die Ritter selbst. Höchst bedauerlich, dass die sterblichen Überreste des tapferen Priors, der sich Napoleon widersetzt hatte, niemals hierhergelangt waren. Er hätte einen besonderen Ort in der Nähe des Altars verdient. Stattdessen waren seine Überreste auf einem heruntergekommenen Kirchhof begraben und sein Grab von einem niederträchtigen Diktator geschändet worden. Ein Sakrileg.

Dieses Unrecht musste aus der Welt geschafft werden.

Man hatte Mussolini wie ein Tier erschossen und seinen Leichnam danach kopfüber an einem Fleischerhaken aufgehängt. Man hatte ihn mit Gemüse beworfen, ihn angespuckt, angepinkelt, beschossen und getreten. Alles wohlverdient. Schließlich war er auf einem Friedhof in Mailand begraben worden. Um die Konservativen der äußersten Rechten zu beschwichtigen, bettete man den Leichnam einige Jahre später in der Familienkrypta in Predappio zur letzten Ruhe. Er wurde in einen Steinsarkophag gelegt, der mit den Symbolen der Faschisten dekoriert und mit einer Marmorbüste versehen war. Das Grabmal, zu dem alljährlich 100.000 Menschen pilgerten, war stets mit Blumen und Kränzen geschmückt. Der 28. April, sein Todestag, wurde von den Neofaschisten weiterhin auf Kundgebungen und mit einem Marsch durch die Stadt bis zum Friedhof gefeiert.

Er war sogar selbst einmal mitgegangen.

Um auf das Grab zu spucken.

Dieses Gräuel würde enden.

Er wollte sich persönlich darum kümmern.

Niemand erinnerte sich an die drei Ritter, die Mussolini foltern und töten ließ, um das zu bekommen, was er wollte. Niemand wusste etwas von dem Prior der Kathedrale, der sein Gelübde eingehalten und durch die Hand Napoleons gestorben war.

Ehrenmänner hatten versucht, das zu schützen, was … jetzt vielleicht endlich ans Tageslicht kam.

41

Cotton ging die Nachricht des Priors im Kopf wieder und wieder durch und konzentrierte sich auf die beiden letzten Zeilen. *Stolz gekrönt, ein anderes beschützt. Drei Errötende erblühten zur breiten Masse.* Er richtete den Blick auf den Boden, ging herum und betrachtete die Bilderkollektion.

»Es gibt über 400 Grabstätten«, sagte der Kurator. »Nicht einmal ich kenne sämtliche Details.«

Weiter vorn im Kirchenschiff, gleich vor der Treppe zum Hauptaltar, fiel ihm etwas auf. »Diese beiden sind identisch. Eines links von der Treppe, das andere auf der rechten Seite.«

»Zwei Ritter«, sagte der Kurator, »beide heißen Francesco Carafa, beide stammen aus Neapel. Einer starb 1632, der andere 1679. Aus unbekannten Gründen ließ der spätere Carafa sein Grab genauso gestalten wie der frühere Carafa.«

Das war gewiss ungewöhnlich, aber für das aktuelle Problem irrelevant.

Er schlenderte von den Zwillingsgräbern weg und untersuchte weitere Grabstätten. Die anderen taten dasselbe. Jeder versuchte eine Verbindung zwischen den Worten und dem Boden zu finden, als er auf etwas aufmerksam wurde.

Drei Löwenköpfe auf einem Schild.

Gekrönt.

Es fiel ihm wie Schuppen von den Augen.

Er hatte in die falsche Richtung gedacht.

Stolz gekrönt.

Er hatte *Stolz* für eine Emotion oder Reaktion gehalten. Stattdessen war es etwas viel Greifbareres. Ein Gruppe von Löwen. Ihr sozialer Verband. Ein Löwenrudel.

Inbegriff des Stolzes.

Er lächelte.

Dieser Prior hatte seine Worte klug gewählt.

»Es ist hier«, rief er. »Das Grab von François de Mores Ventavon.«

Während die anderen näher kamen, las er laut die lateinische Inschrift auf der Grabplatte vor. »*Seine Kirche übertrug ihm die Kommandantur von Marseille, das Priorat der Ehrwürdigen Zunge der Provence und sein letztes Amt, das Priorat von Saint-Gilles. Drei Titel.*« Er deutete auf die Marmorplatte. »Drei gekrönte Löwen. Drei Gründe, stolz zu sein.«

»Sie könnten recht haben«, sagte Pollux Gallo.

Er dachte an die folgenden Worte und sagte: »Wir müssen einen Löwen auf einem Schild finden.«

Kastor Gallo war noch nie ein Freund von Rätseln gewesen, erst recht nicht von solchen, die 200 Jahre alt waren. Doch er kannte die *Secreti*. Sie hätten die *Nostra Trinità* nicht jahrhundertelang sicher verwahren können, wenn sie sich dumm angestellt hätten. Die Bedrohung durch Napoleon musste sich als die größte Gefahr dargestellt haben, der sie jemals ausgesetzt waren. Der verdammte Franzose änderte alles.

Nach 1798 wurden die Ritter niemals wieder die alten.

Während seiner Amtszeit als Chef des Obersten Kirchengerichts hatte er zum ersten Mal die Geschichten von dem Geschenk Konstantins gehört. Der Leiter der vatikanischen Archive hatte ihm erzählt, dass das dritte Jahrhundert eine Zeit des Chaos war. Die Städte wurden von der Pest heimgesucht, Bürgerkriege wüteten, die Korruption nahm überhand, und im Laufe von 50 Jahren saßen 25 verschiedene Männer auf dem Kaiserthron. Im Jahr 324 eliminierte Konstantin schließlich alle Konkurrenten und erhob sich zum Alleinherrscher. Der Versuch, fest verankerte religiöse Überzeugungen zu ändern oder gar zu beeinflussen, erwies sich sogar für einen Herrscher als unmöglich. Deshalb kultivierte Konstantin seine eigene Religion, die nach einem Juden benannt war, der angeblich gekreuzigt wurde und eine Gruppe von Jüngern hinterließ, damit sie die Botschaft von Liebe und Hoffnung verbreiteten.

Christen.

Er gab kaiserliche Erlasse heraus, mit denen es den Christen endlich gestattet wurde, ihren Gottesdienst zu verrichten, ohne dafür unterdrückt zu werden. Er unterstützte sie finanziell, errichtete Gotteshäuser, befreite die Geistlichkeit von der Steuer und beförderte Christen in hohe öffentliche Ämter. Er gab beschlagnahmtes Eigentum zurück und baute später die Auferstehungskirche in Jerusalem und den ersten Petersdom in Rom. Bis in die Gegenwart hinein genoss Konstantin der Große in der römisch-katholischen Kirche großes Ansehen.

Er hoffte, ihm als Papst nacheifern zu können.

»Hier drüben.«

Sie eilten alle zu Malone, der mit dem Finger auf eine der Grabplatten aus Marmor zeigte.

»Da ist noch ein Löwe auf einem Schild«, sagte Malone.

Der Kardinal hätte fast gelächelt.

Sie waren nahe dran.

42

Luke ging zusammen mit Laura hinaus und sah auf die Uhr: 02.48 Uhr morgens. Er sollte irgendwo in Osteuropa sein und sich mit seinem vorigen Auftrag befassen. Stattdessen befand er sich auf einem Felsen im Mittelmeer und tat Gott weiß was. Er trug noch das Hemd, die Shorts und die Schuhe, die er heute Morgen angezogen hatte, weshalb er jetzt nicht unpassend angezogen wirkte, obwohl er sich in diesem Aufzug in der Kathedrale ein wenig seltsam gefühlt hatte. Einem Straßenschild zufolge befanden sie sich nun auf dem St. John's Square, und etwa fünfzig Menschen bewegten sich im Schein der Straßenbeleuchtung. Die Kathedrale, die nachts angestrahlt wurde, war an allen Seiten von Straßen umgeben. Übelgesonnenen boten sich hier viele Möglichkeiten zuzuschlagen.

»Lassen Sie uns die Umgebung checken«, sagte er. »Einmal im Umkreis.«

Die Beretta steckte seitlich unter seinem Hemd. Laura war ebenfalls bewaffnet, sie hatte sich von ihren Leuten eine Waffe geben lassen, als sie auf Malones Ankunft warteten. Eigentlich war er ganz froh, draußen zu sein. Malone war einer Sache auf der Spur, und Pappy war dafür zuständig, das Problem zu lösen. Er hatte selbst ein Problem, mit dem er fertigwerden musste, und das stand direkt neben ihm.

»Ich gehe hier lang«, sagte er. »Sie gehen in die Gegenrichtung, und wir treffen uns auf der gegenüberliegenden Seite des Gebäudes.«

Sie nickte und lief los.

Er überquerte den gepflasterten Platz, blieb aber unter einer Baumgruppe stehen und nutzte einen der Stämme als Deckung.

Als er sich kurz nach hinten umblickte, sah er Laura auf die Ecke des Gebäudes zusteuern, wo sie auf dem Weg zur anderen Seite schon bald außer Sicht sein würde.

Seine Gedanken gingen zurück in die Zeit, als er elf Jahre alt war. Es waren die letzten Stunden des letzten Tages seines ersten Jagdausflugs, der ihn zusammen mit seinem Vater und seinen drei Brüdern über die Grenzen Tennessees hinaus nach Nebraska geführt hatte. Die Kälte war ihnen in die Knochen gestiegen. Drei Tage waren sie unterwegs gewesen und hatten in den Uferbrüchen beim Republican-River-Tal Hirsche gejagt. Zwei Vormittage und einen Abend hatten sie im Anstand gesessen, aber es hatte sich kein einziger Hirsch blicken lassen. Sein Vater und seine Brüder hatten ihr Kontingent bereits erschöpft. Aber er war noch nicht zum Zug gekommen, was frustrierend für ihn war, weil es sich um den ersten Jagdausflug handelte, bei dem er eine Waffe führen und selbst schießen durfte.

Nur eine Chance, mehr wollte er nicht.

Also beschloss sein Vater, das zu tun, was jeder Jäger aus Tennessee tun würde, der etwas auf sich hält.

Er brachte sie in das Hügelland, um dort auf die Pirsch zu gehen.

Sie verfolgten die Hirsche zwei weitere Tage lang und trieben sie von einem Hang zum nächsten. Ganz gleich, wie geschickt sein Vater sich auch anstellte, die Tiere blieben ihm immer einen Schritt voraus. Doch allmählich begann sein Vater zu verstehen, wie, wann und wohin die Hirsche zogen.

Und es gelang ihm, ihnen voraus zu sein.

Am gegenüberliegenden Hügelkamm fielen zwei Schüsse.

Sein Vater überprüfte die Windrichtung und stellte fest, dass der Wind noch immer den Hang hinunterblies. Perfekt.

»Die anderen Jäger haben sie gerade vertrieben«, hatte sein Vater gesagt. *»In einer Minute oder so werden die Hirsche genau diesen Hang herunterkommen. Jetzt bist du dran, mein Sohn.«*

Er musste lächeln, als er sich an jene erste Gelegenheit erinnerte, die der Mann ihm verschaffte, den er auf der Welt am meisten bewunderte.

Alle fünf Daniels hatten sich zu den Zedern am Rand des Hanges aufgemacht. Sein Vater war etwa 20 Meter höher gestiegen, um einen besseren Ausblick zu haben. Er zeigte ihnen fünf Finger für die Anzahl der Tiere und deutete in die Richtung, aus der sie kamen. Luke konnte immer noch das .30-30-Winchester-94-Gewehr in seinen Händen spüren. Er hielt es fest umklammert, fast würgte er es. Sein Bruder Mark hatte mit dem Kopf geschüttelt und ihm zu verstehen gegeben, dass er sich entspannen sollte.

»Du musst sie wie ein Baby halten.«

Laura bog um die Ecke und war nicht mehr zu sehen. Er verließ die Deckung der Bäume und machte sich auf den Weg in die Richtung, in die sie gegangen war, wartete aber nur so lange, bis sie einen kleinen Vorsprung hatte.

Weitere Erinnerungen an jenen Jagdausflug stiegen aus seiner Erinnerung auf.

Die Hirsche näherten sich über die getrockneten Blätter und den liegen gebliebenen Schnee.

Ihre Atmung, bei jedem Ausatmen weiße Wölkchen, stark und gleichmäßig. Sie waren sich der Gefahr nicht bewusst, in der sie sich befanden. Dann stoppten sie kurz vor dem schmalen Abhang, etwa 20 Meter entfernt. Das Spannen des Gewehrs. Langsam. Leise. Der Gewehrkolben lag an seiner Schulter. Er schob sich hinter der Zeder hervor, versuchte ein klares Schussfeld durch die Bäume zu bekommen und kämpfte gegen die Kälte an, die er wie Nadelstiche im Gesicht spürte.

Dann drückte er den Abzug.

Der Knall und der Rückstoß.

Es war heftiger, als er sich vorgestellt hatte, und schleuderte ihn ein Stück nach hinten.

Zwei Hirschkühe und ein Jährling stoben auseinander, doch sein Schuss traf den Bock vorn in die Schulter, kappte die Wirbelsäule und ließ das große Tier zusammenbrechen.

Er erinnerte sich an jedes Detail dieses Tages.

Sein erster Abschuss.

Noch besser wurde es dadurch, dass sein Vater und seine Brüder bei ihm gewesen waren.

Und durch das, was er bei diesem Ausflug lernen konnte.

Es waren Lehren, die er nie wieder vergaß.

Eine dumme Frage zu stellen ist weitaus besser als etwas Dummes zu tun. Man muss die anderen beobachten und von ihnen lernen. Und übernimm nie einfach nur, was dir vorgesetzt wird. Nutze die Erkenntnisse, die man mit dir teilt, auf deine eigene Art.

Das war damals wie heute ein guter Rat.

Er erreichte die Mauern der Kathedrale und linste um die Ecke herum. Laura war etwa 30 Meter voraus und auf halbem Weg zur nächsten Ecke. Luke hoffte, dass er sich irrte, dass sie nach rechts abbiegen und ihre Runde um die Kirche fortsetzen würde. Doch sie schlug einen Haken nach links und kam ihm wieder entgegen, nur auf der anderen Straßenseite.

Er schüttelte den Kopf, war gleichermaßen befriedigt und enttäuscht, dass sein Bauchgefühl recht behalten hatte. Eilig zog er sich schnell wieder zu den Bäumen zurück, um in den Schatten in Deckung zu gehen; dort beobachtete er, wie sie den Bürgersteig hinuntereilte, an der Kirche vorbei und über den Platz, wie sie eine Kreuzung überquerte und schließlich durch eine Hintertür in einer kleinen Gasse einen der vielen Läden betrat, die die Republic Street säumten, aber abends geschlossen waren.

Interessant, dass sie einen Schlüssel für diese Tür besaß.

Und wie jene Hirsche war sie vertrieben worden. Allerdings nicht von den Schüssen anderer Jäger. Das hier unternahm sie ganz aus freien Stücken. Zum Glück wartete er in Windrichtung, und wie jene Hirsche ahnte sie nicht, wer auf sie wartete.

Er griff nach hinten und nahm seine Beretta in die Hand.

Er hielt sie sanft.

Wie ein Baby.

43

Cotton blickte von der Grabplatte mit dem Löwen auf dem Schild hoch und sah durch das Kirchenschiff zum Altar, wo sich, etwa 18 Meter entfernt, die andere Grabplatte – jene mit dem gekrönten Löwenrudel – befand. Die Verbindungslinie zwischen den beiden Grabplatten verlief diagonal durch das Kirchenschiff.

Er richtete seine Aufmerksamkeit auf die letzten Worte des Rätsels.

Drei Errötende erblühten zur breiten Masse.

Ein weiterer Hinweis auf etwas hier auf dem Boden.

Im Jahr 1798 mochte die Formulierung als Ablenkung getaugt haben, doch im 21. Jahrhundert war es vielleicht kein großes Problem. Er nahm sein Smartphone aus der Tasche und sah, dass er eine gute Verbindung mit einem lokalen Provider hatte. Technologie war eine tolle Sache, warum sie nicht nutzen?

Er rief eine Suchmaschine auf und tippte ERRÖTEN ein.

Erwartungsgemäß kam zuerst Make-up. Alle Sorten von Rouge verschiedener Hersteller.

»Was machen Sie da?«, fragte Kardinal Gallo.

»Meinen Job.«

Er scrollte weiter runter und sah einen Eintrag am Ende der ersten Seite mit Suchtreffern, der auf eine Website mit Definitionen verwies. *The Free Dictionary. Im Gesicht rot werden. Verlegen oder beschämt sein. Eine rote oder rosige Farbe. Ein Blick, ein Anblick oder Ausblick. Make-up, das auf die Wangenknochen aufgetragen wird, um ein rosiges Aussehen zu erhalten. Aus dem Mittelenglischen blushen, aus der altenglischen Bezeichnung für Rosen.*

Blumen.

Davon hatte er auf den Grabplatten viele gesehen.

Er blickte vom Display auf. »Suchen Sie nach Rosen.«

Die beiden Gallos und der Kurator schwärmten aus.

Er tippte RANKS AND FILE ein.

»Hier drüben«, rief der Kurator aus der Nähe des Altars.

Sie liefen alle hinüber, und er sah drei Rosen auf einem Schild über einem Malteserkreuz. Die erste Grabplatte, jene mit den drei gekrönten Löwen, war nur sechs Meter entfernt auf der anderen Seite des Kirchenschiffs.

»Auf dieser Seite gibt es zwei Markierungen«, sagte er. »Die mit dem Löwen auf dem Schild ist am anderen Ende. Es muss hier in der Nähe aber eine weitere Markierung geben.«

Er sah auf das Smartphone-Display, um sich das Suchergebnis für RANKS AND FILE anzusehen. *Ein militärischer Begriff, der sich auf die horizontalen Reihen und die vertikalen Linien bezieht. Es sind einfache Truppen und rangniedrige Offiziere. Menschen, die den Großteil einer Gruppe bilden. Eine Reihe auf einem Schachbrett. Eine Linie auf einem Schachbrett.*

Das waren einige Möglichkeiten.

Unter dem Fußboden der Kathedrale lagen viele Offiziere und Ritter. Zu viele aus allen Dienstgraden, um davon auszugehen, dass die Worte etwas Militärisches ausdrücken sollten.

Es musste das Schachbrett sein.

»Suchen Sie nach einer Art Schachbrett«, sagte er. »Lassen Sie es uns gemeinsam tun.«

Sie wussten genau, was ihm vorschwebte, und bildeten eine Reihe, jeder nahm sich etwa ein Viertel des Fußbodens vor, zwischen ihnen waren jeweils etwa drei Meter Abstand. Langsam marschierten sie im Gleichschritt vom Altar bis zu der riesigen Doppeltür an der gegenüberliegenden Seite des Kirchenschiffs, dem Haupteingang der Kathedrale. Elf vertikale Linien von Gräbern erstreckten sich über die Längsseite des Rechtecks, das vom Kirchenschiff gebildet wurde. Er hatte bisher sechs horizontale Reihen gezählt, aber sie näherten sich gerade erst dem Zentrum. Weitere sechs oder sieben Reihen folgten noch bis zum Haupteingang.

Bisher gab es keine Reihen und Linien.

Sie gingen immer weiter, langsam und stetig, mit geneigten Köpfen musterten sie die unzähligen Marmorbildnisse.

In der dreizehnten und letzten Reihe sagte Pollux Gallo: »Hier ist es.«

Cotton ging zu ihm und musterte die Grabplatte, auf der eine besonders makabre Szene mit einem Trompetenengel, einem anklagend deutenden Skelett und einem neugierigen Baby auf einem Fußboden mit Schachbrettmuster dargestellt wurde.

»Das hier muss es sein«, sagte Cotton. »Reihen und Linien. So, wie man sie auch bei einem Schachbrett nennt.«

Vier Punkte auf dem Boden.

Zwei in Richtung Altar, die beiden anderen gegenüber.

Koordinaten.

»Wir müssen die vier Grabplatten markieren.«

Die Gallo-Brüder gingen durch das Kirchenschiff zurück, Pollux nach links zum Löwenrudel und der Kardinal zur Grabplatte mit dem Tier auf dem Schild. Der Kurator stellte sich auf die drei Rosen. Cotton blieb beim Schachbrett.

Ihre Positionen bildeten ein verzerrtes X. Eine Linie war zwar länger als die andere, aber ein X war es trotzdem. Das musste die Lösung sein.

»Halten Sie den Blick auf den Mann gerichtet, der Ihnen diagonal gegenübersteht, und gehen Sie langsam in gerader Linie auf ihn zu. Versuchen Sie, ihn in der Mitte Ihrer Linie zu treffen. Wenn wir näher beisammen sind, können wir es genauer justieren.«

Sie setzten sich in Bewegung, er ging auf Kardinal Gallo zu, der Kurator näherte sich Pollux. Er und der Kardinal waren auf der längeren Linie des X, deshalb trafen sich Pollux und der Kurator als Erste. Er und der Kardinal kamen sich immer näher und trafen sich etwas versetzt von der Stelle, wo sich die beiden anderen begegnet waren, was bedeutete, dass sie das Zentrum ihrer Linie noch nicht gefunden hatten. Deshalb richteten sie sich genauer auf einen Punkt aus, an dem alle vier Männer beim Schnittpunkt des länglichen X zusammenstanden.

Unter ihren Füßen befand sich ein Grab.

44

Der Ritter beobachtete weiterhin gespannt, was in der Kathedrale vor sich ging, und war erfreut, dass es Fortschritte gab. Endlich sollte seine Geduld belohnt werden.

Die Worte der *Pie Postulatio Voluntatis*, der Frommsten Bitte, die, 1113 verfasst, ein Drittel der *Nostra Trinità* ausmachte, hatten plötzlich eine ganz neue Bedeutung bekommen. Jedes Mitglied der *Secreti* kannte das heilige Dokument auswendig. Als Papst Paschalis II. die Hospitaliter-Ritter anerkannte, schrieb er in der *Voluntatis*, dass es *jedwedem Menschen verboten sei, jeglichen Besitz des Ordens unbedacht zu zerstören, oder ihn in Besitz zu nehmen, falls er sich an einem anderen Ort befände, oder die Einkünfte des Ordens zu schmälern oder ihn mit unverfrorenen Zumutungen zu belästigen. Sein sämtlicher Besitz soll unangetastet bleiben und allein jenen zur Nutzung und zum Genuss zur Verfügung stehen, denen er zum Unterhalt und zur Unterstützung gewährt wurde.*

Gegen diese Direktive war verstoßen worden.

Die Türken hatten es versucht und waren gescheitert, doch Napoleon stahl alles, was er konnte. Hitler ließ bombardieren und richtete verheerende Schäden an, doch es war Mussolini, der tötete, um zu bekommen, was er wollte. Die *Voluntatis* regelte die Konsequenzen solchen Handelns.

Wenn also zukünftig jemand, sei er nun der Kirche zugehörig oder dem Laienstand, der diesen Absatz unserer Verfassung kennt, versucht, sich ihren Bestimmungen zu widersetzen und keine angemessene Entschädigung oder Rückerstattung leistet, so soll ihm all seine Würde und Ehre genommen werden, und er soll erfahren, dass er für die Ungerechtigkeiten, die er began-

gen hat, vor dem Gericht Gottes steht. *Entzogen werden sollen ihm die Sakramente vom Leib und vom Blut Christi und der Segen der Wiederauferstehung unseres Herren, und vor dem Jüngsten Gericht soll ihn die schlimmste Vergeltung treffen.*

Hätte man es noch deutlicher ausdrücken können?

Draußen war alles vorbereitet. Seine Männer standen bereit.

Die *schlimmste Vergeltung* war eingetroffen.

Der Kardinal blickte auf die Grabplatte von Bartolomeo Tommasi di Cortona hinunter und las die lateinische Inschrift. *Bailiff, Sohn des Nicolao aus dem Hause Cortona, ein Edler seiner Stadt, liegt hier zur ewigen Ruhe. Seit 1708 Mitglied des Heiligen Militärordens der Jerusalemer Ritter, versah er seinen Dienst an Land und auf See zeitlebens mit tiefster Frömmigkeit. Er lebte 79 Jahre, 6 Monate, 18 Tage.*

Die Inschrift, die ganz oben stand, wirkte prophetisch.

MORS ULTRA NON DOMINABITUR.

Im Jenseits hat der Tod keine Macht mehr.

Über dem Epitaph waren drei Symbole zu sehen:

$$\alpha \; ☧ \; \Omega$$

Alpha. Omega. Das Erste und das Letzte. Dazwischen das Chi Rho, gebildet durch das Übereinanderlegen der ersten beiden Buchstaben des griechischen Wortes für Christus. Heutzutage wurde es nicht mehr oft benutzt, doch zu den Zeiten der Römer war das anders.

Er kannte den Zusammenhang.

Am Vorabend einer Entscheidungsschlacht über die Zukunft des Römischen Reiches hatte Konstantin eine Vision: ein Kreuz am Himmel mit den Worten *IN HOC SIGNO VINCES.* Unter diesem Zeichen wirst du siegen. Konstantin war sich über die Bedeutung nicht im Klaren, doch in jener Nacht hatte er einen Traum, in welchem Christus erklärte, dass er das Zeichen gegen seine Feinde benutzen sollte. Natürlich wusste niemand, ob die Geschichte mit der Vision der Wahrheit entsprach. Von ihr existierten so viele Versionen, dass man nicht wissen konnte, welcher man Glauben schenken konnte. Tatsache war aber, dass Konstantin die bestehende Hauptheeresfahne änderte und ein neues Labarum anfertigen ließ, auf dem die ersten beiden Buchstaben des griechischen Wortes für Christus prangten.

Das Chi-Rho-Zeichen.

Dann befahl er, das Symbol auf die Schilder seiner Soldaten zu malen, und unter dieser neuen Heeresfahne trieb er seinen Rivalen in den Tiber. Schließlich besiegte er alle seine Herausforderer und vereinte das Römische Reich unter seiner Herrschaft. Er ehrte das Zeichen seines Sieges als Schutz vor Gegnern und feindlichen Mächten und befahl, es allen seinen Armeen voranzutragen.

Kastor Gallo lächelte.

Dieser Prior hatte seine Hinweise deutlich gewählt.

Cotton übersetzte so viel von dem Latein auf der Grabplatte, wie er verstehen konnte, und das war das meiste.

»Das hier ist bedeutsam«, sagte Kardinal Gallo. »Das Symbol hier, in der Mitte, ist das Zeichen für Christus. Das Chi Rho. Konstantin der Große hat es entworfen.«

»Das glaube ich auch«, bemerkte Pollux. »Der Prior hat es absichtlich gewählt. Er hat uns direkt hierhergeführt.«

Das war alles schön und gut, dachte Cotton, doch es war nicht des Rätsels Lösung. Er betrachtete die Bilder auf der Grabplatte. Ein Skelett, ein Schild, eine Krone, ein Stab, Schädel und gekreuzte Knochen, Anker und auf einem Sockel unter einem Bogen ein Tisch mit einer zerbrochenen Uhr.

»Es ist die Uhr«, sagte der Kurator. »Die gibt es wirklich, hier in der Kathedrale.«

Kardinal Gallo zeigte nach unten. »Er sagt uns, dass wir diese Uhr öffnen sollen.«

»Wo ist sie?«, fragte Cotton.

»Im Oratorium.«

Sie folgten dem Kurator zu einem der mächtigen vergoldeten Bögen, durch den es zu einem Seitenschiff und einem prächtigen Portal mit vier Marmorsäulen führte, das von einer weißen Marmortaube und einem Lamm gekrönt wurde. Der Raum dahinter war ein langes, hohes Rechteck, ebenfalls von vergoldeten Wänden eingefasst, und auf dem Fußboden befanden sich weitere Grabplatten aus Marmor. Am anderen Ende, hinter einem goldenen Bogen und einem Altar, hing ein riesiges Ölgemälde, auf dem die grausame Ermordung Johannes des Täufers dargestellt war.

»Caravaggios *Enthauptung Johannes des Täufers*«, erklärte der Kurator und deutete auf das Bild. »Unser größter Schatz.«

Cotton warf nur einen flüchtigen Blick darauf, dann konzentrierte er sich auf den Raum. Überall sah man Malteserkreuze, die vergoldete Decke war ein weiteres grandioses Zeugnis barocker Kunst. An den Wänden standen einige Möbelstücke aufgereiht, darunter eine getäfelte Kredenz mit einer Uhr aus Marmor. Sie war etwa achtzig Zentimeter hoch und sah genauso aus wie die Uhr auf der Grabplatte im Hauptschiff. Nur dass diese Uhr äußerlich intakt war.

Er ging hin und versuchte sie anzuheben. Viel zu schwer.

»Wir haben sie seit Jahren nicht bewegt«, sagte der Kurator.

Er betrachtete sie von außen und strich mit den Fingern vorsichtig über den Marmor.

»Dies ist ein wichtiges Stück unserer Geschichte«, sagte der Kurator in einem Tonfall, der zur Vorsicht mahnen sollte.

»Bei solchen Dingen habe ich mich bisher nicht mit Ruhm bekleckert.« Ihm war bereits aufgefallen, dass diese Uhr eine gläserne Klappe vor dem Zifferblatt hatte, die sich öffnen ließ, sodass die Zeiger freilagen. So ließ sich die Uhr aufziehen, und man kam auf diese Weise sicherlich auch an ihr Innenleben. Die Zeiger waren auf zwanzig Minuten vor zwei gestellt.

»Funktioniert das Ding?«, fragte er.

»Soweit ich weiß, nicht. Sie steht hier schon seit dem 18. Jahrhundert.«

Warum überraschte ihn das nicht? »Sie verändern nicht sehr viel, oder?«

»Es ist wichtig, dass das Gebäude so bleibt, wie es war. Die Geschichte hat eine Bedeutung, Mr. Malone.«

So war es.

Ihm kam etwas in den Sinn. »Ich dachte, Napoleon hätte alles geplündert?«

»Ich bezweifle, dass ihn eine schwere Marmoruhr interessiert hätte, die nicht funktioniert. Es ist nichts Besonderes an ihr, abgesehen davon, dass sie alt ist. Sie hat wie viele andere Kunstwerke überlebt, weil sie keinen erkennbaren Wert hatte.«

Es ließ sich nicht feststellen, ob in der Uhr etwas klapperte, doch er ging davon aus, dass im Laufe der vergangenen 200 Jahre jemand bemerkt haben müsste, falls es so war. Mithilfe seines eidetischen Gedächtnisses rief er sich die Grabplatte in Erinnerung.

»Wenn man das Scharnier der aufgebrochenen Uhr im Kirchenschiff schließen würde«, sagte er, »dann würde als Uhrzeit zwanzig Minuten vor zwei Uhr angezeigt werden. Genau wie hier. Diese Uhr hier ist auch in Größe, Form und Farbe identisch.«

»Es war nicht ungewöhnlich, Gegenstände aus der Kathedrale auf den Grabplatten abzubilden«, sagte der Kurator. »Entweder wurde die Grabplatte von dem Ritter selbst gestaltet, oder ein

Verwandter oder Freund tat es ihm zu Ehren. Es hing alles vom Ego und den Mitteln des Ritters ab.«

Der Kardinal musterte die Uhr. »Das, was wir suchen, befindet sich in diesem Ding?«

»Es hat jedenfalls den Anschein«, sagte Cotton.

Obwohl die Seiten und der Boden aus Marmor waren, bestand die verzierte Spitze aus Keramik und war mit einer Mörtelfuge an den Stein geklebt.

Cotton untersuchte die Naht.

Sie war solide und alt.

»Wir werden Hammer und Meißel brauchen«, sagte er.

45

Luke ließ den Blick über die Gebäude an der Republic Street schweifen. Alle waren dunkel und still, die meisten Fenster mit Scherengittern aus Metall gesichert. Auf den Bürgersteigen liefen nur noch wenige Menschen. Valletta hatte sich endlich zur Nachtruhe begeben. Aber Laura Price nicht! Was tat sie in dem Laden? Sie hatte offenbar geplant hierherzukommen, denn in der Kathedrale war es ihre Idee gewesen, den Außenbereich zu überprüfen. Er misstraute ihr, seit sie in der konspirativen Wohnung gewesen waren. Zwar konnte er nicht mit Bestimmtheit sagen, was dieses Gefühl in ihm ausgelöst hatte, aber irgendetwas stimmte einfach nicht mit ihr.

Er hielt die Waffe seitlich dicht an seinem Oberschenkel, mit dem Lauf nach unten gerichtet, als er den Platz verließ, die Straße überquerte und sich der Tür näherte, durch die sie ins Haus gegangen war. Sie lag drei Meter von der Republic entfernt in einer dunkleren, engen Gasse, die sich noch Ewigkeiten lang bis zu einer anderen, entfernten Straße fortsetzte. Kurzerhand probierte er es am Türknauf. Er ließ sich drehen.

Die Tür war offen?

Das war alles andere als gut.

Warum sollte sie einen Schlüssel verwenden, um hineinzugehen, und die Tür danach nicht wieder abschließen? Erwartete sie noch jemanden, der keinen Schlüssel besaß? Oder diente das Ganze nur dem Zweck, ihm eine Falle zu stellen? Bei einer Jagd die Rolle des Hirsches einzunehmen war ganz und gar kein Spaß. Aber wie jene scheuen Tiere damals vor zwanzig Jahren im kalten Alaska war er nicht dumm. Er drückte die Tür auf, trat ein, zog sie wieder zu und ließ sie unverschlossen.

Warum?

Nur für den Fall, dass auch noch *andere* zu der Party eingeladen waren.

Er stand in einer kleinen Diele. Ein Durchgang zu seiner Rechten führte in einen Laden, offenbar ein Souvenirgeschäft. Direkt vor ihm führte eine steile Steintreppe nach oben. Im Laden war alles still; Laura musste hochgegangen sein. Er hielt die Waffe vor sich und stieg die schmalen Stufen hinauf. Kein Geräusch verriet seine Anwesenheit. Die Treppe lag fast völlig im Dunkeln, es gab nur etwas Streulicht, das durch die Schaufensterscheibe des Ladens unten ins Innere fiel. Er fühlte sich verwundbar, so wie sich jene Hirsche gefühlt haben mochten, als sie zum Hang zurückgetrieben wurden.

Er kam oben an.

Ein kurzer Flur führte an zwei weiteren offenen Türen vorbei.

Er näherte sich der ersten Tür, presste seine rechte Schulter an die Wand und riskierte einen kurzen Blick hinein. Der winzige Raum stand voller übereinandergestapelter Stühle, und zusammengeklappte Tische lehnten an einer Wand. Es gab nur ein einziges Fenster, das ein wenig Straßenlicht hineinließ. Das nächste Zimmer im Flur hatte dieselbe Größe, es war aber leer bis auf einen kleinen Tisch, der vor einem Fenster stand und auf dem ein Gewehr lag. Er bemerkte das Nachtsicht-Visier und das Kaliber: schweres Geschütz, das Durchschlagskraft und Reichweite versprach. Er ging zum Tisch und warf einen Blick durchs Fenster. Dieser Beobachtungsposten bot einen perfekten Blick auf den St. John's Square und den Seiteneingang der Kathedrale. Im schwachen Licht sah er einen Schalldämpfer, der an der Mündung des Laufs aufgeschraubt war. Da wollte jemand ernsthaft auf die Jagd gehen.

Er hörte das unverwechselbare Geräusch eines Hahns, der gespannt wurde.

»Schön langsam«, sagte Laura. »Umdrehen. Aber zuerst lassen Sie Ihre Waffe fallen.«

»Wollen Sie das wirklich durchziehen?«

»Aber sicher.«

Okay. Er lockerte seinen Griff und ließ die Waffe fallen. Dann drehte er sich um.

»Treten Sie die Waffe in diese Richtung«, sagte sie. »Schön langsam.«

Er tat, was sie verlangte.

»Was hat mich verraten?«, fragte sie.

»Es war nur ein Gefühl.«

»Sie sind wohl doch nicht der dumme Junge vom Land, als der Sie von anderen wahrgenommen werden wollen.«

»Ich nehme das als Kompliment. Lassen Sie mich raten. Sie haben von Anfang an für Spagna gearbeitet.«

»Schuldig im Sinne der Anklage. Als Sie aufgekreuzt sind, hat er mich auf Sie angesetzt.«

»Den Eindruck hatte ich auch irgendwie, als Ihr Chef in der konspirativen Wohnung aufgetaucht ist und ich nicht ins Gespräch einbezogen wurde. Dass die Polizei hinter uns her war und Spagna Sie einkassiert hat, war das alles inszeniert?«

»In gewisser Weise schon. Er musste Kontakt mit mir aufnehmen, aber so, dass wir nicht miteinander in Verbindung gebracht werden konnten. Darüber hinaus wollte er, dass Sie im Verborgenen bleiben. Doch Sie kamen zu meiner Rettung, so wie er es vorhergesagt hatte. Deshalb beschloss er, Sie ins Team zu holen.«

»In dem Moment hatte ich zum ersten Mal meine Zweifel. Diese beiden Ortspolizisten sind viel zu leicht mit Ihnen fertiggeworden. Aber als Spagna starb, hat es bei mir Klick gemacht. Das war für meine Begriffe alles viel zu schön verpackt und zugebunden. Zu viele Zufälle lassen auf einen Plan schließen. Diese Typen, die mich umbringen wollten – gehörten die zur Entität?«

Sie kam ins Zimmer, hielt die Waffe weiterhin auf ihn gerichtet und blieb circa zwei Meter vor ihm stehen. Knapp außerhalb seiner Reichweite. »Das ist der springende Punkt, Luke. Die gehörten nicht zu Spagna.«

Er war fasziniert.

»Hier geht so viel vor sich«, sagte sie, »Dinge, von denen Sie nichts ahnen.«

»Dann klären Sie mich auf.«

Sie kicherte. »Das ist jetzt ein Solo-Job.«

Er deutete auf das Gewehr. »Sie haben also vor, jemanden umzubringen? War es das, was Spagna meinte, als er Ihnen sagte, Sie sollten tun, was er Ihnen aufgetragen hatte?«

»Genau das hat er gemeint.«

»Jetzt bin ich aber beleidigt. Mir hat er nur aufgetragen, den Kardinal zu finden.«

»Der Erzbischof hat sich immer um die Kirche gekümmert, und gerade jetzt wird die Kirche bedroht.«

»Von Kardinal Gallo?«

»Durch das, was gerade in der Kathedrale passiert. Ich darf nicht zulassen, dass man die *Nostra Trinità* findet. Sie muss verschwunden bleiben.«

»Wie können Sie so sicher sein, dass Sie sie finden werden?«

»Spagna war über alles informiert, was in Italien mit Malone und Pollux Gallo vor sich ging. Er wusste, dass Sie herkommen und zur Kathedrale wollten, deshalb hat er diesen Posten hier vorbereiten lassen. Natürlich konnte er nicht wissen, wann sich die Gelegenheit bieten würde. Aber das war der Moment, als ich auf den Plan trat. Ich merkte, dass Malone Fortschritte machte. Er ist ein kluger Kopf, oder zumindest schätzte Spagna ihn so ein. Es wird nicht mehr lange dauern, bis Malone und die Gallos durch diese Türen treten.«

»Steht Malone auf Ihrer Abschussliste?«

»Die *Nostra Trinità* muss verschwunden bleiben.«

Das war keine Antwort, sagte aber genug. »Wer hat Spagna umgebracht?«

»Es waren dieselben Leute, die auch Sie umbringen wollten. Dieselben, die Malone tot sehen wollen.«

Er wartete.

»Die *Secreti*.«

»Sie haben mir meine Frage noch nicht beantwortet«, sagte er. »Steht Malone auch auf Ihrer Abschussliste?«

Er merkte, dass sich hinter ihr etwas bewegte.

Ein Mann kam durch die Tür.

Er war klein, stämmig und von unbestimmtem Alter.

»Nein, Mr. Daniels«, sagte eine tiefe Stimme. »Mit Amerika haben wir kein Problem.«

46

Cotton ließ sich den Hammer und den Meißel geben, die der Kurator aufgetrieben hatte. In der Wartezeit hatte er die Uhr von außen quasi Millimeter für Millimeter untersucht und festgestellt, dass es keine weiteren Fugen gab, außer an den Kanten, keinen erkennbaren Zugang ins Innere und keine verborgenen Schalter oder Hebel. Was hier versteckt wurde, musste von oben her versiegelt worden sein.

Er klopfte vorsichtig mit dem Hammer die Außenseite ab, wobei das Metall ein gleichmäßig dumpfes Geräusch auf dem Stein erzeugte.

»Es scheint nicht hohl zu sein«, sagte er.

Die anderen beobachteten ihn mit unverhohlener Neugier, der Kurator jedoch mit einem besorgten Gesichtsausdruck. Anscheinend blieb ihnen kaum etwas anderes übrig, als vorsichtig die Mörtelfuge zwischen dem Deckel und der restlichen Uhr aufzustemmen.

»Wie alt ist das Ding?«, fragte er.

»400 Jahre«, antwortete der Kurator. »Sie lässt sich auf einen Großmeister im frühen 17. Jahrhundert datieren.«

Doch bevor er gewaltsam zu Werke ging, öffnete er die kreisrunde Glasscheibe vor dem Zifferblatt. Das Zifferblatt war mit drei Schrauben befestigt und bot höchstwahrscheinlich einen brauchbaren Zugang zum Uhrwerk dahinter.

»Wir müssen ganz sicher sein«, sagte er.

Der Kurator reichte ihm einen Schraubenzieher, mit dem er die drei Schrauben löste. Hinter dem Zifferblatt waren nur die Zahnräder und Federn für die Bewegung der Zeiger zu sehen. Er entdeckte keinen Zugang zum eigentlichen Uhrwerk.

»Tun Sie es«, sagte Pollux Gallo, der ihm anscheinend ansehen konnte, dass er allmählich die Hemmungen verlor.

Er drückte die Meißelspitze an den Mörtel und begann zu klopfen; dabei ließ er sich Zeit und achtete darauf, dass der Deckel nicht beschädigt wurde und später leicht ersetzt werden konnte. Der Mörtel war hart, und er musste mehrmals auf denselben Punkt schlagen, um etwas zu erreichen. Ob die Risse tief genug waren, musste sich noch herausstellen.

»Mr. Malone«, sagte Kardinal Gallo.

Er unterbrach das Meißeln.

»Ich glaube, ich habe da etwas gesehen. Darf ich kurz den Hammer haben?«

Er war für jeden besseren Vorschlag offen, deshalb reichte er ihm das Werkzeug. Der Kardinal musterte die Uhr, dann holte er aus und schlug den Hammerkopf direkt auf den Keramikdeckel.

Der Kurator schnappte nach Luft.

Der Deckel zersprang in mehrere Teile, doch jene, die der Mörtelfuge am nächsten waren, blieben an Ort und Stelle.

Eines musste er zugeben: *So konnte man das auch machen.*

»Wir haben keine Zeit für Feinheiten«, sagte der Kardinal. »Ich muss in sieben Stunden zurück in Rom sein.«

Pollux Gallo war ruhig geblieben, doch nichts in seinem Verhalten oder seinem Benehmen ließ darauf schließen, dass er etwas gegen die Zerstörung der Uhr einzuwenden hatte.

»Darf ich?«, fragte Cotton, der den Hammer zurückwollte.

Gallo gab ihm das Werkzeug, und er verwendete es, um noch mehr von der Keramik wegzuklopfen, bis der Deckel so weit frei lag, dass er hineinfassen konnte.

»Bringen Sie diesen Stuhl her«, forderte er den Kurator auf.

Beim Eingang des Oratoriums stand ein Stuhl, vermutlich damit sich dort tagsüber, wenn alles voller Touristen war, Fremdenführer hinsetzen konnten. Der Kurator brachte den

Stuhl, und Cotton stieg darauf, um von oben in die Uhr hineinsehen zu können.

»Sie ist mit irgendwas gefüllt«, sagte er, legte vorsichtig den Finger auf die oberste Schicht und sah, dass sie im Licht glitzerte. »Man könnte es für Sand halten, aber es ist zerbrochenes Glas, das zerstoßen und verdichtet wurde.«

»Das dient dem Schutz und dem Erhalt«, sagte Pollux. »So wurde das in den vergangenen Jahrhunderten gemacht. Ich habe schon andere Behältnisse gesehen, die auf solche Weise gefüllt waren.«

Er konnte ganz sicher nicht die Hand hineinstecken, um herauszufinden, was sich dort befand. Das Glas war von Wand zu Wand stark verdichtet, was auch erklärte, weshalb keine Hohlräume zu hören waren, als er die Uhr vorhin abgeklopft hatte.

»Wenn Sie da etwas herausholen wollen, müssen Sie vorsichtig sein«, mahnte Pollux. »Das Glas könnte zerstören, was sich darin befindet. Das ist eine weitere Sicherheitsmaßnahme, von der bekannt ist, dass sie früher verwendet wurde.«

»Die *Nostra Trinità*«, sagte der Kardinal, »ist aller Wahrscheinlichkeit nach auf altem Pergament geschrieben. Das könnte solchen Belastungen standhalten.«

Pollux schüttelte den Kopf. »Da ist sie nicht drin. Die beiden päpstlichen Bullen würden nicht in die Kammer passen. Wir beide haben die Kopien im Vatikan gesehen. Sie sind viel größer.«

»Und das sagen Sie erst jetzt?«, fragte Cotton.

»Das *Constitutum Constantini* könnte kleiner sein«, sagte der Kardinal. »Wir wissen nicht, in welcher Form es vorliegt.«

Pollux schüttelte den Kopf. »Sie hätten die Trinität niemals zerpflückt. Entweder alles oder gar nichts. Ich vermute, in der Uhr ist etwas, das einen Weg zur *Nostra Trinità* beschreibt.«

Cotton hatte keine Ahnung, wer recht haben mochte, aber eine Idee, wie sich die Debatte beilegen ließ.

Er sah den Kurator an. »Haben Sie einen Industriestaubsauger?«

Kastor Gallo versuchte, seine Frustration zu unterdrücken. Das hier zog sich ewig hin, und er hatte nicht mehr viel Zeit. Es würde mindestens drei Stunden dauern, um nach Rom zurückzukehren, wenn man die Fahrzeiten zu und von den beiden Flughäfen hinzurechnete. Wenn er ein paar Telefonate führen könnte, wäre es ihm möglich, die Zeit zu halbieren. Er war mit einigen Privatleuten befreundet, die über Jets verfügten. Vielleicht konnte einer davon vorbereitet werden, während die Sache hier ihren Lauf nahm.

»Ich brauche ein Telefon«, sagte er.

»In meinem Büro«, sagte der Kurator. »Sie können telefonieren, während ich den Staubsauger suche. Wir haben ein paar, um mit Wassereinbrüchen fertigzuwerden.«

Er folgte dem Kurator aus dem Oratorium und ließ Malone und Pollux bei der Uhr zurück. Das Büro lag gleich hinter dem Souvenirladen der Kathedrale an der Rückseite des Gebäudes. Der Kurator ließ ihn allein, und er benutzte das Festnetztelefon für einen Anruf nach Rom, wo er einen ihm seit Langem freundschaftlich verbundenen Industriellen weckte, der sich bereiterklärte, seinen Firmenjet nach Malta zu schicken, wo er startklar auf ihn warten sollte. Es war gut zu wissen, dass er nicht von allen gehasst wurde. Er hatte sich in der Tat einen recht großen Freundeskreis in der Regierung, im Bankensektor und in der Industrie aufgebaut. Es handelte sich um Männer und Frauen, die seine Überzeugung teilten, dass sich die katholische Kirche zu weit nach links bewegt hatte. Sie ersehnten einen Kurswechsel, waren aber klug genug, den richtigen Zeitpunkt abzuwarten. Wie hieß es doch so schön? *Gut Ding will Weile haben.* Wirklich? Seiner Erfahrung nach bekamen die, die darauf warteten, wenig oder gar nichts.

Sein eigenes Warten hatte glücklicherweise vielleicht schon bald ein Ende.

Er legte auf; sein Verstand lief auf Hochtouren.

Normalerweise war eine Gruppe weitaus durchsetzungsfähiger als ein Individuum. Eine Situation, die sich ganz besonders in einem Konklave bemerkbar machte. Er beabsichtigte, sich die Gruppendynamik mithilfe einiger ausgewählter Individuen zunutze zu machen. Der Grundgedanke war ebenso einfach wie bewährt. Man musste den Gegner zunächst einmal infiltrieren, so viel wie möglich über ihn in Erfahrung bringen und diese Erkenntnisse dann später gegen ihn verwenden.

Was ihn unweigerlich an den USB-Stick in seiner Tasche erinnerte.

Er nahm ihn heraus und betrachtete den Desktop-Computer auf dem Schreibtisch des Kurators. Warum nicht? Er wollte unbedingt herausfinden, ob dies seine Rettung war. Vor der Bürotür waren keine Schritte oder Stimmen zu hören, deshalb schob er den Stick in die USB-Buchse. Auf dem Display wurde ein Passwort verlangt, deshalb tippte er KASTOR I.

Nun erschien ein Dateiordner, in dem nur eine einzige Datei angezeigt wurde.

Sie trug den Namen BEWEISE.

Ein gutes Zeichen.

Er öffnete die Datei, und auf dem Bildschirm wurde eine Kopie der Zusammenfassung angezeigt, die er bereits gelesen hatte – in derselben Reihenfolge und mit denselben Begriffen, nur dass es hier zusätzlichen, rot eingefärbten Text gab, der die Namen der beschuldigten Kardinäle auflistete und mit Links zu einem Anhang versehen war. Er klickte auf einige davon und sah Scans von Finanzunterlagen, Untersuchungsberichte und andere belastende Dokumente. Drei Links verwiesen auf eingebettete Aufzeichnungen von Telefongesprächen zwischen Kardinälen, bei denen belastende Details besprochen wurden.

Er erkannte alle Stimmen. Es waren mehr als genug Beweise, um sie als Material für Erpressungen zu verwenden. Er schloss den Ordner, warf den USB-Stick aus und ballte seine Faust darum. Da hatte Spagna wirklich gute Arbeit geleistet!

Doch Spagna war tot.

Seine Arbeit lebte allerdings weiter. Dem Himmel sei Dank.

Cotton nahm sein Handy und rief Stephanie an; in der Kathedrale gab es ein erstaunlich starkes Signal. Im Oratorium entschuldigte er sich, ließ Pollux Gallo mit der Uhr allein und ging ins Hauptschiff zurück, achtete dabei aber auf einen freien Blick, um sicherzugehen, dass alles unversehrt blieb. Er beobachtete durch den offenen Türbogen, wie Gallo ebenfalls ein Handy zückte und telefonierte, während er zum Altar und dem Caravaggio-Gemälde auf der gegenüberliegenden Seite des Raumes ging. Dort berichtete er Stephanie, was sie gefunden hatten.

»In ungefähr einer Stunde sollten wir mehr wissen«, sagte er. »Diese Uhr muss langsam und vorsichtig geleert werden.«

»Wo ist Laura Price?«

»Draußen mit Luke.«

»Es gibt mit ihr ein Problem. Ich habe gerade von der maltesischen Sicherheit erfahren, dass sie nicht mehr hinter dem stehen, was sie tut. Sie arbeitet jetzt vermutlich für die Entität. Da Spagna tot ist, wollten sie mich ins Bild setzen.«

»Sehr großzügig von ihnen.«

»Stimmt. Ich bin auch sauer. Anfangs dachte ich, sie könnte nützlich sein. Aber Spagna hat mich aufs Kreuz gelegt. Die maltesische Sicherheit hat mich aufs Kreuz gelegt. Ich habe keine Ahnung, was zum Teufel da los ist. Ich muss Luke informieren, doch er hat kein Handy. Spagna hat es zerstört.«

»Ich werde mich darum kümmern, sobald ich hier fertig bin.«

»Der Vatikan ist wegen Spagnas Tod beunruhigt. Es gibt viele nervöse Kardinäle, die über die Ereignisse besorgt sind. Zum Glück ist es der Vatikan, deshalb können sie die ganze Sache deckeln.«

Er behielte Gallo im Auge, der 30 Meter entfernt am anderen Ende des Oratoriums stand. »Ich habe hier zwei eineiige Zwillinge, die einander offensichtlich nicht mögen. Manchmal ist es etwas seltsam. Wie beim Roadrunner and Wile E. Coyote. Der eine ist wie ein Fisch auf einem heißen Bootssteg – man weiß nicht, was er tun wird. Der andere ist halb bewusstlos wie auf Antidepressiva und so flach wie Florida. Die beiden sind einander herzlich egal, deshalb lässt sich schwer voraussehen, wohin das führt, wenn wir etwas finden.«

»Der Vatikan hat mir mitgeteilt, dass alles, was ihr findet, vertraulich ist. Sie wollen, dass wir uns an diesem Punkt verabschieden, damit sie die Sache unter sich klären können. Damit habe ich kein Problem. Sie sollen nur dafür sorgen, dass auch gefunden wird, was gefunden werden kann. Mehr will ich nicht.«

Er kannte die richtige Antwort darauf, also sagte er ganz einfach: »Ja, Ma'am.«

»Und geben Sie diese Informationen an Luke weiter.«

Auf der anderen Seite des Kirchenschiffes sah er Kardinal Gallo mit dem Kurator zurückkehren, der einen Industriesauger und eine Verlängerungsschnur in der Hand hielt.

»Ich muss jetzt Schluss machen«, sagte er.

47

Der Ritter versuchte, gefasst zu bleiben.

Die Geschichte reichte weit zurück.

Am 13. Oktober 1307 wurden die Tempelritter in Massen zusammengetrieben und gefangen genommen. Man folterte sie und brachte viele von ihnen um, einschließlich ihres Großmeisters Jacques de Molay, der eines grausamen Todes starb. Fünf Jahre später wurde der Orden offiziell aufgelöst, und der Papst sprach den Großteil der Besitztümer des Ordens den Hospitalitern zu. Diese Entscheidung wurde von niemandem hinterfragt. Niemand kritisierte die Entscheidung, und keiner wunderte sich, wie es überhaupt dazu kommen konnte. Warum hätte der Papst so etwas tun sollen?

Die Frage ist leicht beantwortet.

200 Jahre zuvor, irgendwann im 12. Jahrhundert, fiel einer Gruppe von Hospitalitern bei einem Feldzug im Süden der Türkei eine Sammlung antiker Dokumente in die Hände, überwiegend Pergamente. Religiöse Texte. Die meisten nichtssagend und unwichtig. Eine Schriftrolle jedoch schien anders zu sein.

Das *Constitutum Constantini.*

Das Geschenk Konstantins.

Ein einzigartiges Dokument, das bis ins Mittelalter hinein erhalten blieb und das die Hospitaliter während ihrer Zeit im Heiligen Land behielten und anschließend nach Zypern, Rhodos und Malta mitnahmen. Schließlich wurden die Päpste auf dessen Existenz aufmerksam gemacht. Clemens V., der im Jahre 1312 als Nachfolger von Petrus amtierte und von dieser Schriftrolle wusste, verkündete in seiner Bulle *Ad Providam,* dass er den Hospitalitern sämtliche Besitztümer der Templer übereignete. Ein deutlicher Beweis der Macht dieses Schriftstücks. Im Laufe der Jahrhunderte kam es gelegentlich vor, dass die Päpste überzeugt werden mussten, und das Geschenk Konstantins erwies sich dabei stets als probates Mittel.

Das Dokument sorgte immer wieder dafür, dass die Ritter nicht an Bedeutung verloren.

1798 war damit Schluss.

Aber heute Nacht konnte sich das wieder ändern.

Cotton stand auf dem Stuhl, zog die Düse des Industriesaugers über die Schichten von zerstoßenem Glas, mit dem die Uhr gefüllt war, und entfernte sie nach und nach. Die Kammer war circa 25 Zentimeter breit und 45 Zentimeter tief. Er konnte die Entleerung nicht beschleunigen, weil er nicht wusste, was sich darin befinden mochte. Die Vorteile von Glas als Verpackungsmaterial leuchteten ihm ein: Es machte nichts schmutzig und staubte nicht. Außerdem lag es sehr dicht, was die Uhr besonders schwer machte und Plünderer davon abschreckte, sie einfach mitzunehmen. Der Industriesauger arbeitete perfekt, die Körner rasselten stetig durch die Düse. Er machte sich Sorgen wegen Luke, doch er konnte diese Aufgabe unmöglich an einen der Männer delegieren, die ihn so akribisch beobachteten.

Er saugte einfach weiter. Jetzt wurde der obere Teil eines Gegenstands sichtbar. Er kreiste um das Teil herum und entfernte noch mehr Glas. Allmählich ließen sich die Konturen einer Flasche erkennen. Sie war hoch, hatte eine große Öffnung, stand etwa auf halber Höhe aufrecht und war mit Wachs versiegelt. Er machte weiter, bis mehr als die Hälfte des Behälters zu sehen war.

»Ausschalten«, sagte er dann.

Der Kurator schaltete den Motor aus.

Cotton legte die Düse weg.

»Was ist da?«, fragte der Kardinal gewohnt ungeduldig.

Zielstrebig griff Cotton hinein und ruckelte vorsichtig die Flasche frei. Glaskörner rieselten herunter. Er schüttelte noch mehr davon ab und hielt die Flasche hoch, damit sie sie sehen konnten. Die trübe Flasche hatte einen milchig-grünen Farbton. Man sah verschwommen die Umrisse von etwas, das sich im Inneren befand.

Er stieg vom Stuhl. »Was meinen Sie?«

Pollux musterte die Flasche von außen. »Noch eine Botschaft.«

Da gab Cotton ihm recht, nahm sich den Meißel vom Tisch und bearbeitete damit das Wachssiegel. Das dunkelrote Wachs ließ sich in trockenen Brocken herauskratzen, es füllte den gesamten Flaschenhals. Er drehte die Flasche um und achtete darauf, dass der Inhalt der Flasche nicht beschädigt werden konnte. Auf dem Tisch sammelte sich ein Häufchen von über 200 Jahre altem Wachs, das ein verzweifelter Prior geschmolzen hatte, um das letzte Vermächtnis einer sterbenden Organisation zu bewahren. Mit dem Meißel kratzte er die letzten Reste des Siegels weg, neigte die Flasche – und eine stockfleckige Pergamentrolle rutschte heraus.

Er stellte die Flasche ab.

»Es lässt sich auseinanderrollen«, sagte der Kurator, der anscheinend Cottons Gedanken lesen konnte. »Aber seien Sie vorsichtig.«

»Machen Sie es«, sagte der Kardinal.

Cotton legte die Rolle, die schätzungsweise dreizehn Zentimeter hoch war, auf den Tisch. Der Kurator hielt sie mit Zeigefinger und Daumen an einer Ecke fest. Cotton rollte das Dokument auf, langsam und vorsichtig, weil das Pergament auch nach über 200 Jahren materialbedingt Widerstand leistete. Alle betrachteten die Zeichnung; die schwarze Tinte war im Laufe der Jahre etwas ausgelaufen.

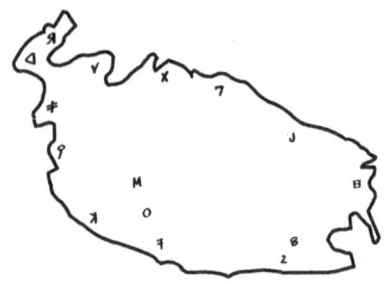

»Das ist Malta«, sagte der Kurator; die anderen nickten beifällig.

Die Küste war sehr vereinfacht gezeichnet, aber die Form war unverwechselbar. Die Küstenlinie war von Buchstaben und Symbolen gesäumt, weitere Symbole waren im Landesinneren eingezeichnet.

»Das ist das lateinische Alphabet«, sagte Pollux. »Das durchgestrichene Rechteck rechts außen ist der Buchstabe *H*. Die beiden verbundenen Kreise, die wie eine *8* aussehen, stellen den Buchstabe *F* dar.«

»Und ihre Positionen auf der Karte könnten Wachttürme bezeichnen«, fuhr der Kurator fort. »Dreizehn davon waren rings um die Insel aufgestellt, und dreizehn Buchstaben sind küstennah eingezeichnet. Das *M* könnte Mdina bedeuten, das spiegelverkehrte *F* befindet sich ungefähr dort, wo der alte Inquisitorpalast steht. Das *O* ist in der Nähe des Verdalapalastes.«

Das alles ergab einen Sinn. Der Prior hatte seine Hinweise verrätselt, doch sie ließen sich entschlüsseln, wenn man sich mit den geografischen Gegebenheiten auskannte. Cotton hatte sich gefragt, was die Buchstaben zu bedeuten hatten, die in der Nachricht aus dem Obelisken zu finden waren. H Z P D R S Q X. Jetzt wusste er es.

»Kennen Sie das ganze lateinische Alphabet?«, fragte er.

Pollux nickte.

Perfekt.

»Wir müssen eine Kopie dieses Pergaments machen. Ich brauche eine Version, auf die ich Notizen schreiben kann.«

Luke musterte die dunkle Silhouette des Mannes und dachte über dessen Antwort nach, dass Malone nicht in Gefahr sei. »Wer sind Sie?«, fragte er dann.

»Monsignore John Roy. Ich war der Assistent von Erzbischof Spagna. Jetzt bin ich vorübergehend Kommandant der Entität.«

»Sie klingen wie ein Amerikaner.«

»Was daran liegt, dass ich einer bin.«

»Sind die *Secreti* hier auf Malta?«

Der Mann nickte. »So kann man das ausdrücken.«

Eine seltsame Antwort.

»Die Secreti haben Chatterjee und Spagna umgebracht und versucht, auch Sie zu ermorden«, sagte Roy. »Sie sind in diesem Moment irgendwo da draußen und lauern.«

»Worauf?«

»Sie wollen sehen, was in der Kathedrale vor sich geht.«

Luke deutete auf das Gewehr auf dem Tisch vor dem Fenster. »Und wen wollen *Sie* umbringen?«

»Wollen Sie mir etwa erzählen, dass Sie noch nie auf den Abzug gedrückt haben?«, fragte Roy.

»Ich bin kein Attentäter.«

»Das bin ich auch nicht«, sagte Laura. »Aber ich erledige meinen Job.«

»Ich werde nicht zulassen, dass einer von Ihnen beiden jemanden umbringt.«

»Das geht die Vereinigten Staaten nichts an«, sagte Roy. »Es ist ein Problem des Vatikans, um das sich der Vatikan selbst kümmern möchte.«

»Indem er Menschen umbringt?«

»Washington hat sich in diese Sache eingemischt«, bemerkte Roy. »Die Entität hat Ihre Unterstützung nicht angefordert. Ich bitte Sie unter uns Profis, sich zurückzuziehen. Und ich kann Ihnen versichern, dass Mr. Malone nichts geschehen wird. Jedenfalls nicht von uns. Die *Secreti*? Die sind eine andere Angelegenheit. Mit diesem Problem müssen Sie und Malone fertigwerden. Die sind der Feind. Nicht ich.«

»Die *Secreti* sind auf das aus, was Malone gerade aufgespürt hat? In der Kathedrale?«

»Das ist korrekt. Und sie werden nicht ruhen, bis sie es in ihre Hände bekommen haben. Erzbischof Spagna war hier, um mögliche Funde sicherzustellen. Er ist gescheitert. Miss Price und ich werden diese Mission jetzt zu Ende führen. Sie und Mr. Malone können nach Hause gehen.«

Das klang eigentlich gar nicht so schlecht.

Als Kind hatte er zusammen mit seinen Brüdern die Kühe seiner Eltern gehütet. Träge Tiere. Sie taten nichts lieber, als auf der Weide zu stehen und wiederzukäuen. Die Bremsen waren unerbittlich. Unangenehme kleine Biester, die die Färsen mit ihren Bissen malträtierten. Manche Kühe rannten vor ihnen davon, aber die meisten blieben einfach stehen, kauten Gras und verscheuchten die Fliegen mit ihren Schwänzen. Sie ließen sich durch nichts aus der Ruhe bringen. Diese Kühe, die nicht fortliefen, waren hart im Nehmen.

So wie er.

»Ich kann hier nicht weg, das wissen Sie.«

48

Cotton drückte das Pergament flach, während der gleißend helle Lichtstreifen über das Bild fuhr und es einscannte. Sie hatten das Oratorium verlassen und waren ins Büro des Kurators zurückgekehrt. Die beiden Gallo-Brüder hatten sich zurückgehalten und nur zugesehen, wie er das Rätsel des einstigen Priors anging. Er rollte das Original zusammen und packte es beiseite, dann legte er die Kopie auf den Schreibtisch des Kurators, nahm sich einen Stift und schrieb H Z P D R S Q X auf einen Block.

»Jetzt geben Sie mir bitte die Buchstaben des lateinischen Alphabets dafür.«

Pollux nahm den Stift und schrieb die entsprechenden lateinischen Buchstaben daneben. Cotton sah sofort, dass er recht hatte. Alle acht Buchstaben kamen auf der Zeichnung vor und waren in Abständen rings um die Insel verteilt.

H – B   R – O
Z – ‡   S – Z
P – 7   Q – 9
D – Я   X – X

Er kreiste sie auf der Kopie der Karte ein.

»Das sind Markierungspunkte«, sagte er.

Doch diese waren nutzlos, wenn man sie nicht zusammen las. Deshalb musterte er sie und entschied willkürlich, jene Punkte, die einander an der Küste am nächsten waren, mit kurzen Linien zu verbinden.

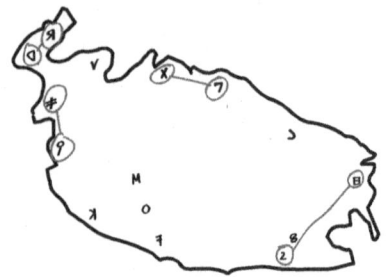

»Sie können nicht wissen, ob das so richtig ist«, warf der Kardinal ein.

»Nein. Das weiß ich nicht. Es ist nur eine Vermutung, aber es könnte etwas dran sein. Wir können andere Kombinationen probieren, wenn das hier nicht funktioniert.«

Es war naheliegend, dass die Karte zu einem einzigen Punkt auf der Insel führen musste, und dafür mussten die Linien sich kreuzen. Vor seinem inneren Auge zeichnete er diese Linien und stellte Verbindungen zwischen den acht Kreisen her. Nur eine einzige Kombination schien das Ergebnis zu liefern, auf das er aus war, der Rest ergab lediglich nutzlose Zusatzinformationen, die den Suchenden verwirren sollten.

»Es ist wie das X da drüben auf dem Fußboden«, sagte er. »Man verbindet die Punkte diagonal über die ganze Fläche hinweg.«

Er nahm ein Lineal, das ihm der Kurator gab, und zog die Linien.

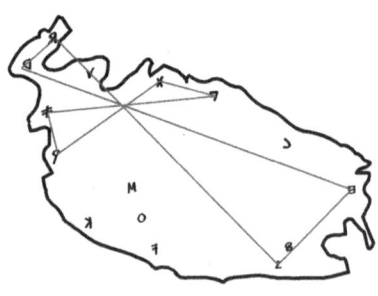

»Das ist ein primitives Malteserkreuz«, erklärte der Kardinal. »Ein wenig verzerrt, aber doch unverkennbar.«

»Was bedeutet, dass wir dorthin müssen, wo sich diese Linien kreuzen«, folgerte er. »Irgendwo in der Nähe der Nordwestküste, nicht weit von St. Paul's Bay, wenn ich mich nicht irre. Weiß jemand, ob es da etwas gibt?«

»Da kommt nur ein einziger Ort infrage«, sagte der Kurator. Pollux Gallo nickte. »St. Magyar.«

Luke sah aus dem Fenster. Der St. John's Square vor der Kathedrale war dunkel und menschenleer. Malone und die Gallos waren bisher nicht herausgekommen.

Er hatte noch Zeit.

»Mr. Daniels, die Kirche ist akut gefährdet«, argumentierte Roy resolut. »Diese Bedrohung wird durch das kommende Konklave sogar noch gefährlicher. Sobald die Kardinäle in der Sixtinischen Kapelle eingeschlossen werden, verlieren wir jegliche Kontrolle. Wir müssen uns jetzt um die Sache kümmern. Erzbischof Spagna hat die Gefahr entdeckt und auf seine Weise daran gearbeitet, sie zu eliminieren. Er kam persönlich her, um sich darum zu kümmern und wollte Sie und Miss Price mit ins Boot holen. Leider haben ihn die Gefährder zuerst erwischt.«

»Welche Gefährder?«

»Das kann ich Ihnen nicht sagen. Aber ich versichere Ihnen, es gibt sie.«

»Ihnen steht einer der besten Geheimdienste der Welt zur Verfügung. Sie können mit jeder Bedrohung fertigwerden. Es besteht keine Notwendigkeit, jemanden umzubringen.«

»Nach allem, was heute Abend geschehen ist, kann die Sache leider nur noch mit Gewalt beendet werden. Der Mord an Erzbischof Spagna darf nicht ungesühnt bleiben. Diese Leute müssen lernen, dass ihre Handlungen Konsequenzen haben.«

Irgendwie passte das alles nicht zusammen. Er wandte sich

an Laura. »Sie haben gesagt, Spagna habe Sie mit diesem Mord beauftragt. Doch als er Ihnen den Auftrag erteilte, gab es noch keine Toten. Also, was soll das hier werden? Ein Anschlag?«

»Noch einmal«, sagte Roy, »das hier geht die Vereinigten Staaten nichts an. Bitte, Mr. Daniels, Sie und Mr. Malone müssen gehen. Jetzt.«

»Damit Sie Kardinal Gallo umbringen können?«

»Mr. Daniels, wie Sie gerade bemerkt haben, verfügt die Entität über viele Ressourcen. Es gibt sie seit Jahrhunderten. Wir haben überlebt, weil wir immer getan haben, was getan werden musste.« Roy machte eine Pause. »Jemanden zu töten ist für uns nichts Ungewöhnliches. Wir haben nie Angst davor gehabt zu tun, was nötig war. Wenn in den vergangenen Jahrhunderten der Heilige Vater anordnete, zur Verteidigung des Glaubens jemanden zu eliminieren, haben wir den Befehl ausgeführt. Er ist die Stimme Gottes, und wir sind seine Hand.«

»Aber wir sind nicht mehr im Mittelalter, und der Papst ist tot.«

»Doch die Gefahr bleibt bestehen.« Roy schüttelte den Kopf. »Einen Kirchenfürsten zu töten steht hier allerdings nicht auf unserer Tagesordnung.«

Cotton war davon ausgegangen, dass Kardinal Gallo die Zielperson sei, nachdem das Konklave erwähnt worden war. Schließlich war er der einzige Grund gewesen, weshalb ihn Stephanie Nelle auf die Sache angesetzt hatte.

»Sein Bruder ist unser Problem«, sagte Roy. »Erzbischof Spagna hat eng mit Pollux Gallo zusammengearbeitet. Zu eng, wenn Sie mich fragen. Aber der Erzbischof war kein Mann, der für … Ratschläge offen war. Bedauerlicherweise hat sich mein persönliches Misstrauen gegenüber Pollux Gallo als begründet erwiesen.«

Darüber hätte Luke gerne mehr erfahren.

Aber dazu sollte es nicht kommen.

»Überlassen Sie das uns«, sagte Laura.

»Ich wünschte, es wäre ...«

Plötzlich knallte es zweimal durch die Stille.

Als würden Hände aufeinanderschlagen.

Roy stolperte vorwärts, fasste sich an die Brust, und dann fiel er mit dem Gesicht voran hart auf die Dielen. Durch das Fenster war nichts gekommen, deshalb musste der Angriff vom Flur aus erfolgt sein. Laura reagierte, sie wirbelte herum und richtete ihre Waffe auf die dunkle Türöffnung. Luke nutzte den Moment, um sich auf den Boden zu werfen. Im Fallen griff er sich das Gewehr vom Tisch. Unten angekommen, legte er sich flach hin, um so wenig Angriffsfläche wie möglich zu bieten. Bevor er Laura warnen und auffordern konnte, dasselbe zu tun, hörte er den nächsten Knall. Ihr Kopf schlug nach hinten, als eine Kugel ihr Gesicht traf, den Schädel durchschlug und am Hinterkopf wieder austrat.

Sie fiel neben dem Monsignore auf den Boden.

Luke feuerte drei schallgedämpfte Gewehrschüsse in die Dunkelheit hinter der Türöffnung.

Schritte entfernten sich hastig.

Hastig sprang er auf die Beine und presste sich neben dem Ausgang an die Wand. Im Flur dahinter war es viel dunkler. Doch er konnte niemanden sehen oder hören. Er tauschte das Gewehr gegen seine Pistole, die er vom Boden aufhob. Dann nahm er sich einen Moment Zeit und fühlte Roys Puls. Nichts. Auch Laura war definitiv tot. Verdammt! Das hatte sie trotz allem nicht verdient.

Er eilte zu den Stufen und dann die Treppe hinunter. Die Tür, die auf die Gasse hinausführte, stand halb offen.

Höchste Vorsicht war geboten, denn draußen konnten alle möglichen Gefahren drohen. Also nutzte Luke die Steinwand des Gebäudes als Deckung und trat mit dem rechten Fuß die Tür auf. Ein paar kurze Blicke um den Türrahmen herum, aber da war niemand. Er ging hinaus. Rechts von ihm, in etwa 30 Metern Entfernung am anderen Ende der Gasse, dort wo sie auf die nächste Straße mündete, sah er eine dunkle Gestalt weglaufen.

Luke machte sich an die Verfolgung.

49

Die beiden Gallos und der Kurator waren sich, was den Ort betraf, ganz sicher, stellte Cotton fest.

»Was ist St. Magyar?«, fragte er.

»Eine der ältesten Kapellen auf der Insel«, antwortete Pollux. »Sie wurde nicht lange nach der Ankunft der Ritter in der Mitte des 16. Jahrhunderts errichtet.«

Er hörte aufmerksam zu, als Pollux ihm Weiteres über diese Kirche erzählte. Der Legende nach hatte im 12. Jahrhundert eine junge Einheimische auf dem Feld gearbeitet, als sie ein paar türkische Banditen sah, die in ihre Richtung gelaufen kamen. Sie flüchtete, doch die fremden Kerle verfolgten sie. Atemlos suchte sie in einer Höhle Schutz, deren Eingang von vielen Spinnweben verhüllt war. In der Höhle fiel sie auf die Knie und betete zur Madonna, dass sie ihr helfen möge. Die Banditen, offenbar Piraten, suchten weiter nach ihr, fanden sogar die Höhle und schauten hinein, doch als sie den Vorhang aus Spinnweben sahen, zogen sie weiter.

»Man betrachtete es als ein Wunder, dass sich die Spinnweben wieder schlossen, nachdem sie durchgegangen war«, sagte Pollux. »Deshalb wurde vor der Höhle eine Kapelle gebaut, die dem Mädchen gewidmet ist und den Namen St. Louise Magyar erhielt.«

»Zu jeder Kirche hier gibt es so eine Geschichte«, fügte der Kurator hinzu. »Diese Insel ist voller Kirchen. Bei der letzten Zählung waren es 359, etwas mehr als eine pro Quadratkilometer. Es gibt 63 einzelne Gemeinden. St. Magyar ist eine Kapelle am Wegrand, die verschlossen und für die Öffentlichkeit nicht zugänglich ist.«

»Sie gehört dem Orden«, erklärte Pollux.

Das war interessant.

»Die ursprüngliche, aus Stein gebaute Kirche wurde im 16. Jahrhundert von den Rittern renoviert«, sagte Pollux. »Sie blieb immer verschlossen, aber wir halten das Gebäude instand. Ich kann einen unserer Repräsentanten hier auf der Insel anrufen und sie für uns öffnen lassen.«

»Tu das«, sagte der Kardinal.

Es missfiel Pollux sichtlich, Befehle von seinem Bruder zu erhalten, doch er widersprach nicht und verließ das Büro, um zu telefonieren.

Aber etwas ließ Cotton keine Ruhe.

»Sie haben noch nicht alles gesagt, was diese Kirche betrifft?«, fragte er den Kurator und den Kardinal.

»Als Napoleon die Insel heimsuchte«, sagte der Kurator, »hat er St. Magyar nicht geplündert. Sie blieb stets ein einfacher Ort ohne jeden Zierrat. Dort gab es nichts zu stehlen. Deshalb ist sie noch intakt. So, wie sie im 16. Jahrhundert war.«

»Es war außerdem die Privatkapelle der *Secreti*«, fügte der Kardinal hinzu.

Jetzt wird die Sache richtig interessant.

Gallo führte aus, dass die *Secreti* stets einen gewissen Abstand zu den übrigen Rittern gehalten hatten. Es war ein Prinzip ihres elitären Zirkels, sich von den anderen fernzuhalten. Nachdem der Orden Malta als Geschenk erhalten hatte, errichteten die *Secreti* deshalb eine Kapelle, die nur von Mitgliedern benutzt werden durfte. Diese Kapelle war für alle anderen tabu, und es wurden nur Menschen hineingelassen, die dieses Fünf-Wort-Palindrom vorweisen konnten, das ein Anagramm des *Pater Noster* bildete. Vater unser – das Zeichen Konstantins.

»Bis zur Besetzung durch Napoleon wurde die Kapelle regelmäßig benutzt«, sagte der Kurator. »Aus den Aufzeichnungen geht hervor, dass französische Soldaten in das Gebäude eingedrungen sind, doch wie ich bereits sagte, gab es dort nichts von Wert.«

Anscheinend hatten sie sich geirrt. Cotton hielt es für das Beste, eine andere Gangart einzuschlagen, deshalb wandte er sich an Gallo. »Sie können jetzt nach Rom zurückkehren.«

»Ich kehre dorthin zurück, sobald hier alles erledigt ist.«

»Vergeben Sie mir, Eminenz, aber welches Interesse sollte ein Kardinal der Kirche an alledem haben? Nach meinem Verständnis gehört alles, was man hier finden könnte, den Malteserrittern.«

»Das ist noch nicht ausdiskutiert. Und ich bin der für diesen Orden zuständige Repräsentant des Papstes. Es ist meine Pflicht, mich darum zu kümmern.«

»Wir können Ihnen unsere Erkenntnisse übermitteln. Weshalb müssen Sie sich *persönlich* darum kümmern?«

Cotton spürte, dass er den Kardinal mit seiner Direktheit provozierte. Aber es hatte einen Grund, weshalb er nicht lockerließ.

»Ich brauche mich vor Ihnen nicht zu rechtfertigen«, antwortete Gallo.

»Nein, das brauchen Sie nicht. Aber Sie haben selbst gesagt, dass Männer auf dieser Insel sind, die Sie umbringen wollen. Das Konklave beginnt in wenigen Stunden. Trotzdem bestehen Sie darauf hierzubleiben. Das könnte man leichtsinnig nennen«, er hielt einen Moment inne, »oder aber wohlüberlegt.«

Der Zorn trübte Gallos Blick.

»Ich bin ein Kardinal der römisch-katholischen Kirche, Mr. Malone, dem üblicherweise Respekt gebührt. Selbst von jenen, die nicht der Kirche angehören.«

»Selbst wenn Sie lügen?«

Bevor der Kardinal antworten konnte, betrat Pollux wieder

das Büro und entschärfte die Atmosphäre. »An der St.-Mag-yar-Kapelle wird jemand mit einem Schlüssel für die Tür auf uns warten. Das Gebäude verfügt über elektrischen Strom. Sie werden auch ein paar Werkzeuge mitbringen, weil wir nicht wissen, was dort zu finden ist und wie man herankommt.« Pollux machte eine Pause. »Mr. Malone, von jetzt an können wir uns selbst darum kümmern.«

»Ganz meine Meinung«, fügte der Kardinal schnell hinzu. »Fahren Sie nach Hause.«

Jetzt waren sie also ein Zweierteam.

Interessant.

»Ich habe den Befehl, bis zum Ende dabeizubleiben. Wir sind noch nicht fertig.«

»Sie haben uns enorm geholfen«, sagte Pollux. »Sie haben das Rätsel des Priors meisterhaft gelöst, aber ich muss meinem Bruder rechtgeben, was ich nur selten tue. Dies ist eine kirchliche Angelegenheit, die wir jetzt intern klären können.«

»Der Leiter der Entität ist tot. Das geht über eine religiöse Angelegenheit weit hinaus.«

»Verstehe. Wir werden uns um die *Secreti* kümmern«, sagte Pollux. »Alle Verantwortlichen für Gewalttaten werden zur Rechenschaft gezogen. Aber die *Nostra Trinità* ist eine sensible innere Angelegenheit, die wir vorzugsweise intern regeln würden.«

»Wie wäre es damit«, schlug Malone vor. »Wir werfen einen Blick darauf und stellen fest, was dort ist. Danach verschwinde ich von hier. Das wäre dann das Ende, soweit es mich betrifft.«

»Wir brauchen Sie nicht«, sagte der Kardinal entschlossen.

Doch Pollux nickte. »Das klingt vernünftig«, beschwichtigte er.

50

Luke lief durch die dunkle Gasse.

Der Killer vor ihm hatte einen ziemlich großen Vorsprung. Aber den hatte Buddy Barnes in der Ranger-Schule auch gehabt. Ein 12-Meilen-Marsch mit vollem Gepäck, die letzte Prüfung nach zwei Tagen intensiven, körperlichen Fitnesstrainings. Wer die Strecke nicht unter drei Stunden schaffte, flog raus. Die Ausfallquote lag bei 60 Prozent. Aber er brachte den Marsch nicht nur zu Ende, sondern er überholte sogar noch Buddy und schaffte es, auf den letzten drei Kilometern 100 Meter Vorsprung herauszuholen und als Erster über die Ziellinie zu gehen. Der Sieger hatte die Ehre, beim nächsten Ausgang die erste Runde Getränke bezahlen zu müssen. Jeder wollte den Wettkampf gewinnen, und es spielte keine Rolle, dass es ein paar hundert Dollar kosten würde. Das Problem war nur, dass er keine paar hundert Dollar hatte, als es so weit war. Deshalb streckte Buddy ihm das Geld bis zum nächsten Zahltag vor – so hielten Ranger zusammen. Er vermisste Buddy. In Afghanistan hatte eine am Straßenrand platzierte Bombe seinen Freund getötet, und er hatte geholfen, in Arlington den flaggengeschmückten Sarg zum Grab zu tragen.

Er lief weiter, erhöhte das Tempo und passte wegen des feuchten Kopfsteinpflasters auf. Das hier war kein flacher Feldweg in Fort Benning. Es war eine hügelige Stadt am Meer voller Feinde und Freunde, und manchmal war es schwer herauszufinden, wer was war.

Unwillkürlich dachte er an Laura Price. Sie war ein bisschen von beidem gewesen. Doch dann war sie leichtsinnig geworden, und diese Nachlässigkeit war sie teuer zu stehen gekommen.

Seine Zielperson geriet etwa 50 Meter vor ihm nach einer Kurve außer Sichtweite. Er spürte das vertraute Pumpen des Adrenalins: Er war in Topform und bereit, sich allen Herausforderungen zu stellen. Doch er ermahnte sich zur Klugheit. Man musste immer auf der Hut sein. Er war sich nicht sicher, ob der Kerl überhaupt wusste, dass er verfolgt wurde, denn er hatte sein Tempo nicht geändert. Luke kam an die Ecke und bog ab, ohne langsamer zu werden. Dann sah er geradeaus und stellte fest, dass seine Zielperson nicht mehr rannte. Stattdessen stand sie mit lang gestreckten Armen in Schussposition mitten auf der Straße und legte auf ihn an.

Verdammt.

Luke hechtete nach rechts, auf die Motorhaube eines parkenden Autos, und krachte gegen die Windschutzscheibe.

Zwei Schüsse wurden in seine Richtung abgefeuert.

Ohne die Waffe aus der Hand zu lassen, rollte er auf den Bürgersteig ab, lag flach auf dem Bauch mit dem Kinn auf der Straße und reckte den Kopf um eine Stoßstange herum.

Der nächste Schuss wurde als Querschläger vom vorderen Kotflügel des Autos abgelenkt.

Er kauerte sich wieder zusammen und umklammerte seine Waffe, versuchte zu zielen und drückte ab.

Ein kurzer Blick: Der Kerl war weg.

Also sprang Luke auf die Beine und rannte weiter.

Da, wo der Schütze gestanden hatte, ging eine weitere Gasse nach rechts ab. Er stoppte an der Kreuzung und sah ganz unten am Ende eines langen, abschüssigen Weges den Mann laufen. Ein Stück weiter schimmerte Wasser.

Sie näherten sich dem Hafen, der von keinem Punkt der Stadt besonders weit entfernt lag. Er blieb in Bewegung und hastete bis zum Ende der Gasse; dort stoppte er und sah sich um. Ein Jachthafen dominierte die betonierten Kaianlagen. Boote dümpelten an Festmacherleinen in der vollbelegten

Marina. Er ließ den Blick über viele kleine Bootsstege streifen. Aber da war niemand. Doch links von sich hörte er einen Motor brummen.

Luke rannte über einen betonierten Weg am Wasser entlang und sah, wie sich ein Zodiak entfernte und Kurs auf den Grand Harbour nahm. Zwei Gestalten standen in dem aufblasbaren Boot.

Eine von ihnen winkte ihm höhnisch zu.

Arschloch.

Er brauchte ein Boot.

Jetzt.

Also lief er erst mal in den Jachthafen zurück. Viele der Boote, die er dort sah, waren große, über sechs Meter lange Fahrzeuge mit allen Schikanen – unpraktisch für diese Verfolgungsjagd. Am Ende eines Anlegers entdeckte er ein kleines, viereinhalb Meter langes Kielboot mit einem einzelnen Außenbordmotor. Er hatte natürlich keinen Schlüssel, um die Maschine zu starten, doch das sollte kein Problem sein. Als Kind hatte er gelernt, wie man einen Außenborder kurzschließt. Sein Bruder und er nahmen einfach einen Schraubenschlüssel und ließen damit unter dem Zündschloss die Funken sprühen, was immer funktionierte. Er hatte kein Werkzeug dabei, aber eigentlich brauchte er auch keins. Er löste die Festmacherleinen, und als das Boot vom Anleger abtrieb, bückte er sich unter das Zündschloss und riss an zwei Kabeln. Er hatte Glück. Sie lösten sich und lagen an zwei Stellen blank. Als er sie zusammenfügte, sprühten sie Funken, und der Motor erwachte zum Leben.

Das Dröhnen stabilisierte sich schnell, und er verdrillte die Drähte miteinander. Dann nahm er das Lenkrad mit der linken Hand und gab Gas. Der Propeller erzeugte eine Wasserfontäne und schob das Boot in Richtung Hafen. Das Zodiac hatte einen großen Vorsprung und sein neu erworbenes Freizeitboot nicht allzu viele Pferdestärken. Am besten war es, wenn er am Ball blieb und aufpasste, wohin sie fuhren. Was er konkret tun wollte, wenn er das wusste, würde man sehen. Jedenfalls hatte er es satt, immer einen Schritt hinterherzuhinken. Laura, Malone, die *Secreti*, Spagna. Sie alle waren ihm von Anfang an einen Schritt voraus gewesen.

Er passierte Fort St. Angelo und die Hafenmole an der Halbinsel, die Valletta vorgelagert war. Das Zodiac war etwa eine Viertelmeile voraus, ein schwarzer Fleck, der über das dunkle Wasser schoss.

Weiter vorn, im offenen Meer, entdeckte er Lichter.

Dort lag ein Boot vor Anker.

Das musste ihr Ziel sein.

51

Zufrieden beobachtete der Ritter, wie seine Zielpersonen die Kathedrale verließen und zu einem Auto gingen, das in einer Straße an der Rückseite des Gebäudes auf einem kleinen Parkplatz stand. Seine Männer hatten bereits Spagna und seinen Gehilfen ausgeschaltet, und auch mit Laura Price dürften sie mit Sicherheit inzwischen fertiggeworden sein. Er hatte den Getreuen Gottes sträflich unterschätzt, weil er das Ausmaß von Spagnas Leidenschaften und Begehrlichkeiten nicht erkannt hatte. Aber dieses Problem war jetzt aus der Welt geschafft.

Blieben noch die Amerikaner.

Beide Agenten zu töten, die sich momentan auf der Insel befanden, schien die einfachste Lösung zu sein, doch das würde zweifellos weitere Ermittlungen nach sich ziehen. Die Malteserritter und die römisch-katholische Kirche waren zwei riesige, unpersönliche und monolithische Blöcke – der eine unaufhaltsam, der andere unbeweglich. Aber die Vereinigten Staaten stellten etwas völlig anderes dar. Mit ihrer Beteiligung hatte er nicht gerechnet, und er wusste auch weiterhin nicht genau, wie er sie von der Spur abbringen konnte. Dieser Harold Earl Malone, genannt »Cotton«, schien überaus fähig zu sein, und auch der jüngere Agent, Daniels, musste offenbar ernst genommen werden. Einen von ihnen oder gar beide umzubringen konnte unklug sein, ganz besonders zu diesem kritischen Zeitpunkt. Sein Ziel war eine geordnete Welt. Alles sollte sich auf eine bestimmte Weise festgelegten Regeln unterordnen und auf ein bestimmtes Ziel hinauslaufen. Den Weg zu diesem Ziel hatte er sich im Kopf bereits genau zurechtgelegt. Über das

Kommende hatte er lange nachgedacht, hatte es sich immer wieder ausgemalt, hatte geplant und gehofft.

Jetzt war ein Ende absehbar.

Nur nicht ganz so, wie er es sich noch vor wenigen Tagen vorgestellt hatte.

Dennoch, es war ein Ende.

Kastor Gallo saß auf der Rückbank des Wagens, Malone am Steuer, und Pollux nahm auf dem Beifahrersitz Platz. Es war das Auto, mit dem sie vom Flughafen zur Kathedrale gefahren waren. Inzwischen hatte sich ihre Zahl allerdings um zwei verringert, weil Luke Daniels und Laura Price verschwunden waren.

Gute Reise!

Je weniger Personen involviert waren, desto besser.

Sie verließen Valletta über die Schnellstraße entlang der Nordküste. Schon bald würden sie den Madliena-Turm passieren, wo gestern alles begonnen hatte. Seine rechte Hand tastete nach dem USB-Stick unter dem Stoff in der Tasche seiner Hose. Er hatte darüber nachgedacht, wie er ihn am besten verwenden sollte. Wahrscheinlich würde er erst kurz vor Ablauf der Anmeldefrist um zehn Uhr morgens wieder in Rom zurück sein. Ihm bliebe gerade noch Zeit, sich zu duschen und seine scharlachrote Soutane anzulegen, bevor sich die Kardinäle zur Messe im Petersdom versammelten. Vieraugengespräche oder erfolgversprechende Gelegenheiten, sich mit jemandem zu unterhalten, waren da kaum noch möglich. Danach würden sie sich alle in der Capella Paolina versammeln und später in einer im Fernsehen übertragenen Prozession unter Absingen der Litanei der Heiligen in die Sixtinische Kapelle einziehen. All dies gehörte zu den unverzichtbaren Traditionen, die bei jedem modernen Konklave gepflegt wurden.

Und dann begann die Heuchelei.

Nachdem die Türen zur Sixtinischen Kapelle versiegelt sein würden, nähme es seinen Anfang. Ein jeder würde geloben, sich an die apostolische Verfassung zu halten, Geheimhaltung zu wahren, niemandem außer dem Heiligen Geist zu erlauben, das Votum zu beeinflussen, und im Falle eines Wahlerfolges den Heiligen Stuhl zu verteidigen. Manche von ihnen würden unter Druck gesetzt werden, doch davon wusste noch keiner der infrage kommenden Teilnehmer.

Dann würde der Kardinalsdekan fragen, ob es noch offene Fragen bezüglich der Prozeduren gab. Waren sämtliche Unklarheiten ausgeräumt, folgte die erste Prüfung, der erste Wahlgang. Normalerweise waren einige der kleineren Regeln, die nur selten zum Tragen kamen, unwichtig. Aber nicht an dieser Stelle. Ein kranker Kardinal durfte das Konklave verlassen und konnte später wieder eingelassen werden. Ein Kardinal, der aus einem anderen Grund als einer Krankheit hinausging, durfte nicht zurückkehren. Die Kardinäle kamen ohne Begleitung, nur im Krankheitsfall mit einer Krankenschwester. Es standen Priester zur Verfügung, um die Beichte abzunehmen. Außerdem waren zwei Ärzte anwesend und eine streng begrenzte Zahl von Mitarbeitern für den Service und die Zubereitung der Mahlzeiten. Das alles konnte zum Problem werden, wenn erst Druck aufgebaut wurde.

Nur drei Kardinäle durften mit der Außenwelt kommunizieren, und auch das nur in Notsituationen. Der Vorsitzende der Apostolischen Pönitentiarie, der Kardinalvikar für die Diözese Rom und der Generalvikar für den Vatikanischen Stadtstaat. Keiner von ihnen stand auf seiner Abschussliste.

Gott sei Dank.

Doch er musste dafür sorgen, dass kein Einziger der korrupten Kardinäle versuchte, Hilfe zu bekommen oder Krankheit vorzutäuschen.

Es dauerte nie lange bis zur ersten Abstimmung.

Sie war für gewöhnlich unbedeutend.

Nur wenigen war es jemals gelungen, dabei gewählt zu werden. Die meisten Kardinäle wählten entweder sich selbst oder einen engen Freund. Einige wenige würden sich zusammenschließen und ihre Stimmen für ihren Lieblingskandidaten abgeben, um damit schon früh ihre Absichten zu signalisieren. Im Allgemeinen waren die Stimmen über ein breites Spektrum von Kandidaten verteilt, und erst nach dem zweiten Wahlgang ließen sich Trends erkennen.

Den Regeln zufolge sollte am Nachmittag des ersten Tages ein erster Wahlgang stattfinden, und falls es dabei zu keinem Ergebnis kam, gab es an jedem folgenden Tag maximal vier weitere Wahlgänge. Jeweils zwei morgens und zwei nachmittags. Falls es nach drei Wahltagen – also zwölf Wahlgängen – noch kein Ergebnis gab, wurde der Prozess für einen Tag des Gebets unterbrochen. Nach fünf weiteren Wahlgängen wurde der Prozess abermals ausgesetzt. Falls auch nach weiteren sieben Wahlgängen kein Ergebnis erzielt wurde, setzte man den Prozess ein weiteres Mal für die Dauer eines Tages aus. Falls weitere Wahlgänge kein Ergebnis brachten, folgte ein Tag des Gebets, der Reflexion und des Dialogs. Für die nachfolgende Stichwahl blieben nur die beiden Namen übrig, die beim vorigen Wahlgang die meisten Stimmen erhalten hatten.

In modernen Zeiten hatte sich die Wahl niemals so lange hingezogen. Doch an diesem Konklave würde nichts normal sein.

Der kritische Moment?

Nach dem ersten Wahlgang, wenn das Konklave pausierte und die Kardinäle in ihre Zimmer zurückgingen, gab es ein paar Stunden zwischen dem Abendessen und dem Moment, wenn sich alle zur Nachtruhe begaben. In diesem Zeitraum konnte er sich mit allen, auf die es ankam, unter vier Augen unterhalten. Bis dahin würde es schon eine Menge Gespräche geben. Denn um nichts anderes ging es beim Konklave. Man isolierte die Kardinäle, damit sie sich untereinander einigen konnten. Er würde lediglich einige zusätzliche Anreize schaffen. Jeder Übeltäter sollte erfahren, was er wusste, was er beweisen konnte und was geschehen würde, falls keine Zweidrittelmehrheit der abgegebenen Stimmen auf seine Person entfiel.

Ihm war auch egal, wie es bewerkstelligt wurde.

Was zählte, war, dass es passierte.

Und dass es schnell geschah.

52

Luke umklammerte das Steuer und hielt den Bug auf das Meer gerichtet. Das Schlauchboot vor ihm machte noch Fahrt und raste für ihn nahezu unhörbar übers Wasser, weil es fast einen Kilometer entfernt war. Das Ziel schien eine elegante, hell erleuchtete Jacht zu sein. Ihre Hauptkabine ragte über das circa fünfzehn Meter lange Dollbord hinaus. Lampen beleuchteten den Rumpf, den Kabinenbereich und das Achterdeck, wo man eine dunkle Gestalt herumlaufen sehen konnte.

Das Schlauchboot hielt auf das Schiffsheck zu und stoppte. Die zwei Männer sprangen aus dem Zodiac und vertäuten es auf einer Schwimmplattform am Heck. Luke blickte sich um und sah, dass er etwa 500 Meter vor der Küste war, nördlich von Fort St. Angelo, das zu dieser Nachtstunde in all seiner Pracht angestrahlt wurde. Er hatte eine schwierige Entscheidung zu treffen, die enorme Konsequenzen haben würde, falls er sich irrte. Die beiden Männer auf dem Boot hatten in dieser Nacht mindestens vier Morde begangen, von denen er wusste. Sie hatten sogar versucht, ihn umzubringen und die Zahl auf fünf zu erhöhen. Laura hatte sie aufhalten wollen, und auch wenn ihre Methoden durchaus fragwürdig gewesen waren, hatte sie es nicht verdient zu sterben. Es wäre unvernünftig, sich auf eine Schießerei mit diesen Kerlen einzulassen. Das hier war kein James-Bond-Film. Sie waren ihm zahlenmäßig überlegen und konnten ihn mit Sicherheit sehen, weil er jetzt nur noch eine Viertelmeile entfernt war und immer näher kam.

Jetzt standen drei Gestalten auf dem Achterdeck.

Als er Mündungsfeuer aufblitzen sah, begriff er, dass sie auf ihn feuerten. Feuerstöße aus Automatikwaffen prasselten ringsum wie riesige Regentropfen ins Wasser. Er bückte sich so tief, dass es als Deckung reichte, blieb aber hoch genug, um durch die Windschutzscheibe blicken zu können. Je näher er kam, desto besser eignete er sich als Zielscheibe! Am schlauesten wäre es jetzt, diese Kerle auszuschalten und ihre Identität zu ermitteln, sobald sie im Wasser waren – mochten sie nun tot oder gerettet sein.

Seine beste Waffe röhrte unter seinen Füßen.

Das Boot selbst.

Sein Ziel lag vor Anker.

Er richtete den Bug auf den Mittelteil der Jacht und gab Vollgas, schoss über die glatte Wasseroberfläche und fuhr in gerader Linie direkt auf den Rumpf zu. Alles musste perfekt getimt sein, weil er es nicht riskieren konnte, dass die Lenkung sich verzog.

Es wurden weitere Salven auf ihn abgegeben.

Kugeln schlugen in den Fiberglasrumpf.

Einhundert Meter.

Er musste näher herankommen.

Mehr Rat-ta-tatt aus automatischen Waffen.

Ein letzter Blick.

Auf Kurs.

Man sagte ihm nach, dass seine Pläne manchmal nicht ganz ausgereift waren, doch wie drückte sein Vater es so schön aus: *Wer nichts macht, der macht auch keine Fehler.*

Ja, zum Teufel.

Luke hechtete vom Boot, traf mit der rechten Schulter aufs Wasser und schlitterte wegen der Fliehkraft noch kurz über die Wasseroberfläche, bevor er zu sinken begann. Er blieb auf Tauchstation unter der Oberfläche, sah aber hoch, als die rabenschwarze Nacht plötzlich blendend hell wurde.

Cotton stieg aus dem Auto und ließ den Blick über St. Magyar wandern. Der gedrungene Kirchenbau schien direkt aus dem Hang herausgeschaufelt worden zu sein, die Nacht und die Natur machten ihn fast unsichtbar. Er brauchte nicht erst nachzusehen, um zu wissen, dass die alten Steinmauern durch Jahrhunderte während Backofenhitze wahrscheinlich verzogen und ausgebleicht waren.

Er machte sich Sorgen wegen Luke, den sie nirgendwo entdecken konnten, nachdem sie die Kathedrale verlassen hatten. Dass Stephanie so darauf drängte, sich um Laura Price zu kümmern, konnte er nachvollziehen, aber er hatte seine eigenen Probleme. Bestimmt würde Luke zur Kathedrale zurückkehren, deren Kurator angewiesen war, ihn hierherzuschicken. Cotton hatte den Wagen mit Beschlag belegt, mit dem sie vom Flughafen zur Kathedrale gefahren waren. Der Kurator hatte gesagt, dass er Luke seinen Privatwagen zur Verfügung stellen wollte, falls er auftauchte.

Die Lichtkegel eines weiteren Scheinwerferpaars schnitten durch die Nacht; ein kleiner SUV näherte sich der Kirche und parkte. Ein junger Mann stieg aus, den Pollux als einen seiner Amtsbrüder aus dem Fort St. Angelo identifizierte. Der Neuankömmling öffnete den Kofferraum, in dem sich zwei Schaufeln, eine Spitzhacke, ein Vorschlaghammer und ein Stück Seil befanden.

»Ich wusste ja nicht, was uns erwartet«, sagte Pollux. »Deshalb habe ich ihm gesagt, er solle mitbringen, was sie vor Ort hätten.«

Cotton nahm die Schaufeln, Pollux den Vorschlaghammer und die Spitzhacke. Der Kardinal brachte die Seilrolle.

»Warten Sie draußen«, befahl Pollux seinem Mann. »Ich rufe Sie herein, falls Sie gebraucht werden.«

Der Jüngere nickte und händigte ihm den Schlüssel zur Vordertür aus.

Das Gelände ringsum war hügelig und fiel ab in ein Tal, das sich weiter nach Süden hinzog. Vereinzelt brannten Lichter; dort mussten Menschen sein. Die Kirche stand auf dem höchsten Punkt eines der steileren Hügel; ein Schotterweg diente als Auffahrt. Es gab zwei vergitterte Fenster und einen kleinen Glockenstuhl. Der Haupteingang war ein ungewöhnlich niedriges, von einem Bogen überspanntes Oval. Darüber war ein in einem Kreis platziertes achtzackiges Malteserkreuz in den Stein gemeißelt. Die Leuchtziffern von Cottons Uhr zeigten 04.40 Uhr.

Schon wieder eine durchwachte Nacht.

Glücklicherweise hatte er auf dem Flug von Rom ja ein einstündiges Nickerchen machen können.

Pollux nahm den Schlüssel und öffnete die Eichentür. Ein Klicken war zu hören, dann gingen im Innern die Lampen an. Es waren nicht viele, und sie waren auch nicht besonders hell, deshalb konnten Cottons Augen sich leicht anpassen. Das Innere war rechteckig mit einer runden Apsis auf der gegenüberliegenden Seite. Die Kirche war schlicht und einfach, die Außenmauern wurden von Steinbänken gesäumt, der Fußboden bestand aus einer Mischung von Steinplatten und gestampfter Erde. In den leeren Wandnischen gab es keine Skulpturen. Alles hatte einen matten, sandigen Grauton.

»Der Hauptgrund, weshalb es so viele Kirchen auf Malta gibt«, sagte Pollux, »ist die Isoliertheit. Es gab nur wenige und sehr schlechte Straßen, deshalb wollte jede Stadt und jedes Dorf eine eigene Kirche. Es ist kaum zu glauben, aber die meisten dieser Gebäude sind erhalten geblieben. Dies hier wurde jedoch für einige wenige Auserwählte errichtet. Den Einheimischen war es bei Androhung einer empfindlichen Gefängnisstrafe verboten, sich ihr auch nur zu nähern.«

Cotton bemerkte den schlichten, steinernen Altar in der Apsis, auch hier war ein Malteserkreuz in die Frontseite gemeißelt. Das Fehlen von Kirchenbänken war ungewöhnlich. »Haben sie beim Gottesdienst gestanden?«

»Hier wurden keine Gottesdienste abgehalten«, sagte Kardinal Gallo.

Das hatte er bereits vermutet. Mit diesem Ort musste es noch eine andere Bewandtnis haben.

Pollux ging am Altar vorbei in die Apsis. Drei Steinplatten, die durch Leisten abgetrennt waren, formten die gewölbte Wand mit Kalksteinbänken, die den Halbkreis säumten. Cotton beobachtete, wie Pollux die Spitzhacke ablegte, niederkniete, unter eine der Steinbänke griff und auf etwas drückte. Die mittlere Platte bewegte sich ein paar Zentimeter nach innen.

»Vor Jahrhunderten gab es hier eine manuelle Winde«, sagte Pollux. »Aber heute sind wir etwas moderner.«

»Napoleon hat die Tür nie gefunden?«, fragte er.

Pollux schüttelte den Kopf. »Die Franzosen hatten es eilig und waren nicht besonders clever. Sie kamen, sahen nichts und gingen wieder. Die elektronische Verriegelung haben wir vor etwa fünf Jahren installiert. Der Stein ist mit seinem Schwerpunkt auf einer gefetteten Mittelachse ausbalanciert. Man kann ihn mit einer Hand aufdrücken.«

Der Kardinal trat vor und tat genau das; jetzt kamen zwei dunkle Rechtecke zum Vorschein, jedes etwa sechzig Zentimeter breit, voneinander getrennt durch die schmale Seite der Steinwand.

Sie gingen hinein, und Pollux betätigte einen weiteren Lichtschalter.

Vor ihnen erstreckte sich ein Tunnel.

Er war hoch, breit und geräumig.

»Wo führt der hin?«, wollte er wissen.

»Zu einem wundersamen Ort.« Pollux flüsterte ehrfürchtig.

Während der Autofahrt hatte der Kardinal das Pwales-Tal bewundert, eine malerische Region mit aus der Zeit gefallenen Feuchtgebieten im nördlichen Winkel Maltas. Es war eine hügelige Landschaft mit kleinen Buckeln, auf denen Flechten und übelriechende Pilze wuchsen, und alles war mit Teppichen von Kapsauerampfer, Gänseblümchen, Borretsch und Wolfsmilchgewächsen überzogen. Ungewöhnlich für Malta, das für Pflanzen nicht gerade günstige Bedingungen bot. Es gab hier einige der schönsten Aussichtspunkte der Insel, auch wenn ihn diesmal die Dunkelheit davon abgehalten hatte, sie zu genießen.

Auf diesem Land lebten bereits seit über 5000 Jahren Menschen, wie Höhlenzeichnungen in den nahe gelegenen Berghängen bewiesen. Ihre vielen Buchten hatten die Gegend lange Zeit verwundbar für Angriffe von außen gemacht. Die Ritter hatten das ganze Gebiet mit Garnisonen und Wachttürmen entlang der Küste gegen muslimische Korsaren gesichert. Während des Zweiten Weltkriegs und danach bemannten die Briten in der Nähe eine Festung, die er als Kind mehrmals besucht hatte. Die Nonnen hatten ihnen dann immer Süßigkeiten und Limonade gekauft, und im nahe gelegenen Hafen war ihnen Schwimmunterricht erteilt worden.

Diese Nonnen.

Sie hatten wenigstens versucht, die Dinge erträglich zu machen, und das war nicht leicht, denn schließlich waren alle ihre Kinder Waisen. Nur wenige verließen das Waisenhaus, bevor sie das Erwachsenenalter erreichten. Er hatte sich schon immer gefragt, wie viele von ihnen jemals zu einem Besuch zurückkehrten. Er selbst hatte es nie getan.

Er wusste alles über die St.-Magyar-Kirche, bei der es sich eigentlich um zwei Kapellen in einer handelte. Der äußere Teil hatte als offene Kapelle am Wegesrand und Treffpunkt der *Secreti* gedient. Doch es war der innere Teil, der eine Sonderrolle spielte: die St.-Johannis-Kirche.

Und zwar nicht eine Johannes dem Täufer geweihte, sondern Johannes Nepomuk, dem Schutzheiligen Böhmens, der 1393 auf Befehl König Wenzels in der Moldau ertränkt wurde, weil er sich geweigert hatte, das Beichtgeheimnis zu brechen. Er wurde in Statuen oft mit dem Finger auf den Lippen dargestellt, was das Schweigen und das Bewahren eines Geheimnisses symbolisierte. Die Jesuiten verbreiteten die Geschichte seines Martyriums, was schließlich zu seiner Heiligsprechung führte. Im Malta des 16. Jahrhunderts florierte eine Sekte, die ihn verehrte – leicht nachvollziehbar also, weshalb die *Secreti* ihm ihre Kapelle widmeten.

Kastor Gallo hatte St. Magyar noch nie besucht, wie es seiner Schätzung nach auch 99 Prozent aller übrigen Malteserritter nie getan hatten. So wie bei ihrem Schutzheiligen waren auch die Geheimnisse dieses Ortes geheim geblieben. Was Pollux auf die Idee brachte, einem Außenstehenden diesen geheimen Ort zu verraten, blieb für ihn ein Rätsel.

Mit ihren Werkzeugen gingen sie den beleuchteten Tunnel hinunter.

»Das hier ist eine künstlich angelegte Verlängerung der ursprünglichen Naturhöhle«, erklärte Pollux. »Das Gotteshaus draußen wurde nur gebaut, um die wahre Kapelle der *Secreti* zu verbergen.«

Der Pfad wurde von einer Serie von Neonröhren an der Decke erhellt, die mit einem freiliegenden Elektrokabel verbunden waren. Der Boden war eben, bestand aus gestampfter Erde und war trocken wie eine Wüste. Die Luft wurde spürbar kühler, je tiefer sie hineingingen. Der Tunnel endete an einer überwölbten Doppeltür, die in massiven Eisenscharnieren hing. Es gab keine Schlösser, nur zwei Eisenringe, die Pollux benutzte, um beide Flügel aufzudrücken. Die Scharniere gaben kein Geräusch von sich. Hier wurde offenbar alles sorgfältig gewartet.

Dahinter lag ein hoher Raum, der sich in drei Richtungen ausdehnte. Von einem zentralen Kern zweigten zwei Seitengewölbe ab. Bogenkonstruktionen und Säulen stützten den Fels an der Decke. In jeder Nische und jedem Winkel fanden sich Statuen. Auch hier handelte es sich – wie in der Konkathedrale – nicht um nachträgliche Ergänzungen, sondern jede einzelne war aus dem Fels herausgeschlagen worden. Er sah Madonnen, Heilige, Christus und verschiedene Tierskulpturen. Die meisten waren freistehend. Einige wenige standen allein in Nischen, während andere als dreidimensionale Reliefs aus den Wänden hervortraten. Die sorgfältig platzierte Boden- und Deckenbeleuchtung tauchte alles in Licht, sie erhellte den Stein in verschiedenen Braun- und Grautönen und verschmolz alles zu einer eindringlichen, bedrohlichen Atmosphäre.

»Also gut«, sagte Kastor Gallo zu Malone. »Was jetzt?«

53

Etwas wie diese unheimliche unterirdische Kapelle hatte Cotton noch nie gesehen. Er fühlte sich zwischen den vielen lebensgroßen Abbildungen wie in einer Menschenmenge. Glücklicherweise war er bisher von unangenehmen klaustrophobischen Anwandlungen verschont geblieben, weil der Raum, obwohl recht voll, hoch und groß war.

»Gibt es hier eine Klimaanlage?«, fragte er, weil es nicht feucht war und ein leichter Wind ging.

»Es gibt Luftentfeuchter«, sagte Pollux. »Wir haben sie installiert, als wir den Türmechanismus auswechselten. Der Luftaustausch ist natürlich. Wir haben die Erfahrung gemacht, dass man mit Orten wie diesem vorsichtig umgehen muss. Wenn man etwas mit bloßen Fingern berührt, hinterlässt man eine Fettschicht, die den Kalkstein zersetzt. Künstliches Licht fördert das Bakterienwachstum. Viele warme Körper, die CO_2 ausatmen, verändern den Luftaustausch, die Temperatur und die Feuchtigkeit. Es ist wichtig, dass dieser Ort erhalten bleibt, deshalb haben wir Maßnahmen getroffen, um das sicherzustellen.«

»Und hier haben die *Secreti* ihre Gottesdienste abgehalten?«, fragte Cotton.

Pollux nickte. »Hier wurden auch neue Mitglieder eingeführt. Die *Secreti* achteten genau darauf, wen sie dazu aufforderten, sich ihren Reihen anzuschließen. Sie führten keine Aufzeichnungen, deshalb ist es unmöglich herauszufinden, wer ein Mitglied war. Es sei denn, man trug den Ring.«

»Ich vermute, damals gab es keine Schmuckgeschäfte, die die Ringe kopierten«, sagte er mit leicht ironischem Unterton.

Pollux wirkte perplex.

Cotton berichtete, was ihm der falsche Pollux Gallo erklärt hatte.

»An dieser Behauptung ist sogar etwas Wahres«, sagte Pollux dann. »Ich habe im Laufe der Jahre eine ganze Reihe dieser Kopien gesehen ...«

»Aber da es die *Secreti* nicht mehr gibt, spielt das doch keine Rolle mehr?«

Er konnte sich diese rhetorische Frage nicht verkneifen.

»So ungefähr«, sagte Pollux.

Cotton hatte über die Antwort auf die Frage des Kardinals nach dem *Was jetzt* nachgedacht. In der äußeren Kapelle war nichts gewesen, das seine Neugierde erregt hätte; und genau dies war mit Sicherheit auch die Absicht gewesen, als man dort alles so schlicht gestaltet hatte. Hier gab es allerdings eine Vielzahl potenzieller Verstecke, allein schon wegen der vielen Statuen, die in den Stein gehauen worden waren. Er wandte sich an Pollux: »Wie weit würden Sie gehen, um das zu finden, wonach Sie suchen?«

»Falls Sie wissen wollen, ob ich hier etwas zerstören würde, kann ich nur sagen: Es kommt darauf an«, erwiderte Pollux. »Wir wollen abwarten, wie sicher Sie sich sind, wenn wir an diesem Punkt angelangt sind.«

Er ging im Geiste alle Möglichkeiten durch. Bis jetzt waren alle Aktionen des toten Priors absolut rational gewesen. Doch keiner der Hinweise ließ auf irgendetwas in diesen Statuen schließen. Es war nur die Kapelle als solche. Sowohl Pollux als auch der Kurator hatten vorhin in der Kathedrale deutlich gemacht, dass dort, wo sich die Linien auf der Karte kreuzten, keine weiteren Kapellen oder geheiligten Orte in der Nähe waren.

Also musste das hier der richtige Ort sein.

»Niemand kann sagen, welch gottlose Dinge hier geschehen sind«, sagte der Kardinal.

»Die *Secreti* waren nur für jene eine Gefahr, die die Ritter bedrohten.«

»Und heute? Jetzt? Was bedroht die Ritter? Warum bringen die *Secreti* Menschen um?«

Pollux sah seinen Bruder an. »Niemand hat behauptet, dass sie das tun.«

»Sie selbst haben das behauptet«, sagte Cotton. »Sie hatten es so eilig herzukommen, weil die *Secreti* unterwegs sind. Drei Männer starben bei jener Villa. Zwei weitere hier auf Malta. Sie sagten, dass die *Secreti* wahrscheinlich aller fünf Morde verdächtig sind.«

»Es scheint auf der Hand zu liegen«, sagte Pollux. »Aber mit dieser Möglichkeit werde ich mich erst befassen, nachdem wir die *Nostra Trinità* aufgespürt haben.«

Cotton hatte inzwischen den Blick durch den Raum schweifen lassen und sich auf die einzige Stelle fixiert, die Sinn ergab. Am gegenüberliegenden Ende ging es drei kurze Stufen hinauf, dann folgte ein Altar, der in die Wand geschlagen worden war. Er ragte heraus und zeigte von den Betenden weg, so wie es vor 500 Jahren üblich gewesen war. Darüber waren eine Madonna und das Christuskind aus dem Stein gemeißelt worden. Zwei geflügelte Engel flankierten ihre Seiten. Doch es war das Fundament des Altars, das seine Aufmerksamkeit fesselte. Fünf Worte, die in jede Richtung gelesen das Gleiche ergaben. Das Palindrom vom Ring.

Das Zeichen Konstantins.

SATOR
AREPO
TENET
OPERA
ROTAS

Er zeigte hinüber. »Es muss dort sein.«

Sie gingen zum Altar.

»Konstantins Zeichen wurde hier eingemeißelt, als man die Kirche baute«, sagte Pollux. »Es ist schon immer hier gewesen.«

Cotton legte die Schaufel auf den Boden und kniete sich hin, um den Altar zu untersuchen. Die Buchstaben standen erhaben auf einer eingelassenen Tafel im Zentrum des Altars, genau dort, wo ein Priester gestanden hätte, während er die Messe las. Vier kannelierte Säulen, die aus dem Kalkstein geschlagen waren, flankierten die Tafel links und rechts. Mit dem Finger erspürte er eine Mörtelfuge in der eingelassenen Tafel – sie war trocken, brüchig und grau wie alles andere auch.

»Ich würde sagen, wir brechen das hier auf.«

Er ließ Pollux einen Moment Zeit, um über die Tragweite nachzudenken. Hier handelte es sich nicht um eine zerbrochene Uhr. Es gehörte zu etwas, das 500 Jahre überdauert hatte. Es war etwas, dessen Schutz Männer ihr Leben geweiht hatten. Tausende von Rittern und Maltesern waren im Kampf für die Unversehrtheit all dieser Dinge gefallen.

Und sie waren erfolgreich gewesen.

Alles nur, um es jetzt mit Genehmigung eines der ihren von einem Außenstehenden zerstören zu lassen.

Pollux reichte ihm zum Zeichen seines Einverständnisses den Vorschlaghammer. Cotton nahm den Holzstiel und kam zu dem Schluss, dass es keine Methode gab, um Schaden zu vermeiden, also versetzte er dem Zentrum der Tafel gleich über dem Wort TENET einen kräftigen Schlag mit dem Hammerkopf. Der Stein hielt, doch es gab einen verräterischen hallenden Knall, wie beim Obelisken.

»Dahinter ist es hohl«, sagte er.

Er holte wieder aus.

Nach zwei weiteren Schlägen brach der Stein in Stücke.

Dahinter kam – erwartungsgemäß – ein Hohlraum zum Vorschein.

Die beiden Brüder sahen zu, wie er die Bruchstücke wegräumte und dabei immer wieder Fragmente des Palindroms beseitigen musste. Er entfernte genug, bis er sehen konnte, dass sich in der Kammer dahinter ein Objekt befand. Es war ein horizontaler Glaszylinder auf goldenen Tierpfoten als Füßen, etwa sechzig Zentimeter breit und zwanzig Zentimeter hoch. Der Zylinder war an beiden Enden mit goldenen Abschlüssen versehen, die mit Wachs versiegelt waren. Durch das dicke Glas sah er verschwommen drei Schriftrollen, die einzeln lose zusammengerollt waren.

Pollux bekreuzigte sich und flüsterte: »Unsere Trinität.«

Cotton griff hinein und hob das Reliquiar heraus.

Es war schwer.

Die drei Pergamentrollen schienen unbeschädigt und in einem recht guten Zustand zu sein. Er stellte den Behälter auf den Altar, wo sie ihn genau untersuchen konnten.

»An dieser Stelle muss ich darauf bestehen, dass sich unsere Wege trennen«, sagte Pollux. »Wir haben die *Nostra Trinità* gefunden. Sie gehört den Malteserrittern …«

»Oder der römisch-katholischen Kirche«, sagte der Kardinal.

»Genau«, endete Pollux. »Das ist eine Meinungsverschiedenheit, die wir unter uns klären müssen. Es hat nicht das Geringste mit der Regierung der Vereinigten Staaten zu tun. Wir entschuldigen uns für alles, was Sie erdulden mussten, und wissen Ihre Arbeit sehr zu schätzen. Aber das Rätsel ist jetzt gelöst, und *wir* müssen uns damit befassen, wie es weitergeht.« Pollux machte eine Pause. »Kastor und ich. Wir haben eine Menge zu diskutieren.«

Das bezweifelte Cotton nicht.

»Im Laufe des vergangenen Tages wurde viel Schaden angerichtet«, sagte Pollux. »Menschen wurden verletzt und getötet. Mein Bruder und ich, wir werden uns darum kümmern müssen. Der Abgesandte des Heiligen Stuhls und der Lieutenant ad interim. Es ist unser Problem. Nicht Ihres.«

Cotton hatte sich daran gewöhnt, dass es im Geheimdienstgeschäft rau zur Sache ging, und war auch bereit, sich einiges gefallen zu lassen. Er hatte weiß Gott schon eine Menge eingesteckt.

Aber diese Abfuhr?

Das tat irgendwie weh.

Doch er hatte alles getan, worum ihn Stephanie gebeten hatte. Und obwohl er liebend gern erfahren hätte, was sich in dem Reliquiar befand, hatte Pollux Gallo recht. Es ging tatsächlich weder ihn noch Washington etwas an.

»In Ordnung«, sagte er. »Ich verschwinde von hier. Aber halten Sie das hier für einen sicheren Ort, um zu bleiben?«

»Wir sind hier bestens aufgehoben«, sagte Pollux und reichte ihm die Hand.

Er schüttelte sie.

»Danke für all Ihre Hilfe, Mr. Malone. Ich habe Sie nie gefragt, aber sind Sie katholisch?«

»So wurde ich getauft, aber Religion ist nicht mein Ding.«

»Was für eine Schande. Sie hätten einen guten Ritter abgegeben.«

Kardinal Gallo reichte ihm nicht die Hand und behielt seine sauertöpfische Miene bei. Er schüttelte den Kopf und sah wieder zu Pollux.

»Viel Glück.«

Dann ging er.

54

Der Ritter beobachtete, wie Cotton Malone die St.-Magyar-Kirche verließ. Endlich war das letzte Problem aus der Welt. Die Amerikaner waren weg. Es passte, dass alles hier an diesem geheiligten Ort enden würde, wo sich die Auserwählten einst förmlich versammelt hatten. Es waren nie viele gewesen, und sie hatten fest zusammengehalten, weil ein gemeinsames Ziel sie einte. Ihr Schicksal wurde durch einen geheimen französischen Erlass besiegelt, der am 12. April 1798 ausgegeben wurde. Welche Ironie, hatte er oft gedacht. Nach Jahrhunderten des Kampfes waren es nicht die Türken, auch kein Pirat oder ein sonstiger muslimischer Feind, sondern die Franzosen, von denen sie besiegt wurden. Ein Edikt, das an Napoleon erging, der zu jenem Zeitpunkt Generalkommandeur der östlichen Heere war. Ihm wurde befohlen, *die Insel Malta zu besetzen, zu welchem Zwecke er umgehend mit allen ihm zur Verfügung stehenden Kräften der Kriegsmarine und des Militärs gegen sie vorgehen sollte.*

Es war leicht gewesen.

Malta fiel fast kampflos.

Napoleon befolgte seine Befehle und beanspruchte die Insel für Frankreich. Und obwohl er damals nur ein General war, stand ihm der Sinn nach Höherem. Achtzehn Monate nach der Einnahme Maltas wurde er zum Ersten Konsul Frankreichs ausgerufen, der die Nation vollkommen unter seiner Kontrolle hatte. Es folgten zwölf Jahre, in denen fast ununterbrochen Krieg herrschte. Napoleon wollte ein Imperium wie einst Alexander, Dschingis Khan, Karl der Große und Konstantin vor ihm. Außerdem wollte er die Kontrolle über dieses Reich und kannte das eine Werkzeug, das ihn bei dieser Absicht absolut erfolgversprechend unterstützen konnte.

Die Religion.

Wie konnte man die Massen besser in Schach halten als mit der Furcht um ihre unsterbliche Seele? Religion funktionierte, regulierte sich von selbst und brauchte nur ein wenig Konsistenz, um sich selbst zu erhalten. Gelegentlich waren einige Machtdemonstrationen nötig – die Kreuzzüge und die Inquisition waren bemerkenswerte Beispiele –, doch im Großen und Ganzen war die Religion ein Selbstläufer. Wenn man die Sache richtig anging, verlangten die Menschen nach ihr wie nach einer Droge und wollten immer mehr davon.

Napoleon kam nach Malta, um die *Nostra Trinità* in seine Gewalt zu bekommen, weil er sie für ein Mittel hielt, mit dem er die römisch-katholische Kirche entweder kontrollieren oder eliminieren konnte. Sie war zu jener Zeit die größte, bestorganisierte und verbreitetste Religion der Welt. Er hatte erfahren, dass die Malteserritter schon immer große Achtung und viele Privilegien genossen hatten, wie sie geschickt der Verfolgung und Vernichtung entgingen und die Jahrhunderte überlebt hatten.

Sie mussten dabei Hilfe gehabt haben.

Aber schließlich wurde Napoleon besiegt und nach St. Helena verbannt. Mussolini hatte es mit vergleichbaren Einschüchterungsmanövern versucht und war eines gewaltsamen Todes gestorben. Jetzt schließlich, nach über 200 Jahren, war die Trinität gefunden worden.

Sein Blick war starr auf das Reliquiar gerichtet.

Dann wandte er sich zu seinem Bruder um und sagte: »Wir haben es geschafft.«

Kastor lächelte. »Ja, das haben wir.«

Und er umarmte Pollux zum ersten Mal seit langer Zeit.

Ein Gefühl des Triumphes überkam sie.

Sie standen in der inneren Kapelle, die hinter einer massiven Felsschicht vor allen Wechselfällen der Geschichte geschützt war. Die Ritter, die die Werkzeuge gebracht hatten, standen draußen Wache, und man hatte ihnen gerade mitgeteilt, dass Malone weggefahren sei und sie jetzt allein waren.

»Du wirst Papst«, sagte Pollux und lächelte. »Wir haben jetzt alles, um es wahr werden zu lassen.«

Kastor betrachtete das Reliquiar, das noch auf dem Altar stand. Sie hatten es bisher nicht geöffnet.

»Und die *Secreti*?«, fragte er Pollux.

»Ich habe nichts gesagt, solange Malone hier war, aber wir haben sie unter Kontrolle. Ich habe dir doch gesagt, dass ich mit ihnen fertigwerde. Mir wurde berichtet, dass ihre Anführer identifiziert wurden und jetzt in Italien bei uns in Untersuchungshaft sitzen. Wir waren uns ziemlich sicher, dass es in unseren Reihen Verräter gab. Sie werden in den Palazzi in Rom festgehalten, im souveränen Territorium der Ritter, wo sie unserer Rechtsprechung unterliegen. Ich werde mich um sie kümmern. Du brauchst dir um sie keine Sorgen mehr zu machen.«

Er war froh, das zu hören.

Pollux kümmerte sich immer um alles. Als er mit Chatterjee im Wagen saß, war er so froh gewesen, die Stimme seines Bruders am Telefon zu hören, der ihm versicherte, dass in Italien alles glattlief. So konnte er, als Chatterjee starb, tapfer in der Höhle ausharren, weil er wusste, dass Pollux hinter ihm stand.

Er griff sich in die Hosentasche und zog den USB-Stick heraus. »Das hier ist eine Goldmine. Ich habe es durchgesehen. Es gibt mehr als genug, um die entscheidenden Kardinäle unter Druck zu setzen. Ich kann sie dazu zwingen, alles zu tun, was ich will. Spagna hat gute Arbeit geleistet. Es wirkt fast so, als hätte er gewusst, was wir vorhatten.«

»Spagna war ein Opportunist. Das wurde mir schon klar, als ich mich zum ersten Mal mit ihm unterhalten habe. Aber von geheimen Ermittlungen hat er mir nichts erzählt. Ich vermute, dass er vorhatte, mich auszubooten und nur mit dir einen Deal zu machen, weil er uns für Feinde hielt.«

Er wedelte mit dem USB-Stick. »Der Inhalt ist gesichert. Der Mistkerl hat doch tatsächlich KASTOR I als Passwort verwendet.«

»Niemand hat behauptet, Spagna sei dumm. Er hatte gute Instinkte.«

Doch sie waren nicht gut genug. Sie hatten sich sehr geschickt dabei angestellt, eine Rivalität unter Zwillingen vorzutäuschen. Der ganze interne Angriff auf die Ritter mitsamt der erzwungenen Amtsenthebung des Großmeisters war nichts anderes als ein Bestandteil dieses Täuschungsmanövers gewesen.

»Haben die *Secreti* Chatterjee und Spagna ermordet?«, fragte er.

Pollux nickte. »Zweifellos. Aber nichts weist darauf hin, dass sie von diesem USB-Stick wussten. Wir haben die Männer, die bei uns in Untersuchungshaft sitzen, dazu verhört, doch bis jetzt haben sie nichts zugegeben.«

Das schien plausibel zu sein. In der Grotte hatte niemand versucht, den Stick an sich zu nehmen. Sie hatten einfach nur Chatterjee erschossen und waren wieder verschwunden.

»Warum haben sie mich nicht ebenfalls erschossen?«

»Du bist ihr Patron. Ein Kardinal der Kirche. Sie haben sich an ihren Eid gehalten, keinem Christen Schaden zuzufügen. Spagna? Keine Ahnung. Bei Chatterjee lagen die Dinge anders. Ich bin mir zum gegenwärtigen Zeitpunkt noch nicht ganz sicher, was sie vorhaben, aber ich werde es herausfinden, wenn das Konklave stattfindet.« Pollux ging einen Schritt näher ans Reliquiar und verkündete: »Es ist an der Zeit.«

»Öffne es«, forderte Kastor.

Pollux zog ein Messer aus der Tasche und bearbeitete das Wachs an einem Ende des Glaszylinders; er löste die Verschlusskappe und ließ die erste frische Luft über die Pergamente strömen. Dann fasste er hinein, zog die drei Rollen langsam heraus und legte sie vorsichtig auf den Altar.

Kastor griff nach einer und rollte sie langsam auseinander. Das Pergament knirschte, doch die Fasern hielten stand. Es war die *Pie Postulatio Voluntatis* – die Frommste Bitte, jene päpstliche Bulle aus dem Jahr 1113, die die Unabhängigkeit und Souveränität der Hospitaliter bestätigte. Er hatte das andere Original gesehen, das in den Archiven des Vatikans verwahrt wurde.

Pollux öffnete ein zweites Pergament.

Es war das *Ad Providam* aus dem Jahr 1312, mit dem Papst Clemens V. sämtliches Eigentum der Templer an die Hospitaliter übergab. Kastor hatte das andere Original ebenfalls gesehen.

Sie starrten beide auf das letzte Pergament, das etwas länger und dicker als die anderen war.

»Das muss es sein«, sagte er.

»Es sind zwei zusammengerollte Blätter«, sagte Pollux, fast ein wenig ehrfürchtig, nahm das Pergament und rollte es auseinander.

Verblichene schwarze Tinte in gedrängten Zeilen mit schmalen Spalten füllte das obere Blatt, das ungefähr fünfundvierzig Zentimeter lang, allerdings nicht ganz so breit war.

»Es ist Lateinisch«, sagte Pollux.

Das hatte er bereits bemerkt. Latein war die hauptsächlich von Konstantin verwendete Sprache gewesen, und zwar so sehr, dass er Übersetzer für Griechisch benötigte, um mit vielen Teilen seines Reiches kommunizieren zu können. Dass dieses Dokument in lateinischer Sprache verfasst war, war ein gutes Indiz für seine Echtheit, ebenso das Pergament und die Tinte, die mit Sicherheit einer wissenschaftlichen Untersuchung standhalten und sich auf das vierte Jahrhundert datieren lassen würden. Doch es waren die Signaturen am Ende des zweiten Blattes, die den endgültigen Beweis lieferten. Er zählte die Namen derer, die einer nach dem anderen unterschrieben hatten.

Dreiundsiebzig.

Manche erkannte er aufgrund seiner historischen Lektüre:

Eustathius von Antiochia, Paphnutius von Theben, Potamon von Heraclea, Paulus von Neocaesarea, Nikolaus von Myra, Makarius von Jerusalem, Aristaces von Armenien, Leontius von Caesarea, Jakob von Nisibis, Hypatios von Gangra, Protogenes von Sardica, Melitius von Sebastopolis, Achilleus von Larissa, Spyridon von Trimythous, Johannes, Bischof von Persien und Indien, Markus von Kalabrien, Caecilian von Karthago, Hosius von Córdoba, Nicasius aus Gallien, Domnus aus der Donauprovinz.

Dann war da noch Eusebius aus Caesarea, vermutlich der erste Kirchenhistoriker, der den einzigen schriftlichen Bericht der Ereignisse von Nicäa verfasst hatte.

Aber das Symbol ganz am Ende war der Volltreffer.

Fünf Reihen. Fünf Worte.

In Buchstaben des lateinischen Alphabets.

Ein Palindrom.

SATOR
AREPO
TENET
OPERA
ROTAS

Das Siegel Konstantins.

»Der Kaiser und die Bischöfe haben alle unterzeichnet«, sagte er. »Es ist genau so, wie es sein sollte.«

»Ja, so ist es, Bruder.«

Und ganz oben auf dem ersten Blatt standen die beiden wichtigsten Worte.

Constitutum Constantini.

55

Pollux prüfte die Pergamente.

Alles sprach für ihre Echtheit – einschließlich ihres Fundortes. Hier in der heiligen Kapelle am Ende einer Spur, die die *Secreti* gelegt hatten.

»Jetzt ist nicht der richtige Zeitpunkt, um das hier zu studieren«, sagte er dann. »Darum kümmern wir uns im Laufe des Nachmittags. Ich werde die Blätter fotografieren und selbst übersetzen; du bekommst eine englische und eine italienische Version von mir, bevor du in die Sixtinische Kapelle gehst.« Er ließ geschehen, dass sich das Pergament wieder zusammenrollte. »Das Original nimmst du mit.«

»Es wird gut sein, es zu haben«, sagte Kastor. »Kardinäle haben eine natürliche Affinität zur Vergangenheit. Aber der USB-Stick. Der wird den Ausschlag geben.«

»Ist er wirklich so gut?«

Kastor nickte. »Sogar noch besser.«

Sie hatten die Sache jahrelang sehr sorgfältig geplant. Alles begann, als der Papst Kastor seines Amtes als Präfekt der Apostolischen Signatura enthob. Das hatte Kastor als eine Schmach, einen Rückschlag, womöglich gar das Ende interpretiert. Doch Pollux witterte die Chancen und bestand darauf, dass Kastor sich um die Position des Patrons des Souveränen Militärordens von Malta bewarb. Kastor, wie er nun einmal war, hatte die Idee für verrückt gehalten.

Bis er sie ihm erklärte.

Kastor war nie imstande gewesen, das große Ganze zu sehen. Die Zeit war ein Freund, den Pollux sich gern zunutze machte, aber er unterwarf sich ihr niemals und war immer imstande, seine Ungeduld zu zügeln. Bei Kastor sah es ganz anders aus.

Den Großmeister auszuschalten war eine Notwendigkeit gewesen. Solange dieser Mann verantwortlich war, hätten sie niemals frei schalten und walten können. Zu viele hochrangige Mitarbeiter des Ordens waren ihm loyal ergeben.

Deshalb war es besser, das Problem einfach aus der Welt zu schaffen.

Unter anderen Bedingungen hätte eine Kugel alle Probleme im Handumdrehen gelöst. Aber den Führer von 13.000 Rittern, 25.000 Angestellten und 80.000 Freiwilligen zu ermorden hätte viel zu viel Aufmerksamkeit auf sich gezogen. Schimpf und Schande schienen eine weitaus bessere Waffe zu sein. Insbesondere, nachdem man die leichtsinnige Ausgabe von Kondomen entdeckte, zu der es in Myanmar gekommen war. Sie wurden von einer der Wohltätigkeitsorganisationen der Malteserritter verteilt. Keiner wusste, wie es dazu kommen konnte, weil die Kirche den Gebrauch von Verhütungsmitteln jedweder Art verboten hatte. Das Programm wurde gestoppt, doch Kastor, als Patron und Emissär des Papstes für die Hospitaliter, führte eine Untersuchung durch, beschuldigte die Führung und zwang den Großmeister zum Rücktritt.

Dann starb der Papst völlig unerwartet.

Es war wie ein Geschenk Gottes.

In dem Chaos war es leicht, Pollux als Lieutenant ad interim zu berufen. In der Führungsriege des Ordens hatte es viele gegeben, die Kastor entgegenkommen wollten, weil sie seinen wachsenden Einfluss fürchteten. Es half, dass der verstorbene Papst sich aus den Auseinandersetzungen herausgehalten und Kastor freie Hand gelassen hatte. Vielleicht hoffte er auf einen weiteren Fehltritt, stattdessen lief jedoch alles nach Plan: Sie ergänzten ihre Scharade mit einer angeblichen Rivalität unter den Geschwistern samt persönlicher Abneigung, was jene Ritter zufriedenstellte, die den in Ungnade gefallenen Großmeister unterstützt hatten.

Danach hatte Pollux mit seiner vorgetäuschten Bescheidenheit alle genarrt. Cotton Malone und Stephanie Nelle waren die Letzten gewesen, die auf seine Vorstellung hereingefallen waren. »Er war dort nur vorübergehend.« – »Bis ein neuer Papst gewählt wurde.« – »Er hatte kein Interesse daran, Großmeister zu sein.«

Alles richtig.

Nur die Entität hatte alles durchschaut.

»Spagna hat mir nie berichtet, derart belastende Informationen zu besitzen«, sagte Pollux.

»Du hast mich hergeschickt«, sagte Kastor. »Ich bin gekommen und habe diesen Chatterjee am Madliena-Turm getroffen, genau wie du es von mir verlangt hast. Er brachte mich sofort zu Spagna, der darauf brannte, einen Handel mit mir zu machen. Davon hast du nichts gewusst?«

Er schüttelte den Kopf. »Spagna sollte mit dir lediglich vereinbaren, die Trinität aufzuspüren. Darauf hatten er und ich uns geeinigt. Ich sagte ihm, dass du Dinge weißt, die kein anderer kennt.«

Das entsprach der Wahrheit.

Doch als er vorhin mit Kastor telefonierte und ihm erzählte, was in Como und in Rom geschehen war, hatte er zum ersten Mal von dem USB-Stick erfahren. Das war etwas, das Spagna für sich behalten hatte. Zu diesem Zeitpunkt waren seine Männer bereits auf dem Weg zum Laden jenes Uhrmachers, weshalb er ihnen befohlen hatte, die Zielpersonen aufs Wasser hinauszujagen, wo man Chatterjee eliminieren konnte. Doch er befahl ihnen ausdrücklich, nicht den Stick an sich zu nehmen. Er wusste, dass Kastor – als der Dieb, der er nun einmal war – das für ihn erledigen und den Stick auf direktem Weg zu ihm bringen würde.

Und genau das war geschehen.

»Es wird Zeit, dass du nach Rom aufbrichst«, sagte er.

»Und die Amerikaner?«

Er zuckte mit den Schultern. »Malone wirkte völlig zufriedengestellt. Ich habe mich persönlich um ihn und seine Vorgesetzte gekümmert. Sie waren sehr hilfreich, und jetzt haben sie ihr Soll erfüllt. Es gibt keinen Grund mehr für sie, uns in die Quere zu kommen. Jetzt sind nur noch wir beide übrig.«

Genau so wollte er es haben. Dass sie am Ende hier gelandet waren, allein, unter der Erde und in einer kontrollierten Umgebung, war eine weitere glückliche Fügung. Das hier war der perfekte Ort, um einen Abschnitt zu Ende zu bringen und mit dem nächsten anzufangen.

Doch zunächst …

»Hast du eine Reisetasche mitgebracht?«

Kastor nickte. »Die ist im Pfarrhaus in Mdina. Ich werde sie auf dem Weg zum Flughafen abholen. Auf mich wartet ein Privatflugzeug, um mich nach Rom zurückzubringen. Eine Gefälligkeit eines Freundes.«

Gut zu wissen.

Er sah auf die Uhr: 05.40 Uhr.

Ihm blieben weniger als fünf Stunden, bis er wieder in Italien sein musste.

»Mein Assistent hat meine Habseligkeiten vorbereitet«, sagte Kastor. »Kleidung zum Wechseln, Toilettenartikel, Papiere, alles, was für das Konklave benötigt wird. Er hat mir vorhin eine Nachricht geschickt und mitgeteilt, dass alles in meinem Zimmer im Domus Sanctae Marthae deponiert ist. Dort werde ich dann direkt vom Flughafen aus hinfahren.«

»Und ich fahre zum Palazzo di Malta und kümmere mich um die *Secreti*. Die haben genug Ärger gemacht. Außerdem werde ich die Pergamente übersetzen.«

»Für uns ist es eminent wichtig, dass die *Secreti* verschwinden.«

»Das werden sie. Du konzentrierst dich nur auf das Konklave und darauf, das höchste Ziel zu erreichen. Wenn du nicht Papst wirst, ist alles andere hinfällig.«

Pollux schob die Pergamente in das Reliquiar zurück und verschloss es wieder mit der Kappe. Das schien der sicherste Aufbewahrungsort dafür zu sein. Als vorhin der Ritter mit den Schlüsseln und den Werkzeugen eintraf, hatte er sich von dem Mann auch noch etwas anderes mitbringen lassen.

Ein kurzes, dünnes Stück Seil.

Etwa einen Meter lang.

Er hatte es wie beiläufig in seine Tasche gleiten lassen.

»Lass uns die Werkzeuge holen und gehen«, sagte er.

Kastor machte sich auf den Weg zu den Schaufeln. Pollux nutzte den Moment, um das Seil herauszuholen und beide Enden fest in die Hände zu nehmen.

»Ich begreife immer noch nicht, weshalb mich die *Secreti* in der Höhle nicht umgebracht haben«, sagte Kastor.

Er ging näher, und als sein Bruder sich bückte, um die Schaufeln zu nehmen, legte er Kastor das Seil in einer Schlaufe straff über den Kopf, zog es zusammen, streckte die Arme aus und drückte ihm die Luftröhre zu. Kastor griff mit beiden Händen nach oben und versuchte, sich aus der Würgeschlinge zu befreien, doch er zog das Seil nur noch fester zusammen. Kastor fing an, mit den Beinen zu zucken. Er streckte die Arme hinter den Kopf und versuchte, seinen Angreifer zu fassen. Pollux wich zurück, sodass er ihn nicht greifen konnte, hielt das Seil aber fest um seinen Hals geschlungen und zog noch fester. Kastor würgte und rang um Atem. Er griff nach der Schlinge, doch sein Griff wurde schwächer und das Röcheln immer heftiger.

Pollux hatte sich schon lange gefragt, wie sich dieser Moment anfühlen würde.

Allzu viele Jahre hatte er im Schatten seines arroganten Zwillingsbruders gestanden. Viele kannten den Namen Kastor

Gallo, doch außerhalb des Hospitaliterordens wusste so gut wie niemand, wer Pollux Gallo war. Sein Bruder hatte sich für das Priesteramt entschieden und war zu einer respektierten Autorität geworden. Dann hatte er mit unbedachten Dummheiten alles aufs Spiel gesetzt. Er schoss alles, was er hätte erreichen können, einfach in den Wind, nur damit er seine Klappe aufreißen konnte. Er selbst hatte versucht, ihm beizubringen, dass er sich still verhalten sollte, aber Kastor war nun einmal Kastor und hatte sich für seinen eigenen Weg entschieden.

Jetzt endlich hatte Pollux dasselbe getan.

Eine Wahl getroffen.

Sein Bruder rührte sich nicht mehr.

Um ganz sicherzugehen, ließ er das Seil noch ein paar Sekunden länger, wo es war, dann löste er seinen Griff. Kastors Körper wurde schlaff, seine Arme rutschten an die Seiten, die Beine drehten sich nach außen, und sein Kopf sackte nach unten weg. Er wickelte das Seil ab und ließ seinen Bruder zu Boden sinken.

»Sie haben dich nicht umgebracht«, flüsterte er, »weil ich es tun wollte.«

Interessant, dass sein Bruder trotz all seiner Intelligenz nie auf die Idee kam, dass er manipuliert wurde. Vermutlich, weil er sich selbst für überlegen hielt, für den dominanten Part ihrer Zwillingsbeziehung. Ihr ganzes Leben lang war es immer zuerst um Kastor und danach um Pollux gegangen, nie umgekehrt.

Aber damit war jetzt Schluss.

Denn offiziell war Pollux Gallo gerade gestorben.

Und Kastor Gallo war wiederauferstanden.

56

Cotton fuhr, ohne viel nachzudenken; seine Welt war auf einen Streifen Asphalt reduziert und ab und zu auf die Scheinwerfer eines entgegenkommenden Autos. Bis zur Morgendämmerung war es nicht mehr lange hin, aber etwas Schlaf würde guttun. Angesichts der späten Stunde beschloss er, sich ein Hotelzimmer zu suchen und erst am Nachmittag nach Hause zu fahren. Die vergangenen paar Tage waren interessant gewesen, gelinde ausgedrückt, und er war 100.000 Euro reicher, doch im Gegensatz zu dem Eindruck, den er vielleicht bei James Grant gemacht hatte, war es ihm nie um das Geld gegangen.

Obwohl er auch nichts gegen Geld einzuwenden hatte.

Bundesagenten gehörten nicht zu den bestbezahlten Staatsdienern, etwa 65.000 Dollar Jahresverdienst am Ende seiner Dienstzeit beim Justizministerium. Doch niemand, der diesen Beruf ausübte, tat es für das Geld. Man arbeitete, weil es getan werden musste. Weil man sich dazu entschieden hatte, es zu tun. Weil man seine Sache gut machte. Es ging nicht um den Ruhm, denn nur wenige Außenstehende erfuhren jemals, womit man sich beschäftigte. Was auch ganz praktisch war, wenn etwas schieflief. Nein. Die Befriedigung erwuchs allein daraus, seinen Job erledigt zu kriegen.

Er nahm eine scharfe Kurve auf der Schnellstraße und fuhr weiter in Richtung Süden; auf der einen Seite erstreckte sich eine dunkle Landschaft, auf der anderen Seite das Mittelmeer. Doch unaufhörlich glitten Gedanken durch seinen Kopf und versuchten sich dort irgendwie festzusetzen. Während seiner Laufbahn im Justizministerium hatte er gelernt, dass das Gehirn immer die schlimmsten Bilder entwarf. Ganz losgelöst von der Realität. Eine Fantasie konnte verdammt überzeugend sein. So kam es, dass er sich auf sein Unterbewusstsein verließ, wenn es darum ging, ob etwas nicht in Ordnung war oder nicht ins Bild passte.

Und hier stimmte etwas nicht.

Doch das war nicht sein Problem.

Er hatte getan, was Stephanie wollte, und alles, was es zu finden gab, befand sich wieder in den Händen der Malteserritter und der katholischen Kirche. Jetzt mussten die Gallobrüder und die Mächtigen im Vatikan die Sache unter sich ausmachen. Der Kardinal würde zum Konklave fahren und tun, was Kardinäle tun, und Pollux Gallo würde wieder in seiner Klosterwelt verschwinden. Und die *Secreti*? Wer konnte das sagen? Gab es sie überhaupt? Und falls ja – stellten sie noch eine Bedrohung dar? Jedenfalls waren sie ein Problem der Behörden Italiens und Maltas, wo sich alle Verbrechen zugetragen hatten.

Deshalb schärfte er sich ein, die Sache auf sich beruhen zu lassen.

Also fuhr er weiter, immer parallel zur Nordküste. Er hatte Malta bereits einige Male besucht und liebte die Insel. Dabei war er nie direkt in Valletta, sondern in der Vorstadt St. Julian im Hotel Dragonara abgestiegen. Großzügige Räume, gutes Essen und Balkone mit Ausblick aufs Mittelmeer. Ein schönes Strandhotel der gehobenen Art mit vielen Annehmlichkeiten, die zu genießen ihm bisher die Gelegenheit gefehlt hatte. Doch das konnte er vielleicht noch ändern, bevor er heute flog, sofern es sich mit dem Flugplan verbinden ließ. Ein paar Augenblicke am Pool. Das wäre mal etwas anderes.

Er verlangsamte das Tempo und navigierte durch die schmalen Straßen von St. Julian. Kurz vor sechs Uhr morgens traf er in seinem Hotel ein. Er ließ den Wagen auf dem Hotelparkplatz abstellen und ging an die Rezeption, wo er zu seiner Befriedigung erfuhr, dass ein Zimmer frei war.

»Haben Sie die Explosion gesehen?«, fragte der Rezeptionist. »Heute Abend war ganz schön was los.«

Das entsprach der Wahrheit, doch er war sicher, dass dieser Typ keine Ahnung hatte, wie aufregend seine letzten paar Stunden gewesen waren. »Was meinen Sie?«, fragte er trotzdem.

»Vor ein paar Stunden gab es draußen auf dem Wasser eine große Explosion. Das Boot brannte eine halbe Stunde, bevor es sank. So etwas kriegen wir hier nicht oft zu sehen.«

»Wissen Sie, was passiert ist?«

Der Rezeptionist schüttelte den Kopf. »Aber ich bin sicher, dass uns der *Independent* morgen über alles aufklären wird.«

Er ließ sich den Zimmerschlüssel geben und entfernte sich vom Empfangstresen. Noch vor dem Zubettgehen musste er Bericht erstatten. Er zückte sein Handy, rief Stephanie an und erzählte, was in der Kathedrale und in der Kapelle passiert war.

»Luke hat draußen vor dem Hafen von Valletta eine Jacht versenkt«, erwiderte sie. »Er hat sein Boot mitten hineingelenkt. Vier Männer sind tot. Luke sitzt in Untersuchungshaft. Die Hafenpolizei hält ihn fest. Bedauerlicherweise fand man bei keiner der Leichen irgendwelche persönlichen Papiere, aber wir arbeiten daran und versuchen es jetzt mit den Fingerabdrücken. Und es gibt noch mehr.«

Er war ganz Ohr.

»Luke hat gesagt, Laura Price habe das Team gewechselt und arbeitete für die Entität. Sie wollte mit einem mit Schalldämpfer versehenen Gewehr feuern, sobald Sie und die Gallo-Brüder aus der Kathedrale kommen. Es war ein Attentat, das Spagna persönlich arrangiert hatte. Die *Secreti* kamen dazwischen und töteten sie und den temporären Chef der Entität, der nach Malta gekommen war, um den Anschlag zu überwachen.«

»Wer war das Ziel? Ich oder der Kardinal?«

»Weder noch.«

Und da war es.

Einer jener flüchtigen Gedanken hatte angedockt. »Die Entität wollte Pollux Gallo ausschalten?«

»Das ist richtig. Woraus eine ganze Reihe neuer Fragen erwächst.«

Weitere Überlegungen fügten sich zusammen. Das Täuschungsmanöver und der organisierte Angriff im Archiv der Hospitaliter durch die sogenannten *Secreti*. Das plötzliche Erscheinen des echten Pollux Gallo. Seine gnädige Kooperation. Das völlig ungestörte Vorgehen am Obelisken, obwohl die *Secreti* am Comer See und in jener Villa präsent gewesen waren. Und dann diese eigenartige Unbekümmertheit in der St.-Magyar-Kapelle. Isoliert, weitab vom Schuss und angesichts unwägbarer Risiken hatte Pollux Gallo völlig entspannt gewirkt.

Warum sollte ein einfacher Lieutenant ad interim einer Wohltätigkeitsorganisation eine größere Bedrohung darstellen als ein Kardinal, der zumindest auf dem Papier die Chance hatte, Papst zu werden?

»Wo ist Luke jetzt?«, fragte er.

»In Valletta. Ich kümmere mich darum.«

»Holen Sie ihn da raus.« Er sagte ihr den Namen der Kapelle und wo St. Magyar lag und wies darauf hin, dass der Kurator der Konkathedrale eine genauere Wegbeschreibung abgeben konnte. »Wenn er frei ist, schicken Sie Luke hinter mir her.«

»Was haben Sie vor?«

»Ich fahre zu der Kapelle zurück. Vielleicht habe ich mich in dem falschen Gallo geirrt.«

57

Pollux wartete, während seine draußen postierten Männer vorsichtig, aber schnell durch die äußere Kapelle bis ins innere Refugium vordrangen. Er hatte ein paar Minuten verstreichen lassen, bevor er ihnen sagte, dass sie hereinkommen sollten.

Es war angemessen, mit seinem verschiedenen Bruder ein bisschen Zeit allein zu verbringen.

Ihre Beziehung war schon immer eine Illusion gewesen. Kastor hatte sich eingebildet, der Bessere von beiden zu sein: überlegen und über ihm stehend. So war das schon ihr ganzes Leben lang gewesen, und das verstärkte sich nach dem Tod ihrer Eltern und ihrem Umzug ins Waisenhaus noch. Kastor war der Redner, der Denker, der Wissenschaftler, er hingegen der Sportler und Soldat. Er bezweifelte, dass es im Waisenhaus überhaupt jemanden gab, der sich an ihn erinnern konnte. Aber Kastor? Den vergaß keiner. Sie konnten es nicht. Er hinterließ einen bleibenden Eindruck und saugte jedes Atom Sauerstoff aus jedem Raum, den er betrat.

Dennoch, ohne seine Hilfe wäre all dies nicht möglich gewesen.

Als Kastor zum ersten Mal kam und sagte, dass er Papst werden wolle, hatte Pollux die Idee lächerlich gefunden. Erst recht, wenn man bedachte, wie er seine kirchliche Karriere bereits durcheinandergebracht hatte. Gewiss, es gab Menschen, die ihm von ganzem Herzen zustimmten, aber keiner von denen wollte den Papst offen herausfordern. Er hatte sich den Schmutz zu Gemüte geführt, den Kastor über einige der Kardinäle zusammengetragen hatte. Nicht schlecht. Manches davon war gewiss belastend. Aber nicht genug, um ein Konklave umzustimmen. Und nachdem Kastor sein Amt und den Zugriff auf das Material verloren hatte, standen die Aussichten nicht gut, weitere Informationen zu erhalten. Das war der Grund, weshalb Kastor sich auf die *Nostra Trinità* konzentriert hatte.

Er bildete sich ein, sie könnte ausreichen.

Auch er selbst war von der Trinität fasziniert gewesen, insbesondere vom *Constitutum Constantini*, das sich in den vergangenen Jahrhunderten zweifellos als nützlich erwiesen hatte. Kastor war in den Archiven des Vatikans auf eine beachtliche Menge brauchbarer Informationen gestoßen. Er hatte die Annalen der Ritter beisteuern können, die für lange Zeit weggeschlossen gewesen waren. Gemeinsam war es ihnen gelungen, Fortschritte zu machen. Der Anruf jenes gierigen Italieners vom Comer See war einer jener … Zufälle, die einen manchmal glauben ließen, es gäbe tatsächlich einen Gott, der die Dinge nach Art eines göttlichen Plans lenkte. Er hatte schon seit Längerem gewusst, dass die Briten Informationen über Mussolini und die Trinität besaßen. Aber es gab nichts, das man ihnen im Austausch dafür anbieten konnte. Deshalb war er nach Como gereist, was sich als fruchtbringend erwiesen hatte, weil es ihn zu Sir James Grant führte, der ihn zum Obelisken schickte, dann weiter zur Kathedrale in Valletta und schließlich hierher.

So hatte sich eins zum anderen gefügt.

Und noch während die sterblichen Überreste des Papstes im Petersdom aufgebahrt lagen und Hunderttausende defilierten, war Spagna mit einem verlockenden Angebot im Palazzo di Malta aufgetaucht.

Ein Weg, um Kastor zum Papst zu machen.

Der Getreue Gottes hatte von Kastors geheimen Nachforschungen und seinem Interesse an der Trinität Wind bekommen. Doch Spagna war mehrere Schritte voraus, obwohl er sich geweigert hatte, Details auszuplaudern. Kardinäle wurden schon seit Langem bestochen und genötigt, das war nichts

Neues. Vor dem 20. Jahrhundert war das Kollegium noch so klein gewesen, dass es nur weniger Züge bedurfte, um seinen Kurs zu ändern. Moderne Konklaven waren anders. 100 bis 150 Kardinäle nahmen daran teil, was die Herausforderungen vervielfachte. Aber die Kardinäle waren Menschen, und Menschen machten Fehler. Deshalb hatten er und Spagna schon Pläne ausgeheckt, während der Papst unter St. Peter beigesetzt wurde. Es war Spagna gewesen, der darauf bestand, Kastor nach Malta zu schicken. Er wollte sich von Angesicht zu Angesicht mit ihm einigen und ihn aus Rom heraushaben, damit er nichts Dummes tun und alles ruinieren konnte.

Und er hatte dafür gesorgt.

Aber als sich dann dieser Italiener aus Como bei den Rittern gemeldet hatte, um die Briefe zu verkaufen, eröffnete sich ein Weg zur Trinität. Deshalb hatte er improvisiert und die Gelegenheit genutzt, um endlich die Briten, denen es um den Ankauf der Churchillbriefe ging, an den Verhandlungstisch zu zwingen. James Grant war leicht zu manipulieren gewesen. Die Amerikaner ebenso. Doch Kastor war von allen am leichtesten zu gewinnen. *Denn wer sich selbst erhöht, wird erniedrigt, und wer sich selbst erniedrigt, wird erhöht werden.*

Die Bibel hatte recht.

Kastor hatte nie gelernt, bescheiden zu sein.

Genau wie Spagna, der aus diesem Grund sterben musste, zusammen mit seinen Gehilfen Chatterjee und Roy, der Nummer zwei in der Befehlskette. Spagna wollte das *Constitutum Constantini* vernichten. Die Entität betrachtete es als eine unmittelbare Bedrohung der Kirche, die eliminiert werden sollte. Ob man es zerstörte oder nicht, bedeutete ihm selbst kaum etwas. Aber dieser USB-Stick.

Auf den kam es an.

Deshalb hatte er zugelassen, dass Spagna seine Karten ausspielte. Der Narr hatte anscheinend Papstmacher sein wollen.

Und wie konnte das besser gehen, als einem Kardinal, der so gut wie keine moralischen Skrupel kannte, die Munition zur Verfügung zu stellen, die er brauchte, um sich mit Erpressungen den Weg zum Papstthron zu ebnen und ihn sich dadurch willfährig zu machen.

Besser hätte es kaum laufen können.

Nur das Einschreiten der Amerikaner war unvorhersehbar gewesen. Doch Spagna hatte ihm versichert, dass er alles unter Kontrolle hatte.

Er lächelte über die Naivität des toten Geheimdienstlers.

Bedauerlicherweise hatte der Getreue Gottes nicht begriffen, dass die größte Gefahr, der er ausgesetzt war, aus den eigenen Reihen kam. Pollux' Männer hatten Spagna, Chatterjee, Laura Price und John Roy ausgeschaltet und jeden Mord den *Secreti* die Schuhe geschoben.

Die es natürlich längst nicht mehr gab.

Alles war eine List gewesen. Seine Schöpfung.

»Wie dumm du doch gewesen bist«, flüsterte er in die Richtung seines Bruders.

Der USB-Stick war Kastor aus der Hand gerutscht und auf den harten Boden gefallen. Pollux bückte sich und hob ihn auf. Er nahm an, dass er ein wenig Reue empfinden sollte, doch es tat ihm nicht im Mindesten leid. Ganz anders verhielt es sich bei dem Ritter in der Villa in Como. Diesen Tod bedauerte er. Einen Christenbruder zu töten war den Hospitalitern stets verboten gewesen. Es war Bestandteil ihres Gelübdes, die Christen zu schützen. Aber der Mord hatte sich nicht vermeiden lassen. Er konnte nicht erlauben, dass Malone den Mann verhaftete. Das hätte alles gefährdet.

Und Kastor umzubringen?

Er war so manches, aber ein Christ war sein Bruder nicht gewesen, sondern nur ein Opportunist, der die Kirche für sein Weiterkommen benutzte.

Zwei Männer betraten die innere Kapelle. Einer war der Mann, der Malone von Rom nach Rapallo begleitet hatte, der andere hatte sich nach Malones Ankunft als Pollux ausgegeben und versucht, den Exagenten im Archiv umzubringen. Das war nicht plangemäß verlaufen. Er hatte es nur versucht, weil James Grant darauf bestanden hatte. Aber nachdem der Versuch misslungen war, hatte er schnell geschaltet und beschlossen, persönlich einzugreifen und sich um die Amerikaner zu kümmern. Das hatte ihm außerdem die Möglichkeit gegeben, Interna zu erfahren und sich ein Bild davon zu machen, womit Spagna und Stephanie Nelle beschäftigt waren.

Es gehörte zu den vielen Dingen, in denen sich Kastor und er unterschieden. Er hatte die Gabe umzudisponieren, wenn etwas nicht funktionierte, und sofort zu etwas anderem überzugehen, das Erfolg versprach. Es war ihm leichtgefallen, eine Ebene der Zusammenarbeit mit den Briten und den Amerikanern zu finden. Es war ein Leichtes gewesen, sich ihrer Hilfe zu bedienen, um das Problem mit dem Obelisken und das Rätsel bei der Kathedrale zu lösen.

Wer Probleme gemacht hatte, war Spagna.

Ein echter Quertreiber.

Der sich nicht kontrollieren ließ.

Aber damit war es jetzt vorbei.

Er ließ den USB-Stick in seine Tasche gleiten.

»Schafft ihn hier weg!«, befahl er seinen beiden Männern.

Sie packten Kastor an den Knöcheln und Handgelenken, hoben den Körper an und folgten so Pollux tiefer in die innere Kapelle. Am Ende einer kurzen Apsis erwartete sie eine weitere Eichentür. Er öffnete den Eisenriegel und schaltete weitere Lampen ein. Eine Wendeltreppe führte nach unten; er folgte ihren Windungen tiefer in die Erde. Seine beiden Männer trugen ihm Kastor hinterher. Das Gewicht seines Bruders verlangsamte ihr Tempo.

Unten angekommen, ging es in einen anderen, in den Fels geschlagenen Korridor, der in eine kleine Kammer mündete. Auf der gegenüberliegenden Seite führte eine Tür hinaus. Das gesamte unterirdische System von Nischen und Fluren war irgendwann im 17. Jahrhundert gebaut worden; es hatte überwiegend als Pulverkammer und Munitionsdepot gedient. Auch das Loch im Boden vor ihm war vor langer Zeit gegraben worden. Sein Durchmesser betrug circa drei Meter, und es war fünf Meter tief. Die Innenwände waren glockenförmig und strebten immer weiter auseinander, je tiefer es ging.

Eine *Guva*.

Er machte ein Zeichen, und sie legten Kastor auf den ausgetrockneten Boden. Seine Männer wussten genau, was zu tun war. Zurzeit befanden sich alle sechs seiner Vertrauten auf Malta, drei von ihnen hatten die letzten paar Tage vor der Küste auf einem Boot verbracht, die anderen standen in Fort St. Angelo bereit, wo sie auf seinen Anruf gewartet hatten, den er noch aus der Kathedrale tätigte, sobald es Malone gelungen war, das Rätsel zu lösen. Er hätte unmöglich alles allein schaffen können. Das war der Grund, weshalb die *Secreti* reaktiviert worden waren. Natürlich diente alles hauptsächlich dem äußeren Anschein, doch er schmiedete sie mit dem Ring und dem Versprechen auf zukünftige Wohltaten zu einem Bund zusammen.

Seine beiden Männer zogen Kastor aus.

Man hatte sich auch deshalb für eine Strangulation entschieden, damit die Kleidung nicht beschädigt wurde. Er brauchte sie verständlicherweise intakt.

»Ich werde helfen, das hier zu Ende zu bringen«, sagte er und gab dann einem seiner Gehilfen ein Zeichen. »Holen Sie die Schaufeln und das Seil.«

Der Mann ging weg, während er und der andere Mann Kastor die letzten Kleidungsstücke vom Leib streiften. Sein Bruder war körperlich nicht annähernd so fit wie er selbst gewesen, aber Größe und Körperbau waren halbwegs vergleichbar. Er faltete die Kleidungsstücke vorsichtig zusammen und legte sie mit den Schuhen beiseite.

Der andere Mann kehrte zurück.

Rechts von der *Guva* ragte ein Eichenpfahl aus dem Boden. Daran befestigte einer seiner Männer das Ende eines dicken Hanfseils, das sie vorhin mitgebracht hatten. Man musste irgendwie in die Grube hinunter und wieder aus ihr herausklettern können, und ein Seil war dafür am besten geeignet; den Pfahl gab es dort schon seit Jahrhunderten. Die Seilrolle wurde in den schwarzen Schlund geworfen. Er nickte, dann warfen seine Männer die Schaufeln hinunter und ließen sich am Seil in die *Guva* ab. Der Boden der Grube schien der perfekte Platz zu sein, seinen Bruder zu begraben, weil niemand ohne ausdrückliche Erlaubnis des Großmeisters in die St.-Magyar-Kapelle hineindurfte. Da es zurzeit keinen Großmeister gab, fiel die Kontrolle über diesen Ort an ihn als den temporären Leiter. Doch selbst nach der Ernennung eines neuen Großmeisters würde niemand in diese *Guva* eindringen.

Dazu bestand keine Veranlassung.

Und falls es einmal dazu kam, würden alle Spuren dieser Nacht verschwunden sein.

»Vergrabt ihn tief«, rief er.

Er hörte ihnen beim Graben zu.

Dies war für ihn nicht nur das Ende eines Lebensabschnitts, sondern viel mehr. Nach der heutigen Nacht würde nichts mehr so sein wie zuvor. Doch er war bereit. Die Hospitaliter hatten ihm eine perfekte Zuflucht geboten. Es war ihm gelungen, vieles zu erfahren, er hatte Beziehungen aufgebaut, zuverlässige Verbündete gewonnen – und all das in Erwartung dessen, was noch geschehen sollte. Vor zwei Tagen war er unsicher gewesen, ob es überhaupt möglich sei, doch jetzt war er viel zuversichtlicher.

Seine Männer hörten auf zu graben.

Dann kletterten sie am Seil wieder herauf. Sie wollten Kastor gerade in die *Guva* werfen, als ihm etwas einfiel. Er zückte das Handy und fotografierte das Gesicht und die Frisur seines Bruders.

Anschließend zog er ihm den Ring von der rechten Hand.

Jeder neu gewählte Kardinal bekam vom Papst einen Goldring als Geschenk. Ihn zu küssen war ein Zeichen der Ehrerbietung.

Er schob ihn sich auf den eigenen Finger.

Dann nickte er.

Und sie stießen Kastors nackten Körper über die Kante. Der Leichnam schlug unten laut auf.

Seine Männer kletterten wieder nach unten, um das Begräbnis zu Ende zu bringen.

Es war nicht das Ende, das sein Bruder sich ausgemalt hatte. Kastor hatte bestimmt geglaubt, seine sterblichen Überreste würden zusammen mit denen so vieler anderer Päpste auf ewig unter dem Petersdom ruhen.

Daraus wird wohl nichts, dachte er.

58

Luke saß in einer Arrestzelle.

Irgendwie vertrautes Terrain.

Wie viele solcher Zellen hatte er im Laufe der Jahre kennengelernt?

Seine Kleidung war noch nass von seinem zweiten Sprung ins Mittelmeer. Sein Boot hatte die Jacht versenkt und alle Männer an Bord getötet. Die Hafenpolizei hatte auf die Explosion reagiert und die Leichen und ihn aus dem Wasser gefischt, obwohl er versucht hatte, ihnen im Dunkeln zu entkommen.

Verdammte Nachtsichtgeräte.

Es wäre so viel einfacher gewesen, unbemerkt an den Strand zurückzuschwimmen. Die lokalen Ordnungskräfte waren selten zu etwas zu gebrauchen, meistens nervten sie nur gewaltig. Auch diesmal war es nicht anders. Er hatte alle ihre Fragen abgeblockt und die alte Sergeant-Schultz-Nummer durchgezogen: *Ich sehe nichts, ich höre nichts, und ich weiß nichts.* Er liebte die Serie *Ein Käfig voller Helden.* Er sagte nur, dass er zum Justizministerium der Vereinigten Staaten und zu Stephanie Nelle gehöre und bat im selben Atemzug darum, einen Anruf tätigen zu dürfen.

Das wurde ihm erlaubt.

Er schilderte Stephanie in knappen Worten seine momentane Zwangslage, und sie wies ihn an, sich nicht von der Stelle zu rühren.

Was nicht gerade ein Problem war.

Doch seitdem war eine schweigsame Stunde verstrichen.

Die ihm Zeit zum Nachdenken verschaffte.

Die Stahltür öffnete sich krachend, und ein Mann betrat den

Zellenbereich. Er hatte sein Gesicht bereits in der konspirativen Wohnung gesehen. Es war Kevin Hahn, der Chef der maltesischen Sicherheit, und er sah nicht glücklich aus.

»Ich habe mit Miss Nelle gesprochen«, sagte Hahn. »Sie hat mir erzählt, was mit Laura geschehen ist. Wir haben ihre Leiche und die des stellvertretenden Chefs der Entität an der Stelle gefunden, die Sie angegeben hatten.« Hahn deutete mit dem Finger auf ihn. »Sie haben vier Männer umgebracht, Mr. Daniels. Wir sind hier nicht in den Vereinigten Staaten. Hier sind Morde selten. Trotzdem gab es in den letzten zwölf Stunden sieben davon.«

Luke stand auf und sah den Idioten durch die Gitterstäbe hindurch an. Er war nicht in der Stimmung, sich Vorträge anzuhören. So wie Malone es ihm beigebracht hatte: *Lass dir von den lokalen Behörden nichts erzählen.* »Ich bin ein Agent der Regierung der Vereinigten Staaten. Ich bin im Dienst und erledige meinen Job. Und jetzt lassen Sie mich hier raus.«

»Sie sind vor allem eine Nervensäge.«

»Man hat mich schon Schlimmeres genannt.«

Im Laufe der vergangenen Stunde war ihm so manches durch den Kopf gegangen. Insbesondere, was Laura ihm erzählt hatte, als sie nach dem Ausstieg aus der *Guva* zum ersten Mal miteinander redeten. Als er gefragt hatte, woher sie wusste, dass er sich auf der Insel befand.

»*Ich wusste es von meinem Chef. Er hat mir einen Befehl erteilt. Ich tue, was er von mir verlangt.*«

»*Woher wussten Sie, dass mir Ärger bevorsteht?*«

»*Die gleiche Antwort. Mein Chef hat es mir erzählt.*«

»Woher wussten Sie, dass ich hergeschickt wurde?«, fragte er Hahn.

»Wer sagt, dass ich das wusste?«

»Ihre tote Agentin. Was haben Sie in der konspirativen Wohnung mit Spagna getrieben?«

»Sie erwarten doch wohl nicht wirklich von mir, dass ich Ihre Fragen beantworte?«

»Eigentlich schon.«

»Wir müssen gehen.«

»Das ist keine Antwort.«

»Mehr bekommen Sie von mir nicht.«

Aber er brauchte auch keine Antwort. Ihm war bereits aufgegangen, dass es bei seiner ganzen Begegnung mit Laura Price eine Konstante gab, und das war dieser Mann, ihr Chef. Er hatte sogar schon vorgehabt, sich diese Sache nach seiner Entlassung genauer anzusehen. Stephanie hatte ihm gerade die Mühen erspart.

»Sie haben mit Spagna zusammengearbeitet«, sagte er.

Und plötzlich bemerkte er den bedauernden Blick des Mannes.

»Ich habe einen Fehler gemacht. Hier geht viel mehr vor sich, als mir klar war.« Hahn macht eine Pause. »Viel mehr. Spagna bat mich um Hilfe. Er hatte gute Argumente, deshalb habe ich mich darauf eingelassen.«

»Offenbar haben Spagna und Sie Ihre Gegner unterschätzt. Wer auch immer die Gegner sein mögen.«

»Wir arbeiten noch daran, die Männer vom Boot zu identifizieren.«

»Laura und der Typ vom Vatikan meinten, es seien *Secreti*.«

»Es wäre erstaunlich, wenn das stimmt. Diese Gruppe wurde vor 200 Jahren aufgelöst.«

»Die beiden schienen sich sehr sicher zu sein, dass es sie noch gibt. Außerdem haben welche von denen versucht, mich aus dem Fenster zu werfen. Vielleicht wollen Sie mir verraten, was eigentlich los ist?«

»Ich weiß so viel wie Sie.«

Das war nicht ganz unwahr. Aber Stephanie hatte sich in Schweigen gehüllt, und er wollte das auch tun.

»Sie hat mich gebeten, für Ihre Freilassung zu sorgen«, sagte Hahn. »Das habe ich getan.«

»Ich weiß das zu schätzen. Außerdem brauche ich ein Auto.«

»Das lässt sich einrichten. Wo wollen Sie hin?«

Dieser Kerl war ein bisschen naseweis, wie seine Mutter es immer auszudrücken pflegte. Deshalb gab er ihm die Standardantwort.

»Meinen Job erledigen.«

Pollux trat in die Nacht hinaus. Er und seine Männer waren wieder ins Erdgeschoss gestiegen, um sich zu holen, was sie brauchten, damit sie die Sache zu Ende bringen konnten. Die Zeit lief, und es gab eine Menge zu tun.

Zum Glück war er bereit.

Er hörte ein Telefon vibrieren, und einer seiner Männer ging ein paar Schritte zur Seite und nahm das Gespräch an. Er beobachtete den Verlauf des Gesprächs und wie es schließlich endete.

»Wir haben gerade erfahren, dass es ein Problem gibt. Unser Boot vor der Küste wurde angegriffen und versenkt. Alle Brüder sind tot.«

Pollux ließ sich den Schock nicht anmerken. »Was ist passiert?«

»Der Amerikaner, dieser Daniels. Er ist geflüchtet, als Laura Price und Bischof Roy getötet wurden und hat sich bis zu unserem Boot durchgeschlagen.«

Verstörende Neuigkeiten, zweifellos. Doch sie änderten nichts Grundlegendes. Und da zeigte sie sich wieder, jene Fähigkeit, binnen kürzester Zeit die Richtung zu wechseln und aus einem Problem eine Chance zu machen. »Wo ist Daniels jetzt?«

»In Untersuchungshaft.«

Perfekt.

Sein persönlicher Leitspruch entstammte dem Jakobusbrief. *Die Geduld aber soll zu einem vollkommenen Werk führen, damit ihr vollkommen und unversehrt seid und keinen Mangel habt.*

Sein Leben war ein Hürdenlauf gewesen. Er hatte pflichtschuldig beim Militär gedient und war dann von den Hospitalitern eingestellt worden, um im Ausland in ihren medizinischen Missionen zu arbeiten. Schließlich legte er seinen Eid ab und gelobte Armut, Keuschheit und Gehorsam. Dann langweilte er sich in einer Reihe unbedeutender Positionen als Assistent von einem Ritter nach dem anderen. Er stieg schließlich bis in den Rang eines Großkommandanten auf, war verantwortlich für die Verbreitung des Glaubens, die Überwachung der Priorate und die Berichterstattung an den Heiligen Stuhl. So wurde er einer der vier höchstrangigen Köpfe des Ordens.

Dann kam das Chaos, das Kastor veranstaltet hatte.

Und er wurde zum temporären Leiter gemacht.

Jetzt war die Zeit für die nächste Beförderung gekommen.

»Wir machen weiter. Wie geplant.«

Er ging wieder hinein und dann hinunter zur *Guva*-Kammer. Seine Männer folgten ihm, einer trug einen Klappstuhl und einen Seesack. Pollux stieg durch das Loch im Boden und dann durch eine zweite Tür in einen anderen Korridor, der zur nächsten Kammer führte. Diesen Platz hatte er nicht nur wegen seiner Abgeschiedenheit ausgewählt, sondern auch wegen seiner Beleuchtung, die viel heller war.

»Stellen Sie den Stuhl dorthin«, sagte er und zeigte auf eine Stelle. Dann deutete er auf den anderen Bruder. »Halten Sie draußen Wache. Obwohl ich bezweifle, dass wir gestört werden.«

Der Mann ging.

Er sah den übriggebliebenen Bruder an und sagte: »Sollen wir beginnen?«

Cotton bog um die Kurve und stellte fest, dass die Kapelle nicht mehr weit entfernt war. Er war in höchster Alarmbereitschaft. Die Lage hatte sich verändert; jetzt war sie nicht mehr nur interessant, sondern ernst. Einer oder beide Gallos konnten in Schwierigkeiten stecken.

Er schaltete die Scheinwerfer aus und stoppte am Straßenrand.

In der Ferne sah er die Kapelle auf dem Bergrücken. Davor stand ein geparktes Auto. Ob die beiden Brüder noch in der Kapelle waren?

Wie oft hatte er sich schon in genau der gleichen Situation befunden?

Unzählige Male.

Er dachte an Cassiopeia. Wo mochte sie sein? Bestimmt schlief sie daheim in Frankreich. Er hatte seit ein paar Tagen nichts von ihr gehört. Auch das war ein gutes Zeichen. Wenn sie gewusst hätte, wie tief er im Schlamassel steckte, säße sie schon im Flugzeug und wäre zu ihm unterwegs. Er brachte sie nicht gern in Gefahr, obwohl sie durchaus imstande war, auf sich aufzupassen. Eine außergewöhnliche Frau, die aus dem Nichts in sein Leben getreten war. Anfangs hatten sie sich kaum umeinander geschert, doch die Umstände und die Zeit hatten alles verändert. Was würde sie jetzt sagen? *Kläre die Sache. Bring sie zu Ende.* Er lächelte. Ein guter Rat.

Nun sah er im Dunkeln einen Lichtschimmer. Die Tür der Kapelle war geöffnet worden, und ein Mann war in die Nacht herausgetreten.

Allein.

Er beobachtete, wie die einsame Gestalt einen Augenblick stehen blieb, sich dann von der Tür entfernte und sie einen Spalt breit offen stehen ließ. Er wartete einen Moment, um zu sehen, ob sich die Gestalt entfernte. Nein. Das Auto blieb dunkel und ruhig.

Eine Wache?

Vielleicht.

Er schaltete die Innenbeleuchtung des Autos aus, dann öffnete er leise die Tür, rutschte von seinem Sitz und steckte sich die Fernbedienung ein. Die Kapelle war etwa 300 Meter entfernt, also ging er los in die Richtung, nutzte die Dunkelheit, dichtes Gestrüpp und die wenigen Bäume als Deckung. Er näherte sich aus westlicher Richtung und blieb gebückt, ohne dabei den Mann zu Gesicht zu bekommen, von dem er wusste, dass er da draußen war. Erst in der Nähe des Gebäudes entdeckte er die Gestalt in circa fünfzig Metern Entfernung; der Mann drehte ihm den Rücken zu und schaute in das Tal, das sich im Süden ausdehnte. Am östlichen Horizont zog langsam ein blasser Schimmer auf. Der Morgen nahte. Er musste den Aufpasser ablenken und war auf dem Weg hinauf auf die Idee gekommen, dass ihm das Auto dabei möglicherweise gute Dienste leisten konnte. Also drückte er sich gegen die Außenmauer der Kapelle, zielte mit der Fernbedienung in die Richtung, aus der er gekommen war, und hoffte, dass die Reichweite genügte.

Dann zögerte er.

Wenn er den Knopf drückte, würde die Hupe ausgelöst werden, und die Scheinwerfer blinkten, dann wäre der Überraschungsmoment weg. So beschloss er, stattdessen geduldig zu bleiben, und er blickte wieder um die Ecke zur einsamen Gestalt. Im Tal herrschte noch tiefe Dunkelheit. Der Mann wandte sich beiläufig nach rechts, entfernte sich weiter von der Kapelle, dann zog er ein Handy heraus und telefonierte. Malone bückte sich, nutzte die Schatten für seine Deckung und lief zur geöffneten Vordertür, ohne dabei die Augen von dem Aufpasser zu lassen, der jedoch nichts bemerkte.

Im Inneren war es leer und leise. Die Lampen von vorhin brannten noch. Er lief zur Apsis auf der anderen Seite und dann durch den geheimen Zugang, der noch offen stand.

Die innere Kapelle war ebenfalls leer. So weit wie jetzt war er vorhin schon gekommen. Das Reliquiar stand auf dem Altar. Er sah, dass rote Wachsbrocken daneben lagen und stellte fest, dass es an einem Ende geöffnet worden war, doch die Pergamente lagen noch sicher im Inneren. Nun sah er sich um und bemerkte, dass die Kapelle noch weiter in den Kalkfelsen hineinführte. Er folgte der Richtung und entdeckte eine andere halb geöffnete Eichentür. Dahinter führte eine Wendeltreppe nach unten. Er stieg hinunter und gelangte in einen schmalen, beleuchteten Korridor. Er fühlte sich sofort unbehaglich in dem engen Raum ohne Fluchtmöglichkeiten.

Das war ganz und gar nicht sein Fall.

Er holte tief Luft und ging weiter, bis er in eine geräumigere Kammer mit einem dunklen Loch in dem erdigen Boden gelangte. Alles wurde von honiggelbem Licht ausgeleuchtet, das so schummerig und kränklich süß wirkte wie die verbrauchte Luft ringsum. Er schaute in das Loch hinab, das in gähnende Dunkelheit gehüllt war. Ein Seil schlängelte sich von einem in den Boden eingelassenen Holzpfahl bis hinunter ins Loch. Er fragte sich, wie tief es war und welchem Zwecke es diente.

Da hörte er Stimmen.

Sie kamen hinter einer halb geöffneten Tür am anderen Ende hervor, die etwa fünfzehn Meter entfernt war.

Er schlich darauf zu.

59

Pollux saß auf dem Metallstuhl.

Sein Ritterscherge holte eine Schere aus dem Seesack und machte sich daran, ihm das Haar zu schneiden. Zur Unterstützung hielt er das erst vor wenigen Minuten aufgenommene Foto von Kastor hoch, und sie achteten darauf, dass der neue Haarschnitt der Frisur auf dem Handyfoto entsprach. So kurz hatte er das Haar seit Jahrzehnten nicht mehr getragen.

Als sein Helfer mit dem Haarschnitt fertig war, nahm Pollux das Handy, schaltete die Kamera in den Selfiemodus und bewunderte die Arbeit im Display. Er nickte. Dann wurde eine Schüssel aus dem Sack geholt, die sein Mitarbeiter mit Wasser aus einem Kanister füllte. Er gab das Handy zurück und verteilte Rasiercreme auf seinem Kinn. Mit einem Rasierer schabte er sich vorsichtig den Mönchsbart herunter, wobei ihm das Handy wieder als Spiegel diente. Keine Scharten, keine Schnittverletzungen. Es musste eine saubere Rasur werden. Er konzentrierte sich auf das Geräusch, mit dem die Klinge über den Bart strich, und zog den Rasierer nur kurz und leicht über sein Kinn. Außerdem spülte er die Klinge immer wieder im Wasser ab, damit sie feucht blieb. Als er fertig war, nahm er sich ein Handtuch und wischte den letzten übriggebliebenen Schaum ab.

Sein Gehilfe nickte beifällig.

Er selbst war ebenfalls zufrieden.

Seit ihrer Teenagerzeit hatte er Kastor nicht mehr so ähnlich gesehen. Sie waren als eineiige Zwillinge zur Welt gekommen und sahen einander zum Verwechseln ähnlich, bis sie das Waisenhaus verließen. Fast vierzig Jahre waren seitdem vergangen. Jetzt sahen sie wieder gleich aus.

Pollux/Kastor stand auf, zog sich aus und nahm sich die Kleidung seines Bruders einschließlich der Schuhe und der Unterwäsche. Er holte den USB-Stick aus seiner alten Kleidung, dann räumte er Kastors Taschen aus und zog eine Geldbörse und ein Handy hervor, aber keinen Ausweis – nun, der musste sich in der Reisetasche in Mdina befinden. Danach setzte er sich eine Brille auf, die bis auf die klaren Gläser so aussah wie die, die sein Bruder getragen hatte.

Kastor Kardinal Gallo war von den Toten auferstanden.

Er fühlte sich frei, ungebunden und im Einklang mit sich selbst, weil er das tat, was Gott und die Natur mit Sicherheit vorgehabt hatten. Außerdem war er ausgeruht, gesund und endlich von seinen Sorgen befreit. Gewiss, noch drohten Gefahren. Doch er gab sich ganz dem Augenblick hin, und jede Sekunde war kostbar, erfüllend und gesegnet.

Seine Zeit war gekommen.

Auf sein Zeichen hin entleerte sein Helfer die Schüssel auf den Boden, räumte alles wieder in den Seesack, packte seine Kleidung dazu und klappte den Stuhl zusammen.

»Wir können gehen«, sagte der frische Papst in spe.

Cotton hörte die Worte.

Wir können gehen.

Es war die Stimme von Pollux Gallo.

Das stand außer Frage.

Es war ihm nicht gelungen, dicht genug heranzukommen, um zu sehen, was vor sich ging, und es war herzlich wenig geredet worden. Er zog sich in den Raum mit der offenen Grube zurück und beabsichtigte, durch den anderen Ausgang und wieder zurück ins Erdgeschoss zu gelangen. Doch als er sich der Tür näherte, sah er einen anderen Mann in dem schmalen Tunnel dahinter auf sich zukommen.

Er war gefangen.

Gefahr von beiden Seiten.

Klar, er hätte sich einfach zu erkennen geben können, aber etwas sagte ihm, dass das nicht ratsam war. Jedenfalls nicht jetzt. Es schien nur eine Möglichkeit zu geben. Er ging zu der Grube, nahm das Seil in beide Hände und ließ sich über den Rand hinab. Nach etwa viereinhalb Metern erreichte er den Boden.

Pollux kehrte mit seinem Helfer in die *Guva*-Kammer zurück. Sein zweiter Gehilfe schloss sich ihnen an.

»Draußen ist alles ruhig«, berichtete der Mann. »Außerdem habe ich das Reliquiar und eine der Schaufeln in den Wagen geladen.«

Die andere Schaufel lehnte an der Wand, wo Pollux gebeten hatte, sie abzustellen.

»Was ist mit unseren Brüdern, die auf dem Boot umgekommen sind?«

»Ich habe das überprüft. Ihre Leichen sind bei den Behörden. Sie werden bestimmt bald identifiziert.«

Diese Möglichkeit hatte er bereits in Betracht gezogen: Jede Spur würde zu den Malteserrittern führen. Doch das war für ihn kein Problem mehr, weil Pollux Gallo nach dem heutigen Abend nicht mehr existieren würde.

»Darum kümmern wir uns, wenn es so weit ist«, sagte er. »Momentan können wir kaum etwas unternehmen.«

»Der Jet, den der Kardinal erwähnt hat, wartet am Flughafen«, sagte ihm einer seiner Männer.

Exzellent. Er würde hinfahren und nach Rom fliegen. Kastor hatte ihm schon erzählt, dass ein Assistent alle benötigten persönlichen Dinge ins Domus Sanctae Marthae gebracht hatte. Sein Zimmer war bereit und wartete nur noch auf einen Bewohner. Sein erster Test bestand darin, den Assistenten von seiner Echtheit zu überzeugen, doch er hatte schon lange geprobt, Kastor zu sein.

»Haben Sie den Laptop mitgebracht?«, fragte er.

Der Bruder nickte und nahm das Gerät aus dem Seesack. Auf dem Flug nach Rom konnte er den Computer gebrauchen. Er wollte mit eigenen Augen sehen, was sich auf dem USB-Stick befand.

»Und die andere Sache?«, fragte er.

Der Mann holte eine Glock aus dem Sack hervor.

Er ließ sich die Waffe geben.

Alles war auf diesen Augenblick hinausgelaufen. Ursprünglich hatte er vorgehabt, seine falschen *Secreti* als persönliche Polizeitruppe zu behalten. Diese Männer hätten ihm nützlich sein können; sie arbeiteten außerhalb der Entität und boten ihm die Möglichkeit, auf eventuell auftauchende Probleme zu reagieren.

Der Grundgedanke hatte durchaus Vorläufer in der Geschichte.

Im 16. Jahrhundert gelang es Julius II., den Papstthron zu besteigen, danach sicherte er seine Position gegen rivalisierende Kardinäle, indem er ein eigenes bewaffnetes Regiment von 150 Schweizer Söldnern zusammenstellte. Damals waren es die besten Kämpfer der Welt; sie dienten den Päpsten seitdem als Schweizergarde.

Doch fünf seiner acht Männer waren tot. Neue Leute zu rekrutieren konnte zum Problem werden, und nach einigem Nachdenken war er zu dem Schluss gelangt, dass sie vielleicht gar nicht nötig waren.

»Lasst uns niederknien«, sagte er. »Wir sollten unseren Dank bekunden.«

Er legte den Laptop und die Waffe auf den Boden und kniete nieder. Seine zwei Ordensbrüder taten es ihm gleich.

»Vor Jahrhunderten verkündeten die Gründungsbischöfe unserer Religion, was wir glauben sollten. Das große Konzil von Nicäa beendete alle Debatten über das, was heilig und gesegnet war, und Kaiser Konstantin versah uns zum Dank mit einem großartigen Geschenk. Heute, mit der Gnade Gottes, haben wir dieses heilige Geschenk zurückgeholt. Endlich ist es wieder sicher in unseren Händen. Lasst uns unseren Dank mit dem großen Nicänischen Glaubensbekenntnis ausdrücken:

Wir glauben an den einen Gott, den Vater, den Allmächtigen, der alles geschaffen hat, Himmel und Erde, die sichtbare und die unsichtbare Welt. Und an den einen Herrn Jesus Christus, Gottes eingeborenen Sohn, aus dem Vater geboren vor aller Zeit: Gott von Gott, Licht vom Licht, wahrer Gott vom wahren Gott, gezeugt, nicht geschaffen, eines Wesens mit dem Vater; durch ihn ist alles geschaffen.

Für uns Menschen und zu unserem Heil ist er vom Himmel gekommen, hat Fleisch angenommen durch den Heiligen Geist von der Jungfrau Maria und ist Mensch geworden. Er wurde für uns gekreuzigt unter Pontius Pilatus, hat gelitten und ist begraben worden, ist am dritten Tage auferstanden nach der Schrift und aufgefahren in den Himmel. Er sitzt zur Rechten des Vaters und wird wiederkommen in Herrlichkeit, zu richten die Lebenden und die Toten; seiner Herrschaft wird kein Ende sein.

Wir glauben an den Heiligen Geist, der Herr ist und lebendig macht, der aus dem Vater und dem Sohn hervorgeht, der mit dem Vater und dem Sohn angebetet und verherrlicht wird, der gesprochen hat durch die Propheten, und die eine, heilige, katholische und apostolische Kirche. Wir bekennen die eine Taufe zur Vergebung der Sünden. Wir erwarten die Auferstehung der Toten und das Leben der kommenden Welt.

Amen.«[*]

---

[*] Auszug aus: »Das Nicaeno-Constatinopolitanum« *(s. Kapitelende;* Erweiterung von 381 A.D. aus Konstantinopel unter Theodosius. Der vorliegende Text hat einen anderen Wortlaut als das ursprüngliche Nicänische Glaubensbekenntnis.)

Seine Männer hatten jedes Wort mitgesprochen. Er nickte und stand auf; das Verlangen in ihm sprengte das Korsett der Anstandsregeln, zu denen er sich immer verpflichtet gefühlt hatte.

Er bückte sich und nahm die Glock wieder an sich.

Dann entsicherte er die Waffe und gab zwei Schüsse ab.

Die Spuren mussten verwischt werden.

Natürlich blieb noch der Kurator der Kathedrale, aber der neue Kastor Kardinal Gallo würde sich um ihn kümmern, und es gab nichts, das Verdacht erregen konnte. Irgendwann würde ein handgeschriebener Brief von ihm als Pollux eintreffen, mit dem er seinen Rücktritt von den Malteserrittern und den Rückzug aus der Welt verkünden wollte. Er bezweifelte, dass jemand seine Männer oder Pollux Gallo vermissen würde.

Traurig.

Aber wahr.

Er legte die Glock ab und schleifte beide Leichen zur Grube. Dann hockte er sich hin und räumte ihre Taschen aus, wobei er den Schlüssel für die Vordertür der Kapelle und das Auto draußen fand.

Schließlich rollte er die beiden über die Kante.

Sie mussten begraben werden, um alle Spuren des Verbrechens zu eliminieren. Der Ort, an dem sie lagen, war vielleicht heikel, doch seines Wissens wusste nur eine Handvoll unter den Rittern von der geheimen Wandtür, und die innere Kapelle wurde fast nie besucht. Kastor lag tief unter der Erde und war für alle Zeiten verschwunden. Diesen beiden Leichen musste dasselbe Schicksal widerfahren.

Deshalb hatte er eine Schaufel zurückgelassen.

Er ging hin, nahm sie und warf sie in die Grube.

Jetzt musste er zurück nach Rom.

Zum Glück war noch ein letzter Ritter übrig, der das alles aufräumen konnte.

Cotton hörte Gallos Stimme, als dieser sich bedankte und dann das Nicänische Glaubensbekenntnis sprach. Unmittelbar danach knallten zwei laute Pistolenschüsse, dann folgten Geräusche, als würde etwas über trockene Erde gezogen werden. Er hatte bereits festgestellt, dass die Grube glockenförmig war und die Wände immer weiter auseinanderstrebten, je tiefer es hinunterging. Ganz unten war der Umfang viel größer als oben. Er hatte außerdem bemerkt, dass der Boden der Grube nicht so hart war wie oben. Stattdessen hatte er die Konsistenz frisch umgegrabener Erde.

Er blickte nach oben.

Ein Arm hing oben über die Kante.

Cotton drückte sich in einen Winkel und nutzte die Glockenform zu seinem Vorteil. Von oben fiel ein Körper herunter und schlug auf dem Boden auf.

Ein zweiter Körper folgte.

Er erinnerte sich, dass man von oben nicht bis auf den Grund der Grube sehen konnte. Es war zu dunkel. Deshalb riskierte er einen Blick nach oben und sah nicht Pollux, sondern Kastor Gallo herunterstarren, der eine Pistole in der rechten Hand hielt.

Sich jetzt zu zeigen wäre Selbstmord gewesen. Er wollte einfach warten, bis der Mann ging, und dann am Seil hinaufklettern.

Über ihm verschwand Gallo.

Er starrte auf die beiden Leichen. Es war zu dunkel, um ihre Gesichter zu sehen.

Von oben kam etwas geflogen und blieb im weichen Boden stecken.

Eine Schaufel.

Das Seil wurde nach oben gezogen.

Und verschwand.

Die Lichter gingen aus.

Er blieb in völliger Dunkelheit zurück.

60

Luke fuhr auf der Küstenschnellstraße zügig in nördlicher Richtung; sein Ziel war die St.-Magyar-Kirche. Nach seiner Entlassung aus der U-Haft hatte er sich mit Stephanie in Verbindung gesetzt, die ihm mitteilte, wohin Malone unterwegs gewesen war. Sie hatte den Kurator der Kathedrale kontaktiert, der eine Wegbeschreibung beisteuern konnte. Er hatte Hahns Hilfsangebot ausgeschlagen, weil er vermeiden wollte, dass die Menschen vor Ort zu viel erfuhren. Von jetzt an war es besser, verschwiegen zu bleiben, weil es zu viele Unbekannten in dieser Sache gab, bei der alle mitmischten.

Wie oft war er mitten in der Nacht eine dunkle Schnellstraße entlanggebraust? Nach einem Rendezvous, nach Highschool-Football-Partien. Oder wenn er mit seinen Freunden abends unterwegs gewesen war. Das Gelände hier war mit den Bergen im Osten Tennessees nicht zu vergleichen. Es gab nicht viel auf der Welt, das sich mit jenen heiligen Landen vergleichen ließ. Er hatte die ersten achtzehn Jahre seines Lebens dort verbracht und fuhr dorthin zurück, wann immer sich ihm eine Gelegenheit bot – was nicht oft geschah. Jene Hügel steckten voller großer Erzählungen. Viele Mythen, Legenden und Geister. Sein Vater liebte es, die Geschichten zu erzählen.

Wie die vom alten gehäuteten Tom.

Ein charmanter, gut aussehender Mann, der fast jedes Mädchen herumbekam, das ihm über den Weg lief, warf eines Tages ein Auge auf ein wunderschönes, verheiratetes Mädel namens Eleanor. Sie fingen an, sich heimlich in einer abgelegenen Straße zu treffen, die sich bei Liebespaaren großer Beliebtheit erfreute. Eleanors Ehemann fand es natürlich heraus und zog Tom bei lebendigem Leib die Haut ab. Jedermann glaubte, dass Toms blutiges Skelett noch immer durch die Straße der Verliebten streifte. Es hieß, Tom halte ein Jagdmesser in der Hand und sei darauf aus, ein fremdgehendes Liebespaar zu erwischen, um ihm eine Lektion zu erteilen. Was eigentlich unglaublich unfair von ihm war, wenn man sich die Umstände seines eigenen Todes vor Augen führte.

Der Geist hatte sogar ein eigenes Lied.

Hast du das Gespenst vom gehäuteten Tom gesehen?
Blutrote Knochen und ganz ohne Haut.
Wäre es nicht kalt, wenn man keine Haut anhätte?

Kalt wäre es. Er fühlte sich momentan auch etwas nackt und entblößt. Er hatte keine Reserven mehr, fuhr aber mit Vollgas.

Er bog von der Küstenstraße ab und fuhr landeinwärts, laut der Wegbeschreibung, die er von Stephanie bekommen hatte, ging es in ein dunkleres Tal. In der Ferne ragten auf beiden Seiten Gebirgszüge in die Höhe, und er sah nur wenige Lichter. Immer weiter ging es geradeaus über den schwarzen Asphalt. Vor sich, am Straßenrand, unter einem Gehölz aus niedrigen Bäumen, sah er einen parkenden Wagen.

Das Auto kannte er.

Er hielt an und stellte fest, dass er recht hatte. Es war der Wagen, den er zuvor benutzt hatte. Malone war damit anscheinend von der Kathedrale hierhergefahren. Er schaltete die Frontscheinwerfer und den Motor aus und begab sich hinaus in die Nacht.

Malone war hier und hatte sich anscheinend heimlich angeschlichen. Er entschied sich für die gleiche Taktik. Zu Fuß ging er die Straße hinunter und achtete auf Fahrzeuge in beiden Richtungen. Zikaden zirpten ohrenbetäubend laut in der Dunkelheit. Er war müde und hätte etwas Schlaf gebrauchen können, aber er hatte gelernt, auf Autopilot zu schalten. In diesem Zustand war er sogar gut. Dass er knapp dreißig Jahre alt, etwas aufgeregt, ambitioniert und gut ausgebildet war, half mit Sicherheit ebenfalls.

Ein paar hundert Meter entfernt sah er die Umrisse eines Gebäudes auf einem Hügelkamm und ein anderes Auto, das davor geparkt war.

Das musste die Kapelle sein.

Plötzlich öffnete sich die Vordertür, und man sah einen Licht-schimmer und einen Menschen. Die dunkle Gestalt ging mit einem Sack und einem Gegenstand, der wie ein Klappstuhl aus-sah, zum Auto und packte die Sachen hinein. Dann kehrte die Person zur Tür des Gebäudes zurück, und die Lichter erloschen, als hätte man einen Schalter umgelegt. Danach fuhr der Wagen weg, aber nicht in seine Richtung. Stattdessen bog er in die Gegenrichtung ab und verschwand in westlicher Richtung auf der Schnellstraße, die weiter ins Tal hineinführte.

Sein Bauchgefühl sagte ihm, dass etwas nicht stimmte.

Er stapfte zum Gebäude und ging zur Tür. Dort versuchte er es mit der Klinke und stellte fest, dass abgeschlossen war.

Und es war kein handelsübliches Schloss.

Groß. Schwer. Aus Eisen. Man brauchte einen verdammten Bartschlüssel dafür.

Er testete die Eichentür.

Dick und solide.

Keine Chance, sie gewaltsam zu öffnen. Und Fenster gab es auch keine. Ihm blieb keine andere Wahl. Also rannte er zum Wagen zurück und startete den Motor. Dann fuhr er auf den Hügelkamm und richtete die Scheinwerfer auf die Vordertür. Er fuhr näher heran, bis die Stoßstange die Eichentür berührte.

Stephanie hatte ihnen erzählt, dass dieses Gebäude schon seit Jahrhunderten hier stand. Malone war dafür bekannt, wel-chen Effekt er auf historische Stätten hatte, insbesondere, wenn es um Weltkulturerbe ging. So wie es aussah, war er im Begriff, selbst ein Mitglied in diesem Club zu werden. Luke pumpte mit dem Gaspedal und drückte den vorderen Teil des Wagens in die Tür, bis sie nach innen splitterte.

Das war leichter als erwartet.

Er setzte das Auto zurück, schaltete den Motor ab und stieg aus. Mit den Händen tastete er die Wand im Inneren ab und entdeckte einen Schalter, den er umlegte und so einige verstreute Lampen einschaltete, die eine leere Kapelle mit einem sandigen Steinboden ausleuchteten.

Er ließ den Blick durch das Innere schweifen.

Keinerlei Geräusche zu hören.

Der Fußboden erstreckte sich noch etwa fünfzehn Meter weiter geradeaus. Er bemerkte deutlich einen Pfad im Sand, der vom Eingang bis zu einem Altar und darüber hinaus reichte, also ging er los und folgte dem Pfad auf die andere Seite und zu einer halbkreisförmigen Apsis.

An der Wand endete er abrupt.

Vor ihm erhob sich ein steinerner Halbkreis. Drei Segmente, Leisten an den Nahtstellen, Bänke aus Kalkstein, die sich am Halbkreis entlangzogen, oben ein Gesims und im Zentrum eine Blende mit gemeißelten Verzierungen. War hier jemand hingegangen und hatte sich auf die Bank gesetzt? Möglich. Aber nicht wahrscheinlich. Der Boden war relativ unberührt, abgesehen von dem eingetretenen Pfad zur Vordertür.

Er stellte sich vor die gewölbte Wand und klopfte sie mit der Faust ab.

Massiv.

Was er suchte, musste sich beim mittleren Segment befinden. Er betastete die Fugen auf beiden Seiten mit den Fingerspitzen.

Nichts Ungewöhnliches.

Das Gesims oben war außer Reichweite, das Mittelstück besaß keine Einkerbungen. Es war alles in einem Stück aus dem

Stein gemeißelt. Er setzte sich auf die Bank und starrte auf den Boden. Warum nicht? Er ging auf die Knie und sah unter der Bank nach. Da war nichts; die Steinbank wurde an beiden Seiten von Kragsteinen getragen.

Komm schon. So schwer kann es nicht sein.

Er untersuchte die Kragsteine und sah, dass sie gerundet waren und von der Wand bis ans Ende der Bank reichten, um ihr Gewicht tragen zu können. Beim Ansatz des Kragsteins an der Steinwand gab es eine Kerbe. Vielleicht anderthalb Zentimeter lang, nicht viel mehr. Er steckte rechts den Finger in den Spalt. Nichts. Dann links. Dort war eine Vertiefung. Mit etwas darin. Ein Knopf. Er drückte. Das ganze Segment verschob sich nach innen.

Luke richtete sich auf und fühlte sich wie Indiana Jones.

Er drückte das schwere Segment und wunderte sich, wie gut es ausbalanciert war. Man brauchte nur wenig Kraft, um eine Menge Stein zu bewegen. Dahinter war es stockdunkel. Er fand einen anderen Lichtschalter und knipste weitere Lampen an. Ein Korridor führte in eine andere Kapelle, die etwas unheimlich war mit all ihren Statuen und Bildern. Es war wie ein Besuch in Madame Tussauds Steinfigurenkabinett. Dann sah er den Altar, in den jemand vorn unten ein Loch geschlagen und ihn so entweiht hatte.

Das sah nach Malones Handschrift aus.

Also ging er weiter und gelangte an eine andere Tür, die zu einer Wendeltreppe nach unten führte. Diese ging er ganz hinunter und entdeckte einen weiteren Lichtschalter, den er betätigte. Noch mehr Lampen gingen an. Er folgte einem schmalen Korridor bis zu einem Raum mit einem Loch im Boden.

So etwas hatte er schon einmal gesehen.

In Valletta.

Eine *Guva*.

Was hatte Laura darüber gesagt?

Früher gab es sie überall auf der Insel. Nur zwei waren erhalten geblieben.

Jetzt waren es drei.

Er ging an den Rand und sah hinunter in die Dunkelheit. Der Boden war nicht zu sehen.

»Das wurde ja auch langsam Zeit«, ertönte eine vorwurfsvolle Stimme aus der Tiefe.

61

Pollux verließ das Pwales-Tal. Er hatte gerade drei Männer umgebracht. Wenn man den Villenbesitzer und James Grant hinzurechnete, kam man auf fünf Morde. Alle bedauerlich, aber notwendig.

Gleich nach dem Verlassen der Kapelle hatte er mit einem der Handys telefoniert, die er den toten Rittern abgenommen hatte, und die Person am anderen Ende angewiesen, ihn am Lippija-Turm zu treffen. Dieser war etwa zehn Minuten von der Kapelle entfernt; ein niedriges, gedrungenes Gebäude aus dem 17. Jahrhundert mit einer Brüstung und Ausblick auf die Gnejnabucht an der Nordwestküste. Er war davon ausgegangen, dass sich um diese Zeit keine Menschen am Turm aufhalten würden, und sah, dass er recht hatte, als er näher heranfuhr und den Motor ausschaltete.

Er nahm den Laptop vom Beifahrersitz. Das Gerät war vor einigen Wochen für ihn gekauft worden und hatte seitdem unbenutzt auf ihn gewartet. Aus seinem früheren Leben konnte er weder seinen eigenen Laptop noch sonst irgendetwas mitnehmen. Pollux Gallo hätte das alles zurückgelassen, wenn er sich aus der Welt zurückgezogen hätte. Es durfte nichts geben, das ihn mit seiner eigenen Vergangenheit in Verbindung bringen konnte. Die Transformation musste in jeder Hinsicht vollständig sein.

Er schob den USB-Stick in die Buchse und gab das Passwort KASTOR I ein.

Dann öffnete er eine Datei und fing an zu lesen. An einigen Stellen sah er genauer hin, andere Stellen überflog er nur, aber die Fülle unglaublich belastender Informationen erstaunte ihn.

Es war mehr, als er es sich jemals hätte träumen lassen. Jahrelang hatte er die Kardinäle studiert und alle wichtigen biografischen Informationen über sie in Erfahrung gebracht. Er war sogar in Kastors private Nachforschungen und so manches eingeweiht gewesen, das er dabei herausfinden konnte. Aber die Informationen, die Spagna zusammengetragen hatte, gingen weit darüber hinaus.

Kastor hatte recht gehabt.

Das war eine Goldmine.

Von hinten näherte sich ein Wagen, dessen Scheinwerfer im Rückspiegel aufleuchteten. Er hatte wenig Zeit, doch diese Angelegenheit musste zu Ende gebracht werden, bevor er die Insel verließ. Er stellte den Laptop zur Seite und stieg aus.

Aus dem anderen Fahrzeug stieg Kevin Hahn aus und sagte: »Daniels wurde aus der Untersuchungshaft entlassen.«

Er wischte die Besorgnis mit einer Handbewegung beiseite. »Die Amerikaner dürften kein Problem mehr darstellen.«

»Abgesehen davon, dass Daniels vier von unseren Männern umgebracht hat.«

»Was eine furchtbare Tragödie ist. Aber das wird nur zu den Rittern führen. Sollen die mit dem Problem fertigwerden.«

Er und Hahn waren schon lange befreundet. Sie hatten sich als Jugendliche kennengelernt und gemeinsam in der Armee gedient, dann schlossen sie sich beide dem Orden an. Hahn hatte kein Gelübde abgelegt, aber er war ein Ritter. Es war Hahn gewesen, der ihn all die Jahre mit Informationen über alles, was auf Malta vor sich ging, versorgt hatte. Er war für ihn vor Ort Auge und Ohr und stieg nach und nach bis in die Position des Leiters der Inneren Sicherheit Maltas auf. Als er das Team zusammenstellte, das die vorübergehend wiederbelebten *Secreti* bilden sollte, war Hahn von Anfang an dabei gewesen. Selbigem Hahn hatte er es zu verdanken, dass er über die Anwesenheit der Amerikaner auf der Insel und alles, was

Spagna unternahm, Bescheid wusste. Mit Hahns Hilfe erfuhr er vom Doppelspiel der Laura Price, von ihrer Verbindung zu Spagna und dem Anschlag, der seinem Leben gegolten hätte. Die Bibel hatte recht. »*Der Freund erweist zu jeder Zeit Liebe, der Bruder ist für die Not geboren.*« (Sprüche 17:17)

Hahn war für ihn mehr wie ein Bruder, als es Kastor jemals gewesen war.

»Du siehst genauso aus wie er«, sagte Hahn.

Und er klang auch so wie er. Er hatte es monatelang geübt. So schwer war es nicht gewesen, weil Kastors Tonlage seiner eigenen sehr ähnlich gewesen war. Es gab nur ein paar kleine Abweichungen, auf die er sich konzentrierte. Die Wortwahl und die Syntax schienen am schwierigsten zu sein. Jeder – er selbst eingeschlossen – hatte Lieblingswörter, seine eigene Art, Dinge auszudrücken. Aber er war jetzt nicht mehr er selbst.

»Hast du eine Vorstellung, was Daniels jetzt tun könnte?«

Hahn schüttelte den Kopf. »Er hat mir kaum etwas gesagt. Er ist einfach gegangen.«

Bestimmt setzte sich Daniels wieder mit Malone in Verbindung, der ihm berichten würde, dass die Trinität gefunden und den Rittern und der Kirche zurückgegeben worden sei, die die Sache jetzt unter sich klärten. Für den Zwischenfall mit dem Boot musste natürlich eine Lösung gefunden werden. Es waren Männer gestorben. Aber auch hier führte keine Spur nach Rom.

»Was soll ich jetzt tun?«, fragte Hahn. »Die Amerikaner haben mich gebeten, ihnen bei der Identifizierung der Männer vom Boot zu helfen.«

»Dann hilf ihnen. Es spielt keine Rolle. Sei kooperativ. Lass sie in der Sache mit dem Boot und den vier Männern ermitteln. Es wird sie zu den Malteserrittern führen, aber nicht zu Kastor Gallo oder dir.«

Er konnte sehen, dass sein Freund seine Meinung teilte.

»Bist du bereit?«, fragte Hahn.

»Das bin ich.« Er streckte den Arm aus und schüttelte Hahns Hand. »Du bist eine große Hilfe gewesen. Aber es gibt ein Problem bei der Kapelle. Zwei unserer Brüder wurden gierig. Sie wollten mehr. Ich musste mich um sie kümmern.«

»Das ist sehr bedauerlich.«

»Sie haben mir keine Wahl gelassen. Du musst für mich dorthin zurückkehren und sie zusammen mit Kastor begraben. Er ist unten in der *Guva*, und die beiden anderen auch. Da liegen noch ein Seil und eine Schaufel. Benutze beides, um alles aufzuräumen. Wir dürfen nicht riskieren, dass etwas gefunden wird. Bisher ist alles perfekt verlaufen, und nichts führt zur Kapelle. Jetzt lass uns die Sache zu Ende bringen.«

Er wusste, dass sein alter Kamerad nicht protestieren würde. Hahn würde ihn in den Vatikan begleiten und vielleicht zum operativen Leiter der Entität avancieren. Ein weiterer Grund, weshalb Danjel Spagna hatte eliminiert werden müssen. Seinen eigenen Mann an der Spitze des ältesten Geheimdienstes der Welt zu platzieren konnte sich nur als Vorteil erweisen. Obwohl er es lieber allein getan hätte, erwies sich die Bibel auch diesmal als instruktiv. »*Eisen wird mit Eisen geschärft, und ein Mensch bekommt seinen Schliff durch Umgang mit anderen.*« (Sprüche 27:17)

»Ich erledige das«, sagte Hahn. »Und du gehst hin und wirst Papst.«

»Ich habe sämtliche Informationen Spagnas. Das sollte mehr als ausreichen, um genügend der richtigen Wähler zu überzeugen.«

Er ging zu seinem Wagen zurück.

Zufrieden.

Jetzt musste er nur noch den dritten Teil der Trinität lesen.

Konstantins Geschenk.

62

Ein neues Bewusstsein persönlicher Menschenwürde ist in unserem Reich entstanden. Die Menschen spüren den unendlichen Wert und die Verantwortung eines neuen Lebens. Doch im Rahmen ihres verordneten Glückes geschieht etwas Seltsames. Mit derselben Selbstverständlichkeit, mit der sie die alte politische Struktur abgelehnt haben, beginnen die Menschen jetzt, eine Religion mit einer persönlicheren und intimeren Wesensart zu suchen.

Als die Menschheit jüngst vom Erscheinen unseres Erlösers Jesus Christus erfuhr, entstand zugegebenermaßen sofort eine neue Religion, die nicht unbedeutend und in irgendeinem Winkel der Erde zu Hause war, sondern unzerstörbar und unbesiegbar, weil ihr die Hilfe Gottes unmittelbar zuteilwurde. Diese Religion, die in dieser Zeit nach dem unergründlichen Ratschluss Gottes so unvermittelt auftaucht, ist jene Religion, die allseits mit dem Namen Christi geehrt wird.

Es entspricht der Wahrheit, dass Religion und Zivilisation gemeinsam voranschreiten. Ebenso wahr ist es aber auch, dass religiöse Überzeugungen und Praktiken oftmals hinter der Zivilisation zurückbleiben können. Dieser Situation begegnen wir gegenwärtig, da an heidnischen Göttern festgehalten wird und ein neuer christlicher Glaube zutage tritt. Wir finden ein weiteres Beispiel darin, wie der neue christliche Glaube in innere Kämpfe verstrickt ist, weil es so viele unterschiedliche Auffassungen darüber gibt, was man glauben sollte oder nicht. So viele unterschiedliche Vorstellungen gibt es darüber, wer und was Gott ist und wer und was unser Erlöser.

Jede Religion muss die unverfälschten Ideale der Gesellschaft reflektieren, in der sie existiert. Ihre Praxis und die Opfer, die sie verlangt, müssen sich im Rahmen dessen bewegen, was allgemein als richtig erachtet wird. Keine neue Religion kann leicht an Boden gewinnen, wo zuvor über lange Zeit andere Götter angebetet wurden. Zum Überleben braucht eine Religion Struktur, Regeln, Ordnung und – was am wichtigsten ist – Konsistenz. Die nachfolgenden Ratschläge werden als ein Mittel dafür angeboten, das zu beschützen, was wir erschaffen haben:

Vergesst nie, dass ein zorniger, rachsüchtiger Gott einem wohltätigen, liebenden Wesen vorzuziehen ist. Wir müssen verkünden, dass Gehorsam und das Befolgen der göttlichen Regeln der einzige Weg ist, um im Himmel ewigen Frieden zu erlangen, während Ungehorsam zu ewigem Leid führt. Die Furcht vor diesem ewigen Leiden sollte dafür verwendet werden, die Gläubigen unter unserer Kontrolle zu behalten. Die Gläubigen dürfen nie vergessen, dass nur der christliche Glaube sie von ihren Ängsten erlöst, dass seine Lehrsätze und Praktiken niemals infrage zu stellen sind und dass ihr Gehorsam absolut sein muss.

Die Sünde ist der Mechanismus, mit dem die Kontrolle verstärkt wird. Für das Volk der Hebräer bildeten die Zehn Gebote, die Moses einführte, lange Zeit das Fundament. Doch wir brauchen mehr. Man sollte eine Liste von Sünden schaffen, eine Liste, die im Laufe der Zeit angepasst wird, und jede Sünde sollte dazu angetan sein, den Menschen Angst einzuflößen. Es muss der klare Glaube bestehen, dass derjenige, dem seine Sünden nicht vergeben werden, seine unsterbliche Seele größten Gefahren aussetzt, und dass er Vergebung nur durch den christlichen Glauben erfahren kann. Dieses Konzept sollte schon bei der Geburt ansetzen, weil die Menschen glauben sollten, dass sie alle sündig auf die Welt gekommen sind. Sie werden nie in Gottes Reich gelangen, wenn ihnen für ihre Erbsünde keine Absolution durch den christlichen Glauben erteilt wird.

Viele der früheren Religionen verbreiteten den Glauben,
dass ein neuer Lebenszyklus beginne, sobald ein anderer ende,
und dass der Kreislauf niemals aufhöre. Diese unsterbliche
Seele, diese Reinkarnation ist gewiss tröstlich, aber der christ-
liche Glaube wird nur ein einziges fleischliches Leben und
einen einzigen Weg zur ewigen Erlösung anbieten. Wenn dieses
Leben endet, zieht die Seele entweder in den Himmel oder in
die Hölle, die wir nicht nur erschaffen, sondern auch beschrei-
ben müssen.

Niemals darf man Schwächen der Menschen auf Mängel
oder Fehler des christlichen Glaubens zurückführen. Stattdes-
sen muss ein Widersacher erdacht werden. Ein Diabolus, ein
Geist, ein Teufel, der ständig Hindernisse in den Weg zur Er-
lösung legt. Alle Sünden und Verfehlungen der Menschen müs-
sen diesem Teufel angelastet werden, der allgegenwärtig ist,
stets verführt und niemals zurückweicht. Die christliche Lehre
ist der einzige Weg, ihm zu widerstehen.

Spirituelle Begabungen dürfen nicht toleriert werden. Wer
behauptet, Visionen zu haben, oder die Gabe zu besitzen, mit
Gott zu reden, stellt eine Gefahr dar. So, wie Verrat mit dem
Tod geahndet wird, müssen auch ketzerisches Denken und
Handeln den Zorn Gottes erfahren. Ketzer dürfen nicht tole-
riert werden, sie sterben einen gerechten Tod, um die anderen
zu warnen, dass Handlungen und Gedanken, die dem christ-
lichen Glauben widersprechen, schwerste Konsequenzen nach
*sich ziehen. Im Namen Gottes zu töten ist keine Sünde. **Zur***
Verteidigung des Glaubens Blut zu vergießen ist eine Pflicht,
von der wir niemals lassen dürfen.

Religion drückt sich durch Kenntnis der Welt aus, in der sie
existiert. Wenn dieses Wissen fehlerhaft ist, dann ist auch die
Religion fehlerhaft. Habt keine Angst vor Veränderung. Nur so
lässt sich überleben. Aber dürstet auch nicht danach.

Sakrale Objekte sind jene Dinge, die der Mensch weder be-

nutzen noch berühren darf, weil sie ausschließlich Gott gehören. Sie zu erschaffen – seien es Kirchen, Orte, Menschen, Worte oder Dinge – ist von entscheidender Bedeutung, um unseren christlichen Glauben zu verankern. Sie mit Regeln und Strafen heilig zu halten ist ebenso wichtig.

Die Priesterschaft soll ein eigener Stand werden. Die Führung der Priester obliegt letztendlich natürlicherweise mir, weil Religion ein lebenswichtiger Bestandteil der Politik ist. Die erste Pflicht des Staates ist es, gottgefällig zu sein und für ein gutes Verhältnis Gottes mit dem Volk zu sorgen. Die Pflicht des Priesters ist es, für ein gutes Verhältnis des Volkes zu mir zu sorgen.

Zu guter Letzt, liebe Bischöfe, muss die Essenz des Christentums darin bestehen, Gott zu lieben und ihm auf seinem Weg zu folgen, dazu gehört aber auch, die Autorität der Priester aufrechtzuerhalten und an die christliche Lehre zu glauben, ohne sie zu hinterfragen. Wir müssen gemeinsam hinter diesem Ziel stehen, weil die Führung der öffentlichen Angelegenheiten bedeutend leichterfallen wird, wenn wir diesen Schritt unternehmen. Auch das Leben eines jeden Einzelnen von euch wird sich verändern. Jeder von euch wird sich auf vielfältige Weise selbst übertreffen. Das, was uns einst trennte, scheint jetzt ganz unbedeutend und eines solch heftigen Streits nicht würdig zu sein. Lasst uns geeint selig sein.

63

Pollux unterbrach seine Lektüre des Pergaments.

Beide Seiten waren in schmalen, geraden Zeilen mit minimalen Rändern auf Latein beschrieben. Die schwarze Tinte war mit dickem Strich aufgetragen worden, im Laufe von siebzehn Jahrhunderten jedoch zumeist grau ausgeblichen. Er saß in der luxuriösen Kabine eines Privatjets und flog nordwärts Richtung Rom. Nachdem er Kevin Hahn am Turm zurückgelassen hatte, gelangte er ohne Zwischenfall zum Flughafen von Malta. Unterwegs warf er den Inhalt des Seesacks in drei verschiedene Mülltonnen, an denen er vorbeikam. Die Glock wurde von einer Klippe in den Ozean befördert. Jetzt gab es keine Beweise mehr. Er legte auch in Mdina einen Zwischenstopp ein und besorgte sich Kastors Reisetasche mit seinem vatikanischen Ausweis. Monatelang hatte er davon geträumt, sich Sorgen gemacht und Intrigen gesponnen, jetzt fühlte er sich geistig ausgelaugt. Doch in wenigen Stunden würde er in der Sixtinischen Kapelle sein. Und zwar nicht als obskurer Ritter einer 900 Jahre alten Bruderschaft, sondern als ein *sanctae Romanae Ecclesiae cardinalis*, ein Kardinal der Heiligen Römischen Kirche.

Er hatte jahrelang Latein und Griechisch studiert, hatte einen Text nach dem anderen über das Christentum und die katholische Kirche gelesen, insbesondere über die Zeit zwischen ihrer Gründung mit Christus und dem Ende des dritten Jahrhunderts. Die prägende Zeit. So, wie die Pubertät ein Kind prägte.

Dann kam das Jahr 325 nach Christus, und alles änderte sich.

Konstantin der Große zitierte die christlichen Bischöfe nach Nicäa und brachte so erstmals alle Akteure an einem Ort zusammen. Seine Vorgaben waren einfach: *Einigt euch über eine universelle – eine katholische, also allumfassende – Kirche, dann versieht die Krone die neue Religion mit großen politischen Vorteilen. Scheitert ihr, dann wird die Verfolgung fortgesetzt.* Niemand wusste genau, wie viele Kirchenmänner dem Ruf Folge leisteten, doch es waren genug von ihnen anwesend, um ein Glaubensbekenntnis zu schmieden, das bis auf den heutigen Tag definiert, was es heißt, katholisch zu sein.

Sie verwandelten die Philosophie eines Mannes, der Armut, Vergebung und Gewaltlosigkeit predigte, in eine Staatsreligion der Macht, die Konstantin für den Zusammenhalt seines Reiches verwenden konnte. Bevor er seine beiden Gehilfen vor ihren Schöpfer treten ließ, hatte Pollux es vorhin für angemessen gehalten, jene uralten Worte – das berühmte Nicänische Glaubensbekenntnis – aufzusagen.

In Geschichtsbüchern wird gerne beschrieben, dass Konstantin eine Erscheinung am Himmel sah, dann eine große Schlacht gewann und seinen Sieg auf Christus zurückführte. Er soll daraufhin voller Dankbarkeit konvertiert sein und das Christentum als offizielle Staatsreligion ausgerufen haben. Doch das war nur die halbe Wahrheit. Konstantin konvertierte erst auf dem Sterbebett, und selbst darüber herrscht noch Uneinigkeit. Während seiner Lebenszeit fuhr er jedenfalls mehrgleisig und betete zu den alten Göttern, benutzte aber den neuen. Die ganze Geschichte von seiner Konvertierung war nur eine Methode, den neuen Glauben in den Augen des Volkes akzeptabel zu machen. Wenn er für den Kaiser gut genug war, dann war er auch gut genug für sie. Er schuf das Christentum nicht, formte es aber nach seinem Bild. Und klugerweise versuchte er nie, Christus zu überwinden, dafür aber umso mehr, ihn zu definieren.

Was Pollux gerade gelesen hatte, bestätigte diesen Eindruck.

Konstantin wollte seine eigene Religion.

Warum auch nicht?

Glauben war der Tod der Vernunft. Die Religion verließ sich auf blinde, unkritische Gefolgschaft, und der Glaube wurde nicht hinterfragt. Irrationalität schien das Wesen des Glaubens zu sein, und um den Glauben zu institutionalisieren, schuf der Mensch die Religion, die nach wie vor zu den ältesten und stärksten Verschwörungen gehört, die jemals zustande kamen. Man sehe sich nur an, worum in Nicäa gerungen wurde.

Die Natur Christi.

Das Alte Testament war einfach. Gott war einzigartig und unteilbar. Das war es, was die Juden glaubten. Die neue Religion hatte eine Dreifaltigkeit: Vater, Sohn und Heiliger Geist. Das hatten sich natürlich Menschen als einen Teil der neuen Religion ausgedacht. Aber was genau war Christus? Unterschied er sich vom Vater, weil er ein Mensch war? Oder war er doch eins mit ihm, unsterblich und ewig, obwohl er Menschengestalt hatte? Das alles klang so trivial, aber die Diskussion darüber drohte die Christenheit zu zerreißen. Selbst Konstantin fand diesen Streit albern, *der zu unerfahrenen Kindern passte, nicht aber zu Priestern, Prälaten und verständigen Männern.* Er beendete die Spaltung und erklärte, Christus sei *gezeugt, doch nicht erschaffen worden und von gleicher Substanz wie der Vater, der Schöpfer aller Dinge.*

Religion war stets ein Werkzeug gewesen. Sie gewann ihre Stärke daraus, sich auf etwas Gutes zu berufen und dann all jenen, die sich zur Gefolgschaft entschlossen, ein spirituelles Weltbild mit gewissen Vorteilen zu bieten. Dabei spielte es keine Rolle, ob es sich um das Christentum, den Islam, das Judentum, den Hinduismus oder sogar heidnische Religionen handelte. Alle schufen sich ihre ganz eigenen Wahrheiten, die sie dann immer wieder zu ihrem eigenen Vorteil falsch auslegten.

Aber alles Gute hat einmal ein Ende.

Für die katholische Kirche kam das Ende im Laufe des Jahres 1522, als Martin Luther das Neue Testament aus dem Lateinischen ins Deutsche zu übertragen begann. Zum ersten Mal konnten die Menschen Gottes Wort lesen und feststellen, dass die Kirche, Ablässe, Sünden, Kardinäle oder Päpste dort nicht erwähnt wurden. Sie konnten das Lukasevangelium lesen, in dem deutlich geschrieben stand, dass das Königreich Gottes in einem selbst zu finden sei, oder die Römerbriefe, in denen zu lesen war, dass der Geist Gottes in einem selbst wohne. In beiden Texten wurde außerdem kein anderer Ort erwähnt, an dem Gott angeblich residierte. Vor Luther konnte die Heilige Schrift nur von den Priestern gelesen und von der Kirche interpretiert werden, beide wirksame Werkzeuge der Machtausübung.

Genau das, was Konstantin geraten hatte.

Die Priesterschaft soll ein eigener Stand werden. Die Führung der Priester obliegt letztendlich natürlicherweise mir, weil Religion ein lebenswichtiger Bestandteil der Politik ist. Die erste Pflicht des Staates ist es, gottgefällig zu sein und für ein gutes Verhältnis Gottes mit dem Volk zu sorgen. Die Pflicht des Priesters ist es, für ein gutes Verhältnis des Volkes zu mir zu sorgen.

Konstantin wollte die Bischöfe einigen. Er wollte, dass seine neue Religion zu einer Konstante wurde. Das passte, weil sein eigener Name »standhaft« bedeutete. Er begriff, dass aus der Konsistenz Vertrauen erwuchs und dass die Menschen unkritisch glauben würden, sobald sie Vertrauen gefasst hatten.

Das machte er am Ende seines Geschenks klar.

Und tatsächlich wurde Abraham, der ein gerechter Mann war, von Gott prophezeit, wie es in kommenden Zeiten jenen ergehen sollte, die ebenso gerecht waren wie er. Die Prophe-

zeiung lautete wie folgt: Und in dir sollen alle Stämme der Erde gesegnet sein. Auch wird von dir ein mächtiges und großes Volk entstammen, und in ihm sollen alle Nationen der Welt gesegnet sein.

Und was sollte dann jene, die Christen sind, davon abhalten, auf die gleiche Weise zu leben und nur eine und die gleiche Religion zu haben wie jene gottgesegneten Männer in alten Zeiten? Es liegt auf der Hand, dass uns durch die Lehre Christi die perfekte Religion zum Geschenk gemacht wurde. Doch wenn die Wahrheit gesagt werden soll, dann soll sie als die wahre Religion mit einer Stimme sprechen. Ich hoffe, dass diese Direktiven uns alle zu diesem Ergebnis führen werden.

Es war eine klare Vereinbarung gewesen. Bleibt euch einig und gehorcht seinen Befehlen, dann wird das Christentum aufblühen. Bei Spaltung und Ungehorsam erlosch der kaiserliche Schutz. Dann würden sich die Christen dort wiederfinden, wo sie vor Nicäa waren. Ausgestoßen und verfolgt.

Keine große Auswahl.

Anfangs wurden Kirchen von Evangelisten gegründet, die von Stadt zu Stadt zogen und Gemeinden ins Leben riefen, die isoliert waren und einen großen Zusammenhalt hatten. Jede davon wurde zu einer eigenen Religion. Allmählich erwuchsen aus diesen Gemeinden Vorsteher, die nichts Besonderes oder besser als die Gemeindemitglieder waren, sondern lediglich in der Gemeinde dienten. Ihr Alter und ihre Erfahrung qualifizierten sie für diese Aufgabe, es hatte nichts mit Macht oder Durchsetzungsfähigkeit zu tun. Doch Konstantin schien begriffen zu haben, welche politischen Möglichkeiten diese Gemeindevorsteher boten. Er betrachtete sie als Chance, sich vor Ort ein Heer von Gefolgsleuten heranzuziehen, von Männern, die nicht mit dem Schwert kämpften, aber die Herzen und Köpfe der Menschen beeinflussen konnten.

Das war schlau.

Pollux kannte die Geschichte seiner Kirche.

Konstantin verschaffte dem Klerus ein besonderes Ansehen. Er gewährte ihnen ein festes Jahreseinkommen und befreite sie von der Steuer. Die Kleriker brauchten keinen Militärdienst zu leisten oder sonstige Arbeiten zu verrichten, die für das Volk verbindlich waren. So wurde der Klerus zu einem besonderen Stand und musste sich nicht weltlichen Gesetzen oder kaiserlicher Rechtsprechung unterwerfen. Die Geistlichen kleideten sich anders und trugen eine andere Haartracht. Man erwartete von ihnen, über den wahren Glauben zu wachen, und sie wurden mächtiger als die lokalen Gouverneure. Eine spirituelle Elite von Klerikern, denen Begabungen und Segnungen nachgesagt wurden, über die andere nicht verfügten. Deshalb überraschte es nicht, dass sich so viele Männer plötzlich zu kirchlichen Ämtern berufen fühlten.

Doch trotz all dieser Privilegien führte die Kirche fast 500 Jahre lang ein Schattendasein. Nach Konstantins Tod zerstörten seine Erben das Reich. Es wurde geteilt, der östliche Teil wurde zu Byzanz, der westliche blieb römisch. Auch das Christentum spaltete sich. Und obwohl es überall in Europa, Asien und Afrika Bischöfe gab, fing der Bischof Roms an, sich an die Spitze der Kirche des Westens und über die anderen zu stellen. Er führte seine Traditionslinie bis auf St. Petrus zurück und verlieh sich einen heidnischen Titel: *Pontifex maximus.* Oberster Brückenbauer.

Am Weihnachtstag des Jahres 800 nach Christus war die Kirche bereit zu expandieren.

Es geschah in Rom, als Kaiser Karl der Große zum Gebet niederkniete. Papst Leo III. setzte die Kaiserkrone auf den Kopf des Königs, dann salbte er die Füße des neuen Herrschers. Die Geschichtsschreibung behauptete gern, das ganze Ereignis sei spontan abgelaufen. Aber das tat es mitnichten, denn alles war vorausgeplant gewesen. Ein christlicher Herrscher konnte kein Gott sein. Das schmeckte nach Heidentum. Er konnte aber von Gott *erwählt* sein und so zum Bindeglied zwischen Himmel und Erde werden. Durch einen meisterlichen Schachzug wurde der König der Franken zum ersten Kaiser des Heiligen Römischen Reiches, und die Kirche wurde zum Mittel, mit dem jeder Anspruch auf diesen Thron legitimiert wurde.

Eine klassische Win-Win-Situation.

Die die Welt veränderte.

Bis auf ein winziges Gebiet gelangte Europa schrittweise unter römische Kontrolle. Die katholische Kirche wurde für die nächsten 800 Jahre zur dominanten Macht auf der Welt. Sie löschte systematisch alle abweichenden spirituellen Überzeugungen aus und nahm ihren Platz ein. Jede konkurrierende Religion wurde vernichtet.

Sie unterdrückte die Suche nach Erkenntnis, verfolgte Mystiker und Häretiker und zwang ganze Völkerscharen dazu, sich zum christlichen Glauben zu bekennen. Gleichzeitig nahm sie ihren Anhängern den Glauben an Prophezeiungen, Träume, Reinkarnation, Meditation und Heilung. Sie verlangte die Kontrolle über das tägliche Leben, indem sie sich auf gottgegebene Herrschaftsansprüche berief, danach dominierte sie jeden Augenblick im Leben der Gläubigen.

Ein virtueller Würgegriff.

Um die Heerscharen von Kirchenleuten auch als etwas Besonderes erscheinen zu lassen, dachte sich die Kirche das Sakrament der Priesterweihe aus, dem römischen Brauch nachempfunden, mit dem Männer in hohe Verwaltungsposten eingesetzt wurden. Dass im Neuen Testament nie die Rede von Auserwählten war, denen das Predigen vorbehalten sein sollte, stand nie zur Debatte, oder dass nur die, die Priesterweihe empfangen hatten, taufen durften. Der persönliche Zugang zu Gott, den die Bibel bot, wurde durch die starren Regeln der Kirche ersetzt.

Und jetzt wusste Pollux, wo alles begonnen hatte.

Konstantins Geschenk.

Kein Wunder, dass die Kirche das Dokument nie an die Öffentlichkeit gelangen lassen wollte. Was hätte schneller zu einem Kontrollverlust geführt als das Eingeständnis, dass alles eine Illusion war? Es hätte eine Katastrophe für ihr öffentliches Ansehen bedeutet, wenn die Massen erfahren hätten, dass keine der sogenannten Kirchenlehren göttlichen Ursprungs war, sondern allein von Menschen zum Nutzen von Menschen erschaffen wurde. Alle Angst hätte sich in Luft aufgelöst. Wunderglaube wäre im Keim erstickt worden. Die Vernunft hätte das Irrationale ersetzt.

Er starrte auf die beiden Pergamente.

Was würde die moderne Welt vom Geschenk Konstantins halten?

Eine exzellente Frage.

In den alten Zeiten verließ sich die Kirche auf Ignoranz und Angst. Die Moderne erforderte weitaus mehr. Bildung war keine Seltenheit mehr. Fernsehen, Radio und Internet beherrschten die Gedanken der Menschen. Was würde die moderne Welt denken, wenn sie erführe, dass ein römischer Kaiser vor 1700 Jahren die Struktur einer neuen Religion geschaffen hatte, die im Mittelalter aufblühte und dazu diente, den Gehorsam der Gläubigen zu sichern und ihre eigene Bedeutung zu verkünden? Keine göttlichen Eingebungen. Keine himmlische Fügung. Kein direkter Draht zu Gott. Nur ein paar Männer, die hoch hinaus wollten und Macht für sich beanspruchten.

Er konnte sich vorstellen, dass eine solche Enthüllung nicht willkommen war.

Doch hätte sie das Ende bedeutet?

Schwer zu sagen.

Es stand jedenfalls fest, dass in einer Welt, in der die Religion an Bedeutung verlor und der Glaube an Autoritäten schwand, in der die Menschen die Kirche weitaus schneller verließen, als sich ihr anzunähern, der Nachweis, dass die ganze Sache manipuliert war, nicht gut gewesen wäre. Kastor war der Meinung gewesen, dass es ausgereicht hätte, um wichtige Kardinäle dazu zu erpressen, seine Kandidatur zu unterstützen. Die Drohung hatte im Mittelalter bei einer ganzen Reihe von Päpsten gegriffen, von denen die meisten unmoralisch und korrupt waren. Sie hatte in den 1930er Jahren bei zwei weiteren Päpsten namens Pius funktioniert, die in unsicheren Zeiten in einer Welt amtierten, die sich im Kriegszustand befand. Ob die Drohung auch heutzutage Wirkung zeigte? Vielleicht. Vielleicht auch nicht.

Hilfreich würde sie bestimmt nicht sein.

Glücklicherweise besaß er jetzt Spagnas USB-Stick voller belastender Informationen über wichtige Kardinäle.

Das würde mit Sicherheit wirken.

Der Jet ging in den Landeanflug über.

Er lehnte sich in seinem Ledersessel zurück, legte die Fingerspitzen gegeneinander und stützte sein Kinn darauf ab. Versuchte, die Angst zu kontrollieren, die ihn zu überwältigen drohte. Seine Augen brannten. Seine Nerven waren aufs Äußerste gespannt. Dass es schiefging – nun, das war nie ganz auszuschließen. Dieses Element des ... Zufalls. Das Risiko, einen Fehler zu begehen. Es hätte angesichts der Sünden, die er begangen hatte, katastrophale Auswirkungen haben können. Zum Glück war er jemand, der sich absicherte.

Das war er schon immer gewesen.

Draußen war die Sonne im Osten über den Horizont gestiegen.

Der Tag war angebrochen.

Wenn alles plangemäß lief ...

Morgen Abend oder spätestens am Tag darauf sollte er Papst sein.

64

Cotton schaute zu Luke Daniels hoch.

Der lächelte.

Damit hatte er schon gerechnet.

»Haben Sie sich ein bisschen in die Bredouille gebracht?«, fragte Luke.

»Könnte man so sagen. Meine eigene Schuld, aber weh tut es trotzdem.«

Er hatte den Boden der Grube bereits mit dem Licht seines Handys untersucht. Es gab absolut kein Signal nach draußen, was nicht überraschend war, wenn man sich die Felswände um ihn herum ansah. Die beiden Leichen lagen quer aufeinander, seitlich daneben die Schaufel. Wie er bereits vermutet hatte, war ein Bereich des Bodens erst kürzlich bearbeitet worden, denn seine Farbe und Beschaffenheit unterschieden sich vom Rest. Das musste er allerdings noch genauer untersuchen.

»Woher wussten Sie, dass ich komme?«, fragte Luke von oben.

»Das wusste ich nicht. Aber ich bin davon ausgegangen, dass Sie irgendwann entweder mit Stephanie oder dem Kurator der Kathedrale reden würden und Ihnen einer von beiden sagt, wohin ich gegangen bin. Stephanie hat mir von Laura Price erzählt und was Sie getan haben.«

»Die Entität wollte, dass Pollux Gallo stirbt. Wissen Sie, weshalb?«

»Darüber habe ich mir tatsächlich schon einige Gedanken gemacht. Haben Sie jemanden von hier wegfahren sehen?«

»Einen Mann«, antwortete Luke. »Er trug einen Sack und

einen Klappstuhl. Aber ich war zu weit entfernt, um zu sehen, wer es war.«

»Ich kann mir denken, dass er auf dem Weg zum Flughafen ist und von da aus nach Rom will.«

»Dann ist es also der Kardinal?«

Er betrachtete die makabre Szenerie rings um ihn, die von der Dunkelheit verhüllt wurde. Dann nahm er die Schaufel.

»Da oben müsste irgendwo ein Seil herumliegen«, sagte er. »Nehmen Sie es, um damit nach unten zu klettern.«

Luke tat, was Malone von ihm verlangte, und ließ das Seil über die Kante und in das Dunkel der Grube hinab. Er war nicht gerade scharf darauf, wieder in einem Loch in der Erde zu verschwinden, doch er ging davon aus, dass Malone seine Gründe hatte. Deshalb kletterte er hinunter.

»Etwas voll hier, finden Sie nicht«, sagte er, unten angekommen, als er die beiden Leichen sah.

»Räumen wir sie mal an den Rand.«

Sie wuchteten die Körper auf eine Seite.

Malone holte sein Handy heraus und schaltete die Taschenlampe ein. Luke konnte sehen, dass die Erde erst kürzlich bewegt worden war.

»Hat hier jemand gegraben?«, fragte er.

»Sieht so aus.«

Malone kniete sich hin und bearbeitete die Erde mit der Schaufel.

»Was glauben Sie, was das ist?«

»Nicht was – wer.«

»Was geht hier vor sich, Pappy?«

Malone grub weiter. »Als ich ein Kind war, haben ein paar von uns nachts im Wald gezeltet. Ich war der Jüngste, ungefähr neun oder zehn, und es war das erste Mal, dass ich unter freiem Himmel schlafen durfte. Nachdem wir das Lager aufgebaut und zu Abend gegessen hatten, brachten mich die anderen auf ein dunkles Feld und gaben mir einen Kopfkissenbezug. Sie erzählten mir, dass es auf dem Feld Wachteln gebe, dunkle, pelzige Geschöpfe, die in der Nacht herumstreiften und nach Nahrung suchten. Sie würden eine großartige Mahlzeit abgeben und wie Huhn oder Truthahn schmecken. Sie wollten eine fangen und grillen, deshalb brachten sie mir den Ruf des Tieres bei. Es war ein unmögliches Geräusch. Sie trugen mir auf, Ausschau zu halten und dabei ständig den Ruf zu wiederholen. Falls eine Wachtel angelaufen käme, sollte ich sie mit dem Kopfkissenbezug einfangen. Sie ließen mich allein in der Dunkelheit zurück und sagten, sie würden die Wachteln in meine Richtung treiben, um es einfacher zu machen. Ich glaubte jedes Wort, deshalb stand ich da, machte diese unmöglichen Geräusche und wartete auf eine Wachtel, während sie in den Bäumen hingen, mich beobachteten und sich kaputtlachten.«

Er kicherte. »So etwas hätte mir auch passieren können. Wie viele haben Sie gefangen?«

»Sie kennen die Antwort. Sie wollten mich mit dem Auftrag nur auf den Arm nehmen. Hier war es genauso. Man hat mich auf eine verdammte Wachteljagd geschickt.«

Malone hörte auf zu graben. »Ich bin auf etwas gestoßen.«

Luke kam näher, und gemeinsam räumten sie die Erde beiseite. »Der Mann, der hier weggefahren ist, war Pollux Gallo«, sagte Malone. »Er hat mit diesen Männern gebetet und sie dann kaltblütig erschossen. Er hatte keine Ahnung, dass ich hier unten bin, sonst hätte er mich auch abgeknallt. Aber ich habe klugerweise den Mund gehalten.«

Sie gruben weiter, bis sie ein Gesicht freigelegt hatten.

Kastor Gallo.

»Die einzige Erklärung ist«, sagte Malone, »das Pollux auf den Papstthron will. Als sein Bruder Kastor. Ich habe ihn gesehen. Er hat sein Aussehen verändert, das Haar geschnitten und den Bart rasiert. Jetzt ist er ein Kardinal.«

»Wirklich ganz schön kaltblütig. Das muss man ihm lassen.«

»Ich habe gehört, dass Sie heute Nacht auch ziemlich kaltblütig gewesen sind.« Malone hielt inne.

Luke konnte sehen, dass Malone etwas durch den Kopf ging. »Was ist los?«

»Gallo hat keine Ahnung, dass wir ihm auf den Fersen sind. Sie haben gesehen, wie er aufgebrochen ist. Wirkte er eilig?«

»Überhaupt nicht.«

»Das bedeutet, wir haben einen Trumpf in der Hand. Er bildet sich ein, ihm steht jetzt niemand mehr im Weg, und er braucht sich nicht abzusichern. Jetzt sind wir unsichtbar.«

Malone begann, Erde ins Loch zurückzuschaufeln. »Wir müssen das hier wieder abdecken, damit keiner erfährt, dass wir ihnen auf die Schliche gekommen sind.«

Luke erinnerte sich an andere Gelegenheiten und zeigte mit dem Finger auf ihn. »Sie spielen gern die Leiche.«

»Es bietet manchmal große Vorteile.«

Pollux starrte aus dem Fenster.

Während des Landeanflugs war die Sonne über Süditalien aufgegangen. Nachdem er die beiden Pergamente durchgelesen und sie im Kopf grob übersetzt hatte, wandte er sich dem USB-Stick ausführlicher zu und prägte sich viele der schmutzigen Details über die Kardinäle ein. Er wollte seine Informationen bei der ersten sich bietenden Möglichkeit nutzen. Im Gegensatz zu Kastor kannte er keinen der Männer persönlich, doch er musste so tun als ob.

In der Ferne, im Dunst der Morgensonne und mitten im Gewirr von Rom erkannte er die Kuppel des Petersdoms. Sie war noch aus mehreren Kilometern Entfernung beeindruckend und galt zu Recht als das berühmteste Bauwerk der Renaissancearchitektur. Und obwohl der Petersdom weder eine Mutterkirche noch eine Kathedrale war, wurde ihm dennoch die Ehre zuteil, zu den heiligsten Schätzen der Christenheit gezählt zu werden.

Die gleiche Ehre würde eines Tages vielleicht auch Kastor Pollux widerfahren.

Ein obskurer Kardinal, der zu einem großartigen Papst wurde.

Er fand es ironisch, dass er trotz seiner Transformation immer noch von Kastor abhängig war, um Erfolg zu haben. Aber wenigstens hatte er jetzt die totale Kontrolle. Was für eine Art von Papst wollte er sein? Schwer zu sagen. Er glaubte nicht an Gott, und an der Religion interessierte ihn nur, wie er sie zu seinem Vorteil nutzen konnte. Zum Glück hatte er die Kirche detailliert studiert und Kastors unzähligen Vorträgen genau zugehört. Er war zur Führung bereit. Und führen würde er. Pragmatisch und entschlossen.

Das *Constitutum Constantini* hatte ihm die Augen geöffnet.

Es war buchstäblich ein Konstruktionsschema für Religionen.

Kümmere dich zuerst um eine konsistente Lehre, das Neue Testament genannt, mit ausgewählten Evangelien, die von einem universellen Glauben reden. Genau das hatten die Bischöfe in Nicäa getan. Behaupte danach, dass jeglicher andere Glaube Ketzerei sei und nicht ernst genommen zu werden brauche. Jeder, der anderer Auffassung sei, sollte exkommuniziert werden. Um den Dogmen noch mehr Nachdruck zu verleihen, entwerfe man das Konzept der Sünde und füge hinzu, dass die Seele zur ewigen Verdammnis im Höllenfeuer verurteilt werde, wenn sie keine Vergebung erlange. Dass im Alten Testament von der Hölle nie die Rede war, spielte keine Rolle. Es reichte aus, sie im Neuen Testament zu erschaffen und dann zu benutzen, um Loyalität und Gehorsam zu zementieren.

Am schnellsten erhält man treue Schäfchen, wenn man

behauptet, dass jeder Mensch mit der *Erbsünde* geboren wird, die Adam als Strafe dafür auferlegt wurde, dass er vor Gott in Ungnade gefallen war. Um von jener *Erbsünde* freigesprochen zu werden, muss ein Mensch sich der Taufe unterziehen, die nur von einem Priester vorgenommen werden kann, der von der Kirche die Priesterweihe empfangen hat. Wer sich von jener Sünde nicht freiwäscht, verdammt seine Seele zur Hölle. Schaffe weitere Sakramente, um die Menschen ihr ganzes Leben lang von der Kirche abhängig zu machen. Die Heilige Kommunion für Kinder. Die Konfirmation für Jugendliche. Die Hochzeit für Erwachsene. Letzte Riten am Sterbebett. Der Einfluss reicht von der Wiege bis zur Bahre und erfasst jeden Aspekt eines Menschenlebens – und jede entscheidende Lebensstation hängt einzig und allein davon ab, ob die Regeln der Kirche eingehalten werden. In der Zwischenzeit bietet das Sakrament der Beichte die Chance, sich von Sünden zu reinigen und seine Zeit in der Hölle zu verkürzen – diese Vergebung kommt natürlich nur aus einer einzigen Quelle.

Der Kirche.

Falls sich eine einzelne Person, eine Gruppe, eine Nation oder sonst irgendwer widersetzt, muss die Opposition vernichtet und so schwer wie möglich bestraft werden, Folter, Hinrichtung und Völkermord eingeschlossen.

Falls die Zeiten Änderungen erforderlich machen, mögen sie geschehen. Nötigenfalls passe man sämtliche Lehren an. Und das hatte die Kirche getan. Oft. Es begann mit Nicäa und setzte sich in anderen ökumenischen Konzilen und unzähligen päpstlichen Erlassen fort. Veränderung war gut – nur nicht zu schnell, wie Konstantin gewarnt hatte.

Um das Ergebnis jeder Debatte von vornherein abzusichern, behaupte man, dass der Papst in allen spirituellen Dingen unfehlbar sei und keinen Irrtum begehen könne.

Dieser Teil gefiel ihm sehr gut.

Und falls es doch zu einem Fehler kam, bezichtigte man den Teufel, an allem schuld zu sein. Eine weitere Schöpfung des Neuen Testaments. Ein erfundener Erzfeind, den man für alles Schlechte verantwortlich machen konnte. Die Gläubigen mussten glauben, dass ihnen die Hölle gewiss war, wenn sie auf die Einflüsterungen des Teufels hörten.

Was für ein perfektes, sich selbst erhaltendes Konzept.

Und niemand stellte das alles ernsthaft infrage, bevor im 16. Jahrhundert Martin Luther auf den Plan trat.

Selbst die ersten Worte des sogenannten Vaterunsers waren reine Heuchelei.

Vater unser, der du bist im Himmel ...

In welchem Himmel? Im Alten Testament war davon keine Rede. Der Himmel existierte nur, weil die frühen Kirchenväter sich von den Juden abheben wollten. Deshalb wohnte ihr Gott im Himmel. Und außerdem: Hätten sie den Menschen erzählt, dass das Königreich Gottes allein in ihnen selbst zu finden sei, wie die Bibel es behauptete, dann hätte es nicht lange gedauert, bis selbst die des Lesens Unkundigen begriffen, dass man die Kirche nicht brauchte.

Was für ein hervorragendes Konzept. Es wurde so effektiv umgesetzt, dass auch heute noch, Jahrhunderte später, nur wenige Menschen eine Vorstellung davon haben, wie alles begann.

Unter diesen Umständen wäre das *Constitutum Constantini* reines Gift.

Er hatte die Zahlen gesehen. Die Mitgliederzahlen der römisch-katholischen Kirche sanken jährlich um einen zweistelligen Prozentsatz. Von den Katholiken, die übrigblieben, gingen weniger als zwanzig Prozent weltweit regelmäßig zur Kirche. Noch schockierender war, dass unter jenen zwanzig Prozent, die den Gottesdienst besuchten, einer kürzlich durchgeführten Umfrage zufolge achtzig Prozent der Meinung waren, dass jeder Mensch seine eigenen spirituellen Glaubensgrundsätze jenseits der organisierten Religion herausarbeiten sollte. Man stelle sich nur vor, was geschähe, wenn sie erführen, dass das meiste von dem, was sie für göttlichen Ursprung hielten, nach den Wünschen eines römischen Kaisers geformt war.

Nicht auszudenken.

Zum Glück würden sie es nie erfahren.

Sobald das Konklave vorbei und er Papst war, würde Konstantins Geschenk verbrannt werden. Dann konnte seiner Position als Papst nichts und niemand mehr gefährlich werden.

Doch bis es so weit war, wollte er das Dokument behalten.

Nur für den Fall der Fälle.

65

Cotton stand auf dem Rollfeld des internationalen Flughafens von Malta. Er und Luke waren mit ihren Fahrzeugen von der Kapelle hergefahren und hatten herausgefunden, dass ein Privatjet die Insel vor drei Stunden verlassen hatte und bereits in Rom gelandet war. Mit Kastor Kardinal Gallo an Bord. Er rief Stephanie via Handy an und stellte das Gerät laut. Sie standen draußen im Morgenlicht.

»Gallo ist jetzt im Vatikan«, sagte Stephanie.

»Wenigstens wissen wir genau, wo er ist«, bemerkte Cotton.

»Gibt es schon irgendetwas über die Kerle, die ich ausgeschaltet habe?«, fragte Luke.

»Wir suchen noch nach Namen. Anhand ihrer Fotos gab es bisher keine Treffer.«

»Das waren bestimmt gedungene Gehilfen, die Pollux Gallo auf seine Seite gezogen hat«, sagte Cotton. »Männer, die sich einbildeten, für den nächsten Papst zu arbeiten. Gallo hat kein Geld, deshalb müssen sie aus anderen Gründen mitgemacht haben. Leider ist ihnen ihre Abfindung ein wenig zu Kopf gestiegen.«

Er sah auf die Uhr.

08.45 Uhr morgens.

»Der Jet des Justizministeriums ist noch hier auf Malta«, sagte Stephanie. »Ich kann ihn startklar machen lassen. Das dauert keine Stunde.«

»Tun Sie das«, sagte er.

»Und der Kardinal?«, fragte Luke.

»Halten Sie ihn an der langen Leine. Tun Sie nichts, was ihn beunruhigen könnte. Bevor wir etwas unternehmen, müssen wir uns sicher sein.« Cotton machte eine Pause. »Absolut sicher.«

»Dann müssen Sie beide getrennt operieren«, sagte sie. »Luke, fahren Sie zurück und holen die Leichen Gallos und der beiden anderen aus der Grube. Cotton, Sie fahren nach Rom. Bis Sie dort angekommen sind, wissen wir genau Bescheid.«

Pollux stieg aus dem Wagen und stand vor dem Domus Sanctae Marthae. Das fünfgeschossige blassblaue Gebäude stand im Schatten des Petersdoms und diente normalerweise als Gästehaus für geistliche Besucher. Sogar Papst Franziskus hatte mal dort geweilt, denn er zog das rege Leben und die asketische Strenge dort der Isolation und dem Luxus der päpstlichen Gemächer vor. Während eines Konklaves stiegen für gewöhnlich die teilnehmenden Kardinäle dort ab. Es wurde von den Töchtern der christlichen Liebe vom heiligen Vinzenz geführt, hatte insgesamt 128 Zimmer, einen Speisesaal und zwei Kapellen. Es war alles andere als luxuriös, nicht mehr als ein Ort zum Essen, zum Schlafen und zum Beten, aber trotzdem weitaus komfortabler, als wenn man sich auf Pritschen ausstrecken musste, die nur durch aufgehängte Tücher voneinander getrennt waren, so wie es bei vorangegangenen Konklaven noch der Fall gewesen war.

Sämtliche Fensterläden der vielen Fensterreihen waren geschlossen. Er wusste, dass auch die Internet- und Telefonleitungen ausgeschaltet und blockiert werden würden, damit die Kardinäle isoliert blieben, wie es die Regeln des Konklaves vorschrieben.

Links und rechts vom Eingang standen zwei Schweizergardisten Wache. Sie waren in farbenprächtige Rüschen und Kniebundhosen gekleidet und trugen einen Umhang. Er befand sich jetzt im eigentlichen Vatikan, hinter den Toren und den Menschenmassen auf dem Petersplatz. Tausende Menschen hatten sich bereits zu Beginn des Konklaves eingefunden. Sie würden dort Tag und Nacht ausharren und darauf warten, dass aus dem Schornstein über der Sixtinischen Kapelle weißer Rauch aufstieg und die Wahl eines Papstes signalisierte.

Er nahm seinen Mut zusammen und ging auf den Eingang zu.

Kastors Assistent wartete vor der Glastür.

Sein erster Test.

»Eminenz«, sagte der Priester und machte eine leichte Verbeugung. »Willkommen. Ihr Zimmer ist bereitet. Ich zeige Ihnen den Weg.«

Er nickte dankbar und folgte dem jungen Mann hinein.

Luke fuhr zur Kirche von St. Magyar zurück. Es war schwer, sich auf dieser Insel zu verfahren, denn sie war kleiner als seine Heimat Blount County in Tennessee.

Er fragte sich, was seine Mutter wohl gerade machte. Sie lebte allein, sein Vater war schon vor langer Zeit verstorben. Zwei seiner Brüder lebten in ihrer Nähe und hielten ein Auge auf sie. Sie lebte von der Sozialversicherung und den Ruhestandsbezügen seines Vaters, aber Luke sorgte dafür, dass es ihr nie an Geld fehlte. Auch wenn sie es ihm nicht leicht machte, sich um sie zu kümmern. Sie war eine stolze Frau, die niemandem zur Last fallen wollte. Aber er hatte mit ihrer Bank eine Vereinbarung getroffen und konnte telefonisch Geld auf ihr Konto überweisen.

Sie konnte es nicht zurückschicken.

Obwohl sie das schon versucht hatte.

Er verlangsamte sein Tempo, als er in eine Stadt hineinfuhr. Ackerland und Weinberge umgaben Läden und Geschäfte, die alle etwas mit Landwirtschaft zu tun zu haben schienen.

Jetzt konnte er sich endlich konzentrieren und seinen Aufgaben widmen.

Er stoppte an einer Kreuzung, dann bog er in Richtung Pwales-Tal ab.

Pollux bewunderte die Gewänder, die auf dem Bett ausgebreitet waren. Eine lange Soutane, Mozzetta, Zucchetto und Biretta, alle in Scharlachrot, als Symbol für das Blut, das ein Kardinal angeblich für seinen Glauben zu vergießen bereit war. Das Rochett – das Chorhemd bzw. der Chorrock des katholischen Geistlichen – war traditionell weiß. Kastors einfache gestickte Spitze signalisierte, dass er weder ein Amt innehatte noch für eine Diözese zuständig war. Andere trugen prunkvollere Ausführungen, die ihnen ihre Gemeinden zum Geschenk gemacht hatten. Aber sie waren immer weiß. Pollux trug bereits den Kardinalsring, eine Goldkette mit einem Kruzifix lag noch auf dem Bett zum Anlegen bereit. Kastors Assistent, ein Priester, mit dem er früher schon als Pollux zu tun gehabt hatte, hatte keine Sekunde gezögert und ging davon aus, dass der Kardinal selbst eingetroffen war.

»Ist alles in Ordnung?«, fragte der Priester auf Italienisch.

Er sah vom Bett weg. »Ja, perfekt.«

Das Schlafzimmer war von mustergültiger Schlichtheit, nur das Bett und ein Nachtisch mit einem einfachen Kruzifix an einer cremefarbenen Wand. In der Ecke stand ein Stummer Diener, an den er seine Sachen hängen konnte, es gab einen polierten Parkettfußboden ohne Teppich. Das Wohnzimmer war ebenso streng; dort standen ein Tisch, drei Stühle und ein Büfett an einer Wand. Es gab keinen Wandschmuck. Auch hier bedeckte nichts den Parkettfußboden. Beide Räume rochen etwas muffig und bewohnt, dazu kam ein leichter, männlicher Moschusduft.

»Sie sollten sich schnell umziehen«, sagte sein Assistent. »Der Zeitplan ist eng getaktet. Die Messe im Petersdom beginnt in weniger als einer Stunde. Danach werden die Kardinäle, anders als sonst, gleich zur Capella Paolina weiterziehen und dann die Prozession zur Sixtinischen Kapelle beginnen.«

Er hatte die vier Pergamente mitgebracht, sicher in dem Reliquiar im Seesack verstaut, den man ihm aufs Zimmer gebracht hatte. Sie würden hierbleiben. Das Geschenk Konstantins konnte er vielleicht später noch brauchen, wenn zur Nachtruhe alle hierher zurückkehrten. Sein Laptop befand sich ebenfalls in dem Sack, und den USB-Stick verwahrte er sicher in seiner Hosentasche, wo er den restlichen Tag über auch bleiben sollte. Er würde am späteren Abend mit Sicherheit noch ins Spiel kommen.

»Lassen Sie mich allein«, sagte er.

Der Assistent zog sich zurück und schloss die Tür hinter sich.

Er starrte auf die scharlachroten Gewänder.

Ein Kardinal.

Das war einmal ein Titel, der den zweiten Söhnen und Ministern ambitionierter Monarchen verliehen wurde, doch heute wurden damit überwiegend Menschen aus der Kurie bedacht. Das Amt wurde nirgendwo in der Bibel oder den Lehren Christi erwähnt. Es war komplett von der Kirche geschaffen worden. Der Name leitete sich vom lateinischen *cardo* ab. Scharnier. Weil die Wahl eines Papstes von ihren Überlegungen abhing.

So wie jetzt.

Er lächelte.

Es war an der Zeit, die Transformation zu vollenden.

66

Luke betrat zum wiederholten Mal die *Guva*-Kammer. Die Vordertür der Kapelle war noch immer zersplittert, sodass man leicht hineinkam. Malone hatte ihm erzählt, dass die Malteserritter Besitzer des Gebäudes waren und über die gesamte Situation informiert werden würden, sobald er sich in Rom befand. Er konnte nur hoffen, dass sie ihm die Schäden nicht in Rechnung stellten.

Es hätte ihm etwas ausmachen können, dass Malone die Führung übernommen hatte und zum Vatikan entsandt wurde, während man ihn in dieses Erdloch mit den Leichen zurückschickte. Aber es belastete ihn nicht. Er war ein Teamspieler. Das war er schon immer. Stephanie hatte ihn hierhergeschickt, und er tat, was sie von ihm verlangte. Pappy kümmerte sich um die Dinge in Rom, und gemeinsam würden sie den Job erledigt bekommen.

Und nur darauf kam es an.

Er gab Harry Truman recht: *Es ist erstaunlich, was man erreichen kann, wenn einem egal ist, wer dafür die Lorbeeren einheimst.*

Er stand am Rand des Lochs und starrte in die schwarze Leere hinunter. Das Seil war noch am Pfahl festgebunden und schlängelte sich nach unten. Er hielt sich daran fest und positionierte seine Füße an der Seitenwand. Es war für ihn leicht hinunterzusteigen. Seine Augen begannen sich an die Dunkelheit anzupassen, und er sah auf den Boden hinunter.

Keine Leichen.

Keine Schaufel.

Er erstarrte.

Wohin zum Teufel waren sie verschwunden?

Er hatte draußen keine anderen Menschen oder Fahrzeuge gesehen. Aber die Stelle, wo er vorhin zusammen mit Malone gegraben hatte, sah anders aus, der Bereich war größer und nahm fast den gesamten Boden ein. Hier hatte jemand geschaufelt. Oben im Licht sah er plötzlich kurz einen Schatten. In seinem Kopf läuteten die Alarmglocken. Er stemmte die Füße gegen die rauen Wände und arbeitete sich schnell wieder am Seil hoch. Als er oben ankam und sein Kopf über die Kante ragte, sah er einen Mann, der ihm den Rücken zukehrte und das Seil mit einem Messer bearbeitete.

Verdammt.

Das Hanfseil riss.

Er streckte die linke Hand nach oben und grub die Finger in den harten Boden. Sie konnten sein Gewicht kaum halten. Er hörte Schritte in seine Richtung schlurfen, zog sich hoch und sah Kevin Hahn, der seinen rechten Arm in einem Bogen herunterschwenkte. Er hielt ein Messer und zielte damit auf seine Hand.

Mist.

Er drehte sich, schwenkte herum und klammerte sich mit der rechten Hand an die Kante, sodass er die andere Hand wegreißen, aber trotzdem noch sein Gewicht abstützen konnte.

Die Klinge drang in den harten Boden. Die Finger seiner rechten Hand schmerzten. Hahn wollte die Klinge herausziehen, um erneut angreifen zu können. Da stützte Luke sich mit beiden Händen ab und drückte sich hoch. Er schaffte es, ein Knie nach oben zu bringen. Mit der linken Hand bekam er Hahns Knöchel zu fassen und riss das Bein unter ihm weg.

Dann rollte er aus der *Guva* heraus.

Hahn sprang auf die Füße und schwenkte das Messer.

Luke stand auch auf. »Wollen wir das ernsthaft tun?«

»Dann zeigen Sie mal, was Sie draufhaben.«

Er betrachtete die Klinge mit gebührendem Respekt, obwohl er ja schon oft mit Messern zu tun gehabt hatte. Welcher Landjunge aus Osttennessee, der auf sich hielt, war nicht ab und zu für einen guten Kampf zu haben? Außerdem hatte er jede Menge Fragen an diesen Mistkerl.

Hahn holte ein paar Mal nach ihm aus, was er zuließ, um die Fähigkeiten seines Gegners besser abschätzen zu können. Besonders ausgeprägt waren sie nicht, das war überraschend angesichts des Jobs, den er hatte. Vielleicht waren zu viele *Ftira* und zu viele Stunden am Schreibtisch dafür verantwortlich.

»Haben Sie diese Leichen vergraben?«, fragte er.

Hahn antwortete mit der nächsten Messerattacke.

Jetzt reichte es. Er wich einen Schritt zurück und ließ Hahn nachsetzen. Dann täuschte er mit der Linken, schwenkte aber in die Gegenrichtung und verpasste Hahn mit der rechten Faust einen kräftigen Schwinger ans Kinn. Hahns Kopf wurde nach hinten gerissen, und Luke ließ eine gestreckte Linke in den Magen folgen. Hahn klappte nach vorn. Er trat ihm das Messer aus der Hand. Hahn war von den beiden Schlägen benommen und versuchte sich mühsam aufzurichten. Aber Luke packte ihn mit beiden Händen am Hemd und zog ihn hoch, dann riss er ihn herum und hielt ihn schräg über die *Guva*. Hahn flatterte mit den Armen und versuchte irgendwie Balance zu finden, aber das Einzige, was ihn davon abhielt hinunterzustürzen, waren Lukes Fäuste, die sein Hemd gepackt hielten.

»Es geht tief runter«, sagte er.

Er sah die Angst in Hahns Blick.

»Ich werde Ihnen ein paar Fragen stellen. Sie werden antworten. Falls nicht, lasse ich los. Ist das klar?«

Hahn nickte.

»Fangen wir mit der Frage an, die Sie ignoriert haben. Haben Sie diese Leichen begraben?«

Er nickte wieder.

»Muss ich Ihnen jedes Wort aus der Nase ziehen? Wollen Sie das?«

»Ich hatte den Auftrag.«

Er schüttelte den Kopf und drückte Hahn in einem gefährlichen Winkel weiter über die Kante, was den Kerl sofort überzeugte.

»Okay, okay, okay.«

Er zog ihn zurück.

»Pollux Gallo. Ich habe es für ihn getan.«

»Und der Kardinal? Was wissen Sie?«

»Er ist tot.«

Jetzt wurde es allmählich interessant. »Wer hat ihn umgebracht?«

»Gallo. Bruder gegen Bruder. Er liegt da unten.«

»Ich will alles hören. Und reden Sie schnell. Meine Finger werden müde.«

»Pollux und ich kennen uns schon lange. Er kam mit einem Plan zu mir und hat mir ein Angebot gemacht. Ich habe mich darauf eingelassen.«

»Sie haben Spagna und die Entität an Gallo verraten?«

Hahn nickte. »Ich habe Spagna gehasst. Er hat bekommen, was er verdient hat.«

Dieser Kerl sprudelte vor Mitteilungsbedürfnis. Stephanie und Malone benötigten gute Informationen, aber sie aus ihm herauszubekommen würde etwas dauern.

Er zog Hahn auf den festen Boden zurück.

Der Mann wirkte erleichtert.

Aber nicht lange.

Luke stieß ihn über die Kante in die Tiefe …

67

Cotton stieg aus dem Jet des US-Justizministeriums auf das Rollfeld am römischen Da-Vinci/Fiumicino-Flughafen. Es war kurz nach 12 Uhr und er hatte Hunger. Ein Mittagessen wäre fantastisch, doch ein weißer Hubschrauber des Vatikans wartete mit drehenden Rotoren. Er lief gleich hinüber und stieg ein.

Der Flug von Malta hatte nicht lange gedauert. Weder Stephanie noch Luke hatten sich bei ihm gemeldet. Offenbar war etwas im Gang, weil Stephanie es geschafft hatte, einen Heli des Vatikans zu organisieren, was eine gute Sache war. Die Fahrt vom Flughafen in die Stadt hätte gut zwei Stunden gedauert. Der römische Straßenverkehr gehörte zu den schlimmsten der Welt und war eine Kakophonie dröhnender Hupen, quietschender Bremsen und aufheulender Motoren.

Und über alles hinwegzufliegen war luxuriös, das musste er zugeben.

Luke hörte Kevin Hahn unten in der *Guva* graben.

Der Halunke hatte den Sturz überlebt, und Luke wollte es ihm überlassen, die drei Leichen auszugraben, von denen ihn zwei nicht sonderlich interessierten. Es war der Kardinal, der schnell ans Tageslicht befördert werden musste. Hahn hatte seit fast zehn Minuten immer wieder die Schaufel ins Erdreich gestoßen.

»Haben Sie schon was?«, fragte er.

»Ja. Ich habe ihn«, sagte Hahn.

Das wurde auch Zeit.

Er starrte ins dunkle Loch hinunter. Ganz oben sah er, dass

Hahn sein Handy als Taschenlampe benutzte und damit das Grab auf dem Grund der Grube ausleuchtete. Im Licht erschien blasse, weiße Haut.

»Es ist eine Schulter«, sagte Hahn.

»Ich brauche ein Gesicht.«

Das Licht ging aus, und Luke hörte, dass sich der andere wieder an die Arbeit machte. Er setzte sich neben der Grube auf den Boden und ließ die Beine über den Rand hängen.

»Sie haben befohlen, Laura umzubringen, oder?«, fragte er ins Loch hinunter.

»Gallo hat das getan.«

»Sie haben ihm geholfen.«

Das Graben hörte auf.

»Ich habe mitgemacht.«

Dann grub der Mann weiter.

»Sie hat Ihnen offenbar wenig bedeutet.«

»Sie war ein Niemand.«

Mistkerl! »Was hätten Sie von der ganzen Sache gehabt?«

»Ich sollte der Leiter der Entität werden.«

»Wie kommt Pollux Gallo auf die Idee, dass er Papst wird?«

»Er hat belastende Informationen über die Kardinäle. Material, das Spagna zusammengetragen hat. Wir haben Kastor Gallo nach Malta gelockt, um diese Informationen von Spagna zu bekommen. Womit sie nicht gerechnet hatten, waren Sie und Malone.«

»Wir lassen uns gern unterschätzen.«

»Aber Sie hinterlassen eine Menge Leichen.«

»Stellen Sie Ihr Licht nicht unter den Scheffel.«

Das Graben hörte auf.

Er schaute hinunter.

Wieder ging das Licht an.

Er sah ein Gesicht in der Erde.

»Es ist der Kardinal«, sagte Hahn.

»Kannten Sie ihn?«

»Seit wir Kinder waren. Ich mochte ihn nie.«

Luke zückte sein Handy und entsperrte es. »Fangen Sie.«
Er ließ es hinunterfallen.

»Fotografieren Sie das Gesicht.« Er sah zu, wie Hahn tat,
was er von ihm verlangte. »Jetzt werfen Sie es wieder herauf.«
Hahn zögerte.

»Soll ich erst sauer werden?«, fragte er.

Das Handy flog durch die Dunkelheit nach oben.

Alles an diesem Mann ging ihm gegen den Strich. Er war ein
Wendehals, ein Verräter, ein Kerl, der sich selbst viel wichtiger
nahm als seine Pflicht und sogar so weit ging, eigene Leute ans
Messer zu liefern. Es stand außer Frage, dass Laura Price forsch
und übereifrig gewesen war, doch sie hatte nie eine Chance
gehabt. Sie war nur eine Spielfigur in einem Spiel, das sie nicht
durchschaute. Und der Kerl in der Grube da unten war für all
ihre Probleme verantwortlich.

Das Seil, das zuvor hinuntergefallen war, als Hahn es durch-
trennte, kam zusammengerollt aus der Grube geflogen und landete auf dem festen Boden.

»Holen Sie mich hier raus«, sagte Hahn. »Ich habe getan,
was Sie verlangt haben.«

Luke hatte Bericht zu erstatten, aber von hier unten ging das
nicht. Er musste wieder aufs Erdgeschossniveau zurück und
das Gebäude verlassen. Kevin Hahn würde der Hauptbelas-
tungszeuge beim Prozess gegen Pollux Gallo sein. Und welchen
besseren Ort hätte es geben können, ihn auf Eis zu legen?

»Daniels. Holen Sie mich heraus.«

Luke wandte sich zum Gehen.

Hahn rief immer weiter.

Er verließ die Kammer und ging den Tunnel entlang bis zu
den Stufen, die nach oben führten. Strafverschärfend schaltete
er das Licht aus, sodass alles dunkel wurde.

»Daniels«, schrie Hahn. »Daniels!«
Er stieg die Treppe hinauf.

Cotton starrte aus dem Fenster des Helikopters.

Jetzt kam der Vatikan, diese dreieckige, von Mauern umgebene Zitadelle, in Sicht.

Knapp über vierzig Hektar groß mit 1000 Einwohnern. In seinem Zentrum erhob sich die säulenbesetzte Fassade des Petersdoms, der von einer majestätischen Kuppel gekrönt war, die im hellen Licht der Mittagssonne glänzte. Seitlich zweigten die langen, H-förmigen Galerien des Vatikanmuseums und der vatikanischen Bibliothek ab. Der Gebäudekomplex beinhaltete die Sixtinische Kapelle, ein schlichtes Rechteck an der südwestlichen Ecke des Palastes, wo sich die Kardinäle versammeln würden. Das Gebäude war für religiöse Zwecke, aber auch zur Verteidigung konstruiert, wie man am strengen Äußeren und den Zinnen erkennen konnte. Die restliche Zusammenballung von Gebäuden, die keinen regelmäßigen Grundriss hatten und zu verschiedenen Zeiten ohne Rücksicht auf eine bestimmte Harmonie errichtet worden waren, gehörten alle zum Verwaltungskomplex der katholischen Kirche. Es war das Zentrum der Christenheit.

Aus luftiger Höhe sah er, dass über die Hälfte des Platzes innerhalb der Mauern von den vatikanischen Gärten eingenommen wurde. Eine spektakuläre Mischung von Pappeln, Ahorn, Akazien und Eichen, unter denen Päpste einst Vögel, Hirsche, Rehböcke und Gazellen gejagt hatten. Der Helikopter schwebte knapp über den Bäumen, und Cotton bemerkte eine Vielzahl mittelalterlicher Befestigungen und Denkmäler zwischen den Blumenrabatten, den gestutzten Hecken und Rasenflächen. Eine rechteckige Betonplattform an der äußersten westlichen Ecke in der Nähe der Leoninischen Mauer diente als Hubschrauberlandeplatz.

Der Chopper setzte darauf ab.

Er sprang hinaus.

Aus irgendeinem Winkel kam ein Priester herbei, stellte sich vor und fügte hinzu, dass Stephanie Nelle ihn erwartete. Er folgte dem jungen Mann durch den Garten, vorbei an Radio Vatikan, am Äthiopischen Kolleg und an der Bahnstation, bis sie schließlich auf den St.-Martha-Platz gelangten. Er war noch nie in den geschlossenen Bereichen des Vatikans gewesen, hatte aber die öffentlich zugänglichen Bereiche mal besucht. Aus der Luft hatte er gesehen, dass der von den berühmten Kolonnaden Berninis gesäumte Petersplatz voller Menschen war. Der Priester bog nach links ab und ging direkt auf den Dom und eine Seitentür zu, die von einem uniformierten Sicherheitsmann bewacht wurde.

Bewaffnet war er auch.

Das war seltsam für einen Kirchenstaat.

Aber die Zeiten hatten sich wohl geändert.

Sie betraten den Dom.

Es war schwer, von der Majestät des Petersdoms nicht überwältigt zu werden – ganz gleich, welche Religion man haben mochte, und auch wenn man an gar nichts glaubte. Drei Dinge gab es, die seinen Ruhm begründeten. Er war das Grabmal des Heiligen Petrus. Er war der Krönungssaal für Päpste und Kaiser. Und das bedeutendste Gotteshaus der Welt. Überall waren Monumente und Grabmale zu sehen, sie zierten das Gewölbe des Hauptschiffs ebenso wie die beeindruckenden Querschiffe. Jede Ecke und jeder Winkel schienen einem Papst oder einem Heiligen gewidmet zu sein. Die Wände waren mit wunderschönen Marmorpaneelen verkleidet, die Decke mit versenkten Kassetten verziert, die man reich vergoldet und mit zusätzlichen Stuckarbeiten versehen hatte. Bis auf wenige Ausnahmen waren alle Wandbilder Mosaike, mit einer solchen Präzision in den Maßstäben und Farben angelegt, dass es fast surreal wirkte.

Die Liste der beteiligten Künstler überstieg die Vorstellungskraft. Raphael, Michelangelo, Peruzzi, Vignola, Ligorio, Fontana, Maderno. Ein perfektes Beispiel dafür, was sich mit unbegrenzten Mitteln im Lauf von 500 Jahren ausrichten ließ. All das wirkte noch viel eindringlicher, weil das Gebäude leer war.

Im Inneren befand sich kein einziger Mensch.

So konnten sie das Echo ihrer eigenen Schritte hören, das von den farbigen Marmorplatten reflektiert wurde, aus denen sich der Boden zusammensetzte.

Sie passierten den päpstlichen Altar und seinen vergoldeten Bronzebaldachin, der über die Stufen wachte, die zum Grab des Heiligen Petrus hinunterführten. Es lag im Zentrum des lateinischen Kreuzes, welches durch das Gebäude selbst geformt wurde. Er wandte den Blick nach oben ins Deckengewölbe, das sich bis zu Michelangelos Kuppel fortsetzte. Die Segmente der Kuppel waren mit Mosaiken versehen, die immer blasser wurden, je weiter es nach oben ging, so als würden sie sich im Himmel auflösen.

Der Priester wirkte unbeeindruckt und ging einfach weiter. Auf der rechten Seite gewahrte Cotton eine lebensgroße Bronzeskulptur des heiligen Petrus, der sitzend seinen Segen erteilte und die Schlüssel zum himmlischen Königreich in der Hand hielt. Er wusste, dass sie über 700 Jahre alt war. Sie war unversehrt – bis auf einen Teil. Jahrhundertelang hatten Pilger den rechten Fuß geküsst – heutzutage rieben ihn die Menschen nur. Jede einzelne Berührung machte sich kaum oder gar nicht bemerkbar. Doch alle zusammen hatten die Bronze angegriffen und dafür gesorgt, dass die einstmals fein herausgearbeiteten Zehen ganz glatt wurden. Daraus ließ sich bestimmt irgendeine Lehre ziehen.

Sie gingen weiter bis zur gegenüberliegenden Seite des Kirchenschiffs und steuerten dort auf einen Ausgang zu, der ebenfalls von einem Sicherheitsmann bewacht wurde. Er kam wahrscheinlich von einer privaten Firma, die engagiert worden war, um in diesen unruhigen Zeiten, die vom Tod des Papstes und der Neuwahl bestimmt waren, Unterstützung zu leisten. Die Tür nach draußen öffnete sich, und Stephanie Nelle erschien zusammen mit einem anderen, ganz in Schwarz gekleideten Mann.

Er ging ihnen entgegen.

»Wir haben ein großes Problem«, sagte sie.

68

Pollux betrat die Sixtinische Kapelle in einer Prozession mit den anderen Kardinälen in geordneter Zweierreihe. Sie waren in ihre scharlachroten Gewänder gekleidet und hielten die Hände zum Gebet gefaltet. Die Kapelle war 40 Meter lang, 30 breit und 20 hoch, in zwei ungleiche Teile geteilt durch eine aufwändige Trennwand mit der freien Interpretation einer byzantinischen Ikonostase. Von der Trennwand bis zum Altar erstreckte sich auf jeder Seite ein eigens errichtetes Podest, auf dem die Kardinäle in zwei langen Reihen nebeneinander sitzen sollten. Jeder hatte einen Stuhl und eine Arbeitsfläche. Alles, was Pollux jetzt noch brauchte, war ein bisschen Glück und die Informationen auf dem USB-Stick, den er unter seiner Soutane sicher in der Hosentasche verwahrte.

Er hatte die Sixtinische Kapelle bereits mehrfach besucht, aber während eines Konklaves war sie besonders majestätisch. Sie verdankte ihren Ruhm den Fresken, mit denen die großen Meister des 15. Jahrhunderts ihre beeindruckendsten Werke hinterlassen hatten. Er konzentrierte seinen Blick auf die gegenüberliegende Wand und Michelangelos *Jüngstes Gericht*. Das größte Gemälde der Welt. Auf den ersten Blick wirkte es unübersichtlich und chaotisch, aber wer es genau betrachtete, lernte seine mystische Inspiration zu schätzen.

Der Gesang endete, und die Prozession zerstreute sich alsbald.

Pollux blickte hoch, an den Fensterbögen auf beiden Seiten vorbei zum abgeflachten Tonnengewölbe. Er stimmte mit den Kritikern darin überein, dass es sich durchaus um das beeindruckendste Kunstwerk handeln könnte, das jemals geschaffen wurde. Als der despotische Julius II. befahl, die Kapelle neu auszuschmücken, hatte Michelangelo rebelliert. Er war ein Skulpteur, kein Maler. Doch nachdem er die Inspiration verspürt hatte, machte er sich mit großem Enthusiasmus ans Werk. Er arbeitete vier Jahre lang und schuf ein gewaltiges Kunstwerk.

Die Trunkenheit Noahs. Die Sintflut. Die Erschaffung Evas. Die Scheidung von Land und Wasser. Die Scheidung von Licht und Finsternis. Einem Bild galt seine besondere Aufmerksamkeit: »*Die eherne Schlange. Da sandte der Herr feurige Schlangen, dass viel Volks in Israel starb, und Moses machte eine eherne Schlange und wer die eherne Schlange ansah blieb leben.*« (4. Mose, 21:6 ff.) Er tröstete sich mit Numeri 21. Manche der Kardinäle, die ihn umgaben, waren im Begriff, eine eherne Schlange zu erblicken.

Der Kardinaldekan verkündete vom Altar aus: »Bitte nehmt Platz, damit wir beginnen können, Brüder.«

Er fand den ihm zugewiesenen Platz an der linken Wand unter Rosellis *Zug durch das Rote Meer.*

Bisher hatte seine Scharade perfekt funktioniert. Ein paar von den Kardinälen waren zu ihm gekommen und hatten etwas Small Talk gemacht. Manche von ihnen waren unverkennbar Kastors Freunde, andere eher nicht. Er hatte nur knapp und vage geantwortet und sich mit der Ablenkung durch all die Dinge entschuldigt, die ringsumher vor sich gingen. Die meisten hatten ihn glücklicherweise ignoriert.

Der Kardinaldekan, ein Italiener und der ranghöchste Kleriker, stand vor dem Altar und teilte den Versammelten mit, dass sie jetzt einen Eid ablegen und geloben würden, sich an die Regeln zu halten, die in den verschiedenen Apostolischen Konstitutionen und durch die früheren Päpste festgeschrieben worden waren. Der Prozess würde einige Zeit in Anspruch nehmen, weil jeder einzelne Kardinal in der Reihenfolge der

Rangordnung vortreten, die Hände auf die Evangelien legen und ein öffentliches Gelübde ablegen musste.

Er würde es genießen, bei diesem Spektakel zuzusehen.

Cotton stand bei Stephanie und Charles Kardinal Stamm, einem Iren, dem Leiter der Entität. Er war dünn, hatte eingefallene Wangen, ein pockennarbiges Gesicht und eine Hakennase. Unter dem weißen Priesterkragen über dem obersten Knopf einer schlichten schwarze Soutane war lediglich die Spur eines scharlachroten Latzkragens zu sehen. Kein Siegelring. Ein einfaches Pektoralkreuz aus Messing war das einzige Zeichen seines hohen Amtes. Obwohl Danjel Spagna die operative Leitung hatte, war dieser Mann der Vorsitzende und in dieser Position von so vielen Päpsten bestätigt worden, dass man sie nicht mehr zählen konnte. Er war ein alter Mann, deutlich über achtzig – was ihn disqualifizierte, sich aktiv am Konklave zu beteiligen.

»Luke hat sich gemeldet«, sagte Stephanie.

Sie zeigte ihm mit ihrem Handy ein Foto, das die obere Hälfte eines Leichnams zeigte.

»Das hier ist Kardinal Gallo«, sagte Cotton. »Es ist unwahrscheinlich, dass jemand Pollux Gallo umgebracht hat, ihm das Haar schnitt, seinen Bart rasierte und ihn danach in der Erde begrub. Der Mann in der Sixtinischen Kapelle ist ein Hochstapler.«

Sie standen im Dom eng zusammen, und es war sonst niemand in Sicht. Der uniformierte Wachmann und der Priester, der Cotton herbegleitet hatte, hatten sich auf die andere Seite der Ausgangstür zurückgezogen.

»Der Chef der maltesischen Sicherheit hat bestätigt, dass die Gallobrüder ihre Plätze getauscht haben«, sagte Stephanie. »Dieser Mann steckte auch mit Pollux Gallo unter einer Decke. Jetzt ist Gallo in der Sixtinischen Kapelle und gibt sich als sein Bruder aus.«

»Er muss einen Plan haben«, sagte Cotton.

»Den hat er.«

Dann erzählte sie von dem USB-Stick mit belastendem Material, den Gallo von Spagna erhalten hatte.

»Luke hat es mit großer Überzeugungskraft geschafft, seinen Gefangenen zum Reden zu bringen«, sagte sie. »Er hält ihn in einem Loch gefangen, das er eine *Guva* nennt. Er erwähnte, dass Sie mit den örtlichen Gegebenheiten vertraut sind.«

Er kicherte. »Das wird mich wohl noch bis ans Lebensende verfolgen. Aber ja, ich war schon mal dort.«

»Von den internen Ermittlungen des Erzbischofs Spagna wusste ich«, sagte Stamm. »Sie wurden auf ausdrücklichen Wunsch des Papstes durchgeführt. Aber ich wurde nie in die Ergebnisse eingeweiht. Spagna wollte mir weismachen, dass die Untersuchungen noch nicht abgeschlossen seien. Glücklicherweise kam ich zu dem Schluss, dass er log. Ich vermute, er hatte vor, seine Erkenntnisse dafür zu nutzen, zum Kardinal befördert zu werden und mich zu ersetzen, damit er beide Positionen besetzen konnte.«

»Das klingt, als ob Sie für den Kerl nicht viel übrighatten«, sagte Cotton. »Warum haben Sie ihn gehalten?«

»Weil er in dem, was er tat, extrem gut war. Und der verstorbene Papst mochte ihn.« Stamm zuckte mit den Schultern. »Der Vatikanstaat ist keine Demokratie. Ich konnte nichts dagegen unternehmen. Außer, es zu ertragen … und ihn zu beobachten.«

»Kardinal Stamm ist der Grund, weshalb das Magellan Billet involviert ist«, sagte Stephanie.

»Sie wussten, dass Spagna aus dem Ruder lief?«

»Ich hatte den starken Verdacht. Als einer meiner Untergebenen bestätigte, dass er sich auf Malta befand, wusste ich, dass es dort ein Problem gab. Aber als ich herausfand, dass auch Kardinal Gallo dorthin unterwegs war, entschied ich mich, Hilfe von außen hinzuzuziehen.«

»Er bat mich im Vertrauen, einen Agenten zu entsenden, um den Kardinal im Auge zu behalten«, sagte Stephanie. »Wir hatten natürlich keine Ahnung von dem ganzen Ausmaß dessen, was geschehen sollte.«

»Das ist noch gelinde ausgedrückt«, fügte Stamm hinzu. »Ich habe meinen operativen Chef und den rangnächsten Mitarbeiter verloren.«

»Ich bin froh, dass Sie hier sind«, sagte Stephanie zu Cotton. »Hier werden Sorgfalt, Geschick und Erfahrung benötigt.«

»Wir müssen uns Gallo holen. Jetzt«, sagte er.

Stamm schüttelte den Kopf. »Die Unantastbarkeit des Konklaves darf nicht gestört werden.«

»Die Unantastbarkeit wurde bereits missachtet«, sagte Stephanie. »Die ganze Sache ist eine Täuschung. Sie muss enden.«

»Wir können einfach abwarten, bis sie für heute Schluss machen und uns Gallo dann vornehmen«, sagte Stamm.

Aber Cotton wusste etwas über Konklaven. »Und was werden Sie tun, falls man ihn heute Nachmittag zum Papst wählt? Heute werden sie doch einen Wahlgang durchführen, oder nicht?«

Stamm blieb einen Moment stumm, dann sagte er: »Ja, das werden sie. Vermutlich irgendwann im Laufe der nächsten Stunde.«

»Wir wissen nicht, was Gallo getan hat«, sagte Cotton. »Falls die Informationen, die er besitzt, so belastend sind, wie Sie sagen, könnte er schon Druck ausgeübt haben. Er ist bereits mehrere Stunden in Rom gewesen. Dieses Konklave muss enden. Es tut mir leid, falls es ein PR-Desaster wird, aber dieser Mann ist ein Mörder. Sind die Türen zur Sixtinischen Kapelle bereits verschlossen?«

»Sie werden jeden Moment geschlossen.«

»Wir müssen etwas unternehmen.«

Pollux sah zu, wie sich die Männer in Scharlachrot einer nach dem anderen einstellten und zum Pult gingen, um den Eid zu leisten. Als er an der Reihe war, stand er auf, legte die Hand auf die Evangelien und gelobte, sich an die Apostolische Konstitution zu halten. Und wieder schien er niemandem eines zweiten Blickes würdig zu sein oder überhaupt beachtet zu werden.

Aber morgen Abend würden sie ihn beachten.

Nachdem der letzte Mann sein Treuegelübde abgelegt hatte, sprach der päpstliche Zeremonienmeister die klassischen Worte: »*Extra Omnes.*«

Alle hinaus.

Der öffentliche Teil des Konklaves war vorbei, und die Zaungäste hinter dem Sichtschutz aus Marmor gingen. Es waren Fotografen, die die Vereidigung ablichteten, Beamte aus den Behörden des Vatikans und eine ganze Reihe von Erzbischöfen, Priestern und Monsignori, die bei den Vorbereitungen des Ereignisses geholfen hatten. Danach wurden die hohen Holztüren vor den Kameras geschlossen und von innen verriegelt. In früheren Jahrhunderten war es andersherum gewesen. In jener Zeit hatte es weniger Kardinäle gegeben, und bei einer so kleinen Zahl von Wahlberechtigten fiel jede einzelne Stimme stärker ins Gewicht, was der Korruption Vorschub leistete. Konklaven dauerten manchmal Monate, sogar Jahre. Die Verhandlungen unter den Teilnehmern waren alles andere als subtil. Im Jahr 1274 ordnete Gregor X. schließlich an, die Wählenden zu isolieren, einzuschließen und ihr Essen streng zu rationieren, bis sie sich einigten. Es versteht sich von selbst, dass das die Dinge beschleunigte.

Dies hier würde auch ein kurzes Konklave werden.

Maximal zwei Tage.

Seine Wahl musste als göttlich inspiriert betrachtet werden, weil Kastor kaum im Ruf stand, *papabile* zu sein. Die Welt würde von der Auswahl schockiert sein. Er fragte sich, ob ihm einer der belasteten Kardinäle Widerstand leisten würde. Vielleicht. Aber er wollte ihnen klarmachen, dass sie ihre Amtszeit als Kirchenfürst unehrenhaft beenden würden, vielleicht sogar im Gefängnis. Die Medien der Welt erführen dann genau, was sie getan hatten, und der neue Papst wäre gezwungen, sich um ihre Fehltritte zu kümmern. Da wäre es doch gut, einen Freund auf dem Thron des Heiligen Petrus zu haben. Selbst wenn er sie in der Hand hatte, ein Freund wäre er dennoch.

Sicherlich war jedem von ihnen klar gewesen, welches Risiko er in Kauf nahm, wenn er nicht nur das Gesetz Gottes, sondern auch die Gesetze jeder zivilisierten Nation brach. Ganz sicher wollten sie nicht, dass es ans Licht der Öffentlichkeit geriet, aber falls es doch ihr Wunsch wäre, konnte er ihnen den Gefallen tun. Dann würde er eben nicht zum Papst werden, sondern zum Whistleblower Gottes. Es sollte für das angeschlagene Image von Kastor Kardinal ... *Pollux* Wunder wirken.

Doch er bezweifelte, dass sie sich für diesen Weg entscheiden würden.

Es war eine einzige Stimme, die sie nur im Geheimen abzugeben brauchten und später leugnen konnten, dann würde alles so bleiben, wie es jetzt war.

Und pragmatisch dachten Kardinäle auf jeden Fall.

Die Türen zur Sixtinischen Kapelle wurden geschlossen und verriegelt. Das Konklave hatte begonnen. Es würde noch eine Predigt geben, und dann begann der erste Wahlgang.

Vor ihm auf dem stoffbezogenen Tisch lagen ein paar Bleistifte, ein Prüfbogen, mit dem sich die ausgezählten Stimmen dokumentieren ließen, eine Kopie des *Ordo Rituum*, der Liturgie für das Konklave und ein Stapel Wahlzettel, auf die oben die Worte ELIGIO IN SUMMUM PONTIFICEM gedruckt waren.

Ich wähle zum Obersten Brückenbauer.

Er hatte vor, beim ersten Wahlgang seinen Namen zu schreiben. Das würde niemand sonst tun. Und niemand würde sich etwas dabei denken, weil auch viele andere entweder sich selbst oder einen Freund wählten. In der Neuzeit war noch nie ein Papst im ersten Wahlgang mit einer Zweidrittelmehrheit gewählt worden. Angeblich wollte man damit die Sünde des Stolzes vermeiden.

Aber sein Name wäre auf jeden Fall schon im Rennen.

Und bei Einbruch der Nacht würde mehreren Männern in seiner Umgebung voll und ganz klar werden, was das bedeutete.

69

Cotton folgte Kardinal Stamm von der Basilika zur Sixtinischen Kapelle. Sie betraten einen Raum, der als Sala Regia, Königssaal, bezeichnet wurde. Es war ein großer Audienzsaal, in dem einst Kaiser und Könige empfangen wurden. Die Wände waren mit weiteren, riesigen Fresken bemalt. Er las einige der lateinischen Bildlegenden darunter. Die Rückkehr Papst Gregors XI. aus Avignon. Die Schlacht von Lepanto. Die Versöhnung Papst Alexanders III. mit Friedrich Barbarossa. Jedes Bild zeigte ein wichtiges kirchengeschichtliches Ereignis.

Reichlich protzig.

Diese Wände schwitzten Ruhm förmlich aus.

Die Decke war ein elegantes Tonnengewölbe mit reichem Ornament und päpstlichem Wappen, hinzu kamen biblische Gestalten. Wie alles im Vatikan waren die Farben und der Stil nicht dazu angetan, die Sinne zu beruhigen, sondern regten sie eher an. Auf der gegenüberliegenden Seite lag der Eingang zur berühmten Cappella Paolina. Im Zentrum einer der Längsmauern ragten Holztüren in die Höhe. Links und rechts davon stand jeweils ein Schweizergardist im gebauschten Kostüm mit blauen, orangefarbenen und roten Streifen.

Hier war der Eingang zur Sixtinischen Kapelle.

Er war verschlossen.

Die hohe, gewölbte Decke reflektierte das Murmeln von circa fünfzig Männern, die über den Marmorboden liefen. Es waren Priester sowie ein paar Bischöfe darunter. Die meisten Männer trugen jedoch Anzüge mit Krawatten. Manche hielten Kameras in den Händen und hatten Presseausweise um den Hals hängen.

»Wir sind zu spät«, sagte Stamm. »Eine Minute, bitte.«

Der Kardinal entfernte sich und ging auf eine Ansammlung von Anzugträgern zu.

»Wir dürfen nicht zulassen, dass dieses Konklave weitergeht«, sagte er zu Stephanie.

»Bedauerlicherweise ist das eine vatikanische Angelegenheit.«

»Pollux Gallo hat versucht, Luke umzubringen. Es ist eine amerikanische Angelegenheit.«

»Das ist ein bisschen sehr weit hergeholt.«

»Aber es könnte reichen.«

Sie fuhr mit der Hand durch den Raum. »Diese beiden Wachen werden sich von unserer Gerichtsbarkeit nicht beeindrucken lassen, und ich bin sicher, dass dieser ganze Palast voller Sicherheitsleute ist, die auf jeden Versuch einer Störung sehr ungnädig reagieren werden.«

Er begriff, worauf sie hinauswollte. In dieser Sache war Diplomatie angezeigt, keine Gewalt.

Stamm kam zu ihnen zurück. Er bewegte sich langsam, wirkte ganz entspannt und schien alles andere als gestresst zu sein. »Es ist noch keine zehn Minuten her, dass die Türen verschlossen wurden. Sie werden sich jetzt noch kurz eine Predigt anhören. Das ist Tradition, bevor man den ersten Wahlgang durchführt.«

Das bedeutete, dass ihnen Zeit zum Nachdenken blieb, und Cotton konnte sehen, dass der Kardinal den nächsten Schritt abwog. Gesprächsfetzen hallten durch den Saal, die von den sie umgebenden Marmorwänden verstärkt wurden.

»Wir müssen diesen Saal verlassen«, sagte Stamm.

»Haben Sie eine Entscheidung getroffen?«, fragte Stephanie.

»Kardinal Gallo hat mir nie etwas bedeutet. Ich schätzte ihn als Angeber ein, der keine große Ahnung hatte. An Erzbischof Spagna war mir auch nie besonders viel gelegen. Aber es ist nicht an mir, über einen der Männer zu urteilen. Und niemand hat es verdient, ermordet zu werden. Es ist meine Pflicht, die Kirche zu verteidigen, die Priester und Kirchenfürsten zu beschützen und dafür zu sorgen, dass die Wahl eines neuen Papstes würdevoll über die Bühne geht.« Stamm machte eine Pause. »Haben Sie die *Nostra Trinità* der Ritter gesehen?«

Cotton nickte. »Wir haben sie gefunden.«

»Ich habe das überprüft«, sagte Stamm. »Kardinal Gallo kam mit einem großen Seesack zum Domus Sanctae Marthae. Ich habe seinen Raum gerade durchsuchen lassen. Dort befinden sich vier Pergamente in einem alten Reliquiar.«

»Mit roten Wachssiegeln an jedem Ende?«, fügte Cotton hinzu. »Von denen eines aufgebrochen ist?«

Stamm nickte.

»Das ist es«, sagte Cotton. »In diesem Reliquiar befindet sich das *Geschenk Konstantins.*«

»Ich hatte noch keine Gelegenheit zu überprüfen, ob das der Wahrheit entspricht. Aber wenn es nach über 700 Jahren seinen Weg zu uns zurückgefunden hat, könnte es zu einem Problem werden.«

»Ist es denn so bedeutsam?«

»Wenn man den Gerüchten glauben darf.«

Cotton lächelte. Dieser Mann verstand es, sich nicht in die Karten sehen zu lassen.

»Unser Hochstapler will Papst werden«, sagte Stamm. »Ich könnte mir vorstellen, dass ihm nichts ferner liegt, als dem Ansehen der Kirche zu schaden. Stattdessen plant er, seinen Weg auf den Thron des Heiligen Petrus durch Erpressung zu ebnen. Ihre Argumentation ist einleuchtend, Mr. Malone. Wir dürfen diesen ersten Wahlgang nicht zulassen. Wir wissen nicht, was Pollux Gallo getan hat. Ob wir ihn jetzt oder später stoppen, spielt keine Rolle, unser öffentliches Ansehen wird geschädigt. Deshalb habe ich mich zum Handeln entschlossen.«

Pollux lauschte der Predigt, die nur auf langatmige Weise an das Pflichtgefühl appellierte. Als ob auch nur einer der Männer im Raum an seine Pflichten erinnert werden müsste. Er erlebte zum ersten Mal, wie Kardinäle als Gruppe funktionierten, und er beobachtete die Gesichter. Manche zeigten deutlich ihr Interesse, aber die meisten hielten sich bedeckt, ließen nichts durchblicken und behielten ihre Gedanken für sich. Bestimmt war schon im Vorfeld so manche Einigung erzielt und manche Allianz geschmiedet worden. Hier warteten nur Narren darauf, dass der Heilige Geist herabsteigen und sie inspirieren würde.

Vielleicht war *er* der Heilige Geist?

Vielleicht war es Vorsehung, dass ihm der USB-Stick in die Hände gefallen war.

Der deutsche Monsignore hielt endlich die Klappe, und der Kardinaldekan stellte sich vor den Altar. Gleich sollte der erste Wahlgang beginnen. Der Prälat erklärte das Procedere, und Pollux war dankbar für die letzten Anweisungen. Er hatte alles über den Vorgang gelesen, aber jede Auffrischung war ihm dennoch willkommen. Auf die Karten vor ihnen schrieb jeder Kardinal einen Namen. Danach brachten sie den Stimmzettel in der Reihenfolge ihrer Ränge zum Altar und legten ihn in einen goldenen Kelch. Doch bevor sie den Stimmzettel abgaben, schwor jeder Kardinal einen weiteren Eid. Auf Latein. *Ich rufe Christus, der mein Richter sein wird, zum Zeugen an, dass ich den gewählt habe, von dem ich glaube, dass er nach Gottes Willen gewählt werden sollte.*

Früher musste jeder Kardinal seinen Namen auf jeden Stimmzettel schreiben und ein kleines Zeichen hinzufügen, das nur er benutzte. Der Stimmzettel wurde dann so gefaltet, dass die Unterschrift und das Zeichen abgedeckt waren, und danach mit Wachs versiegelt, um eine gewisse Vertraulichkeit zu gewährleisten. Aber die Wahlhelfer, die die Stimmzettel zählten, wussten alle, wer wen gewählt hatte. Pius XII. setzte diesem

Unfug ein Ende. Seine Methode war viel besser. Geheim sollte geheim sein.

Der Kardinaldekan beendete seine Erklärungen und bat darum, mit dem Wahlgang zu beginnen. Einige der Männer griffen sofort nach ihren Bleistiften, während andere die Köpfe zum Gebet neigten. Er wollte sich einen Augenblick Zeit lassen, bevor er den Namen seines Bruders eintrug.

Ein Klopfen störte das Schweigen.

Was alle zutiefst überraschte.

Es kam von der Eingangstür.

Es klopfte wieder.

Unglaublich.

Jemand klopfte.

Pollux war augenblicklich hellwach und sah zu, wie der Kardinaldekan vom Altar herunterstieg und mit gefalteten Händen den Mittelgang abschritt. Alle Männer blickten auf die massive Doppeltür hinter der Marmorblende. Leises Murmeln wurde vernehmlich. Ein paar von den Kardinälen standen auf und gingen zögernd in den Mittelgang. Er tat es ihnen nach. Dort gesellten sich weitere verwunderte Glaubensbrüder zu ihm.

Der Kardinaldekan ging an die Doppeltür, entriegelte das innere Schloss und öffnete eine Türhälfte weit genug, um hinausgehen zu können. Pollux wurde immer misstrauischer. Irgendetwas stimmte hier nicht. Man hatte ihnen bereits von einem zweiten Weg erzählt, der in die Kapelle hinein- und aus ihr herausführte. Es ging durch eine kleine Tür hinter dem Altar entweder hoch zu den Stanzen des Rafael oder hinunter zur Sammlung moderner religiöser Kunst in den vatikanischen Museen. Die Museen selbst waren geschlossen, die riesigen Ausstellungshallen leer. In beiden Stockwerken hatte man Toiletten für die Kardinäle aufgestellt.

Aber man konnte die Strecke auch als Fluchtweg verwenden.

Er schob sich langsam von den Kardinälen weg, die sich allesamt auf die Tür konzentrierten. Auch er hielt seine Aufmerksamkeit auf die mittlere Öffnung der Marmorblende gerichtet und hoffte, dass es ein falscher Alarm war.

Die Doppeltür schwenkte auf.

Herein kam ... Cotton Malone!

70

Cotton hatte Stamm und Stephanie unterstützt, als sie mit dem Kardinaldekan redeten.

Selbiger war nicht erfreut.

»Charles, ist Ihnen klar, was Sie getan haben?«, flüsterte der Mann auf Englisch.

»Absolut, mein Freund. Aber es gibt ein Problem mit dem Konklave, das eine Unterbrechung erforderlich macht.«

Sie hatten unter dem Vorwand, den Männern hinter der Doppeltür äußerste Ruhe zu verschaffen, den Königssaal räumen lassen und alle Menschen, die sich dort aufgehalten hatten, in einen angrenzenden Saal gebeten und die Türen hinter ihnen verschlossen. Nur zwei Wachen der Schweizergarde waren übriggeblieben. Man hatte ihren Vorgesetzten über die Situation informiert und ihm Stillschweigen auferlegt. Er fügte sich Stamm, weil sich im Vatikan, wie der alte Mann bemerkte, niemand außer dem Papst mit der Entität anlegte. Cotton hörte aufmerksam zu, als er dann die Situation erklärte, und der Kardinaldekan machte bei jeder neuen Enthüllung größere Augen.

»Sind Sie sicher?«, fragte der Alte, als Stamm fertig war.

»Es gibt keinen Zweifel.«

Und Stephanie zeigte dem Kardinal das Foto vom Gesicht der Leiche Kastor Gallos.

»Wir müssen den Hochstapler festnehmen«, sagte Stamm.

Der andere Mann, der sichtlich nervös war, nickte. »Selbstverständlich. Auf jeden Fall.«

Stamm gab ein Zeichen, woraufhin Cotton die Türen aufdrückte und die Sixtinische Kapelle betrat.

Ein Meer von scharlachrot und weiß gekleideten Männern stand hinter einer kunstvoll verzierten Marmorblende. Er ging zu einer Öffnung im Zentrum und ließ den Blick über die Gesichter schweifen. »Meine Herren, ich suche Kardinal Gallo.«

Die Männer wirkten zunächst verwirrt, dann deuteten einige von ihnen zu den Tischen.

»Da ist sein Platz«, sagte einer.

Der Platz war leer.

Stamm und Stephanie kamen an seine Seite.

»Ein flinker Bursche, nicht wahr?«, flüsterte Stamm.

»Ich vermute, es gibt noch einen anderen Weg nach draußen?«

»Hinter dem Altar. Treppauf oder treppab, in beiden Richtungen kommen Sie in die Museen. Diese sind während des Konklaves komplett geschlossen, an den Ausgängen sind bewaffnete Sicherheitskräfte postiert. Ich kann sie anweisen, herzukommen.«

»Nein, lassen Sie mich gehen, um ihn zu suchen. Vielleicht können wir die Sache innerhalb des Museums abwickeln. Lassen Sie die Wachen an den Ausgängen, damit Gallo nicht verschwinden kann, aber warnen Sie sie. Haben sie Funkgeräte?«

Stamm nickte. »Kardinäle dürfen die Museen nicht verlassen. Sie sind eingeschlossen.«

»Verstehe. Falls er es versucht, lassen Sie ihn festnehmen. Was ist mit den Kameras in den Museen?«

»Sie sind während des Konklaves aus Geheimhaltungsgründen ausgeschaltet. Was auch dazu beiträgt, diese Sache nicht an die Öffentlichkeit dringen zu lassen.«

Er begriff sein Anliegen. Stamm wollte das Ganze diskret behandeln. »Ich werde ihn finden.«

»Tun Sie das. Ich würde es vorziehen, keinen Haftbefehl für einen Kardinal der Kirche ausstellen zu müssen.«

»Er ist kein Kardinal.«

»Nein, er ist etwas erheblich Schlimmeres. Ich verlasse mich in dieser Sache auf Ihre Fähigkeiten und Ihre Diskretion, Mr. Malone.«

»Malone wird das regeln«, versprach Stephanie.

Stamm machte ein Zeichen, und einer der uniformierten Schweizergardisten eilte herbei. Cotton sah zu, wie der Wächter ein Funkgerät ablegte, das an seinem Kostüm befestigt war. Ein kleines Mikrofon und ein Ohrhörer kamen noch dazu.

Stamm gab ihm beides.

»Schnappen Sie ihn.«

Pollux lief die Treppe hinunter zu einer Galerie voller Gemälde, Skulpturen und Grafiken. Alle modern, zeitgenössisch und hässlich. Er blieb in Bewegung, wandte sich nach links, steuerte einen offenen Durchgang an und betrat die alte vatikanische Bibliothek. Er ging durch drei Säle, dann gelangte er in den berühmten Sixtinischen Salon, der circa sechzig Meter lang war. Sieben mit Fresken bemalte Säulen teilten den alten Saal in zwei breite Gänge. Wände und Decke waren farbenprächtig bemalt und vergoldet, und das Mobiliar ließ den Raum eher wie einen Reliquienschrein als wie eine Bibliothek wirken. Die Räume zwischen den Säulen standen voller Mosaiktische. Auf ihnen war eine Auswahl von Porzellanvasen aufgestellt. Auf weiteren Tischen wurden andere Wertgegenstände unter Glas präsentiert, wie im Archiv der Ritter in Rapallo.

Und weiter ging's durch den Sixtinischen Salon. Er hasste es, das *Constitutum Constantini* zurücklassen zu müssen, erst recht nach allem, was er auf sich genommen hatte, um es zu finden. Aber er hatte keine Zeit, es aus seinem Zimmer zu holen.

Jetzt stand seine Freiheit auf dem Spiel.

Er hörte niemanden, weder vor noch hinter sich. Malone

würde ihm sicher auf den Fersen bleiben, aber der Amerikaner musste noch entscheiden, ob sein Zielobjekt nach dem Verlassen der Sixtinischen Kapelle nach oben oder nach unten gegangen war.

Er konnte nur hoffen, dass Malone sich falsch entschieden hatte.

Cotton verließ die Sixtinische Kapelle und eilte einen langen Korridor hinunter, der zum Apostolischen Palast und zu einer Treppe führte.

Zwei Treppen, genau genommen.

Eine führte nach oben, die andere nach unten.

Wohin? Gute Frage.

Er entschied sich für die Treppe nach oben, nahm jeweils zwei Steinstufen auf einmal und gelangte in einen Raum voller biblischer Allegorien an der Decke und den obligatorischen Wandfresken.

»Ich bin oben«, sagte er in das Mikrofon, das an seiner Schulter befestigt war.

»Dann sind Sie im Raum der Unbefleckten Empfängnis«, sagte Stamm in seinem Ohr.

Im Zentrum stand eine Glasvitrine. Er warf einen kurzen Blick hinein und sah ornamentierte Einbände von Werken aus dem 19. Jahrhundert, in denen es, wie nicht anders zu erwarten, um die Unbefleckte Empfängnis ging.

»Ich gehe weiter und betrete einen kleinen Raum mit Wandteppichen«, sagte er.

»Die Gemächer des Heiligen Pius V.«, steuerte Stamm bei.

Cotton durchquerte den Raum und betrat die unvergleichliche Galerie der Landkarten, die er bereits kannte. Die Galerie war über 100 Meter lang und bildete eine gerade, ununterbrochene Linie von einer Seite des Palastes zur anderen. Das Deckengewölbe war mit weißen und vergoldeten Stuckarbeiten ausgeschmückt, die voller Menschendarstellungen waren und Waffen, Allegorien und Embleme zeigten. Doch die Wände waren es, die den Ruhm der Galerie begründeten. Riesige, farbenfrohe Tafeln wechselten sich mit den hellen Außenfenstern ab. Es waren insgesamt vierzig Landkarten, die zusammen die Topografie der gesamten italienischen Halbinsel abbildeten. Sie stammten aus dem 16. Jahrhundert und wiesen eine achtzigprozentige Genauigkeit auf, was bemerkenswert ist, wenn man sich den damaligen Stand der Kartografie vergegenwärtigte.

»Ich bin in der Landkartengalerie«, sagte er. »Hier ist niemand.«

Er lief über den Marmorboden. Hinter den Fenstern zu seiner Linken sah er einen ansteigenden Bereich des vatikanischen Gartens mit Brunnen und Bäumen. Dort ging es zum Observatorium. Zu seiner Rechten befand sich ein menschenleerer Innenhof mit einem riesigen Springbrunnen. Überall waren Kameras. Stamm zufolge alle ausgeschaltet. Er war im zweiten Stock, unter ihm und hinter dem Innenhof auf der anderen Seite des Gebäudes befanden sich weitere Galerien und Säle. Jene elektronischen Augen konnten noch gebraucht werden.

»Die Ausgänge bleiben bewacht«, sagte Stamm. »Es gibt keine Meldung, dass jemand versucht hat hinauszugehen.«

»Ich bin am Ende der Landkartengalerie«, sagte er ins Funkgerät. »Gibt es keine andere Möglichkeit, von hier aus zur anderen Loggia zu gelangen?«

»Nicht im zweiten Stock. Unten im ersten Stock gibt es einen Weg, der auf die andere Seite führt«, sagte Stamm. »Gehen Sie weiter. Am Ende können Sie, wenn Sie den Saal des Zweigespanns hinter sich haben, auf die andere Seite kreuzen. Es gibt dort auch eine Treppe ins Erdgeschoss.«

Er betrat den von einer Kuppel überwölbten Saal des Zweigespanns. Vier Nischen zwischen Pilastern und vier Erker mit Rundbögen bildeten die Wände einer kleinen Rotunde. Im Zentrum stand ein Triumphwagen. Er war mit Sicherheit römischen Ursprungs und mit Rädern, Achsen und Pferd versehen. Aber Gallo war nicht in Sicht.

»Allmählich glaube ich, ich bin den falschen Weg gegangen«, sagte er.

Pollux kam an eine Kreuzung, von der aus eine kürzere Loggia rechts zur anderen Seite des Palastes führte. Die Bibliothek setzte sich dort ebenso wie nach vorne mit einer Reihe kleinerer Sammlungsräume fort. Er konnte ungehindert durch die Räume sehen. Es musste am Ende dieser Flucht von Sälen, wo der Palast endete, einen Weg nach draußen geben. Weiter geradeaus zu laufen schien ein schnellerer und intelligenterer Schachzug sein, als auf die andere Seite zu wechseln. Er konnte es sich nicht leisten, falsch abzubiegen. Er musste dieses Gebäude und den Vatikan verlassen.

Schnell und unbemerkt.

Die Menschenmenge draußen auf dem Petersplatz bot mehr als genug Deckung. Zwischen Zehntausenden von Menschen abzutauchen war leicht. Leichter, als dorthin zu gelangen. Bestimmt war jede Tür nach draußen bewacht. Mit Sicherheit würde bald über Funk durchgegeben werden, dass man nach einem widerspenstigen Kardinal Ausschau halten solle. Er ging weiter und durchquerte eine Reihe von Galerien mit bekannten Namen. Paoline. Alessandrina. Clementina. Dann kam er an den Eingang zum Vestibül der vier Tore und zu einer Treppe, die nach unten führte.

Er machte sich an den Abstieg.

Auf dem Treppenabsatz wandte er sich um – und blieb wie angewurzelt stehen.

Im Erdgeschoss entdeckte er einen uniformierten Sicher-

heitsmann, der die Ausgangstür bewachte! Augenblicklich ana-
lysierte er die Situation und plante sein weiteres Vorgehen. Er
riss sich zusammen, setzte seinen Weg nach unten über die
breite Marmortreppe fort und steckte die Hände in die weiten
Ärmel seiner Soutane. Der Wächter hatte ihm den Rücken zu-
gekehrt und starrte durch die Glastüre nach draußen, was es
leicht machte, an ihn heranzukommen.

Der Mann drehte sich um.

»Eminenz…«

Nicht zögern. Schnell handeln.

Er zog die Hände heraus, griff den Aufpasser an und schlang
seinen rechten Arm um den Hals des Mannes. Dann packte er
mit der linken Hand sein rechtes Handgelenk und zog den
Würgegriff enger, bis der Mann nicht mehr atmen konnte. Der
Wächter war jünger, aber fünfzehn Kilo schwerer und hätte nie
damit gerechnet, dass ihn ein Kardinal angreifen würde. Anscheinend war bisher noch kein Befehl ergangen, ihn aufzuhalten oder zu verhaften.

Der Körper des Mannes erschlaffte.

Er ließ ihn zu Boden sinken.

Sogleich entledigte er sich seiner Mozzetta und des Rochetts,
dann knöpfte er seine Soutane auf. Darunter trug er ein Unter-
hemd und eine Hose. Sie waren dunkel, wie die des Wächters.
Blau, nicht schwarz, aber das sollte ausreichen. Was er brauchte, waren das Hemd und die Kappe sowie das Funkgerät und
die Waffe. Er streifte sich das Hemd über, das etwas groß aus-
fiel, aber was zu viel war, konnte er sich in die Hose stecken.
Dann befestigte er das Funkgerät an seinem Gürtel und schob
sich den Ohrhörer ins Ohr; das Mikrofon steckte er sich in die
Tasche. Er bezweifelte, dass er irgendetwas funken würde.
Dann befestigte er das Holster an seiner Hüfte. Er packte beide
Arme des Wächters und schleifte ihn aus dem Vestibül und
durch eine offene Tür, dann ließ er ihn ausgestreckt hinter einer

Statue liegen, die eine Ecke der nächsten Galerie ausfüllte. Er eilte zurück, holte seine Kleidung und warf sie über den Körper des Wächters.

Danach ging er zum Ausgang und strich seine Kleidung glatt.

Und verließ den Palast.

71

Cotton überlegte, welche Möglichkeiten ihm blieben. Er befand sich im Saal des Zweigespanns, benannt nach dem riesigen Streitwagen, der ihn dominierte.

Er hatte keinen Blick für das Erhabene, das Erstaunliche und das Wunderbare, das ihn umgab. Er hatte einen Job zu erledigen.

Und dieser Job lief gerade nicht besonders gut.

Ewas unschlüssig ging er zu einem großen Sprossenfenster und sah in den sonnigen Nachmittag hinaus. Dort hinten waren die Kuppel des Petersdoms, die Vatikanischen Gärten und inmitten von Bäumen eine Reihe anderer Gebäude zu sehen. Unten verlief eine Straße, auf der so gut wie nichts los war – angesichts des Konklaves nachvollziehbar. Ein paar Fahrzeuge fuhren vorbei und einige wenige Menschen spazierten über den Beton. Der Vatikan war nicht abgeriegelt. Ganz und gar nicht. Der Betrieb ging weiter. Auf der anderen Seite des Palastes wimmelten Zehntausende von Menschen auf dem Petersplatz und warteten auf einen neuen Papst. Medienvertreter aus aller Welt hatten sich ebenfalls aufgebaut.

Aber hier? Hier war niemand.

Es war eigenartig, allein in einem der größten und meistbesuchten Museen der Welt zu stehen.

Da fiel ihm unten etwas ins Auge.

Ein Mann.

Der sich vom Gebäude entfernte.

Es war eine jener uniformierten Wachen, wie er sie schon im Petersdom gesehen hatte.

Der Mann blieb einen Moment stehen, sah sich um und setzte sich dann eine Kappe auf.

Er konnte sein Gesicht sehen.

Gallo.

Pollux lief an der Rückseite des Palastes entlang in Richtung Basilika. Er wusste noch nicht genau, wohin er wollte, aber wenigstens war er aus dem Gebäude entkommen und hatte die Kleidung gewechselt. Das eine war ein Gefängnis, das andere wie ein Leuchtsignal. Bis man den Wachmann fand, sollte ihm die Uniform, die er jetzt trug, eine Menge Türen öffnen können.

Aber er musste schnell sein.

Er ging durch den Gregorsbogen und umrundete ein Nebengebäude, das an der Rückseite des Palastes klebte. Jetzt war er auf einer Piazza mit einem weiteren Springbrunnen – Santa Marta, falls er sich richtig erinnerte – und folgte dem Straßenverlauf. Der mächtige Petersdom lag vor ihm. Es war ein wunderbarer Tag, leicht bewölkt und warm mit viel Sonne. Dass Malone plötzlich in der Sixtinischen Kapelle aufgetaucht war, ließ darauf schließen, dass die Sache in Malta nicht gut gelaufen war. Kevin Hahn musste versagt haben. Er hätte den Idioten erschießen sollen, bevor er die Insel verließ, aber die Leichen mussten begraben werden. Dass man sie fand, das konnte er überhaupt nicht gebrauchen. Deshalb war ihm keine andere Wahl geblieben, als Hahn am Leben zu lassen. Es hätte auch sehr genützt, wenn ein Freund als operativer Chef der Entität fungiert hätte.

Aber das spielte jetzt alles keine Rolle mehr.

Man hatte ihn entlarvt.

Und das bedeutete, dass Malone auch von Kastor wusste.

Er musste untertauchen.

Doch als Erstes galt es, aus dem Vatikan rauszukommen.

Cotton eilte die Treppe hinunter und stoppte an der Glastür. Stamm hatte ihm gesagt, dass alle Ausgänge bemannt waren.

Dieser hier war es nicht, und Gallo trug eine Uniform. Er ging zum Eingang der ersten Galerie und sah sofort einen Haufen roter und weißer Kleidungsstücke, die über einem Körper ausgebreitet waren, der in der Ecke lag. Er lief hin und prüfte den Puls des Mannes, der kein Hemd mehr anhatte.

Der Puls war spürbar. Aber schwach.

Zeit für eine Entscheidung.

Gallo war aus seiner Soutane in eine Uniform geschlüpft, die es ihm erlaubte, sich weitestgehend frei zu bewegen. Das war ein echtes Problem. Aber Stamm hatte gesagt, dass alle Wächter mit Funkgeräten ausgerüstet seien, und hier war keines zu finden. Das bedeutete, dass Gallo auch mithören konnte.

Der Wächter hatte keine Waffe umgebunden. Also war Gallo bewaffnet. Der Mann, der vor ihm lag, musste medizinisch versorgt werden, aber er hatte keine Zeit. Er durfte nicht zulassen, dass Gallo sich in die Büsche schlug, was von Sekunde zu Sekunde wahrscheinlicher wurde. Wenn man jetzt Alarm schlüge, brauchte man nicht nur eine Erklärung, sondern auch ein Foto und eine Beschreibung. Er bezweifelte, dass eine der Wachen Kastor Gallo erkennen könnte. Ein offener Alarm würde außerdem Gallo warnen, der mithören konnte.

Es bedeutete, dass es von ihm abhing, die Sache zu erledigen.

»Tut mir leid«, flüsterte er, an den bewusstlosen Mann gewandt.

Er stand auf und ging zum Ausgang. Hinter dem Glas, in fünfzig Metern Entfernung, sah er Gallo, der gerade das Ende eines Gebäudes umrundete und von der Bildfläche verschwand.

Er lief ins Sonnenlicht hinaus.

Pollux befand sich auf der Rückseite der Basilika, der Gouverneurspalast lag rechts von ihm. Um auf den Petersplatz zu gelangen, musste er die Basilika weiter umrunden, doch je näher er einem Ausgang kam, desto mehr Menschen würden ihm über den Weg laufen. Es stand außer Frage, dass in dieser Umgebung jeder Quadratzentimeter unter Videoüberwachung stand. Aber bisher war noch keine Alarmmeldung ergangen. Das würde sich erst ändern, wenn jemand den Wachmann fand.

Aber bis dahin war er längst weg.

Cotton rannte zu der Stelle, wo er Gallo zuletzt gesehen hatte. Der Palast war auf einer Seite, auf der anderen Rasenflächen und Bäume.

Seine Sohlen klatschten auf das Pflaster.

Aufgeschreckte Tauben flatterten gurrend in den strahlend blauen Himmel.

Er kam ans Ende des Gebäudes, hielt an, blickte sich um und sah seine Zielperson am anderen Ende einer Piazza …

Gerade als Gallo an der Apsis der Basilika aus dem Blickfeld verschwand.

Pollux ging gefasst und ruhig weiter.

Ein Wachmann auf dem Weg zu seinem Posten.

Bedauerlicherweise war der Vatikan auf allen Seiten von hohen Zinnen umgeben. Er hatte keine Chance, diese zu überwinden. Jetzt gelangte er auf einen anderen Platz – dieser offener als die anderen – und konnte eine ganze Reihe von Gebäuden aus dem 20. Jahrhundert sehen. Das Domus Sanctae Marthae und der päpstliche Audienzsaal waren beide in Sicht.

Er blieb und lauschte nur auf seine eigenen Gedanken.

Sei schlau.

Nutze deinen Vorteil.

In ein paar hundert Metern Entfernung sah er die Erlösung. Ein einfaches weißes Marmorgebäude in der Nähe der Außenmauer.

Der Bahnhof.

Gleich links davon befand sich eine Öffnung in der Leoninischen Mauer, die breit genug war, um einen Zug durchzulassen. Das päpstliche Wappen hing in Stein gemeißelt über der Mitte der Durchfahrt. Riesige Eisentore waren in Aussparungen in der Mauer zurückgezogen worden. Eine braune Raupe von Zug stand auf der anderen Seite des Bahnhofs, ihr größter Teil ragte rechts darüber hinaus. Die Lok war abfahrbereit, Dampf stieg auf, und der vordere Teil endete gleich vor dem offenen Tor. Ein Arbeiter entlud emsig Plastiktonnen mit großen Rädern aus dem letzten Waggon.

Er sah sich das offene Tor an.

Zwei Wachleute, genauso gekleidet wie er, waren dort postiert, um dafür zu sorgen, dass niemand hereinkam. Sobald der Zug abgefahren war, wurden die großen Tore bestimmt wieder vorgeschoben und verriegelt.

Doch in diesem Moment bot sich hier die Fluchtmöglichkeit.

Cotton hatte schon eine Menge Leute verfolgt. Manche waren Profis, manche nicht. Pollux Gallo schien irgendwo in der Mitte zu sein. Gerissen, das musste er eingestehen, und wagemutig. Mit dem Identitätswechsel wäre er fast durchgekommen. Aber wie die meisten Psychopathen käme er nie auf die Idee, dass ihm jemand überlegen war.

Er gelangte ans andere Ende der Basilika, hielt an, schaute sich um und entdeckte Gallo, der auf ein weißes Marmorgebäude zuging. Auf der anderen Seite stand ein Zug, der auf ein offenes Tor in der Wand ausgerichtet war.

Sollte er Verstärkung anfordern?

Nein.

Jemand konnte verletzt werden.

Gallo war kurz davor zu entkommen, er war verzweifelt und bewaffnet.

Cotton würde sich selbst darum kümmern müssen.

72

Pollux mied das Innere des Bahnhofs, umrundete ihn rechts und ging zu den Gleisen. An die Lok waren fünf leere Waggons mit geöffneten Schiebetüren angekoppelt. Mehrere Transportkarren warteten, beladen mit Kisten und Kartons. An der Seite stand ein Mann, der in Richtung Lokomotive winkte.

Er hörte die kraftvolle Maschine lauter werden.

Endlich eine Pause.

Er deutete auf den Arbeiter und sagte auf Italienisch: »Ich muss diesen Zug aus Sicherheitsgründen begleiten.«

Der Mann legte keinen Widerspruch ein.

Er lief los und sprang in den zweiten Waggon hinter der Lok. Der Zug setzte sich in Bewegung und fuhr auf das Tor in der Festungsmauer zu.

Er würde es gerade noch schaffen rauszukommen.

Sobald er den Vatikan verlassen hatte, konnte er aus dem Zug springen und in Rom untertauchen. Aber wohin sollte er dann? Nun, er würde schon einen geeigneten Ort finden.

Er hatte nicht vor, den Rest seines Lebens im Gefängnis zu verbringen.

Cotton entschied, nach links zu gehen, als Gallo sich nach rechts wandte. Die linke Seite des Bahnhofs bot auch mehr Deckung, weil es dort eine Rasenfläche und Buschwerk gab. Ein gepflasterter Weg trennte den Rasen vom Gebäude und führte zu den Schienen. Der Weg bot auch die Möglichkeit, auf die Rückseite des Bahnhofs zu gelangen, ohne dass Gallo es mitbekam.

Er hörte den Diesel aufheulen und das Zischen der Bremsen, als sie gelöst wurden. Die Lok war jetzt keine acht Meter mehr vom offenen Tor entfernt und würde die Mauer in weniger als dreißig Sekunden passiert haben. Er zählte fünf offene Waggons und sah am Ende des Zugs einen Mann bei einem weißen Lieferwagen. Einer der hohen Büsche gab ihm hervorragende Deckung, und als der Zug an ihm vorbeifuhr, entdeckte er Gallo im zweiten Waggon.

Der Zug beschleunigte.

Der dritte Waggon fuhr an ihm vorbei.

Der vierte.

Ihm blieb keine Wahl.

Er rannte auf den letzten Waggon zu. Der größte Teil des Zuges befand sich jetzt jenseits der Mauer, das vordere Drittel fuhr in eine Kurve ein.

Er hechtete in den leeren Anhänger.

Jemand schrie.

Es musste einer der Wächter vom Tor sein, der plötzlich ebenfalls in den Waggon gesprungen kam. Cotton ließ ihm keine Chance, er trat vor und platzierte einen Fausthieb in die rechte Seite des Mannes. Dieser krümmte sich, und er nutzte den Moment, um den Wächter durch die offene Tür zu stoßen. Der Zug kroch dahin und hatte sein volles Tempo noch nicht erreicht. Der Wachmann stürzte hinaus und rollte ab. Cotton blickte aus der Tür, während der Zug weiterfuhr, und sah, dass es dem Wachmann gut ging, weil er auf Gras gelandet war. Der zweite Wachmann, der mit ihm zusammen das Tor bewacht hatte, lief zu seinem Kollegen und half ihm auf. Sie würden den Vorfall mit Sicherheit melden, und dann erfuhr Stamm, wo er unterwegs war.

Sein eigenes Funkgerät wollte er auch weiterhin ausgeschaltet lassen.

Er schwenkte sich aus der Tür und hielt sich an einer Stahlleiter fest, über die er aufs Dach kletterte. Zwischen ihm und Gallo lagen zwei Waggons, also sprang er zum nächsten hinüber.

Die Dächer waren flach, aber voller Beulen und Dellen, deren Gefährlichkeit durch die von den Gleisen verursachten ständigen Vibrationen noch vergrößert wurde. Er spreizte die Beine, um das Schaukeln auszugleichen, und kam sich vor wie ein Seemann auf einem schwankenden Deck.

Er sprang auf den nächsten Waggon.

Langsam begann Pollux sich zu entspannen.

Er war nicht mehr im Vatikan, und nur ein argloser Mann am Bahnhof hatte ihn gesehen. Es war eine Schande, dass es ihm nicht gelungen war, seinen Plan zu vollenden. Er hatte über Jahre alles vorbereitet und war davon ausgegangen, dass er sämtliche jener endlos erscheinenden Hindernisse berücksichtigt hatte, damit sich das alles zu seinen Gunsten entwickelte. Seine Versuche, die Amerikaner zu neutralisieren, waren anscheinend unzureichend gewesen. Aber er hatte noch den USB-Stick, und der konnte sich noch als durchaus nützlich erweisen. Kardinälen standen Möglichkeiten offen, die er ausnutzen konnte, schließlich war moralisch verwerfliche Wege zu gehen für den Heiligen Stuhl nichts Neues.

Der Zug blieb in Bewegung, und das verzogene Holz und das rostige Eisen sorgten für ein konstantes Ächzen. Er wollte noch etwas warten, bevor er den Zug verließ.

Auf dem Dach rumpelte etwas.

Schritte bewegten sich von einer Seite des Waggons zur anderen.

Er griff nach der Waffe an seiner Hüfte.

Cotton schwang sich hinaus auf die Stahlleiter, die seitlich am Waggon befestigt war. Er kletterte zwei Stufen tiefer, dann sprang er durch die offene Tür und sah sich Auge in Auge Gallo gegenüber, der nach seiner Waffe griff. Er warf sich mit seinem ganzen Gewicht auf ihn und stützte sich mit den Füßen ab.

Dann packte er die Waffe, schwang sich hoch, drückte die Hand nach unten und löste den Griff. Die Waffe fiel zu Boden und flog durch die offene Tür nach draußen. Gallo prallte zurück und wich zur Seite aus. Dann sprang er in die Luft und hieb von oben Cotton seine Fäuste auf die Schulter. Cotton federte den Schlag ab, wich aus, drehte sich um und revanchierte sich mit einem Fersentritt gegen Gallos Brustbein, der ihn vom Boden abheben und dann rückwärts wegrutschen ließ. Dabei mussten ein paar Rippen gebrochen worden sein, aber Gallo sprang auf und setzte zu einem Schwinger an, dem man mühelos ausweichen konnte.

Cotton setzte nach, holte aus und platzierte seine Rechte am Kiefer des Mannes.

Gallo blinzelte, dann holte auch er noch einmal aus, schlug aber nur in die Luft; die geballte Faust streifte Cotton, ohne zu treffen.

Unter seinen Füßen ratterten die Räder.

Gallo ging erneut zum Angriff über.

Cotton holte wieder aus und ließ die Faust in Gallos Gesicht krachen. Er spürte, dass dessen Nase brach. Gallo taumelte rückwärts; er wirkte benommen, schien sich aber nicht geschlagen geben zu wollen.

Bremsen zischten.

Räder quietschten auf den Schienen.

Der Zug bremste ab.

Stamm hatte die Meldung offenbar erhalten.

Es war an der Zeit, die Sache zu beenden.

Gallo holte aus.

Cotton parierte den Hieb und verabreichte ihm einen Handkantenschlag an den Hals, dann rammte er ihm die andere Faust in den Solarplexus. Er drückte Gallo die Arme hinter den Rücken und donnerte seinen Kopf und Oberkörper gegen die Holzwand.

Einmal. Zweimal.

Der Körper wurde schlaff.

Er ließ Gallo zu Boden sinken.

Der Zug hielt an.

Sein letzter richtiger Kampf war schon eine Weile her. Gut zu wissen, dass er es noch draufhatte. Durch die offene Tür sah er Gestalten näher kommen. Dann bemerkte er, dass unten Kardinal Stamm und Stephanie standen. Sie kamen nahe an die Türöffnung und sahen Gallo reglos daliegen.

»Sieht aus, als wäre die Ratte endlich in die Falle gegangen«, sagte Stamm.

Stephanie schenkte ihm ein dankbares Lächeln.

»Gute Arbeit.«

73

Cotton wartete im Büro von Kardinal Stamm, das sich in einem
der vielen Gebäude des Vatikans befand. Es lag an der Nord-
seite des Apostolischen Palastes zwischen der Post, der Apothe-
ke, den Pressebüros, einem Lebensmittelladen und den Kaser-
nen der Schweizergarde. Für den ältesten Geheimdienst der
Welt war es ein merkwürdiger Standort, der ans Magellan Billet erinnerte, dessen Hauptquartier sich in einem unauffälligen
Regierungsgebäude in Atlanta befand.

Stamm hatte angeordnet, den Zug im Rückwärtsgang wieder in den vatikanischen Bahnhof einlaufen zu lassen. Der
weiße Lieferwagen und die Transportkarren waren von der
Laderampe geräumt worden, und es war niemand anwesend
außer zwei Männern, die laut Stamm für ihn arbeiteten. Gallo
war verhaftet, eilig in ein wartendes Fahrzeug verfrachtet und
weggefahren worden. Das Konklave hatte man gestoppt und
die Unterbrechung mit technischen Defekten in der Sixtinischen Kapelle begründet, die die Klimaanlage und die Elektrik
beeinträchtigten. Angeblich habe Brandgefahr bestanden, und
deshalb sei die ungewöhnliche Maßnahme befohlen worden,
die Kardinäle zu stören. Glücklicherweise war bisher nichts
geschehen, was sich auf die Wahl auswirken konnte, und deshalb hatte man beschlossen, das Konklave am morgigen Tag
von Neuem zusammentreten zu lassen. Die Presse hatte sich
auf die Geschichte gestürzt, aber die Kardinäle waren in ihren
Zimmern im Domus Sanctae Marthae isoliert und für Kom-
mentare nicht zu haben, einschließlich des Kardinaldekans,
von dem Stamm versichert hatte, dass der Mann niemals etwas
verraten würde.

Er und Stephanie waren mit Stamm über das Gelände zurückgegangen. Den verletzten Wachmann hatte man inzwischen gefunden und zum Krankenhaus gebracht. Er und seine Kompanie mussten Geheimhaltung schwören. Cotton hatte immer noch ein schlechtes Gewissen, dass er sich nicht früher um den Mann kümmern konnte, aber wenn er zu viel Zeit verloren hätte, wäre ihm Gallo entwischt. Hoffentlich hatte der Wächter Verständnis dafür.

Ziemlich müde fuhr er sich mit der Hand über die Bartstoppeln auf seinem Kinn. Mal wieder rasieren. Etwas Schlaf und ein gutes Essen wären auch fantastisch. Stamms Büro war ein Musterbild von Effizienz. Keine Extravaganzen. Nur das, was er brauchte, um seine Arbeit zu erledigen. Das passte zu dem Mann. Keine Sperenzien, aber sehr effektiv. Cotton freute sich, dass die Sache vorbei war. Es war an der Zeit, nach Südfrankreich zu fahren und ein paar Tage mit Cassiopeia zu verbringen. Seltsam, dass er jetzt eine andere Person in seine Planungen einbezog. Er war lange ein Einzelgänger gewesen. Aber jetzt nicht mehr. Jetzt gehörte wieder eine Frau zu seinem Leben.

Und das war nicht verkehrt.

Stephanie betrat das Büro. »Ich weiß sehr zu schätzen, was Sie getan haben.«

»Das gehörte alles zu meinem Job, und ich bin bezahlt worden.«

»Apropos. Die Leiche von James Grant wurde im Ligurischen Meer gefunden, mit einer Kugel im Kopf.«

»Gallo?«

»Zweifellos.«

»Er hat viele Tote auf dem Kerbholz«, sagte er.

»Finde ich auch. Die Sache hatte einen hohen Preis.«

»Was ist mit den Churchillbriefen?«

»Verschwunden. Aber die Malteserritter sind kooperativ

und durchsuchen Gallos Zimmer. Er hat sie vermutlich irgendwo versteckt. Sie sind entsetzt über alles, was geschehen ist. Aber Gallo war ein Krimineller. Er rekrutierte seine angeblichen *Secreti* mit dem Versprechen auf Ämter im Vatikan. Ein Beweis dafür, dass sich für alles jemand finden lässt, wenn man ihn dafür bezahlt.«

»Ich kann diesen Gedanken nur zu gut nachvollziehen«, sagte er und kommentierte seine Worte mit einem Lächeln.

»Ich weiß, dass Sie das tun.«

Stamm kehrte in sein Büro zurück, trat hinter den Schreibtisch und setzte sich auf einen einfachen Holzstuhl mit hoher Rückenlehne, der unbequem aussah. Aber der Mann schien hier in seinem Element zu sein.

»Die Situation ist unter Kontrolle. Die Pressestelle des Vatikans kümmert sich um die Interpretation der Unterbrechung des Konklaves. Die Kardinäle sind gut untergebracht. Den beiden Wachen am Eisenbahntor wurde gesagt, dass es sich um eine interne Angelegenheit handelte und dass Sie mit uns zusammengearbeitet haben.«

»Wie geht es dem Mann, den ich aus dem Waggon gestoßen habe?«

»Dem geht es gut.« Stamm machte eine Pause. »Wir haben heute Glück gehabt. Eine unerträgliche Situation wurde aufgeklärt. Dank Ihnen, Mr. Malone.«

»Und einem Mann namens Luke Daniels auf Malta«, fügte Cotton hinzu.

»Dasselbe habe ich ihm auch schon gesagt«, antwortete Stephanie. »Luke ist mit einem Gefangenen hierher unterwegs. Sie sind vor ein paar Stunden gelandet.«

Er war verwundert. »Warum hierher?«

»Das geschah auf meine Bitte«, antwortete Stamm.

Cotton vergegenwärtigte sich die Konsequenzen. Er befand sich auf souveränem Boden. Stamm beabsichtigte, Gallo und

Hahn als Gefangene des Vatikans zu behandeln und mit ihnen nach kanonischem Recht zu verfahren.

»Aus naheliegenden Gründen können wir nicht zulassen, dass sich die Italiener, die Malteser, die Briten oder ... die Amerikaner um diese Verbrechen kümmern.« Stamm erhob sich. »Würden Sie mich begleiten?«

Sie verließen das Büro und gingen zum Fahrstuhl. Sobald sie in der Kabine standen, schob Stamm einen Schlüssel in das Kontrollpaneel, dann drückte er einen unbeschrifteten Knopf. Das Gebäude war viergeschossig und hatte einen Keller. Der Knopf, der aufleuchtete, befand sich unter dem Knopf für den Keller.

»Das ist ein altes Gebäude«, sagte Stamm. »Es wurde in den 1970er-Jahren über einem Teil der Grotten errichtet.«

Sie fuhren abwärts und stoppten. Die Fahrstuhltüren öffneten sich. Sie befanden sich unter der Erde, vor ihnen lag ein hoher, gut ausgeleuchteter Korridor mit Wänden aus gestrichenem Beton und Fliesenboden.

»Diese unterirdischen Kammern haben sich schon häufig als nützlich erwiesen«, sagte Stamm.

Der Kardinal ging voran, und sie folgten ihm bis zu einer Stahltür. Stamm ging näher und klopfte zweimal. Auf der anderen Seite wurde ein Schloss entriegelt, und die Tür öffnete sich nach innen. Sie kamen in einen lang gezogenen Raum mit Gittern an einer Seite, die durch Steinsäulen voneinander getrennt waren.

Zellen.

Stamm ließ den Mann abtreten, der hier stationiert war.

Vor einer der Zellen stand ein Tisch und darauf das Reliquiar aus der Kirche von St. Magyar. Es enthielt Pergamentrollen, eine weitere Rolle lag davor. Cotton ging hinüber, um Pollux Gallo hinter Gittern zu sehen. Der Kardinal und Stephanie schlossen sich ihm an.

»Wir benutzen diese Zellen schon lange«, sagte Stamm. »Mehmet Ali Ağca wurde nach seinem Attentatsversuch auf Johannes Paul II. eine Zeitlang hier festgehalten.«

Cotton musste unwillkürlich an das berüchtigte Lubjanka-Gefängnis in Moskau unter dem alten KGB-Hauptquartier denken, wo politische Dissidenten, Künstler, Schriftsteller und Journalisten gefoltert wurden. Er fragte sich, weshalb die römisch-katholische Kirche unterirdische Zellen mit eingeschränktem Zugang benötigte.

»Ist das das *Constitutum Constantini?*«, fragte er und zeigte auf das Pergament.

»Das ist es«, sagte Stamm.

»Sie werden mir wohl nicht erzählen, weshalb es so wichtig ist?«

»Es beweist, dass das hier alles nur ein Schwindel ist«, sagte Gallo und trat an die Gitterstäbe. »Die römisch-katholische Kirche ist ein Schwindel. Sagen Sie es ihm, Kardinal, sagen Sie ihm die Wahrheit.«

Er wartete auf mehr.

»Es gibt ein afrikanisches Sprichwort: *Bis die Löwen ihre Geschichte selbst erzählen, ernten die Jäger allen Ruhm.* Es ist so wahr. In unserem Fall ging der Ruhm an jene, die die Führung übernahmen.« Stamm machte eine Pause. »Konstantin der Große veränderte die Welt. Zuerst einte er das Römische Reich, dann teilte er es in zwei Teile. Kaiser regierten die Osthälfte, Päpste irgendwann den Westen. Aber erst, nachdem sie seinen Rat befolgt hatten.«

Stamm deutete auf die Pergamente.

»Das ist ein Konstruktionsschema für eine neue Religion«, mischte sich Gallo ein. »Es sind Anweisungen, wie man dem Christentum Geltung verschafft. Wie man dafür sorgen kann, dass es jeden Aspekt menschlichen Lebens beeinflusst. Wie man es benutzt, um die Gläubigen zu beherrschen. Dort steht auch, dass man die Gläubigen nötigenfalls sogar umbringen muss, um das Fortbestehen des Christentums zu sichern.«

Stamm wirkte unbeeindruckt. »Ich habe es gelesen – und er hat recht. Konstantin wollte eine Religion nach seinem Gusto, als ein Werkzeug, mit dem man die Menschen davon abhalten konnte, sich aufzulehnen. Und das Ganze natürlich, ohne sie merken zu lassen, dass sie manipuliert wurden. Bedauerlicherweise ist es während seiner Lebenszeit oder in den Jahrhunderten nach seinem Tod nie so weit gekommen. Nur einige wenige seiner Ideen wurden umgesetzt. Es gab keine große Verschwörung. Dazu kam es erst, als im neunten Jahrhundert sein ›Geschenk‹ wieder auftauchte. Die Päpste waren damals vom Ehrgeiz zerfressen. Sie wollten mehr als nur religiöse Führer sein. Sie waren militärische und politische Führer. Im elften Jahrhundert war die katholische Kirche zur reichsten und mächtigsten Institution der Welt geworden. Alles dank Konstantins Geschenk.«

»Ist dies das einzige Exemplar?«, fragte Stephanie.

»Soweit wir wissen. Die Hospitaliter brachten es in der Mitte des 13. Jahrhunderts in ihren Besitz. Die Päpste hatten Angst, dass es publik wurde, deshalb ließen sie die Hospitaliter in Ruhe, und die Ritter wahrten das Geheimnis.«

»Ist es echt?«, fragte Stephanie.

»Nach einer ersten Sichtung versichern mir meine Experten, dass es die Schrift Konstantins sei. Sie verglichen sie mit verifizierten Originalen aus unseren Archiven. Sie ist in dem originalen Latein abgefasst, was bei den Manuskripten, die von ihm erhalten geblieben sind, selten ist. Wir können das Pergament nach der Karbonmethode datieren, aber ich bin mir sicher, dass es aus dem vierten Jahrhundert stammt. Man hat mir außerdem gesagt, dass eine Tinte verwendet wurde, wie sie in der damaligen Zeit gebräuchlich war. Das Dokument scheint absolut echt zu sein.«

Daran zweifelte Cotton nicht.

»Napoleon hat versucht, es zu finden. Mussolini hatte es auch versucht und kam am dichtesten heran«, sagte Stamm. »Aber es blieb bis 1798 bei den Rittern und wurde während der französischen Invasion Maltas etwas überstürzt versteckt.«

»Was glauben Sie, was Könige und Kaiser nach der Lektüre getan hätten?«, fragte Gallo verächtlich. »Wenn Sie begriffen hätten, dass das göttliche Gesetz nicht das Gesetz Gottes war. Es war nichts als das Werk von Menschen und diente nur ihren eigenen egoistischen Zwecken.«

Stamm zuckte nicht mit der Wimper. Kein Muskel zitterte, der verraten hätte, was in ihm vorging.

»Was würden die Gläubigen wohl von der Erbsünde der Kirche halten?«, fragte Gallo. »Von dem Preis, den wir angeblich für den Sündenfall von Adam und Eva zahlen? Der Sünde des Ungehorsams, weil sie von der verbotenen Frucht aßen? Damit hatte die Erbsünde überhaupt nichts zu tun. Es war nur eine Methode, um sich schon im Mutterleib Anhänger heranzuzüchten. Eigentlich war es gar nicht nötig, jemanden davon zu überzeugen, unserer Kirche beizutreten. Es brauchte nur verkündet zu werden, dass wir sündig geboren wurden und dass die Vergebung nur nach einer Taufe erfolgen konnte, die allein in den Händen der Kirche lag. Selbstverständlich schmachtet jeder, der diese Vergebung zurückweist, auf immer und ewig beim Teufel in der Hölle. Aber auch diese beiden waren Schöpfungen Konstantins. Nichts davon ist real. Das gibt es alles nur, um Angst zu schüren und die Menschen gefügig zu machen. Und welche Methode könnte besser dafür geeignet sein, Menschen zu kontrollieren, als irrationale, unbegründete Angst?«

Stamm stand ruhig und gefasst da. »Ich vermute«, antwortete der Kardinal schließlich, »dass es keine Kirche gegeben hätte. Die Christen hätten sich auch weiterhin untereinander bekämpft, sie wären in Lager zerfallen und hätten so gut wie nichts erreicht. Hätte man sie sich selbst überlassen, hätten sie nie etwas Bedeutsames zustande gebracht. Alles wäre in Vergessenheit geraten, und Könige, Königinnen und Kaiser hätten einander hemmungslos bekriegt. Die Zivilisation, wie wir sie kennen, hätte sich gänzlich anders entwickelt. Trotz all ihrer Fehler hat die Kirche ein gewisses Maß an Stabilität geschaffen, das die Welt davon abhielt, außer Kontrolle zu geraten. Wer weiß, wie es der Welt ohne die Kirche ergangen wäre.«

»Das reden Sie sich doch nur ein«, murmelte Gallo.

»Aber die Welt besteht nicht mehr aus Analphabeten«, sagte Stamm. »Heutzutage betrachten die Menschen die Religion weitaus skeptischer als im 13. Jahrhundert. Es hätte weitreichende Folgen, wenn die Sache jetzt an die Öffentlichkeit gelangte.«

»Und es war genau das, worauf mein Bruder gesetzt hat. Die Furcht der Kirche sollte ihm den Weg zu seinem Ziel freimachen.« Gallo starrte Cotton wütend an. »Dieses Pergament kann allen die Augen öffnen. Lassen Sie nicht zu, dass sie es wieder in irgendeinem Verlies verschwinden lassen.«

Stamm griff in seine Soutane, zog etwas heraus und zeigte es vor. »Und das hier auch nicht?«

Der USB-Stick.

»Erzbischof Spagna war wirklich sehr gründlich«, fuhr Stamm fort. »Er hat viele Vergehen entdeckt, kriminelle Machenschaften, die schon seit Langem in diesen Mauern existierten, und er hat die Übeltäter identifiziert. Sein Problem war sein eigenes Ego. Und dass er seine angeblichen Verbündeten unterschätzte.«

»Spagna war ein Narr!«, sagte Gallo.

»Vielleicht«, erwiderte Stamm. »Aber er war *mein* Narr!«

»Was werden Sie mit dem USB-Stick anfangen?«, fragte Stephanie.

»Man wird sich der Schuldigen annehmen. Im Gegensatz zu

dem, was damit geschehen wäre, wenn Spagna oder unser Hochstapler hier mit ihren Plänen Erfolg gehabt hätten.«

Hinter ihnen öffnete sich krachend die Eisentür.

Luke trat mit einem anderen Mann im Schlepptau ein. Frisch aus Malta eingeflogen.

»Das ist der Leiter der maltesischen Staatssicherheit«, flüsterte Stefanie Cotton ins Ohr. »Sein Name ist Kevin Hahn.«

Stamm führte den Neuankömmling zu einer Zelle und sperrte ihn dort ein. Cotton nutzte die Gelegenheit und reichte Luke die Hand.

»Die ganze Bande einkassiert. Gute Arbeit«, versicherte er ihm. Er sah, dass Luke immer noch dasselbe Hemd, dieselben Shorts und dieselben Tennisschuhe trug, wie er sie schon in Malta angehabt hatte. »Bereits in Wochenendstimmung?«

»Es war ein langer Tag.« Luke grinste. »Wie ich höre, fahren Sie jetzt mit der Eisenbahn wie in einem dieser Die-Hard-Filme. Schön zu wissen, dass Pappy noch nicht ganz eingerostet ist.«

»Zum Glück fuhr der Zug nicht allzu schnell.«

Luke bemerkte Gallo in der Zelle. »Verdammt. Er sieht genau wie der Kardinal aus. Das hätte nie jemand gemerkt.«

»Was werden Sie jetzt mit der *Nostra Trinità* tun?«, fragte Gallo Stamm.

»Die beiden Pergamente im Reliquiar werden an die Ritter zurückgegeben. Es ist ihr Eigentum. Aber das *Constitutum Constantini* gehört der Kirche.«

»Also kommt es in die Archive des Vatikans?«, fragte Stephanie.

Stamm ging zum Tisch und hob die Pergamentrolle auf. Er schob die rechte Hand in seine Soutane und zog sie ohne den USB-Stick wieder heraus. Stattdessen hatte er ein Feuerzeug in den Fingern. Er entzündete es und hielt die Flamme an die ausgetrocknete Rolle.

Sie fing sofort Feuer.

Stamm ließ das brennende Pergament auf den Boden fallen, wo es sich binnen Sekunden in Asche verwandelte.

»Damit dürfte die Sache erledigt sein«, erklärte Stamm.

»Wir sind noch da«, rief Gallo aus seiner Zelle. »Wir wissen alles. Es ist noch nicht vorbei.«

Charles Kardinal Stamm stand so ungerührt wie eine Statue da. So viel Gefühl wie in dem Moment, als die Schriftrolle verbrannte, hatte Cotton an dem Mann noch nicht gesehen. Aber da war auch noch etwas anderes in seinem Blick gewesen, als er zugesehen hatte, wie das Pergament zerfiel.

Erleichterung.

»Trotz all seiner Schwächen ist Erzbischof Spagna immer für die Kirche eingetreten«, sagte Stamm. »Genau wie ich.«

Cotton konnte sich vorstellen, dass Männer wie Stamm schon seit Jahrhunderten harte Entscheidungen trafen. Ein jeder von ihnen bildete sich ein, das Richtige zu tun. Jeder irrte sich. Gerade war ein bedeutsames Stück Geschichte vernichtet worden. Ein Puzzleteil, das vieles in einem anderen Licht hätte erscheinen lassen.

»Was ist mit dem USB-Stick?«, wollte Stephanie wissen.

»Ich kümmere mich um die Schuldigen. Auf meine Art.«

Cotton konnte nur vermuten, was das bedeutete. Höchstwahrscheinlich viele Treffen unter vier Augen und dann ein paar überstürzte Rücktritte.

»Ich werde der Welt die Wahrheit sagen«, sagte Gallo. »Das werden Sie nicht verbrennen können. Es ist nicht vorbei, Kardinal. Es wird eine Verhandlung geben. Ich werde dafür sorgen, dass Sie und all die anderen Heuchler in Scharlachrot als das entlarvt werden, was Sie sind. Ich werde dafür sorgen, dass die Welt erfährt, was in diesem Pergament stand.«

Stamm sagte nichts.

Aber Cotton war klar, dass Gallo ohne das Dokument nichts als bloße Worte zu bieten hatte.

Stamm ging nahe an das Gitter heran. »Sie unterschätzen mich. *Zur Verteidigung des Glaubens Blut zu vergießen ist eine Pflicht, von der wir niemals lassen dürfen.*«

Er konnte sehen, dass Gallo die Bedeutung dieser Worte begriff.

»Das hat Konstantin geschrieben«, sagte Stamm. »Es ist ein Teil seines Geschenks. Die Freiheit, zur *Verteidigung des Glaubens* zu töten. Das hat sich die Kirche wahrlich zu Herzen genommen. Wir haben Millionen getötet.«

Gallo sagte nichts.

»Was wollen Sie damit sagen?«, fragte Hahn aus der anderen Zelle.

Stamm machte einen Schritt zurück, sodass er beide Gefangenen sehen konnte. »Keiner von Ihnen beiden wird hier lebend rauskommen. Sie werden Ihre abscheulichen Verbrechen sühnen. Zwei Menschen mehr, die zur Verteidigung des Glaubens sterben.«

»Was habe ich getan?«, fragte Hahn.

»Sie ließen Laura Price ermorden«, sagte Luke.

»Und Monsignore Roy«, fügte Stamm hinzu. »Sie sind ebenso schuldig wie Ihr Mitverschwörer.«

Stamm deutete auf Gallo.

Dann machte er allen ein Zeichen, dass sie gehen sollten.

»Malone«, brüllte Gallo. »Das können Sie doch nicht einfach untätig geschehen lassen!«

Luke öffnete die Stahltür.

»Malone. Um Gottes willen. Das dürfen Sie nicht zulassen. Wir haben das Recht auf einen Prozess. Das ist Mord.«

Sie gingen hinaus.

Aber vorher hörte er noch ein letztes lautes Flehen.

»Malone ...«

Cotton ging weiter, aber eine Passage aus der Bibel schoss ihm durch den Kopf.

Römer 12:19.
Mein ist die Rache;
ich will vergelten, spricht der Herr.

Anmerkungen des Autors

Die Exkursionen, die Elizabeth und ich für dieses Buch unternommen haben, gehören zu den schönsten Reisen unseres Lebens. Zuerst besuchten wir den Comer See und alle Orte, die mit Mussolinis gescheitertem Fluchtversuch und seiner Exekution zu tun hatten. Welch spektakuläre Winkel der Welt! Danach fuhren wir zweimal nach Malta, ein wahrhaft erstaunlicher Ort. Rom und der Vatikan waren Schauplätze, die wir zuvor bereits mehrere Male erkundet hatten.

Aber jetzt will ich mal Fakten und Fiktion voneinander trennen.

Mussolinis Flucht aus Mailand, bei der er in die Schweiz gelangen wollte, geschah so, wie sie im Prolog nacherzählt wird. Claretta Petacci starb an seiner Seite; beide wurden von Partisanen hingerichtet (Kapitel 1 und 40). Bis zum heutigen Tag weiß niemand genau, wer abgedrückt hat. Aber es gibt viele, die diese Ehre für sich beanspruchen. Das meiste von dem, was Mussolini im Prolog sagt, stammt wirklich aus seinem Mund; er sagte es gegen Ende seines Lebens, aber nicht in der Villa. Die Hinzufügung eines Repräsentanten der Malteserritter war meine Idee. Mussolini hatte Gold, Devisen und zwei Mappen voller Dokumente dabei (Kapitel 3). Nur eine winzige Menge Gold wurde später von Fischern im Comer See gefunden. Der weitaus größere Teil des Schatzes (einschließlich der Dokumente) wurde seither nicht mehr gesehen. In den 1950er-Jahren gab es in Italien einen Gerichtsprozess, bei dem mehrere Angeklagte des Diebstahls beschuldigt wurden, aber er endete abrupt ohne einen Schuldspruch, und danach gab es keine weiteren Ermittlungen mehr (Kapitel 19). Die Verbindung des Richters in jenem Prozess mit dem Villenbesitzer aus dem Prolog ist eine Erfindung.

Diese Geschichte streift eine Vielzahl faszinierender Orte. Der Comer See, der Ort, an dem Mussolini exekutiert wurden und das Vier Jahreszeiten in Mailand sind realistisch beschrieben. Das Foro Mussolini in Rom (das zum Foro Italico wurde), das Hotel d'Inghilterra, der Palazzo di Malta und die Villa del Priorato di Malta sehen so aus wie geschildert. Ich wollte in diesem Roman Malta vorstellen, deshalb wurde viel Mühe darauf verwandt, so viele Orte wie möglich einfließen zu lassen. Valletta, die Konkathedrale, der Palast des Großmeisters, der Grand Harbour, die Madliena- und Lippija-Türme, Marsaskala, St. Paul's Bay, Mdina, das Pwales-Tal, die Höhlen entlang der Südküste, die von den Rittern gebauten Tunnel unter Valletta (Kapitel 17) und das Westin Dragonara sind alle real. Parasailing ist eine beliebte Freizeitbeschäftigung vor der maltesischen Küste (Kapitel 4), die mir (und Luke) Spaß gemacht hat. Nur die Kirche von St. Louise Magyar (Kapitel 49) ist erfunden, aber die Legende von der Jungfer, die ich damit in Verbindung gebracht habe, gibt es tatsächlich (Kapitel 32). Die innere Kapelle hat die Kirche von Piedigrotta im italienischen Pizzo zum Vorbild.

Die Fasces (Kapitel 3) sind ein uraltes römisches Symbol, und die italienischen Nationalfaschisten leiteten ihren Namen davon ab.

Mussolini drückte Rom tatsächlich seinen Stempel auf. Viele seiner Bauprojekte und Prachtstraßen existieren noch heute (Kapitel 29). Im Foro Italico (früher Foro Mussolini) steht der Obelisk, der in der Geschichte beschrieben wird. Es ist wahr, dass in den 1930er-Jahren der *Codex Fori Mussolini* darin versiegelt wurde; ein Manifest über die Größe des Faschismus und seines Führers (Kapitel 28, 29, 34 und 36). Wir wissen das, weil der Text damals in italienischen Zeitungen abgedruckt wurde. Anders als in diesem Roman ist der *Codex* jedoch noch darin eingeschlossen. Die Gedenkmedaille für den Obelisken, die Luke im Kapitel 29 betrachtet, gibt es wirklich.

Das Märchen über den Ursprung der Croissants (Kapitel 12) ist eine jener unterhaltsamen Legenden, von der niemand wirklich weiß, ob sie der Wahrheit entspricht. Das Symbol Karls des Großen, das im Kapitel 12 abgebildet ist, war seine Unterschrift. Ich habe mich im Roman *Antarctica* (Originaltitel: *The Charlemagne Pursuit*) ausführlich damit beschäftigt. Es entspricht den Tatsachen, dass jeder zum Papst werden kann (Kapitel 10), aber zum letzten Mal wurde im Jahr 1379 ein Laie zum Papst gewählt. *Tal-lira*-Uhren gibt es überall auf Malta (Kapitel 30), ebenso die farbenprächtigen *Dghajsa*-Boote (Kapitel 32). Und die Legende vom gehäuteten Tom, an die sich Luke im Kapitel 60 erinnert, ist in Ost-Tennessee weitverbreitet.

Die Hospitaliter, jetzt bekannt als Souveräner Ritter- und Hospitalorden vom Heiligen Johannes von Jerusalem von Rhodos und von Malta, oder einfacher ausgedrückt, die Malteserritter, gibt es seit 900 Jahren. Das achteckige Malteserkreuz (Kapitel 7) ist schon seit Langem ihr Symbol. Was über die Geschichte der Ritter gesagt wird (Kapitel 4, 12 und 16) sowie die Gesetze, die im Kapitel 44 zitiert werden, sind zutreffend. Heute sind die Malteserritter eine sehr erfolgreiche humanitäre Hilfsorganisation. In ihren Reihen gab es einmal die *Secreti*. Ob diese Gruppe heute noch existiert, ist unbekannt, weil über die internen Vorgänge des Ordens striktes Stillschweigen bewahrt wird. Meine wiederauferstandenen *Secreti* jedenfalls sind reine Fantasie.

Die beiden Villen in Rom – der Palazzo di Malta und die Villa del Priorato – bilden zusammen die kleinste souveräne

Nation der Welt (Kapitel 16). Die Villa Pagana in Rapallo dient als Sommerresidenz des Großmeisters (Kapitel 19). Ein nahe gelegenes Archiv (Kapitel 21) ist meine Erfindung. *Guvas* gab es einmal überall auf der Insel, und niemand außer den Malteserrittern benutzte diese Art unterirdischer Gefängnisse (Kapitel 14). Jetzt gibt es nur noch eins davon, in der Festung St. Angelo in Valletta. Das Schlüsselloch auf dem Aventin in der Villa del Priorato di Malta bietet einen herrlichen Blick auf den Petersdom (Kapitel 28). Ob es absichtlich oder nur zufällig so angelegt wurde, ist nicht bekannt.

Die *Nostra Trinità* (Kapitel 26) ist komplett meine Schöpfung, aber zwei ihrer Elemente, die *Pie Postulatio Voluntatis* und das *Ad Providam* sind Dokumente, die tatsächlich existieren. Das *Constitutum Constantini* stammt komplett von mir, ebenso wie seine Vorgeschichte (Kapitel 48), obwohl die Gedankengänge, die darin abgehandelt werden – dass Religion von Menschen gemacht wurde und dass die katholische Kirche ihre Kernthesen so formulierte, um ihr Überleben zu sichern –, real sind (Kapitel 62, 63 und 64). Religionsgeschichtler haben dieses Thema bereits seit Langem akribisch untersucht.

Die Konkathedrale in Valletta (Kapitel 40) ist großartig, insbesondere der Fußboden mit über 400 Grabplatten aus Marmor. Jede Grabplatte ist einzigartig und wunderschön. Alle Grabplatten, die im Roman vorkommen, existieren (Kapitel 41, 43 und 44), einschließlich der Grabplatte für Bartolomeo Tommasi di Cortona (Kapitel 45), auf dem sich drei Symbole finden, darunter das Chi Rho, das überwiegend mit Konstantin in Verbindung gebracht wird. Auf dieser Grabplatte ist eine Uhr abgebildet, aber das reale Vorbild dieser Uhr in der Kathedrale ist meine Schöpfung (Kapitel 46).

Malta wurde 1565 von den Türken belagert (Kapitel 8), aber die Ritter trotzten der Belagerung. Ihr Erfolg stoppte in der Tat den türkischen Vormarsch über das Mittelmeer und rettete Europa. Hinterher wurden rings um Malta dreizehn Wachtürme errichtet, die immer noch stehen. Es hat Spaß gemacht, sie in die Schatzjagd einzubeziehen, und es war eine glückliche Fügung, dass acht von ihnen, wenn man sie miteinander verbindet, ein Kreuz bilden (Kapitel 47 und 48). Der Apostel Paulus hat wirklich Malta besucht und den christlichen Glauben auf die Insel gebracht; seine Erlebnisse werden ausführlich in der Bibel geschildert (Kapitel 13).

Alle Schauplätze im Vatikan sind wahrheitsgemäß beschrieben, wozu auch die Sixtinische Kapelle gehört, der Apostolische Palast, die Museen, das Domus Sanctae Marthae, die Vatikanischen Gärten und der Bahnhof (Kapitel 65, 67, 68, 70 und 71). Das Amt des Präfekten der Apostolischen Signatura (Kapitel 5), das Kastor Gallo innehat, existiert bereits seit Langem.

Die rechtliche und politische Unterscheidung zwischen dem Vatikanischen Stadtstaat und dem Heiligen Stuhl (Kapitel 13) existiert aufgrund der Lateranverträge von 1929. Die Kurie (Kapitel 15) regiert beide, und die letzte Entscheidungsgewalt liegt beim Papst. Wie schwierig es ist, die Kurie zufriedenzustellen, ist altbekannt. Bedauerlicherweise sind alle Korruptionsfälle, über die auf Spagnas USB-Stick berichtet wird, wirkliche Skandale, die den Heiligen Stuhl im vergangenen Jahrzehnt erschüttert haben. Eine gute Aufarbeitung dieses Themas findet man in den Büchern *Merchants in the Temple* und *Ratzinger Was Afraid* von Gianluigi Nuzzi. Der Vatikan bestreitet weiterhin, dass es Skandale oder interne Probleme gibt, aber Nuzzi liefert einen guten Beweis des Gegenteils.

Die Entität ist real. Ihre Ursprünge liegen 500 Jahre in der Vergangenheit, und sie ist der älteste Geheimdienst der Welt. Der Vatikan hat nie zugegeben, dass die Organisation existiert, aber ihre Geschichte ist lang und belegt (Kapitel 20). Der Papst hat auch einen Geheimdienstchef, dessen Identität geheim gehalten wird. Mein Etikett des *Domino Suo* ist fiktional. Einen hervorragenden geschichtlichen Abriss dieses Themas bietet das Buch *The Entity* von Eric Frattini.

Die Churchill-Mussolini-Briefe, die in der Geschichte beschrieben werden, sind Stoff der Legende. Sie existieren gerüchtehalber, sind aber noch nicht aufgetaucht. Dass Mussolini sie bei sich hatte, als er 1945 aus Italien zu fliehen versuchte, ist mein Beitrag zu ihrer Geschichte. Die Briefe, die im Kapitel 9 zitiert werden, sind meine Schöpfungen, aber ich habe mich reichlich bei Churchills und Mussolinis eigenen Worten bedient. Churchills Unterschrift ist real. Churchill wollte Malta als Verhandlungsgegenstand einbringen, um Italien davon abzuhalten, sich mit Deutschland zu verbünden. Aber das britische Kriegskabinett wies den Vorschlag zurück. Schließlich kam Malta in Bedrängnis und überstand eine mehrjährige Belagerung durch Deutschland und Italien, was dem gesamten Land das Georgskreuz einbrachte (Kapitel 9).

Die Allianz Mussolinis mit den Päpsten Pius XI. und Pius XII. (Kapitel 38) kam zustande. Keiner der beiden Päpste war progressiv eingestellt. In vielerlei Hinsicht waren sie auf Augenhöhe mit Mussolinis ultrakonservativem Denken. Es entspricht den Tatsachen, dass es Il Duce gelang, die katholische Kirche zu besänftigen. Der Vatikan hat sich kein einziges Mal öffentlich gegen den Faschismus ausgesprochen. Im Jahr 1939 war Pius XI. bereit, eine andere Gangart einzulegen und genau dies zu tun, doch er starb, bevor er sich der Regierung Italiens offen widersetzen konnte. Pius XII. ließ es nie so weit kommen. Das volle Ausmaß der Haltung von Pius XII. gegenüber Deutschland, dem Holocaust, den Nazis und Mussolini wird vermutlich niemals bekannt werden. Wer mehr über dieses Thema erfahren will, kann in dem Buch *The Pope and Mussolini* von David Kertzer nachlesen.

Napoleon besetzte Malta im Jahr 1798 und eroberte die

Insel ohne große Gegenwehr (Kapitel 11 und 15). Die Ritter waren damals zur Bedeutungslosigkeit geschrumpft. Zu jenem Zeitpunkt war Napoleon noch nicht zum Kaiser gekrönt worden, aber er hatte es mit Sicherheit bereits anvisiert. Zu seinem grandiosen Plan gehörte es, den Einfluss der katholischen Kirche zu beenden und seine eigene Religion mit ihm selbst an der Spitze zu etablieren (Kapitel 26). Zu diesem Zweck besetzte und plünderte er den Vatikan zweimal. Außerdem raubte er Malta aus und nahm sämtliche Beute mit nach Ägypten, wo sie auf dem Meeresgrund endete.

Die Malteserritter waren auf der Insel zutiefst unbeliebt (Kapitel 25). Sie herrschten mit Grausamkeit und Arroganz. Aber der Hass auf die Franzosen war sogar noch größer; man zwang sie nach nur zwei Besatzungsjahren im Jahr 1800, die Insel zu räumen, sodass der Weg für die Briten frei wurde, die im Jahr 1814 die Kontrolle übernahmen. Malta gehört weiterhin zum britischen Commonwealth, genießt aber den Status einer unabhängigen Nation.

Das Sator-Quadrat fasziniert mich schon seit geraumer Zeit (Kapitel 12). Es existiert seit den Zeiten der Römer und hat eine Verbindung zu Konstantin, aber nicht ganz die, die ich erfunden habe. Was das Palindrom aus fünf Worten bedeutet, ist unklar, aber es gibt eine Verbindung zu den Frühchristen; die Buchstaben des Anagramms bilden *Pater Noster*, Vater unser, und vier Buchstaben bleiben für Alpha und Omega übrig (Kapitel 26). Das kann kein Zufall sein. Steinerne Inschriften mit jenen fünf Worten sind an verschiedenen Orten in ganz Europa zu finden, und man kann Ringe mit den Worten darauf kaufen (Kapitel 19). Das Hauptthema dieser Novelle sind die Ursprünge des Christentums. Das von Konstantin dem Großen einberufene Konzil von Nicäa war das erste große ökumenische Treffen (Kapitel 27 und 63). Was dort geschah, bleibt geheimnisvoll, weil es nur einen einzigen Bericht über die Ereignisse gibt, der allenfalls minimalistisch genannt werden kann. Selbst die Zahl der teilnehmenden Bischöfe wird kontrovers diskutiert, obwohl die Auszüge aus der Namensliste im Kapitel 54 zutreffend sind. Was wir wissen, ist, dass verschiedene Meinungsverschiedenheiten über Glaubensfragen beigelegt und ein Glaubensbekenntnis entwickelt wurde, das Nicänische Glaubensbekenntnis, das im Kapitel 59 zitiert wird. Mit kleinen Veränderungen ist dieses Glaubensbekenntnis bis zum heutigen Tag die wichtigste Grundsatzerklärung der katholischen Kirche.

Konstantin wird von der römisch-katholischen Kirche sehr wohlwollend betrachtet. Im vierten Jahrhundert war das Christentum fest etabliert, obwohl es zwischen Verfolgung und Aufruhr stehen geblieben war. Nachdem er es unter seine Fittiche genommen hatte, leistete der Kaiser viele Beiträge zur neuen Religion. Dazu gehörten offizielle Sanktionen, Privilegien, Geld und Bauwerke. Zu den unzähligen Kirchen, die er bauen ließ, gehören die Grabeskirche in Jerusalem und der erste Petersdom in Rom.

Es entspricht den Tatsachen, dass am Ende des Konzils von Nicäa ein Bankett gegeben wurde, bei dem der Kaiser Geschenke an die Bischöfe verteilte, die sie zu ihren jeweiligen Kirchen mitnehmen sollten. Aber ein Dokument, das er den Bischöfen vorlegte, damit sie es unterzeichneten – mein *Constitutum Constantini*, das *Geschenk Konstantins* –, hat es nie gegeben. Religion ist ein Konzept, das von Menschen geschaffen und für lange Zeit von Menschen zu ihrem politischen Vorteil genutzt wurde. Das ist eine historische Tatsache. Dass die Ideen von Erbsünde, von Himmel, Hölle und Teufel Schöpfungen der Kirche waren, entspricht der Wahrheit. Und bevor Sie diese Aussage als Fantasterei abtun, bedenken Sie, was Papst Franziskus im März 2018 sagte. Er wurde zur Hölle und dem Schicksal befragt, das die Seele eines Sünders zu erwarten habe, und antwortete: *Sie werden nicht bestraft, aber die, die bereuen, erlangen die Vergebung Gottes und treten in den Rang jener Seelen ein, die ihn im Herzen tragen. Jene aber, die nicht bereuen und denen deshalb nicht vergeben werden kann, verschwinden. Es gibt keine Hölle, aber das Verschwinden sündhafter Seelen.*

Eine bemerkenswerte Aussage des Oberhauptes von über einer Milliarde Katholiken. Kurz nachdem diese Worte in *La Repubblica*, einer führenden italienischen Zeitung, veröffentlicht wurden, gab der Vatikan eine Stellungnahme heraus, in der behauptet wurde, der Artikel sei »keine zuverlässige Transkription« und das Treffen zwischen Papst Franziskus und dem Journalisten sei privater Natur und kein formelles Interview gewesen.

Es wurde aber nicht kategorisch verneint, dass diese Worte gefallen waren.

Was viele als heiliges Dogma der Kirche mit göttlichem Ursprung betrachten, hat eine viel konkretere und praktischere Grundlage. Das Problem ist, dass wir herzlich wenig über die frühe katholische Kirche und das, was ihre Gründerväter wirklich taten, wissen. Was wir wissen, das verdanken wir hauptsächlich einem Mann namens Eusebius, der zu Zeiten Konstantins lebte. Er schrieb so viele Abhandlungen, dass er sich den Ruf eines Vaters der Kirchengeschichte erworben hat. Er war auch ein enger Ratgeber des Kaisers, und viele der Werke von Eusebius haben die Zeiten überdauert. Seine *Kirchengeschichte* bleibt eine wichtige Quelle zur Frühkirche. Sein Buch *Das Leben Konstantins* wird als ein wichtiges Werk angesehen, es ist wegen seiner Liebe zum Kaiser aber eindeutig verzerrt.

Wie hoch ist der Wahrheitsgehalt seiner Schilderungen?

Das weiß niemand.

Solche Zweifel gelten auch für ein anderes Zitat, das auf

Papst Franziskus zurückgeführt wird und im Nachwort dieses Buches sowie im Kapitel 5 (und vorneweg als Motto) zu lesen ist. Es sind viele verschiedene Versionen davon im Umlauf, was angesichts seiner kontroversen Natur durchaus nachvollziehbar ist. Manche behaupten, die Variationen stammten vom Vatikan, der die ursprünglichen Worte rückwirkend entschärfen und Zweifel an ihrer Echtheit säen wollte. Auch in diesem Fall weiß niemand Genaueres. Die Bemerkung ist in gleich welcher Formulierung für einen Papst dennoch recht merkwürdig. Zum Abschluss lassen Sie sie noch einmal auf sich wirken.

Man muss nicht an Gott glauben, um ein guter Mensch zu sein.

Das traditionelle Gottesbild ist in gewisser Weise in die Jahre gekommen.

Es ist möglich, spirituell, aber nicht religiös zu sein.

Es ist nicht nötig, in die Kirche zu gehen und Geld zu spenden.

Vielen kann die Natur eine Kirche sein.

Im Laufe der Geschichte gab es unter den besten Menschen etliche, die nicht an Gott glaubten. Andererseits wurden einige der schlimmsten Verbrechen in seinem Namen begangen.

Danksagungen

Wieder gilt mein tiefer Dank John Sargent, dem Leiter von Macmillan, und Sally Richardson, die nur freundliche Worte kennt. Dann sind da noch Jen Enderlin, die Leiterin von St. Martin's, und Andrew Martin, mein Verleger bei Minotaur. Großer Dank ist nach wie vor Hector DeJean aus der Öffentlichkeitsarbeit geschuldet, Jeff Dodes und allen im Marketing und Verkauf, insbesondere Paul Hochman, Anne Marie Tallberg, der Koryphäe in Sachen Taschenbuch, David Rotstein, der das Cover hergestellt hat, sowie Mary Beth Roche und ihren innovativen Leuten bei Audio.

Wie immer eine Verneigung vor Simon Lipskar, meinem Agenten und Freund, meiner Lektorin Kelley Ragland und ihrer Assistentin Maggie Callan, zwei wundervollen Frauen.

Nicht unerwähnt bleiben sollen: Meryl Moss und ihr außergewöhnliches Team für Öffentlichkeitsarbeit (insbesondere Deb Zipf und JeriAnn Geller), Jessica Johns und Esther Garver, die Steve Berry Enterprises kontinuierlich auf Kurs halten, und Rachel Maurizio für außergewöhnliche Führungen auf Malta.

Vor rund zehn Jahren widmete ich den Roman *The Venetian Betrayal* (Der »Pandora-Pakt«) meiner jungen Braut Elizabeth. Sie war ein Neuling, was das Schreiben und Veröffentlichen angeht, hat aber sehr schnell dazugelernt und sich zu einer erstklassigen Lektorin mit einem scharfen Blick für das Handwerk entwickelt, insbesondere das Story-Writing. Ihr gehört jetzt (zusammen mit der unvergleichlichen M. J. Rose) zur Hälfte 1001 *Dark Nights*, eine Publishing- und Marketing-Agentur, die sich auf Liebesgeschichten konzentriert hat. Sie ist außerdem Geschäftsführerin von International Thriller Writers, einer Organisation mit über 4000 Mitgliedern, von denen 80 Prozent als Thrillerautoren arbeiten.

Deshalb ist dieses Buch Elizabeth gewidmet, einer außergewöhnlichen Frau, die nicht nur meine Geschichten besser gemacht hat, sondern auch mein Leben.

Eine seltene Münze birgt die explosive Wahrheit über eines der brisantesten Kapitel der amerikanischen Geschichte …

430 Seiten. ISBN 978-3-7341-0737-5

In den Geschichtsbüchern steht, dass die Überwachung Martin Luther Kings durch das FBI am Tag seiner Ermordung endete. Doch nun, Jahrzehnte später, stößt Ex-Agent Cotton Malone auf geheime Dokumente, die den schicksalhaften 4. April 1968 in neuem Licht erscheinen lassen. Diese Informationen könnten Unschuldige das Leben kosten und das Erbe des größten Helden der Bürgerrechtsbewegung gefährden. Der Fall führt Malone von Mexiko bis Washington, D.C. – und zu einem Vorfall achtzehn Jahre zuvor, als ein junger Cotton Malone zwischen die Fronten des Justizministeriums und des FBIs geriet …

Lesen Sie mehr unter: **www.blanvalet.de**

Ein Geheimnis, das Europa zu Fall und die ganze Welt aus dem Gleichgewicht bringen könnte: der 15. Fall für Cotton Malone!

480 Seiten. ISBN 978-3-7341-0982-9

Die Arma Christi, die sieben Relikte, sind von unschätzbarem Wert für das Christentum – und sie werden überall auf der Welt gestohlen. Nachdem der ehemalige Geheimagent Cotton Malone Zeuge eines solchen Diebstahls wird, erfährt er, dass bei einer Auktion hochsensible Informationen über das polnische Staatsoberhaupt verkauft werden sollen. Informationen, an denen sowohl Polen als auch die USA interessiert sind.Der Eintrittspreis zur Auktion: eines der sieben Relikte. Malone muss seine Prinzipien vergessen, um das Schlimmste zu verhindern – aber er gerät mitten in einen blutigen Krieg zwischen drei Nationen um ein Geheimnis, dass ganz Europa ins Chaos stürzen könnte.

Lesen Sie mehr unter: **www.blanvalet.de**

Eine brisante Akte aus der Zeit des 2. Weltkriegs könnte die Kanzlerwahlen beeinflussen – und Europa für immer verändern!

560 Seiten. ISBN 978-3-7341-1113-6

Die Bundestagswahl steht kurz bevor: Der Wahlkampf wird mit harten Bandagen geführt und beide Kandidaten haben Geheimnisse, die ihre Pläne durchkreuzen könnten. Als Gerüchte über eine jahrzehntealte Akte mit brisantem Inhalt laut werden, muss die amtierende Kanzlerin reagieren. Sie nimmt Kontakt zum ehemaligen Geheimagenten Cotton Malone auf, der die Spur des Dokuments verfolgen soll. Denn dieses enthält angeblich die Wahrheit darüber, was im April 1945 wirklich in einem Bunker tief unter Berlin geschah. Sollte der Inhalt publik werden, könnte er nicht nur die Wahl vorzeitig entscheiden, sondern Europa unwiederbringlich verändern …

Lesen Sie mehr unter: **www.blanvalet.de**